外国文学名著丛书

〔法〕罗曼·罗兰／著

约翰－克利斯朵夫 上

傅　雷／译

“外国文学名著丛书”编委会

人民文学出版社
PEOPLE'S LITERATURE PUBLISHING HOUSE

Romain Rolland
JEAN-CHRISTOPHE
据 Librairie Ollendorff，1926 版本译出。

图书在版编目(CIP)数据
约翰-克利斯朵夫 ：上下 / (法) 罗曼·罗兰著 ；傅雷译. -- 北京 ：人民文学出版社，2024. --（外国文学名著丛书）. -- ISBN 978-7-02-018983-0
Ⅰ. I565.44
中国国家版本馆 CIP 数据核字第 2024KN6176 号

责任编辑　黄凌霞
装帧设计　刘　静
责任印制　王重艺

出版发行　人民文学出版社
社　　址　北京市朝内大街 166 号
邮政编码　100705

印　　刷　河北新华第一印刷有限责任公司
经　　销　全国新华书店等

字　　数　1070 千字
开　　本　850 毫米×1168 毫米　1/32
印　　张　52.5　插页 4
印　　数　1—5000
版　　次　1957 年 3 月北京第 1 版
印　　次　2024 年 11 月第 1 次印刷

书　　号　978-7-02-018983-0
定　　价　198.00 元(全二册)

罗曼·罗兰

出版说明

人民文学出版社自一九五一年成立起，就承担起向中国读者介绍优秀外国文学作品的重任。一九五八年，中宣部指示中国科学院文学研究所筹组编委会，组织朱光潜、冯至、戈宝权、叶水夫等三十余位外国文学权威专家，编选三套丛书——“马克思主义文艺理论丛书”“外国古典文艺理论丛书”“外国古典文学名著丛书”。

人民文学出版社与中国科学院文学研究所，根据“一流的原著、一流的译本、一流的译者”的原则进行翻译和出版工作。一九六四年，中国社会科学院外国文学研究所成立，是中国外国文学的最高研究机构。一九七八年，“外国古典文学名著丛书”更名为“外国文学名著丛书”，至二〇〇〇年完成。这是新中国第一套系统介绍外国文学作品的大型丛书，是外国文学名著翻译的奠基性工程，其作品之多、质量之精、跨度之大，至今仍是中国外国文学出版史上之最，体现了中国外国文学研究界、翻译界和出版界的最高水平。

历经半个多世纪，“外国文学名著丛书”在中国读者中依然以系统性、权威性与普及性著称，但由于时代久远，许多图书在市场上已难见踪影，甚至成为收藏对象，稀缺品种更是一书难求。在中国读者阅读力持续增强的二十一世纪，在世界文明交流互鉴空前频繁的新时代，为满足人民日益增长的美好生活的需要，人民文学出版社决定再度与中国社会科学院外国文学研究所合作，以“网罗经典，格高意远，本色传承”为出发点，优中选优，推陈出新，出版新版“外国文学名著丛书”。

值此新版“外国文学名著丛书”面世之际，人民文学出版社与中国社会科学院外国文学研究所谨向为本丛书做出卓越贡献的翻译家们和热爱外国文学名著的广大读者致以崇高敬意！

“外国文学名著丛书”编委会

二〇一九年三月

目　次

第二册

第三册

第四册

译者献词*

真正的光明绝不是永没有黑暗的时间，只是永不被黑暗所掩蔽罢了。真正的英雄绝不是永没有卑下的情操，只是永不被卑下的情操所屈服罢了。

所以在你要战胜外来的敌人之前，先得战胜你内在的敌人；你不必害怕沉沦堕落，只消你能不断地自拔与更新。

《约翰-克利斯朵夫》不是一篇小说，——应当说：不只是一部小说，而是人类一部伟大的史诗。它所描绘歌咏的不是人类在物质方面而是在精神方面所经历的艰险，不是征服外界而是征服内界的战绩。它是千万生灵的一面镜子，是古今中外英雄圣哲的一部历险记，是贝多芬式的一阕大交响乐。愿读者以虔敬的心情来打开这部宝典罢！

战士啊，当你知道世界上受苦的不只你一个时，你定会减少痛楚，而你的希望也将永远在绝望中再生了罢！

* 这是傅雷先生一九三七年为本书写的献词，一九八六年再版时应读者要求重新收入。——编者

译者弁言*

在全书十卷中间，本册所包括的两卷恐怕是最混沌最不容易了解的一部了。因为克利斯朵夫在青年成长的途中，而青年成长的途程就是一段混沌、暧昧、矛盾、骚乱的历史。顽强的意志，簇新的天才，被更其顽强的和年代久远的传统与民族性拘囚在樊笼里。它得和社会奋斗，和过去的历史奋斗，更得和人类固有的种种根性奋斗。一个人唯有在这场艰苦的战争中得胜，才能打破青年期的难关而踏上成人的大道。儿童期所要征服的是物质世界，青年期所要征服的是精神世界。还有最悲壮的是现在的自我和过去的自我冲突：从前费了多少心血获得的宝物，此刻要费更多的心血去反抗，以求解脱。

> 这个时期正是他闭着眼睛对幼年时代的一切偶像反抗的时期。他恨自己，恨他们，因为当初曾经五体投地地相信了他们。——而这种反抗也是应当的。人生有一个时期应当敢把不公平，敢把跟着别人佩服的敬重的东西——不管是真理是谎言——一概摒弃，敢把没有经过自己认为是真理的东西统统否认。所有的教育，所有的见闻，使一个儿童把大量的谎言与愚蠢，和人生主要的真理混在一起吞饱了，所以他若要成为一个健全的

* 这是傅雷先生一九四一年为《约翰-克利斯朵夫》第二册撰写的序文，原置于卷四之首，一九八六年再版时应读者要求重新收入。——编者

人，少年时期的第一件责任就得把宿食呕吐干净。

是这种心理状态驱使克利斯朵夫肆无忌惮地抨击前辈的宗师，抨击早已成为偶像的杰作，抉发德国民族的矫伪和感伤性，在他的小城里树立敌人，和大公爵冲突，为了精神的自由丧失了一切物质上的依傍，终而至于亡命国外。（关于这些，尤其是克利斯朵夫对于某些大作的攻击，原作者在卷四的初版序文里就有简短的说明。）

至于强烈犷野的力在胸中冲撞奔突的骚乱，尚未成形的艺术天才挣扎图求生长的苦闷，又是青年期的另外一支精神巨流。

> 一年之中有几个月是阵雨的季节，同样，一生之中有些年龄特别富于电力……
>
> 整个的人都很紧张。雷雨一天一天地酝酿着。白茫茫的天上布满着灼热的云。没有一丝风，凝集不动的空气在发酵，似乎沸腾了。大地寂静无声，麻痹了。头里在发烧，嗡嗡地响着；整个天地等着那愈积愈厚的力爆发，等着那重甸甸的高举着的锤子打在乌云上面。又大又热的阴影移过，一阵火辣辣的风吹过；神经像树叶般发抖……
>
> 这样等待的时候自有一种悲怆而痛快的感觉。虽然你受着压迫，浑身难受，可是你感觉到血管里头有的是烧着整个宇宙的烈火。陶醉的灵魂在锅炉里沸腾，像埋在酒桶里的葡萄。千千万万的生与死的种子都在心中活动。结果会产生些什么来呢？……像一个孕妇似的，你的心不声不响地看着自己，焦急地听着脏腑的颤动，想道："我会生下些什么来呢？"

这不是克利斯朵夫一个人的境界，而是古往今来一切伟大的心灵在成长时期所共有的感觉。

欢乐，如醉如狂的欢乐，好比一颗太阳照耀着一切现在的与未来的成就，创造的欢乐，神明的欢乐！唯有创造才是欢乐。唯有创造的生灵才是生灵。其余的尽是与生命无关而在地下飘浮的影子……

创造，不论是肉体方面的或精神方面的，总是脱离躯壳的樊笼，卷入生命的旋风，与神明同寿。创造是消灭死。

瞧，这不是贝多芬式的艺术论么？这不是柏格森派的人生观么？现代的西方人是从另一途径达到我们古谚所谓"物我同化"的境界的，译者所热诚期望读者在本书中有所领会的，也就是这个境界。

"创造才是欢乐"，"创造是消灭死"，是罗曼·罗兰这阕大交响乐中的基调；他所说的不朽，永生，神明，都当做如是观。

我们尤须牢记的是，切不可狭义地把《约翰-克利斯朵夫》单看做一个音乐家或艺术家的传记。艺术之所以成为人生的酵素，只因为它含有丰满无比的生命力。艺术家之所以成为我们的模范，只因为他是不完全的人群中比较最完全的一个。而所谓完全并非是圆满无缺，而是颠扑不破地、再接再厉地向着比较圆满无缺的前途迈进的意思。

然而单用上述几点笼统的观念还不足以概括本书的精神。译者在第一册卷首的献词和这段弁言的前节里所说的，只是《约翰-克利斯朵夫》这部书属于一般的、普泛的方面。换句话说，至此为止，我们的看法是对一幅肖像画的看法：所见到的虽然也有特殊的征象，但演绎出来的结果是对于人类的一般的、概括式的领会。可是本书还有另外一副更错杂的面目：无异一幅巨大的历史画，——不单是写实的而且是象征的，含有预言意味的。作者把整个十九世纪末期的思想史、社会史、政治史、民族史、艺术史来做这个新英雄的背景。于是本书在描写一个个人而涉及人类永久的使命与性格以外，更具有反映某一特殊时期的历史性。

最显著的对比，在卷四与卷五中占着一大半篇幅的，是德法两个民族的比较研究。罗曼·罗兰使青年的主人翁先对德国作一极其严正的批判：

> 他们耗费所有的精力，想把不可调和的事情加以调和。特别从德国战胜以后，他们更想来一套令人作呕的把戏，在新兴的力和旧有的原则之间觅取妥协……吃败仗的时候，大家说德国是爱护理想。现在把别人打败了，大家说德国就是人类的理想。看到别的国家强盛，他们就像莱辛一样地说“爱国心不过是想做英雄的倾向，没有它也不妨事”并且自称为“世界公民”。如今自己抬头了，他们便对于所谓“法国式”的理想不胜轻蔑，对什么世界和平，什么博爱，什么和衷共济的进步，什么人权，什么天然的平等，一律瞧不起；并且说最强的民族对别的民族可以有绝对的权利，而别的民族，就因为弱，所以对它绝对没有权利可言。它，它是活的上帝，是观念的化身，它的进步是用战争，暴行，压力，来完成的……（在此，读者当注意这段文字是在本世纪初期写的。）

尽量分析德国民族以后，克利斯朵夫便转过来解剖法兰西了。卷五用的“节场”这个名称就是含有十足暴露性的。说起当时的巴黎乐坛时，作者认为“只是一味地温和，苍白，麻木，贫血，憔悴……”又说那时的音乐家“所缺少的是意志，是力；一切的天赋他们都齐备，——只少一样：就是强烈的生命”。

克利斯朵夫对那些音乐界的俗物尤其感到恶心的，是他们的形式主义。他们之间只讨论形式一项。情操，性格，生命，都绝口不提！没有一个人想到真正的音乐家是生活在音响的宇宙中的，他的岁月就寄于音乐的浪潮。音乐是他呼吸的空气，是他生息的天地。他的心灵本身便是音乐；他所爱，所憎，所苦，所惧，所希望，又无一而非音乐……天才是要用生命力的强度来测量的，艺术这个残缺不全的工具也不过想唤引生命罢了。但法国有多少人想到这一点呢？对这个化学家式的民族，音乐似乎只是配合声音的艺术。它把字母当做书本……

等到述及文坛、戏剧界的时候，作者所描写的又是一片颓废的气象，轻佻的癖习，金钱的臭味。诗歌与戏剧，在此拉丁文化的最后一个王朝里，却只是"娱乐的商品"。笼罩着知识阶级与上流社会的，只有一股沉沉的死气：

豪华的表面，烦嚣的喧闹，底下都有死的影子。

巴黎的作家都病了……但在这批人，一切都归结到贫瘠的享乐。贫瘠，贫瘠。这就是病根所在。滥用思想，滥用感官，而毫无果实……

对此十九世纪的"世纪末"现象，作者不禁大声疾呼：

可怜虫！艺术不是给下贱的人享用的下贱的刍秣。不用说，艺术是一种享受，一切享受中最迷人的享受。但你只能用艰苦的奋斗去换来，等到"力"高歌胜利的时候才有资格得到艺术的桂冠……你们沾沾自喜的培养你们民族的病，培养他们的好逸恶劳，喜欢享受，喜欢色欲，喜欢虚幻的人道主义，和一切足以麻醉意志，使它萎靡不振的因素。你们简直是把民族带去上鸦片烟馆……

巴黎的政界，妇女界，社会活动的各方面，却逃不出这腐化的氛围。然而作者并不因此悲观,并不以暴露为满足,他在苛刻的指摘和破坏后面早就潜伏着建设的热情。正如克利斯朵夫早年的剧烈抨击古代宗师,正是他后来另创新路的起点。破坏只是建设的准备。在此德法两民族的比较与解剖下面,隐伏着一个伟大的方案:就是以德意志的力救济法兰西的萎靡,以法兰西的自由救济德意志的柔顺服从,西方文化第二次的再生应当从这两个主要民族的文化交流中发轫。所以罗曼·罗兰使书中的主人翁身为德国人,使他先天成为一个强者,力的代表(他的姓克拉夫脱在德文中就是力的意思);秉受着古弗拉芒族的质朴的精神,具有贝多芬式的英雄意志,然后到莱茵彼岸去领受纤腻的、精练的、自由的法国文化的洗礼。拉丁文化太衰老,日耳曼文化太粗犷,但是两者汇合融和之下,倒能产生一个理想的新文明。克利斯朵夫这个新人,就是新人类的代表。他的最后的旅程,是到拉斐尔的祖国去领会清明恬静的意境。从本能到智慧,从粗犷的力到精练的艺术,是克利斯朵夫前期的生活趋向,是未来文化——就是从德国到法国——的第一个阶段。从血淋淋的战斗到平和的欢乐,从自我和社会的认识到宇宙的认识,从扰攘骚乱到光明宁静,从多雾的北欧越过了阿尔卑斯,来到阳光绚烂的地中海,克利斯朵夫终于达到了最高的精神境界:触到了生命的本体,握住了宇宙的真如,这才是最后的解放,"与神明同寿"! 意大利应当是心灵的归宿地。(卷五末所提到的葛拉齐亚便是意大利的化身。)

尼采的查拉图斯脱拉现在已经具体成形,在人间降生了。他带来了鲜血淋漓的现实。托尔斯泰的福音主义的使徒只成为一个时代的幻影,烟雾似的消失了,比"超人"更富于人间性、世界性、永久性的新英雄克利斯朵夫，应当是人类以更大的苦难、更深的磨炼去追求的典型。

这部书既不是小说，也不是诗，据作者的自白，说它有如一条河。莱茵这条横贯欧洲的巨流是全书的象征。所以第一卷第一页第一句便是极富于音乐意味的、包藏无限生机的“江声浩荡……”。

对于一般的读者，这部头绪万端的迷宫式的作品，一时恐怕不容易把握它的真际，所以译者谦卑地写这篇说明作为引子，希望为一般探宝山的人做一个即使不高明、至少还算忠实的向导。

一九四〇年

第　一　册

献　给

各国的受苦、奋斗，而必战胜的自由灵魂。

——罗曼·罗兰

原　序

我们印行《约翰-克利斯朵夫》这个定本①的时候，决定采取另外一种分册的方法。以前单行的十卷，实际是归纳为三大部分的：

一、约翰-克利斯朵夫：1. 黎明；2. 清晨；3. 少年；4. 反抗。

二、约翰-克利斯朵夫在巴黎：1. 节场；2. 安多纳德；3. 户内。

三、旅程的终途：1. 女朋友们；2. 燃烧的荆棘；3. 复旦。

现在我们不以故事为程序而以感情为程序，不以逻辑的、外在的因素为先后，而以艺术的、内在的因素为先后，以气氛与调性（tonalité）来做结合作品的原则。

这样，整个作品就改分为四册，相当于交响曲的四个乐章：

第一册包括克利斯朵夫少年时代的生活（黎明，清晨，少年），描写他的感官与感情的觉醒，在家庭与故乡那个小天地中的生活，——直到经过一个考验为止，在那个考验中他受了重大的创伤，可是对自己的使命突然得到了启示，知道英勇的

① 《约翰-克利斯朵夫》最初陆续于《半月刊》上发表，以后又出十卷本的单行本，又合成三册本与五册本的两种版本。此四册本的版本，作者称之为定本（édition définitive）。

受难与战斗便是他的命运。

第二册（反抗，节场）所写的，是克利斯朵夫像年轻的西格弗里德①一样，天真，专横，过激，横冲直撞的去征讨当时的社会的与艺术的谎言，挥舞着堂吉诃德式的长矛，去攻击骡夫，小吏，磨坊的风轮，和德法两国的节场。这些都可以归在反抗这个总题目之下。

第三册（安多纳德，户内，女朋友们）和上一册的热情与憎恨成为对比，是一片温和恬静的气氛，咏叹友谊与纯洁的爱情的悲歌。

第四册（燃烧的荆棘，复旦）写的是生命中途的大难关，是“怀疑”与破坏性极强的“情欲”的狂飙，是内心的急风暴雨，差不多一切都要被摧毁了，但结果仍趋于清明高远之境，透出另一世界的黎明的曙光。

在《半月刊》上初发表的时候（1904 年 2 月—1912 年 10 月），每卷卷尾都附有两句拉丁文铭文，那是刻在哥特式大教堂的正堂门口圣·克利斯朵夫像的座下的：

当你见到克利斯朵夫的面容之日，
是你将死而不死于恶死之日。

作者借用这两句，表示他私心愿望约翰-克利斯朵夫对于读者所发生的作用，能够和对于作者发生的作用一样：就是说，在人生的考验中成为一个良伴和向导。

① 西格弗里德，瓦格纳歌剧中的主人公，为瓦格纳创造的理想人物，为旧时代（瓦格纳说是黄金统治的时代，即资本主义时代）崩溃后的新人物。罗曼·罗兰创造的克利斯朵夫亦是一种理想的未来世界的人物，但他的活动是在艺术方面。

考验是大家都经历到了;而从世界各地来的回响,证明作者的愿望并没有成为虚幻。他今日特意重申这个愿望。在此大难未已的混乱时代,但愿克利斯朵夫成为一个坚强而忠实的朋友,使大家心中都有一股生与爱的欢乐,使大家能不顾一切地去生活,去爱!

罗曼·罗兰

一九二一年一月一日于巴黎

卷一　黎　　明

在平旦之前的黎明时分，
当你的灵魂在身内酣睡的时间……

《神曲·炼狱》第九

第一部

蒙蒙晓雾初开，
皓皓旭日方升……

《神曲·炼狱》第十七

江声浩荡，自屋后上升。雨水整天地打在窗上。一层水雾沿着玻璃的裂痕蜿蜒流下。昏黄的天色黑下来了。室内有股闷热之气。

初生的婴儿在摇篮里扭动。老人进来虽然把木靴脱在门外，走路的时候地板还是格格地响：孩子哼啊嗐地哭了。母亲从床上探出身子抚慰他；祖父摸索着点起灯来，免得孩子在黑夜里害怕。灯光照出老约翰·米希尔红红的脸，粗硬的白须，忧郁易怒的表情，炯炯有神的眼睛。他走近摇篮，外套发出股潮气，脚下拖着双大蓝布鞋。鲁意莎做着手势叫他不要走近。她的淡黄头发差不多像白的；绵羊般和善的脸都打皱了，颇有些雀斑；没有血色的厚嘴唇不大容易合拢，笑起来非常胆怯；眼睛很蓝，迷迷惘惘的，眼珠只有极小的一点，可是挺温柔；——她不胜怜爱地瞅着孩子。

孩子醒过来，哭了。惊慌的眼睛在那儿乱转。多可怕啊！无边的黑暗，剧烈的灯光，混沌初凿的头脑里的幻觉，包围着他的那个闷人的，蠕动不已的黑夜，还有那深不可测的阴影中，好似耀眼的光线一般透出来的尖锐的刺激，痛苦，和幽灵，——使他莫名其妙的那些巨大的脸正对着他，眼睛瞪着他，直透到他心里去……他没有气力叫喊，吓得不能动弹，睁着眼睛，张着嘴，只在喉咙里喘气。带点虚肿的大胖脸扭做一堆，变成可笑而又可怜的怪样子；脸上与手上的皮肤是棕色的，暗红的，还有些黄黄的斑点。

"天哪！他多丑！"老人语气很肯定地说。

他把灯放在了桌上。

鲁意莎噘着嘴，好似挨了骂的小姑娘，约翰·米希尔觑着她笑道："你总不成要我说他好看吧？说了你也不会信。得了罢，这又不是你的错，小娃娃都是这样的。"

孩子迷迷糊糊的，对着灯光和老人的目光愣住了，这时才醒过来，哭了。或许他觉得母亲眼中有些抚慰的意味，鼓励他诉苦。她把手臂伸过去，对老人说道："递给我罢。"

老人照例先发一套议论："孩子哭就不该迁就。得让他叫去。"

可是他仍旧走过来，抱起婴儿，嘀咕着："从来没见过这么难看的。"

鲁意莎双手滚热，接过孩子搂在怀里。她瞅着他，又惭愧又欢喜地笑了笑：

"哦，我的小乖乖，你多难看，多难看，我多疼你！"

约翰·米希尔回到壁炉前面，沉着脸拨了拨火；可是郁闷的脸上透着点笑意：

"好媳妇，得了罢，别难过了，他还会变呢。反正丑也没关系。我们只希望他一件事，就是做个好人。"

婴儿与温暖的母体接触之下，立刻安静了，只忙着唧唧喳喳地吃奶。约翰·米希尔在椅上微微一仰，又张大其词地说了一遍：

"做个正人君子才是最美的事。"

他停了一会儿，想着要不要把这意思再申说一番；但他再也找不到话，于是静默了半晌，又很生气地问："怎么你丈夫还不回来？"

"我想他在戏院里罢，"鲁意莎怯生生地回答，"他要参加预奏会。"

"戏院的门都关了，我才走过。他又扯谎了。"

"噢，别老是埋怨他！也许我听错了。他大概在学生家里上课罢。"

"那也该回来啦。"老人不高兴地说。

他踌躇了一会儿，很不好意思地放低了声音：

"是不是他又……"

"噢，没有，父亲，他没有。"鲁意莎抢着回答。

老人瞅着她，她把眼睛躲开了。

"哼，你骗我。"

她悄悄地哭了。

"哎哟，天哪！"老人一边嚷一边往壁炉上踢了一脚。拨火棒大声掉在地下，把母子俩都吓了一跳。

"父亲，得了吧，"鲁意莎说，"他要哭了。"

婴儿愣了一愣，不知道是哭好还是照常吃奶好；可是不能又哭又吃奶，他也就吃奶了。

约翰·米希尔沉着嗓子，气冲冲地接着说："我犯了什么天条，生下这个酒鬼的儿子？我这一辈子省吃俭用的，真是够受了！……可是你，你，你难道不能阻止他么？该死！这是你的本分啊。要是你能把他留在家里的话！……”

鲁意莎哭得更厉害了。

“别埋怨我了，我已经这么伤心！我已经尽了我的力了。你真不知道我自个儿在家的时候多害怕！好像老听见他上楼的脚步声。我等着他开门，心里想着：天哪！不知他又是什么模样了？……想到这个我就难过死了。”

她抽抽噎噎的在那儿哆嗦。老人看着慌了，走过来把抖散的被单给撩在她抽搐不已的肩膀上，用他的大手摩着她的头：“得啦，得啦，别怕，有我在这儿呢。”

为了孩子，她静下来勉强笑着：“我不该跟您说那个话的。”

老人望着她，摇了摇头：“可怜的小媳妇，是我难为了你。”

“那只能怪我。他不该娶我的。他一定在那里后悔呢。”

“后悔什么？”

“您明白得很。当初您自己也因为我嫁了他很生气。”

“别多说啦。那也是事实。当时我的确有点伤心。像他这样一个男子——我这么说可不是怪你，——很有教养，又是优秀的音乐家，真正的艺术家，——很可以攀一门体面的亲事，用不着追求像你这样一无所有的人，既不门当户对，也不是音乐界中的人。姓克拉夫脱的一百多年来就没娶过一个不懂音乐的媳妇！——可是你也知道我并不恨你；赶到认识了你，我就喜欢你。而且事情一经决定，也不用再翻什么旧账，只要老老实实地尽自己的本分就完了。”

他回头坐下，停了一会儿，庄严地补上一句，像他平常说什么格言的时候一样：

“人生第一要尽本分。”

他等对方提异议，往壁炉里吐了一口痰；母子俩都没有什么表示，他想继续说下去，——却又咽住了。

他们不再说话了。约翰·米希尔坐在壁炉旁边，鲁意莎坐在床上，都在那里黯然神往。老人嘴里是那么说，心里还想着儿子的婚事非常懊丧。鲁意莎也想着这件事，埋怨自己，虽然她没有什么可埋怨的。

她从前是个帮佣的，嫁给约翰·米希尔的儿子曼希沃·克拉夫脱，大家都觉得奇怪，她自己尤其想不到。克拉夫脱家虽没有什么财产，但在老人住了五十多年的莱茵流域的小城中是很受尊敬的。他们是父子相传的音乐家，从科隆到曼海姆一带，所有的音乐家都知道他们。曼希沃在宫廷剧场当提琴师；约翰·米希尔从前是大公爵的乐队指挥。老人为曼希沃的婚事大受打击；他原来对儿子抱着极大的希望，想要他成为一个他自己没有能做到的名人。不料儿子一时糊涂，把他的雄心给毁了。他先是大发雷霆，把曼希沃与鲁意莎咒骂了一顿。但他骨子里是个好人，所以在认清楚媳妇的品性以后就原谅了她，甚至还对她有些慈父的温情，虽然这温情常常用嘀咕的方式表现。

没有人懂得曼希沃怎么会攀这样一门亲的，——曼希沃自己更莫名其妙。那当然不是为了鲁意莎长得俏。她身上没有一点儿迷人的地方：个子矮小，没有血色，身体又娇，跟曼希沃和约翰·米希尔一比真是好古怪的对照，他们俩都是又高又大，脸色鲜红的巨人，孔武有力，健饭豪饮，喜欢粗声大气地笑着嚷着。她似乎被他们压倒了;人家既不大注意到她,她自己更尽量地躲藏。倘若曼希沃是个心地仁厚的人,还可以说他的看中鲁意莎是认为她的朴实比别的长处更可宝贵;然而他是最虚荣不过的。像他那样的男子,长得相当漂亮,而且知道自己漂亮,喜欢摆架子,也不能说没有才华,大可以攀一门有钱的亲,甚至——谁知道?——可能像他夸口的那样,在他教课的中产之家引诱个把女学生……不料他突然之间挑了一个小户人家的女子,又穷,又丑,又无教育,又没追求他……倒像是他为了赌气而娶的!

但世界上有些人永远做着出人意料,甚至出于自己意料的事,曼希沃便是这等人物。他们未始没有先见之明:——俗话说,一个有先见之明的人抵得两个……——他们自命为不受欺骗,把舵把得很稳,向着一定的目标驶去。但他们的计算是把自己除外的,因为根本不认识自己。他们脑筋里常常会变得一片空虚,那时就把舵丢下了;而事情一放手,它们立刻卖弄狡狯跟主人捣乱。无人管束的船会向暗礁直撞过去,而足智多谋的曼希沃居然娶了一个厨娘。和她订终身的那天,他却也非醉非癫,也没有什么热情冲动:那还差得远呢。但或许我们除了头脑、心灵、感官以外,另有一些神秘的力量,在别的力量睡着的时候乘虚而入,做了我们的主宰;那一晚曼希沃在河边碰到鲁意莎,在芦苇丛中坐在她身旁,糊里糊涂跟她订婚的时候,他也许就是在她怯生生地望着他的苍白的瞳子中间,遇到了那些神秘的力量。

才结婚,他就对自己所做的事觉得委屈。这一点,他在可怜的鲁意莎面前毫不隐瞒,而她只是诚惶诚恐地向他道歉。他心并不坏,就慨然原谅了她;但过了一忽儿又悔恨起来,或是在朋友中间,或是在有钱的女学生面前;她们此刻态度变得傲慢了,由他校正指法而碰到他手指的时候也不再发抖了。——于是他沉着脸回家,鲁意莎好不辛酸地马上在他眼中看出那股怨气。再不然他待在酒店里,想在那儿忘掉自己,忘掉对人家的怨恨。像这样的晚上,他就嘻嘻哈哈,大笑着回家,使鲁意莎觉得比平时的话中带刺和隐隐约约的怨恨更难受。鲁意莎认为自己对这种放荡的行为多少要负些责任,那不但消耗了家里的钱,还得把他仅有的一点儿理性再减少一点。曼希沃陷到泥淖里去了。以他的年纪,正应当发愤用功,尽量培植他中庸的天资,他却听任自己往下坡路上打滚,给别人把位置占了去。

至于替他拉拢金发女仆的那股无名的力量,自然毫不介意。它已经尽了它的使命;而小约翰-克利斯朵夫便在命运驱使之下下了地。

天色全黑了。鲁意莎的声音把老约翰·米希尔从迷惘中惊醒,他对着炉火想着过去的和眼前的伤心事,想出了神。

"父亲,时候不早了吧,"少妇恳切地说,"您得回去了,还要走好一程路呢。"

"我等着曼希沃。"老人回答。

"不,我求您,您还是别留在这儿的好。"

"为什么?"

老人抬起头来,仔细瞧着她。

她不回答。

他又道:"你觉得自个儿害怕,你不要我等着他吗?"

"唉!那不过把事情弄得更糟:您会生气的;我可不愿

意。您还是回去罢,我求您!”

老人叹了口气站起来:“好吧,我走啦。”

他过去把刺人的须在她脑门上轻轻拂了一下,问她可要点儿什么不要,然后拈小了灯走了。屋子里暗得很,他和椅子撞了一下。但他没有下楼已想起儿子醉后归来的情景;在楼梯上他走一步停一步,想着他独自回家所能遭遇的种种危险……

床上,孩子在母亲身边又骚动起来。在他内部极深邃的地方,迸出一种无名的痛苦。他尽力抗拒:握着拳头,扭着身子,拧着眉头。痛苦变得愈来愈大,那种沉着的气势,表示它不可一世。他不知道这痛苦是什么,也不知道它要进逼到什么地步,只觉得它巨大无比,永远看不见它的边际。于是他可怜巴巴地哭了。母亲用温软的手摩着他,痛楚马上减轻了些;可是他还在哭,因为觉得它始终在旁边,占领着他的身体。——大人的痛苦是可以减轻的,因为知道它从哪儿来,可以在思想上把它限制在身体的一部分,加以医治,必要时还能把它去掉;他可以固定它的范围,把它跟自己分离。婴儿可没有这种自欺欺人的方法。他初次遭遇到的痛苦是更惨酷,更真切的。他觉得痛苦无边无岸,像自己的生命一样,觉得它盘踞在他的胸中,压在他的心上,控制着他的皮肉。而这的确是这样的:它直要把肉体侵蚀完了才会离开。

母亲紧紧搂着他,轻轻地说:

“得啦,得啦,别哭了,我的小耶稣,我的小金鱼……”

他老是断断续续地悲啼。仿佛这一堆无意识的尚未成形的肉,对他命中注定的痛苦的生涯已经有了预感。他怎么也静不下来……

黑夜里传来圣·马丁寺的钟声。严肃迟缓的音调,在雨天潮润的空气中进行,有如踏在苔藓上的脚步。婴儿一声号啕没有完就突然静默了。奇妙的音乐,像一道乳流在他胸中缓缓流过。黑夜放出光明,空气柔和而温暖。他的痛苦消散了,心笑开了;他轻松地叹了口气,溜进了梦乡。

三口钟庄严肃穆,继续在那里奏鸣,报告明天的节日。鲁意莎听着钟声,也如梦如幻地想着她过去的苦难,想着睡在身旁的亲爱的婴儿的前程。她在床上已经躺了几小时,困顿不堪。手跟身体都在发烧;连羽毛毯都觉得很重;黑暗压迫她,把她闷死了;可是她不敢动弹。她瞧着婴儿;虽是在夜里,还能看出他憔悴的脸,好似老人的一样。她开始瞌睡了,乱哄哄的形象在她脑中闪过。她以为听到曼希沃开门,心不由得跳了一下。浩荡的江声在静寂中越发洪大,有如野兽的怒嗥。窗上不时还有一声两声的雨点。钟鸣更缓,慢慢地静下来;鲁意莎在婴儿旁边睡熟了。

这时,老约翰·米希尔冒着雨站在屋子前面,胡子上沾着水雾。他等荒唐的儿子回来;胡思乱想的头脑老想着许多酗酒的惨剧,虽然他并不相信,但今晚要没有看到儿子回来,便是回去也是一分钟都睡不着的。钟声使他非常悲伤,因为他回想起幻灭的希望。他又想到此刻冒雨街头是为的什么,不禁羞愧交迸地哭了。

流光慢慢地消逝。昼夜递嬗,好似汪洋大海中的潮汐。几星期过去了,几个月过去了,周而复始。循环不已的日月仍好似一日。

有了光明与黑暗的均衡的节奏,有了儿童的生命的节奏,才显出无穷无极、莫测高深的岁月。——在摇篮中做梦的浑噩的生物，自有他迫切的需要，其中有痛苦的，也有欢乐的；虽然这些需要随着昼夜而起灭，但它们整齐的规律，反像是昼夜随着它们而往复。

生命的钟摆很沉重地在那里移动。整个的生物都湮没在这个缓慢的节奏中间。其余的只是梦境，只是不成形的梦，营营扰扰的断片的梦，盲目飞舞的一片灰尘似的原子，令人发笑令人作呕的炫目的旋风。还有喧闹的声响，骚动的阴影，丑态百出的形状，痛苦，恐怖，欢笑，梦，梦……——一切都只是梦……而在这混沌的梦境中，有友好的目光对他微笑，有欢乐的热流从母体与饱含乳汁的乳房中流遍他全身，有他内部的精力在那里积聚，巨大无比，不知不觉，还有沸腾的海洋在婴儿的微躯中汹汹作响。谁要能看透孩子的生命，就能看到湮埋在阴影中的世界，看到正在组织中的星云，方在酝酿的宇宙。儿童的生命是无限的。它是一切……

岁月流逝……人生的大河中开始浮起回忆的岛屿。先是一些若有若无的小岛，仅仅在水面上探出头来的岩石。在它们周围，波平浪静，一片汪洋的水在晨光熹微中展布开去。随后又是些新的小岛在阳光中闪耀。

有些形象从灵魂的深处浮起，异乎寻常的清晰。无边无际的日子，在伟大而单调的摆动中轮回不已，永远没有分别，可是慢慢地显出一大串首尾相连的岁月，它们的面貌有些是笑盈盈的，有些是忧郁的。时光的连续常会中断，但种种的往事能超越年月而相接……

江声……钟声……不论你回溯到如何久远，——不论你在辽远的时间中想到你一生的哪一刻,——永远是它们深沉而熟悉的声音在歌唱……

夜里,——半睡半醒的时候……一线苍白的微光照在窗上……江声浩荡。万籁俱寂,水声更洪大了;它统御万物,时而抚慰着他们的睡眠,连它自己也快要在波涛声中入睡了;时而狂嗥怒吼,好似一头噬人的疯兽。然后,它的咆哮静下来了:那才是无限温柔的细语,银铃的低鸣,清朗的钟声,儿童的欢笑,曼妙的清歌,回旋缭绕的音乐。伟大的母性之声,它是永远不歇的!它催眠着这个孩子,正如千百年来催眠着以前的无数代的人,从出生到老死;它渗透他的思想,浸润他的幻梦,它的滔滔汩汩的音乐,如大氅一般把他裹着,直到他躺在莱茵河畔的小公墓上的时候。

钟声复起……天已黎明!它们互相应答,带点儿哀怨,带点儿凄凉,那么友好,那么静穆。柔缓的声音起处,化出无数的梦境,往事,欲念,希望,对先人的怀念,——儿童虽然不认识他们,但的确是他们的化身,因为他曾经在他们身上逗留,而此刻他们又在他身上再生。几百年的往事在钟声中颤动。多少的悲欢离合!——他在卧室中听到这音乐的时候,仿佛眼见美丽的音波在清新的空气中荡漾,看到无挂无碍的飞鸟掠过,和暖的微风吹过。一角青天在窗口微笑。一道阳光穿过帘帷,轻轻地泻在他床上。儿童所熟识的小天地,每天醒来在床上所能见到的一切,所有他为了要支配而费了多少力量才开始认得和叫得出名字的东西,都亮起来了。瞧,那是饭桌,那是他躲在里头玩耍的壁橱,那是他在上面爬来爬去的菱形地砖,那是糊壁纸,扯着鬼脸给他讲许多滑稽的或是可怕的故事,那是时钟,滴滴答答讲着只有他懂得的话。室内的东西何其多！他不完全认得。每天他去发掘这个属于他的宇宙：——一切都是他的。——没有一件不相干的东西：不论是一个人还是一个苍蝇，都是一样的价值；什么都一律平等地活在那里：猫，壁炉，桌子，以及在阳光中飞舞的尘埃。一室有如一国；一日有如一生。在这些茫茫的空间怎么能辨得出自己呢？世界那么大！真要令人迷失。再加那些面貌，姿态，动作，声音，在他周围简直是一阵永远不散的旋风！他累了，眼睛闭上了，睡熟了。甜蜜的深沉的瞌睡会突然把他带走，随时，随地，在他母亲的膝上，在他喜欢躲藏的桌子底下……多甜蜜，多舒服……

这些生命初期的日子在他脑中蜂拥浮动，宛似一片微风吹掠，云影掩映的麦田。

阴影消散，朝阳上升。克利斯朵夫在白天的迷宫中又找到了他的路径。

清晨……父母睡着。他仰卧在小床上，望着在天花板上跳舞的光线，真是其味无穷的娱乐。一忽儿，他高声笑了，那是令人开怀的儿童的憨笑。母亲探出身来问："笑什么呀，小疯子？"于是他更笑得厉害了，也许是因为有人听他笑而强笑。妈妈沉下脸来把手指放在嘴上，叫他别吵醒了爸爸；但她困倦的眼睛也不由自主地跟着笑。他们俩窃窃私语……父亲突然气冲冲地咕噜了一声，把他们都吓了一跳。妈妈赶紧转过背去像做错了事的小姑娘，假装睡着。克利斯朵夫钻进被窝屏着气。……死一般的静寂。

过了一会儿，小小的脸又从被窝里探出来。屋顶上的定风针吱呀吱呀地在那儿打转。水斗在那儿滴滴答答。早祷的钟声响了。吹着东风的时候还有对岸村落里的钟声遥遥呼应。成群的麻雀，蹲在满绕常春藤的墙上聒噪，像一群玩耍的孩子，其中必有三四个声音，而且老是那三四个，吵得比其余的更厉害。一只鸽子在烟囱顶上咯咯地叫。孩子听着这种种声音出神了，轻轻地哼着唱着，不知不觉哼得高了一些，更高了一些，终于直着嗓子大叫，惹得父亲气起来，嚷着："你这驴子老是不肯安静！等着罢，让我来拧你的耳朵！"于是他又躲在被窝里，不知道该笑还是该哭。他吓坏了，受了委屈；同时想到人家把他比作驴子又禁不住要笑出来。他在被窝底下学着驴鸣。这一下可挨了打。他迸出全身的眼泪来哭。他做了些什么事呢？不过是想笑，想动！可是不准动。他们怎么能老是睡觉呢？什么时候才能起来呢？

有一天他忍不住了。他听见街上好像有只猫，有条狗，一些奇怪的事。他从床上溜下来，光着小脚摇摇晃晃地在地砖上走过去，想下楼去瞧一下；可是房门关着。他爬上椅子开门，连人带椅地滚了下来，跌得很痛，哇的一声叫起来；结果还挨了一顿打。他老是挨打的！……

他跟着祖父在教堂里。他闷得慌。他很不自在。人家不准他动。那些人一齐念念有词，不知说些什么，然后又一齐静默了。他们都摆着一副又庄严又沉闷的脸。这可不是他们平时的脸啊。他望着他们，不免有些心虚胆怯。邻居的老列娜坐在他旁边，装着凶恶的神气，有时他连祖父也认不得了。他有点儿怕，后来也惯了，使用种种方法来解闷。他摇摆身子，仰着脖子看天花板，做鬼脸，扯祖父的衣角，研究椅子坐垫上的草秆，想用手指戳一个窟窿。他听着鸟儿叫，他打呵欠，差不多把下巴颏儿都掉下来。

忽然有阵瀑布似的声音:管风琴响了。一个寒噤沿着他的脊梁直流下去。他转过身子,下巴搁在椅背上,变得很安静了。他完全不懂那是什么声音,也不懂它有什么意思:它只是发光,漩涡似的打转,什么都分辨不清。可是听了多舒服!他仿佛不是在一座沉闷的旧屋子里,坐在一点钟以来使他浑身难受的椅子上了。他悬在半空中,像只鸟;长江大河般的音乐在教堂里奔流,充塞着穹隆,冲击着四壁,他就跟着它一齐奋发,振翼翱翔,飘到东,飘到西,只要听其自然就行。自由了,快乐了,到处是阳光……他迷迷糊糊的快睡着了。

祖父对他很不高兴,因为他望弥撒的时候不大安分。

他在家里,坐在地上,把手抓着脚。他才决定草毯是条船,地砖是条河。他相信走出草毯就得淹死。别人在屋里走过的时候全不留意,使他又诧异又生气。他扯着母亲的裙角说:"你瞧,这不是水吗?干吗不从桥上过?"——所谓桥是红色地砖中间的一道道的沟槽。——母亲理也不理,照旧走过了。他很生气,好似一个剧作家在上演他的作品时看见观众在台下聊天。

一忽儿,他又忘了这些。地砖不是海洋了。他整个身子躺在上面,下巴搁在砖头上,哼着他自己编的调子,一本正经地吮着大拇指,流着口水。他全神贯注地瞅着地砖中间的一条裂缝。菱形砖的线条在那儿扯着鬼脸。一个小得看不清的窟窿大起来,变成群峰环绕的山谷。一条蜈蚣在蠕动,跟象一样的大。这时即使天上打雷,孩子也不会听见。

谁也不理他,他也不需要谁。甚至草毯做的船,地砖上的岩穴和怪兽都用不着。他自己的身体已经够了,够他消遣的了！他瞧着指甲，哈哈大笑，可以瞧上几个钟点。它们的面貌个个不同，像他认识的那些人。他教它们一起谈话，跳舞，或是打架。——而且身体上还有其余的部分呢！……他逐件逐件地仔细瞧过来。奇怪的东西真多啊！有的真是古怪得厉害。他看着它们，出神了。

有时他给人撞见了，就得挨一顿臭骂。

有些日子，他趁母亲转背的时候溜出屋子。先是人家追他，抓他回去；后来惯了，也让他自个儿出门，只要他不走得太远。他的家已经在城的尽头，过去差不多就是田野。只要他还看得见窗子，他总是不停地向前，一小步一小步的走得很稳，偶尔用一只脚跳着走。等到拐了弯，杂树把人家的视线挡住之后，他马上改变了办法。他停下来，吮着手指，盘算今天讲哪桩故事；他满肚子都是呢。那些故事都很相像，每个故事都有三四种讲法。他便在其中挑选。惯常他讲的是同一件故事，有时从隔天停下的地方接下去，有时从头开始，加一些变化；但只要一件极小的小事，或是偶然听到的一个字，就能使他的思想在新的线索上发展。

随时随地有的是材料。单凭一块木头或是在篱笆上断下来的树枝（要没有现成的，就折一根下来），就能玩出多少花样！那真是根神仙棒。要是又直又长的话，它便是一根矛或一把剑；随手一挥就能变出一队人马。克利斯朵夫是将军，他以身作则，跑在前面，冲上山坡去袭击。要是树枝柔软的话，便可做一条鞭子。克利斯朵夫骑着马跳过危崖绝壁。有时马滑跌了，骑马的人倒在土沟里，垂头丧气地瞧着弄脏了的手和擦破了皮的膝盖。要是那根棒很小，克利斯朵夫就做乐队指挥；他是队长，也是乐队；他指挥，同时也就唱起来；随后他对灌木林行礼：绿的树尖在风中向他点头。

他也是魔术师，大踏步地在田里走，望着天，挥着手臂。他命令云彩：“向右边去。”——但它们偏偏向左。于是他咒骂一阵，重申前令；一面偷偷地瞅着，心在胸中乱跳，看看至少有没有一小块云服从他；但它们还是若无其事的向左。于是他跺脚，用棍子威吓它们，气冲冲地命令它们向左：这一回它们果然听话了。他对自己的威力又高兴又骄傲。他指着花一点，吩咐它们变成金色的四轮车，像童话中所说的一样；虽然这样的事从来没实现过，但他相信只要有耐性，早晚会成功的。他找了一只蟋蟀想叫它变成一匹马：他把棍子轻轻地放在它的背上，嘴里念着咒语。蟋蟀逃了……他挡住它的去路。过了一会儿，他躺在地下，靠近着虫，对它望着。他忘了魔术师的角色，只把可怜的虫仰天翻着，看它扭来扭去的扯动身子，笑了出来。

他想出把一根旧绳子缚在他的魔术棍上，一本正经地丢在河里，等鱼儿来咬。他明知鱼不会咬没有饵也没有钓钩的绳，但他想它们至少会看他的面子而破一次例；他凭着无穷的自信，甚至拿条鞭子塞进街上阴沟盖的裂缝中去钓鱼。他不时拉起鞭子，非常兴奋，觉得这一回绳子可重了些，要拉起什么宝物来了，像祖父讲的那个故事一样……

玩这些游戏的时候，他常常会懵懵懂懂的出神。周围的一切都隐没了，他不知道自己在那里做些什么，甚至把自己都忘了。这种情形来的时候总是出其不意的。或是在走路，或是在上楼，他忽然觉得一片空虚……好似什么思想都没有了。等到惊醒过来，他茫然若失，发觉自己还是在老地方，在黑魆魆的楼梯上。在几步踏级之间，他仿佛过了整整的一生。

祖父在黄昏散步的时候常常带着他一块儿去。孩子拉着老人的手在旁边急急忙忙地搬着小步。他们走着乡下的路，穿过锄松的田，闻到又香又浓的味道。蟋蟀叫着。很大的乌鸦斜蹲在路上远远地望着他们，他们一走近，就笨重地飞走了。

祖父咳了几声。克利斯朵夫很明白这个意思。老人极想讲故事，但要孩子向他请求。克利斯朵夫立刻凑上去。他们俩很投机。老人非常喜欢孙子；有个愿意听他说话的人更使他快乐。他喜欢讲他自己从前的事，或是古今伟人的历史。那时他变得慷慨激昂；发抖的声音表示他像孩子一般的快乐连压也压不下去。他自己听得高兴极了。不幸逢到他要开口，总是找不到字儿。那是他惯有的苦闷；只要他有了高谈阔论的兴致，话就说不上来。但他事过即忘，所以永远不会灰心。

他讲着古罗马执政雷古卢斯，公元前的日耳曼族首领阿米奴斯，也讲到德国大将吕佐夫的轻骑兵——诗人克尔纳，和那个想刺死拿破仑皇帝的施塔普斯。他眉飞色舞，讲着那些空前绝后的壮烈的事迹。他说出许多历史的名词，声调那么庄严，简直没法了解；他自以为有本领使听的人在惊险关头心痒难熬，他停下来，装做要闭过气去，大声地擤鼻涕；孩子急得嗄着嗓子问："后来呢，祖父？"那时，老人快活得心都要跳出来了。

后来克利斯朵夫大了一些，懂得了祖父的脾气，就有心装做对故事的下文满不在乎，使老人大为难过。——但眼前他是完全给祖父的魔力吸住的。听到激动的地方，他的血跑得很快。他不大了解讲的是谁，那些事发生在什么时候，不知祖父是否认识阿米奴斯，也不知雷古卢斯是否——天知道为什么缘故——上星期日他在教堂里看到的某一个人，但英勇的事迹使他和老人都骄傲得心花怒放，仿佛那些事就是他们自己做的；因为老的小的都是一样的孩子气。

克利斯朵夫不大得劲的时候，就是祖父讲到悲壮的段落，常常要插一段念念不忘的说教。那都是关于道德的教训，劝人为善的老生常谈，例如："温良胜于强暴"，——或是"荣誉比生命更宝贵"，——或是"宁善毋恶"；——可是在他说来，意义并没这样清楚。祖父不怕年轻小子的批评，照例夸大其词，颠来倒去说着同样的话，句子也不说完全，或者是说话之间把自己也弄糊涂了，就信口胡诌，来填补思想的空隙；他还用手势加强说话的力量，而手势的意义往往和内容相反。孩子毕恭毕敬地听着，以为祖父很会说话，可是沉闷了一点。

关于那个征服过欧洲的科西嘉人①的离奇的传说，他们俩都是喜欢常常提到的。祖父曾经认识拿破仑，差点儿和他交战。但他是赏识敌人的伟大的，他说过几十遍：他肯牺牲一条手臂，要是这样一个人物能够生在莱茵河的这一边。可是天违人意：拿破仑毕竟是法国人；于是祖父只得佩服他，和他鏖战，——就是说差点儿和拿破仑交锋。当时拿破仑离开祖父的阵地只有四十多里，祖父他们是被派去迎击的，可是那一小队人马忽然一阵慌乱，往树林里乱窜，大家一边逃一边喊："我们上当了！"据祖父说，他徒然想收拾残兵，突然扑在他们

① 指拿破仑，因科西嘉为拿破仑出生地。

前面，威吓着，哭着：但他们像潮水一般把他簇拥着走，等到明天，离开战场已不知多远了，——祖父就是把溃退的地方叫做战场的。——克利斯朵夫可急于要他接着讲大英雄的战功；他想着那些在世界上追奔逐北的奇迹出了神。他仿佛眼见拿破仑后面跟着无数的人，喊着爱戴他的口号，只要他举手一挥，他们便旋风似的向前追击，而敌人是永远望风而逃的。这简直是一篇童话。祖父又锦上添花地加了一些，使故事格外生色；拿破仑征服了西班牙，也差不多征服了他最厌恶的英国。

克拉夫脱老人在热烈的叙述中，对大英雄有时不免愤愤地骂几句。原来他是激起了爱国心，而他的爱国热忱，也许在拿破仑败北的时节比着耶拿一役普鲁士大败的时节更高昂。他把话打断了，对着莱茵河挥舞老拳，轻蔑地吐一口唾沫，找些高贵的字来骂，——他决不有失身份的说下流话。——他把拿破仑叫做坏蛋，野兽，没有道德的人。如果祖父这种话是想培养儿童的正义感，那么得承认他并没达到目的；因为幼稚的逻辑很容易以为"如果这样的大人物没有道德，可见道德并不怎么了不起，第一还是做个大人物要紧"。可是老人万万想不到孩子会有这种念头。

他们俩都不说话了，各人凭着自己的一套想法回味那些神奇的故事，——除非祖父在路上遇见了他贵族学生的家长出来散步。那时他会老半天地停下来，深深地鞠躬，说着一大串过分的客套话。孩子听着不知怎样的脸红了。但祖父骨子里是尊重当今的权势的，尊重"成功的"人的；他那样敬爱他故事中的英雄，大概也因为他们比旁人更有成就，地位爬得更高。

天气极热的时候，老克拉夫脱坐在一株树底下，一忽儿就睡着了。克利斯朵夫坐在他旁边，挑的地方不是一堆摇摇欲坠的石子，就是一块界石，或是什么高而不方便的古怪的位置；两条小腿荡来荡去，一边哼着，一边胡思乱想。再不然他仰天躺着，看着飞跑的云，觉得它们像牛，像巨人，像帽子，像老婆婆，像广漠无垠的风景。他和它们低声谈话；或者留神那块要被大云吞下去的小云；他怕那些跑得飞快，或是黑得有点儿蓝的云。他觉得它们在生命中占有极重要的地位，怎么祖父跟母亲都不注意呢？它们要凶起来一定是挺可怕的。幸而它们过去了，呆头呆脑的，滑稽可笑的，也不歇歇脚。孩子终于望得眼睛都花了，手脚乱动，好似要从半空中掉下来似的。他眣着眼皮，有点瞌睡了。……四下里静悄悄的。树叶在阳光中轻轻颤抖，一层淡薄的水汽在空气中飘过，迷惘的苍蝇旋转飞舞，嗡嗡地闹成一片，像大风琴；促织最喜欢夏天的炎热，一劲儿地乱叫：慢慢地，一切都静下去了……树巅啄木鸟的叫声有种奇怪的音色。平原上，远远的有个乡下人在吆喝他的牛；马蹄在明晃晃的路上响着。克利斯朵夫的眼睛闭上了。在他旁边，横在沟槽里的枯枝上，有只蚂蚁爬着。他迷糊了……几个世纪过去了。醒过来的时候，蚂蚁还没有爬完那小枝。

有时祖父睡得太久了；他的脸变得死板板的，长鼻子显得更长了，嘴巴张得很大。克利斯朵夫不大放心地望着他，生怕他的头会变成一个怪样子。他高声地唱，或者从石子堆上稀里哗啦地滚下来，想惊醒祖父。有一天，他想出把几支松针扔在他的脸上，告诉他是从树上掉下来的。老人相信了，克利斯朵夫暗里很好笑。他想再来一下，不料才举手就看见祖父眼睁睁地望着他。那真糟糕透啦:老人是讲究威严的,不答应人家跟他开玩笑,对他失敬;他们俩为此竟冷淡了一个多星期。

路愈坏,克利斯朵夫觉得愈美。每块石子的位置对他都有一种意义;而且所有石子的地位他都记得烂熟。车轮的痕迹等于地壳的变动,和陶努斯山脉①差不多是一类的。屋子周围二公里以内路上的凹凸,在他脑子里清清楚楚有张图形。所以每逢他把那些沟槽改变了一下,总以为自己的重要不下于带着一队工人的工程师;当他用脚跟把一大块干泥的尖顶踩平,把旁边的山谷填满的时候,便觉得那一天并没有白过。

有时在大路上遇到一个赶着马车的乡下人,他是认识祖父的。他们便上车,坐在他旁边。这才是一步登天呢。马奔得飞快,克利斯朵夫快乐得直笑;要是遇到别的走路人,他就装出一副严肃的、若无其事的神气,好像是坐惯车子的;但他心里骄傲得不得了。祖父和赶车的人谈着话,不理会孩子。他蹲在他们两人的膝盖中间,被他们的大腿夹坏了,只坐着那么一点儿位置,往往是完全没坐到,他可已经快活至极,大声说着话,也不在乎有没有人回答。他瞧着马耳的摆动,哎哟,那些耳朵才古怪哟!它们一忽儿甩到左边,一忽儿甩到右边,一下子向前,一下子又掉在侧面,一下子又往后倒,它们四面八方都会动,而且动得那么滑稽,使他禁不住大笑。他拧着祖父要他注意。但祖父没有这种兴致,把克利斯朵夫推开,叫他别闹。克利斯朵夫细细地想了想,原来一个人长大之后,对什么都不以为奇了,那时他神通广大,无所不知,无所不晓。于是他也装作大人,把他的好奇心藏起来,做出漠不关心的神气。

① 陶努斯山脉在德国西部美因河、莱茵河和拉恩河之间。

他不作声了。车声隆隆,使他昏昏欲睡。马铃舞动:丁、当、冬、丁。音乐在空中缭绕,老在银铃四周打转,像一群蜜蜂似的;它按着车轮的节拍,很轻快地在那里飘荡;其中藏着无数的歌曲,一支又一支的总是唱不完。克利斯朵夫觉得妙极了,中间有一支尤其美,他真想引起祖父的注意,便高声唱起来。可是他们没有留意。他便提高一个调门再唱,——接着又来一次,简直是大叫了,——于是老约翰·米希尔生了气:"喂,住嘴!你喇叭似的声音把人闹昏了!"这一下他可泄了气,满脸通红,直红到鼻尖,抱着一肚子的委屈不作声了。他痛恨这两个老糊涂,对他那种上感苍天的歌曲都不懂得高妙!他觉得他们很丑,留着八天不刮的胡子,身上有股好难闻的气味。

他望着马的影子聊以自慰。这又是一个怪现象。黑黑的牲口侧躺着在路旁飞奔。傍晚回家,它把一部分的草地遮掉了,遇到一座草堆,影子的头会爬上去,过后又回到老地方;口环变得很大,像个破皮球;耳朵又大又尖,好比一对蜡烛。难道这真的是影子吗?还是另外一种活的东西?克利斯朵夫真不愿意在一个人的时候碰到它。他决不想跟在它后面跑,像有时追着祖父的影子,立在他的头上踩几脚那样。——斜阳中的树影也是动人深思的对象,简直是横在路上的栅栏,像一些阴沉的、丑恶的幽灵,在那里说着:"别再往前走啦。"轧轧的车轴声和嘚嘚的马蹄声,也跟着反复地说:"别再走啦!"

祖父跟赶车的拉拉扯扯的老是谈不完。他们常常提高嗓子,尤其讲起当地的政治,或是妨害公益的事的时候。孩子打断了幻想,提心吊胆地望着他们,以为他们俩是生气了,怕要弄到拔拳相向的地步。其实他们正为了同仇敌忾而谈得挺投机呢。往往他们没有什么怨愤,也没有什么激动的感情,只谈着无关痛痒的事大叫大嚷,——因为能够叫嚷就是平民的一种乐趣。但克利斯朵夫不懂他们的谈话,只觉得他们粗声大气的,五官口鼻都扭做一团,不免心里着急,想道:“他的神气多凶啊!一定的,他们互相恨得要死。瞧他那双骨碌碌转着的眼睛!嘴巴张得好大!他气得把口水都唾在我脸上。天哪!他要杀死祖父了……”

车子停下来。乡下人喊道:“哎,你们到了。”两个死冤家握了握手。祖父先下来,乡下人把孩子递给他,加上一鞭,车子去远了。祖孙俩已经在莱茵河旁边低陷的路口上。太阳往田里沉下去。曲曲弯弯的小路差不多和水面一样平。又密又软的草,窸窸窣窣的在脚下倒去。榛树俯在水面上,一半已经淹在水里。一群小苍蝇在那里打转。一条小船悄悄地驶过,让平静的河流推送着。涟波吮着柳枝,唧唧作响。暮霭苍茫,空气凉爽,河水闪着银灰色的光。回到家里,只听见蟋蟀在叫。一进门便是妈妈可爱的脸庞在微笑……

啊,甜蜜的回忆,亲切的形象,好似和谐的音乐,会终身在心头缭绕!……至于异日的征尘,虽有名城大海,虽有梦中风景,虽有爱人倩影,其刻骨铭心的程度,决比不上这些儿时的散步,或是他每天把小嘴贴在窗上嘘满了水汽所看到的园林一角……

如今是门户掩闭的家里的黄昏了。家……是抵御一切可怕的东西的托庇所。阴影,黑夜,恐怖,不可知的一切都给挡住了。没有一个敌人能跨进大门……炉火融融,金黄色的鹅,软绵绵的在铁串上转侧。满屋的油香与肉香。饱餐的喜悦,无比的幸福，那种对宗教似的热诚，手舞足蹈的快乐！屋内的温暖，白天的疲劳，亲人的声音，使身体懒洋洋地麻痹了。消化食物的工作使他出了神：脸庞，影子，灯罩，在黑魆魆的壁炉中闪烁飞舞的火舌，一切都有一副可喜的神奇的面貌。克利斯朵夫把脸颊搁在盘子上，深深地体味着这些快乐……

他躺在暖和的小床上。怎么会到床上来的呢？浑身松快的疲劳把他压倒了。室内嘈杂的人声和白天的印象在他脑中搅成一片。父亲拉起提琴来了，尖锐而柔和的声音在夜里哀吟。但最甜美的幸福是母亲过来握着半睡半醒的克利斯朵夫的手，俯在他的身上，依着他的要求哼一支歌词没有意义的老调。父亲觉得那种音乐是胡闹；可是克利斯朵夫听不厌。他屏着气，想笑，想哭。他的心飘飘然了。他不知自己在哪儿，只觉得温情洋溢，他把小手臂绕着母亲的脖子，使劲抱着她。她笑道：

“你不要把我勒死吗？”

他把她搂得更紧了。他多爱她！爱一切！一切的人与物！一切都是好的，一切都是美的……他睡熟了。蟋蟀在灶肚里叫。祖父的故事，英雄的面貌，在快乐的夜里飘浮……要像他们那样做一个英雄才好呢！……是的，他将来是个英雄！……他现在已经是了……哦！活着多有意思！……

这小生命中间，有的是过剩的精力，欢乐，与骄傲！多么充沛的元气！他的身心老是在跃动，飞舞回旋，教他喘不过气来。他像一条小壁虎日夜在火焰中跳舞。① 一股永远不倦的

① 欧洲俗谚谓此种壁虎能在火中跳跃不受灼伤。

热情,对什么都会兴奋的热情。一场狂乱的梦,一道飞涌的泉水,一个无穷的希望,一片笑声,一阕歌,一场永远不醒的沉醉。人生还没有拴住他;他随时躲过了:他在无垠的宇宙中游泳。他多幸福！天生他是幸福的！他全心全意地相信幸福,拿出他所有的热情去追求幸福！……

可是人生很快会教他屈服的。

第二部

天已大明，
曙色仓皇飞遁，
远听宛似海涛奔腾……

《神曲·炼狱》第一

克拉夫脱家的祖籍是安特卫普。老约翰·米希尔少年时脾气暴躁，喜欢打架，某次闹了乱子，逃出本乡。大约在五十年前，他栖身到这个亲王驻节的小城里：红的屋顶，尖的屋脊，浓荫茂密的花园，鳞次栉比地散布在一个柔和的山岗下，倒映在灰绿的莱茵河里。他是出色的音乐家，在这每个人都是音乐家的地方马上被人赏识了。四十岁后，他娶了王府乐队指挥的女儿克拉拉·萨多罗斯，在当地生了根。接着他承袭了岳父的差事。克拉拉是个文静的德国女子，生平只喜欢烹饪跟音乐。她对于丈夫的崇拜，只有她对父亲的敬爱可以相比。约翰·米希尔也非常佩服妻子。他们和和睦睦地过了十五年，生了四个孩子。随后克拉拉死了；约翰·米希尔大哭几场之后，过了五个月又娶了奥蒂丽·苏兹，一个二十岁的姑娘，腮帮通红，非常壮健，老带着笑容。奥蒂丽的长处正好和克拉拉的一样多，而约翰·米希尔也正好一样地爱她。结婚了八年之后，她也死了，但已经生了七个孩子。统共十一个儿女，只有一个活着。虽然他很疼孩子，但那些接二连三的打击并没改变他的快活脾气。最惨酷的打击是三年以前奥蒂丽的死，他那个年纪已不容易重建人生，再造家庭了。可是悲痛了一晌，老约翰·米希尔又定下心来；任何灾难都不能使他失掉精神上的平衡。

他是富于感情的人；但他最特出的一点是健康。他天生的不喜欢愁闷，需要佛兰德[①]式的狂欢，儿童般的痴笑。不论有如何悲伤的事，他绝不少喝一杯，少吃一口；音乐更是从来不放弃的。在他指挥之下，亲王的乐队在莱茵河地区颇有些小名气，而约翰·米希尔运动家般的体格与容易动怒的脾气，也是遐迩皆知。他总不能克制自己，虽然他已经尽量的克制，因为这个性子暴烈的人实际是胆小的，生怕败坏名誉；他喜欢讲规矩，怕人批评，然而他受着血气支配：杀性起处，会突然之间暴躁起来，不但在乐队练习的时候，就在音乐会中有时也会当了亲王的面愤愤地摔他的指挥棍，发疯般地乱跳，狂叫怒吼，把一个乐师臭骂一顿。亲王看着好玩；被骂的音乐家可不免心中怀恨。约翰·米希尔事后觉得羞愧，便表示过分的礼貌想教人忘记；但一有机会他又马上发作了。年纪越大，极端易怒的脾气也越厉害，终于使他的地位不容易维持。他自己也觉得，有一天他大发脾气之后，乐队几乎罢工，他便提出辞呈，心里却希望以多年服务的资格，人家不让他走，会挽留他；可是并不；既然很高傲，不愿意转圜，他只得伤心地走了，认为

① 佛兰德，中世纪伯爵领地，包括今比利时的东、西佛兰德省和法国北部部分地区，其民素以乐天著称。

人家无情无义。

从此,他就不知道怎样消磨日子。七十多岁的人还很壮健,他照旧工作,从早到晚在城里跑来跑去,不是教课,就是聊天,高谈阔论,什么都要过问。他心思巧妙,想出种种方法来消遣:修理乐器,作许多改良的试验,有时也实现一部分。他也作曲,拼命想作曲。从前他写过一部《弥撒祭乐》,那是他常常提到而为家庭增光的。他当时花了不少心血,差一点中风。他教自己相信那是一部杰作,但明明知道写作的时候脑子里是多么空虚。他不敢再看原稿,因为每看一次,总发现一些自以为独创的乐句其实是别个作家的断片,由他费了好大的劲硬凑起来的。这是他极大的痛苦。有时他有些思想,觉得很美,便战战兢兢地奔向书桌,心里想这一回灵感总给他抓住了罢?——但手里才拿起笔,头脑已经空虚了,声音没有了,他竭力想把失踪的乐思给追回来,结果只听到门德尔松或勃拉姆斯等等知名的调子。

乔治·桑说过:"有些不幸的天才缺乏表现力,正如那个口吃的大人物姚弗洛哀·圣-伊兰尔①所说的,他们把深思默想得来的秘密带到了坟墓里去。"约翰·米希尔便是这等人。他在音乐方面并不比在语言方面更能表现自己;但他老是一厢情愿:他真想说话,写作,做个大音乐家,大演说家!这种力不从心的隐痛,他对谁也不说,自己也不敢承认,竭力的不去想,但不由自主的要想,而一想到就觉得心灰意冷。

可怜的老人!在无论哪方面,他都不能完全表露他的本来面目:胸中藏着多少美丽而元气充沛的种子,可是没法长

① 法国十九世纪杰出的生物学家和动物学家。

成;对于艺术的尊严,对于人生的价值,有着深刻动人的信仰,但表现的方式往往是夸张而可笑的;多么高傲,但在现实生活中老是佩服上级的人,甚至还带点儿奴性;多么想独往独来,结果却是唯命是听;自命为强者,实际上可凡事迷信;既向往于英雄的精神,也拿得出真正的勇气,而为人却那么胆小懦怯!——那是一个只发展了一半的性格。

于是约翰·米希尔把野心寄托在儿子身上;而曼希沃最初也表现得很有希望,他从小极有音乐天才,学的时候非常容易,提琴的演技很早就成熟了,大家在音乐会中捧他,把他当做偶像。他钢琴也弹得很不错,还能玩别的乐器。他能说会道,身体长得很好,虽然笨重一些,——可确是德国人认为古典美的那种典型:没有表情的宽广的额角,粗线条的五官生得很端正,留着卷曲的胡子,仿佛是莱茵河畔的一尊朱庇特。老约翰·米希尔对儿子的声名很得意,看到演奏家的卖弄技巧简直出神了;老人自己就从来不能好好地弄一种乐器。要曼希沃表现思想是毫不困难的,糟糕的是他根本没有思想;甚至不愿意思想。他正如一个庸碌的喜剧演员,只知道卖弄抑扬顿挫的声音,而不问声音表现的内容,只知道又焦急又虚荣的留神他的声音对群众的效果。

最奇怪的是,他虽然像约翰·米希尔一样老是讲究当众的态度,虽然小心翼翼地尊重社会的成规,可始终有些跌跌撞撞的,出其不意的,糊里糊涂的表现,使人家看了都说克拉夫脱家里的人总带些疯癫。最初那还没有什么害处;似乎这种古怪劲儿正是大家说他有天才的证据;因为在明理的人看来,一个普通的艺术家绝不会有这种现象。然而不久,大家看出了他的癫狂的性质:主要的来源是杯中物。尼采说酒神是音乐的上帝,曼希沃不知不觉也是这么想;不幸他的上帝是无情的:它非但不把他所缺少的思想赐给他,反而把他仅有的一点儿也拿走了。攀了那门大众认为荒唐,所以他也认为荒唐的亲事以后,他愈来愈没有节制了。他不再用功,深信自己的技巧已经高人一等,结果把那点儿高人一等的本领很快地就丢了。别的演奏家接踵而至,给群众捧了出来;他看了非常痛心;但他并不奋起力追,倒反更加灰心,和一伙酒友把敌手毁谤一顿算是报复。他凭着那种荒谬的骄傲,满以为能够承继父亲做乐队指挥;结果是任命了别人,他以为受了迫害,便装出怀才不遇的神气。老克拉夫脱的声望,使他在乐队里还保住提琴师的职位;但教课的差事差不多全部丢了。这个打击固然伤害了他的自尊心,但尤其影响到他的财源。几年以来,因为时运不济,家庭的收入已经减少许多。经过了真正富足的日子,窘境来了,而且一天一天的加剧。曼希沃只是不理会;他在装饰与享受方面并不因此少花一文。

他不是一个坏人,而是一个半好的人,这也许更糟;他生性懦弱,没有一点儿气魄,没有毅力,还自以为是慈父、孝子、贤夫、善人;或许他真是慈父孝子等等,如果要做到这些,只要有种婆婆妈妈的好心,只要像动物似的,爱家人像爱自己一部分的肉体一样。而且他也不能说是十分自私:他的个性还够不上这种资格。他是哪一种人呢?简直什么都不是。这种什么都不是的人真是人生中可怕的东西!好像一块挂在空中的没有生命的肉,他们要往下掉,非掉下不可;而掉下来的时候把周围的一切都拉下来了。

小克利斯朵夫开始懂得周围的事,正是家境最艰难的时候。

那时他已经不是独子了。曼希沃给妻子每年生一个孩子,完全不管将来的结局。两个在很小的时候就死了。其余两个正好是三岁和四岁。曼希沃从来不照顾他们。鲁意莎要出门,就得把两个小的交给克利斯朵夫,他现在已经有六岁了。

这个职务使克利斯朵夫牺牲不小:下午他不能再到野外去舒舒服服地玩。可是人家拿他当大人看,他也很得意,便一本正经地尽他的责任。他竭力逗小兄弟们玩儿,把自己的游戏做给他们看,拿母亲和小娃娃说的话跟他们胡扯。再不然他学大人的样轮流地抱他们;重得吃不住了,他就咬紧牙齿,使劲把小兄弟搂在怀里,不让他跌下。两个小的老是要人抱;克利斯朵夫抱不了的时候,他们便哭个不休。他们磨他,常常把他弄得发窘。他们很脏,需要收拾,照顾。克利斯朵夫不知道怎么办。他们欺负他。有时他真想打他们一顿,可是又想:"他们还小呢,什么都不知道。"便满不在乎的让他们抓、打、耍弄。恩斯德会无缘无故地叫嚷,跺脚,满地打滚:他是个神经质的孩子,鲁意莎嘱咐克利斯朵夫不能跟他别扭。洛陶夫却像猴子一样的狡猾,老是趁克利斯朵夫手里抱着恩斯德的时候,在他背后百般捣乱:砸破玩具,倒翻水,弄脏衣服,在壁橱里乱掏,把碟子都掉在地下。

洛陶夫捣乱的凶狠,往往使母亲回来非但不夸奖克利斯朵夫,反而对着狼藉满地的情形愁眉苦脸地说一句(虽然不是埋怨他):

"可怜的孩子,你真不高明。"

克利斯朵夫受着委屈，心里说不出的难过。

鲁意莎从来不错过挣钱的机会，遇到特殊情况照旧出去当厨娘，人家结婚或是小孩子受洗的时候，她帮着做酒席。曼希沃假装不知道，因为这有伤他的自尊心；但瞒着他去做，他也并不生气。小克利斯朵夫对于人生的艰苦还一无所知；他除了父母的意志以外不知道还有什么别的约束，而父母的约束也并不怎么严，他们是差不多让他自生自发的。他只希望长大成人，可以为所欲为。一个人亦步亦趋所能碰到的钉子是他意想不到的；他尤其想不到连父母也不能完全自主。他第一次看到人有治人与治于人的分别，而他家里的人并非属于前一类的那天，他整个身心都反抗起来：这是他一生第一次的受难。

那天，母亲替他穿了最干净的衣服，那是人家布施的旧衣衫，由鲁意莎很巧妙很耐性地改过了的。依着她的吩咐，他到她工作的人家去接她。他一想要自个儿进去，不免有点儿胆小。一个当差在门洞下面闲荡，拦住了孩子用长辈的口气问他来意。克利斯朵夫红着脸，照母亲嘱咐的话，嘟囔着说要找"克拉夫脱太太"。

"克拉夫脱太太？找她干吗，克拉夫脱太太？"当差很俏皮地把"太太"两个字念得特别重，"她是你母亲吗？鲁意莎在厨房里，你从那边上去，厨房在走廊尽头。"

他朝着那个方向走过去，脸越来越红了；听见人家叫出母亲的小名，觉得很难为情，他窘极了，恨不得马上逃到可爱的河边，去躲在树底下，他平常自言自语编故事的地方。

一到厨房，他又被别的仆人包围，他们叫叫嚷嚷的招呼他。在里面靠近炉灶的地方,母亲对他笑着,又温柔又有些不好意思。他跑过去扑在她的腿中间。她戴着一条白围裙,手里拿着一支大木匙。她抬起他的下巴,让大家看到他的脸,叫他给在场的每个人去握手请安,这一下他可更加慌了。他不愿意那么做,扭转身子朝着墙壁,把手蒙着脸。可是,慢慢地他胆子大了些,在手指缝里露出一只亮晶晶笑眯眯的眼睛,给人家一瞧又立刻躲起来。他偷偷地打量屋子里的人。母亲那种大事在身地忙碌的神气,他从来没见过;她在每只锅子里尝尝味道,发表意见,用肯定的口气说明烹调的诀窍,原来在那个人家当差的厨娘恭而敬之地听着。屋子非常漂亮,摆着耀眼的铜器;母亲在这等地方受人佩服,当那种角色,孩子看了心里很骄傲。

大家的谈话突然停止。厨房的门打开了,进来一位太太,拖着硬邦邦的衣服窸窣作响,不大放心地对四周看了看。她年纪已经不轻,可还穿着件袖子宽大的浅色衣衫;她手里提着衣摆,怕碰到什么东西。可是她仍旧走到灶前看看菜,甚至还尝尝味道。当她微微举起手臂的时候,袖子一滑,把肘子部分的胳膊都露了出来:克利斯朵夫认为怪难看,非常不雅。她对鲁意莎说话的口气多么刺耳,多么威严!而鲁意莎回答她又多么恭敬!克利斯朵夫看着愣住了。他躲在屋角想不给人家发现;可是没用。太太查问这个男孩子的来历,鲁意莎便过来拉他,要他去见太太,抓住了他的手不让他再把脸蒙起来。克利斯朵夫虽然想挣扎逃跑,可是莫名其妙的觉得,这一回是无论如何不能抗拒的了。太太望着孩子吓昏了的脸,先很和气地对他笑了笑,但马上又拿出长辈的神气,查问他的品行、宗教的功课等。他只是一言不答。她也查看衣服怎么样;鲁意莎立刻说好极了，随手整了整他的上衣；克利斯朵夫觉得身上一紧，几乎要叫起来；他不明白为什么母亲要向那位太太道谢。

太太拉着他的手，说要带他到她的孩子那边去。克利斯朵夫求救似的望着母亲；可是她对女主人那种巴结的神气使他感到没有希望，只得跟着太太走，像一头被牵入屠场的羔羊。

他们到了一个园子里，那儿有两个孩子沉着脸，一男一女，和克利斯朵夫差不多年纪，好像正在生气。克利斯朵夫一来，倒是给他们解了围。两人走拢来打量这新来的孩子。克利斯朵夫被太太丢在那儿，呆呆地站在一条小道上，低着眼睛。那两个在几步之外，把他从头到脚地瞧着，彼此碰着肘子，指手画脚地笑。终于他们打定了主意，问他是谁，从哪儿来的，他父亲是做什么的。克利斯朵夫愣头愣脑的一声不出，窘得几乎哭出来；那个拖着淡黄辫子，穿着短裙，光着两腿的小姑娘，尤其使他害臊。

他们玩起来了。正当克利斯朵夫心神略定的时候，那位小少爷突然在他面前站住，扯着他的衣服说："唷！这是我的！"

克利斯朵夫莫名其妙。听说他的衣服是别人的，他觉得非常气愤，拼命地摇头否认。

"我还认得出呢！"那个男孩子说，"是我的旧蓝上装：这儿还有块污迹。"

他用手指点在上面。随后他又细细看下去，打量克利斯朵夫的脚，问他那双满是补丁的鞋头是用什么补的。克利斯朵夫的脸涨得通红。小姑娘噘着嘴轻轻地和她的兄弟说：

“他是个穷小子。”这一下克利斯朵夫可想出话来了。他嗄着嗓子结结巴巴地说，他是曼希沃·克拉夫脱的儿子，母亲是当厨娘的鲁意莎，——他以为这个头衔和别的头衔一样好听，而且自己是很有理由的；也以为这样一说，他们那种瞧不起人的偏见就给驳倒了。但那两个孩子，虽然给这个新闻引动了兴味，可并不因此瞧得起他。相反，他们倒拿出老气横秋的口气，问他将来当什么差使，厨子还是马夫。克利斯朵夫又不作声了，仿佛有块冰直刺到他的心里。

两个有钱的孩子，突然对穷小子起了一种儿童的、残忍的、莫名其妙的反感，看他默不作声更大胆了，想用什么好玩的方法折磨他。小姑娘尤其不放松。她看出克利斯朵夫穿着紧窄的衣服不能跑，便灵机一动，要他做跳栏的游戏。他们用小凳堆起来做栅栏，叫克利斯朵夫跳过去。可怜的孩子不敢说出不能跳的理由，便迸足气力往前一冲，马上倒在地下，只听见周围哈哈大笑。他们要他再来过。他眼泪汪汪的，拼了一下命，居然跳过了。可是那些刽子手还不满意，认为栅栏不够高，又把别的东西加上去，堆成了一座小山。克利斯朵夫试着反抗，说不跳了。小姑娘便叫他胆怯鬼，说他害怕。克利斯朵夫听着受不住，明知非跌不可，也就跳了，跌了。他的脚碰到了障碍物，所有的东西都跟着他一齐倒下。他擦破了手，差点儿砸破脑袋；而最倒霉的是，他的衣服在膝盖部分和旁的地方都撕裂了。他又羞又恼，只听见两个孩子高兴得在周围跳舞；他心里难过死了，觉得他们瞧不起他，恨他：为什么？为什么？他宁可死了！——最难受的痛苦就是儿童第一次发现别人的凶恶：他以为全世界的人都在迫害他，没有一点儿倚傍：真是什么都完了，完了！……克利斯朵夫想爬起来；男孩子把他一推又跌倒了;小姑娘还要踢他。他重新再爬:两个孩子却一齐扑在他身上,坐在他背上,把他的脸揿在土里。于是他心头火起;一桩又一桩的磨折怎么受得了!手疼得发烧,又撕破了美丽的衣衫,——那真是大难临头了!——羞愧,悲伤,对强暴的愤懑,一下子来的多少灾难,统统变成一股疯狂的怒气。他把手和膝盖撑在地下,撅起身子,像狗一样抖擞了一下,把两个敌人摔开了,等到他们再扑上来,他便低着头直撞过去,给了小姑娘一个嘴巴,又是一拳把男孩子打倒在花坛中间。

于是一阵叫嚷,孩子们尖声喊着逃进屋子去了。然后只听见砰砰訇訇的开门,怒气冲冲的啰唣。太太出现了,拖着长裙,尽量地奔。克利斯朵夫看见她来并不想逃,他对自己所做的事吓坏了:这是闯了大祸,犯了大罪;但他一点不后悔。他等着。他完了。管它!他已经绝望了。

太太向他直扑过来。他觉得挨了打,听见她狂叫怒吼,说了许多话,一句也听不出。两个小冤家又来了,看着他受辱,一边还咭咭呱呱地直着嗓子叫。仆人们也都到场,七嘴八舌地嚷成一片。又为了彻底收拾他,鲁意莎也给叫了来;她非但不保护他,反而不问情由就是几个嘴巴,还要他赔礼。他愤愤地拒绝了。母亲更用力推他的身子,拉他到太太跟孩子前面,要他下跪,可是他跺脚,大叫,咬着母亲的手,终于在仆人们的哄笑声中逃跑了。

他走了,伤心得不得了,又气愤,又挨了顿巴掌,脸上火辣辣地发烧。他竭力不去想它,急急忙忙搬着脚步,因为不愿意在街上哭。他恨不得马上到家,用眼泪来发泄一下,喉咙塞住了,血都跑到了头里,他差不多要爆裂了。

终于到了家，他奔上黑魆魆的楼梯，奔到他睡觉的地方，临着河，在一个窗洞底下。他气吁吁地倒在床上，眼泪像洪水似的决了口。他不大明白为什么要哭，但非哭不可；第一阵的巨潮快完了，他接着又哭，因为抱着一肚子的恨，他要哭，要教自己难过，好似他责罚了自己，同时也就责罚了别人。后来，想到父亲快回家，母亲要把事情全盘说出来，他觉得苦难还没有完呢。他决心逃了，不管上哪儿，只要能从此不回来。

不料他下楼的时候，正碰到父亲回家。

"你干吗，孩子？往哪儿去？"曼希沃问他。

他不回答。

"大概闯了祸吧，你做了什么事啊？"

克利斯朵夫一味地不作声。

"你做了什么事？回答我呀！"

孩子哭起来了，曼希沃嚷起来了，两人的声音越来越高，临了鲁意莎也急急忙忙上楼了。她还像刚才一样地神魂不定，一进来就大骂，又加上几个嘴巴，曼希沃听明白了，也帮着揍他（或许没有明白之前已经动手了），那股狠劲差不多可以打死一条牛。他们俩叫着嚷着。孩子嚎着。结果父母吵架了，火气都一样地大。曼希沃一边揍着孩子一边说孩子并没错，说这是侍候别人的好处，他们仗着有钱，肆无忌惮。鲁意莎一边揍着孩子一边骂丈夫野蛮，说她不答应他碰孩子，把他打伤了。的确，克利斯朵夫流了些鼻血，他自己并不在乎；母亲粗手粗脚的把湿布堵住他鼻子，他也并不感激，因为她还在骂他。末了，他们把他推在一间黑房里，不给他吃晚饭。

他听见他们对叫对嚷；他不知道更恨哪一个，似乎是母亲，他从来想不到她会这样凶的。一天的苦难一齐压在他心上：所有的委屈，两个孩子的强凶霸道，那太太的强凶霸道，父母的强凶霸道，——还有他虽然不大明白，可是像剧烈的伤口一般使他感觉到的，是他引以自傲的父母居然会向那些卑鄙的恶人低头。这种卑躬屈膝的态度，他第一次隐隐约约地感觉到，认为简直是无耻。他心中一切都动摇了：对父母的尊敬与钦佩，对人生的信心，希望爱人家、同时也受到人家的爱那种天真的需要，盲目而绝对的道德信仰，一股脑儿都给推翻了。这是天翻地覆的总崩溃。他给暴力压倒了，既没法自卫，也没法躲闪。他闭住了气，以为要死了。在无可奈何的反抗中，他身子都发僵了。他用拳、用头、用脚，往墙上乱打乱撞，大号大叫，抽搐着，拼命地撞着家具，倒在了地下。

父亲母亲都赶了来，把他抱在怀里，这一下他们俩是比赛谁更温柔了。母亲替他脱了衣服，放倒在床上，坐在旁边，直等到他比较安静的时候。但他一点儿不让步，一点儿不原谅，他假装睡着，不愿意和她拥抱。他认为母亲恶劣而又卑鄙。至于她为生活和养活他而受的苦，不得不站在人家一边跟他为难的隐痛，他是万万想不到的。

等到孩子眼中流不完的眼泪也流到了最后一滴，他觉得松动了些。他累极了，可是神经过于紧张，还不能立刻睡着。他迷迷糊糊地觉得刚才的印象又在那里浮动，尤其是那个小姑娘，睁着明亮的眼睛，耸着小鼻子，一脸的瞧不起人，肩上披着长头发，光着腿，说着那些幼稚而装腔作势的话。他打了个寒噤，好像又听到她的声音了。他记得自己在她面前多么傻，不由得恨死了她。他不能原谅她的欺侮，恨不得也把她欺侮一顿，教她哭一场。他想种种的方法，可一个都想不出。看样子，她完全不把他放在心上。可是为了消消自己的气，他假定一切都能够如愿以偿。他把自己想做一个有权有势的人,而她又爱上了他。根据这个,他就造出一段荒唐的故事,结果他竟信以为真了。

她为他害了相思病;他可是不理她。他在她门前走过,她躲在窗帘后面偷偷地看他;他明明知道,却故意假痴假呆,同人家有说有笑。甚至为了增加她的苦闷,他出门到远地去了。他干了很大的事业。——他从祖父的英雄故事中挑出几段做穿插。——那时她可悲伤得病倒了。她的母亲,那位骄傲的太太来哀求他:“我可怜的女儿快死了。我求你,请你来罢!”于是他去了。她躺在那儿,脸色苍白,瘦得不得了。她向他伸出手来。她说不上话,只顾捧着他的手亲着哭着。于是他很慈悲很温柔地望着她,嘱咐她保养身体,允许她爱他。故事编到这个地方,他为了延长自己的快意,便把那一段对话和动作翻来覆去讲了好几遍,结果他睡了,心平气和地睡熟了。

他睁眼醒来,已经天亮了,可是这一天的光辉没有昨天早晨那样轻快了:世界有过一点儿变化了。克利斯朵夫已经尝到了人间的不公道。

有些时候家里非常艰难,而这种情形越来越多了。遇到这些日子,大家吃得很苦。感觉最清楚的要算克利斯朵夫。父亲是一点不觉得的,他第一个捡菜,尽量地拿。他咭咭呱呱地说话,自得其乐地哈哈大笑,全没注意到他的女人强作笑容,和瞧他捡菜的那种目光。盘子从他手里递过来,一半已经空了。鲁意莎替孩子们分菜,每人两个马铃薯。轮到克利斯朵夫,往往盘子里只剩了三个,而母亲自己还没拿。他早已知道,没轮到他就已经数过了。他便鼓足勇气,装做满不在乎地说："只要一个，妈妈。"

她有点不放心了。

"两个罢，跟大家一样。"

"不，真的，我只要一个。"

"你不饿么？"

"对啦，我不大饿。"

可是她也只拿一个，他们俩仔仔细细地剥皮，把它分成小块，慢条斯理地吃着。母亲留心看着他，等他吃完了就说："喂，把这个吃了罢！"

"不，妈妈。"

"你可是病了？"

"不是的，我吃饱了。"

有一回父亲怪他作难，把最后一个马铃薯充公，自己拿去吃了。从此克利斯朵夫留了神，把剩余的一个放在自己盘里，留给小兄弟恩斯德；他一向是贪嘴的，早就在眼梢里瞅着了，待了一忽儿就说："你不吃吗？给我行不行，克利斯朵夫？"

哦！克利斯朵夫多恨他的父亲，恨他的不想到他们，连吃掉了他们的份儿都没想到！他肚子多饿，他恨父亲，竟想对他说出来，可是他又高傲地想起来，自己没有挣钱的时候没有说话的权利。父亲多吃的这块面包，是父亲挣来的。他还一无所有，对大家只是一个负担。将来他可以说话，——要是还能挨到将来！喔！就怕等不到那一天早已饿死了！……

这种惨酷的挨饿的痛苦，他比别的孩子感觉得更清楚。他的强壮的胃受着毒刑；有时他为之发抖，头疼；胸口有个窟窿在打转，越转越大，仿佛有把锥子往里钻。可是他忍着不说，他觉得母亲在注意他，便装做若无其事。鲁意莎很揪心地，隐隐约约地懂得，儿子省着不吃是为了让别人多吃一些；她拼命丢开这念头，总是丢不开。她不敢追究，不敢查问克利斯朵夫的真情；要是真的，她又怎么办呢？她自己从小就挨饿惯的。既然没有办法，抱怨有什么用？的确，她因为身体衰弱，不需要多吃东西，没想到孩子挨饿的时候更难受。她什么话也不和他说。有一两次，两个孩子跑在街上，曼希沃出去了，她要大儿子留在身边替她做点儿小事。她绕线，克利斯朵夫拿着线团。冷不防她丢下活儿，热情冲动地把他拉在怀里，虽然他很重，还是抱他坐在膝上，紧紧地搂着他。他使劲把手臂绕着她的脖子。他们俩无可奈何地哭着，拥抱着。

"可怜的孩子！……"

"妈妈，亲爱的妈妈！……"

他们一句话也不多说，可是彼此心里很明白。

克利斯朵夫过了好久才发觉父亲喝酒。曼希沃的酗酒并不超过某个限度，至少在初期。发酒疯的时候也并不粗暴。大概总是过分的快乐。他说些傻话，几小时地拍着桌子，直着喉咙唱歌；有时他死拖活拉的要跟鲁意莎和孩子们跳舞。克利斯朵夫明明看见母亲垂头丧气，躲得远远的，低着头做活，她尽量地不看酒鬼，他要是说出使她脸红的野话，她就很温和地叫他住嘴。可是克利斯朵夫弄不明白；他多么需要快乐，父亲兴高采烈的回家，在他简直像过节一样。家里老是那么凄凉，这种狂欢正好让他松动一下。父亲滑稽的姿势，不三不四的玩笑，使他连心都笑开了；他跟着一起唱歌，跳舞，觉得母亲很生气地喝阻他非常扫兴。这有什么不对的地方，父亲不也在那样做吗？虽然他一向头脑很灵，把事情记得很清，觉得父亲好些行为都跟他儿童正直的本能不尽符合，可是他对父亲仍旧很崇拜。这在儿童是一种天然的需要。也是自我之爱的一种方式。倘使儿童自认为没有能力实现心中的愿望，满足自己的骄傲，他就拿这些去期望父母；而在一个失意的成人，他就拿这些去期望儿女。在儿童心中，父母便是他自己想做而做不到的人物，是保卫他的人，代他出气的人；父母心中的儿女亦然如此，不过要等将来罢了。在这种"骄傲的寄托"中间，爱与自私便结成一片，其奋不顾身的气势，竭尽温存的情绪，都达于沉醉的境界。因此克利斯朵夫把他对父亲的一切怨恨都忘了，尽量找些景仰他的理由：羡慕他的身段，羡慕他结实的手臂，他的声音笑貌，他的兴致；听见人家佩服父亲的演技，或者父亲过甚其词地说出人家对他的恭维话，克利斯朵夫就眉飞色舞，觉得很骄傲。他相信他的自吹自擂，把父亲当做一个天才，当做祖父所讲的英雄之一。

一天晚上七点光景，只有他一个人在家。小兄弟们跟着老祖父散步去了，母亲在河边洗衣服。门一开，曼希沃闯了进来；他光着头，衣衫不整，蹦蹦跳跳的，一倒便倒在桌前的椅子里。克利斯朵夫笑了，以为他像平常一样又来玩把戏了，便迎上前去。但走近一看，他再也笑不上来了。曼希沃坐在那里，垂着手臂，眨巴着眼睛望着前面，脸色通红，张着嘴，不时发出很可笑的蝈蝈声。克利斯朵夫愣住了。他先是以为父亲开玩笑，可是看他一动不动，便害怕了。他喊着："爸爸！爸爸！"

曼希沃仍是像母鸡一样蝈蝈的叫。克利斯朵夫无可奈何地抓着他的胳膊，尽力地推他摇他："爸爸，好爸爸，你回答我啊！"

曼希沃身子软绵绵的晃来晃去，差不多快倒下来；他脑袋向前，对着克利斯朵夫的头伸过来，瞪着他，气哼哼地嘟囔着，根本说不成话。赶到克利斯朵夫的眼睛和他神色错乱的眼睛碰在一起的时候，孩子忽然大吃一惊，逃到卧房的尽里头，跪在床前，把脸埋在被窝底下。这样过了半晌。曼希沃在椅子上重甸甸地摇摆，傻笑。克利斯朵夫掩着耳朵不愿意听，打着哆嗦。他的心绪真是没法形容：只觉得昏天黑地，又是怕又是痛苦，仿佛死了什么人，死了一个心爱而敬重的人。

一个人也不回家，屋子里只有父子两个，天黑下来了，克利斯朵夫的恐怖一分钟一分钟地增加。他不由自主地要伸着耳朵听，可是一听那个认不得的声音，全身的血都凉了，瘸腿似的钟摆，替那胡闹的怪声打拍子。他受不住了，想逃了。可是要走出屋子非在父亲面前过不可，而克利斯朵夫一想要看到父亲的眼睛就发抖，仿佛会吓死的。他想法蹲在地下，手脚并用地爬到房门口。他既不敢喘气，也不敢抬头望一眼，只要在桌子底下看到父亲的脚有点小小的动作，他就停住。醉鬼的一条腿在那里索索地抖。克利斯朵夫终于到了门口，笨拙地手也抓住了门钮，不料慌慌张张的一松手，门又突然关上了。曼希沃想转过身来看，他坐着摇摆的椅子冷不防失去了重心，稀里哗啦地倒在了地下。克利斯朵夫吓得连逃出去的气力也没有了，靠在墙上眼看着父亲躺在脚下；他喊救命了。

一跤跌下，曼希沃清醒了些。把摔他下地的椅子骂着，咒着，捶了几拳，挣扎着想站起而站不起来之后，他背靠着桌子坐定了，开始认出周围的环境。他看见克利斯朵夫哭着，就叫他过去。克利斯朵夫想逃，可是挪不动身子。曼希沃又叫他；看孩子站着不动就生了气，赌起咒来。克利斯朵夫只得浑身哆嗦的向前。曼希沃把他拉过去，抱他坐在膝上，先拧着孩子的耳朵，结结巴巴的，把儿童应该如何尊重父亲的话教训了一顿。随后，他忽然改变了念头，一边说着傻话一边把他放在怀里颠簸，哈哈大笑。然后他又急转直下地想到不快活的念头，哀怜孩子，哀怜自己，紧紧搂着他，几乎教他喘不过气，把眼泪和亲吻盖满着孩子的脸；末了，他高声唱着我从深处求告，[①]摇着孩子给他催眠。克利斯朵夫吓昏了，一点不敢挣扎。他在父亲怀里闷死了，闻到一股酒气，听着醉汉的打嗝儿，给讨厌的泪水与亲吻的口水沾了一脸，他又害怕又恶心的在那儿受难。他真想叫喊，可是一声也喊不出。他觉得这可怕的情形仿佛有一世纪之久，——直到后来，房门一开，鲁意莎挽着一篮衣服进来了。她大叫一声，把篮摔在地下，拿出她从来未有的狠劲，奔过来从曼希沃怀里抢出了克利斯朵夫。

“哎哟！该死的酒鬼！”她嚷着，眼里冒着火。

克利斯朵夫以为父亲要去杀死母亲了。可是曼希沃被他女人气势汹汹的态度吓呆了，一句话也没有，哭起来了。他在地下乱滚，把头撞着家具，嘴里还说她是对的，他是一个酒鬼，害一家的人受苦，害了可怜的孩子们，他愿意马上死掉。鲁意莎转过身子不理他，把克利斯朵夫抱到隔壁房里，尽量地抚慰他。孩子还在发抖，对母亲的问话也答不上来；接着他又号啕大哭。鲁意莎把他的脸在水里浸了一忽儿，拥抱他，对他说着温柔的话，和他一起哭了。终于他们俩都静下来。她跪在地下，叫他也跪在旁边。他们做了个祈祷，求上帝治好父亲这种恶习，使他仍旧和和气气的，跟从前一样。鲁意莎安排孩子睡

① 《旧约·诗篇》第一三〇篇：“耶和华啊，我从深处向你求告，主啊，求你听我的声音……”

下。他要她坐在床边拿着他的手。那一夜,鲁意莎在发烧的克利斯朵夫的床头坐了好久。酒鬼却躺在地下打鼾。

过了一晌,克利斯朵夫上学了,他老望着天花板上的苍蝇,把拳头捶着旁边的孩子,推在地下;他动个不停,笑个不停,从来不念书。有一天,克利斯朵夫自己摔在了地下,讨厌他的老师便说了句难听的话隐射某个大家知道的人,说他大概要青出于蓝的走上那条路了。所有的孩子听着都哈哈大笑;有些同学还揭穿隐喻,加上一些又明白又有分量的注解。克利斯朵夫爬起来,羞得满脸通红,拿起墨水瓶对准一个正在笑的人扔过去。老师冲上来就是一顿拳头,用鞭子抽他,要他跪在地下,再加上极重的罚课。

他脸色发了青,憋着一肚子怨气回家,冷冷地说他再也不上学了。家里人并没把他的话放在心上。明天早上,母亲提醒他该上学了,他却安安静静地回答,他早说过不去的了。鲁意莎对他软骗硬吓都没用。他坐在一角,死赖在那里。曼希沃揍他,他就直嚷;每次揍过了叫他上学,他总是火气更大地回答一声“不去!”人家要他至少说出理由来,他却咬紧牙关,死不开口。曼希沃抓着他硬送到学校交给老师。可是他一到座位上,就有计划的毁坏手头所有的东西:墨水瓶,笔,练习簿,书本,而且故意做得教人看见,带着挑战的意味望着老师。结果他被关进黑房。——过了一会儿,老师发现他用手帕缚着脖子,拼命往两头拉:他要把自己勒死。

人家只得打发他回去。

克利斯朵夫很能吃苦。他结实的身体是父亲与祖父的遗传。家里没有一个娇弱的人:生病也罢,不生病也罢,他们从来不抱怨,什么也不能使克拉夫脱父子的习惯改动分毫。他们不管什么天气都出门,夏天跟冬天一样,几小时的淋着雨或晒着太阳,有时还光着头,敞开着衣服,由于疏忽或由于逞强,走上几十里地也不觉得疲倦。可怜的鲁意莎一声不出的跟在后面,血色全无,两腿虚肿,心跳得要蹦出来了,只能走一下停一下,他们又可怜她又瞧不起她。克利斯朵夫也差不多要跟着他们轻视母亲了:他不懂一个人怎么会生病的。他跌了一跤,碰了一下,弄破了,烫坏了的时候,他是不哭的,只对着使他受罪的东西生气。父亲跟小伙伴们的强暴,街上和他打架的野孩子,把他磨炼得十分结实。他不怕挨打,鼻青眼肿地回家是常事。有一天,他在这一类的恶斗中,被敌人压在身底下,拼命把他的脑袋撞着街上的石板;他被救出来的时候,差不多快闷死了。他可认为稀松平常,预备把这一套照样去回敬别人。

然而他也害怕许许多多的东西;虽然为了骄傲而不说,但他最痛苦的莫过于童年时代那些连续不断的恐怖。尤其有两三年之久,它们像病一般的把他折磨着。

他怕藏在暗处的神秘的东西,怕那些要害人性命的恶鬼,蠢动的妖魔,那是每个孩子的头脑里都有而且到处看得见的。一方面这是原始动物的遗传;一方面因为初生的时期,生命与虚无还很接近,在母胎中昏睡的记忆,从冥顽的物体一变而为幼虫的感觉,都还没有消失:这种种的幻觉便是儿童恐怖的根源。

他怕那扇阁楼的门:它正对着楼梯,老是半开着。他要走过的时候,心就跳了,便鼓足勇气蹿过去,连望也不敢望一下。他觉得门背后总有什么人或什么东西。逢到阁楼门关上的日子，他从半开的猫洞里清清楚楚听到门后的响动。这原不足为奇，因为里边有的是大耗子；但他的幻想认为那是一个鬼怪：身上是七零八落的骨头，百孔千疮的皮肉，上面是一个马头，一双吓得死人的眼睛，总之是奇奇怪怪的形状。他不愿意想它，但不由自主的要想。他手指颤巍巍的去摸摸门键是否闩牢，摸过之后，走到半楼梯还要再三回去瞧瞧。

他怕屋外的黑夜。有时他在祖父那边待久了，或是晚上被派去有什么差使。老克拉夫脱住的地方差不多已经在城外，一过他的屋子便是上科隆去的大路。在这座屋子与市梢上有灯火的窗子中间，大约隔着二三百步，克利斯朵夫却觉得有三倍的远。有一段路拐了弯，什么都看不见了。黄昏时的田野是荒凉的；地下都黑了，天上灰灰的好不可怕。走完环绕大路的丛树而爬上土丘的时候，还能看到天边有些昏黄的微光；但这种光并不发亮，反比黑夜更教人难受，黑的地方显得更黑：那是一种垂死的光。云差不多落到地面上。小树林变得很大很大，在那儿摇晃。瘦削的树好似奇形怪状的老人。路旁界石上的反光，像青灰色的衣服。阴影似乎在蠕动。土沟里有侏儒坐着，草里闪着亮光，空中有东西飞来飞去，可怕得很，还有不知从何而来的虫，叫得那么尖厉刺耳。克利斯朵夫老是提心吊胆，预备自然界中出点儿什么凶恶的怪事。他飞奔着，心在胸中乱跳。

望见了祖父屋里的灯光，他才安心。但糟糕的是，往往老人还没回家；那才更可怕了。田野里只有这所孤零零的老屋子，便是在白天，孩子已经非常胆怯。要是祖父在家，他就忘了恐怖；但有时老人会不声不响丢下他出门。克利斯朵夫没有发觉。室内很安静。所有的东西对他都是很熟很和气的。

屋里有张白大木床;床头的搁板上放着一部又大又厚的《圣经》,火炉架上供着纸花,两位太太和十一个孩子的照片,老人在每张相片下面都注着他们的生年死月。壁上挂着嵌在镜框里的祷文,莫扎特和贝多芬的粗劣的彩色肖像。屋角放着架小钢琴,另外一角放着一架大提琴;还有是杂乱的书架,挂着烟斗;窗口摆着几盆风吕草。周围的一切好像都是朋友。老人在隔壁房里走来走去;可以听见他在刨木头,敲钉子;他自言自语,骂自己糊涂;再不然是大声唱着,把赞美诗,酒歌,感伤的歌,杀气腾腾的进行曲,杂凑在一起。在这种环境里,他觉得很安全。克利斯朵夫坐在靠窗的大沙发中,膝上摆着一本书,埋头看着图画,出神了。天慢慢地黑下来,他的眼睛模糊了,终于丢开书本,恍恍惚惚地胡思乱想起来。车轮远远的在路上隆隆地响。一条母牛在田间叫。城里懒懒的钟声奏着晚祷。渺茫的欲望,模糊的预感,在惘然幻想的儿童心中觉醒了。

突然克利斯朵夫心中一慌,惊醒了。他抬起眼睛:黑夜茫茫;侧耳倾听:万籁俱寂。祖父才走出去。他打了个寒噤,靠着窗口,还想望一望他:路上很荒凉;万物开始扮起骇人的脸。天哪! 要是它会来? ——谁呢? ……他可说不出。反正是可怕的东西……屋子里的门都关不严。楼梯格格作响,好似有人走过。孩子跳起来,拖着一张沙发,两张椅子和一张桌子,摆到室内最安全的一角,围成一道栅栏:沙发靠着墙壁,左边一张椅子,右边一张椅子,桌子摆在前面。中间布置一架双折的梯子,他趴在顶上,除了刚才看的书,又另外拿了几本抱在手里,当做被围受困时的防御物,于是他松了口气,因为在孩子的想象中,敌人无论如何不能冲过栅栏的了:那是禁止的。

但敌人有时就会从书中跳出来。——在祖父随便买来的旧书里，有些附着插图，给孩子很深刻的印象：他又想看又怕看。那全是些神怪的幻境，例如《圣·安东尼的诱惑》，其中有鸟的骷髅在水瓶里下粪，无数的蛋在破开的青蛙肚子里像虫一般蠕动，没有身子的头在走路，屁股吹着喇叭，还有家用的器具和动物的尸身，裹着大氅，像老太太般，一边庄严地前进，一边行着礼。克利斯朵夫看着毛骨悚然，但就因为厌恶，反而常常要看。他老半天地瞪着它们，不时向四下里溜一眼，看是什么东西在窗帘的皱裥中扭动。——一本解剖书里有一幅人体的图尤其使他厌恶。快到书中那个地方的时候，他哆嗦着翻着书页。那些五颜六色的怪模样对他有种特别强烈的刺激。而儿童的创造力把呆板的图画又加了一番润色。他分不清这些光怪陆离的图跟现实有什么不同。而夜里做梦的时候，书中的图画反比白天看到的活的形象对他更有影响。

他也怕睡觉。有好多年，噩梦老是教他睡不安稳：——有时，他在地窖里闲荡，忽然看见风洞里钻进那个解剖图上的人体对他挤眉弄眼。——有时，他独自在一间屋里；听见走道上有轻微的脚步声，他扑过去关门，才抓住门钮，外边已经有人在拉了；他锁不了门，没有气力了，只能喊救命。他知道外边要进来的是谁。——有时，他和家里的人在一块儿；可是突然之间，他们的脸变了，做出许多疯疯癫癫的事。——有时，他很安静地在看书；冷不防觉得有一个看不见的幽灵在他四周。他想逃，可是被拴住了。他要喊，嘴巴给堵住了。脖子给紧紧地箍着。他上气不接下气地醒过来，牙齿格格地打战，直哆嗦了好些时候；他怎么样也摆脱不了恐怖的感觉。

他的卧室是屋子里没有窗没有门的一角；进口高头有根

铁杆,挂着条破帘子,就算跟父母的卧房隔开了。重浊的空气使他呼吸阻塞。和他睡在一床的兄弟们常常用脚踢他。他头里热烘烘的,白天牵挂着的小事这时给格外地夸大了,化为种种的幻觉。在这种近乎噩梦的、神经极度紧张的情形之下,一点儿极小的刺激都使他很痛苦。地板上格格的响声使他惊悸不止。父亲的鼾声大得异乎寻常,不像是人的呼吸,他听着不寒而栗,竟像是一头野兽睡在那里。黑夜把他压倒了,它简直是无穷无尽的,永远是这样的了:他仿佛已经躺了几个月。他喘着气,在床上坐起来,用衬衫的袖子抹着脑门上的汗。有时他推醒弟弟洛陶夫;可是他咕噜了几声,把所有的被一齐卷在身上又睡熟了。

他这种狂乱的苦闷,直要到帘子下面的地板上透露一线鱼白色的时候,才算过去。这道黎明时分幽微的白光,使他一下子平静了。虽然谁也不能在阴影中辨别出来,他已经觉得那道光溜进了屋子:热度立刻退下去,血流也正常了,仿佛泛滥的河水重新回进了河床;全身的温度平均了,他的失眠的干涩的眼睛终于闭上了。

晚上快到睡觉的时间他就惊慌。他打定主意要抵抗瞌睡,预备熬夜,免得做噩梦。可是疲倦终究把他征服了;而且总在他最不防备的时候,那些妖魔又出现了。

可怕的黑夜!大多数的孩子觉得多甜蜜而一部分的孩子觉得多可怕的黑夜!……他怕睡觉,又怕睡不着觉。睡着也罢,醒着也罢,周围总是些鬼怪的形象,幻想中的幽灵,还有那些母胎中的幼虫,在童年将尽时的微光中浮动,好似在疾病的阴影中荡漾。

但这些幻想的恐怖,不久便将在“大恐怖”前面消失。这大恐怖是蛀蚀一切人类的“死”，古往今来的哲人竭力要忘掉它否定它而终于无效的“死”。

有一天他在壁橱里摸索的时候，抓到一些不认得的东西：一件孩子的衣衫，一顶有条纹的小帽。他得意扬扬地拿到母亲前面，她非但不对他笑，反而沉着脸叫他放还原处。他并没马上照办，还要追问为什么；母亲一言不答，把东西抢过来放在他拿不到的一格里去了。他觉得莫名其妙，便再三的发问。她被逼不过，终于说出那是他没有出世以前早已死掉的一个小哥哥的衣服。他愣住了：他从来没听见讲过这件事。他静默了一会儿，还想多知道些。可是母亲好像心不在焉；只说他也叫做克利斯朵夫，可是比他听话。他提出别的问句，她却不愿意回答了，只说那个孩子在天上，为他们大家祈祷。克利斯朵夫再也问不出什么；母亲叫他住嘴，让她安心工作。她似乎真是一心在那里缝东西，若有所思的，眼睛也不抬起来。过了一忽儿，她看见他躲在一边生气，便对他笑笑，很温柔地叫他到外边去玩。

这些话给了克利斯朵夫很大的刺激。哦，原来有过一个孩子，跟他一样也是母亲的儿子，取着同样的名字，差不多和他没有分别，可是已经死了！——死，他不大明白是怎么回事，大概是挺可怕的罢。——人家从来没提到那个克利斯朵夫；他完全给忘了。那么要是他死了，势必是一样的了？——晚上和大家一桌子吃饭，看他们有说有笑，谈着不相干的事，他心里还想着那个念头。他要死了，敢情人家还会这样快活！嗳嗳！他做梦也想不到母亲这样的自私，死了儿子还能笑！他对父母都恨起来了，很想为自己痛哭一场，预先哭自己的死。同时他也想提出一大串问题，可是不敢，他记得母亲叫他住嘴的口气。——终于他忍不住了，到睡觉的时候，母亲来拥抱他，他就问：

“妈妈，他是不是也睡在我的床上？”

可怜的母亲打了个寒噤，勉强装着若无其事的声音问：“谁啊？”

“那孩子……那个死了的孩子。”克利斯朵夫声音很低。

母亲突然把他紧紧地抱着说：“住嘴，住嘴。”

她的声音在发抖；克利斯朵夫靠在母亲怀里，听到她的心跳。两人静默了一会儿，随后她说：

“小宝贝，这种话以后不能再提了……安心睡觉吧……不，这不是他的床。”

她把他拥抱了一下；他以为母亲的腮帮湿了，只希望是真的湿了。他心里宽慰了些：原来她还是心痛的！但过了一会儿，听到母亲在隔壁屋里用着那种安静的、日常听惯的声音说话，他又起了疑心。究竟哪种声音是真的，现在的还是刚才的？——他在床上翻来覆去地想了好久，得不到答案。他极希望母亲难过；当然，母亲不快活他也要不快活的；可是那无论如何对他是一种安慰，可以减少他一些孤独之感。——然后他睡熟了，明天，他不再想了。

过了几星期，有个在街上和他一起玩耍的孩子，到了平时该来的时候竟没有来；有人说他病了；从此他不来玩也没有人奇怪。事情已经有了解释，不是挺简单吗？——一天晚上，克利斯朵夫很早上了床，从他的一角看见父母屋里还亮着灯光。有人敲门，一位邻居的太太来谈天。他心不在焉地听着，一边照例编他自己的故事，并没把人家的谈话句句听清。忽然邻人说了句:“他死了。”克利斯朵夫的血便马上停住:因为他知道说的是谁,就屏着气听下去。他的父母大惊小怪地叫了几声。曼希沃又扯着他的粗嗓子嚷道:“克利斯朵夫,听见没有?可怜的弗理兹死了。”

克利斯朵夫挣扎了一下,静静地回答说:“是的,爸爸。”

他的气闭住了。

可是曼希沃又顶了一句:“是的,爸爸。你就会说这一句么?你不觉得难过吗?”

鲁意莎很了解孩子,说道,“别闹了!让他睡觉!”

于是他们把声音放低了。可是克利斯朵夫竖起耳朵,想听清所有的细节:什么伤寒,什么冷水浴,什么神志昏迷,什么父母的哀痛。听到后来,他不能呼吸了,有股气塞着他,直升到喉头,他浑身哆嗦,所有可怕的景象都印在脑子里了。尤其是他们说那种病会传染,就是说他也能像弗理兹一样的死;想到这里,他吓得浑身冰冻了:因为他记得最后一次看见弗理兹是跟他握过手的,当天也曾在他屋前走过。——可是他忍着不作声,免得给人家逼着说话,便是父亲在邻居走了以后问他:“克利斯朵夫,你睡熟了么?”他也不回答。于是他听见父亲对母亲说:

“这孩子没心肝。”

母亲一言不答;可是过了一会儿她轻轻地来揭开帘子,向他的小床望了望。克利斯朵夫赶紧闭上眼睛,装着他听见兄弟们睡熟的时候那种均匀的呼吸。母亲提着足尖走开了。他却恨不得留住她,告诉她,说他怎样害怕,求她救救他,至少得安慰他一下!但他怕人耻笑,把他看做胆怯无用;而且心里也很明白,人家说什么也没用的。一连几小时,他痛苦到了极点,自以为病已经上了身，头疼得要死，胸口也不舒服，他万分恐怖地想道："完了完了，我病了，我要死了，我要死了！……"一忽儿，他在床上坐起来，低声叫着母亲；可是他们睡得很熟，他不敢惊醒他们。

从这时起，死亡的念头把他童年的生活给毒害了。他的神经使他无缘无故地受种种磨难，一忽儿胸口受着压迫，一忽儿又一阵剧烈的痛苦，一忽儿又是喘不过气来。凭着他的想象力，他把自己吓昏了，以为每种痛苦里头都有那只吃人的野兽来取他性命。几次三番，就在母亲身旁几步路的地方，也没有给母亲发觉，他受着临终的痛苦。因为他尽管胆小，还是有勇气把他的恐惧藏起来，而这股勇气是许多情绪混合成功的：第一是傲气：他不肯求助于人；第二是羞耻心：他不敢说出自己的害怕；第三是体贴：不愿惊动母亲。但他老在心里想："这一次我可是病了，病得很重了。这是咽喉炎哪……"咽喉炎这名词是他偶然听到而记着的……"喔，上帝！饶了我这一次吧！"

他颇有宗教思想，完全相信母亲说的话，说灵魂在死后升到上帝面前，如果它是虔敬的，可以进入天国的乐园。但他对于这个旅行非但不受吸引，倒反害怕。他一点不羡慕那些孩子，在睡梦中毫无痛苦地被上帝召了去，照母亲说是上帝奖赏他们。他快睡熟的时候，不免心惊胆战，唯恐上帝对他也这么来一手。骤然之间离开了暖和的床，给拉到空中带到上帝面前：一定是挺可怕的。在他想象中，上帝有如一颗奇大无比的太阳，讲话的声音像打雷一般：那不是大大的受罪吗？眼睛，耳朵，整个的灵魂，都会给烧掉的！何况上帝还会惩罚；谁保得了呢？……除此以外，还有多少可惊可怖的事，他虽然不大了了，可是从谈话中能猜到：身体要给装进一口匣子，孤零零地躺在一个窟窿里，在平时人家带他去做祷告的可厌的公墓上，举目无亲……天哪！天哪！多惨啊！……

可是活着也不见得愉快，眼看父亲喝得烂醉，被他毒打，受别的孩子欺负，大人们的怜悯又多么难堪，没有人了解他，连自己的母亲在内。大家教你受委屈，没有人爱你，孤零零的，孤零零地，一个人多么渺小！——是啊；但就因为这个他想活下去。他觉得自己有股怒潮汹涌的力。而这力又是多么奇怪的东西！它眼前还一筹莫展；它好像在很远的地方，被什么东西堵着，包着，僵在那里；他完全不知道它要做什么，将来变做什么。但这股力的确在他心中，那是他很清楚的，它在那儿骚动，怒吼。明天，喔！明天，那它才来报复哩！他有种如醉如狂的欲望要生存，为的是剪除暴力，主持正义，为的是惩罚恶人，为的是干一番伟大的事业。"喔！只要我活着……"（他想了一下）"只要能活到十八岁！"——有时他认为要活到二十一岁。那是最大限度了。他相信活了那些年纪，尽够他统治世界了。他想起他仰慕的英雄，想起拿破仑，想起更古远而他最崇拜的亚历山大大帝。没有问题，他将来是跟他们一样的人物，只要能再活十二年……十年。他简直不哀怜在三十岁上死掉的人。他们已经老了，享受过人生了……要是他们白活了一世，那只能怪他们自己。但现在就死，那可什么都完了！年纪轻轻的死掉，在大人们心中永远留着一个谁都可以埋怨的小孩子的印象，真是太惨了！他想到这里就拼命地哭，仿佛他已经死了。

这些关于死亡的悲痛，使他在童年时代受到许多磨难，——直到后来他厌恶人生的时候才摆脱掉。

在这片沉闷的黑暗中，在一刻浓似一刻的令人窒息的夜里，像一颗明星流落在阴暗的空间，开始闪出那照耀他一生的光明：音乐，神妙的音乐！……

不久以前，祖父送给孩子们一架旧钢琴，那是他的一个主顾预备扔掉而由他花了许多心血修理得像个样子的。这件礼物并没受到欢迎。鲁意莎觉得屋子里不再添东西也已经很窄了；曼希沃说爸爸米希尔并没破费，那不过是堆烧火用的木柴。唯有小克利斯朵夫不知为什么对这件新来的东西非常高兴。他认为这是一只神仙的匣子，有的是奇妙的故事，好像祖父偶尔给他念几页而两人都为之着魔的《天方夜谭》。他听见父亲试音的时候，从中奏出一组轻快的琶音，仿佛阵雨之后，暖和的微风在林间湿透的枝条上吹下一阵淅沥的细雨。他拍着手叫："再来一次！"可是父亲满脸瞧不起地阖上琴盖，说它完全不中用了。克利斯朵夫不敢再要求，可是老在乐器四周徘徊，只要人家一转背，他便揭开琴盖捺一个键子，好像掀起什么大虫的绿壳，想把关在里头的怪物放出来。有时，他急忙中用力太猛了，母亲就嚷着："你不能安静一会儿吗？不准什么东西都乱动！"有时他阖上琴盖的时候压痛了手指，便哭丧着脸放在嘴里吮着……

如今他最快乐的是母亲整天出去帮佣或上街买东西的时候。他听着她下楼，到了街上了，走远了。只有他一个人了。于是他揭开钢琴，拖着一张椅子，爬在上面，肩头刚和键盘一样高：那就行了。为什么他要等大人不在家呢？平常也没人拦着他不许玩，只要声音不太大。但当着别人他不好意思，他不敢。而且他们说话，走动，把他的乐趣给破坏了。没有人的时候才妙呢！……克利斯朵夫屏着气，因为希望周围更静，也因为心里慌张,仿佛要去开炮似的。他把手指按上琴键,心就跳了;有时他把一个键子捺了一半就放手,再去捺另外一个。谁知道从这一个里出来的是什么呢?……忽然声音来了:有些是沉着的,有些是尖锐的,有些是当当地响着,有些是低低的吼着。孩子一个又一个地听上老半天,听它们低下去,没有了;它们有如田野里的钟声,飘飘荡荡,随着风吹过来又吹远去;细听之下,远远的还有别的不同的声音交错回旋,仿佛羽虫飞舞;它们好像在那儿叫你,引你到窎远的地方……愈趋愈远,直到那神秘的一角,它们埋进去了,沉下去了……这才消灭了!……喔,不!它们还在喃喃细语呢……还在轻轻地拍着翅膀呢……这一切多奇怪!好像是些精灵鬼怪。它们多么听话,让人家关在这只破旧的箱子里,这可弄不明白了!

但最美的是用两个手指在两个键上同时按下去。那你永远不会知道是什么结果的。有时两个精灵是敌对的;它们彼此生气,扭打,怨恨,起哄,声音变得激昂了,叫起来了,一忽儿是愤愤的,一忽儿又是很和平的。克利斯朵夫顶爱这种玩意儿;那可以说是被缚的野兽,咬着它们的锁链,撞着笼子的壁,仿佛要把它撞倒了跳出来,正像童话里的鬼怪,给关在封有所罗门印玺的阿拉伯箱中。——有些精灵却奉承你,诱哄你,其实它们也只想咬人,而且都是火辣辣的。克利斯朵夫不知它们要什么,它们勾引他,使他神摇意荡,差不多脸红了。——还有一些相亲相爱的音,在那儿互相搂抱,好似两个人的亲吻;它们是妩媚的,柔和的。这是些善良的精灵:它们笑靥迎人,脸上没有一丝皱痕;它们喜欢小克利斯朵夫,小克利斯朵夫也喜欢它们;他含着眼泪听着,一遍又一遍地把它们叫回来。那是他的朋友,亲爱的,温柔的朋友……

孩子就是这样的在音响的森林中徘徊，觉得周围有无数陌生的力量，偷偷地觑着他，呼唤他，有的是为了抚慰他，有的是为了要吞掉他……

有一天他被父亲撞见了。粗声大气的嗓子把他吓得发抖。克利斯朵夫以为做了错事，把手抱着耳朵，预防猛烈的巴掌。可是父亲出乎意外的没有骂，他很高兴，他笑着：

“嗯，你喜欢这个么，孩子？”他说着亲热地拍拍孩子的头，“要不要我教你弹？”

怎么不要呢？……他高兴极了，嘟囔着回答说要的。两人便一齐坐在钢琴前面。这一回克利斯朵夫是坐在一大堆厚厚的书上了，很用心地上他的第一课。他先听说这些咿咿唔唔的精灵都有古怪的名字，中国式的，单音节的，甚至是单字的。他觉得很诧异，他另外造出一些美丽动人的名字，好似神话里的公主一般。他不喜欢父亲提到它们时那种亲狎的态度。而且他招来的不是原来的那些精灵了；在他手指底下滚出来的都显得神情冷淡。但克利斯朵夫仍旧很高兴地学到了音与音的关系和等级，那些音阶好比一个王统领着一队兵士，或是一队鱼贯而行的黑人。他又很诧异的发现，每个士兵或每个黑人都可以轮流的做王做领袖，带领一个同样的队伍，甚至在键盘上可以从下到上引出整个的联队。他喜欢抓住那个支配它们的线索来玩。可是这些比他早先发现的要幼稚多了，他再也找不到那个迷人的森林了。然而他很用功，因为那也并不沉闷。父亲的耐性使他很奇怪。曼希沃毫不厌倦地教他把同样的功课来了一遍又一遍。克利斯朵夫不明白父亲怎么肯这样费心：难道是喜欢他么？喔！他多好！孩子一边用功一边心里很感激。

要是他知道了老师的存心，他就不会这样满意了。

从这天起，曼希沃把孩子带到一个邻居家里。那边有一个室内音乐会，每星期演奏三次。曼希沃当第一小提琴手，约翰·米希尔当大提琴手。另外还有一个银行职员，一个席勒街上的老钟表匠。不时还有个药剂师挟着长笛来加入。总是下午五点开始，九点散场。一阕终了，大家喝些啤酒，街坊上的人随便进进出出，靠壁站着，一声不出的在那里听，按着拍子摇头顿足，抽的烟把屋子弄得乌烟瘴气。演奏的人一页复一页、一曲复一曲地奏下去，始终是那么耐性。他们不说话，聚精会神的，拧着眉头，偶然鼻子里哼几声表示高兴，可是他们非但不能把曲子的美表现出来，并且也感觉不到。他们的演技既不十分准确也不十分按拍，但从来不越轨，很忠实的依照谱上的标识。他们对于音乐，容易学会，容易满足；而那种不高不低的成就，在这个号称世界上最富音乐天才的民族中间是很普遍的。他们贪多务得而并不挑剔品质；对于这等强健的胃口，一切音乐都是好的，分量重的尤其好，——他们既不把贝多芬与勃拉姆斯加以区别，也不知道同一作家的一阕空洞的协奏曲和一阕深刻动人的奏鸣曲之间有何差异，因为它们都是同样的原料做成的。

克利斯朵夫躲在一边，在钢琴后面；没有人会惊动他，因为连他自己也得在地下爬着进去。里边黑洞洞的，地位刚好容得下他这个孩子，蜷着身子躺在地板上。人家抽的烟直刺他的眼睛与喉咙；另外还有灰尘，一大球一大球的像羊毛；可是他毫不在意，只顾严肃地听着，像土耳其人般盘膝而坐，肮脏的小手指把琴后布上的那些窟窿愈挖愈大。所奏的音乐他并不全部喜欢，但绝对没有使他厌烦的东西；他也从来不想整理出什么意见来，因为他觉得年纪太小，什么还没有懂。有些音乐使他瞌睡，有些使他惊醒；反正没有不入耳的。虽然他自己并不知道，可是使他兴奋的总是些上品的音乐。他知道没有人看见，就扮着鬼脸，耸着鼻子，咬着牙齿，或者吐出舌头，做出发怒的或慵懒的眼神，装着挑战的、威武的神气挥舞手足，他恨不得往前走，打，把世界碎为齑粉。他骚动得那么厉害，终于钢琴顶上露出了一个人头，对他喊道："喂，孩子，你发疯了么？不准和钢琴捣乱，把手拿出来好不好？我要来拧你的耳朵了！"——这一下他可是又羞又恼。干吗人家要来扫他的兴呢？他又不干坏事。真的，人家老是跟他过不去！他的父亲又从而附和。人家责备他吵闹，不喜欢音乐。结果连他自己也相信这话了。——那些老实的公务员只会像机器似的奏些协奏曲；要是告诉他们，说在场的人中间对音乐真有感觉的只有那个孩子的话，他们一定会大吃一惊的。

倘使人家要他安静，那么干吗奏那些鼓动他的曲子呢？在那些乐章中，有飞奔的马，刀剑的击触，战争的呐喊，胜利的欢呼，人家倒要他跟他们一样摇头摆脑的打拍子！那他们只要奏些平板的幻想曲，或唠叨了大半天而一句话也没说的乐章就得了。这类东西在音乐中有的是，例如戈尔德马克①的那一阕，刚才老钟表匠就很得意地说："这个很美。一点儿也不粗糙。所有的棱角都给修得圆圆的……"那时孩子就迷迷糊糊的很安静了。他不知道人家奏些什么，到后来甚至听不

① 卡尔·戈尔德马克(1830—1915)，匈牙利作曲家，作品有歌剧《萨巴女王》《炉边的蟋蟀》等。

见了,但他很快活,四肢酥软,在那里胡思乱想。

他的幻想可并不是什么连贯的故事,而是没头没尾的。他难得看到一幅清楚的形象:母亲做着点心,用刀刮去手指上的面糊;——或是隔天看见在河里游泳的一只水老鼠;——再不然是他想用柳条做的那根鞭子……不知道为什么现在会想起这些!——他往往是一无所见,可是明明觉得有无数的境界。那好比有一大堆极重要的事,不能说或不必说,因为是人尽皆知的,从古以来就是这样的。其中有些是凄凉的,非常凄凉的;但绝对没有日常生活中遇到的那种难堪,也并没有像克利斯朵夫挨着父亲的巴掌,或是羞愤交加地想着什么委屈的时候那种丑恶与屈辱:它们只使他精神上感到凄凉静穆。同时也有些光明的境界,散布出欢乐的巨流,于是克利斯朵夫想道:“对啦……我将来要做的就是这样的。”他完全不知道所谓这样的是怎么回事,也不知道为什么他说这句话;但他觉得非说不可,觉得那是极明显的事。他听到一片海洋的声音,就在他身旁,只隔着一道砂堤。这片海洋是什么东西,要把他怎样摆布,克利斯朵夫连一点观念都没有。他只意识到这海洋要从堤岸上翻过来,那时……啊,那时才好呢,他可以完全快乐了。只要听着它,给它洪大的声音催眠着,一切零星的悲痛与耻辱就都能平复下来,固然这些感觉还使他伤心,可是再没有可耻与侮辱的意味:一切都显得那么自然,差不多是甜美的了。

平庸的音乐往往使他有这种醉意。写作这类东西的人是些可怜虫,一无所思,只想挣钱,或是想把他们空虚的人生编造一些幻象,所以才依照一般的方式——或为标新立异起见而全然不照方式——把音符堆砌起来。但便是一个伧夫俗物所配制的音乐,也有一股强烈的生命力,能把天真的心灵激发出狂风骤雨。甚至由俗物唤引起来的幻想,比那些使劲拖曳他的强有力的思想更神秘更自由:因为无意义的动作与废话并不妨害心灵自身的观照……

孩子这样的躲在钢琴后边物我两忘,——直到他忽然觉得蚂蚁爬上他大腿的时候,才记起自己是个小孩子,指甲乌黑,把鼻子望墙上轻轻挨着,双手攀着脚的小孩子。

曼希沃踮着足尖走进来,撞见孩子坐在太高的键盘前面的那天,他把他打量了一会儿,忽然心中一亮:“哦,神童!……怎么早先没想到呢?……这不是家庭的运气吗!”没有问题,他一向认为这孩子将来不过是个乡下人,跟他母亲一样。“可是试一下又不破费什么。嗬,这倒是一个机会!他将来可以带着他周游德国,也许还能到国外去。那不是又愉快又高尚的生活吗?”——曼希沃老想在自己的行为中发掘出一点高尚的成分,而发掘不出的时候是难得有的。

有了这点信心以后,他一吃过晚饭,最后一口东西刚下肚,就马上把孩子再去供在钢琴前面,要他复习白天的功课,直到他眼睛累得要合拢来的时候。然后明天又是三次。后天又是三次。从此竟是每天如此。克利斯朵夫很快就厌倦了,后来竟闷得慌了;终于他支持不住,试着反抗了。人家教他做的功课真无聊,不过要他的手在键盘上飞奔,越快越好,一边要把大拇指很快地偷渡过去,①或是把跟中指与小指牵连在

① 按钢琴指法,中指弹过第三个音时当用拇指在食指中指下面弯过去弹第四个音。

一块儿的无名指练得婉转如意。这些都教他头痛;而且听起来一点不美。余音袅袅的妙境,迷人的鬼怪,一刹那间感觉到的梦一般的世界……一切都完了……音阶之后又是练习,练习之后又是音阶,枯索,单调,乏味,比着餐桌上老讲着饭菜,而且老是那几样饭菜的话更乏味。孩子先是不大用心听父亲所教的东西了。给骂了一顿,他老大不愿意的继续下去。这样当然招来了冷拳,他便用最恶劣的心情来反抗。有一晚听见父亲在隔壁屋子说出他的计划,克利斯朵夫的气更大了。哦,原来是为了要把他训练成一头玩把戏的动物拿到人前去卖弄,才这样的磨他,硬要他整天去拨动那些象牙键子!他连去看看亲爱的河的时间都没有了。他们干吗要跟他过不去呢?——他的骄傲与自由都受了伤害,他愤慨极了。他决意不是从此不弄音乐,便是尽量地弹得坏,使父亲灰心。这对他也不大好受,可是他的自由独立非挽救不可。

从下一课起,他就实行他的计划。他一心一意的把音弹错,把装饰音弄成一团糟。曼希沃叫着喊着,继之以怒吼;戒尺像雨点一般落下来。他有根粗大的戒尺,孩子弹错一个音,就打一下手指;同时在他耳边咆哮,几乎把他震聋。克利斯朵夫疼得把脸扭做一团,咬着嘴唇不让自己哭出来,忍着痛苦照旧乱弹,觉得戒尺来了便把脑袋缩下去。但这不是个好办法,他不久也发觉了。曼希沃和他一样固执,他发誓哪怕两天两晚地拼下去,他也决不放过一个音,直到他弹准为止。克利斯朵夫拼命留神要教自己每次都弹错,曼希沃看见他每逢装饰音就故意使性子,把小手重重地打在旁边的键子上,也就怀疑他是存心闹鬼。戒尺的记数加了倍,克利斯朵夫的手指完全失去了知觉。他不声不响的,可怜巴巴的抽咽着,把眼泪往肚里咽。他懂得这样下去是没有侥幸可图的，只能试试最后一个办法。他停下来，一想到他将要掀起的暴风雨，先就发抖了：

“爸爸，我不愿意再弹了。”他鼓足勇气说。

曼希沃气得不能呼吸了。

“怎么！……怎么！……”他喊道。

他摇着孩子的手臂差点儿把它扭断。克利斯朵夫越来越哆嗦，一边举着肘子防备拳头，一边继续说：“我不愿意再弹。第一，因为我不愿意挨打。而且……”

他话没有说完，一个巴掌把他打断了呼吸。曼希沃嚷道：“嘿！你不愿意挨打？你不愿意挨打？……”接着拳头就像冰雹一样落下来。

克利斯朵夫大哭大叫地说：“而且……我不喜欢音乐！……我不喜欢音乐！……”

他从凳上滑了下来。曼希沃狠狠地把他重新抱上去，抓着他的手腕往键盘上捣了一阵，嚷道：“你非弹不可！”

克利斯朵夫嚷道：“我偏不！”

曼希沃没有法儿，只能把他推在门外，说要是他不好好地弹他的练习，一个音都不错，就整天整月的没有东西吃。他把他屁股上踢了一脚，关上了门。

克利斯朵夫给赶到了楼梯上，又脏又暗，踏级都给虫蛀了的楼梯上。天窗的破玻璃中吹进一阵风，墙上湿漉漉的全是潮气。克利斯朵夫坐在肮脏的踏级上；又愤怒又激动，心在胸中乱跳。他轻轻地咒骂父亲：

“畜生！哼，对啦，你是畜生！……小人……野兽！……我恨你，我恨你！……只希望你死，死！”

他悲愤填胸，无可奈何地瞅着滑腻腻的楼梯，望着破玻璃窗高头迎风飘荡的蜘蛛网。他觉得自己在苦难中孤独无助。他望着栏杆中间的空隙……要是往下跳呢？……或者从窗里跳呢？……是啊，要是用跳楼自杀来惩罚他们，他们良心上该多么难过！他仿佛听见自己坠楼的声音。上面急急忙忙开门，好不凄惨地叫起来："他跌下去了！跌下去了！"一阵脚步声在楼梯上滚下来。父亲母亲哭着扑在他身上。母亲哭哭啼啼地嚷着："都是你呀！是你害死他的！"父亲把手臂乱动了一阵跪在地下，把脑袋撞着栏杆，喊着："我该死呀！我该死呀！"——想着这些，克利斯朵夫的痛苦解淡了，差不多要哀怜那些哭他的人了；但转念一想，又认为他们活该，觉得自己出了口气非常痛快……

编完了故事，他发觉自己还是在楼梯高头的黑影里；再对下面瞧了一眼，跳楼的念头完全没有了；甚至还打了个寒噤怕掉下去，赶紧退后了些。于是他觉得真的做了犯人，好似一头可怜的鸟给关在笼里，除了千辛万苦，绞尽脑汁以外，别无生路。他哭着哭着；用肮脏的小手擦着眼睛，一忽儿就把整个脸涂得乌七八糟。他一边哭一边照旧望着周围的东西；这倒给了他一点儿消遣。他把哼啊嗐的哭声停了一会儿，仔细瞧了瞧那只开始蠕动的蜘蛛。然后他又哭，可是没有多大的劲了。他听着自己哭，尽管无意识地在那里哼着，可已经不大明白为什么要这样哼了。不久他站起来；窗子在吸引他。他坐在窗槛上，小心翼翼地把身子紧靠着里头，斜着眼睛瞅着他又好奇又厌恶的蜘蛛。

莱茵河在屋下奔流。人在楼梯的窗口临河眺望，好似悬在动荡的天空。克利斯朵夫平常一拐一拐下楼的时候总是对河瞧上一眼的,但从来没见到今天这样的景色。悲伤使感觉格外锐敏;眼睛经过泪水的洗涤,往事的遗迹给一扫而空,一切在眼膜上刻画得更清楚了。在孩子心目中,河仿佛是个有生命的东西,是个不可思议的生物,但比他所见到的一切都强得多!克利斯朵夫把身子往前探着,想看个仔细;嘴巴鼻子都贴着玻璃。它上哪儿去呢?它想怎么办呢?它好似对前途很有把握……什么也拦不住它,不分昼夜,不论晴雨,也不问屋里的人是悲是喜,它总是那么流着;一切都跟它不相干;它从来没有痛苦,只凭着它那股气魄恬然自得。要能像它一样的穿过草原,拂着柳枝,在细小晶莹的石子与砂块上面流过,无忧无虑,无牵无挂,自由自在,那才快活咧!……

孩子全神贯注地瞧着,听着,仿佛自己随波逐流地跟着河一起去了……他闭上眼睛,便看到光怪陆离的颜色:蓝的,绿的,黄的,红的;还有巨大的影子在飞驰,水流似的阳光在倾泻……种种的景象渐渐分明了。一片辽阔的平原,微风挟着野草与薄荷的香味,把芦苇与庄稼吹得有如涟波荡漾。矢车菊,罂粟,紫罗兰,到处都是花。啊,多美!空气多甜蜜!躺在那些又软又厚的草上多舒服啊!克利斯朵夫觉得又快活又有些迷糊,好像过节的日子父亲在他的大玻璃杯中倒了一点儿莱茵美酒……河流又往前去……景色变了……一些垂在水面上的树:齿形的叶子像小手般在水底下打回旋。林间有所村落倒映在河里。微波轻拍的白墙上面,可以看到杉木与公墓上的十字架……随后是巉岩,是连绵起伏的山峦,坡上有葡萄藤,有小松林,有城堡的遗迹。过后又是平原、庄稼、禽鸟、阳光……

浩荡的绿波继续奔流,好像一整片的思想,没有波浪,没有皱痕，只闪出绿油油的光彩。克利斯朵夫简直看不见那片水了；他闭上眼睛想听个清楚。连续不断的澎湃的水声包围着他，使他头晕眼花。他受着这永久的，控制一切的梦境吸引。波涛汹涌，急促的节奏又轻快又热烈地往前冲刺。而多少音乐又跟着那些节奏冒上来，像葡萄藤沿着树干扶摇直上：其中有钢琴上清脆的琶音，有凄凉哀怨的提琴，也有缠绵婉转的长笛……那些风景隐灭了。河流也隐灭了。只有一片柔和的、暮霭苍茫的气氛在那里浮动。克利斯朵夫感动得心都颤抖了。那时又看到些什么呢？哦，全是些可爱的脸！……——一个黄发垂髫的小姑娘在叫他，带着慵懒与嘲弄的神气……一个脸色苍白的男孩子，碧蓝的眼睛不胜怅惘地望着他。……还有别的笑容别的眼睛，——有的是好奇而乱人心意的眼睛，简直把你瞧得脸红，——有的是亲切而痛苦的眼睛，像狗那么和善的目光，——有傲慢的眼睛，也有苦恼的眼睛……还有那张惨白的妇人的脸，乌黑的头发，紧锁的嘴巴，眼睛似乎占据了半个脸庞，恶狠狠地瞪着他……而最可爱的却是那张对他微笑的脸，淡灰的眼睛，微微张开的嘴巴，小小的牙齿多么光亮……啊！慈悲的温柔的笑容！把他的心都融化了！他觉得多舒畅，多爱它！啊，再来一次罢！再对我笑一下罢！你别走呀！——哎哟！它隐掉了！可是他心中已经留下一股无法形容的温柔的感觉。凡是可怕可悲的事都没有了，什么都没有了……只有一场轻飘的梦，一阕清朗的音乐，在阳光中浮动，好似室女座中的众星在夏季的天空闪烁……——可是刚才那些是怎么回事呢？使孩子神摇魄荡的好多景象又是什么呢？他从来没看到过，可是明明认识它们。它们从哪儿来的？从生命的哪一个神秘的深渊中来的？是过去的呢还是将来的呢？……

然后，什么都隐灭了，一切形象都化掉了……然后，好像一个人在高空，隔着云雾，最后一次又看到那洋溢的河在田野中泛滥，那么威严那么迟缓地流着，简直像是静止的。而远远的仿佛有道灰白的微光，一片汪洋，一线水波在天边颤动，——那是大海。河向着海流去，海也向着河奔来。海吸引河，河也需要海。终于河流入海，不见了……音乐在那里回旋打转，舞曲的美妙的节奏疯狂似的来回摆动；一切都卷入它们所向无敌的漩涡中去了……自由的心灵神游太空，有如为空气陶醉的飞燕，尖声呼叫着翱翔天际……欢乐啊！欢乐啊！什么都没有了！……哦！那才是无穷的幸福！……

时间流逝，黄昏来了，楼梯那边已经黑了。雨点滴在河面上，化成无数的圆涡跟着水波打转。有时，一根树枝，几片黑色的树皮，无声无息地浮过，顺流而去。凶残的蜘蛛饱餐之后躲在最暗的一角，——小克利斯朵夫老是伏在窗洞边上；抹得乌七八糟的苍白的脸上闪着幸福的光彩。他睡熟了。

第三部

日色曚昽微晦

《神曲·炼狱》第三十

他不得不让步了。虽然英勇的抵抗极其顽强,终究给戒尺制服了。每天早上三小时,晚上三小时,克利斯朵夫必须坐在这架刑具前面。又要用心,又是厌烦,大颗大颗的眼泪沿着鼻子跟腮帮淌着:他把常常冻得红肿的小手在黑白的键子上搬动,弹错一个音戒尺就打下来,同时还要听老师的咆哮,那是他觉得比挨打更受不了的。他自以为对音乐恨透了,但他拼命用功,那可不是单单为了怕父亲的缘故。祖父有过几句话给了他深刻的印象。老人看见小孙子哭,就郑重其事的和他说,为着人间最美最高尚的艺术,为着安慰苍生,为人类增光的艺术而吃些苦是值得的。克利斯朵夫一方面因为祖父把他当做大人看待而非常感激,一方面因为那些话跟他儿童的刻苦与高傲的精神非常投合而大为感动。

但主要的原因,还是音乐所引起的某些情绪深深地印在心头,使他不由自主地留恋音乐,把一生奉献给这个他自以为深恶痛绝,竭力反抗而无效的艺术。

依照德国的惯例,城里有座戏院,演着歌剧、喜歌剧、轻歌剧、话剧、喜剧、歌舞、杂耍，以及一切可以上演的东西，不拘种类不拘风格。每星期表演三次，从下午六点到九点。老约翰·米希尔每次必到，对所有的节目都感到同样的兴趣。有一次他带着孙子一起去。好几天以前，他先把情节详细解释了一番。克利斯朵夫一点也不明白，只记得有些可怕的事；他一边迫不及待的想看，一边也十分怕看。他知道剧中要有一场雷雨，他就怕给霹雳打中。他知道剧中有一场战争，他就不敢说自己会不会被杀死。头天晚上，他在床上真是急坏了。到了上演的日子，他几乎希望祖父有事不能来。可是开演的时间近了而祖父还没到，他又开始发愁，时时刻刻从窗里张望。终于老人出现了，他们俩动身了。他的心在胸中乱跳，口干舌燥，连一个字都说不上来。

他到了那座神秘的屋子，那是家里的人常常提起的。约翰·米希尔在门口碰上几个熟人；孩子紧紧抓着他的手，生怕把祖父丢了，他不明白这个时候他们怎么还能泰然自若的有说有笑。

祖父坐在老位置上，在第一排紧靠乐队的地方。他凭着栏杆，立刻和低音提琴手拉不断扯不断的谈起话来。这儿是他的天地了，凭他音乐方面的权威，这儿可有人听他说话了；他便利用，甚至滥用这种机会。克利斯朵夫什么也听不见。看着这富丽堂皇的剧场，使他胆小的那么多的观众，等待开演的心情，把他神志都搅糊涂了。他不敢回过头去，以为所有的目光都盯着他一个人。他哆哆嗦嗦地把小鸭舌帽夹在膝盖中间，圆睁着眼睛瞪着那个奇妙的幕。

终于台上敲了三下。祖父擤过鼻子。掏出脚本，那是他一字不肯放过的，有时倒反因之不注意台上的戏文。乐队开始演奏，一听开头几个和弦，克利斯朵夫就安心了。这个音响的世界可是他的世界了；从此以后，不管演的戏多么离奇，他总觉得很自然的。

一开幕便是些纸板糊起来的树，和差不多跟这个一样假的东西。孩子张着嘴望着，觉得有趣极了，可并不惊奇。戏剧的情节发生在假想的东方，那是他连一点观念也没有的。诗歌体的台词全是无聊的废话，叫人摸不着头脑。克利斯朵夫什么也看不清，把剧情都弄错了，拿这个角儿认作那个角儿，扯着祖父的衣袖提出可笑的问句，证明他全盘不懂。可是他非但不厌烦，倒反看得出神了。他拿那个荒谬的脚本自己杜撰了一个故事，和台上演的全不相干；眼前的情节随时跟他的故事抵触，不得不随时修正，孩子可并不着急。演员们叫着各种不同的声音；他从中挑了几个他喜欢的角儿，提心吊胆地注意他们的命运。他尤其为一个美人儿颠倒，不老不少的年纪，金黄的长发，大得有点过分的眼睛，光着脚。不近情理的怪场面并没使他觉得刺眼。高大臃肿的演员的丑态，奇形怪状的合唱队分站两行，做着毫无意义的姿势，穷嘶极喊时的怪相，凌乱的假头发，男高音歌手的高底靴，女主角的化装，五颜六色的涂抹一脸：儿童尖锐的眼睛对这些都没有注意到。他好似一个动了爱情的人，看不见爱人的真面目。儿童创造幻觉的奇妙的力量，能随时拦住不愉快的感觉把它改头换面。

这些奇迹原是音乐促成的。它把所有的东西罩上一层薄雾，使一切都显得高尚，美丽，动人。音乐使心灵狂热的需要爱，使它觉得周围的空虚，然后又提供许多幽灵似的对象来填补这空虚。小克利斯朵夫情绪紧张到极点。有些话，有些手势，有些乐句，使他非常不自在；他不敢看了，不知道那是正当的还是不正当的，脸一忽儿红一忽儿白，脑门上全是汗；而他还怕旁人发觉自己的慌乱。歌剧到第四幕，照例有桩不可避免的祸事要临到一对爱人头上，让男主角与女主角有个尖声大叫的机会；但那时孩子觉得要闭过气去了；他喉咙像着了凉一样的难过，双手掐着脖子，连口水都咽不下了；他胀饱了泪水。幸而祖父感动的程度也和他不相上下。他对戏剧的兴趣，像儿童一样的天真。逢到惊心动魄的情节，他装做若无其事的轻轻咳嗽，遮掩心中的激动；可是克利斯朵夫看得很清楚，觉得很高兴。他热极了，昏昏欲睡，坐在那儿又非常不舒服。但他一心一意地想着："是不是还有好久呢？希望它不要完呀！……"

可是，突然之间一切都完了，他不明白为什么完了。幕一闭，大家都站起身子，心荡神驰的境界给打断了。

一老一小的两个孩子在夜里回去。多美的夜！多恬静的月光！他们俩一声不出，翻来覆去想着他们的回忆。终于老人问道："你快活吗？"

克利斯朵夫一时答不上来，他还受着感情的控制，并且他不愿意说话，生怕把幻景赶跑了；他勉强振作了一下，深深叹了口气，声音很轻地回答说："哦！是的！"

老人笑了笑，过了一会儿又说："你瞧，做个音乐家多了不起！造出这些奇妙的场面，不是最大的光荣吗？那简直跟上帝下凡一样。"

孩子听了大吃一惊。怎么！这是人造出来的？他真没想到。他几乎以为那是自然而然产生的，是天造地设的……原来一个人，一个音乐家，就像他将来也会成功的那种人，竟能造出这样的作品！哎哟！希望自己能有那么一天，便是一天也好！过后……过后，随便怎么都可以！就是死也甘心了！他问："祖父，这是谁作的呢？"

祖父说作者叫做法朗梭阿·玛丽·哈斯莱，是个德国的青年音乐家，住在柏林，他从前认识的。克利斯朵夫竖起耳朵听着，突然问道：

"那么您呢，祖父？"

老人打了个寒噤。

"什么？"他问。

"您，您有没有也作过这些东西？"

"当然。"老人的声音有点儿不高兴。

说完他不作声了；走了几步，又深深地叹了口气。这是他终身隐痛之一。他一向想写戏剧音乐，可是灵感不帮忙。他纸夹里头的确藏着他创作的一二幕乐谱；但他对它们的价值毫无把握，从来不敢拿给人家去评一评。

直到家里，他们俩再也不说一句话。两人都睡不着觉。老人心里很难过，念着《圣经》安慰自己。克利斯朵夫在床上回想着当晚的情形，连小地方都记得，赤足的女郎又在他面前出现了。快睡着的时候，一句音乐忽然清清楚楚在耳边响着，好像乐队就在近边；他不由得惊跳起来，昏昏沉沉地靠着枕头想道："将来有一天，我也要写这种东西。噢！我是不是能写呢？"

从那时起，他唯一的欲望就是看戏。因为人家把看戏作为他工作的酬报，他对功课更上劲了。他老想着戏：上半星期想着过去的戏，下半星期想着下次的戏。他甚至怕上演的那天害病；这种恐惧使他常常觉得有三四种病的征象。到了那天，他吃不下饭，好像担着重大的心事，骚乱不堪，跑去对时钟看了几十次，以为天不会黑的了。临了他忍不住了，在售票房开门以前一个钟点就出发，怕没有位置；又因为他第一个到，对着空荡荡的场子不免暗暗发急。祖父和他说过，有两三次因为看客不多，演员宁可退还票价而停演。他注意来的人，数着：“二十三，二十四，二十五……噢！不够啊……人数老是不够啊！”看到花楼或正厅里来了几个重要的人物，他心又轻松了些，对自己说：“这一个，他们总不敢请他回去吧？为了他，总得开演吧！”——可是他还没有把握，直要乐师们进了场才放心。但他到最后一刻还在发急，不知道会不会开幕，会不会像某一晚那样临时宣布更改戏码。他山猫似的小眼睛瞅着低音提琴手的乐谱架，瞧瞧谱上的题目是不是当晚演的戏。等到看清楚了，过了两分钟又看一下，只怕刚才看错了……乐队指挥还没有进场，一定是害病了……幕后有人忙忙碌碌的乱做一堆，又是谈话声，又是急促的脚步声。可是闯了祸，出了事吗？还好，声音没有了。指挥已经在他的位置上。明明一切都准备好了……还不开场！是怎么回事呢？……他急坏了。——终于开演的记号响了。他的心跳了。乐队奏着序曲；然后，克利斯朵夫有几个钟点在极乐世界中载沉载浮，美中不足的就是担心这境界早晚要完的。

过了些时候，一件音乐界的大事把克利斯朵夫刺激得更兴奋了。第一次使他激动的那出歌剧的作者，法朗梭阿·玛丽·哈斯莱要来了。他要亲自指挥乐队演奏他的作品。全城都为了这件事轰动起来。年轻的大音乐家正在德国引起剧烈的争辩；十五天内，大家只谈论他。可是他到了城里，情形又不同了。曼希沃和老约翰·米希尔的朋友们老讲着他的新闻，把音乐家的起居生活说得那么离奇；孩子非常热心地听在耳里。想到大人物就在这儿，住在他的城里，呼吸着同样的空气，走着同样的街道，他暗中激动到极点，只希望能见到他。

大公爵①把哈斯莱招待在他的府第里。除了上戏院去主持预奏会，音乐家难得出门，而逢到预奏的场合，克利斯朵夫是不能进去的；他又因为生性很懒，进出都坐着亲王的车。因此克利斯朵夫很少有瞻仰到他的机会；他只有一次看见他在路上过，而且只看见车厢底里的皮大氅，虽然他在路旁等了几小时，用肘子左一下右一下的在人堆中钻到第一排，还得想法不给人家挤掉。他又花了好多时间站在爵府外面，听人家说哪儿是音乐家的卧室，他就远远地对那边的窗子东张西望，聊以自慰。他往往只看到百叶窗：因为哈斯莱起得很晚，差不多整个上午窗子总是关着的。所以消息灵通的人说哈斯莱怕见日光，永远过着夜生活。

末了，克利斯朵夫终于能靠近他的大人物了。那是举行音乐会的一天。全城的人都到场。大公爵和他的家族占据了御用的包厢，高头悬着冠冕、由两个肥胖的小天使高高地举在空中。戏院的布置像举行什么大典一样。台上扎着橡树的枝条和带花的月桂。凡是有些本领的音乐家，都以能参加乐队为荣。曼希沃坐在他的老位置上，约翰·米希尔担任合唱队的指挥。

哈斯莱一出现，立刻来了个满堂彩，妇女们还站起来想看

① 克利斯朵夫本乡的城市是一个诸侯的首府，诸侯的爵位当是大公爵。书中屡次提及亲王，是欧洲人对一般诸侯的尊称，与实际的爵位无关。

个仔细。克利斯朵夫恨不得用眼睛把他吞下去。哈斯莱的相貌很年轻很清秀,可是有些虚肿,疲倦;鬓角已经不剩什么,在拳曲的黄头发中间,头顶有点儿秃了。眼睛是蓝的,目光没有神。淡黄的短髭下面,那张带有嘲弄意味的嘴巴老是在那里微微扯动。他身躯高大,好似站不稳的样子,可并非为了局促,而是由于疲倦或是厌烦。他的指挥的艺术灵活而带点任性,整个高大而脱骱似的身子在那里波动,手势忽而柔媚忽而激烈,像他的音乐一样。可见他非常的神经质;而他的音乐也反映出这种性格。一向无精打采的乐队这时也感染了那种震荡颤动的气息。克利斯朵夫呼吸迫促,虽然怕引起人家的注意,还是没法安安静静地坐在那里;他烦躁至极,站起身子,音乐给了他那么剧烈那么突兀的刺激,逼得他摇头摆脑,手舞足蹈,使邻座的人大受威胁,只能尽量躲闪他的拳脚。而且全场的人都兴奋若狂,音乐会的盛况比音乐本身更有魔力。末了,掌声跟欢呼声像雷雨似的倒下来,再加乐队依照德国习惯把小号吹得震天价响,表示对作者致敬。克利斯朵夫得意之下,不由得浑身哆嗦,仿佛那些荣誉是他受到的。他很高兴看见哈斯莱眉飞色舞,像儿童一样的心满意足;妇女们丢着鲜花,男人们挥着帽子;大批的听众像潮水一般往舞台拥过去。每人都想握一握大音乐家的手。克利斯朵夫看见一个热烈的女人把他的手拿到唇边,另外一个抢着哈斯莱放在指挥台上的手帕。他莫名其妙的也想挤到台边,可是他要真的到了哈斯莱身边,马上会不胜惊惶地逃走的。他像头羊似的低着脑袋在裙角与大腿之间乱钻,想走近哈斯莱,——但他太小了,挤不过去。

祖父在大门口把他找到了,带他去参加献给哈斯莱的夜乐会。[①] 那时已经天黑了，点着火把。乐队里全体人员都在场，所谈的无非是刚才听到的神妙的作品。到了爵府前面，大家静悄悄的集中在音乐家的窗下。虽然哈斯莱跟众人一样早已知道，可是大家还装得非常神秘，在静寂的夜里开始演奏哈斯莱作品中最著名的几段。哈斯莱和亲王在窗口出现了，众人对他们欢呼，而他们俩也对大家行礼。亲王派了一个仆人来请乐师们到府里去。他们穿过大厅，壁上满是油画，绘着戴盔的裸体人物：深红的皮色，做着挑战的姿势；天上盖着大块的云像海绵一般。另外也有男男女女的大理石像，穿着铁片做的短裙。地毯那么柔软，走在上面没有一点声音。后来进入一间大厅，光亮如同白昼，桌上摆满着饮料和精美的食物。

大公爵就在那间屋里，可是克利斯朵夫看不见他：他心目中只有哈斯莱一个人。哈斯莱迎着乐师走过来，向他们道谢，他一边说一边找字，赶到句子说到一半想不出下文，便插一句滑稽的俏皮话，引得众人都笑了。然后大家开始吃东西。哈斯莱特别把四五个艺术家请在一边，把克利斯朵夫的祖父也找了来，恭维了一番。他记得最先演奏他作品的那些人里头就有约翰·米希尔；又提到他常常听见一个朋友，祖父从前的学生，说他如何如何了不起。祖父不胜惶恐地道谢，回答了几句过火的奉承话，连极崇拜哈斯莱的克利斯朵夫听了也非常难为情，但哈斯莱似乎觉得挺舒服挺自然。等到祖父不知所云地说了一大堆，没法接下去的时候，便把克利斯朵夫拉过去见哈斯莱。哈斯莱对克利斯朵夫笑了笑，随手摸着他的头；一

① 法文是 Sérénade，为曲体名称（即所谓小夜曲），亦为演奏此种乐曲之音乐会名称，原为男女相悦求爱之用，后演变为对名流伟人之歌颂，但仍照昔时习惯，于夜间露天举行。

知道孩子喜欢他的音乐，为了想见到他已经好几晚睡不着觉，他便抱起孩子，很亲热地向他问长问短。克利斯朵夫快活得面红耳赤，紧张得话也不会说了，望也不敢望了。哈斯莱抓着他的下巴颏儿，硬要他抬起头来。克利斯朵夫先偷偷地张望了一下：哈斯莱眼睛笑眯眯的，非常和善；于是他也笑了。然后，他觉得在他心爱的大人物的臂抱中那么快乐，那么幸福，以至眼泪簌落落的直掉下来。哈斯莱被这天真的爱感动了，对他更亲热，把他拥抱着，像母亲一样温柔地和他说话。同时他尽挑些滑稽的话，呵孩子的痒，逗他发笑；克利斯朵夫也禁不住破涕为笑了。一忽儿他已经跟他很熟，毫无拘束的回答哈斯莱的话，又自动咬着哈斯莱的耳朵说出他所有的小计划，仿佛他们俩是老朋友；他说他怎样想做一个像哈斯莱那样的音乐家，写出像哈斯莱那样美妙的作品，做一个大人物等。一向怕羞的他居然放心大胆地说着，可不知道说些什么，他出神了。哈斯莱听着他的唠叨笑开了，说：

“等你大了，成功了一个音乐家的时候，你得上柏林来看我，我可以帮你的忙。”

克利斯朵夫快活得答不上话。哈斯莱便跟他开玩笑说：

“你不愿意吗？”

克利斯朵夫拼命摇头，摇了五六次，表示绝不是不愿意。

“那么一言为定喽？”

克利斯朵夫点点头。

“那么你亲我一下啊！”

克利斯朵夫把胳膊勾着哈斯莱的脖子，使劲地抱着他。

“哎啊，小家伙，你把我弄潮了！放手！你擤擤鼻子好不好！”

哈斯莱一边笑一边亲自替又羞又喜的孩子擤鼻子。他把他放在地下，拉他到桌子旁边，把糕饼塞满了他的口袋，说道：

“再会了！别忘了你答应的话。”

克利斯朵夫快乐得有点飘飘然。世界上一切都不存在了。他怀着一腔热爱，目不转睛地看着哈斯莱所有的表情，所有的动作。可是忽然有句话使他听了很奇怪。哈斯莱举起杯子，脸色顿时紧张起来，说道：

“我们在这种快乐的日子也不该忘了我们的敌人。那是永远不应该忘掉的。我们没有被打倒并不是因为他们留情。我们也用不着为了他们的生存而留情。所以我的干杯祝贺对有些人是除外的！”

大家对于这古怪的祝词笑着鼓掌；哈斯莱也跟着大家一起笑，又像刚才一样的高兴了。但克利斯朵夫心里很不痛快。虽然他崇拜哈斯莱，不敢议论他的行为，可是他觉得今天晚上应当和颜悦色，只有些快乐的念头才对，哈斯莱想到那些丑恶的事未免太扫兴了。可是这个印象是模糊的，而且很快就被过度的欢乐和在祖父杯子里喝的一点儿香槟酒赶跑了。

祖父在回家的路上自言自语地说个不停，哈斯莱对他的恭维使他高兴极了；他大声地说哈斯莱是个天才，一百年只会出一个的那种天才。克利斯朵夫一声不出，把他像爱情那样的醉意都藏在心里：啊！他亲过他，抱过他！他多好！多伟大！

他在小床上热烈地抱着枕头想道：

“噢！我为他死也甘心的，甘心的！”

光明的流星在小城的天空照耀了一晚之后，克利斯朵夫精神上便受到确切不移的影响。在他整个的童年时代,哈斯莱变成他的模范,他的眼睛始终盯住了它。学着哈斯莱的样,六岁的孩子也决心要写音乐了。其实好久以前,他已经不知不觉地在那里作曲了;他没有知道自己作曲的时候已经在作曲了。

对一个天生的音乐家,一切都是音乐。只要是颤抖的,震荡的,跳动的东西,大太阳的夏天,刮风的夜里,流动的光,闪烁的星辰,雷雨,鸟语,虫鸣,树木的呜咽,可爱或可厌的人声,家里听惯的声响,咿咿呀呀的门,夜里在脉管里奔流的血,——世界上一切都是音乐;只要去听就是了。这种无所不在的音乐,在克利斯朵夫心中都有回响。他所见所感,全部化为音乐。他有如群蜂嗡嗡的蜂房。可是谁也没注意到,他自己更不必说了。

像所有的儿童一样,他一天到晚哼个不停。不论什么时候,不论做着什么事:——在路上一蹦一跳的时候,——躺在祖父屋子里的地板上,手捧着脑袋,看着书中的图画的时候,——在厨房里最黑的一角,薄暮时分坐在小椅子里惘然出神的时候,——他的小嘴老是在那里咿咿唔唔,闭着嘴,鼓着腮帮,卷动舌头。他这样会毫不厌倦地玩上几小时。母亲先是没有留意,然后不耐烦地叫起来了。

等到这种迷迷糊糊的状态使他厌烦了,他就想活动一下,闹些声音出来。于是他编点儿音乐,给自己直着嗓子唱。他为了日常生活不同的节目编出不同的音乐。有的是为他早上像小鸭子一般在盆里洗脸时用的。有的是为他爬上圆凳坐在可恶的乐器前面时用的,——更有为他从凳上爬下来时用的(那可比爬上去时的音乐明朗多了)。也有为妈妈把汤端上桌子时用的:——那时他走在她前面奏着军乐。——他也有气概非凡的进行曲,一边哼一边很庄严地从餐室走向卧室。有时他趁此机会和两个小兄弟组织一个游行队伍:三口儿一个跟着一个,一本正经地走着,各奏各的进行曲。当然,最美的一支是克利斯朵夫留给自己用的。什么场合用什么音乐都有严格的规定,克利斯朵夫从来不会用错。别人都会混淆,他可对其中细微的区别分辨得很清楚。

有一天他在祖父家里打转,跺着脚,仰着脑袋,挺着肚子,无休无歇地转着,转着,直转得自己头晕,一边还哼着他的曲子,——老人正在剃胡子,停下来探出他满是皂沫的脸,望着他问:"你唱什么呢,孩子?"

克利斯朵夫回答说不知道。

"再来一下!"祖父说。

克利斯朵夫试来试去,再也找不到他的调子了。祖父的留神使他很得意,想借此卖弄一下他的好嗓子,便独出心裁唱了一段歌剧,可是老人要他哼的并非这个。约翰·米希尔不作声了,似乎不理他了。可是孩子在隔壁屋里玩耍的时候,他特意让房门半开着。

几天之后,克利斯朵夫用椅子围成一个圆圈,做着一出音乐喜剧,那是用戏院里断片的回忆凑起来的;他学着人家的样,一本正经的跳着小步舞,向挂在壁上的贝多芬像行礼。正当他用一只脚站着打个转身的时候,看见祖父在半开的门里探着头对他望着。他以为老人家笑他,便害臊起来,立刻停止了,奔到窗前把脸贴在玻璃上,好像看着什么挺有趣的东西。老人一句话也不说,走过来拥抱他;克利斯朵夫这才看出他很快活。小小的自尊心不免乘机活动了:他相当聪明,知道人家赏识他,可拿不准在剧作家、音乐家、歌唱家、舞蹈家这些才能中间,祖父最称赏他哪一项。他想大概是歌舞部分,因为那是他自己最得意的玩意儿。

过了一星期,他已经把那件事完全忘了,祖父却像有什么秘密似的告诉他,说有些东西给他看。老人打开书桌,捡出一本乐谱放在钢琴上叫孩子弹。克利斯朵夫莫名其妙的勉强摸着。① 乐谱是手写的,还是老人用他肥大的笔迹特别用心写的。题目都用的花体字。祖父坐在克利斯朵夫身边替他翻谱,过了一会儿问孩子那是什么音乐。克利斯朵夫只顾着弹琴,根本没注意弹的东西,回答说不知道。

"你想想吧,难道不认得吗?"

不错,这音乐明明是熟的,可想不起在哪儿听过……祖父笑道:"再想想吧。"

克利斯朵夫摇摇头,说:"我想不起。"

他仿佛心中一亮,觉得这些调子……可是他不敢……不敢指认……

"祖父,我不知道。"

他脸红了。

"哎,小傻子,你自己的调子还认不得吗?"

对,他知道是自己的,可是给人家一提,倒反吃了一惊,他嚷着:

"噢! 祖父!"

老人喜洋洋地把那份谱解释给他听:"你瞧:这是咏叹

① 凡是一个新曲子,在琴上一边辨认音符一边慢慢地弹,在弹琴的人叫做"摸"。

调，是你星期二躺在地下唱的。——这是进行曲，是我上星期要你再唱而你想不起来的。——这是小步舞曲，是你在我的安乐椅前面按着拍子跳舞的……你自个儿瞧吧。”

封面上，美丽的哥特字体写着：①

童年遣兴：咏叹调，小步舞曲，圆舞曲，进行曲。
约翰-克利斯朵夫·克拉夫脱作品第一号。

克利斯朵夫简直愣住了。他看到自己的名字，美丽的题目，大本的乐谱，他的作品！……他只能结结巴巴的接着说：

“噢！祖父！祖父！……”

老人把他拉到身边。他扑在老人膝上，把头钻在他怀里，快活得脸红了。比他更快活的老人，装着若无其事的声音和他说（因为他觉得自己快要感动得忍不住了）：

“当然，我按照调性替你加上了伴奏跟和声。还有……”他咳了一声，“还有，我在小步舞曲后面加上一段特里奥②，因为……因为那是习惯如此！……而且……我想也没有什么害处。”

他把那段特里奥弹了一遍。——克利斯朵夫因为能跟祖父合作，觉得很得意：

“那么，祖父，也得写上您的名字啊。”

“不用写。除了你也用不着别人知道。只要……”他声音发抖了，“只要将来我不在的时候，这点儿纪念能教你想起

① 哥特字体俗称为花体字，产生于十三世纪，早期印刷书写多用此体。

② 特里奥（Trio）原义为三种乐器合奏之音乐，称为三重奏。但十八世纪后期小步舞曲之第二部常称为特里奥，乐器数量及音乐本身均与第一部小步舞曲成为对比。

我。你总不会忘了祖父吧,嗯?"

可怜的老人没有把话完全说出来,他预感到孙儿的作品将来不会像他的一样湮没不彰,所以在自己那些可怜的调子里挑了一个放进去。而这种对假想的荣名沾点儿光的欲望,也很谦卑很动人,因为他只想以无名的方式参加一缕思想,不让它完全消灭。——克利斯朵夫感动到极点,拼命把他亲吻。老人越来越压不住自己的感情,一味亲着他的头发。

"你说,你不会忘了的,是不是?将来你成了一个音乐家,一个大艺术家,为家、为国、为艺术争光的时候,成了名的时候,你会记得是你的老祖父第一个赏识你,第一个料到你将来的造就的?"

他听着自己的话,眼泪都上来了,可还不愿意给孩子看出他动了感情。他狂咳了一阵,沉着脸,拿乐谱当做宝贝似的藏起来,把孩子打发走了。

克利斯朵夫回到家里,快乐得飘飘然。路上的石子都在他周围跳舞。可是家里人的态度使他有点儿扫兴。他得意扬扬的忙着讲他的音乐成绩,他们却你一声我一声地嚷起来。母亲嘲笑他。曼希沃说是老人家疯了,与其把孩子弄得神魂颠倒,还不如保养保养自己身体;至于克利斯朵夫,得趁早丢开那些无聊的玩意儿,立刻到琴上去练四个钟点。第一,先得把琴弹得像个样;至于作曲,将来有的是时间,等到无事可做的时候再去研究不迟。

这篇大道理,初听好似曼希沃想防止儿童年纪轻轻就趾高气扬的危险,其实并不然。而且他不久就会表示他的意思正相反。但因他自己从来没有什么思想需要在音乐上表现,也不需要表现任何思想，所以他凭着演奏家的迷信，认为作曲是次要的东西，只能靠了演奏家的艺术才能显出它的价值。当然，他对于像哈斯莱一流的大作曲家所引起的狂热也并非无动于衷；那些掌声雷动的盛况也使他肃然起敬（得到群众捧场的，他无不尊敬）；可是他不免暗中忌妒，因为觉得作者抢掉了他演奏家应得的彩声。经验告诉他，人家给大演奏家捧场的时候也一样热闹，而且特别是捧他个人的，所以受的人觉得更舒服更痛快。他假装极崇拜大音乐家的天才，但非常喜欢讲他们可笑的逸事，使人家瞧不起他们的头脑与私德。他认为在艺术的阶梯上演奏家是最高的一级，因为他说，既然舌头是人身最高贵的器官，那么没有语言，还谈什么思想？没有演奏家，还有什么音乐？

不管用意如何，他的训诫对孩子精神上的发展究竟是好的，使它不致因祖父的夸奖而失去平衡。并且在这一点上，他的训诫还嫌不够。克利斯朵夫立刻认为祖父比父亲聪明得多；他虽然毫无怨色地坐上钢琴，可并非为了服从，而是为了能像平时一样，一边心不在焉地让手指在键盘上移动，一边胡思乱想。他弹着无穷无尽的练习，同时听见有个骄傲的声音老在心中叫着："我是一个作曲家，一个大作曲家。"

从那天起，因为他是个作曲家，他就开始作曲了。连字还不怎么写得起来，他已经在家用账簿上撕下纸片，涂着蝌蚪似的音符了。可是为了苦苦追求自己有什么思想，怎么写下来，他反而什么思想都没有了，只知道自己要思想。他构造乐句的时候也一样的执着；而因为他是天生的音乐家，尽管言之无物，好歹总算达到了目的。然后他得意非凡地拿给祖父去看，祖父快活得哭了，——他年纪越大越容易流泪，——还说是妙极了。

这是很可能把孩子宠坏的。幸而他天性淳厚,再加一个从来不想给人什么影响的人的影响救了他。——那是鲁意莎的哥哥,以通情达理而论,他可以说是个模范。

他和她一样矮小,瘦弱,有点儿驼背。人家不知道他准确的年纪,大概不出四十岁,但好像已经五十,甚至五十开外了。小小的脸上全是皱襞,粉红的皮色,和善的淡蓝眼睛像有点枯萎的相思花。他因为怕冷,怕过路风,到哪儿都戴着他的鸭舌帽,要是脱下来,便露出一个小小的、粉红的、圆锥形的秃脑袋,教克利斯朵夫和小兄弟们看了直乐。为了这脑袋,他们老是跟他淘气,问他把头发弄到哪儿去了,父亲在旁说些粗俗的笑话,使孩子们更狂起来,恐吓着说要抽他的光头了。他总是第一个先笑,耐着性子让他们玩儿。他是个小贩,从这一村到那一村,背着个包裹,其中包罗万象:什么糖、盐、纸张、零食、手帕、围巾、靴子、罐头食品、日历、流行歌曲的谱、药品,一应俱全。好几次有人想要他住定一处,替他盘下一家杂货店,一个针线铺什么的。可是他总混不惯:忽然有一天他夜里起来把钥匙放在门下,背着包裹走了。大家可以几个月的看不见他;然后他又出现了:多半是黄昏时候,只听见轻轻敲了几下,门推开了一半,规规矩矩的脱着帽子,露出一个秃顶的小脑袋,一双和善的眼睛,一副腼腆的笑容。他先说一声:"大家好";进来之前,他从来不忘了把脚下的灰土踩干净,再挨着年纪向每个人招呼,然后拣屋里最隐僻的一角坐下。他点起烟斗,伛着背,大家照例一窝蜂地取笑他,他却静静地等那阵冰雹过去。克利斯朵夫的祖父跟父亲都瞧不起他,对他冷言冷语。他们觉得这个丑家伙太可笑了;行贩这个低微的地位又伤了他们的尊严。这些他们都表现得明明白白;但他好似毫无知觉,照旧很敬重他们,结果他们也心软了,尤其是把人家的敬意看得很重的老人。他们常常跟他说些过火的笑话,使鲁意莎都为之脸红。她早已死心塌地承认克拉夫脱家里的人高人一等,相信丈夫与公公是不会错的;但她对哥哥极有手足之情,而他不声不响的也非常爱她。本家已经没有亲属,兄妹俩都是谦抑,退让,被生活压倒的人;彼此的怜悯,暗中忍受的相同的苦难,使两人相依为命,大有辛甜交迸之感。克拉夫脱父子可身体结实,生性粗鲁,直叫直嚷,元气充足,喜欢把日子过得痛痛快快的;在他们中间,那一对仿佛老站在人生之外或人生边上的懦弱的好人,心心相印,同病相怜,彼此可从来不说出来。

克利斯朵夫以小孩子的那种轻薄无情,跟祖父父亲一样,对小贩存着瞧不起的心。他拿舅舅解闷儿,把他当做一件滑稽的东西;他死乞白赖的捣乱,舅舅总是泰然忍受。克利斯朵夫心里可爱着他,只不大明白为什么,他喜欢舅舅,第一因为他像一件听话的玩具,要他怎么就怎么。第二因为他总捎着点好东西来:一块糖啊,一张图画啊,或是别的玩意儿。这矮子不来便罢,一来孩子们总是皆大欢喜,因为他必有些出人意料的新鲜事儿。他不论怎么穷,还是有办法给每人送一样小东西。家里人的命名节,他一个都不会忘掉,老是不早不晚,在那一天上赶到,从袋里掏出些可爱的,一片诚心挑来的礼物。人家受惯了这些礼,简直不大想到向他道谢;而他只要能拿点东西送人,似乎已经挺高兴了。睡眠不大安稳的克利斯朵夫,夜里常常温着白天的事,有时想起舅舅真好,觉得对这个可怜的人说不尽的感激,可是在白天一点不向舅舅表示,因为那时，他只想要弄他了。而且他年纪太小，还没懂得好心多么可贵：在儿童的语言中，善与蠢差不多是同义字；高脱弗烈特舅舅不就是一个活榜样吗？

一天晚上曼希沃有人请吃饭，高脱弗烈特一个人待在楼下，鲁意莎安排两个小的去睡觉了，他便出去坐在屋子附近的河边。克利斯朵夫闲着无事，也跟在后面，照例像小狗似的捉弄舅舅，直弄到自己上气不接下气的滚在他脚下。他扑在地上，把鼻子钻在草里。喘息稍定，他又想找些别的胡话，想到之后又大声嚷着，笑弯了腰，把脸埋在土里。舅舅只是一声不出。他觉得这静默有点儿古怪，便抬起头来预备把胡话再说一遍，不料劈面看到舅舅的脸，四下里暮霭沉沉，一层黄黄的水汽照着他。克利斯朵夫话到嘴边又咽了下去。高脱弗烈特微微笑着，半阖着眼睛，半张着嘴巴；凄苦的脸容有种说不出的严肃。克利斯朵夫把肘子托着下巴，眼睛盯着他。天黑了，舅舅的脸慢慢隐没了。万籁俱寂。克利斯朵夫也被舅舅脸上那股神秘的气息感染了。地下漆黑，天色清明：星都亮了。河上微波拍岸。孩子迷迷糊糊的，不知不觉嘴里嚼着草梗。一只蟋蟀在身边叫。他觉得自己快睡着了……忽然高脱弗烈特在黑暗里唱起来。他的声音很轻，有点儿嗄，像是闷在心里的，一二十步以外就听不清。但它有一种动人的真切味儿，可以说是有声音的思想；从这音乐里头，好像在明净的水里面，可以直看到他的心。克利斯朵夫从来没听到这样的唱，也从来没听到这样的歌。又慢，又简单，又天真，歌声用着严肃的、凄凉的、单调的步伐前进，从容不迫，间以长久的休止，——然后又继续向前，逍遥自在，慢慢地在黑夜里消失了。它仿佛来自远方，可不知往哪儿去。清明高远的境界并掩饰不了骚乱不宁的心绪；恬静的外表之下，有的是年深月久的哀伤。克利斯朵夫凝神屏气，不敢动弹，他紧张得浑身发冷。歌声完了，他在地下爬过去，嗄着嗓子叫了声："舅舅！……"

高脱弗烈特不回答。

"舅舅！"孩子又叫着，把手和下巴颏儿都搁在他膝盖上。

高脱弗烈特非常亲热地回了声："孩子。"

"那是什么啊，舅舅？告诉我，您唱的是什么啊？"

"我不知道。"

"您说啊，那是什么！"

"我说不出是什么，就是一支歌。"

"是您编的吗？"

"不，不是我编的！你问得好蹊跷！……那是一支老歌。"

"谁编的呢？"

"不知道。"

"什么时候的歌？"

"不知道……"

"是您小时候的歌吗？"

"我出世以前，我父亲，父亲的父亲，父亲的父亲的父亲以前，一向就有的。"

"好怪！从来没人跟我提过。"

他想了一会儿，说："舅舅，您还会唱别的吗？"

"会。"

"再唱一支别的行不行？"

"干吗再唱别的？唱一支就够了。我们要唱的时候，不能不唱的时候才唱。不能唱着玩儿。"

"人家演奏音乐的时候不是来了一曲又一曲吗?"

"我唱的那个不是音乐。"

孩子愣住了。他不十分明白,可并不想要人解释。的确,那不是音乐,不是一般的音乐。他又问:"舅舅,您是不是也编呢?"

"编什么?"

"编歌呀!"

"歌? 噢! 我怎么能编呢? 那是编不起来的。"

孩子用他那种一贯的逻辑盯着问:"可是,舅舅,反正从前是人家编的呀……"

高脱弗烈特固执地摇摇头:"那是一向有的。"

孩子紧跟着又说:"可是,舅舅,难道人家不能再编些别的,新的歌吗?"

"为什么要编? 各种各样的歌都有了。有的是给你伤心的时候唱的;有的是给你快活的时候唱的;有的是为你觉得累了,想着远远的家的时候唱的,有的是为你恨自己的时候唱的,因为你觉得自己是个下贱的罪人,好比一条蚯蚓;有的是为了人家对你不好,你想哭的时候唱的;有的是给你开心的时候唱的,因为风和日暖,天朗气清,你看到了上帝的天堂,他是永远慈悲的,好像对你笑着……一句话说完,你心里想唱什么就有什么歌给你唱。干吗还要我编呢?"

"干吗要编? 为的要做个大人物啊!"孩子一肚子全是祖父的教训和他天真的梦想。

高脱弗烈特温柔地笑了笑。克利斯朵夫有点儿生气了,问:"您笑什么?"

高脱弗烈特回答:"噢! 我啊,我是个挺平常的人。"

他摩着孩子的头，问："那么你是要做个大人物了，你？"

"是的。"克利斯朵夫挺高傲地回答。

他以为舅舅会夸他几句，不料舅舅又问：

"干吗要做大人物？"

"为编些好听的歌呀！"

高脱弗烈特又笑起来："你想编些歌，为的要做个大人物；你想做个大人物，为的要编些歌。你倒像一条狗追着自己的尾巴打圈儿。"

克利斯朵夫听了大不高兴。要是在别的时候，他决不肯让一向给他嘲笑惯的舅舅反过来嘲笑他。同时，他做梦也想不到舅舅会那样聪明，一句话把他驳倒。他想找个理由或是什么放肆的话顶回去，可是找来找去找不到。高脱弗烈特接着又说："大人物有什么用？哪怕你像从这儿到科布伦茨一样大，你也作不了一支歌。"

克利斯朵夫不服气了："要是我想作呢！……"

"你越想作越不能作。要作的话，就得跟它们一样。你听啊……"

月亮刚从田野后面上升，又圆又亮。地面上，闪烁的水面上，有层银色的雾在那里浮动。青蛙们正在谈话，草地里的蛤蟆像笛子般唱出悠扬的声音。蟋蟀尖锐的颤音仿佛跟星光的闪动一唱一和。微风拂着榛树的枝条。河后的山岗上，传来夜莺清脆的歌声。

高脱弗烈特沉默了半晌，叹了口气，不知是对自己说还是对克利斯朵夫说：

"还用得着你唱吗？它们唱的不是比你所能作的更好吗？"

这些夜里的声音，克利斯朵夫听过不知多少次，可从来没有这样的感觉。真的！还用得着你唱吗？……他觉得心里充满着柔情与哀伤。他真想拥抱草原、河流、天空，和那些可爱的星。他对高脱弗烈特舅舅爱到了极点，认为他是最好、最美、最聪明的人，从前自己把他完全看错了。克利斯朵夫不了解他，大概他很难过吧。他悔恨交集，真想叫出来："舅舅，不要难过了，我以后不跟您淘气了！原谅我吧，我多爱您！"可是他不敢说。——忽然他扑在舅舅怀里，没法说出心里的话，只热烈地拥抱着舅舅，说了好几遍："我多爱您！"高脱弗烈特又惊又喜，亲着孩子，一迭连声地嚷着："怎么啦？怎么啦？"然后他站起来拉着他的手说了声："得回去了。"克利斯朵夫很不高兴，以为舅舅没有懂得他的意思。可是快到家的时候，高脱弗烈特对他说："以后，要是你愿意，咱们可以在晚上再去听上帝的音乐，我再给你唱别的歌。"等到克利斯朵夫不胜感激的拥抱舅舅，预备去睡觉了，他看出舅舅是完全了解他的。

从此他们常常在晚上一块儿散步：一声不出地顺着河边走，或是穿过田垄。高脱弗烈特慢慢地抽着烟斗，克利斯朵夫拉着他的手，对着黑暗有点害怕。他们坐在草上；静默了一会儿之后，高脱弗烈特和他谈着星辰、云彩，教他辨别泥土、空气，和水的气息，辨别在黑暗中飞舞蠕动，跳跃浮游的万物的歌声、叫声、响声，告诉他晴雨的先兆，夜间的交响曲中数不清的乐器。有时高脱弗烈特唱些或是悲凉或是快乐的歌，总是那一派的；而克利斯朵夫听了也总是一样地激动。他要唱的话，一晚也只唱一支歌。克利斯朵夫又发觉，凡是要求他唱的，他总唱得很勉强；最好是要他自动想唱的时候。往往你得不声不响地等个老半天，正当克利斯朵夫想着"他今晚不会唱了……"的时候，高脱弗烈特才唱起来。

一天晚上，恰好舅舅不唱歌，克利斯朵夫忽然想起把他费了许多心血，觉得非常得意的作品，挑一个唱给他听。他要表示自己是个了不起的艺术家。舅舅静静地听完了说：

"多难听，可怜的克利斯朵夫！"

克利斯朵夫懊丧得一句话也回答不出来。高脱弗烈特带着可怜他的意味又说：

"为什么你要作这个呢？多难听！又没人硬要你作。"

克利斯朵夫气得满面通红地顶了句："祖父可说我的音乐挺好呢。"

"啊！"舅舅不慌不忙地回答，"他一定不会错的。他是个挺博学的人，对音乐是内行。我一点也不懂……"

停了一会儿，他又接着说："可是我觉得很难听。"

他非常安静地瞅着克利斯朵夫，看见他又气恼又伤心，便笑着："你还作些别的调子吗？也许我更喜欢别的。"

克利斯朵夫认为这意思不错，也许换一个调子可以消灭刚才那一支的印象，便把他作的统统唱了一遍。高脱弗烈特一声不出，等他唱完了，才摇摇头，十分肯定地说：

"这些更难听了。"

克利斯朵夫咬着嘴唇，下巴发抖；真想哭出来。舅舅仿佛也很丧气的，一口咬定说：

"哦！多难听！"

克利斯朵夫带着哭声嚷道："可是为什么您要说它难听呢？"

高脱弗烈特神色泰然地望着他，回答道："你问我为什么?……我不知道……第一因为它无聊……对啦……它无聊,它没有意思,所以难听……你写的时候,心里就没有什么可说的。干吗你要写呢?"

"我不知道,"克利斯朵夫声音怪可怜地说,"我就想写一个好听的歌。"

"对啦!你是为写作而写作的。你为了要做一个大音乐家,为教人家佩服才写作的。你骄傲,你扯谎:所以你受了罚,你瞧!谁要在音乐上骄傲,扯谎,总免不了受罚。音乐是要谦虚,真诚。要不然还成什么音乐呢?那不是对上帝不敬吗?亵渎上帝吗?他赐给我们那些美丽的歌,都是说真话跟老实话的。"

他发觉孩子不高兴,想拥抱他。可是克利斯朵夫愤愤地躲开了:几天之内他对他生了气。他恨舅舅。他再三对自己说:"他是头驴子!什么都不知道。比他聪明得多的祖父,可认为我的音乐很好呢。"然而他心里明白舅舅还是对的。那些话深深地印在他脑子里了;他觉得自己扯了谎很可耻。

所以他虽然老是记恨,从此写音乐的时候总忘不了舅舅;因为想到舅舅看了要怎么说,他常常把写的东西撕掉。要是不顾一切地写完了一个明知不大真诚的调子,他便很小心地藏起来。他最怕舅舅的批评;只要高脱弗烈特对他某一个曲子说一声:"嗯,还不太难听……我喜欢这个……"他就高兴极了。

有时他为了出气,故意捣鬼,把名家的作品冒充自己的唱给他听,倘若舅舅偶尔认为要不得,他就乐死了。可是舅舅并不着慌。看到克利斯朵夫拍着手在他身边快活得直跳,他也真心地跟着笑了;而且他老是这样的解释:"这也许写得很好,可是没说出一点儿意思。”——他从来不愿意听曼希沃他们的那些小规模的音乐会。不论作品多美,他总是打呵欠,表示不胜厌倦。过了一忽儿他支持不住,无声无息地溜了。他说:

“你瞧,孩子:你在屋子里写的那些,全不是音乐。屋子里的音乐好比屋子里的太阳。音乐是在外边,要呼吸到老天爷新鲜的空气才有音乐。”

他老是讲起老天爷,因为他很虔诚,跟那两位虽然每星期五守斋①而自命为强者的克拉夫脱父子不同。

不知为什么,曼希沃忽然改变了主意。他不但赞成祖父把克利斯朵夫的灵感记录了下来,而且花了几晚工夫亲自把乐稿抄了两三份,使克利斯朵夫大为惊奇。人家无论怎么问他,他总一本正经地回答说:“等着瞧吧……”或是一边笑一边搓着手,使劲摸着孩子的头算是跟他开玩笑,再不然是高高兴兴地打他几下屁股。克利斯朵夫讨厌这一类的亲热;可是他看到父亲的确很快活,不知道为什么。

曼希沃跟约翰·米希尔常常很秘密的在一块儿商量着什么。一天晚上,克利斯朵夫很惊讶的听见说,他,克利斯朵夫,把《童年遣兴》题献给雷沃博大公爵殿下了。原来曼希沃先设法探听亲王的意思,亲王表示很乐意接受这个敬意。于是曼希沃得意非凡地宣布,事不宜迟,应当立刻进行下列几项步骤:第一,备一份正式的申请书送呈亲王;——第二,刊印作

① 基督旧教规定,每星期三、五两日不食肉类,现代旧教徒往往只在星期五守斋一日。

品；——第三，组织一个音乐会演奏孩子的作品。

曼希沃和约翰·米希尔又开了好几次长久的会议，很紧张地讨论了两三晚。那是不准人家去扰乱他们的。曼希沃起草，修改；修改，起草。老人直着嗓子说话，仿佛在那里吟诗。他们有时争执，有时拍桌子，因为找个字儿找不到。

然后，他们把克利斯朵夫叫去，安排他坐在桌子前面，拿着笔，右边站着父亲，左边站着祖父。祖父嘴里念着文句，教孩子写下来。他完全不知道写的是什么，一则他每写一个字都得费很大的劲，二则父亲在他耳边直嚷，三则祖父把抑扬顿挫的音调特别加强，使克利斯朵夫听了就心慌意乱，再也顾不到去听它的意义。老人也跟孩子一样紧张，他没法坐下，老在屋子里踱来踱去，按着文字的内容做出各种表情，又时时刻刻来看孩子写的那张纸。克利斯朵夫给两颗掩在背后的大脑袋吓昏了，吐着舌头，笔也抓不稳，眼睛也看不清，不是笔画的勾勒太长了，就是把写好的给弄糊涂了；——于是曼希沃狂叫，怒吼，米希尔大发雷霆；——只得从头再写，过了一忽儿又从头再写；赶到快写完了，毫无斑点的纸上忽然掉了一大滴墨水：——于是大家拧他的耳朵，他眼泪汪汪的，可不准哭出来，因为怕弄湿了纸；——然后从第一行起再来过。孩子以为那是一辈子没有完的了。

终于完工了；约翰·米希尔靠着壁炉架，把信再念一遍，快乐得连声音都发抖；曼希沃仰在椅子里，眼睛望着天花板，颠头耸脑的装做内行，体味着下面那封信的风格：

高贵尊严之殿下！

窃臣行年四岁，音乐即为臣儿童作业。自是以还，文艺之神宠锡有加，屡颁灵感。光阴荏苒，倏届六龄：文艺之神频频以抒写胸臆为嘱。顾渺小幼弱，稚騃无知，臣愚又安敢轻于尝试。唯神命难违，不得不勉力以副，乃成拙作，谨敢不辞罪戾，渎呈于吾

高贵之殿下之前，以博

一粲。伏维

殿下聪明睿智，德被六艺；四方才士，皆蒙

恩泽；区区愚忱，当邀

洞鉴！

臣约翰-克利斯朵夫·克拉夫脱诚惶诚恐百拜具呈

克利斯朵夫什么也没听到；他能把工作交代已经高兴至极，唯恐人家要他再来一遍，便赶紧溜到野外去了。他对刚才写的东西一点概念都没有，也完全不把它放在心上。可是老人念了一遍，又念一遍，想更深切的体味一番；念完之后，他和曼希沃一致认为是篇杰作。信和乐谱一经送呈，大公爵也表示同样的意见。他叫人传话，说两者的风格都一样的动人。他批准了音乐会，传令把音乐研究院的大厅交给曼希沃支配，并且答应在举行音乐会那天召见儿童艺术家。

于是曼希沃赶紧组织音乐会。宫廷音乐联合会答应帮忙，初步奔走的成功愈加触动了他喜欢大场面的脾气，便同时筹备用精美的版本刊印《童年遣兴》。他本想在封面上加一张他和克利斯朵夫两人的镂版像，孩子坐在钢琴前面，他自己拿着提琴站在旁边。但他不得不放弃这个计划，并非为了费用太贵，——那是曼希沃决不顾虑的，——而是为了时间赶不及。于是他换了一幅象征的图，画着一只摇篮，一支小号，一个鼓，一只木马，中间是架竖琴在那儿放光。书名上有段很长的献词，亲王的名字印得异乎寻常的大，作者的署名是“约翰

-克利斯朵夫·克拉夫脱,甫年六岁”。(其实他已经七岁半了。)插图的镂版费很贵,结果祖父卖掉了一口十八世纪的雕有人像的柜子;那是老人从来不肯割爱的,虽然古董商华姆塞跟他提过好几回想收买。可是曼希沃绝对相信,乐谱发售预约[1]的收入不但抵得够成本,还能有多余。

还有一件事要他们忙的,就是克利斯朵夫在音乐会中穿的服装。他们为此特意开了一个家庭会议。曼希沃的意思,想要孩子穿着短装,光着腿,像一个四岁的孩子打扮。可是克利斯朵夫年纪虽小,已经长得很壮健;而且,大家认识他,也瞒不过人的。于是曼希沃想出一个非常得意的念头,决定了燕尾服和白领结。鲁意莎说他们要叫可怜的孩子闹笑话了,但她的反对毫无用处。曼希沃猜透众人的心理,认为这种出人不意的装束一定能博个满堂彩。事情就这样决定了;裁缝给叫来量这个小人物的尺寸。另外还得置办讲究的内衣和漆皮鞋,又是些贵得惊人的东西。克利斯朵夫穿着新装拘束不堪。为了使他习惯起见,人家要他穿了新衣把他的作品练了好几次,又教他怎么行礼。一个月中间他老坐在琴凳上,连一刻儿的自由也没有了。他气愤至极,可不敢反抗:因为他想到自己要完成一件显赫的事业;他为之又骄傲又害怕。并且大家很疼他:怕他着凉,用围巾裹着他的脖子;鞋子有人替他烘燥,怕他脚上受寒;饭桌上他吃的是最好的菜。

终于那了不得的一天到了。理发匠来主持他的化装,要把他倔强的头发烫得拳起来,直到头发给收拾得像羊毛一般服帖

① 当时印行图书乐谱,均有赖于发售预约。书印出以后的发售,往往为数极微。

才算完工。家里的人一个个在他前面走了一转,说他漂亮极了。曼希沃把他左右前后仔细端详过后,拍了拍脑门,赶紧去摘了一大朵花拴在孩子衣襟上。可是鲁意莎一看见他,不由得举着胳膊怪难受的说,他的神气真像只猴子。克利斯朵夫听了懊恼万分。他不知道对自己那副古怪的打扮应该得意还是害臊。他只觉得窘极了;可是在音乐会中他更慌得厉害:在这个大可纪念的一天,他除了发窘以外根本没有别的感觉。

音乐会快开场了,座位还空着一半。大公爵没有到。在这种场合自有一位消息灵通的热心朋友来报告,说府里正在开会,大公爵不会来了:这是从极可靠的方面传出来的。曼希沃听了大为丧气,魂不守舍的踱来踱去,靠在窗上东张西望。老约翰·米希尔也着了急,但他是为孙子操心,把嘱咐的话絮絮叨叨地说个不停。克利斯朵夫也给他们刺激得很紧张:他并不把弹的曲子放在心上,只是想到要向大众行礼而着慌,而且他越想心里越急。

可是非开场不可了:听众已经表示不耐烦了。乐队奏起《科里奥朗序曲》①。孩子既不知道科里奥朗,也不知道贝多芬;他虽然常常听到贝多芬的音乐,可并不知道作者。他从来不关心听的作品是什么题目,却自己造出名字来称呼它们,编些小小的故事,幻想出一些零星的风景。他通常把音乐分作三类:水、火、土,其中当然还有无数细微的区别。莫扎特属于水的一类:他的作品是河畔的一片草原,在江上飘浮的一层透

① 科里奥朗是罗马族长,公元四九一年被逐,遂带领佛尔西安人进攻罗马,在其母亲和妻子哀求下撤兵,随即被佛尔西安人所杀。《科里奥朗序曲》是贝多芬为德国戏剧家科林的同名戏剧所谱写。

明的薄雾，一场春天的细雨，或是一道五彩的虹。贝多芬却是火：有时像一个洪炉，烈焰飞腾，浓烟缭绕；有时像一个着火的森林，罩着浓厚的乌云，四面八方射出惊心动魄的霹雳；有时满天闪着毫光，在九月的良夜亮起一颗明星，缓缓地流过，缓缓地隐灭了，令人看着心中颤动。这一次，那颗英雄的灵魂，不可一世的热情，照旧使他身心如沸。他被卷进了火海。其余的一切都消灭了，跟他不相干了！垂头丧气的曼希沃，焦灼万状的约翰·米希尔，那些忙乱的人，听众，大公爵，小克利斯朵夫：他和这些人有什么关系？他被那个如醉如狂的意志带走了。他跟着它，气吁吁的，噙着眼泪，两腿麻木，从手掌到脚底都痉挛了；血在那里奔腾，身子在那里发抖……——他正这样的竖起耳朵，掩在布景的支柱后面听着的时候，忽然心上好似挨了一棍：乐队中止了；静默了一忽儿之后，铜管乐器和钹奏起军乐来。两种音乐的转变，来得那么突兀，克利斯朵夫不禁咬牙切齿，气得直跺脚，对墙壁抡着拳头。可是曼希沃高兴极了：原来是亲王驾到，所以乐队奏着国歌向他致敬。约翰·米希尔声音颤巍巍的对孩子又把话嘱咐了一遍。

序曲重新开始，这一回可是奏完了。然后就轮到克利斯朵夫。曼希沃把节目排得很巧妙，使他和儿子的技艺能同时表现出来：他们要合奏莫扎特的一阕钢琴与小提琴的奏鸣曲。为了增加效果，克利斯朵夫应当先出场。人家把他带到前台进口的地方，指给他看放在台前的钢琴，又把所有的举动教了他一遍，便把他推出后台。

他在戏院里早走惯了，并不怎么害怕。可是自个儿站在台上，面对着几百只眼睛，他忽然胆小起来，不由自主地往后一退，甚至想退进后台：但他看见父亲直瞪着他，做着手势，只得继续向前。并且台下的人已经看到他了。他一边往前,一边听见四下里乱哄哄的一片好奇声,又继之以笑声,慢慢地传遍全场。不出曼希沃所料,孩子的装束果真发生了他预期的效果。看到这皮色像波希米人般的小孩儿,拖着长头发,穿着绅士式的晚礼服,怯生生地跨着小步:场子里的人都不禁哈哈大笑,有的还站起身来想看个仔细;一忽儿竟变成了哄堂大笑,那虽然毫无恶意,可是连最镇定的演奏家也不免要为之着慌的。笑声,目光,对准着台上的手眼镜,把克利斯朵夫吓得只想赶快走到钢琴那里,在他心目中,那简直是大海中的一座岛屿。他低着头,目不斜视,沿着台边加紧脚步;走到中间,也不按照预先的吩咐对大众行礼,却转过背去扑向钢琴。椅子太高了,没有父亲的帮忙坐不上去:他可并不等待,竟自慌慌张张的屈着膝盖爬上了,教台下的人看着更好笑。但克利斯朵夫是得救了:一到乐器前面他就谁都不怕了。

终于曼希沃也出场了;承蒙群众好意,他得到相当热烈的彩声。奏鸣曲立刻开始。小家伙弹得挺有把握,毫不慌张,他集中精神,抿紧着嘴,眼睛盯住了键盘,两条小腿挂在椅子下面。他越弹下去,越觉得自在,仿佛置身于一些熟朋友中间。一阵嗡嗡的赞美声一直传到他的耳边;他想到大家不声不响的在那儿听他,欣赏他,心里很得意。但曲子一完,他又怕了;众人的彩声使他只觉得害羞而不觉得快乐。父亲拉着他的手到台边向大众行礼的时候,他更难为情了。他不得不深深地,傻头傻脑地行着礼,面红耳赤,窘到极点,仿佛做了什么可笑而要不得的事。

他又被抱上钢琴,独奏他的《童年遣兴》。那可轰动全场了。奏完一曲,大家热烈叫好,要求他再来一遍;他对自己的成功非常得意，同时对他们带有命令意味的喝彩也差不多生气了。演奏完毕，全场的人站起来向他欢呼；大公爵又传令一致鼓掌。那时只有克利斯朵夫一个人在台上，便坐在椅子里一动也不敢动。掌声越来越热烈，他的头越来越低下去，红着脸，羞得什么似的；他拼命扭转身子，对着后台。曼希沃出来把他抱在手里，要他向台下飞吻，把大公爵的包厢指给他看。克利斯朵夫只是不理。曼希沃抓着他的手臂轻轻地威吓他。于是他无可奈何地做了个手势，可是低着眼睛，对谁都不看，始终把头扭向别处，觉得那个罪真受不了。他非常痛苦，可不知痛苦些什么；他自尊心受了伤害，一点不喜欢台下那些听众。他们对他拍手也不相干，他不能原谅他们笑他，看着他的窘相觉得开心；他也不能原谅他们看到他这副可笑的姿态，悬在半空中送着飞吻；他差不多恨他们喝彩了，曼希沃才把他放下地，他立刻奔向后台；半路上有位太太把一束紫罗兰掷中了他的脸，他吃了一惊，愈加飞奔起来，把一张椅子也给撞倒了。他越跑，人家越笑；人家越笑，他越跑。

终于他到了前台出口的地方，一大堆人挤在那儿看他，他却拼命低着头钻过去，直跑到后台的尽里头躲着。祖父快活极了，对他尽说着好话。乐队里的乐师都笑开了，夸奖他，可是他既不愿意望他们一眼，也不肯跟他们握一握手。曼希沃侧着耳朵听着，因为掌声不绝，想把克利斯朵夫再带上前台。孩子执意不肯，死拉着祖父的衣角，谁走过去，他就伸出脚来乱踢，接着又大哭了，人家只得把他放下。

正在这个时候，一个副官进来说，大公爵传唤两位艺术家到包厢里去。孩子这种模样怎么能见人呢？曼希沃气得直骂；他一发怒，克利斯朵夫哭得更凶了。为了止住他那股洪水,祖父答应给他一磅巧克力糖,只要他不哭;贪嘴的克利斯朵夫马上停了,咽着眼泪,让人家带走,可还要人家先赌着顶庄严的咒,决不出其不意的再把他送上台。

到了亲王包厢的客室里,他先见到一位穿着便服的先生,小哈巴狗式的脸,上嘴唇留着一撮翘起的胡子,颔下留着尖尖的短须,身材矮小,脸色通红,有点儿臃肿,半取笑半亲热地大声招呼他,用肥胖的手轻轻地拍着他的腮帮,叫他"再世的莫扎特!"这便是大公爵。——接着他被递给公爵夫人,她的女儿,以及别的随从。可是因为他不敢抬起眼睛,对这些漂亮人物的唯一的回忆,只是从腰带到脚那一部分的许多美丽的衣衫和制服。他坐在年轻的公主膝上,既不敢动弹,也不敢呼吸。她向他提出许多问话,都由曼希沃在旁毕恭毕敬的,用着呆板的套语回答;可是她根本不听曼希沃,只顾耍弄着孩子。他觉得脸越来越红,又以为给每个人注意到了,便想找句话来解释,他深深地叹了口气,说道:

"我热得脸都红了。"

公主听了这话大声笑了。克利斯朵夫可并不因之像刚才恨大众一样的恨她,因为那笑声很好听;她拥抱他,他也一点不讨厌。

这时候,他瞥见祖父又高兴又不好意思地,站在走廊里包厢进口的地方;他很想进来说几句话,可是不敢,因为人家没招呼他,只能远远地看着孙儿的光荣,暗中得意。克利斯朵夫忽然动了感情,觉得应当为可怜的老人家主持公道,让人家知道他的价值。于是他凑在他新朋友的耳边悄悄地说:

"我要告诉您一桩秘密。"

她笑着问:"什么秘密呀?"

“您知道，我的小步舞曲里那一段好听的特里奥，我刚才弹的……您知道吗？……——（他轻轻地哼着）——嗳！那是祖父作的，不是我的。别的调子都是我的。可是那最美的一支是祖父作的。他不愿意人家说出来。您不会说的吧？……——（他指着老人）——瞧，祖父就在那边。我真爱他。他对我真好。”

年轻的公主哈哈大笑，说他真是一个好宝贝，拼命地亲他；可是她马上把这件事当众说了出来，使克利斯朵夫跟老祖父都吃了一惊。大家一齐笑了；大公爵向老人道贺，他却慌做一团，想解释又解释不清，说话结结巴巴的，像做了什么错事。但克利斯朵夫再也不对公主说一句话；尽管她逗他惹他，他总是一声不出，沉着脸：他瞧不起她，因为她说了话不算。他对亲王们的印象也为了这件背信的事而大受影响。他气愤至极，以至人家说的话，和亲王笑着称他为“宫廷钢琴家，宫廷音乐师”等，一概没有听见。

他和家里的人出来，从戏院的走廊到街上，到处被人包围着，有的夸奖他，有的拥抱他，那是他大不高兴的：因为他不愿意给人拥抱，也受不了人家不得他的同意就随便摆布他。

终于，他们到了家，门一关上，曼希沃立刻骂他“小混蛋”，因为他说出了特里奥不是他作的。孩子明知道他做的是件高尚的行为，应该受称赞而不是受埋怨的，便忍不住反抗起来，说些没规矩的话。曼希沃气恼之下，说要不是刚才弹得不错，他还得挨打呢；可是他做了这桩傻事，把音乐会的效果全给破坏了。克利斯朵夫极有正义感，便坐在一边生气；他对父亲，公主，所有的人，都瞧不起。他觉得不舒服的，还有邻人们来向他的父母道喜，跟他们一起嘻嘻哈哈，好像是他的父母弹的琴,又好像他是他们的,他们大家的一件东西。

这时,爵府里一个仆人奉大公爵之命送来一只金表,年轻的公主送他一匣精美的糖。克利斯朵夫看了两件礼物都很喜欢,不知道更爱哪一件;但他心情那么恶劣,一时还不肯承认自己高兴;他继续在那里怄气,眼睛瞟着糖果,心里想着一个背信的人的礼物该不该收下的问题。他正想让步的时候,父亲要他立刻坐到书桌前面,口授一封道谢的信,教他写下来。那可是太过分了!或许是因为紧张了一天,或许是因为父亲要他写"殿下的贱仆,音乐家某某……"那样羞人的字句,他竟哭了。没有办法教他写一个字。仆人嘴里冷一句热一句的,在旁等着。曼希沃只得自己动笔。那当然不会使他对孩子多原谅一些。更糟的是克利斯朵夫把表掉在地下,打破了。咒骂像冰雹似的落在他身上。曼希沃嚷着要罚掉他的饭后点心。克利斯朵夫愤愤地说偏要吃。为了惩罚他,母亲说要没收他的糖果。克利斯朵夫气极了,说她没有这权利,那是他的东西,不是别人的,谁也不能抢他的!他挨了一个嘴巴。大怒之下,他把匣子从母亲手里抢过来,摔在地下乱踩。他给揍了一顿,抱到房里,脱了衣服放在床上。

晚上,他听见父母跟朋友们吃着丰盛的晚餐,那顿为了庆祝音乐会而八天以前就预备起来的晚餐。他对这种不公平的行为,差点儿在床上气死了。他们大声笑着,互相碰杯。父母对客人推说孩子累了;而且谁也没想到他。可是吃过晚饭,大家快告别的时候,有个人拖着沉重的脚步溜进房间:老祖父在他床前弯下身子,非常感动地拥抱他,叫着:"我的好克利斯朵夫!……"一边把藏在袋里的几块糖塞给了他,然后,好像很难为情的,他溜走了,再也不说什么。

这一下克利斯朵夫觉得很安慰。但他已经为白天那些紧张的情绪累死了,不想再去碰祖父给的好东西。他疲倦至极,差不多马上睡着了。

他一晚没有睡好。他神经不安,常常突然之间身子抽搐,像触电似的。梦里有种犷野的音乐跟他纠缠不清。他半夜里惊醒过来。白天听到的贝多芬的序曲,在耳边轰轰地响,整个屋子都有它急促的节奏。他在床上坐起,揉了揉眼睛,弄不清自己是不是睡着……不,他并没有睡。他认得这音乐,认得这愤怒的呼号,这疯狂的叫吼,他听到自己的心在胸中忐忑乱跳,血液在那里沸腾,脸上给一阵阵的狂风吹着,它鞭挞一切,扫荡一切,又突然停住,好似有个雷霆万钧的意志把风势镇压了。那巨大的灵魂深深地透入了他的内心,使他的肢体和灵魂尽量地膨胀,变得硕大无朋。他顶天立地的在世界上走着。他是一座山,大雷大雨在胸中吹打。狂怒的大雷雨!痛苦的大雷雨!……哦!多么痛苦!……可是怕什么!他觉得自己那么坚强……好,受苦罢!永远受苦罢!……噢!要能坚强可多好!坚强而能受苦又多好!……

他笑了。静寂的夜里只听见他的一片笑声。父亲醒了,叫道:

"谁啊?"

母亲轻轻地说:

"别嚷!是孩子在那里做梦!"

他们三个都不作声了。周围的一切都不作声了。音乐没有了,只听见屋子里的人均匀的打鼾声,——他们都是些患难的同伴,相倚相偎地坐在脆弱的舟中,给一股天旋地转的力量卷进黑夜去了。

卷二　清　　晨

第一部　约翰·米希尔之死

三年过去了。克利斯朵夫快满十一岁。他继续受他的音乐教育。他跟圣·马丁寺的管风琴师弗洛李昂·霍才学和声，那是祖父的朋友，非常博学的。老师告诉他，凡是他最喜欢的和弦，他听了身心陶醉，禁不住要打寒噤的和声是不好的，不能用的。孩子追问理由的时候，老师说就是这么回事，和声学的规则是这样的。但因他天性倔强，倒反更喜欢那些和声。他最高兴在人人佩服的大音乐家的作品中找出这一类例子，拿去给祖父或老师看。祖父回答说，那在大音乐家是了不起的，对贝多芬或巴赫是百无禁忌的。老师可不这么迁就，他生气了，挺不高兴地说那不是他们所作的最好的东西。

现在克利斯朵夫可以随便到音乐会和戏院里去；同时他每样乐器都学一点，小提琴已经拉得很好，父亲想替他在乐队里谋个位置。他实习了几个月，居然非常称职，便正式被任为宫廷音乐联合会的第二小提琴手①。他就这样的开始挣钱；而这也正是时候了，因为家里的情形一天不如一天。曼希沃的酗酒更厉害，而祖父也更老了。

① 音乐总谱上关于小提琴的音乐有两种，低音部分的小提琴音乐是由第二小提琴演奏的。

克利斯朵夫体会到家里凄惨的境况，已经有了少年老成和心事重重的神气。他打起精神干他的差事，虽然觉得毫无兴趣，晚上不免在乐队里打瞌睡。戏院再也引不起他小时候那样的情绪了。那时，——四年以前，——他最大的野心是爬到他现在这个位置。但人家要他演奏的音乐，一大半是他不喜欢的；尽管还不敢下断语，他暗中认为它们无聊；要是偶然演奏些美丽的乐曲，他又看不上别人那种颟顸的态度；他最爱的作品，结果也像乐队里的同事们一样令人生厌：他们在幕下之后喘喘气，搔搔痒，然后笑嘻嘻地抹着汗，消消停停地讲些废话，好似才做了一小时的健身运动。他从前钟情的人物，那个金发赤足的歌女，此刻又从近处看到了；幕间休息的时候，他常常在餐厅里碰到她。她知道他小时候喜欢她，就很乐意拥抱他；可是他一点不感到愉快：她的化装，身上的气味，粗大的胳膊，狼吞虎咽的胃口，都招他厌；现在他简直恨她了。

大公爵没有忘记他的钢琴师：这并不是说，以钢琴师的名义应有的一点儿月俸会准期支付，那是永远要去催讨的；但克利斯朵夫常常被召进府去，或者因为有什么贵宾到了，或者因为爵爷们兴之所至要听他弹琴了，差不多老是在晚上，正当克利斯朵夫想独自清静一会儿的时候。那就得丢下一切，急急忙忙赶去。有时，人家教他在穿堂里等着，因为晚餐没有终席。仆役们为了常常看到他，和他说话的口气挺随便。然后他被带进一间灯烛辉煌、很多镜子的客厅，那些酒醉饭饱的人毫无礼貌的用好奇的眼睛瞧着他。他得走过上足油蜡的地板去亲吻爵爷们的手；他可是越大越笨拙了，因为他觉得自己可笑，而自尊心也受了伤害。

随后他坐上钢琴，不得不替那些笨蛋演奏（他认为他们是笨蛋)。有时候,人家那种漠不关心的态度简直使他受不了,几乎要停下来。他缺乏空气,好像快闷死了。奏完以后大家随便夸奖一阵,介绍他见这个见那个。他觉得被人当做古怪的动物,跟亲王动物园里的珍禽异兽一样,所有赞美的话多半是对主人而不是对他说的。他自以为受了羞辱,因之他的多心几乎成了一种病态,而且因为不敢表现出来,所以愈加痛苦。哪怕是人家最无心的行动,他也看出有侮辱的成分:有人在客厅的一角笑,那一定是笑他,可不知笑他什么,是笑他的举动呢还是笑他的服装,笑他的面貌呢还是笑他的手足。一切都使他感到屈辱:人家不跟他谈话他觉得屈辱,跟他谈话也觉得屈辱,把他当做小孩子般给他糖果也觉得屈辱,要是大公爵用着贵人们那种不拘小节的态度,给他一块金洋把他打发走,他尤其难堪。他因为穷,因为被人看做穷而苦恼。有一天晚上回家的时候,他手里拿的钱使他心里难过到极点,甚至把它扔在地窖的风洞里。可是过了一忽儿,他不得不压着傲气去捡回来,因为家里积欠肉店的账已经有好几个月了。

他的家长可想不到这些为了自尊心所受的痛苦,倒还因为他受到亲王的优遇而很高兴呢。儿子能在爵府里跟那些漂亮人物一起消磨夜晚,老实的鲁意莎简直想不出还有什么更美的事。至于曼希沃,那更是向朋友们经常夸耀的资料。但最快乐的还是老祖父。他表面上装做独往独来,说话毫无忌讳,瞧不起名衔地位,骨子里却是挺天真的仰慕金钱、权势、荣誉、声望;看见孙儿能接近那些有财有势的人,他真得意极了,仿佛孩子的光荣能直接反射到自己身上;他虽然装做若无其事,总掩不住脸上的光彩。凡是克利斯朵夫进爵府的晚上,老约翰·米希尔就得借端待在媳妇那里。他等孙儿回来的心

情,竟像小孩子一样的不耐烦。克利斯朵夫一回家他先装着漫不经心的神气,提出些无关紧要的问句,好比:

"嗯,今儿弹得不坏罢?"

或者是亲热的暗示,例如:

"哦,我们的小克利斯朵夫回来了,一定有些新闻讲给我们听了。"

再不然便用一句巧妙的恭维话捧捧他:

"公子在上,我们这厢有礼了!"

可是克利斯朵夫沉着脸,心绪恶劣,冷冷地回答了一声"您好",就去坐在一旁生气。老人家继续问下去,提到些比较实际的事,孩子的回答只有唯唯诺诺。家里别的人也插进来问长问短:克利斯朵夫可愈来愈拧着眉头,一字一句差不多全得从他嘴里硬逼出来,终于约翰·米希尔发脾气了,说出难听的话。克利斯朵夫也不大客气地顶回去,结果闹得不欢而散。老人砰的一声带上了门,走了。这些可怜虫所有的乐趣都给克利斯朵夫破坏了,而他们也完全不了解他恶劣的心绪。他们奴颜婢膝的精神,可并非他们的过失!他们根本没想到另有一套做人的方法。

于是克利斯朵夫变得深藏了;虽然对家人不下什么判断,他总觉得自己跟他们隔着一道鸿沟。当然,他也夸张这种隔膜的情形;因为即使思想不同,要是他能推心置腹的跟他们谈一谈,他们也不见得不了解他。然而父母与子女之间要能彻底地推心置腹,哪怕彼此都十二分的相亲相爱,也极不容易办到:因为一方面,尊敬的心理使孩子不敢把胸臆完全吐露;另一方面,有自恃年长与富有经验那种错误的观念从中作梗,使父母轻视儿童的心情,殊不知他们的心情有时和成人的一样值得注意，而且差不多永远比成人的更真。

克利斯朵夫在家里看到的客人，听到的谈话，使他和家人隔离得更远了。

上他们家来的有曼希沃的朋友，多数是乐队里的乐师，喜欢喝酒的单身汉，并不是坏人，但俗不可耐；他们的笑声和脚步声使屋子都为之震动。他们爱好音乐，但议论音乐时的胡说八道的确令人气恼。孩子的感情是含蓄的，那些大人兴高采烈的恶俗的表现把他伤害了。遇到他们用这种态度来称赞他心爱的乐曲，他仿佛连自己也受了侮辱，便浑身发僵，脸都气白了，装出一副冰冷的神气，好似对音乐全无兴趣；要是可能，他竟要恨音乐了。曼希沃说他：

"这家伙没有心肝，没有感觉。不知他这种性格像谁。"

有时他们一起唱着四部合唱的日耳曼歌，和声极平板，速度极慢，又笨重，又一本正经，跟那些唱的人一样。克利斯朵夫便躲在最远的一间房里对着墙壁咒骂。

祖父也有他的朋友：管风琴师，地毯匠，钟表匠，低音提琴手，全是些多嘴的老头儿，永远说着同样的笑话，无休无止的讨论艺术，政治，或是当地世家的家谱，——他们的兴趣并不在于所讲的题目，只要能说话，能找到说话的对手就高兴了。

至于鲁意莎，她只跟几个邻居的妇女来往，听些街坊上的闲言碎语；每隔相当时候，也有些"好心的太太"，说是关切她，跑来约她在下次宴会中帮忙，同时还越俎代庖，过问孩子们的宗教教育。

所有的客人中，克利斯朵夫最讨厌丹奥陶伯伯。他是约翰·米希尔前妻克拉拉祖母的前夫之子，跟人家合开一个做非洲与远东贸易的商号。他可以说是新派德国人中的一个典型:一方面对民族古老的理想主义冷嘲热讽的表示唾弃,一方面因为国家打了胜仗,特别崇拜强权与成功,而那种崇拜,正显出他们是暴发户,最近才领略到强权与成功的滋味。但要改换上百年的民族性是不能一下子办到的,所以被压制的理想主义,随时会在言语、举动、道德习惯,和日常生活中动不动引用歌德的名句等上面流露出来。那真是良心与利害观念很古怪的混合品,也是一种很古怪的努力,想把旧时德国中产阶级的道德,和新式商人的不顾廉耻加以调和:这种混合,老带着不可向迩的虚伪的气息,因为它结果把德国的强权,贪心,利益,作为一切权利,一切正义,一切真理的象征。

克利斯朵夫耿直的天性受不了这一套。他不能判断伯父是否有理;可是他瞧不起他,觉得他是敌人。祖父也不喜欢那种观念,反对那些理论;但他要不了三言两语就被驳倒了,因为丹奥陶口齿伶俐,老人气度宽宏的天真,在他嘴里马上会变得幼稚可笑。结果约翰·米希尔也对自己的好心肠引以为羞了;甚至为表示他并不像人们所想的那么落伍,也学着丹奥陶的口吻:但他说来总不是味儿,连自己都觉得别扭。可是不管他心里怎么想,丹奥陶毕竟威风得很;而老人对一个在实际事务上能干的人素来很尊敬,尤其因为自己绝对没有这等才具,所以更羡慕不止。他巴望孙儿之中也有一个能爬到那种地位。曼希沃也有这意思,决心要洛陶夫走伯父的路。因此全家都奉承这位有钱的亲戚,希望他将来帮忙。他知道人家少不了他,便借此机会大模大样的摆架子:什么都得过问,什么都要批评,毫不隐瞒他轻视艺术和艺术家的心理,甚至故意摆在脸上,羞辱那些当乐师的亲戚。他嘴里肆无忌惮地刻薄他们,他们居然厚着脸跟着他笑。

克利斯朵夫尤其被伯父作为嘲笑的目标；他可是不能忍耐的。他一声不出，咬着牙，沉着脸。伯父又拿他这种不声不响的气愤开玩笑。有一天丹奥陶在饭桌上把他折磨得太不像话了，克利斯朵夫不由得心头火起，对他脸上唾了一口。那可真是件骇人听闻的事了。伯父先是愣了一愣，然后气势汹汹地破口大骂。克利斯朵夫也给自己的行为吓呆了，连雨点般打在他身上的拳头都不觉得；可是人家要拉他跪在伯父前面的时候，他就拼命挣扎，推开母亲，逃到屋外去了。他在田野里乱窜，直跑到气都喘不过来方才停下。他听见远远的有叫唤他的声音；他心里盘算：既不能把敌人摔在河里，要不要自己跳下去。他在田里睡了一夜。天亮的时候，他去敲祖父的门。老人为了克利斯朵夫的失踪急坏了，一夜不曾阖眼，再没勇气埋怨他。他送他回家；大家看他那么紧张，便绝口不提昨天的事；而且还得敷衍他，因为晚上要到爵府里去弹琴。可是曼希沃唠叨了几个星期，口气之间并不指定谁，只抱怨着说，要希望那些没出息的、教你丢脸的人，看到品行端正、循礼守法的好榜样而觉悟，真是太难了。至于丹奥陶伯伯，在街上碰到克利斯朵夫的时候，便掉过头去，掩着鼻子，表示痛心疾首。

在家里既得不到什么同情，他便尽量的不待在家里。人家不断加在他身上的约束使他非常痛苦：要他尊重的人物跟事情太多了，又不许他追问理由；克利斯朵夫可是生来不知忌惮的。人家越想要他驯服，做个循规蹈矩的德国小布尔乔亚①，他越觉得需要摆脱羁绊。在乐队里或爵府里，一本正经

① 布尔乔亚是法语 bourgeoisie（资产阶级）之译音，在本书中，多半系指中产阶级或市民阶层。

的，无聊透顶的受够了罪，他只想和小马一样在草里打滚，也不管什么新短裤，就从绿草如茵的山坡上滑下来，或是跟街坊上的野孩子摔着石头打架。他不常常这么玩，倒并非为了怕挨骂或挨打，而是因为没有同伴。他和别的孩子老是格格不入，连街上的野孩子也不喜欢跟他玩儿，因为他对游戏太认真，下手也太重。而他也孤独惯了，和那些年纪相仿的孩子离得远远的；他为了自己游戏玩得不高明很难为情，不敢加入他们的伙。于是他假装不感兴趣，虽然心里极希望人家邀他参加。可是谁也不跟他说一句话，他就做出满不在乎的神气，好不难过地走开了。

他的安慰只有在高脱弗烈特舅舅来的时候和他出去闲逛。他越来越接近他了，认为舅舅独往独来的性格是对的。高脱弗烈特到处流浪，不肯住定一个地方的乐趣，现在他完全懂得了。他们俩常常在黄昏时到田野去散步，漫无目的，只是一味往前走，因为高脱弗烈特老想不起时间，回去总是很晚，给家里人埋怨。最快活的是趁夜里大家睡熟的时候溜出去。高脱弗烈特明知那是不应当的，可禁不住克利斯朵夫苦苦哀求，而他自己也舍不得放弃这种乐趣。半夜前后，他到屋子前面照着约定的暗号吹一声唿哨。和衣睡着的克利斯朵夫便偷偷地下床，手里拿着鞋子，屏着气，像野人一样巧妙地爬到临街的厨房窗下。他爬上桌子；舅舅在外边用肩头接应他。于是他们俩出发了，快活得像小学生一样。

有时他们还去找渔夫奚莱弥，高脱弗烈特的朋友；他们坐着他的小艇，慢慢地在月下荡出去。桨上滴下的水珠好似一组琶音，或是一连串的半音阶。一层乳白色的水汽在河面上颤动。群星在天空打着寒噤。两岸的鸡声遥遥呼应；有时听见半空中云雀那种颤动不已的歌声,它们是误会了月光从地上升起来的。大家相对无语。高脱弗烈特轻轻地唱着一支歌。奚莱弥讲着关于动物生活的奇怪的故事;像谜一样简短的话,使事情显得更神秘。月亮隐在树林后面去了。小艇驶到了一带黑沉沉的岗峦下面。黑的天光和黑的水色合成一片。河上没有一丝波纹。万籁俱寂。扁舟在黑夜里荡漾。简直说不出它是在荡漾,漂浮,还是停着不动。……芦苇摇曳,望四下里纷披,声音像丝绸的摩擦。他们悄悄地靠岸,下了地,走回去。有时要到黎明才回家。他们顺着河边走。一大群银白色的阿勃兰德鱼,像麦穗一般的绿,又像宝石一般的蓝,在晨光熹微中簇拥而来;它们像墨杜萨①头上的群蛇似的万头攒动,拼命追逐人家丢下去的面包,一边打圈儿一边往水里沉,然后像一道闪光似的忽然不见了。河水给反光染上粉红与葵花的色调。鸟儿一批一批醒了。他们加紧步子赶回去。像出门时一样的小心,孩子爬进空气恶浊的卧室,爬上他的床,马上睡熟了,身上带着田野里清新的香味。

他这样的出去,回来,一点事儿都没有,可以永远不给人发觉,要不是有一天小兄弟恩斯德出头告密的话:从此,这种事被禁止了,克利斯朵夫也受到监视了。可是他照旧有法子溜出去。他对谁都看不上,就喜欢跟这个当行贩的舅舅和他的朋友来往。家里的人看了气恼极了。曼希沃说他自甘下流。老约翰·米希尔忌妒克利斯朵夫对高脱弗烈特的亲热;他责备孩子有了接近上流社会、侍奉贵人的机会,不该屈尊俯就,去交接那些市井小人。大家认为克利斯朵夫不爱惜身份。

① 墨杜萨为希腊神话中的蛇发女妖,被其目光触及者即化为石头。

虽然曼希沃的纵酒与懒惰使家里经济日趋困难，但约翰·米希尔在世的时候，生活还过得去。第一，只有他一个人还能对曼希沃有些影响，使他在沉湎耽溺的下坡路上多少有所顾忌。而且老人的声望也令人忘了醉鬼的无行。还有，家里缺少钱用的时候，他总尽力帮忙。凭了前任乐队指挥的资格，他有笔小小的恩俸，此外他继续收些学生，替人家的钢琴校音，挣些零钱。这些进款大部分都交给媳妇。她虽然用种种方法瞒着，他还是看出她手头很紧。鲁意莎想起他为了他们而熬苦非常抱歉。老人家生活一向过得挺舒服的，极需要享用的，所以他的撙节尤其是难能可贵。有些时候他日常的牺牲还嫌不够；譬如为了偿还急迫的债务，约翰·米希尔就不得不偷偷地卖掉一件心爱的家具，或是书籍，或是纪念品。曼希沃发觉父亲暗中拿钱给鲁意莎，就常常硬抢了去。老人一知道这情形，——不是从鲁意莎那里，因为她的痛苦是从来不让他知道的，而是从随便哪一个孙子嘴里，——他就大发雷霆，而父子之间也就大吵一场，教人看了直打哆嗦。他们俩的脾气都异乎寻常的暴烈，一忽儿工夫就口出恶言，互相威吓，差不多预备动武了。但即使在最冲动的时候，曼希沃也摆脱不了那根深蒂固的敬意；并且不管他醉得多厉害，结果还是低下了头，让父亲大叫大骂的百般羞辱。然而下次一有机会，他照样再来。约翰·米希尔一想到将来就寒心。

“可怜的孩子们，”他和鲁意莎说，“我死了，你们怎么办？……还算运气，”他拍了拍克利斯朵夫，“我还能撑到这孩子能养活你们的时候！”

可是他计算错了：他已经到了生命的终点。这当然是谁也没想到的。八十多岁的人，头发还没有掉，白发中间有几簇还是灰的，浓密的胡子也有好些全黑的。牙齿虽然只剩了十来颗，但咬嚼起来还挺有劲。要看他吃饭的神情才有意愿呢。他胃口很好，虽然责备曼希沃纵酒，他自己喝起来量也是挺大的。他特别喜欢摩泽尔河一带出产的白酒。至于葡萄酒、啤酒、苹果汁，凡是上帝创造的一切可口的东西，他都很欣赏。他可决不糊涂到把理性掉在酒杯里，他是有节制的。固然，像他那种宽大的尺度，换了比较脆弱的理性，也得在酒杯里惨遭灭顶的了。他目力很好，脚下很健，忙来忙去的不怕疲倦。六点起床，梳洗非常到家：因为他很重视规矩跟身份。他自个儿在家过活，一切都亲自动手，绝对不要媳妇来管他的事；他打扫卧室，煮咖啡，缝纽扣，敲打，粘贴，修理；光穿着件衬衣在屋里来来往往，上上下下，响亮的男低音嗓子一刻不停地唱着，还加上些做歌剧的手势。——随后他出门了，不管是什么天气。他去办他的事，一件也忘不了，但他是难得准时的：不是在街头巷尾跟熟人絮絮不休，便是和他忽然记起了面貌的邻妇说笑打趣：因为他既喜欢老朋友，也喜欢年轻娇艳的脸蛋。他这样的东待一下，西留一下，从来不知道时间。可是他决不错过用餐的时刻：他到处可以吃饭，根本不用人家邀请。他要到晚上天黑了，把孙儿们看饱之后才回去。他躺在床上，在未曾阖眼之前打开破旧的《圣经》来念一页；半夜里——因为他每一觉不过睡一两个钟点，——他起来拿一本地摊上买来的旧书：不管什么历史，神学，文学，或科学，翻到哪里便念几页，也不管有趣没趣；他不大明白书中的意义，可一字不肯放过，直念到重新睡着的时候。星期日他上教堂去望弥撒，带着孩子们散步，玩着滚木球的游戏。——他从来不闹病，除非脚趾里有些痛风,使他夜里在床上念着《圣经》的时候咒骂几声。他仿佛可以这样的活到一百岁,他觉得也没有理由不超过一百岁;人家说他将来一定百岁而终,他可认为对于上帝的恩惠绝对不应当指定界限。唯有他的容易流泪和越来越坏的脾气,才显出他的老态。只要一点儿不耐烦,他就会暴跳如雷:红红的脸与短短的脖子都变了紫红;他怒气冲冲地叫吼着,直到气都喘不过来才停下。家庭医生是他的一个老朋友,劝他保养身体,把脾气与胃口都节制一些。但他像所有的老人一样固执,为了表现大无畏精神,反而更放纵了;他嘲笑医药,嘲笑医生。他表示全不把死放在心上,说起话来也一味夸口,证明他绝对不怕死。

一个很热的大暑天,他喝了许多酒,又跟人家争论了一番,回到家里在园子里做工。平时他就喜欢翻泥巴。那天,他秃着脑袋,晒着大太阳,争论的怒意还没消下去,气愤愤地掘着地。克利斯朵夫坐在绿荫下面,手里拿着一本书,可并不看;他听着催人入梦的蟋蟀的鸣声出神,心不在焉地望着祖父的动作。老人背对着他,弯着腰在那儿拔草。克利斯朵夫突然看见他站起来,手臂乱动了一阵,就像石块似的扑倒在地下。他当时竟想笑出来,可是看见老人躺着不动,他就叫他,跑过去使劲摇他。慢慢地他害怕了。他蹲下身子,想把倒在地下的大脑袋捧起来。可是它重得不得了,再加孩子浑身哆嗦,简直没法挪动。后来他一看见往上翻过去的,颜色惨白,淌着鲜血的眼睛,他吓得身子都凉了,马上大叫一声,一松手把祖父的头丢下,魂不附体地站起身子,望外奔逃,一边嚷一边哭。有个过路人把孩子拦住了,克利斯朵夫一句话也说不上来,只指着屋子,那人就走进大门,孩子也跟在后面。住在邻近的人听见叫喊也走来了。一霎时园子里挤满了人。大家踏着花草,俯在老人身上抢着说话。两三个男人把他从地下抬起。克利斯朵夫站在屋门口,脸朝着墙,拿手蒙了脸;他怕看,又禁不住要看;众人抬着祖父走过的时候,他在指头缝里瞧见老人巨大的身体像一堆软绵绵的东西:一条胳膊垂在地下;脑袋靠在一个扛抬的人膝上,抬的人走一步,脑袋就跳一下;面部浮肿,沾满了泥土,淌着血,张着嘴,眼睛挺可怕。孩子看了又大叫一声,逃了。他一口气奔到自己家里,好似有人追逐一般。他直着嗓子叫出凄厉的声音,冲进厨房。母亲正在剥洗蔬菜。他扑上去,拼命搂着她向她求救,号啕大哭,脸扭做了一团,话也不能说了。但他一开口,母亲就明白了,马上脸色发白,让手里的东西都掉在地下,一言不发地奔了出去。

克利斯朵夫一个人靠着柜子,哭个不休。小兄弟们都在玩耍。他不大明白刚才是怎么回事,他也没想着祖父,只想着那些可怕的景象,唯恐人家要他回去再看。

果然,到了傍晚,两个小兄弟在屋里淘气淘够了,嚷着玩厌了,肚子饿了的时候,鲁意莎急急忙忙回家,拉着他们往祖父家里去。她走得很快;恩斯德与洛陶夫照例嘀嘀咕咕;可是母亲吆喝的口气那么凶,他们不敢出声了。他们本能地感到一种恐怖:进门的时候一齐哭了。天色还没完全黑;落日最后的微光照在屋内,照在门钮上、镜子上,挂在外间半明半暗的壁上的小提琴上,变成一种异样的反光。老人卧房内点着一支蜡烛;摇曳的火焰和惨淡的暮色交错之下,室内的阴影愈加令人窒息了。曼希沃坐在窗下大声哭着。医生弯着腰站在床前,遮掉了床上的人。克利斯朵夫心跳得要爆裂了。鲁意莎教孩子们跪在床边。克利斯朵夫大胆觑了一眼。在下午那一幕之后,他准备看到些更可怕的景象,所以一瞥之下他差不多松了口气。祖父一动不动的好似睡在那儿。孩子一念之间以为祖父病好了。但他听到急促的呼吸,细看之下又看见那张肿大的脸上有个跌得紫红的伤痕,才明白祖父是快死了,而他又开始哆嗦起来。他一边照母亲的吩咐做着祷告,希望祖父病好,一边却又默祷着,要是祖父不能好,那么希望他现在这样就算是死了。他对于以后要发生的事恐怖到极点。

老人自从跌跤之后就失了知觉。他只清醒了一忽儿,那一忽儿恰好使他明白自己的情形:而这真是惨极了。神父已经到场替他做着临终祷告。老人给扶起来靠着枕头;他好容易睁开那不听指挥的眼睛,大声呼着气,莫名其妙地瞪着火光和众人的脸;然后他脸上突然表示一种难以形容的恐怖,张开嘴来结结巴巴地说:

"哦,那么……那么,我是要死了吗?……"

那沉痛的音调直刺克利斯朵夫的心,使他永远忘不了。老人不再说话,只像小孩儿一样的哼哼唧唧。接着他又昏过去,但呼吸更困难了;他呻吟叫苦,双手乱动,仿佛在抵抗那个要他长眠不起的睡眠。在半昏迷半清醒的状态中,他叫了声:

"妈妈!"

多沉痛啊!跟克利斯朵夫一样,老人竟会呼天抢地地喊他的母亲,喊他从来没提到过的母亲:这岂不是对着最大的恐怖作一次最大而无益的呼吁吗?……他似乎安静了一会儿,心中又闪出一道微光。那双重甸甸的眼睛,虹彩仿佛都散掉了,和孩子吓呆了的眼睛碰在一处,忽然亮了起来。老人挣扎着想笑,想说话。鲁意莎拉着克利斯朵夫走近床边。约翰·

米希尔扯了扯嘴唇,想用手摸孩子的头。可是他又立刻昏迷,从此完了。

孩子们被赶到隔壁房里,大家很忙乱,没有工夫照顾他们。克利斯朵夫,由于愈怕愈想看的心理,站在半开半阖的门口偷觑着,看那张凄惨的脸仰倒在枕上,好像被一股残暴的力紧紧掐着脖子……脸上的皮肉越来越瘪下去了……生命渐渐地陷入虚无,仿佛是有个唧筒把它吸得去的……痰厥的声音教人毛骨悚然,机械式的呼吸像在水面上破散的气泡,这最后几口气表示灵魂已经飞走而肉体还想硬撑着活下去。——然后脑袋往枕旁一滑,什么声音都没有了。

直到几分钟以后,在号啕声,祈祷声,和死亡所引起的纷乱中,鲁意莎才瞥见克利斯朵夫脸色发青,嘴巴抽筋,眼睛睁得很大,抓着门钮,身子在那儿抽风。她奔过去,他马上在她怀里发厥了。她把他抱走。他失去了知觉。等到醒过来的时候,他发现自己躺在床上,因为陪的人走开了一忽儿,吓得直叫,又发了病,昏了过去,当夜和明天一天都有热度。最后,他安静下来,到第二天晚上睡着了,直睡到第三天下午。他觉得有人在房里走动,母亲扑在床上拥抱他;也仿佛远远的有柔和的钟声。可是他不愿意动弹;他好像在一个梦里。

他重新睁开眼睛的时候,看见高脱弗烈特舅舅在床前坐着。他疲倦极了,什么也想不起。但过了一会儿,记忆又恢复了,他哭了。高脱弗烈特走过来拥抱他。

"怎么啦,孩子?怎么啦?"他轻轻地说。

"哎哟!舅舅,舅舅!"孩子紧紧地靠着他,哼个不停。

"哭罢,"舅舅说,"你哭罢!"

他也跟着哭了。

克利斯朵夫哭得心中松快了一些，揉着眼睛，望着舅舅。舅舅知道他要问什么事了，便把手指放在嘴上，说道："别问，别说话。哭是对你好的。说话是不好的。"

孩子一定要问。

"问也没用。"舅舅回答。

"只要问一件事，一件就够了！……"

"什么呢？"

克利斯朵夫犹豫了一会儿，说："哎，舅舅，他现在在哪儿呢？"

"孩子，他和上帝在一起。"

可是克利斯朵夫问的并不是这个。

"不，您不明白我的意思。我是问他，他在哪儿？"

（他是指肉体。）

他声音颤动地又问：

"他还在屋子里吗？"

"今儿早上已经给葬了，我们那亲爱的人，"高脱弗烈特回答，"你没听见钟声吗？"

克利斯朵夫松了口气。但过后一想到从此不能再看见亲爱的祖父，他又非常伤心地哭了。

"可怜的孩子！"高脱弗烈特不胜同情地望着他。

克利斯朵夫等着舅舅安慰他；可是舅舅毫无举动，他觉得安慰也是没用的。

"舅舅，"孩子问，"难道您不怕这个吗，您？"

（他心里真希望舅舅不怕，并且告诉他怎么样才能不怕！）

但高脱弗烈特好似担了心事。

"嘘！"他声音也有点变了……

"怎么不怕呢?"他停了一会儿又说,"可是有什么办法?就是这么回事。只能忍受啊。"

克利斯朵夫摇摇头,表示不接受。

"只能忍受啊,孩子,"高脱弗烈特又说了一遍,"他要这样就得这样。他喜欢什么,你也得喜欢什么。"

"我恨他!"克利斯朵夫对天晃着拳头,愤愤地说。

高脱弗烈特大惊之下,叫他住嘴。克利斯朵夫自己也对刚才说的话怕起来,便跟着舅舅一同祈祷。但他心里怀着一腔怒火,虽然念念有词地说着卑恭的话,暗中对那可怕的事,和造成那可怕的事的妖魔似的主宰,恨到了极点,只想反抗。

多少的日子过去了,多少的雨夜过去了:在新近翻动过的泥土底下,可怜的老约翰·米希尔孤零零地躺着。当时曼希沃几次三番的大号大哭,可是不到一星期,克利斯朵夫听见他又在高高兴兴地笑了。人家提到死者的名字,他立刻哭丧着脸,但过了一会儿,又指手画脚地说起话来,挺有精神了。他的悲伤是真的,但不可能教自己的心绪老是那么抑郁。

懦弱隐忍的鲁意莎,对什么都是逆来顺受的,就一声不响地接受了这桩不幸。她在每天的祷告中加了一段祷告,按着时候去打扫墓地,仿佛照顾坟墓也是她家务中的一部分。

高脱弗烈特对于老人长眠的那一小方地的关心,真教人感动。他要来的话,总带一件纪念物,不是亲手做的十字架,便是约翰·米希尔生前喜欢的什么花。这种事他从来不忘记,而且老是瞒着人去做的。

鲁意莎有时带着克利斯朵夫一同上公墓。那块肥沃的土地,阴森森的点缀着花草树木,在阳光中发出一股浓烈的气味，和萧萧哀吟的柏树的气息混在一起。克利斯朵夫厌恶那块地，厌恶那些气味，可是不敢承认，因为他觉得这表示自己怕死，同时对死者不敬。他非常苦闷。祖父的死老压在他心上。好久以前他就知道什么叫做死，久已想过死，也久已害怕死，但还没有见过死的面目。而一个人对于死只要亲眼目睹之后，才会明白自己原来一无所知，既不知所谓死，亦不知所谓生。一切都突然动摇了；理智也毫无用处。你自以为活着，自以为有了些人生经验；这一下可发觉自己什么都不知道，什么都没看见：原来你是在一个自欺欺人的幕后面过生活，而那个幕是你的精神编织起来，遮掉可怕的现实的。痛苦的观念，和一个人真正的流血受苦毫不相干。死的观念，和一路挣扎一路死去的灵肉的抽搐也毫不相干。人类所有的语言，所有的智慧，和现实的狰狞可怖相比之下，只是些木偶的把戏；而所谓人也只是行尸走肉，花尽心机想固定他的生命，其实这生命每分钟都在腐烂。

克利斯朵夫日夜想着这个问题。祖父临终的景象老是在他的记忆中，他还听到那可怕的呼吸。整个的天地都改变了，仿佛布满着一片冰雾。在他周围，不论转向哪一边，总觉得那盲目的野兽有股血腥气吹在他脸上；他知道有种毁灭一切的力威胁着他，而他一无办法。但这些念头非但压不倒他，反而激起他的愤怒与憎恨。他没有一点儿听天由命的性格，只知道低着头向“不可能”直撞过去。虽然撞得头破血流，虽然眼看自己不比敌人高强，他还是不断反抗痛苦。尔今尔后，他的生活就是对命运的残酷做着长期的斗争，因为他不愿意忍受那个命运。

正当他被死的念头缠绕不休的时候，生活的艰难可把他的思想转移了目标。家庭的衰落一向被老祖父挡着，他不在之后就一发不可收拾了。克拉夫脱一家最大的财源与老人同归于尽；贫穷的苦难进到家里来了。

而曼希沃还要火上添油。他非但不加紧工作，并且因为摆脱了唯一的管束，反而加深了嗜好。他几乎每天晚上都喝得烂醉，挣的钱也从来不带一个回家。教课的差事差不多已经完全丢了。有一次，他酩酊大醉地到一个女学生那里去上课：从此就没有一家再要他上门。至于乐队的差事，人家只为了看在他故世的父亲面上，才勉强让他保留着；但鲁意莎担心他随时可能出点乱子，给人撵走。而且人家已经把开差的话警告过他了，因为有几晚他在戏快完场的时候才赶到，还有两三次他完全忘了，根本没去。再说，他有时发起酒疯来，心痒难熬的只想说些傻话或做些傻事。那时他什么事都做得出。有一晚台上正演着《女武神》，①他竟想拉起小提琴协奏曲来！大家好容易才把他拦住了。而在台上演戏的时候，为了戏文里的，或是为了脑筋里忽然想起的好玩事儿，他居然哈哈大笑。他教周围的同事乐死了。大家看他会闹笑话，许多地方都原谅他。但这种优容比严厉的责备更难受。克利斯朵夫看了简直无地自容。

那时孩子已经当了第一小提琴手。他设法监视父亲，必要时还代他的职务，在他发酒疯的日子要他住嘴。那可不是件容易的事，最好还是不理不睬；否则醉鬼一知道有人瞧着，就会做鬼脸，或是长篇大论的胡说一阵。克利斯朵夫只能掉

① 《女武神》为瓦格纳所作《尼勃龙根的指环》四部曲中的第二出歌剧。

过头去，唯恐看到他做出什么疯疯癫癫的事；他想聚精会神只管自己的工作，可总免不了听见父亲的瞎扯和旁人的哄笑。他急得眼泪都冒上来了。那些乐师也是好人，发觉了这情形，对孩子很表同情，便放低笑声，不在克利斯朵夫面前谈论他的父亲。但克利斯朵夫觉得他们是可怜他，知道只要自己一走，大家马上就会嘲笑的；他也知道父亲已经成为全城的话柄。他因为无法阻止，好像受着刑罚一样。戏完场以后，他陪着父亲回家：教他抓着自己的手臂，忍着他的唠叨，想遮掉他东倒西歪的醉态。可是这样的遮掩又瞒得了谁呢？纵使费尽心机，他也不容易把父亲带回家里。到了街上拐弯的地方，曼希沃就说跟朋友们有个紧急的约会，凭你怎么劝，他非去不可。而且还是谨慎一些，少说几句为妙，否则他拿出父亲的架子骂起来，又得教街坊推出窗来张望了。

所有家用的钱也给他拿去花掉。曼希沃不但拿自己挣来的钱去喝酒，还把女人和儿子辛辛苦苦换来的钱也送到酒店里去。鲁意莎常常流泪，但自从丈夫恶狠狠地说家里没有一件东西是她的，她嫁过来根本没有带一个钱，她就不敢抗拒了。克利斯朵夫想反抗：曼希沃却打他嘴巴，拿他当野孩子看待，把他手里的钱抢了去。孩子虽然不足十三岁，身体却很结实，对于这种训责开始咕噜了；可是他还不敢抗争，只能让父亲搜刮。母子俩唯一的办法是把钱藏起来。但曼希沃心思特别灵巧，他们不在家的时候，他总有办法把藏的钱给找出来。

不久，光是搜刮家里的钱也不够了。他卖掉父亲传下来的东西。克利斯朵夫好不痛心地眼看着书籍、床、家具、音乐家的肖像，一件一件地给拿走。他一句话也不能说。有一天，曼希沃在祖父的旧钢琴上猛烈地撞了一下，揉着膝盖，愤愤地咒骂，说家里简直没有转动的余地，所有的旧东西非清出不可；那时克利斯朵夫可大声嚷起来了。不错，为了卖掉祖父的屋子，卖掉克利斯朵夫童年时代消磨了多少美妙的光阴的屋子，把那边的家具搬过来以后，家里的确很挤。而那架声音发抖的旧钢琴也的确不值什么钱，克利斯朵夫早已不用，现在弹着亲王送的新琴了。但不管那琴怎么破旧，怎么老弱，总是克利斯朵夫最好的朋友：音乐那个无穷的天地是它启示的；音响的世界是在它变黄了的键盘上发现的；而且它也是祖父留下的一个纪念，他花了好几个月为孙儿修理完整：那是一件神圣的东西。所以克利斯朵夫抗议说父亲没有权利卖掉它。曼希沃叫他住嘴，他却嚷得更凶，说琴是他的，谁也不能动的。他这么说是准备挨打的。但父亲冷笑着瞪了他一眼，不作声了。

第二天，克利斯朵夫已经把这件事忘了。他回到家里觉得很累，但心绪还不坏。他看到小兄弟们的眼神好似在暗中笑他，未免奇怪。他们假装专心看书，可是偷偷地觑着他，留神他的动作，要是被他瞪上一眼，就一齐低下头去看书。他以为他们又在捣什么鬼了，但他久已习惯，也就不动声色，决意等发觉的时候照例把他们揍一顿。他便不再追究，只管跟父亲谈话；父亲坐在壁炉旁边，装出平日没有的那种关切，问着孩子当天的事。克利斯朵夫一边说话，一边发现父亲暗中和两个小的挤眉弄眼。他心里一阵难受，便奔到自己房里……钢琴不见了！他好不悲痛地叫了一声，又听见小兄弟俩在隔壁屋里匿笑，他全身的血都涌上了脸，立刻冲到他们面前，嚷着：

“我的琴呢？”

曼希沃抬起头来，假作吃了一惊的神气，引得孩子们哈哈大笑。他看着克利斯朵夫的可怜相也忍不住掉过头去笑了。克利斯朵夫失掉了理性，像疯子似的扑向父亲。曼希沃仰在沙发里猝不及防，被孩子掐住了喉咙，同时听见他叫了一声：

"你这个贼！"

曼希沃马上抖擞一下，把拼命抓着他的克利斯朵夫摔在地砖上。孩子脑袋撞着壁炉的铁架，爬起来跪着，仰着脸气哼哼地又喊道：

"你这个贼！……偷盗我们，偷盗母亲，偷盗我的贼！……出卖祖父的贼！……"

曼希沃站着，对着克利斯朵夫的脑袋抡着拳头；孩子可是眼睛充满了憎恨，瞪着父亲，气得浑身发抖。曼希沃也发抖了。他坐了下去，把手捧着脸。两个小兄弟尖声怪叫地逃了。屋子里喧闹了一阵忽然静下来。曼希沃嘟嘟囔囔不知说些什么。克利斯朵夫靠在墙上，还在那里咬牙切齿地用眼睛盯着他。曼希沃开始骂自己了：

"对，我是一个贼！我把家里的人都搜刮完了。孩子们瞧不起我。还是死了的好！"

他嘟囔完了，克利斯朵夫照旧站着，吆喝着问：

"琴在哪儿？"

"在华姆塞那里。"曼希沃说着，连头也不敢抬起来。

克利斯朵夫向前走了一步，说："把钱拿出来！"

失魂落魄的曼希沃从袋里掏出钱来交给了儿子。克利斯朵夫快走出门了，曼希沃却叫了声："克利斯朵夫！"

克利斯朵夫站住了。曼希沃声音发抖的又说：

"我的小克利斯朵夫！……别瞧不起我！"

克利斯朵夫扑上去勾住了他的脖子，哭着叫道：

“爸爸,亲爱的爸爸！我没有瞧不起您！唉,我多痛苦!”

他们俩都大声地哭了。曼希沃自怨自叹地说：

“这不是我的错,我并不是坏人。可不是,克利斯朵夫?你说呀,我不是坏人!”

他答应不喝酒了。克利斯朵夫摇摇头表示不信;而曼希沃也承认手头有了钱就管不住自己。克利斯朵夫想了一想,说道:“爸爸,您知道吗,我们应当……”

他不说下去了。

“什么啊?”

“我难为情……”

“为了谁?”曼希沃天真地问。

“为了您。”

曼希沃做了个鬼脸:“没关系,你说罢。”

于是克利斯朵夫说,家里所有的钱,连父亲的薪水在内,应当交给另外一个人,由他把父亲的零用按日或按星期交给他。曼希沃一心想讨饶,——并且还带着点酒意,——认为儿子的提议应当更进一步,他说要当场写个呈文给大公爵,请求自己的薪水按期由克利斯朵夫代领。克利斯朵夫不愿意这么办,觉得太丢人了。可是曼希沃一心要做些牺牲,硬把呈文写好。他被自己这种慷慨的行为感动了。克利斯朵夫不肯拿这封信;而刚回家的鲁意莎,知道了这件事,也说她宁可去要饭,也不愿意丈夫丢这个脸。她又说她是相信他的,相信他为了爱他们,一定能痛改前非。结果大家都感动了,彼此亲热了一阵。曼希沃的信留在桌上,随后给扔进抽屉藏了起来。

过了几天,鲁意莎整东西的时候又发现了那封信;因为曼希沃故态复萌,使鲁意莎非常难过,所以她非但不把信撕掉,反而放在一边。她把它保留了好几个月，虽然受尽磨折，还是几次三番把送出去的念头压了下去。可是有一天她看见曼希沃又殴打克利斯朵夫，抢去了孩子的钱，便再也忍不住了；等到只有跟哭哭啼啼的孩子两个人在家的时候，她就拿出信来交给他，说："你送去罢！"

克利斯朵夫还拿不定主意；但是他懂得家里已经搅光了，要是想抢救他们仅有的一些进款，就只有这办法。他向着爵府走去，二十分钟的路程直走了一个钟点。这桩丢人的事压着他的心。想到要去公然揭破父亲的恶癖，他最近几年孤独生活所养成的傲气就受不住。他有一种奇怪的，可是很自然的矛盾：一方面明知父亲的嗜好是大众皆知的，一方面偏要自欺欺人，假装一无所知；他宁可粉身碎骨，也不愿承认这一回事。现在可是要由他自己去揭穿了！……他好几次想掉过头来回家，在城里绕了两三转，快到爵府了又缩回来。但这件事不单跟他一个人有关，还牵涉他的母亲和兄弟。既然父亲不管他们，他做大儿子的就应当出来帮助他们。再没有迟疑的余地，再没有心高气傲的余地：羞愧耻辱，都得望肚子里咽下去。他进了府邸，上了楼梯，又差点儿逃回来。他跪在踏级上，一只手抓着门钮，在楼梯台上待了几分钟，直到有人来了才不得不进去。

办公室里的人都认得他。他求见剧院总管阁下，哈曼·朗巴哈男爵。一个年轻的办事员，胖胖的，秃着头，皮色娇嫩，穿着白背心，戴着粉红领结，和他亲热地握着手，谈论着昨晚的歌剧。克利斯朵夫把来意重新说了一遍。办事员回答说男爵这时没空，克利斯朵夫要有什么呈文，不妨拿出来，让他们跟别的要签字的文件一块儿递进去。克利斯朵夫把信递给他。办事员瞧了一眼,又惊又喜地叫道:“哎!这才对啦!他早该这么办了!他一辈子也没做过一件比这个更好的事。哎!酒鬼!他怎么会下这个决心的?”

他说不下去了。克利斯朵夫把呈文一手抢回,气得脸都青了:

“我不答应……我不答应你侮辱我!”

办事员愣住了:“可是,亲爱的克利斯朵夫,谁想侮辱你呢?我说的话还不是大家心里都想到的!便是你自己也是这么想的。”

“不!”克利斯朵夫气冲冲地回答。

“怎么!你不这样想?你以为他不喝酒吗?”

“不,根本没有这种事!”克利斯朵夫说着,跺了跺脚。

办事员耸耸肩膀:“那么,他干吗要写这封信呢?”

“因为……”克利斯朵夫说,——(他不知怎么说好了),——“因为我每个月来领我的薪水,可以同时领父亲的。用不着我们两个都来……父亲很忙。”

他自己对这种荒唐的解释也脸红起来。办事员瞧着他,神气之间有点儿讥讽,也有点儿怜悯。克利斯朵夫把信在手里揉着,想往外走了。那办事员可站起来,抓着他的手臂说:“你等一忽儿,我去想办法。”

他说着便走进总管的办公室。克利斯朵夫待在那儿,别的办事员都望着他。他不知道应当怎么办,想不等回音就溜,他正要拔步的时候,门开了,那位怪殷勤的职员说:

“爵爷请你。”

克利斯朵夫只得进去。

哈曼·朗巴哈男爵是个矮小的老人,整齐清洁,留着鬓脚跟小胡子,下巴剃得干干净净。他翻起眼睛从金边眼镜的上面望了望克利斯朵夫,照旧写他的东西,也不理会他局促的行礼。

“哦,”他停了一会儿说道,“克拉夫脱先生,你是请求……”

“爵爷,”克利斯朵夫抢着回答,“请原谅。我重新考虑过了,不想再请求了。”

老人并不追问他为什么一下子改变了意见,只是更仔细地瞧着克利斯朵夫,轻轻咳了几声,说道:“克拉夫脱先生,请你把手里的信交给我。”

克利斯朵夫发现总管的目光盯着他不知不觉还在那儿揉着的纸团。

“用不着了,爵爷,”他嘟囔着说,“现在用不着了。”

“给我吧。”老人若无其事地又说了一遍,仿佛什么也没听见。

克利斯朵夫不由自主地把揉作一团的信递给了他,嘴里还说着一大堆不清不楚的话,伸着手预备收回他的呈文。爵爷把纸团小心地展开来看过了,望着克利斯朵夫,让他不知所云地说了一会儿,然后打断了他的话,眼睛一亮,带点儿俏皮的意味:“好吧,克拉夫脱先生,你的请求批准了。”说完他摆一摆手,把孩子打发了,重新写他的东西。

克利斯朵夫泰然自若地走出来,经过公事房的时候,那位办事员亲热地和他说:

“别恨我啊,克利斯朵夫!”

克利斯朵夫低着头,让人家握了握他的手。

他出了爵府,羞得身子都凉了。人家和他说的话都回想起来:他以为那些器重他而哀怜他的人,同情之中有些侮辱意味的讥讽。他回到家里,对母亲的问话只愤愤地回答几个字,彷佛为了刚才做的事而恨着她。他一想到父亲,良心就受着责备,恨不得把事情统统告诉他,求他原谅。可是曼希沃不在家。克利斯朵夫眼睁睁地醒着在床上等,直等到半夜。他越想越难过:把父亲的好处渲染了一番,认为他是个懦弱的好人,给自己人出卖的可怜虫。一听见楼梯上的脚声,他就跳起来,想迎上去扑在他怀里。可是曼希沃那副烂醉的模样,使克利斯朵夫一阵恶心,连走近他的勇气都没有了。他重新上了床,好不心酸地觉得自己的梦想简直可笑。

过了几天,曼希沃知道了这件事,立刻大发雷霆。他不管克利斯朵夫怎样的哀求,竟跑到爵府里去吵了一场。回来的时候他可是垂头丧气,对经过的情形一字不提。原来人家对他很不客气,告诉他关于这件事他不应该有这种口吻,——他还能有这份薪水,是靠儿子的面子,将来他再要胡闹,哪怕是一点儿小事,就得给取消了。所以,曼希沃马上接受了这个办法,还在家里得意扬扬地自吹自捧,说这个牺牲的念头原是他第一个想起的。这样,克利斯朵夫也觉得良心平安了。

另一方面,曼希沃却在外边诉苦,说他的钱给女人跟儿子搜刮完了,自己一辈子为他们卖命,临了倒给人家管束得连一点享用都没有。他也设法骗克利斯朵夫的钱,甜言蜜语,花样百出,使克利斯朵夫看了好笑,虽然他并没笑的理由。可是克利斯朵夫决不让步,曼希沃也不敢坚持。这个十四岁的孩子把他看透了;曼希沃对着这双严厉的眼睛只觉得心虚胆怯。他常常在暗地里捣乱一下,作为报复。他上小酒店去开怀畅饮,一个钱都不付,推说儿子会来还的。克利斯朵夫怕丑事闹大了，不敢争论；他跟母亲俩千辛万苦地去偿还曼希沃的债。——并且曼希沃自己领不到薪水以后，更不注意乐队里的职务了，缺席的次数愈来愈多，终于给人家开了差，连克利斯朵夫代他央求也没用。从此父亲与兄弟的生活，全家的开支，都只靠孩子一个人了。

这样，克利斯朵夫在十四岁上就做了一家之主。

他毅然决然挑起这副沉重的担子。他的傲气不许他向别人求助。他发誓要凭自己一个人的力量去解决困难。母亲的到处央求，到处接受那些难堪的帮助，他从小就看了痛苦极了。逢到她从有钱的女太太们家里，高高兴兴地拿了些钱回来，母子之间就得吵一架。她并不以为人家的施舍有何恶意；而且这笔钱可以使克利斯朵夫少辛苦一点，给菲薄的晚饭添个菜，她还觉得挺快活呢。可是克利斯朵夫沉下了脸，整晚的不开口了，对那个添的菜一口也不吃。鲁意莎看了很难过，还不识时务硬要儿子吃，而他又偏不吃；结果她生了气，说些刺耳的话，他也照样顶回去。末了他把饭巾往桌上一扔，跑出去了。父亲耸耸肩，说他假清高；兄弟们嘲笑他，把他的一份瓜分了。

可是总得想法过日子。乐队里的薪水已经不够应付家用，他便开始教课。他的演奏的才能，他的人品，尤其是亲王的器重，替他在有钱的中产阶级里招徕不少主顾。每天早上，从九点起，他去教女孩子们弹琴；学生的年纪往往比他大，卖弄风情的玩意儿使他发窘，弹得一塌糊涂的琴使他气恼。她们在音乐方面是奇蠢无比，而对可笑的事倒感觉得特别灵敏；俏皮的眼睛决不放过克利斯朵夫笨拙的举动。那他真是受罪了。坐在她们身旁,挨在椅子边上,他脸红耳赤,一本正经,心里气死了,可不敢动弹,竭力忍着,既怕说出什么傻话来,又怕说话的声音惹人笑。他勉强装做严厉的神气,却又觉得人家在眼梢里觑着他,便张皇失措,在指点学生的时候心里忽然慌起来,怕自己可笑,其实是已经可笑了;终于他一阵冲动,不由得出口伤人。学生要报复是挺容易的;她们决不错过机会:瞅着他的时候,或向他提出一些简单的问话的时候,她们都有办法使他发窘,羞得他连眼睛都红了;再不然,她们要求他做些小事情,——譬如到一件家具上拿什么忘掉的东西:——那可把他折磨得太厉害了,因为他必须在含讥带讽的目光注视之下走过房间,它们毫不客气地觑着他可笑的动作,不灵活的腿,僵硬的手臂,因为不知所措而变得强直的身体。

上完了课,他得奔赴戏院的预习会。他常常来不及吃中饭,袋里带着些面包咸肉之类在休息时间吃。乐队指挥多皮阿·帕弗很关切孩子,不时教他代为主持乐队的预习,作为锻炼。同时他还得继续自己的音乐教育。接着又有些教课的事,一直忙到傍晚戏院开演的时候。完场以后,爵府里往往召他去弹一二个钟点的琴。公主自命为懂音乐的,不分好坏,只是非常喜欢。她向克利斯朵夫提出些古怪的节目,把平板的狂想曲与名家的杰作放在一起。但她最喜欢要他即席作曲,出的全是肉麻的感伤的题目。

克利斯朵夫半夜里从爵府出来,累得要死,手是滚烫的,头里发烧,胃里又没有一点东西。他浑身是汗,外面可下着雪或是寒气彻骨的雾。他得穿过大半个城才能到家,一路走,一路牙齿打战,瞌睡得要命,还得留神脚下的水洼,免得弄脏了他独一无二的晚礼服。

他终于回到了一向和兄弟们合住的卧房。踏进那间空气恶浊的顶楼,苦难的枷锁可以暂时脱卸一下的时候,他才格外感觉到自己的孤独,感觉到生活的可厌和没有希望。他差不多连脱衣服的勇气都没有了。幸而一上床,瞌睡立刻使他失去了痛苦的知觉。

但在夏季天方黎明的时候,冬季远在黎明之前,他就得起身。他要做些自己的功课:只有五点到八点之间,他是自由的,可还得挪出一部分光阴去对付公家的事,因为宫廷乐师的头衔和亲王的宠幸,使他不得不为宫廷里的喜庆事儿作些应时的乐曲。

所以他连生命的本源都受了毒害,便是幻想也是不自由的。但束缚往往使人的幻想更有力量。行动要不受妨碍,心灵就缺少刺激,不需要活跃了。谋生的烦恼,职业的无聊,像牢笼一般把克利斯朵夫关得越紧,他反抗的心越感觉到自己的独立不羁。换了一种无牵无挂的生活,他可能随波逐流,得过且过。现在每天只有一二小时的自由,他的精力就在那一二小时之内尽量迸射,像在岩石中间奔泻的急流一样。一个人的力量只能在严格的范围之内发挥,对于艺术是最好的训练。在这一点上,贫穷不但可以说是思想的导师,并且是风格的导师;它教精神与肉体同样懂得淡泊。时间与言语受了限制,你就不会说废话,而且养成了只从要点着想的习惯。因为生活的时间不多,你倒反过了双倍的生活。

克利斯朵夫的情形就是这样。他在羁绁之下参透了自由的价值;他绝对不为无聊的行动与言语而浪费宝贵的光阴。他天生是多产的,兴之所至,往往下笔不能自休,思想虽然真诚,可是毫无选择:现在他不得不利用最短的时间写出最丰富的内容,那些缺点就给纠正了。对于他精神方面艺术方面的发展,这是最重大的影响,——远过于老师的教导与名作的榜样。在他个性酝酿成熟的那几年内,他养成了一种习惯,把音乐看做一种确切的语言,每个音有每个音的意义;他痛恨那些言之无物的音乐家。

然而他当时所作的曲子还谈不上自我表现,因为他根本还没发现他的自我。教育把许多现成的感情灌输给儿童,成为他们的第二天性;克利斯朵夫就在这一大堆现成的感情中摸索,想找出他自己。他对自己真正的性格只有一些直觉;青春期的热情,还没有像一声霹雳廓清天空的云雾那样,把他的个性从假借得来的衣服下面发掘出来。在他心中,暧昧而强烈的预感,和一些摆脱不掉而与自己不相干的回忆混在一起。他痛恨这些谎言,又看了写出来的东西远不及他所想的而懊丧。他很苦闷地怀疑自己。但他又不肯吃了莫名其妙的败仗就算了,发愤要写出更好的、伟大的作品。不幸他老是失败。写的时候往往还有幻想,以为不坏;过后他又觉得毫无价值,把东西撕掉,烧掉。而他最难堪的是,那些应时的曲子,他作品中最坏的一部分,偏偏给人家珍藏起来,没法销毁,——例如为庆祝亲王诞辰所作的协奏曲《王家的鹰》,为公主亚台拉伊特婚礼所写的颂歌,都被人不惜工本,用精致的版本印出来,使他恶俗不堪的成绩永垂后世:——因为他是相信后世的。……想到这样的羞辱,他竟哭了。

多紧张的年月!无休无歇!辛苦的工作没有一点儿调剂。没有游戏,没有朋友。他怎么能有呢?下午,别的孩子玩耍的时候,小克利斯朵夫正拧着眉头,集中精神,在尘埃满目、光线不足的戏院里,坐在乐谱架前面。晚上,别的孩子已经睡觉了,他还是在那儿,筋疲力尽地软瘫在椅子上。

他和兄弟们绝对谈不到亲切。最小的一个,恩斯德,十二岁,是个下流无耻的小坏蛋,整天跟一批和他差不多的小无赖鬼混,不但学了种种的坏习气,而且还有些丢人的恶癖,老实的克利斯朵夫连想也没想到,而有天发觉了不胜痛恨。至于洛陶夫,丹奥陶伯伯最喜欢的那个,是预备学生意的。他规矩,安分,可是性情阴险,自以为比克利斯朵夫高明万倍,不承认他在家里有什么权,只觉得吃他挣来的面包是应当的。他跟着父亲伯父恨克利斯朵夫,学他们那套胡说乱道。两兄弟都不喜欢音乐;洛陶夫为了模仿丹奥陶伯伯,还故意装做瞧不起音乐。克利斯朵夫把当家的角色看得很认真,他的监督与训诫使小兄弟们感到拘束,想起来反抗;但克利斯朵夫拳头又结实,对自己的权限又看得很清,把两个兄弟收拾得服服帖帖。可是他们尽可拿他随意摆布,利用他的轻信做的圈套无不成功。他们拐骗他的钱,扯着弥天大谎,再在背后嘲笑他。而克利斯朵夫是永远会上当的。他极需要人家的爱,听到一个亲热的字眼就会怨气全消,得到一点儿感情就会原谅一切。有一次,小兄弟俩假情假意地和他拥抱,使他感动得流泪,乘机把觊觎已久的亲王送的金表骗上了手,又偷偷地笑他的傻;克利斯朵夫碰巧听见了,不禁信心大为动摇。他瞧不起他们,但因为天生的需要爱人家,相信人家,所以还是继续受骗。他也明明知道,他恨自己,一发觉兄弟俩耍弄他,就把他们揍一顿。可是事过境迁,只要他们再丢下什么饵,他又会上钩的。

可是还有更辛酸的事呢。他从有心讨好的邻人那边,知道父亲说他坏话。曼希沃从前为了儿子的光荣大为得意,此刻却不知羞耻地忌妒起来。他要想法把孩子压倒。这简直是荒谬绝伦，唯有付之一笑，便是生气也大可不必：因为曼希沃对自己做的事也莫名其妙，只是为了失意而恼羞成怒。克利斯朵夫一声不出，怕一开口就会说出太重的话，但心里是气愤极了。

晚上大家一块儿吃晚饭的时候，没有一点儿家庭的乐趣：围着灯光，对着斑斑污点的桌布，听着无聊的废话跟咀嚼的声音，克利斯朵夫觉得他们又可恨，又可怜，而结果还是情不自禁地要爱他们！他只跟好妈妈一个人还有些息息相通的感情。但鲁意莎和他一样整天的辛苦，到晚上已经毫无精神，差不多一句话也不说，吃过晚饭在椅子上补着袜子就打瞌睡了。而且她那种好心使她对丈夫和三个孩子的感情不加区别；她一视同仁地爱他们。所以克利斯朵夫不能把母亲当知己，虽然他极需要一个知己。

于是他把一切都藏在心里，几天的不开口，咬着牙齿做他那些单调而辛苦的工作。这种生活方式对儿童是很危险的，尤其在发育期间，身体的组织特别敏感，容易受到损害而一辈子不能恢复。克利斯朵夫的健康因之大受影响。父母原来给他一副好筋骨，一个毫无疵点的健康的身体。可是过度的疲劳，小小年纪就得为生活操心，等于在身上替痛苦开了一个窟窿；而一朝有了这窟窿，他的结实的身体只能给痛苦添加养料。他很早就有神经不健全的征象，小时候一不如意就会发晕，抽风，呕吐。到七八岁刚在音乐会中露面的时代，他睡眠不安，梦里会说话，叫嚷，或是哭，或是笑；只要他有了什么心事，这些病态的现象就会复发。接着是剧烈的头疼，一忽儿痛在颈窝或太阳穴里，一忽儿头上像有顶铅帽子压着。眼睛也使他不好过：有时像针尖戳入眼窠，又常常眼花得不能看书，必须停止几分钟。吃的东西不够,不卫生,不规则,把他强健的胃弄坏了:不是肚子疼,便是泻肚子,把他搅得四肢无力。但使他最受不了的是心脏:它简直像发疯一般的没有规律,忽而扑通扑通的在胸中乱跳,仿佛要爆裂了;忽而有气无力,好似要停下来了。夜里,孩子体温的倏升倏降真是怕人,它能从高热度一变而为贫血的低温度。他一下子热得发烧,一下子冷得发抖,他闷死了,喉咙管打了结,有个核子塞在那里使他没法呼吸。——当然,他慌张到极点,一方面不敢把这些感觉告诉父母,一方面却不断地加以分析;而精神越集中,病痛的程度越加增,或者还创造出一些新的痛苦。他把知道的病名都轮流地加在自己身上:以为眼睛快要瞎了,又因为走路的时候偶然发晕,便以为马上要倒下去死了。——永远是这种夭折的恐怖缠绕他,压迫他,紧紧地跟着他。哎!要是他非死不可,至少不要现在就死,在他还没有胜利之前死!……

胜利……那个执着的念头老在他胸中燃烧,虽然他并没意识到;而他筋疲力尽,不胜厌恶地在人生的臭沟中挣扎的时候,也老是那个念头在支持他!那是一种渺茫而强烈的感觉,感觉到他将来的成就和现在的成就……现在的成就?难道就是这么一个神经质的,病态的,在乐队里拉着提琴和写些平庸的协奏曲的孩子吗?——不是的。真正的他绝不是这样的一个孩子。那不过是个外表,是一天的面目,绝不是他的本体。而他的本体,跟他目前的面貌,目前的思想形式,都不相干。这一点他知道得很清楚。只要照一照镜子,他就认不得自己。这张又阔又红的脸,浓厚的眉毛,深陷的小眼睛,下端臃肿而鼻孔大张的短鼻子,狠巴巴的牙床骨,噘起的嘴巴,这整个又丑又俗的面具跟他全不相干。而他在自己的作品中也一样找不到自己。他批判自己，知道现在所作的东西和他现在的人都毫无出息。可是将来会变成怎样的人，能写出怎样的作品，他的确很有把握。有时他责备自己这种信念，以为那是骄傲的谎话；他要教自己屈辱，教自己痛苦，作为对自己的惩罚。然而信念历久不变，什么都不能使它动摇。不管他做什么，想什么，没有一宗思想，一桩行为，一件作品，有他自己在内，把自己表白出来的。他知道这一点，他有种奇怪的感觉，觉得最真实的他并非目前的他，而是明日的他……没有问题，将来一定能显出自己来的！……他胸中充满了这种信仰，他醉心于这道光明！啊！但愿今天不要把他中途拦住了！但愿自己不要掉在今天所安排的陷阱之中！……

他抱着这样的心情，把他的一叶扁舟在时间的洪流中直放出去，他目不旁视，危然肃立，把着舵，眼睛直望着彼岸。在乐队里，和饶舌的乐师在一块儿的时候，在饭桌上，和家人在一块儿的时候，在爵府里，心不在焉地弹着琴为傀儡似的贵族消闲的时候，他老是生活在这个不可知的、一个小小的原子就能毁灭的未来中间。

他一个人在顶楼上对着破钢琴。天色垂暮，日光将尽。他使劲睁着眼睛读谱，直读到完全天黑的时候。以往的伟大的灵魂流露在纸上的深情，使他大为感动，连眼泪都冒上来了。仿佛背后就站着个亲爱的人，脸上还感觉到他呼出来的气息，两条手臂快来搂住他的脖子了。他打了个寒噤转过身去。他明明觉得，明明知道不是孤独的。身边的确有一颗爱他的、也是他爱的灵魂。他因为没法抓住它而叹息。但便是这点儿苦闷，和他出神的境界交错之下，骨子里还是甜蜜的。

甚至那种惆怅也不是暗淡的。他想到在这些音乐中再生的亲爱的大师,以往的天才。他抱着一腔热爱,想到那种人间天上的欢乐,——没有问题,这是他光荣的朋友们的收获,既然他们的欢乐的余晖也还有这么些热意。他梦想要和他们一样,布施几道爱的光芒。他自己的苦难,不就是见到了神明的笑容而苏慰的吗?将来得轮到他来做神明了!做个欢乐的中心,做个生命的太阳!……

可是,等到有一天他能和他心爱的人们并肩的时候,达到他企慕的一片光明的欢乐的时候,他又要感到幻灭了……

第二部　奥　多

某星期日，乐队指挥多皮阿·帕弗，请克利斯朵夫到离城一小时的乡间别墅去吃饭。他搭着莱茵河的船。在舱面上，他坐在一个和他年纪差不多的少年旁边，那少年看他来了，就很殷勤的把身子让过一点。克利斯朵夫并没留意。可是过了一忽儿，他觉得那邻座的人老在打量他，便也瞅了他一眼，看见他金黄的头发光溜溜的梳在一边，脸蛋儿又红又胖，嘴唇上隐约有些短髭，虽是竭力装做绅士模样，仍脱不了大孩子神气。他穿得非常讲究：法兰绒服装，浅色手套，白皮鞋，淡蓝领带，还拿着一根很细的手杖。他在眼梢里偷觑着克利斯朵夫，可并不转过头来，脖子直僵僵的像只母鸡。只要克利斯朵夫一望他，他就脸红耳赤，从袋里掏出报纸，装做一心一意的读报。可是几分钟以后，他又抢着把克利斯朵夫掉在地下的帽子给捡起来。克利斯朵夫对于那么周到的礼貌觉得奇怪，把他又瞧了一眼，他又脸红了；克利斯朵夫冷冷地谢了一声，因为他不喜欢这种过分的殷勤，不愿意人家管他的事。可是受到这番奉承，他心里毕竟是怪舒服的。

一忽儿他把这些都忘了，只注意着一路的风景。他好久没有出城了，所以尽量吟味着刮在脸上的风，船头的水声，浩荡的河面，岸上时刻变换的风景：灰色的平淡无奇的崖岸，一半浸在水里的丛柳，金黄的葡萄藤，有好多传说的削壁，城镇上矗立着哥特式的钟楼，和工厂里黑烟缭绕的烟突。他正在自言自语地出神，邻座的少年却怯生生地，嗄着嗓子，穿插几句关于那些修葺完整，挂满了常春藤的废墟的典故。他说着话，仿佛对自己演讲似的。克利斯朵夫给他提起了兴致，便向他问长问短。对方马上抢着回答，很高兴能够显显他的才学，嘴里老是把克利斯朵夫叫做官廷提琴师先生。

“敢情你认得我吗？”克利斯朵夫问。

“哦！是的。”少年那种天真的钦佩的口吻，教克利斯朵夫听了非常得意。

他们就此搭讪起来。那少年在音乐会中看见过克利斯朵夫，而人家所说的关于克利斯朵夫的故事更给了他深刻的印象。他并没说出这一点，可是克利斯朵夫体会得到，并且还因之而惊喜交集。从来没有人对他用过这种感动的恭敬的口吻。他继续打听关于一路上城镇的史迹，那少年就把最近才得来的知识一齐搬出来，使克利斯朵夫大为钦佩。但这不过是他们的借题发挥：两人真正的兴趣是在于认识对方的人。他们不敢直接爽快地提到正文，只偶尔提出一两句笨拙的问话。终于他们下了决心；克利斯朵夫才知道这位新朋友叫做“奥多·狄哀纳先生”，是城里一个富商的儿子。一谈之下，他们当然发现了共同的熟人，话慢慢地多起来了。船到了克利斯朵夫的目的地的时候，他们正谈得非常起劲。奥多也在这儿下船。这种巧事，他们认为非常奇怪。克利斯朵夫提议在午餐以前随便遛遛，于是两人就往田野里走去。克利斯朵夫亲热地挽着奥多的手臂，告诉他自己的计划，好像从小就认识似的。他因为年龄相仿的同伴一个也没有，所以和这个有教养,有知识,对他表示好感的少年在一块儿,感到说不出的快乐。

时间过得很快,克利斯朵夫可不觉得。狄哀纳因为青年音乐家对他那么信任而很得意,也不敢提醒他午餐的时间已经到了。最后他认为非说不可的时候,克利斯朵夫正在树林中望山岗上爬去,回答他到了高头再说;而一到岗上,他又往草地上躺下,仿佛准备在那儿待上一天似的。过了一刻钟,狄哀纳看他全没动身的意思,就很胆小地又说了一遍:“你的中饭怎么办呢?”

克利斯朵夫仰躺在那里,把手枕着头,满不在乎地回答说:“管它!”

说完了他望着奥多,看到他吃惊的神气,便笑起来,补充了两句:“这儿太舒服了,我不去了。让他们等罢!”

他抬起半个身子,接着又说:“你有事吗?没有,是不是?我看还是这样吧:咱们一块儿去吃饭。我认得一家乡村饭店。”

狄哀纳很想反对,并不是有谁等着他,而是因为要他突然之间决定一件事有点儿为难:他很有规律,什么都得事先有个准备。可是克利斯朵夫说话的口吻简直不容许人家反对,他只得由他摆布。于是两人又谈下去了。

到了饭店,兴致就差了点儿。他们想着谁做东道的问题,各人都要争面子做主人:一个是因为有钱,一个是因为没有钱。他们嘴上不说,但狄哀纳点菜的时候,竭力装出俨然的口气;克利斯朵夫看破了他的用意,就点些更精致的菜表示抢做主人,还故意显得态度很自然。狄哀纳想再争一下,抢着挑酒,克利斯朵夫狠狠地瞪了他一眼,拣饭店里最贵的一瓶要了来。

对着那些丰盛的饭菜，他们都觉得胆小了，一时话也没有了：既不敢痛痛快快地吃，举动也变得很僵。他们忽然想到对方是个陌生人，不由得留了神。两人拼命找话来说，总是说不下去。开头半个钟点真是窘到极点。幸而酒饭起了作用，彼此的眼神表示有了信心。尤其是难得这样大吃大喝的克利斯朵夫，话特别的多。他讲他生活的艰难；而奥多也不再拘谨，说他也并不快乐。他娇弱，胆小，常常受同伴的欺侮。他们嘲笑他，因为他看不上他们的举动而恨他，要弄他。——克利斯朵夫握着拳头，说要是给他看到了，他们一定得吃些苦。——奥多也得不到父母的了解。那种苦闷克利斯朵夫是知道的；他们俩便同病相怜。狄哀纳家里想要他做个商人，接父亲的事。他可是想做诗人，哪怕要像席勒一样逃出本乡，尝遍千辛万苦，还是要做诗人！（而且父亲的财产将来全是他的，也不是个小数目。）他红着脸说已经写过几首关于生活的苦恼的诗，可是不敢念出来，虽然克利斯朵夫再三要求。最后，他终于感动得上气不接下气地吟了二三首。克利斯朵夫认为妙极了。他们互相说出心中的计划：将来，他们要写剧本，写歌曲。他们彼此钦佩。除了克利斯朵夫音乐的名气，他的魄力与举动的大胆也使奥多觉得了不起。克利斯朵夫可佩服奥多的温文尔雅，落落大方，——在这个世界上一切原是相对的，——也佩服他的博学多闻，那是克利斯朵夫完全没有而非常渴望的。

他们吃了饭昏昏欲睡，把肘子靠在桌上，轮流地讲着，听着，眼神都显得非常温柔。大半个下午过去了，该动身了。奥多作了最后一次努力去抢账单，可是给克利斯朵夫气愤愤的眼睛一瞪，就不敢坚持了。克利斯朵夫只担心一件事，怕身边的钱不够付账;那时他可决不让奥多知道,预备拿出表来。可是还不到这地步;那顿饭只花了他差不多一个月的收入。

两人重新走下山坡。松林里已经展开傍晚的阴影;树尖还在夕阳中庄严地摆动,发出一片波涛声;遍地是紫色的松针,像地毯似的踏上去没有一点儿声响。他们俩一句话也不说。克利斯朵夫心旌摇摇,有股异样的、甜美的感觉,他很快乐,想说话,紧张到极点。他停了一会儿,奥多也跟着停下。四下里寂静无声。一群苍蝇在一道阳光中嗡嗡地响。一根枯枝掉在地下。克利斯朵夫抓着奥多的手,声音抖动着问:

"你愿意做我的朋友吗?"

奥多嘟囔着回答:"愿意的。"

他们握着手,心儿直跳,简直不敢互相看一眼。

过了一会儿,他们又往前走,两人之间隔着几步路,把树林走完了也不再说一句话:他们怕自己,怕心里那种神秘的激动,脚下走得很快,直走出了树荫方始停下。到了那儿,他们定了定神,挽着手,欣赏着清明恬静的晚景,断断续续地吐出一言半语。

两人上了船,坐在船首,在明亮的夜色中勉强谈些不相干的话,可是根本没有听,只觉得懒洋洋的快乐极了:既不需要谈话,也不需要握手,甚至也用不着互相望一望:他们不是已经心心相印了吗?

快到岸的时候,他们约定下星期日相会。克利斯朵夫把奥多一直送到他家的大门口。在暗淡的煤气灯下,彼此羞怯地笑了笑,很感动地、喃喃地说了声"再会"。两人分别之后都松了一口气,因为几小时以来,他们精神那么紧张,直要费尽气力才能找出一言半语来打破沉默,把他们磨得累死了。

克利斯朵夫一个人摸黑回去，心在那里唱着："我有个朋友了，我有个朋友了！"他什么都看不见了，什么都听不到了，什么也不想了。

一回家，他马上睡熟了，可是夜里醒了二三次，仿佛有个摆脱不掉的念头在那儿惊扰他。他再三说着："我有个朋友了。"说完又睡着了。

第二天早上，他觉得一切好似做了一个梦。为了证明不是梦，他尽量回想隔天所有的小事。教学生的时候他还在回想；下午在乐队里又是那样的心不在焉，甚至一出门就记不起刚才奏的是什么东西。

回家他看见有封信等着他。他根本用不到想它是哪儿来的，就跑去关着房门细读。淡蓝色的信纸，工整，细长，柔软的字体，段落分明地写着：

> 亲爱的克利斯朵夫先生，——我可以称为我极尊敬的朋友吗？
>
> 我念念不忘地想着昨天的聚首，并且要谢谢你的盛意。我真感激你对我的一切：你的可爱的谈话，愉快的散步，还有出色的午餐！我只因为你破费了那么多钱而觉得抱歉。昨天真是过得太好了！我们的相遇岂非是出于天意吗？我觉得这是命中注定的。一想到下星期的约会，我就不胜欣慰！但望你不致因为爽约而与宫廷乐长先生有何不快，否则我真是太过意不去了！
>
> 亲爱的克利斯朵夫先生，我永远是你的忠仆与朋友
>
> 奥多·狄哀纳
>
> 附笔：——下星期日请勿枉驾敝寓，最好至公园相见。

克利斯朵夫含着泪读完了信，把它吻着，大声笑着，在床上仰着身子把两腿往空中高高地举了一下，然后立刻坐上桌子，拿起笔来写回信，连一分钟都不能等。可是他没有写信的习惯：不知道怎样表现他满腹的热情。笔尖戳破了信纸，墨水玷污了手指，他急得直跺脚。他吐着舌头换了五六次稿纸，终于用歪歪斜斜、高低不一的字把信写成了，别字连篇是不必说的：

我的灵魂！为什么你为了我爱你，就说感激的话呢？我不是告诉你，没有认识你之前我是怎样的忧郁怎样的孤独么？你的友谊对我是世界上最宝贵的东西。昨天我是幸福了，幸福了！那是我有生以来第一次。我念着你的信，快活得哭了。是的，你别怀疑，我们的相识是命运决定的：它要我们结为朋友，做一些大事业。朋友这个字多甜蜜！哪里想得到我竟会有个朋友的？噢！你不会离开我的罢？你对我是永远忠实的罢？永远！永远！……一块儿长大，一块儿工作，我把我音乐的奇想，把在我脑子里翻来覆去的古怪东西，你把你的智慧与惊人的才学，共同合作，那才美呢！你知道的事情真多！我从来没见过像你这样聪明的人。有时候我很着急：觉得不够资格做你的朋友。你这样高尚，这样有本领，居然肯爱我这样一个俗物，我真是感激不尽！……啊，不！我刚才说过不应该提到感激两字！朋友之间谈不到恩德。我是不受人家施舍的！我们相爱，我们就是平等的。我恨不得早些看到你！好罢，你不愿意我上你家里去，我就不去，虽然我不大明白你干吗要这样谨慎；——可是你比我聪明，你一定不会错的……

还有一句话！你永远不能提到钱。我恨钱，听到钱这个字就恨。虽然我没有钱，可还有力量款待我的朋友；为了朋友把所有的东西拿出来才是我的乐事。你不是也会这样的吗？我需要的时候，你不是会把你全部的家产给我吗？——可是这种情形是永远不会有的！我有手，有脑子，不愁没有饭吃。——好，星期日见罢！——天哪！要跟你分别整整的一星期！而两天以前，我还不认识你呢！我真不懂，没有你跟我做朋友的时候，我怎么能活了那么些年的！——我们的指挥想埋怨我。我可不在乎，你更用不着操心！那些人跟我有什么相干？不管是现在是将来，他们对我爱怎么想就怎么想罢！我心里只有你。你得爱我啊，我的灵魂！你得像我爱你一样的爱我！我是你的，你的，从头到脚都永远是你的。

克利斯朵夫

克利斯朵夫在那个星期中等得心烦意躁。他特意走了好多路绕到奥多住的地方，在四周徘徊，并不是想看到他本人，但看到他的家已经使他紧张到脸上一忽儿红一忽儿白。到星期四，他忍不住了，又写了第二封信，比第一封更热烈。奥多的复信也是一派多愁善感的气息。

终于到了星期日，奥多准时而至。可是克利斯朵夫在公园走道上已经等了快有一个钟点，在那里发急了。他怕奥多害病，至于奥多会不会失约，他根本没有这念头。他老是轻轻地念着："天哪！希望他来呀！"他捡起走道上的小石子拿棍子敲着，暗暗地说，如果连着三下敲不着，奥多就不会来了，敲着的话，奥多会立刻出现。可是虽然他那么留神，玩意儿也并不难，他竟连失三下。正在那个时候，奥多倒是不慌不忙地来了:因为奥多就在最激动的时候也是规行矩步的。克利斯朵夫奔过去,嗄着嗓子招呼他:你好。奥多也回答了一声:你好。随后他们再也找不到话,除非说些天气极好,此刻正是十点五分或六分,要不然就是十点十分(因为爵府的大钟老是走得慢的)一类的话。

他们上车站搭火车到邻近的一个名胜区。路上他们谈不到十句话,便是想用富有表情的眼神来补充,也没有什么结果。他们想从眼睛里表示两人是何等样的朋友,可是表示不出,只像在那里做戏。克利斯朵夫发现了这一点,心里很难堪。他不懂:怎么一小时以前满腹的感情,现在非但无法表白,并且感觉不到了。奥多也许对这个境界没有体会得这样清楚,因为他不像克利斯朵夫那么真,比较把自己看得重;但他也感到失望。原因是两个孩子的感情在离别的一星期内所达到的高峰,没法在现实生活中维持,而一旦重新相见之下,第一个印象便是发觉各人想的全是虚幻的。唯一的办法是放弃那些幻象,但他们不能毅然决然地承认这一点。

他们在乡间遛了一天,始终摆脱不了那种不痛快的情绪。那天是过节的日子:乡村客店和树林里都挤满了游客,——全是一般小布尔乔亚的家庭,叫叫嚷嚷的,随处吃东西。两人心绪愈加坏了,认为便是这些讨厌的人使他们没法再像上次一样的无拘无束。可是他们照旧谈着,搜索枯肠地找出话来,生怕没有话说。奥多搬出书本上的知识。克利斯朵夫提到音乐作品与小提琴演奏的技术问题。他们教彼此受罪,自己听了自己的话也觉得受罪。他们可依旧讲个不停,提心吊胆的唯恐中断:因为一静下来,不是冷冰冰的更有了个窟窿吗?奥多想哭出来,克利斯朵夫差点儿丢下朋友跑掉,因为他恼羞成怒，烦闷极了。

直等到搭车回去以前一个钟点，他们的精神才松动。树林深处有条狗的声音；它在那儿追着什么。克利斯朵夫提议躲在它经过的路上，瞧瞧那被狗追逐的野兽。他们在密林中乱跑。狗一忽儿走远，一忽儿走近。他们或左或右、忽前忽后地跟着它。狗叫得更凶了，那种杀气腾腾的狂吠，表示它已经急得冒火；它向他们这边奔来了。小径里有些车轮的沟槽，铺满了枯叶，克利斯朵夫和奥多伏在上面，屏着气等着。吠声没有了；狗失掉了它的线索，远远地叫了一声之后，树林里顿时静下来。万籁俱寂，只有无数的生物一刻不停地蛀着树木，摧毁森林的虫豸在那里神秘地蠕动，——那是无休无歇的死的气息。两个孩子听着，待着不动。正当他们灰心了想站起来说一声“完啦，它不会来了”的时候，——忽然一头野兔从密林中向他们直蹿过来：他们同时看到了，快活地叫起来。野兔从地上一纵，跳往旁边，一个筋斗栽到小树林里；树叶纷披地波动，像水面上一下子就消失的皱纹。他们后悔不该那么叫一声，但这点儿小事已经把他们逗乐了。他们想着野兔吓得栽筋斗的模样，笑弯了腰；克利斯朵夫还很滑稽地学它的样，奥多跟着也来了。然后他们俩一个追、一个逃地玩起来。奥多做野兔，克利斯朵夫做狗，在树林中，在草原上，往来驰骋，穿过篱垣，跳过土沟。一个乡下人直着嗓子大嚷，因为他们蹿进了麦田；他们可照旧奔着。克利斯朵夫学狗叫学得那么逼真，奥多笑得直流眼泪。最后，他们在斜坡上往下滚，一路发疯似的大叫大喊赶到他们连一个字都说不上来的时候，就坐在地下，笑盈盈地彼此瞧着。现在他们可快活了，不恼自己了。因为这一下他们不再扮什么生死之交的角色，只痛痛快快地露出了他们的本来面目，两个孩子的面目。

他们手挽着手回去，唱着莫名其妙的歌；可是快进城的时候，又想要装腔作势，把两人姓名的缩写，交错着刻在最后一株树上。幸而他们兴高采烈，把那套多情的玩意儿给忘了，在回家的火车上，只要眼睛碰在一起，就禁不住哈哈大笑。他们一边告别，一边说这一天真是过得“太有劲”了。而分手之后，两人更觉得那句话是不错的。

他们又开始惨淡经营，比蜜蜂更耐性更巧妙：只凭一些平淡无奇的零星的回忆，居然把彼此的友谊和他们自己都构成一幅美妙的图画。两人花了一星期的时间把对方理想化，然后到星期日见面；虽然事实与幻象差得很远，但他们已经看不见那个差别了。

他们都认为能和对方做朋友是值得骄傲的。截然不同的性格反而使他们接近。克利斯朵夫没有见过比奥多更漂亮的人物。纤巧的手，美丽的头发，鲜艳的皮色，羞怯的谈吐，彬彬有礼的举动，整齐清洁的服装，都使克利斯朵夫看了喜欢。奥多却是给克利斯朵夫充沛的精力跟独立不羁的性格唬住了。几百年遗传下来的根性，使他对一切权势都诚惶诚恐地抱着敬意。现在跟一个天生瞧不起成规的同伴混在一块儿，他不免又惊又喜，听着克利斯朵夫批评城里有声望的人，看他肆无忌惮地学大公爵的举动，奥多微微发抖，有种恐怖的快感。克利斯朵夫一发觉自己有这种魔力，便越发过火地拿出他嬉笑怒骂的脾气，像老革命党似的把社会的习俗、国家的法律，攻击得体无完肤。奥多听着又害怕又高兴，大着胆子附和几句，但事先总得瞧瞧周围有没有人。

两人一同散步的时候，克利斯朵夫喜欢爬在人家墙上采果子，一看见什么栅栏上写着闲人莫入的字样，就故意要跳过去。奥多心惊胆战，唯恐被人撞见；但这些情绪自有一种快感，而晚上回家之后还自以为英雄好汉。他战战兢兢地佩服克利斯朵夫。凡事只听朋友安排：他服从的本能不是得到了满足吗？克利斯朵夫也从来不要他费心打主意：他决定一切，替他分配一天的时间，甚至一辈子的时间，不容分辩地为奥多定下将来的计划，像定他自己的一样。奥多听到克利斯朵夫支配他的财产，将来造一所独出心裁的戏院，未免有些愤懑，可是也赞成了。他朋友认为大商人奥多·狄哀纳先生所挣的钱，再没有比这个更高尚的用途，说话时那种独断的口吻，吓得奥多不敢表示异议，而那种深信不疑的态度，使奥多也相信了他的主张。克利斯朵夫想不到这个会拂逆奥多的意志。天生是专断的脾气，他不能想象朋友或许另外有个志愿。要是奥多表示出一个不同的欲望，他会毫不迟疑地把自己的牺牲。他还恨不得多牺牲一些呢。他极希望能为了朋友去冒险，有个机会表现一下他友谊的深度。他渴望散步的时候遇上什么危险，让他勇往直前地去抵抗。为了奥多，他便是死也死得快乐的。目前他只能小心翼翼地照顾他，遇到难走的路，像搀小姑娘似的搀着他；他怕他累了，怕他热了，怕他冷了；坐在树底下，就脱下自己的上装披在他肩上；一同走路的时候，又替他拿着大衣，他简直想把朋友抱着走呢。他不胜怜爱地瞅着他，像个动了爱情的人。他的确是动了爱情了。

他自己可不知道，他还不懂什么叫做爱情。但他们在一块儿的时候，有时他会像初交那天在松林中一样，觉得心荡神驰，身上一热，血都上了头脸。他怕了。两个孩子不约而同地、慌慌张张地在路上忽前忽后，彼此躲开；他们假装在灌木丛中找桑实，只不懂为什么心会这样乱。

在他们的信里头，这些感情表现得尤其热烈，而且也不用怕和事实抵触，自欺欺人的幻想丝毫不受妨碍。他们每周要通信二三次，都是热烈的抒情的表现，差不多不谈实际的事，只用晦涩的文句提出一些严重的问题，常常从极度的兴奋一变而为绝望。他们互称为“我的宝贝，我的希望，我的爱，我的我”。他们滥用“灵魂”这个字眼，把自己可悲的命运描写得可歌可泣，一方面又因为把自己的苦难扰乱了朋友而难过。

“亲爱的，我很生气，”克利斯朵夫写道，“因为我给了你痛苦。我受不了你痛苦：你 不 应 该 痛 苦，我 不 愿 意 你 痛 苦。(他在这两句下面划了一道线，把信纸都戳破了。)要是你痛苦了，我哪儿去找生活的勇气呢？要你快乐了，我才会快乐。噢！你快乐吧！所有的苦难都给我吧，那是我乐于忍受的！你得想到我！爱我！我需要人家爱我。你的爱情之中有股暖气，可以给我生命。唉，你真不知道我冷得发抖呢！我心里仿佛是寒风凛冽的冬天。噢！我拥抱你的灵魂。”

“我的思想亲吻你的思想。”奥多回答。

“我把你的头抱在手里，”克利斯朵夫又写道，“凡是我嘴上没有说过的，将来也不会说的，都由我整个的心灵来表现。我拥抱你，像我爱你一样的热烈。你瞧罢！”

奥多假装怀疑他：“你爱我，是不是像我爱你一样呢？”

“噢！天哪！”克利斯朵夫嚷道，“岂止一样，而是十倍、百倍、千倍于你！怎么！难道你不觉得吗？你要我怎么样才能打动你的心呢？”

“我们的友情多美啊！”奥多叹道，“从古以来可有这样的感情吗？多甜蜜，多新鲜，跟梦一样。但愿它别消散了！要是你不爱我了，我怎么办呢？”

“亲爱的，你多糊涂，”克利斯朵夫回答，“原谅我责备你，这种小心眼儿的恐惧使我愤慨。你怎么能问我会不爱你呢？对于我，活着就是为爱你。哪怕是死也消灭不了我的爱。你要毁灭我的爱也办不到。纵使你欺骗我，使我心碎肠断，我一边死一边还要祝福你，拿你感应于我的爱来祝福你。你这种忧虑是对不起人的，千万别再拿这些念头来使你自己受罪，使我伤心！”

可是过了一星期轮到他这么写了：

“三天以来，我听不到你的一言半语。我浑身发抖了。你把我忘了吗？想到这点，我的血都凉了……对啦，你把我忘了……前天，我已经觉得你对我冷淡。你不爱我了！你想离开我了！……告诉你：你要忘了我，欺骗我，我会杀死你像杀条狗一样！”

“亲爱的，你侮辱我，”奥多呻吟着说，“你使我流泪。我可是冤枉的。可是你爱怎么办就怎么办罢。你对我可以为所欲为，甚至你毁灭了我的灵魂，我还会留下一道光明来爱你！”

“神灵在上！”克利斯朵夫嚷道，“我使我的朋友哭了！……咒我罢！打我罢！把我摔在地下罢！我该死！我不配受你的爱！”

他们信上的地址有特别的写法，邮票有特别的粘法，斜粘在信封的右下角，表示跟他们写给普通人的信不同。这些孩子气的玩意儿对他们的确有爱情那样神秘的魅力。

有一天，克利斯朵夫教课回来，在一条邻近的街上看见奥多跟一个年纪相仿的少年亲热地谈着笑着。克利斯朵夫的脸发了白，瞅着他们，看他们在拐角儿上不见了。他们没有看见他。他回到家里，仿佛乌云遮着太阳，一切都黑了。

下星期日见面的时候，克利斯朵夫先是一句不提。溜达了半小时，他才声音嘶嗄地说："星期三我在十字街头看到你的。"

"哦！"奥多回答了一声，脸红了。

克利斯朵夫接着说："那天不光是你一个人呢。"

"是的，我跟别人在一块儿。"

克利斯朵夫咽了口唾沫，假装若无其事地问：

"跟谁呢？"

"我的表兄弟法朗兹。"

"哦！"

克利斯朵夫停了一会儿又说："你没跟我提过他。"

"他住在莱纳巴哈。"

"你跟他常见面吗？"

"他有时到这儿来的。"

"你也上他那儿去吗？"

"有时候也去。"

"哦！"克利斯朵夫又哼了一声。

奥多想换个题目，把在树上啄磨的一头鸟指给朋友看。他们便扯到别的事去了。十分钟以后，克利斯朵夫忽然又问：

"你们俩很好吗？"

"你说谁啊？"奥多问。

（他心里很明白说的是谁。）

"你跟你的表兄弟啰。"

"是的。你为什么要问?"

"不为什么。"

奥多不大喜欢这位表兄弟,因为常常给他耍弄。可是有种古怪的淘气的本能,使他补上一句:"他是挺可爱的。"

"谁?"克利斯朵夫问。

(他也知道是谁。)

"法朗兹啰。"

奥多以为克利斯朵夫有话要说了;但他好像没听见,只管在榛树上折着丫枝。

"他好玩得很,老是有故事讲的。"奥多又道。

克利斯朵夫心不在焉地打着唿哨。

奥多可更进一步:"他又那么聪明……那么漂亮!……"

克利斯朵夫耸耸肩,仿佛说:"这家伙跟我有什么相干?"

奥多因为逗不出话来,还想往下说,克利斯朵夫却是很不客气地把他岔开了,指着远远的一个目标提议奔过去。

整个下午,他们不再提了;可是彼此很冷淡,装出那种平素没有的过分的礼貌,尤其在克利斯朵夫这方面。他的话老在喉咙口。终于他忍不住了,对着跟在后面五六步远的奥多转过身来,气势汹汹地抓着他的手,把话一齐倒了出来:

"听我说,奥多!我不愿意你跟法朗兹亲热,因为……因为你是我的朋友;我不愿意你爱别人甚于爱我!我不愿意!你不是知道的吗,你是我的一切。你不能……你不该……要是我丢了你,我只有死了!我不知道会做出些什么事来。我会自杀,也会杀死你。噢!对不起!……"

他眼泪都涌了出来。

他这种痛苦,真实的程度甚至会说出威胁人的话,使奥多又感动又惊骇,赶紧发誓,说他目前,将来,永远不会像爱克利斯朵夫一样地去爱别人,又说他根本不把法朗兹放在心上,倘若克利斯朵夫要他不跟表兄弟见面,他就永远不跟表兄弟见面。克利斯朵夫把这些话直咽到肚子里,他的心活过来了。他大声地呼着气,大声地笑着,真情洋溢地谢了奥多。他对自己刚才那一场觉得很惭愧,但心中确是一块石头落了地。他们面对面站着,握着手,一动也不动。两人都非常的快乐,非常的窘。他们一声不出地踏上归途,接着又谈起话来,恢复了愉快的心情,觉得彼此更亲密了。

但这一类的吵架并非只此一遭。奥多发觉他对克利斯朵夫有这点儿力量以后,便想滥用这力量;他知道了哪儿是要害,就忍不住要动手去碰。并非他乐于看克利斯朵夫生气;那他是挺怕的呢。但折磨克利斯朵夫等于证实自己的力量。他并不凶恶,而是有些女孩子脾气。

所以他虽然许了愿,照旧和法朗兹或什么别的同伴公然挽着手,故意叫叫嚷嚷,做出不自然的笑。克利斯朵夫埋怨他,他只是嘻嘻哈哈,直要看到克利斯朵夫眼神变了,嘴唇发抖,他才着了慌,改变语气,答应下次不再来了。可是第二天他还是这么一套。克利斯朵夫写些措辞激烈的信给他,称他为:

"坏蛋!但愿从今以后再也听不到你的名字!我再也不认得你了。你去见鬼罢,跟那些像你一类的,狗一般的东西,一齐去见鬼罢!"

但只要奥多一句哀求的话,或是像有一次那样送一朵花去,象征他永远的忠诚,就能使克利斯朵夫愧悔交迸地写道:

"我的天使！我是个疯子。把我的荒唐胡闹忘了罢。你是世界上最好的人。单是你的小指头就比整个的愚蠢的克利斯朵夫有价值多了。你有多么丰富的感情，而且多么细腻，多么体贴！我含着泪吻着你的花。它在这儿，在我的心上。我把它用力压入皮肤，希望它使我流血，使我对你的仁爱，对我的愚蠢，感觉得更清楚些！……"

可是，他们慢慢地互相厌倦了。有人说小小的口角足以维持友谊，其实是错误的。克利斯朵夫恨奥多逼他做出那些激烈的行为。他平心静气地想了想，责备自己的霸道。他的忠诚不贰与容易冲动的天性，第一次经验到爱情，就把自己整个儿给了人，要别人也整个儿地给他。他不答应有第三者来分享友谊。自己早就预备为朋友牺牲一切，所以要朋友为他牺牲一切不但是名正言顺，而且是必需的。可是他开始觉得：这个世界不是为配合他这种顽强的性格造的，他所要求的是不可能得到的。于是他勉强压制自己，很严厉地责备自己，认为自私自利，根本没有权利霸占朋友的感情。他很真诚地做了番克己功夫，想让朋友完全自由，虽然那是他极大的牺牲。他甚至为了折辱自己，还劝奥多别冷淡了法朗兹；他硬要自己相信，他很高兴奥多跟别的同伴来往，也希望奥多和旁人在一起觉得愉快。可是心中雪亮的奥多故意听从了他劝告的时候，他又禁不住沉下脸来，而突然之间脾气又发作了。

充其量他只能原谅奥多更喜欢别的朋友，但他绝对不能容忍说谎。奥多既非不老实，也不是假仁假义，只是天生的不容易说真话，好像口吃的人不容易吐音咬字。他的话既不完全真，也不完全假。或是因为胆怯，或是因为没有认清自己的感情，他说话的方式难得是干干脆脆的，答语总是模棱两可的;无论什么事,他都藏头露尾,像有什么秘密,使克利斯朵夫心头火起。倘使给人揭穿了,他非但不承认,反而竭力抵赖,胡扯一阵。有一天,克利斯朵夫气愤之下,打了他一个嘴巴。他以为他们的友谊从此完了,奥多永远不会原谅他的了。不料别扭了几个钟点,奥多反而若无其事地先来迁就。他对于克利斯朵夫的粗暴的举动并不记恨,或许还觉得有种快感呢。他既不满意朋友的容易上当,对他的话有一句信一句,同时还因此瞧不起克利斯朵夫而自认为比他优越。在克利斯朵夫方面,他也不满意奥多受了羞辱毫无抵抗。

他们不用初交时期的目光相看了。两人的短处都很鲜明地显了出来。奥多觉得克利斯朵夫独来独往的性格没有先前那么可爱了。散步的时候,克利斯朵夫给人许多麻烦。他完全不顾体统,不修边幅,脱去上衣,解开背心,敞开衣领,撩起衣袖,把帽子矗在手杖顶上,吹着风觉得很痛快。他走路时舞动手臂,打着唿哨,直着嗓子唱歌,皮色通红,流着汗,浑身灰土,像赶集回来的乡下人。贵族脾气的奥多最怕给人看到他和克利斯朵夫在一起。要是迎面碰上了车子,他便赶紧落后十几步,仿佛他只是一个人在那里散步。

在乡村客店或回来的车厢里,只要克利斯朵夫一开口,也一样的惹人厌。他大声嚷嚷,想到什么说什么,对奥多的狎习简直教人受不了;他不是毫无好感地对大众皆知的人物批评一阵,就是把坐在近旁的人评头论足,或是琐琐碎碎地谈着他的私生活与健康。奥多对他丢着眼风,做出惊骇的表情,克利斯朵夫却全不理会,照旧旁若无人。奥多看见周围的人脸上挂着微笑,恨不得钻地下去。他觉得克利斯朵夫粗俗不堪,不懂自己怎么会给他迷住的。

最严重的是,克利斯朵夫继续藐视所有的篱笆,墙垣,“禁止通行、违即严惩”等的牌示,和一切限制他的自由而保卫神圣的产业的措施。奥多时时刻刻提心吊胆,劝告是白费的:克利斯朵夫为表示勇猛,反而捣乱得更凶。

有一天,克利斯朵夫,后面跟着奥多,不顾(或正因为)墙上胶着玻璃瓶的碎片,爬进一个私人的树林。他们正像在自己家里一样舒舒服服散步的时候,给一个守卫迎面撞见了,大骂一顿,还威吓着说要送去法办,然后态度极难堪地把他们赶了出来。在这个考验中,奥多一点显不出本领:他以为已经进了监狱,哭了,一边还愣头愣脑地推说,他是无意之间跟着克利斯朵夫进来的,没留神到是什么地方。赶到逃了出来,他也并不觉得高兴,马上气咻咻地责备克利斯朵夫,说是害了他。克利斯朵夫狠狠地瞪了他一眼,叫他“胆怯鬼!”他们很不客气地抢白了几句。奥多要是认得归路的话,早就跟克利斯朵夫分手了;他无可奈何地跟着克利斯朵夫;他们俩都装做各走各路。

天空酝酿着雷雨。他们因为心中有气,没有发觉。虫在闷热的田里嘶嘶乱叫。突然之间万籁俱寂。他们过了几分钟才发觉那种静默:静得耳朵里嗡嗡地响起来。他们抬头一望:天上阴惨惨的,已经堆满了大块的乌云,从四下里像千军万马般奔腾而来,好似有个窟窿吸引它们集中到一处。奥多心中忧急,只不敢和克利斯朵夫说;克利斯朵夫看了好玩,故意装不觉得。可是他们不声不响地彼此走近了。田里没有一个人,也没有一丝风影。仅仅有股热气偶尔使树上的小叶子轻轻抖动。忽然一阵旋风卷起地下的灰尘,没头没脑地抽打树木,把树身都扭弯了。接着又是一片静寂,比先前的更加凄厉。奥多决意开口了，他声音颤动着说："阵雨来了。该回去了。"

克利斯朵夫答道："好，回去罢！"

可是已经太晚了。一道炫目的剧烈的光一闪，天上就发出隆隆的响声，乌云吼起来了。一霎时，旋风把他们包围着，闪电使他们心惊胆战，雷声使他们耳朵发聋，两人从头到脚都浸在倾盆大雨里。他们在无遮无蔽的荒野中，半小时的路程内没有人烟。排山倒海似的雨水，死气沉沉的黑暗，再加一声声的霹雳发出殷红的光。他们心里想快快地跑，但雨水浸透的衣服紧贴在身上，没法开步，鞋子发出咕吱咕吱的声音，身上的水像急流似的直泻下来。他们连喘气都不大方便。奥多咬着牙齿，气疯了，对克利斯朵夫说了许多难听的话；他要停下来，认为这时走路是危险的，威吓着说要坐在路上，躺在耕过的泥地里。克利斯朵夫一言不发，尽管往前走，风、雨、闪电，使他睁不开眼睛，隆隆的响声使他昏昏沉沉，他也有些慌了，只是不肯承认。

忽然阵雨过了，像来的时候一样突兀。但他们都已经狼狈不堪。其实，克利斯朵夫平时衣衫不整惯了，再糟些也算不了什么；但那么整洁又那么讲究穿着的奥多，就不免哭丧着脸；他好像不脱衣服洗了个澡；克利斯朵夫回头一望，禁不住笑出来。奥多受了这番打击，连生气的力量都没有了。克利斯朵夫看他可怜，就高高兴兴地和他谈话。奥多却火气很大地瞪了他一眼。克利斯朵夫带他到一个农家。两人烘干了衣服，喝着热酒。克利斯朵夫认为刚才那一场很好玩。但奥多觉得不是味儿，在后半截的散步中一声不出。回家的路上两人都恼了，临别也不握握手。

自从出了那件胡闹的事，他们有一个多星期不见面，心中都把对方很严厉地批判了一番。但他们把星期日的散步自己罚掉了一次以后，简直闷得发慌，胸中的怨恨终于消了。克利斯朵夫照例先凑上去，奥多居然接受了。两人也就言归于好。

他们虽然有了裂痕，还是彼此少不了。他们有很多缺点，两人都很自私。但这种自私是天真的，不自觉的，不像成年人用心计的自私那么可厌，差不多是可爱的，并不妨害他们的真心相爱。他们多么需要爱，需要牺牲！小奥多编些以自己为主角的忠诚义侠的故事，伏在枕上哭了；他想出动人的情节，把自己描写做刚强、英勇、保护着自以为疼爱至极的克利斯朵夫。至于克利斯朵夫，只要看见或听见什么美妙的或出奇的东西，就得想："可惜奥多不在这儿！"他把朋友的面目和自己整个的生活混在一起；而这面目经过渲染，显得那么甜美，使他陶然欲醉，把朋友的真相完全给忘了。他又想起好久以前奥多说过的某些话，拿来锦上添花地点缀了一番，感动得心中颤抖。他们互相模仿。奥多学着克利斯朵夫的态度，举动，笔迹。克利斯朵夫看见朋友变了自己的影子，拿自己的话、自己的思想都当做是他的，不禁大为气恼。可是他不知不觉也在模仿奥多，学他的穿扮、走路，和某些字的读音。这简直是着了魔。他们互相感染，水乳交融，心中洋溢着温情，像泉水一般到处飞涌。各人都以为这种柔情是给朋友激发出来的，可不知那是青春时期的先兆。

对谁都不提防的克利斯朵夫，一向是把纸张文件随处乱扔的。但怕羞的本能使他把写给奥多的信稿和奥多的回信特意藏在一边，并不锁起来，只夹在乐谱中间，以为那儿是决没有人去翻的。他根本没想到小兄弟们的捣乱。

最近他发觉他们常常望着他一边笑一边窃窃私语:咬着耳朵,乐不可支。克利斯朵夫听不见他们的话;他用他的老办法,不管他们说什么,做什么,只装全不在意。可是有几个字好像很熟,引起了他的注意。不久,他就觉得兄弟们毫无问题偷看了他的信。恩斯德和洛陶夫互相称着"我亲爱的灵魂",装着那种可笑的一本正经的神气;克利斯朵夫喝问他们的时候,一句话都逼不出来。两兄弟假装不懂,说他们总该有爱怎么称呼就怎么称呼的权利。克利斯朵夫看见所有的信都放在原处,也就不追问下去了。

接着有一天,小坏蛋恩斯德在母亲的抽屉里偷钱,被克利斯朵夫撞见了,大骂一顿,他乘机把心里的话都说了出来,毫不客气地揭穿恩斯德的不少罪状。恩斯德听了不服,傲慢地回答说克利斯朵夫没有资格责备他,又对克利斯朵夫与奥多的友谊说了些不三不四的话。克利斯朵夫先是不懂,但听见对方把奥多牵涉到他们的口角中去,就硬要恩斯德说个明白。小兄弟只是冷笑;然后,看到克利斯朵夫气得脸色发青,他害怕了,不肯再开口。克利斯朵夫知道这样逼是没用的,便耸耸肩坐下来,装做不屑搭理的神气。恩斯德恼羞成怒,又来那一套下流的玩意儿;他要教哥哥难堪,说着一大堆越来越要不得的脏话。克利斯朵夫竭力忍着不发作。赶到明白了兄弟的意思,他不由得起了杀性,从椅子上一跃而起。恩斯德连叫嚷也来不及,克利斯朵夫已经扑在他身上,和他一起滚在地下,把他的头往地砖上乱撞。一片惨叫声把鲁意莎、曼希沃,全家的人,都吓得赶来了。等到恩斯德给救出来的时候,已经被打得不像话了。克利斯朵夫还死抓不放,直要别人打了他才松手。

大家骂他野兽;他的模样也的确像野兽:眼睛暴突,咬牙切齿,只想往恩斯德扑过去。人家一问到缘故,他火气更大了,嚷着要杀死兄弟。恩斯德对打架的原因也不肯说。

克利斯朵夫饭也吃不下了,觉也睡不着了。他在床上浑身哆嗦,号啕大哭。那不单为了奥多而痛苦,而且心中正在经历一场剧烈的变化。恩斯德决想不到自己使哥哥受的是怎么样的痛苦。克利斯朵夫像清教徒一样的严正,绝对不能忍受下流的事,而事实上免不了一桩一桩的发现出来,使他深恶痛绝。虽然生活很自由,本能很强烈,他在十五岁上还是天真未凿。纯洁的天性与紧张的工作,使他一点不受外界的沾染。兄弟的话替他揭开了一个丑恶的窟窿。他从来想不到人会有这种丑行的;现在一有这观念,他的爱人家和被人家爱的乐趣完全给破坏了。不但是他和奥多的友谊,而是一切的友谊都被毒害了。

更糟的是,几句冷嘲热讽的话使他以为(也许并没有这回事),小城里有些居心不正的人在那里注意他;尤其隔不多时,父亲对他和奥多的散步也说了几句。父亲可能是无意的,但存了戒心的克利斯朵夫听到无论什么话都觉得有猜疑他的意味;他几乎自以为真的做了坏事。同时,奥多也经历着同样的苦闷。

他们还偷偷地相会,但再没从前那种忘形的境界。光明磊落的友谊受了污辱。两个孩子相亲相爱的感情一向是那么羞怯,连友爱的亲吻也不曾有过;最大的快乐便是见见面,在一块儿体味他们的梦想。被小人的猜疑玷污之下,他们甚至把最无邪的行动也自疑为不正当:抬起眼睛望一望,伸出手来握一握,他们都要脸红,都要想到不好的念头。他们之间的关系简直使他们受不住了。

两人并不明言,但自然而然地少见面了。他们勉强通信,可老是注意着字句,写出来的话变得冷淡无味,大家灰心了。克利斯朵夫借口工作繁重,奥多推说事忙,彼此停止了通信。不久,奥多进了大学;于是照耀过他们一生中几个月的友谊就此隐没了。

同时,新的爱情就要来占据克利斯朵夫的心,使别的光明都为之黯然失色。这次跟奥多的友谊,其实只是未来的爱情的先导罢了。

第三部　弥　娜

在下面那些事发生以前四五个月，参议官史丹芬·冯·克里赫新寡的太太，离开了故夫供职的柏林，带着女孩子搬回到她的出生地，这个莱茵河流域的小城里来。她在这儿有一所祖传的老屋，附带一个极大的花园，简直跟树林差不多，从山坡上蜿蜒而下，直到河边与克利斯朵夫的家相近的地方。克利斯朵夫从顶楼上的卧室里，可以看到垂在墙外的沉重的树枝，和瓦上生着苔藓的红色屋顶。园子右边，从上到下有条人迹罕至的小路，爬上路旁的界石可以望见墙内的景致：克利斯朵夫就没有放过这机会。他看到荒草塞途的小径，盘错虬结的树木，草坪像野外的牧场，屋子正面粉着白色，板窗老是关得很严。每年一两次，有个园丁来绕一转，开一下门窗，把屋子通通气。随后花园又给大自然霸占了，一切重归静寂。

这静悄悄的气息给克利斯朵夫的印象很深。他偷偷地爬在他那个瞭望台上：先是眼睛，然后是鼻尖，然后是嘴巴，跟着人的长大慢慢地达到了墙顶的高度；现在他提着脚尖已经能把手臂伸进墙内了。这姿势虽然很不舒服，他却是把下巴颏儿搁在墙头上，望着，听着：黄昏将临，草坪上散布着一片金黄色的柔和的光波，松树荫下映着似蓝非蓝的反光。除非路上有人走过，他可以老在那儿出神。夜里，种种的香气在花园四周飘浮:春天是紫丁香,夏天是声息花,秋天是枯萎的落叶。克利斯朵夫深夜从爵府回来,不管怎么疲倦,总得在门外站一忽儿,呼吸一下这股芳洌的气息,然后不胜厌恶地回进他臭秽难闻的卧室。克里赫家大铁门外有块小空地,石板缝里生满了野草,克利斯朵夫小时候就在这儿玩过。大门两旁有两株百余年的栗树,祖父常常来坐在下面抽着烟斗,掉下的栗子正好给孩子们做弹丸做玩具。

有一天早晨他在小路上走过,照例爬上界石,心不在焉地望了一下。正想爬下来,他忽然觉得有些异样的感觉:一看屋子,原来窗户大开,阳光直晒到室内;虽然没有一个人影,但屋子仿佛从十五年的长梦中睡醒了,露着笑容。克利斯朵夫回家不免心中纳闷。

在饭桌上,父亲提到街坊上纷纷议论的资料:克里赫太太带着女儿回来了,行李多得难以相信。栗树四周的空地上挤满了闲人,争着看箱笼什物从车上卸下来。这件新闻在克利斯朵夫眼界很窄的生活中简直是桩大事;诧异之余,他一边去上工,一边根据父亲照例夸大的叙述,对那迷人的屋子里的主人空想了一阵。随后他忙着工作,把那件事给忘了;直到傍晚将要回家的时候,一切才重新在脑中浮起;他为了好奇,爬上瞭望台,想瞧瞧围墙里头究竟发生了什么事。他只看见那些静悄悄的小径,一动不动的树木好似在夕阳中睡熟了。过了几分钟,他完全忘了为什么爬上来的,只体味着那片和平恬静的境界。这个古怪的位置,——摇摇晃晃地站在界石顶上,——倒是他沉思幻想最好的所在。在湫隘闷人的小路尽头,四周都是黑洞洞的,晒着阳光的花园自有一些神奇的光彩。那是令人心旷神怡的地方,他的思想在那儿自由飘荡,音乐在耳边响起来，他听着差不多要睡着了……

他这样地睁着眼睛，张着嘴，幻想着，也说不出从那时开始幻想的，因为他什么都没看见。忽然他吃了一惊。在他前面，花园里一条小径拐弯的地方，有两个女人对他望着。一个是穿着孝服的少妇，面目姣好而并不端正，浅灰的金黄头发，个子高大，仪容典雅，懒洋洋的侧着头，眼神又和善又俏皮地瞅着他。另外是个十五岁的小姑娘，站在母亲背后，也穿着重孝，脸上的表情活脱是想傻笑一阵的孩子。母亲一边望着克利斯朵夫，一边做着手势叫小姑娘不要作声；她可双手掩着嘴巴，好似费了好大的劲才没笑出来。那是一张鲜艳的、又红又白的圆脸；小鼻子太大了一些，小嘴巴太阔了一些，小小的下巴颏儿很饱满，眉毛细致，眼神清朗，一大堆金黄的头发编着辫子，一个圈儿盘在头顶上，露出一个浑圆的颈窝与又光又白的脑门：总而言之，活像克拉纳赫画上的脸庞。①

克利斯朵夫出其不意地看到这两个人，愣住了。他非但不逃，反而像钉在了他的位置上。直到年轻的太太装着又可爱又揶揄的神气，笑盈盈地向他走近了几步，他方始惊醒过来，从界石上不是跳下而是滚下，把墙上的石灰抓去了一大块。他听见人家用和善的亲热的口气叫了他一声“孩子！”接着又有一阵儿童的笑声，轻快清脆，像鸟的声音。他在小路上手和膝盖都着了地，稍微愣了愣，马上拔步飞奔，仿佛怕人追赶似的。他非常难为情，回到自己卧房里一个人的时候，更羞得厉害了。从此他不敢再走那条小路，唯恐人家埋伏在那儿

① 克拉纳赫为十五至十六世纪德国大画家，所作女像自成一格，脑门特别宽广，眼梢向上，有类中国古时的美女典型。

等他。要是非经过那屋子,他就挨着墙根,低着脑袋,差不多连奔带跑地走过,绝不敢回头瞧一眼。同时,他可念念不忘地想着那两张可爱的脸;他爬上阁楼,脱了鞋子,使人听不见脚步声,从天窗里远望克里赫家的住宅和花园,虽然明知道除了树怄和屋顶上的烟突以外什么都瞧不见。

一个月以后,在每周举行的音乐会中,他演奏一阕自己作的钢琴与乐队的协奏曲。正弹到最后一段,他无意中瞥见克里赫太太和她的女儿,坐在对面的包厢中望着他。这是完全想不到的,他呆了一呆,几乎错过了跟乐队呼应的段落。接着他心不在焉地把协奏曲弹完了。弹完以后,他虽不敢向克里赫母女那边望,仍不免看见她们的拍手有点儿过分,仿佛有心要他看到似的。他赶紧下了台。快出戏院的时候,他在过道里又看见克里赫太太只和他相隔几排人,似乎特意等他走过。说他不看见她是不可能的:但他只做没有看见,马上回过头来,打戏院的边门急急忙忙走了出去。过后他埋怨自己不应当这样,因为他很明白克里赫太太对他并没恶意。可是他知道,要是同样的情形再来一次的话,他一定还是逃的。他怕在路上撞见她:远远地看到什么人有点儿像她,就立刻换一条路走。

结果还是她来找他。

有一天他回家去吃午饭,鲁意莎得意扬扬地告诉他,说有个穿制服的仆人送来一封信,是给他的;说着她递过一个黑边的大信封,反面刻着克里赫家的爵徽。克利斯朵夫拆开信来,内容正是他怕读到的:

本日下午五时半敬请

光临茶叙，此致

宫廷乐师克利斯朵夫·克拉夫脱先生。

约瑟芬·冯·克里赫夫人启

“我不去。”克利斯朵夫说。

“怎么！”鲁意莎喊道，“我已经回报人家说你去的了。”

克利斯朵夫跟母亲吵了一场，埋怨她不该与闻跟她不相干的事。

“仆人等着要回音。我说你今天正好有空。那个时候你不是没事吗？”

克利斯朵夫尽管怄气，尽管赌咒说不去，也是没用，这一下他是逃不过的了。到了邀请的时间，他脸上挺不高兴地开始穿扮，心中可并不讨厌这件意外事儿把他的闹别扭给制服了。

克里赫太太当然一眼就认出，音乐会中的钢琴家便是那个乱发蓬松的，在她花园墙顶上伸头探颈的野孩子。她向邻居们打听了一下他的事，被孩子那种勇敢而艰苦的生活引起了兴趣，想跟他谈谈。

克利斯朵夫怪模怪样地穿着件不称身的常礼服，像个乡下牧师，胆怯得要命地到了那里。他硬要自己相信，克里赫母女当初第一次看见他的时候来不及辨清他的面貌。穿过一条很长的甬道，踏在地毯上听不见一点脚步声，他被仆人带到一间有扇玻璃门直达花园的屋子。那天正下着寒冷的细雨，壁炉里的火生得很旺，从窗里可以望见烟雾迷蒙中的树影。窗下坐着两位女人：克里赫太太膝上摆着活计，女儿捧着一册书，克利斯朵夫进去的时候她正在高声朗诵。她们一看见他就很狡狯地互相递了个眼色。

“哎,她们把我认出来了。”克利斯朵夫想着,心慌了。

他小心翼翼地,可是很笨拙地行了个礼。

克里赫太太愉快地笑着,对他伸出手来。

“你好,亲爱的邻居,”她说,“我很高兴见到你。自从那次音乐会以后,我就想告诉你,我们听了你的演奏多么愉快。既然唯一的办法是请你来,希望你原谅我的冒昧。”

这些平凡的客套虽然有点儿俏皮的意味,可还有不少真情实意,让克利斯朵夫松了口气。

“哦,她们并没认出我呢。”他想着,心宽了。

克里赫小姐正阖上书本,很好奇地打量着克利斯朵夫;她的母亲指着她说:

“这是我的女儿弥娜,她也很想见见你。”

“可是,妈妈,我们并不是第一次见面啊。”弥娜说着笑了出来。

“噢!她们早认得我了。”克利斯朵夫想到这个又慌了。

“不错,”克里赫太太也笑着说,“我们搬来的那天,你来看过我们的。”

小姑娘听了这些话,越发放声大笑,而克利斯朵夫的窘相使弥娜更笑个不住。那是种狂笑,连眼泪都笑出来了。克里赫太太想阻止她,可是自己也禁不住笑;克利斯朵夫虽然局促不安,也不由得跟着一起笑。她们那种高兴是情不自禁的,教人没法生气。可是弥娜喘了口气,问克利斯朵夫在她们墙上可有什么事做的时候,他简直不知所措了。她看着他的慌张觉得好玩,他却心慌意乱,结结巴巴的不知说些什么。幸而克里赫太太叫人端过茶来,把话扯开了,才给他解了围。

她很亲热地问他生活情形。但他的心还没放下。他不知道怎么坐，不知道怎么抓住那摇摇晃晃的茶杯；他以为每次人家替他冲水，加糖，倒牛奶，捡点心，就得赶紧站起，行礼道谢；而常礼服，硬领，领带，把他紧箍着，使他身子僵直像戴了个甲壳，不敢也不能把头向左右挪动一下。克里赫太太无数的问话与动作使他发窘，弥娜的目光使他心惊胆战，似乎老盯着他的脸、手、动作，和衣服。她们想让他自在一点，所以克里赫太太滔滔不尽地和他说话，弥娜好玩地对他做着媚眼，他可是慌得更厉害了。

结果她们知道除了唯唯诺诺与行礼之外，再也逗引不出他什么；克里赫太太独自说话也说得腻烦了，便请他坐上钢琴。他弹了莫扎特的一段柔板，比对着音乐会里的听众更羞怯。但便是这种羞怯，便是给两位妇女挑引起来的那种惶惑，便是使他又快活又发慌的那些胸中的激动，跟乐章里头的温柔与童贞的气息非常调和，使音乐更显得像春天一样的可爱。克里赫太太听了大为感动，把心中的感觉说了出来，语气之间不免显出上流人物惯有的态度，把他夸奖了一番，但她的真诚并没因之而减少一点；而过分的恭维出诸一个可爱的人，也是听了舒服的。顽皮的弥娜不作声了，她不胜惊奇地瞧着这个说话那么蠢而手指那么富于表情的少年。克利斯朵夫感到她们的同情，胆子大了一些。他继续弹着，向弥娜微微转过身子，很局促地笑了笑，低着眼睛，怯生生地说：

“这就是我在你们墙上作的。”

他弹了一个小曲子，主题的确是站在他喜欢的那个地方，望着花园的时候想到的，可并不是他见到弥娜和克里赫太太的那晚，——（不知为了什么神秘的理由，他硬要自己相信是那一晚！）——而是好几晚以前的。那段悠闲沉静的稍快的行板里面,有的是清明高远的印象:群鸟在那里欢唱,庄严的大树在恬静的夕阳中沉沉入睡。

两位妇女听得高兴极了。曲子一完,活泼的克里赫太太马上站起身子,兴奋地握着他的手,非常热情地向他道谢。弥娜拍着手嚷着“妙极了”,又说为了使他再作出些跟这个一样“登峰造极”的曲子,她要叫人靠墙放一座梯子,让他能舒舒服服地工作。克里赫太太叫克利斯朵夫不要听弥娜的疯话,只说既然他喜欢这个花园,尽可以随时来玩,也不必来招呼她们,要是他觉得拘束的话。

“你不必来招呼我们,”弥娜好玩地学着母亲的话,“可是,要是真的不来招呼,你得小心些!”

她用手指点了几下,装出威吓的神气。

弥娜并不一定要克利斯朵夫来拜访她们,也不想勉强他尽什么礼数;但她喜欢给人家一点儿印象,本能地觉得这是怪有意思的玩意儿。

克利斯朵夫快活得满面通红。克里赫太太又讲起他的母亲,说从前还认识他的祖父,这些小手段把他完全笼络了。两位妇女的亲热,诚恳,渗透了他的心;他夸张这种浮而不实的好意和交际场中的殷勤,因为他一厢情愿要认为那是深刻的感情。凭着天真的信心,他把自己的计划和苦难都说了出来。他再也不觉得时间过得多快,直到仆人来请用晚饭才吃了一惊。但克利斯朵夫的羞愧立刻变为欣喜,因为女主人请他一块儿吃饭,认为大家早晚是,而且现在已经是好朋友了。他坐在母女的中间,可是他在饭桌上所显的本领,远不如在钢琴上的讨人喜欢。他这一部分的教育是完全欠缺的;他认为坐上饭桌主要是吃喝,用不着顾到什么方式。爱整洁的弥娜就嘛着嘴瞧着他，表示大不高兴了。

人家预备他一吃过饭就走的。但他跟着她们回进小客厅，和她们一起坐下，不想动身了。弥娜好几次忍着呵欠，向母亲示意。他完全不觉得，因为他快乐得有点醉意了，以为别人也和他一样；——因为弥娜望着他的时候照旧昳着眼睛（其实那是她的习惯），——还有因为他一坐下来就不知道怎样站起来告辞。要不是克里赫太太拿出她又可爱又随便的态度把他送走，他竟会这样地坐一夜的。

他走了，克里赫太太的褐色眼睛，弥娜的蓝眼睛，都有一道爱怜的光留在他心上；像花一般柔和细腻的手指，有种温馨的感觉留在他手上；还有一股他从来没闻过的、微妙的香味，在他周围缭绕，使他迷迷糊糊，差点儿发晕。

两天以后，照着预先的约定，他又到她们家里，教弥娜弹琴。从此他经常一星期去上两次课，时间是早晨；往往他晚上还要去，不是弹琴，便是谈天。

克里赫太太很高兴和他见面。这是一位聪明仁厚的女子。丈夫故世的时候，她三十五岁，虽然身心都还年轻，以前在交际场中非常活跃，却毫无遗憾地退隐了。她的特别容易抛弃世俗，也许因为浮华的乐趣已经享受够了，觉得她以前的那种日子不能希望永久过下去。她不忘记丈夫，倒不是为了在结缡的几年中对他有过近乎爱那样的感情：她是只要真诚的友谊就足够的；总之，她是淡于情欲而富于情感的人。

她预备一心一意地教养女儿。凡是一个女人需要爱人家，需要被人家爱的那种独占的欲望，只能以自己的孩子为对象的时候，母性往往会发展过度，成为病态。可是克里赫太太在爱情方面的中庸之道，使她对儿女之爱也有了节度。她疼爱弥娜，但把她看得很清楚，决不想遮藏女儿的缺点，正如她对自己也没有什么幻想一样。极有机智，极通情理，她那百发百中的眼光一瞥之间就能看破每个人的弱点与可笑之处：她只觉得好玩，可没有半点恶意；因为她宽容的气度与喜欢嘲弄的脾气差不多是相等的：她一边笑人家，一边很愿意帮助人家。

小克利斯朵夫正好给她一个机会，能够把善心与批评精神施展一下。她来到本城的初期，为了守丧与外界不相往来，克利斯朵夫便成为她消闲解闷的对象。第一是为了他的才具。她虽不是音乐家，但很爱好音乐，懒洋洋地在那个缠绵悱恻的境界中出神，觉得身心愉快。克利斯朵夫弹着琴，她坐在炉火旁边做着活计，迷迷糊糊地笑着：手指一来一往的机械的动作，在或悲或喜的往事中飘忽不定的幻想，都使她默默体味到一种乐趣。

但她对音乐家比对音乐更感兴趣。她相当聪明，感觉到克利斯朵夫那种少有的天赋，虽不能辨别出他真正的特点。眼看那神秘的火焰在他心中冒上来，她就很好奇地注意它觉醒的过程。至于他品格方面的优点，他的正直、勇敢，以及在儿童身上格外显得动人的刻苦精神，都很快地受到她的赏识。但她观察他的时候，还是一样的洞烛幽微，还是用的锐敏而嘲弄的目光。他的笨拙，丑陋，可笑的地方，她都觉得好玩；她也并不把他完全当真（她当真的事情根本不多）。并且，克利斯朵夫暴烈的性子，古怪的脾气，滑稽的激烈的冲动，使她认为他精神不大正常，而是一个十足地道的克拉夫脱，他们一家世代都是老实的好人，优秀的音乐家，但多少有点儿疯癫。

克利斯朵夫并没觉察这种轻描淡写的嘲弄的态度,只感觉到克里赫太太的慈爱。他是一向得不到人家的温情的!虽说宫廷里的差事使他和上流社会每天都有接触,可怜的克利斯朵夫始终是个野孩子,既无知识,又无教养。自私的贵人们对他的关切,只限于利用他的才具,绝对不想在任何方面帮助他。他到爵府里去,坐上钢琴弹奏,弹完了就走路,从来没人肯纡尊降贵和他谈谈,除非是漫不经心地夸他几句。从祖父死了以后,不论在家里在外边,没有一个人想到帮助他求点学问,学点立身处世之道,使他将来好好地做个人。无知无识与举动粗鲁,使他受累不浅。他千辛万苦,搅得满头大汗,想把自己培植起来,可是一无结果。书籍,谈话,榜样,什么都没有。他很需要把这种苦闷告诉一个朋友,却下不了决心。便是在奥多面前,他也不敢开口,因为刚说了几个字,奥多就拿出自命不凡的轻蔑的口气,使他好似心上放了块烧红的烙铁。

在克里赫太太面前,一切可变得自然了。用不着克利斯朵夫要求,——(那是他高傲的脾气最受不了的!)——她自动地而且挺温和地给他指出,什么是不应该做的,什么是应该做的;教他衣服如何穿着,吃饭、走路、说话应当用什么态度;在趣味与用字的习惯方面所犯的错误,她一桩都不放过;而且她对孩子多疑的自尊心应付得那么轻巧那么留神,使他没法生气。她也给他受点文学教育,表面上好像是不经意的:他的极端的无知,她绝对不以为奇,但一有机会总指出他的错误,简简单单的,若无其事的,仿佛克利斯朵夫犯的错是挺自然的;她并不拿沉闷的书本知识吓唬他,只利用晚上在一块儿的机会,挑些历史上的,或是德国的,或是外国的诗人的美丽的篇章,教弥娜或克利斯朵夫高声朗诵。她把他当做一个家属的孩子，亲热的态度带点儿保护人的意味，那是克利斯朵夫不觉得的。她甚至管他的衣着，给他添换新的，打一条毛线围巾，送些穿扮用的小东西，而给的时候又那么亲切，使他能毫不难堪地收下礼物。总之，她对他差不多像慈母一样地处处照顾，事事关心。凡是本性善良的妇女，对一个信托她的孩子都有这种本能，用不着对孩子有什么深刻的感情。但克利斯朵夫以为这些温情是专为他个人而发的，便感激到了极点；往往他突然之间有些热情冲动的表现，使克里赫太太尽管看了好笑，心里还是很舒服。

和弥娜的关系又是另外一种了。克利斯朵夫去给她上第一课时，前天的回忆和小姑娘的媚眼还使他充满了醉意，不料一去就看到个和前天完全不同的，装做大人气派的女孩子，不由得呆了一呆。她连望也不望他，也不留神他的说话，偶尔向他抬起眼睛，那副冷若冰霜的神色又使他大吃一惊。他寻思了半晌，要知道什么地方得罪了她。其实他并没得罪她，弥娜对他的感情，不多不少跟前天一样，就是说完全不把他放在心上。那天她对他笑脸相迎，无非是由于女孩儿卖弄风情的天性，喜欢随便碰到一个人就试试自己的媚眼的力量，哪怕是个丑八怪，她也会这样做一下来解解闷的。可是到了第二天，对这个太容易征服的俘虏，她已经全无兴趣。她把克利斯朵夫很严厉地打量过了，认为他是个又丑又穷、又没教养的男孩子，琴弹得很好，可是手脏得厉害，饭桌上拿叉的样子简直要不得，吃鱼的时候还用刀子！所以在她眼里，他一点没有可爱之处。她很愿意跟他学琴，甚至也愿意和他玩儿，因为目前没有别的同伴；而且她虽然想装做大人，还常常有疯狂的冲动，需要让过剩的快活劲儿发泄一下，而这个快活劲儿，和她母亲的一样，由于在家守丧的关系，更憋闷得慌。但她对克利斯朵夫并不比对一头家畜多关心一点。要是她在最冷淡的日子还会向他挤眉弄眼，那纯粹是由于忘形，由于心里想着别的事情，——或是单单为了不要忘掉习惯。可是给她这么瞧上一眼，克利斯朵夫的心会直跳起来。其实她连看也不大看到他：她自己在那里编故事呢。这少女的年龄，正是一个人用愉快而得意的梦境来麻醉自己的年龄。她时时刻刻想着爱情，那种浓厚的兴趣与好奇心，要不是因为她愚昧无知，简直不能说是无邪的了。并且，她以有教养的闺女身份，只知道用结婚的方式去想象爱情。理想中的对象该是哪种人物，始终还没确定。有时她想嫁一个军官，有时想嫁一个伟大的正宗的诗人，像席勒一派的。她老是有新的计划代替旧的计划；每个计划来的时候，她总看得很认真，信念很坚定。但不论什么理想，只要接触到现实就会立刻退让。因为那种有传奇性格的少女，一朝看到了一个不甚理想的，但比较切实的真正的人物走进了她的圈子，就极容易把她们的梦想忘掉。

目前，多情的弥娜还很安定很冷静。虽然有个贵族的姓氏和世家的称号使她自豪，骨子里她的思想跟青春期的德国女仆的那一套根本没有什么分别。

克利斯朵夫自然不懂得女子心理的这些复杂的变化，——而且表面比实际更复杂。他常常给两位女朋友的态度弄糊涂了；但他能够爱她们是多么快活，甚至把她们使他困惑使他有点难过的表情都信以为真，唯有这样，他才能相信她们对他的感情和他对她们的一样。只要听到亲热的一言半语，或是看到可爱的眼神，他就快乐至极，有时竟感动得哭了。

他在清静的小客厅里对着桌子坐着，旁边克里赫太太在灯下缝着东西……——（弥娜在桌子对面看书；他们一声不出：从半开的花园门里，可以看到小径上的细沙在月光下闪烁；微的喁语从树巅上传来……）——他觉得非常快活，便突然无缘无故从椅子上跳起来，跪在克里赫太太面前，抓着她的手狂吻，不管她手里有没有针；他一边哭着一边把他的嘴、他的腮帮、他的眼睛贴在她的手上。弥娜从书上抬起眼睛，耸了耸肩膀，抿了抿嘴。克里赫太太微微笑着，看着这个扑在她脚下的大孩子，用另一只空闲的手摩着他的头，又用她那种慈祥、悦耳，同时又带点嘲弄意味的声音说：

"嗯，小傻子，嗯，你怎么啦？"

噢！多甜美啊：这声音，这安逸，这宁静，这微妙的气氛，没有叫嚷，没有冲突，没有苦恼，在艰难的人生的一片水草中间，——还有那照着生灵万物的英雄的毫光，——念着大诗人歌德，席勒，莎士比亚辈的作品而想起的——奇妙的世界，力的巨潮，痛苦与爱情的巨潮！……

弥娜把头埋在书里在那儿朗诵，说话的兴奋使她脸上微微有点红晕，清脆的声音偶尔把音念糊涂了，读到战士与帝王的谈吐，她故意装出俨然的语调。有时克里赫太太自己拿起书本，遇到悲壮的段落就羼入她那种温柔的、富于性灵的韵味。她平常总喜欢仰在安乐椅里静听，膝上放着永不离身的活计，对着自己的念头微笑：——因为在所有的作品里，她老是发现自己的思想。

克利斯朵夫也试着念，可是过了一会儿只能放弃：他结结巴巴地，跳过句读，好似完全不懂书中的意义，遇到动人的段落连眼泪都要淌出来，没法再念下去。于是他很气恼地把书丢在桌上，引得两位朋友哈哈大笑……噢！他多爱她们！他到哪儿都看到她们两人的影子，把她们和莎士比亚与歌德的人物混在一起，几乎分不清了。诗人某句隽永的名言，把他的热情从心底里挑动起来的名句，和第一次念给他听的亲爱的嘴巴分不开了。二十年后，他重读《哀格蒙特》与《罗密欧》①，或看到它们上演的时候，某些诗句总使他想起这些恬静的黄昏，这些快乐的梦，和心爱的克里赫太太与弥娜的脸容。

他可以几小时地望着她们，晚上，在她们念书的时候，——夜里，在床上睁着眼睛梦想的时候，——白天，在乐队里心不在焉地演奏，对着乐谱架半阖着眼睛出神的时候。他对两人都有一种天真无邪的温情；虽然还不知道什么叫做爱情，他自以为动了爱情。但他不知道爱的是母亲还是女儿。他一本正经地思索了一番，没法挑选。可是他觉得既然非有所抉择不可，他就挑了克里赫太太。一朝决定之后，他果然发现他爱的真是她。他爱她聪明的眼睛，爱她那副嘴巴张着一半的浮泛的笑容，爱她年轻的美丽的前额，爱她纷披在一边的光滑细腻的头发，爱她带点儿轻咳的，好像蒙着一层什么的声音，爱她那双柔软的手，爱她大方的举动，和那神秘的灵魂。她坐在他身旁，那么和气地给他解释一段文字的时候，他快乐得浑身哆嗦：她的手靠在克利斯朵夫肩上；他觉得她手指的温暖，脸上有她呼吸的气息，也闻到她身上那股甜蜜的香味：他出神地听着，完全没想到书本，也完全没有懂。她发觉他心猿意马，便要他还讲一遍：他一个字都说不出；她就笑着生气了，

① 《哀格蒙特》为歌德名剧，《罗密欧》即莎士比亚《罗密欧与朱丽叶》的简称。

把他鼻子揿在书里，说这样下去他只能永远做头小驴子。他回答说那也没有关系，只要能做“她的”小驴子而不给她赶走。她假作刁难，然后又说，虽然他是一头又蠢又坏的小驴子，除了本性善良以外没有一点儿用处，她还是愿意留着他，或许还喜欢他。于是他们俩都笑开了，而他更是快乐极了。

克利斯朵夫自从发觉自己爱了克里赫太太之后，对弥娜就离得远了。她的傲慢冷淡，已经使他愤愤不平；而且和她常见之下，他也渐渐放大胆子，不再检点行动，公然表示他的不痛快了。她喜欢惹他；他也毫不客气地顶回去，彼此说些难堪的话，把克里赫太太听得笑起来。克利斯朵夫斗嘴的技术并不高明，有几次他出门的时候气愤至极，自以为恨着弥娜了。他觉得自己还会再上她们家去，只是为了克里赫太太的缘故。

他照旧教她弹琴，每星期两次，从早上九点到十点，监督她弹音阶和别的练习。上课的屋子是弥娜的书房，一切陈设都很逼真地反映出小姑娘乱七八糟的思想。

桌上摆着一组塑像，是些玩弄乐器的猫，有的拉着小提琴，有的拉着大提琴，等于整个的乐队。另外有面随身可带的小镜子，一些化妆品和文具之类，排得整整齐齐。古董架上摆着小型的音乐家胸像：有疾首蹙额的贝多芬，有头戴便帽的瓦格纳，还有贝尔凡特的阿波罗。① 壁炉架上放着一只青蛙抽着芦苇做的烟斗，一把纸扇，上面画着拜罗伊特剧院的全景。② 书架一共是两格，插的书有鲁布克、蒙森、席勒、于勒·

① 按系阿波罗神雕像之一种。贝尔凡特乃罗马教皇宫内的美术馆名称。此处所指系藏于该馆的阿波罗雕像的复制品。

② 按系专演音乐家瓦格纳作品之剧院。拜罗伊特系德国地名。

凡纳、蒙丹诸人的作品。① 墙上挂着《圣母与西施丁》和海高玛作品的大照片;②周围都镶着蓝的和绿的丝带。另外还有一幅瑞士旅馆的风景装在银色的蓟木框里;而特别触目的是室内到处粘着各式各种的相片,有军官的,有男高音歌手的,有乐队指挥的,有女朋友的,全写着诗句,或至少在德国被认为诗句似的文字。屋子中间,大理石的圆柱头上供着胡髭满颊的勃拉姆斯的胸像。钢琴高头,用线挂着几只丝绒做的猴子和跳舞会上的纪念品,在那儿飘来荡去。

弥娜总是迟到的,眼睛睡得有点儿虚肿,一脸不高兴的神气;她向克利斯朵夫略微伸一伸手,冷冷地道了一声好,便不声不响,俨然地坐上钢琴。她自个儿的时候,喜欢无穷无尽地尽弹音阶,因为这样可以懒洋洋地把半睡半醒的境界与胡思乱想尽拖下去。但克利斯朵夫硬要她注意那些艰难的练习,她为了报复,便尽量地弹得坏。她有相当的音乐天才而不喜欢音乐,——正像许多德国女子一样。但她也像许多德国女子一样认为应当喜欢;所以她对功课也还用心,除非有时为了激怒老师而故意捣鬼。而老师最受不了的是她冷冰冰的态度。要是遇到谱上富于表情的段落,她认为应当把自己的心灵放进去的时候,那就糟透了;因为她变得非常多情,而实际是对音乐一无所感。

坐在她身旁的小克利斯朵夫并不十分有礼。他从来不恭

① 鲁布克为德国美术史家;蒙森为德国史学家。以上二人均十九世纪人物。于勒·凡纳为法国十九世纪科学小说作家;蒙丹为法国十六世纪文学家。

② 拉斐尔生平作圣母像极多,大半均系不朽之作,此为其中之一,因图中绘有教皇西施丁二世,故名。海高玛为十九世纪后半期的德国画家。

维她:正是差得远呢。她为此非常记恨,他指摘一句,她顶一句。凡是他说的话,她总得反驳一下;要是弹错了,她强说的确照着谱弹的。他恼了,两人就斗嘴了。眼睛对着键盘,她偷觑着克利斯朵夫,看他发气,心里很高兴。为了解闷,她想出许多荒唐的小计策,目的无非是打断课程,教克利斯朵夫难堪。她假做勒住自己的喉咙,引人家注意;或是一迭连声地咳嗽,或是有什么要紧事儿得吩咐女仆。克利斯朵夫明知道她是做戏;弥娜也明知道克利斯朵夫知道她做戏;可是她引以为乐,因为克利斯朵夫不能把心里的话说出来,揭破她的诡计。

有一天她正玩着这一套,有气无力地咳着,用手帕蒙着脸,好似要昏厥的样子,眼梢里觑着气恼的克利斯朵夫,她忽然灵机一动,让手帕掉在地下,使克利斯朵夫不得不给她捡起来,他果然很不高兴地照办了。然后她装着贵妇人的口吻说了声"谢谢!"他听了差点儿气得按捺不住。

她觉得这玩意儿妙极了,大可再来一下。第二天她便如法炮制。克利斯朵夫却怀着一腔怒意,竟自不理。她等了一忽儿,含嗔带怨地说道:

"请你把我的手帕给捡起来,好不好?"

克利斯朵夫忍不住了:

"我不是你的仆人,"他粗暴地回答,"你自个儿捡罢!"

弥娜一气之下,突然站起来,把琴凳都撞翻了:

"嘿!这是什么话!"她愤愤地把键盘敲了一下,出去了。

克利斯朵夫等着。可是她竟不回来。他对自己的行为很惭愧。觉得太粗野了。同时他也忍无可忍,因为她把他耍弄得太不像话了。他怕弥娜告诉她的母亲,使他永远失掉克里赫太太的欢心。他不知道怎么办:虽然后悔自己的粗暴,他可怎么也不愿意道歉。

第二天他听天由命地又去了，心里想弥娜大概不见得会再来上课。但弥娜心高气傲，决不肯告诉母亲，何况她自己也担点儿干系，所以让他比平时多等了五分钟之后就出来了，直僵僵地坐上钢琴，既不转过头来，也不说句话，好似根本没有克利斯朵夫这个人。可是她照旧上课，以后也继续上课，因为她很明白克利斯朵夫在音乐方面是有本领的，而自己也应当把琴弹得像个样，倘使她想做一个教育完全的大家闺秀的话，她不是自命为这种人吗？

可是她多烦闷啊！他们俩多烦闷啊！

三月里一个白茫茫的早晨，小雪球像羽毛般在灰色的空中飘舞，他们俩在书房里。天色很黑。弥娜弹错了一个音，照例推说是谱上写的。克利斯朵夫明知她扯谎，仍不免探着身子，想把谱上争论的那一段细看一下。她一只手放在谱架上，并不拿开。他的嘴巴跟她的手靠得很近。他想看谱而没看见：原来他望着另外一样东西，——望着那娇嫩的，透明的，像花瓣似的东西。突然之间，不知脑子里想到了什么，他把嘴唇用力压在那只小手上。

他们俩都吃了一惊。他往后一退，她把手缩了回去，——两人都脸红了。彼此一声不出，望也不望。慌慌张张地静了一忽儿，她重新弹琴，胸部一起一伏，像受到压迫似的，同时又接二连三的弹错音。他可没有发觉：他比她慌得更厉害，太阳穴里跳个不住，什么都听不见。为了打破沉默，他嗄着嗓子，胡乱挑了几个错。他自以为在弥娜的心目中从此完了，对自己的行动羞愧无地，觉得又荒唐又粗俗。课上完了，他和弥娜分手的时候连瞧也不敢瞧，甚至把行礼都忘了。她却并不恨他，再也不觉得克利斯朵夫没有教养了；刚才她弹错那么多音，是因为她暗中瞅着他，心里非常好奇，而且破天荒第一遭地对他有了好感。

他一走，她并不像平时那样去找母亲，却是一个人关在屋里推敲那件非常的事。她两手托着腮帮，对着镜子，发现眼睛又亮又温柔。她轻轻咬着嘴唇在那儿思索。一边很得意地瞧着自己可爱的脸，一边又想到刚才的一幕，她红着脸笑了。吃饭的时候她很快活，兴致很好，饭后也不愿意出去走走，大半个下午都待在客厅里，手里拿着活儿，做不到十针就弄错了；她可不管这些。她坐在屋子的一角，背对着母亲，微微笑着；或是为了松动一下而在屋子里蹦蹦跳跳，直着嗓子唱歌。克里赫太太给她吓了一跳，说她疯了。弥娜却是笑弯了腰，勾着母亲的脖子狂吻，差点儿使她气都喘不过来。

晚上回到房里，她过了好久才上床。她老对着镜子回想，但因为整天想着同样的事，结果是什么都想不起来。她慢条斯理地脱衣服，随时停下来，坐在床上追忆克利斯朵夫的面貌：而在脑海里出现的却是一个她想象中的克利斯朵夫，那时她也不觉得他怎么丑了。她睡下了，熄了灯。过了十分钟，早上那幕忽然又回到记忆中来，她大声地笑了。母亲轻轻地起来，推开房门，以为她不听吩咐又躲在床上看书，结果发觉弥娜安安静静地躺着，在守夜小灯的微光下睁着眼睛。

"怎么啦？"她问，"什么事儿教你这样快活？"

"没有什么，"弥娜一本正经地回答，"我只是瞎想。"

"你倒很快活，自个儿会消遣。现在可是该睡觉了。"

"是，妈妈。"弥娜很和顺地回答。

可是她心里说着："你走罢！快点儿走罢！"一直嘀咕到房门重新关上，能够继续体味她那些梦的时候。于是她懒洋洋地出神了。等到身心都快入睡的时候，她又快活得惊醒过来：

"噢！他爱我……多快活啊！他会爱我，可见他多好！……我也真爱他！"

然后她把枕头拥抱了一下，睡熟了。

两个孩子第一次再见的时候，克利斯朵夫看到弥娜那么殷勤，不禁大为诧异。除了例有的招呼以外，她又装着甜蜜的声音向他问好，然后安安分分，端端正正地坐上钢琴，简直乖得像个天使。她再没顽皮学生的捣乱念头，而极诚心地听着克利斯朵夫的指点，承认他说得有理；一有弹错的地方，她自己就大惊小怪地叫起来，用心纠正。克利斯朵夫给她弄得莫名其妙。在那么短的时间内她竟大有进步：不但是弹得好了些，而且也喜欢音乐了。连最不会恭维人的克利斯朵夫，也不由得把她夸奖了几句；她高兴得脸红了，用水汪汪的眼睛望了他一眼表示感激。从此以后，她为他费心打扮，扎些色调特别雅致的丝带；她笑盈盈地，装着不胜慵困的眼神看着克利斯朵夫，使他又厌恶又气恼，同时也觉得心荡神驰。现在倒是她找话来说了，但她的话没有一点儿孩子气：态度很严肃，又用着装腔作势的迂腐的口吻引用诗人的名句。他听着不大回答，只觉得局促不安：对于这个他不认识的新的弥娜，他感到惊奇与惶惑。

她老是留神着他。她等着……等什么呢？……她自己可明白吗？……她等他再来。——他却防着自己，认为上次的行动简直像个野孩子；他似乎根本没想到那件事了。但她开始不耐烦了;有一天,他正安安静静坐在那儿,跟那危险的小手隔着相当的距离,她突然烦躁起来,做了一个那么快的动作,连想也来不及想,把手送过去贴在他的嘴上。他先是吓了一跳,接着又恼又害臊。但他仍旧吻着她的手,而且非常热烈。这种天真的放浪的举动使他大为愤慨,几乎想丢下弥娜立刻跑掉。

可是他办不到了。他已经给抓住了。一阵骚乱的思潮在胸中翻上翻下,使他完全摸不着头脑。像山谷里的水汽似的,那些思想从心底里浮起来。他在爱情的雾氛中到处乱闯,闯来闯去,老是在一个执着的、暧昧的念头四周打转,在一种无名的、又可怕又迷人的欲望四周打转,像飞蛾扑火一样。自然的那些盲目的力突然骚动起来了……

他们正在经历一个等待的时期:互相观察,心里存着欲望,可又互相畏惧。他们都烦躁不安。两人之间照旧有些小小的敌意和怄气的事,可再不能像从前那样地无拘无束了:他们都不出声。各人在静默中忙着培植自己的爱情。

对于过去的事,爱情能发生很奇怪的作用。克利斯朵夫一发觉自己爱着弥娜,就同时发觉是一向爱她的。三个月以来,他们差不多天天见面,他可从来没想到这段爱情;但既然今天爱了她,就应该是从古以来爱着她的。

能够发现爱的是谁,对他真是一种宽慰。他已经爱了好久,只不知道哪个是他的爱人!现在他轻松了,那情形就好比一个不知道病在哪里,只觉得浑身不舒服的病人,忽然看到那说不出的病变成了一种尖锐的痛苦而局限在一个地方。没有目标的爱是最磨人的,它消耗一个人的精力,使它解体。固然，对象分明的热情能使精神过于紧张过于疲劳，但至少你是知道原因的。无论什么都受得了，只受不了空虚！

虽然弥娜的表示可以使克利斯朵夫相信她并非把他视同陌路，但他仍不免暗自烦恼，以为她瞧不起他。两人彼此从来没有明确的观念，但这观念也从来没有现在这样的杂乱：那是一大堆不相连续的、古怪的想象，放在一起没法调和的；因为他们会从这个极端跳到另一个极端，一忽儿认为对方有某些优点，——那是在不见面的时候，——一忽儿又认为对方有某些缺陷，——那是在见面的时候。——其实，这些优点和缺点，全是凭空杜撰的。

他们不知道自己要些什么。在克利斯朵夫方面，他的爱情是一种感情的饥渴，专横而极端，并且是从小就有的；他要求别人满足他的饥渴，恨不得强迫他们。他需要把自己，把别人，——或许尤其是别人，——完全牺牲；而这专制的欲望中间，有时还夹着一阵一阵的冲动，都是些暴烈的、暧昧的，自己完全莫名其妙的欲念，使他觉得天旋地转。至于弥娜，特别是好奇心重，有了这个才子佳人的故事很高兴，只想让自尊心和多愁善感的情绪尽量痛快一下；她存心欺骗自己，以为有了如何如何的感情。其实他们的爱情一大半是纯粹从书本上来的。他们回想读过的小说，把自己并没有的感情都以为是自己有的。

可是快要到一个时期，那些小小的谎言，那些小小的自私自利，都得在爱情的神光前面消失。这个时期或是一天，或是一小时，或是永恒的几秒钟……而它的来到又是那么出人意料！……

一天傍晚,只有他们两人在那儿谈话。客厅里黑下来了。话题也变得严重起来。他们提到"无穷""生命""死亡"。那比他们的热情规模大得多了。弥娜慨叹自己的孤独,克利斯朵夫听了,回答说她并不像她所说的那么孤独。

"不,"她摇摇头,"这些不过是空话。各人只顾自己,没有一个人理睬你,没有一个人爱你。"

两人静默了一会儿。然后,克利斯朵夫紧张得脸色发青,突然说了句:

"那么我呢?"

兴奋的小姑娘猛地跳起来,抓着他的手。

门开了,两人往后一退。原来是克里赫太太进来了。克利斯朵夫随手抓起一本书看着,连拿颠倒了都没觉得。弥娜低着头做活,让针戳了手指。

整个黄昏他们再没有单独相对的机会,他们也怕有这种机会。克里赫太太站起来想到隔壁屋子去找件东西,一向不大巴结的弥娜这回竟抢着代母亲去拿;而她一出去,克利斯朵夫就走了,根本没向她告辞。

第二天,他们又见面,急于把昨晚打断的话继续下去,可是不成。机会是很好。他们跟着克里赫太太去散步的时候,自由谈话的机会真是太多了。但克利斯朵夫没法开口,他为之懊恼极了,干脆在路上躲着弥娜。她假装没注意到这种失礼的举动,可是心里很不高兴,并且在脸上表示出来。等到克利斯朵夫非说几句话不可的时候,她冷冰冰地听着,使他几乎没有勇气把话说完。散步完了,时间过去了;他因为不知利用而很丧气。

这样又过了一星期。他们以为误解了对方的感情,甚至竟不敢说那天晚上的一幕是不是做梦。弥娜恼着克利斯朵夫。克利斯朵夫也怕单独见到弥娜。他们之间从来没有这么冷淡过。

终于有一天,早上和大半个下午都阴雨不止。他们在屋子里,一句话不说,只是看看书,打打呵欠,望望窗外;两人都憋闷得慌。四点左右,天开朗了。他们奔进花园,靠着花坛,眺望底下那片一直伸展到河边的草坪。地下冒着烟,一缕温暖的水汽在阳光中上升;细小的雨点在草地里发光;潮湿的泥土味与百花的香味混在一起;黄澄澄的蜜蜂在四周打转。他们身子靠得很近,可是谁也不望谁;他们想打破沉默,却又下不了决心。一只蜜蜂跌跌撞撞地停在饱和雨水的紫藤上,把水珠洒了她一身。两人同时笑起来,而一笑之下,他们马上觉得谁也不恼谁了,仍旧是好朋友了;但还不敢互相望一眼。

突然之间,她头也没回过来,只抓着他的手说了声:

"来罢!"

她拉着他奔入小树林。那里有些拐弯抹角的小路,两旁种着黄杨,林子中间还有一块迷宫似的高地。他们爬上小坡,浸透了雨的泥土使他们溜来滑去,湿漉漉的树把枝条向他们身上乱抖。快到坡脊,她停下来喘口气。

"等一忽儿……等一忽儿……"她轻轻说着,想把呼吸缓和一下。

他望着她。她望着别处,微微笑着,嘴张着一半,喘着气;她的手在克利斯朵夫的手里抽搐。他们觉得手掌与颤抖的手指中间,血流得很快。周围是一片静寂。树上金黄色的嫩芽在阳光中打战;一阵细雨从树叶上飘下,声音那么轻灵;空中有燕子尖锐的叫声。

她对他转过头来:像一道闪电那么快,她扑上他的脖子,他扑在她的怀里。

“弥娜！弥娜！亲爱的弥娜！……”

“我爱你,克利斯朵夫,我爱你!”

他们坐在一条潮湿的凳上。两人都被爱情浸透了,甜蜜的,深邃的,荒唐的爱情。其余的一切都消灭了。自私,自大,心计,全没有了。灵魂中的阴影,给爱情的气息一扫而空。笑眯眯的含着泪水的眼睛都说着:“爱啊,爱啊。”这冷淡而风骚的小姑娘,这骄傲的男孩子,全有股强烈的欲望,需要倾心相许,需要为对方受苦,需要牺牲自己。他们认不得自己了;什么都改变了:他们的心,他们的面貌,照出慈爱与温情的光的眼睛。几分钟之内,只有纯洁、舍身、忘我;那是一生中不会再来的时间!

他们你怜我爱地嘟囔了一阵,立了矢志不渝的誓,一边亲吻,一边说了些无头无尾的、欣喜欲狂的话,然后他们发觉时间晚了,便手挽着手奔回去,一忽儿在狭窄的小路上几乎跌跤,一忽儿撞在树上,可是什么也没觉得,他们快活得盲目了,醉了。

和她分手以后,他并不回家:回家也睡不着觉的。他出了城,在野外摸黑乱走。空气新鲜,田野里荒荒凉凉的,漆黄一片。一只猫头鹰寒瑟瑟地叫着。他像梦游病者那样地走着,从葡萄藤中爬上山岗。城里细小的灯光在平原上发抖,群星在阴沉的天空打战。他坐在路边矮墙上,忽然簌落落地流下泪来,不知道为什么。他太幸福了,而这过度的欢乐是悲与喜交错起来的;他一方面对自己的快乐感激,一方面对那些不快乐的人抱着同情,所以他的欢乐既有“好景不长”的感慨,也有“人生难得”的醉意。他哭得心神酣畅，不知不觉地睡着了。醒来的时候，天已经黎明。白茫茫的晓雾逗留在河上，笼罩在城上，那儿睡着困倦的弥娜，她的心也给幸福的笑容照亮了。

当天早上，他们又在花园里见面了，彼此把相爱的话重新说了一遍，可是已不像昨天那样的出诸自然。她似乎学做舞台上扮情人的女演员。他虽然比较真诚，也扮着一个角色。两人谈到将来的生活。他对自己的清贫引为恨事。她可表示慷慨豪爽，同时为了自己的豪爽很得意。她自命为瞧不起金钱。这倒是真的：因为她不知道钱是什么东西，也不知道没有钱是怎么回事。他对她许愿，要成为一个大艺术家：她觉得很有意思，很美，像小说一样。她自以为一举一动非做得像个真正的情人不可。她念着诗歌，多愁善感。他也被她感染了，注意自己的修饰，装扮得非常可笑，也讲究说话的方式，满嘴酸溜溜的。克里赫太太看着他不由得笑了，心里奇怪什么事把他搅成这样蠢的。

可是他们也有些诗意盎然的时间，往往在平淡的日子突然放出异彩，好比从雾霭中透过来的一道阳光。一瞥一视，一举一动，一个毫无意义的字眼，就会使他们沉溺在幸福里面；傍晚在黑洞洞的楼梯上说的“再会！”眼睛在半明半暗中的相探和相遇，手碰到手的刺激，语声的颤抖：这些无聊的琐碎事儿，到夜里，——在听着每小时的钟声就会惊醒的轻浅的梦中，心头像溪水的喁语般唱着“他爱我”的时候，——又会一件一件地重新想起。

他们发现了万物之美。春天的笑容有无限的温柔。天空之中有光华,大气之中有柔情,这是他们从来没领略到的。整个的城市,红色的屋顶,古老的墙垣,高低不平的街面,都显得亲切可爱,使克利斯朵夫心中感动。夜里,大家睡熟的时候,弥娜从床上起来,凭窗遐想,懵懵懂懂的,骚动不已。下午他不在的时候,她坐在秋千架上,膝上放着本书,半阖着眼睛出神,懒懒的似睡非睡,身心一齐在春天的空气中飘荡。她又几小时地坐在钢琴前面,翻来覆去地老弹着某些和弦、某些段落,令人听了厌倦不堪,她可是感动得脸色发白,身上发冷。她听着舒曼的音乐哭了。她觉得对所有的人都抱着恻隐之心,而他也和她一样。路上碰到穷人,他们都偷偷地给点儿钱,然后不胜同情地彼此望一眼,因为自己能这样慈悲而非常快乐。

其实他们的善心是有间歇性的,弥娜忽然发觉,从她母亲小时候就来当差的老妈子弗列达,过的那种微贱的、替人尽心出力的生活多么可怜,便跑到厨房里,把正在补衣服的女仆勾着脖子亲热一阵,使她大吃一惊。可是两小时以后她对弗列达说话又很不客气了,因为她没有一听到打铃马上就来。至于克利斯朵夫,尽管对整个的人类抱着热爱,尽管为了怕踏死一条虫而绕着弯儿走路,对自己家里的人可冷淡极了。由于一种奇怪的反应,他对别人越亲热,对家人越冷越无情:他连想也不大想到他们,对他们说话非常粗暴,见到他们就讨厌。弥娜和他两人的慈悲心原来只是过剩的爱情,一朝泛滥起来,随便碰到一个人就会发泄,不问是谁。除了这种情形以外,他们反而比平常更自私,因为心中只有一个念头,而一切都得以那个念头为中心。

这少女的面貌在克利斯朵夫生活中占了多重要的地位!当他在花园里找她而远远地瞥见那件小小的白衣衫的时候,

在戏院里听见楼厅的门开了，传来那么熟悉的快乐的声音的时候，在别人的闲话中听见提到克里赫这可爱的姓氏的时候：他多么激动！他脸上白一阵红一阵，几分钟之内，什么都看不见了，什么都听不见了。接着急流似的血在身上奔腾，多少无名的力在胸中激撞。

这天真而肉感的德国姑娘有些奇怪的玩意儿。她把戒指放在面粉上，要大家轮流用牙齿衔起而鼻子不沾白粉。或者用根线穿着饼干，各人咬着线的一端，得一边嚼着线一边尽最快的速度咬到饼干。他们的脸接近了，气息交融了，嘴唇碰到了，勉强嘻嘻哈哈地笑着，可是手都凉了。克利斯朵夫很想咬她的嘴唇让她疼一下，便突然往后倒退；她还在那儿强笑。两人都转过头去，假作冷淡，暗中却是偷眼相看。

这些乱人心意的游戏，又吸引他们又教他们发慌。克利斯朵夫简直害怕，他宁可有克里赫太太或别人在一起而觉得拘束的。不论当着谁的面，两颗动了爱情的心照旧息息相通；而且越是受到外来的约束，心的交流越来得热烈而甜蜜。那时，他们之间一切都有了无穷的价值：只要一句话，一抿嘴，一个眼神，就能在日常生活的平淡无奇的面目之下，把双方内心生活的丰富而新鲜的宝藏重新显露出来，而只有他们俩能看到，至少他们相信如此。于是他们便会心而笑，对这些小小的神秘挺得意。旁人听来，他们所说的无非是些极普通的应对；但在他们俩竟好比唱着永远没有完的恋歌。声音笑貌之间瞬息万变的表情，他们都看得清清楚楚，像本打开的书；甚至他们闭着眼睛也能看到：因为只要听听自己的心，就能听到朋友心中的回声。他们对人生，对幸福，对自己，都抱着无穷的信心，无穷的希望。他们爱着人，也有人爱着，那么快乐，没有一点阴影，没有一点疑心，没有一点对前途的恐惧！唯有春天才有这种清明恬静的境界！天上没有一片云。那种元气充沛的信仰，仿佛无论如何也不会枯萎。那么丰满的欢乐似乎永远不会枯竭。他们是活着吗？是做梦吗？当然是做梦。他们的梦境与现实的人生没有一点相像的地方。要有的话，那就是在这个不可思议的时间，他们自己就变了一个梦：他们的生命在爱情的呼吸中溶解了。

克里赫太太不久就窥破了他们自以为巧妙而其实很笨拙的手段。有一天，弥娜和克利斯朵夫说话的时候身子靠得太紧了些，她母亲出其不意地闯进来，两人便慌慌张张地闪开了。从此弥娜起了疑心，认为母亲已经有点儿发觉。可是克里赫太太装做若无其事，使弥娜差不多失望了。弥娜很想跟母亲抵抗一下，这样就更像小说里的爱情了。

她的母亲可偏不给她这种机会；她太聪明了，决不因之操心。她只在弥娜前面用挖苦的口气提到克利斯朵夫，毫不留情地讽刺他的可笑，几句话就把他毁了。她并非是有计划的这么做，只凭着本能行事，像女人保护自己的贞操一样，施展出那种天生的坏招数。弥娜白白地反抗，生气，顶嘴，拼命说母亲的批评没有根据，其实是批评得太中肯了，而且克里赫太太非常巧妙，每句话都一针见血。克利斯朵夫的太大的鞋子，难看的衣服，没有刷干净的帽子，内地人的口音，可笑的行礼，粗声大气的嗓子，凡是足以损伤弥娜自尊心的缺点，一桩都不放过；而说的时候又像是随便提到的，没有一点存心挑剔的意味；愤慨的弥娜刚想反驳，母亲已经轻描淡写地把话扯开。可是一击之下，弥娜已经受伤了。

她看克利斯朵夫的目光，慢慢地不像从前那么宽容了。他隐隐约约的有点儿觉得，就不安地问："你为什么这样地望着我？"

她回答说："不为什么。"

可是过了一忽儿，正当他挺快活的时候，她又狠狠地埋怨他笑得太响，使他大为丧气。他万万想不到在她面前连笑也得留神的：一团高兴马上给破坏了。——或是他说话说得完全出神的时候，她忽然漫不经意地对他的衣着来一句不客气的批评，或者老气横秋地挑剔他用字不雅。他简直没有勇气再开口，有时竟为之生气了。但他一转念，又认为那些使他难堪的态度正表示弥娜对他的关心；而弥娜也自以为如此。于是他竭力想虚心受教，把自己检点一下；她可并不满意，因为他并不真能检点自己。

至于她心中的变化，他根本来不及觉察。复活节到了，弥娜要跟母亲上魏玛那边的亲戚家去玩几天。

分别以前的最后一个星期，他们又恢复了初期的亲密。除了偶然有点儿急躁以外，弥娜比什么时候都更亲热。动身前夜，他们在花园中散步了很久；她拉着克利斯朵夫到小树林里，把一口小香囊挂在他的颈上，里头藏着她的一绺头发；他们把海誓山盟的话又说了一遍，约定每天通信；又在天上指定了一颗星，以便夜晚两人在两地同时眺望。

重大的日子到了。夜里他再三想着："明天她在哪儿呢？"这时又想道："啊，是今天了。早上她还在这儿，可是晚上……"不到八点，他就去了。她还没起床。他勉强到花园里遛了一下，觉得支持不住，只得回进屋子。走廊里堆满了箱笼包裹；他在一间房里拣着个角儿坐下，留神开门的声音和楼板的响动，认出上面屋里的脚步声。克里赫太太微微带着点笑意，和他俏皮地招呼了一声，停也不停地走过去了。终于弥娜出现了，脸色苍白，眼睛虚肿，她昨夜并没比他睡得更好。她做出很忙的神气对仆人发号施令，一边给克利斯朵夫握手，一边继续和老弗列达谈话。她已经准备出发了。克里赫太太又进来，母女俩讨论着帽笼的事。弥娜好像完全没注意到克利斯朵夫：他站在钢琴旁边，可怜巴巴的，谁也不理会他。她跟着母亲出去，一忽儿又进来；在门口和克里赫太太又说了几句，然后把门带上。那时只有他们两个了。她奔过来抓着他的手，把他拉到隔壁百叶窗已经关上的客厅去。于是她突然把脸凑上来偎着他的脸，使劲地拥抱他，一边哭一边问：

"你应许我吗，应许永远爱我吗？"

他们轻轻地哭着，抽抽噎噎的压制自己，不让人家听到。一有脚步声，他们赶紧分开。弥娜抹了抹眼睛，跟仆人们又装出那副俨然的神气，可是声音有点儿发抖。

她把一块又脏又皱、浸透眼泪的小手帕掉在地下，给他偷偷地捡了去。

他搭着她们的车把她们送到站上。两个孩子面对面坐着，彼此连望也不敢望，怕忍不住眼泪。他们的手互相摸索，用力握着，把手都掐痛了。克里赫太太假痴假呆的只做不看见。

终于时间到了。克利斯朵夫站在车厢门口，车子一发动，他就跟着跑，眼睛老盯着弥娜，一路和站上的员工乱撞，一忽儿便落在列车后面。他还是跑着，直到什么都看不见了方始上气不接下气地停下来，和一些不相干的人站在月台上。回到家里，大家都出去了，他哭了一个上午。

他初次尝到离别的悲痛，这是所有的爱人最受不了的折磨。世界，人生，一切都空虚了。不能呼吸了。那是致命的苦闷。尤其是爱人的遗迹老在你周围，眼睛看到的没有一样不教你想起她，现在的环境又是两人共同生活过的环境，而你还要重游旧地竭力去追寻往日的欢情：那时好比脚下开了个窟窿，你探着身子看，觉得头晕，仿佛要往下掉了，而真的往下掉了。你以为跟死亡照了面。不错，你的确见到了死亡，因为离别就是它的一个面具。最心爱的人不见了：生命也随之消灭了，只剩下一个黑洞，一片虚无。

克利斯朵夫到他们相爱过的地方都去走了一遭，特意要让自己痛苦。克里赫太太把花园的钥匙留给了他，使他照旧可以去散步。他当天就去了，痛苦得差点儿闷死。他去的时候以为能找到一点儿离人的痕迹：哪知这种痕迹只嫌太多，每一处的草坪上都有她的影子在飘浮；每条小路的每个拐弯的地方，他都等她出现，虽然明知不可能，但硬要相信可能；他也竭力去找他爱情的遗迹：那些曲折迷离的小路，挂着紫藤的花坛，小林子里的木凳，还老对自己说着："八天以前……三天以前……昨天，就不过是昨天，她还在这儿……今天早上还在这儿……"他把这些念头在胸中翻来覆去地想个不停，直到快闭过气去了才丢开。——他除了哀伤之外，还有对自己的愤恨，因为他虚度了良辰，没有加以利用。多少钟点，多少光阴，他有那么大的福分看到她，把她当做空气，当做养料，而他竟不知体味那福分！他听任时间飞逝，没有把它一分钟一分钟地细细咀嚼……现在……现在可太晚了……没法挽救了！没法挽救了！

他回到家里，只觉得亲属可厌：他受不了那些脸、那些举动、那些无聊的谈话，和昨天、前几天，她在的时候完全一样地谈话！他们过着照常的生活，仿佛根本没有他这件不幸的事。城里的居民也同样地毫无知觉。大家只顾着自己的营生，笑着，嚷着，忙着；蟋蟀照旧地唱，天上照旧发光。他恨他们，觉得被普天之下的自私压倒了。殊不知他一个人就比整个的宇宙都更自私。在他心目中一切都没有价值了。他再没有什么慈悲，也不再爱什么人了。

他过着悲惨的日子，只机械地干着他的事，可没有一点儿生活的勇气。

一天晚上，他正不声不响，垂头丧气地和家里的人一同吃饭，邮差敲门进来，送给他一封信。没看到笔迹，他的心就知道是谁写的了。四个人眼睛直盯着他，用着很不知趣的，好奇的态度等他看信，希望他们无聊的生活得到点儿消遣。克利斯朵夫把信放在自己盘子旁边，忍着不拆，满不在乎地说信的内容早已知道了。但两个兄弟绝对不信，继续在暗中留神，使他吃那顿饭的时候受尽了罪。吃完了，他才能把自己关在房里。他心儿乱跳，拆信的时候差点把信纸撕破。他担心着不知信上写的什么，可是刚念了几个字就快活极了。

那是一封很亲热的短信，弥娜偷偷地写给他的。她称他为“亲爱的克利斯德兰”，说她哭了好几回，每晚都望着星，她到过法兰克福，那是一个了不起的大城，有华丽的大商店，但她什么都没在意，因为心里只想着他。她教他别忘了忠诚自矢的诺言，说过她不在的时候谁都不见，只想念她一个人。她希望他把她出门的时期整个儿花在工作上面，使他成名，她也跟着成名。最后她问他可记得动身那天和他告别的小客厅，要他随便哪天早上再去，她的精神一定还在那儿，还会用同样的态度和他告别。她签名的时候自称为“永远永远是你的……”;信后又另外加了几句,劝他买一顶平边的草帽,别再戴那个难看的呢帽:——“平边的粗草帽,围一条很阔的蓝丝带:这儿所有的漂亮绅士都是戴的这一种。”

克利斯朵夫念了四遍才完全弄清楚。他昏昏沉沉,连快活的气力都没有了;突然之间他疲乏到极点,只能上床睡觉,把信翻来覆去地念着,吻着,藏在枕头底下,老是用手去摸,看看是否在老地方。一阵无可形容的快感在他心中泛滥起来。他一觉睡到了天明。

他的生活现在比较容易过了。弥娜忠贞不贰的精神老在周围飘荡。他着手写回信,但没有权利自由发挥,第一要把真情隐藏起来:那是痛苦而不容易做到的。他用的过分客套的话一向很可笑,现在还得拿这些套语来很拙劣地遮掩他的爱情。

信一寄出去,就等着弥娜的回音:他此刻整个儿的生活就是等信了。为了免得焦急,他勉强去散步,看书。但他只想着弥娜,像精神病似的嘴里老念着她的名字,把它当做偶像,甚至拿一册莱辛的著作藏在口袋里,因为其中有弥娜这个名字;每天从戏院出来,他特意绕着远路走过一家针线铺,因为招牌上有 Minna 这五个心爱的字母。

想到弥娜督促他用功,要他成名的话,他就责备自己不该荒废时日。那种劝告所流露的天真的虚荣,是表示对他有信心,所以他很感动。为了不负她的期望,他决定写一部不但是题赠给她,而且是真正为她写的作品。何况这时他也没有别的事可做。计划刚想好,他就觉得乐思潮涌,好比蓄水池中积聚了几个月的水,一下子决破了堤,奔泻出来。八天之内他不出卧房,鲁意莎把三餐放在门外,因为他简直不让她进去。

他写了一阕单簧管与弦乐器的五重奏。第一部是青春的希望与欲念的歌;最后一部是喁喁的情话,其中杂有克利斯朵夫那种带点儿粗犷的诙谑。作品的骨干是第二部轻快的广板,描写一颗热烈天真的心,暗示弥娜的小影。那是谁也不会认得的,她自己更认不得;但主要的是他能够认得清清楚楚。他自以为把爱人的灵魂整个儿抓住了,快乐得发抖了。没有一件工作比这个更容易更愉快。离别以后郁结在他胸中的过度的爱情,在此有了发泄;同时,创造艺术品的惨淡经营,为控制热情所做的努力,把热情归纳在一个美丽清楚的形式之中的努力,使他精神变得健全,各种官能得到平衡;因之身体上也有种畅快的感觉。这是所有的艺术家都领略到的最大的愉快。创作的时候,他不再受欲念与痛苦的奴役,而能控制它们了;凡是使他快乐的、使他痛苦的因素,他认为都是他意志的自由的游戏。只可惜这样地时间太短:因为过后他照旧碰到现实的枷锁,而且更重了。

只要克利斯朵夫为这件工作忙着,就差不多没有时间想到弥娜不在:他和她在一起生活。弥娜不在弥娜身上,而整个儿在他心上。但作品完成以后,他又孤独了,比以前更孤独更没精神了;他想起写信给她已经有两星期而还没有回音。

他又写了封信,可不能再像第一封那样地约束自己。他埋怨弥娜把他忘了,用的是说笑的口吻,因为他并不真的相信。他笑她懒惰,很亲热地耍弄了她几句。他藏头露尾地提到自己的工作,故意刺激她的好奇心,同时也因为想让她回来以后出其不意地高兴一下。他把新买的帽子描写得很仔细;又说为了服从小王后的命令,——他把她每句话都当真的，——老守在家里，对一切邀请都托病谢绝；可并没补上一句，说他连跟大公爵都冷淡了，因为某次爵府里有晚会找他，他竟没去。全封信都表示他快活得忘其所以，信里最多的是情人们顶喜欢的、心照不宣的话，以为只有弥娜一个人懂的，他觉得自己手段高明，居然把应该用到爱情二字的地方都用友谊代替了。

写完了，他暂时宽慰了一下：第一因为写信的时候好像就和弥娜当面谈了一次；第二因为他相信弥娜一定会马上答复。所以他三天之内很有耐性，这是预算信件一来一往必须要的时间。可是过了第四天，他又觉得活不下去了，一点精力也没有，对什么事也不感兴趣，除了每次邮班以前的那个时间。那时他可焦急得浑身发抖，变得非常迷信，为了要知道有没有信来，到处找些占卜的征兆，譬如灶肚里木柴的爆裂声，或是偶然听到的什么话。时间一过，他又垂头丧气：既不工作，也不散步，生活唯一的目标是等下次的邮班，而他还得用全副精神来撑到那个时间。到了傍晚，当天的希望断绝之后，他可消沉到极点：似乎怎么样也活不到明天的了。他几小时地坐在桌子前面，话也不说，想也不想，甚至也没有去睡觉的气力，直要最后迸出一些残余的意志才能上床。他睡得昏昏沉沉的，做着乱梦，以为黑夜是永无穷尽的了。

这种连续不断的等待，结果变成了一场真正的病。克利斯朵夫竟疑心他的父亲、兄弟，甚至邮差，收了他的信藏起来。一肚子的惶惑把他折磨得好苦。至于弥娜的忠实，他没有一刻儿怀疑过。所以要是她不写信，那一定是害了病，快死下来了，或许已经死了。他抓起笔来写了第三封信，那是悲痛至极的几行，感情，字迹，什么都不顾虑了。邮班的时间快到了，他乱涂一阵，信纸翻过来的时候把字弄糊了，封口的时候把信封搅脏了：管它！他决不能等下一次的邮班。他连奔带跑地把信送到了邮局，便凄怆欲绝地开始再等。第二天夜里，他清清楚楚地看到弥娜病着，在那里叫他；他爬起来，差点儿要动身去找她了。可是她在哪儿呢？上哪儿去找呢？

第四天早上，弥娜的信来了，——半页信纸，——口气又冷又傲慢。她说不懂他这种荒唐的恐惧是从哪儿来的，她身体很好，只是没有空写信，请他以后别这样的冲动，并且停止通信。

克利斯朵夫看了大为沮丧。他可不怀疑弥娜的真诚，只埋怨自己，觉得弥娜恼他那些冒昧而荒谬的信是很对的，认为自己糊涂，用拳头敲着自己的脑袋。但这些都是白费：他终究感到了弥娜的爱他不及他的爱弥娜。

以后几天的沉闷简直无可形容。虚无是没法描写的。唯一使克利斯朵夫留恋人生的乐趣——和弥娜的通信——被剥夺了，现在他只是机械地活着，日常生活中唯一想做的事，就是晚上睡觉以前，把他和弥娜离别的无穷尽的日子，像小学生似的在月历上划去一天。

回来的日子已经过了。一星期以前她就该到了。克利斯朵夫从失魂落魄的阶段转变到狂热的骚动。弥娜临走答应把归期和时刻先通知他。他随时等候消息，预备去迎接；为了猜测迟到的原因，他把念头都想尽了。

祖父的朋友，住在近边的地毯匠费休，常常吃过晚饭衔着烟斗来和曼希沃谈话；有天晚上他又来了。独自在那里苦闷的克利斯朵夫，眼看最后一次的邮差过后，正想上楼睡觉，忽

然听见一句话使他打了个寒噤。费休说明天清早要上克里赫家去挂窗帘,克利斯朵夫愣了一愣,问道:

"她们可是回来了吗?"

"别开玩笑了罢!你还不跟我一样地明白?"费休老头儿咕噜着说,"早来了!她们前天就回来了。"

克利斯朵夫什么话都听不见了;他离开房间,整整衣衫预备出门。母亲暗中已经留神了他一些时候,便跟到甬道里怯生生地问他哪儿去。他一言不答,径自走了,心里很难过。

他奔到克里赫家,已经是晚上九点。她们俩都在客厅里,看他来了似乎不以为奇,很从容地招呼他。弥娜一边写信一边从桌上伸过手来,心不在焉地向他问好。她因为没有把信搁下来表示抱歉,装做很留心听他的话,但又时常扯开去向母亲问点儿事。他原来预备好一套动人的措辞,说她们不在的时候他多么痛苦;但他只能嘟嘟囔囔地说出几个字,因为谁也不注意,也就没勇气往下说了:他自己听了也觉得不顺耳。

弥娜把信写完了,拿着件活儿坐在一边,开始讲她旅行的经过,谈到那愉快的几个星期,什么骑着马出去玩儿啦,古堡中的生活啦,有趣的人物啦。她慢慢地兴奋起来,说到某些故事,某些人,都是克利斯朵夫不知道的,但她们俩回想之下都笑了。克利斯朵夫听着这些话,觉得自己是个外人;他不知道取什么态度好,只能很勉强地陪着她们笑,眼睛老盯着弥娜,但求她对自己望一眼。弥娜说话多半是对着母亲的,偶尔望着他,眼神也跟声音一样,虽然和气,可淡漠得很。她是不是为了母亲而这样留神呢?他很希望和她单独谈一谈;可是克里赫太太老待在这儿。他设法把话扯到自己身上,谈他的工作,谈他的计划;他觉得弥娜毫不关心,便竭力引起她对自己的兴趣。果然她非常注意地听着了,常常插几个不同的惊叹词,虽然有时不甚恰当,口气倒表示很关切。正当弥娜可爱地笑了笑,使他心里飘飘然又存着希望的时候,她拿小手掩着嘴巴打了个呵欠。他立刻把话打住。她很客气地道歉,说是累了。他站起身子,以为人家会留他的;可是并不。他一边行礼一边拖延时间,预备她们请他明天再来:但谁也不说这个话。他非走不可了。弥娜并不送他,只淡淡地很随便地跟他握了握手。他就在客厅的中央和她分别了。

他回到家里,心中只觉得恐惧。两个月以前的弥娜,他疼爱的弥娜,连一点影踪也没有了。怎么回事呢?她变了怎么样的人呢?世界上多少心灵原来不是独立的,整个的,而是好些不同的心灵,一个接着一个,一个代替一个地凑合起来的。所以人的心会不断地变化,会整个儿地消灭,会面目全非。可怜克利斯朵夫还从来没见识过这些现象,一朝看到了简单的事实,就觉得太残酷了,不愿意相信。并且他不胜惊骇地排斥这种念头,硬以为自己看错了,弥娜还是当初的弥娜。他决定第二天早上再去,无论如何要跟她谈一谈。

他睡不着觉,听着自鸣钟报时报刻,一小时一小时地数着。天一亮,他就在克里赫家四周打转,等到能进去了就马上进去。他碰见的可并非弥娜,而是克里赫太太。她素来起早,好动,那时在玻璃棚下提着水壶浇花;一看到克利斯朵夫,她就开玩笑似的叫了起来:

"哦!是你!……来得正好,我正有话跟你谈。请等一等……"

她进去放下水壶,擦干了手,回出来望着克利斯朵夫局促不安的脸色笑了笑;他已经觉得大祸临头了。

“咱们到花园里去罢,可以清静些。”她说。

他跟着克里赫太太在花园里走,那儿到处有他爱情的纪念。她看着孩子的慌乱觉得好玩,并不马上开口。

“咱们就在这儿坐罢。”她终于说了一句。

他们坐在凳上,就是分别的前夜弥娜把嘴唇凑上来的那条凳上。

“我要谈的事,你大概知道了罢,”克里赫太太装出严肃的神气,使孩子更窘了,“我简直不敢相信,克利斯朵夫。过去我认为你是个老实的孩子,一向信任你。哪想到你竟滥用我的信任,把我女儿弄得七颠八倒。我是托你照顾她的。你该敬重她,敬重我,敬重你自己。”

她语气之中带点儿说笑的意味:她对这种儿童的爱情并不当真;——但克利斯朵夫感觉不到;他一向把什么事都看得很严重,当然认为那几句埋怨是不得了的,便马上激动起来。

“可是,太太……太太……”他含着眼泪结结巴巴地说,“我从来没滥用您的信任……请您别那么想……我可以赌咒,我不是一个坏人……我爱弥娜小姐,我全心全意地爱她,并且我是要娶她的。”

克里赫太太微微一笑。

“不,可怜的孩子,”她所表示的好意骨子里是轻视,这一点克利斯朵夫也快看出来了,“那是不可能的,你这话太幼稚了。”

“为什么?为什么?”他问。

他抓着她的手,不相信她是说的真话,而那种特别婉转的声音差不多使他放心了。她继续笑着说:“因为……”

他再三追问。她就斟酌着用半真半假的态度(她并不把他完全当真),说他没有财产,弥娜还喜欢好多别的东西。他表示不服,说那也没关系,金钱,名誉,光荣,凡是弥娜所要的,将来他都会有的。克里赫太太装着怀疑的神气,看他这样自信觉得好玩,只对他摇摇头。他可一味地固执。

"不,克利斯朵夫,"她口气很坚决,"咱们用不着讨论,这是不可能的。不单是金钱一项,还有多少问题!……譬如门第……"

她用不着说完。这句话好比一支针直刺到他的心里。他眼睛终于睁开了。他看出友好的笑容原来是讥讽,和蔼的目光原来是冷淡:他突然懂得了他和她的距离,虽然他像儿子一样地爱着她,虽然她也似乎像母亲一样地待他。他咂摸出来,她那种亲热的感情有的是高傲与瞧不起人的意味。他脸色煞白地站了起来。克里赫太太还在那儿声音很亲切地和他说着,可是什么都完了;他再也不觉得那些话说得多么悦耳,只感到她浮而不实的心多么冷酷。他一句话都答不上来。他走了,四周的一切都在打转。

他回到自己房里,倒在床上,愤怒与傲气使他浑身抽搐,像小时候一样。他咬着枕头,拿手帕堵着嘴,怕人家听见他叫嚷。他恨克里赫太太,恨弥娜,对她们深恶痛绝。他仿佛挨了巴掌,羞愤交集地抖个不停。非报复不可,而且要立刻报复。要是不能出这口气,他会死的。

他爬起来,写了一封又荒谬又激烈的信:

太太,我不知是不是像你所说的,你错看了我。我只知道我错看了你,吃了大亏。我以为你们是我的朋友。你也这么说,面上也做得仿佛真是我的朋友,而我爱你们还远过于我的生命。现在我知道这些都是假的,你对我的亲热完全是骗人:你利用我,把我当消遣,替你们弄弄音乐,——我是你们的仆人。哼,我可不是你们的仆人!也不是任何人的仆人!

你那么无情地要我知道,我没有权利爱你的女儿。可是我的心要爱什么人,世界上无论什么也阻止不了;即使我没有你的门第,我可是和你一样高贵。唯有心才能使人高贵:我尽管不是一个伯爵,我的品德也许超过多少伯爵的品德。当差的也罢,伯爵也罢,只要侮辱了我,我都瞧不起他。所有那些自命高贵而没有高贵的心灵的人,我都看做像块污泥。

再会吧!你看错了我,欺骗了我。我瞧不起你。

我是不管你怎么样,始终爱着弥娜小姐爱到死的人。——(因为她是我的,什么都不能把她从我心里夺去的。)

他刚把信投入邮筒,就立刻害怕起来。他想丢开这念头,但有些句子记得清清楚楚;一想起克里赫太太读到这些疯话,他连冷汗都吓出来了。开头还有一腔怒意支持他;但到了第二天,他知道那封信除了使他跟弥娜完全断绝以外决不会有别的后果:那可是他最怕的灾难了。他还希望克里赫太太知道他脾气暴躁,不至于当真,只把他训斥一顿了事;而且,谁知道,或许他真诚的热情还能把她感动呢。他等着,只要来一句话,他就会去扑在她脚下。他等了五天。然后来了一封信:

亲爱的先生,既然你认为我们之中有误会,那么最好不要把误会延长下去。你觉得我们的关系使你痛苦,那我绝不敢勉强。在这种情形之下大家不再来往,想必你认为很自然的罢。希望你将来有别的朋友，能照你的心意了解你。我相信你前程远大，我要远远的，很同情的，关切你的音乐生涯。

约瑟芬·冯·克里赫

最严厉的责备也不至于这样残酷。克利斯朵夫眼看自己完了。诬蔑你的人是容易对付的。但对于这种礼貌周全的冷淡，又有什么办法？他骇坏了。想到从今以后看不到弥娜，永远看不到弥娜，他是受不了的。他觉得跟爱情相比，哪怕是一点儿的爱情，世界上所有的傲气都值不得什么。他完全忘了尊严，变得毫无骨气，又写了几封请求原谅的信，跟他发疯一般闹脾气的信一样荒谬。没有回音。——什么都完了。

他差点儿死。他想自杀，想杀人。至少他自以为这样想。他恨不得杀人放火。有些儿童的爱与恨的高潮是大家想不到的，而那种极端的爱与恨就在侵蚀儿童的心。这是他童年最凶险的难关。过了这一关，他的童年结束了，意志受过锻炼了，可是也险些儿给完全摧毁掉。

他活不下去了。几小时地靠着窗子，望着院子里的砖地，像小时候一样，他想到有个方法可以逃避人生的苦难。方法就在这儿，在他眼睛底下……而且是立刻见效的……立刻吗？谁知道？……也许先要受几小时惨酷的痛苦……这几小时不等于几世纪吗？……可是他儿童的绝望已经到了那种地步，逼得他老在这些念头中打转。

鲁意莎看出他在痛苦；虽然猜不透他想些什么，但凭着本能已经有了危险的预感。她竭力去接近儿子，想知道他的痛苦，为的是要安慰他。但可怜的女人早就不会跟克利斯朵夫说什么心腹话了。好些年来，他老是把思想压在心里；而她为了物质生活的烦恼，也没有时间再去猜儿子的心事，现在想来帮助他，却不知从何下手。她在他四周绕来绕去，像个在地狱中受难的幽灵；她只希望能找到一些安慰他的话，可是不敢开口，生怕恼了他。并且她虽然非常留神，她的举动，甚至只要她一露面，他都觉得生气；因为她一向不大伶俐，而他也不大宽容。他的确爱着母亲，母亲也爱着他。但只消那么一点儿小事就能使两个相爱的人各自东西。例如一句过火的话，一些笨拙的举动，无意之间的眨一眨眼睛，扯一扯鼻子，或是吃饭、走路、笑的方式，或是没法分析的一种生理上的不痛快……尽管大家心里认为不值一提，实际却有数不清说不尽的意义。而往往就是这种小地方，足以使母子、兄弟、朋友、那么亲近的人永远变成陌路。

因此克利斯朵夫在他的难关中并不能在母亲身上找到依傍。何况情欲的自私只知有情欲，别人的好意对它也没有什么用。

一天晚上，家里的人都睡了，他坐在房里既不思想也不动弹，只是没头没脑地浸在那些危险的念头中间：静悄悄的小街上忽然响起一阵脚步声，紧跟着大门上敲了一下，把他从迷惘中惊醒了，听到有些模糊的人声。他记起父亲还没回家，愤愤地想大概又是喝醉了被人送回来，像上星期人家发现他倒在街上那样。曼希沃，这时已经毫无节制；他的不顾一切的纵酒与胡闹，换了别人早已送命，而他体育家般的健康还是毫无影响。他一个人吃的抵得几个人，喝起酒来非烂醉不休，淋着冷雨在外边过夜，跟人打架的时候给揍个半死，可是第二天爬起来照旧嘻嘻哈哈，还想要周围的人跟他一样快活。

鲁意莎已经下了床,急急忙忙去开门了。克利斯朵夫一动不动,掩着耳朵,不愿意听父亲醉后的嘟囔,和邻居叽叽咕咕的埋怨……

突然有阵说不出的凄怆揪住了他的心:他怕出了什么事……而立刻一阵惨叫声使他抬起头来,向门外冲去……

黑魆魆的过道里,只有摇曳不定的一盏灯笼的微光,在一群低声说话的人中间,像当年的祖父一样,担架上躺着个湿淋淋的、一动不动的身体。鲁意莎扑在他颈上痛哭。人家在磨坊旁边的小沟里发现了曼希沃的尸体。

克利斯朵夫叫了一声。世界上别的一切都消灭了,别的痛苦都给扫空了。他扑在父亲身上,挨着母亲,他们俩一块儿哭着。

曼希沃脸上的表情变得庄严,肃穆;克利斯朵夫坐在床头守着长眠的父亲,觉得亡人那股阴沉安静的气息浸透了他的心。儿童的热情,像热病的高潮一般退尽了;坟墓里的凉气把什么都吹掉了。什么弥娜,什么骄傲,什么爱情,唉!多可怜!在唯一的现实——死亡——面前,一切都无足重轻了。凭你怎么受苦,愿望,骚动,临了还不是死吗?难道还值得去受苦,愿望,骚动吗?……

他望着睡着的父亲,觉得无限哀怜。他生前的慈爱与温情,哪怕是一桩极小的事,克利斯朵夫也记起来了。尽管缺点那么多,曼希沃究竟不是个凶横的人,也有许多好的品性。他爱家里的人。他老实。他有些克拉夫脱刚强正直的家风:凡是跟道德与名誉有关的,决不许任意曲解,而上流社会不十分当真的某些丑事,他可绝不容忍。他也很勇敢,碰到无论什么危险的关头会高高兴兴地挺身而出。固然他很会花钱，但对别人也一样地豪爽：看见人家发愁，他是受不了的；随便遇上什么穷人，他会倾其所有的——连非他所有的在内，一齐送掉。这一切优点，此刻在克利斯朵夫眼前都显出来了：他还把它们夸大。他觉得一向错看了父亲，没有好好地爱他。他看出父亲是给人生打败的：这颗不幸的灵魂随波逐流地被拖下了水，没有一点儿反抗的勇气，此刻仿佛对着虚度的一生在那里呻吟哀叹。他又听到了那次父亲的求告，使他当时为之心碎的那种口吻：

"克利斯朵夫！别瞧不起我！"

他悔恨交迸地扑在床上，哭着，吻着死者的脸，像从前一样地再三嚷着：

"亲爱的爸爸，我没有瞧不起您，我爱您！原谅我罢！"

可是耳朵里那个哀号的声音并没静下来，还在惨痛地叫着：

"别瞧不起我！别瞧不起我！……"

而突然之间，克利斯朵夫好像看到自己就躺在死者的地位，那可怕的话就在自己嘴里喊出来；而虚度了一生，无可挽回地虚度了一生的痛苦，就压在自己心上。于是他不胜惊骇地想道："宁可受尽世界上的痛苦，受尽世界上的灾难，可千万不能到这个地步！"……他不是险些儿到了这一步吗？他不是想毁灭自己的生命，毫无血气地逃避他的痛苦吗？以死来鄙薄自己，出卖自己，否定自己的信仰，但世界上最大的刑罚，最大的罪过：跟这个罪过相比，所有的痛苦，所有的欺骗，还不等于小孩子的悲伤？

他看到人生是一场无休、无歇、无情的战斗，凡是要做个够得上称为人的人,都得时时刻刻向无形的敌人作战:本能中那些致人死命的力量,乱人心意的欲望,暧昧的念头,使你堕落使你自行毁灭的念头,都是这一类的顽敌。他看到自己差点儿堕入深渊,也看到幸福与爱情只是一时的欺罔,为的是教你精神解体,自暴自弃。于是,这十五岁的清教徒听见了他的上帝的声音:

“往前啊,往前啊,永远不能停下来。”

“可是主啊,上哪儿去呢?不论我干些什么,不论我上哪儿,结局不都是一样,不是早就摆在那里了吗?”

“啊,去死罢,你们这些不得不死的人!去受苦罢,你们这些非受苦不可的人!人不是为了快乐而生的,是为了服从我的意志的。痛苦罢!死罢!可是别忘了你的使命是做个人。——你就得做个人。”

卷三　少　　年

第一部　于莱之家

家里变得冷清清的。父亲死后，仿佛一切都死了。没有了曼希沃的粗嗓子，从早到晚就只听见令人厌烦的河水的声音。

克利斯朵夫发愤之下，埋头工作了。他因为过去希图幸福而恨自己，要罚自己。人家安慰他，或是跟他说些亲热的话，他都逞着傲气置之不理。他聚精会神干着他的日常工作，冷冰冰的一心教课。不知道他遭了不幸的学生，认为他的无动于衷不近情理。但年纪大一些而受过患难的，懂得一个孩子这种表面上的冷淡，实际是藏着多少痛苦，便觉得他可怜。他并不接受他们的同情。便是音乐也不能给他什么安慰，而仅仅是他的一项功课。他对什么都不感兴趣，或者自以为不感兴趣，故意要把生活弄得毫无意义而仍然活下去，仿佛这样他才痛快一点。

两个兄弟，看到家中遭了丧事那么冷静，都害怕起来，赶紧往外逃了。洛陶夫进了丹沃陶伯父的铺子，住宿在那里。恩斯德当过了两三种行业的学徒，结果上了船，在莱茵河上走着美因茨和科隆的航线；他只要用钱的时候才回来一次。家里只剩了克利斯朵夫和母亲两人，屋子显得太大了；而经济的困难，和父亲死后发觉的债务，使他们不得不忍痛去找一个更简陋而更便宜的住所。

在菜市街上，他们找到了一个三层楼面，一共有两三间房。地点是在城中心，非常嘈杂，跟河流、树木、所有亲切的地方都离得远了。但这时候应当听从理智，不能再凭感情做主。克利斯朵夫在此又找到了一个好机会教自己受些委屈。屋子的主人，法院的老书记官于莱，和祖父是朋友，跟他们都认识的：这一点就足以使鲁意莎打定主意；她守着空荡荡的老家太孤独了，只想去接近一般不忘记她心爱的家属的人。

他们开始准备搬家。在那所教人又爱又难受的，从此永别的老屋里，他们待了最后几天，深深体会着那种凄凉的情味。为了害羞或害怕，他们竟不大敢彼此诉说痛苦。各人都以为不应该让自己的感伤向对方流露。护窗板关了一半，房里阴惨惨的，两人在饭桌上急匆匆地吃着饭，说话也不敢高声，互相望也不敢望，生怕藏不住心中的慌乱。他们一吃完就分手：克利斯朵夫出门去做他的事，但一有空就回来，偷偷地溜进家里，提着足尖走上他的卧房或是阁楼，关了门，坐在屋角的一口旧箱子上或是窗槛上，不思不想地待在那里，而一走路就会东响一下西响一下的老屋子，有种莫名其妙的嗡嗡声填满他的耳朵。他的心跟屋子一样地颤动。他战战兢兢地留神着屋内屋外的声息，楼板的响声，和许多细小莫辨而熟悉的声音：那是他一听就知道的。他失去了知觉，脑子里全是过去的形象，直要圣·马丁寺的大钟提醒他又得上工的时候才醒过来。

鲁意莎在下一层楼上，轻轻地走来走去。一忽儿脚步声听不见了，她可以几小时的没有声音。克利斯朵夫伸着耳朵细听，不大放心地走下来。一个人遭了大难以后，就会长时期的这样动辄焦心。他把门推开一半:母亲背朝着他,坐在壁橱前面,四周堆满着许多东西:破布,旧东西,七零八落的杂物,都是她想清理而搬出来的。可是她没有气力收拾:每样东西都使她想起一些往事;她把它们翻过来转过去,胡思乱想起来;东西在手里掉下了,她垂着手臂,瘫在椅子里,几小时地在痛苦的麻痹状态中发呆。

现在,可怜的鲁意莎就靠回想过日子,——回想她那个苦多乐少的过去。但她受苦受惯了,只要人家回报她一点儿好意就感激不尽;几道仅有的微光已尽够照明她的一生。曼希沃给她的折磨已经完全忘了,她只记得他的好处。结婚的经过是她生平最了不起的一件事。曼希沃固然是由于一时冲动而很快就后悔了,她可是全心全意把自己交给他的,以为人家爱她也跟她爱人家一样,因此很感激曼希沃。至于丈夫以后的改变,她根本不想去了解。既不能看到事实的真相,她只知道凭着谦卑与勇敢的本性去接受事实;像她这样的妇女是用不着了解人生就能活下去的。凡是自己弄不清的,她都让上帝去解释。一种特殊的虔诚,使她把从丈夫与旁人那里受到的委屈,统统认作上帝的意思,而只把人家对她的好意算在人家头上。所以她那种悲惨的生活并没给她留下辛酸的回忆;她只觉得衰弱的身体给多年吃不饱而劳苦的生活搅坏了。曼希沃不在了,两个儿子高飞远走,离开了老家,另外一个也似乎不需要她了,她就完全失掉了活动的勇气:疲乏至极,恍恍惚惚,意志已经麻木了。她正患着神经衰弱症,一般辛苦的人老年逢到意外的打击而失掉了工作的意义,往往会有这种情形。她打不起精神来把袜子编织完工,把找东西的抽屉收拾好,连站起身子关窗的劲也没有:她坐在那里,脑子里空空洞洞，筋疲力尽，只能够回想。她觉得自己的衰老而为之脸红，竭力不让儿子发觉；而克利斯朵夫只顾着自己的痛苦，什么也没注意。当然，他对母亲现在动作说话之慢，暗中很不耐烦；但尽管这些情形和她往日的习惯大不相同，他也并不放在心上。

有一天他撞见母亲手里抓着、膝上放着、脚下堆着、地板上铺着各种各样的破布，才破题儿第一遭地奇怪起来。她伸着脖子，探着头，呆着脸，听见他进来不禁吓了一跳，苍白的腮帮上泛起红晕，不由自主地做了一个动作，想把手里的东西藏起，一边勉强笑了笑，嘟囔着：

"你瞧，我整东西来着……"

可怜的母亲对着往事的遗迹发呆的模样，他看了伤心至极，非常同情。但他故意用着稍微粗暴而埋怨的口吻，想使她振作一下：

"喂！妈妈，您这样可不行哪！屋子关得严严的，老待在那些灰尘中间，太不卫生了。上点儿劲吧，赶快把东西收起来。"

"好罢。"她很和顺地回答。

她勉强站起身子，想把东西归还到抽屉里去，但又立刻坐了下来，垂头丧气地让手里的东西掉在地下。"噢！不成，不成，我简直收拾不了！"她说着哭起来了。

他吓坏了，弯下身子摩着她的头："哎，妈妈，怎么啦？要不要我帮忙？您病了吗？"

她不作声，只一劲儿地抽抽搭搭。他握着她的手，跪在她前面，想在这间黑魆魆的屋子里把她看个仔细。

"妈妈！"他有点揪心了。

鲁意莎把头靠着他的肩膀,眼泪直淌下来。

"孩子,我的孩子!"她把他紧紧地搂着,"你不会离开我罢?你得答应我,你不离开我罢?"

他听了心都碎了:"不会的,妈妈,我不离开您的。您哪儿来的这种念头?"

"我多苦恼!他们全把我丢了,丢了……"她指着周围的东西,可不知她说的是那些东西,还是她的儿子和死了的人。

"你会陪着我吗?不离开我吗?……要是你也走了,我怎么办呢?"

"我不走的。咱们住在一块儿。别哭啦。我答应您得了。"

她还是哭着,没法停下来。他拿手帕替她抹着眼泪。

"您心里想着什么啊,好妈妈?您难过吗?"

"我不知道,我不知道是怎么回事。"她竭力静下来装出笑脸。

"我再想得明白也没用:为了一点儿小事就会哭起来……你瞧,我又来了……原谅我罢。我真傻。我老了,没精神了,觉得什么都没意思,我对什么事也不中用了。我真想把自己跟这些东西一块儿埋掉算了。"

他把她像孩子一样紧紧地抱在怀里。

"别难受啦,您歇歇罢,别乱想了……"

她慢慢地静下来。

"真胡闹,我自己也难为情……可是怎么会这样的呢?怎么会这样的呢?"

这位一辈子勤勉的老太太,弄不明白她的精力怎么会一下子衰退的,只觉得非常难受。克利斯朵夫只做不觉得。

"妈妈,大概您是累了罢,"他竭力装出毫不介意的口吻,"没关系的,您瞧着吧。"

但他在那里担心了。他从小看惯母亲勇敢、隐忍,对所有的折磨都不声不响地抵抗过来。这一回的精神崩溃使他害怕了。

他帮着把散在地下的东西收拾起来。她往往抓着一件东西舍不得放下;他就轻轻地从她手里拿走,而她也让他拿走了。

从这天起,他尽量多跟母亲在一块儿。工作完毕,他不再关在自己房里而来陪她了。他觉得她那么孤独,又不够坚强担受这孤独:把她这样地丢在一边是很危险的。

夜晚,他坐在她身旁,靠近打开着的临街的窗。田野慢慢黑下来了。人们一个一个地都在回家。远远的屋子里,亮起小小的灯光。这些景象,他们见过千百次,可是不久就要看不到了。两人断断续续地说着话,互相指出黄昏时那些熟悉的,早就预料到的小事,感到很新鲜。他们往往半晌不作声。鲁意莎莫名其妙地提到忽然想起的一件往事,一些片断的回忆。如今身旁有了一颗对她怜爱的心,她舌头比较松动了。她费了很大的劲想说话,可是不容易:因为平时在家老躲在一边,认为丈夫儿子都太聪明了,和她谈不上话的;她从来不敢在他们之间插一句嘴。克利斯朵夫现在这种孝顺而殷勤的态度,对她完全是新鲜的,使她非常快慰也非常胆怯。她搜索枯肠,只表达不出胸中的意思;句子都是有头无尾的,不清不楚的。有时她对自己所说的也难为情起来,望着儿子,一桩事讲了一半就停止了。他握着她的手:她才放下了心。他对于这颗儿童般的慈母的心不胜怜爱，那是他小时候的避难所，而此刻倒是它来向他找依傍了。他又高兴又悲哀地听着那些无聊的，除了他以外谁也不感兴趣的唠叨，听着那平凡而没有欢乐的一生的，微不足道的，但鲁意莎认为极宝贵的回忆。他有时拿别的话打断她，怕她因回想而伤心，劝她睡觉。她懂得他的意思，使用着感激的眼神望着他说："真的，这样我心里倒觉得舒服些；咱们再待一会儿罢。"

他们坐到深夜，等街坊上全睡熟了的时候方始分手。她因为胸中的郁积发泄了一部分，觉得松快了些；他因为精神上多了一重担负，有点闷闷不乐。

搬家的日子到了。前一天晚上，他们在不点灯火的房间里比平时逗留得更久，一句话也不说。每隔一些时候，鲁意莎叹一声："唉！天哪！"克利斯朵夫提到明天搬场的许多小节目，想使母亲分心。她不愿意睡觉，克利斯朵夫很温和地催她去睡。但他自己回到房里，也隔了好久才上床。靠着窗子，他竭力透过黑暗，对屋子底下黑魆魆的河面最后望了一番。他听到弥娜花园里大树之间的风声。天上很黑。街上没有一个行人。一阵冷雨开始下起来了。定风针格格地响着。隔壁屋里有个孩子在啼哭。黑夜压在地面上，阴惨惨的教你透不过气来。破裂的钟声报出单调的时刻，一点，半点，一刻，在沉闷静寂的空气中叮叮当当，和屋顶上的雨声交错并起。

等到克利斯朵夫心中打着寒噤终于准备睡觉的时候，听见下一层楼上有关窗的声音。上了床，他想到穷人怀念过去真是件可悲的事：因为他们不够资格像有钱的人一样有什么过去；他们没有一个家，世界上没有一席地可以让他们珍藏自己的回忆：他们的欢乐，他们的苦恼，他们所有的岁月，结果都在风中飘零四散。

第二天，他们在倾盆大雨中把破旧的家具搬往新居。老地毯匠费休借给他们一辆小车和一匹小马，自己也过来帮忙。但他们不能把所有的家具带走，新租的房子比老屋窄得多。克利斯朵夫只能劝母亲把一些最旧最无用的丢掉。而这也费了好多口舌；她对无论什么小东西都认为很有价值：一张摆不平的桌子，一张破椅子，什么也不愿意牺牲。直要费休拿出他跟祖父老朋友的身份，帮克利斯朵夫一边劝一边埋怨；而这好人也了解她的痛苦，答应把这些宝贵的破东西存一部分在他家里，等他们将来去拿。这样，她才忍痛把它们留了下来。

搬家的事早就通知了两个兄弟，但恩斯德上一天回来说他没有空，不能到场；洛陶夫只在中午的时候出现了一下；他看着家具装上车子，发表了一些意见，就匆匆忙忙地走了。

他们在满是泥浆的街上出发了。克利斯朵夫拉着缰绳，马在泥泞的街面上滑来滑去。鲁意莎靠着儿子身边走，替他挡着雨。然后他们在潮湿的屋子里把东西安顿下来。天上云层很低，半明半暗的光线使房间更阴沉了。要没有房东的照顾，他们简直心灰意懒，支持不住。等到车子走了，家具乱七八糟地堆了一地，天已经快黑了。克利斯朵夫母子俩筋疲力尽，一个倒在箱子上，一个倒在布包上，忽然听见楼梯上一声干咳，有人敲门了。进来的是于莱老头，他先郑重其事地表示打搅了他亲爱的房客很抱歉，又请他们下去一块儿吃晚饭，庆祝他们的乔迁之喜。满腹辛酸的鲁意莎想拒绝。克利斯朵夫也不大高兴参与那种家庭的集会；但老人一再邀请，克利斯朵夫又觉得母亲第一晚搬来不应该老想着不快活的念头，便硬劝她接受了。

他们走到下一层楼，看见于莱全家都在那里：老人以外，还有他的女儿，女婿伏奇尔，两个外孙，一男一女，年纪比克利斯朵夫小一些。大家抢着上前，说着欢迎的话，问他们是否累了，对屋子是否满意，是否需要什么，一大串的问话把克利斯朵夫闹昏了，一句也没听懂；因为他们都是七嘴八舌，同时说话的。晚餐端了出来，他们便坐上桌子，但喧闹的声音还是照旧。于莱的女儿阿玛利亚立刻把街坊上所有的零碎事儿告诉鲁意莎，例如近边有哪几条街道，她屋里有哪些习惯哪些方便，送牛奶的几点钟来，她自己几点钟起床，买东西上哪几家铺子，她平时给的是什么价钱。她直要把一切都解释清楚了才肯放松鲁意莎。鲁意莎迷迷糊糊的，竭力装做对这些话很注意，但她随便接了几句，证明她完全没有懂，使阿玛利亚大惊小怪地嚷起来，从头再说一遍。于莱老人却在那里对克利斯朵夫解释音乐家的前途如何艰苦。克利斯朵夫的另一边坐着阿玛利亚的女儿洛莎，从晚餐开始就没有停过说话，滔滔汩汩，连喘气的工夫都没有：她一句话说到一半，气透不过来了，但又马上接了下去。无精打采的伏奇尔对着饭菜咕噜。这可掀起了一场热烈的辩论。阿玛利亚，于莱，洛莎，都打断了自己的话加入论战，对红焖肉太咸还是太淡的问题争辩不休：他们你问我，我问你，可没有一个人的意见和旁人的相同。每人都认为别人的口味不对，只有他自己的才是健全而合理的。他们为此竟可以辩论到最后之审判。

末了，大家在怨叹人生残酷这一点上意见一致了。他们对鲁意莎和克利斯朵夫的伤心事很亲切地说了些动人的话，表示同情，称赞他们的勇敢。除了客人的不幸之外，他们又提到自己的、朋友的、所有认得的人的不幸。他们一致同意，说好人永远倒霉，只有自私的人和坏人才有快乐。他们得到一个结论，认为人生是悲惨的，空虚的，要不是上帝的意思要大家活着受罪，简直是死了的好。克利斯朵夫因为这些思想和他当时的悲观心理很接近，就很看重房东家里的人，而对他们小小的缺点视若无睹了。

等到他和母亲回到杂乱的房里，两人觉得又疲倦又抑郁，可不像从前那么孤独了。克利斯朵夫在黑暗里睁着眼睛，因为疲劳过度和街上吵闹而睡不着觉。沉重的车子在外边过，墙壁都为之震动，下一层楼上全家都睡了，在那里打鼾：他一边听着，一边以为在这儿跟这些好人在一起，即使不能快乐，也可以减少些苦恼，——固然他们有点讨人厌，但和他受着同样的痛苦，似乎是了解他而他也自以为了解他们的。

他终于蒙眬睡去，可是天方破晓就给邻人吵醒了，他们已经在开始争论，还有人拼命扳着唧筒打水，准备冲洗院子和楼梯。

乌斯多斯·于莱是个矮小的驼背老头，眼睛常带不安和郁闷的表情，红红的脸全是肉疙瘩与皱痕，牙齿都脱落了，乱七八糟的胡子，老是被他用手拈来拈去。他心地很好，为人正直，非常讲道德，从前和祖父也还投机。人家说他们很相像。的确，他们是同辈而在同样的礼教之下长大的；但他没有约翰·米希尔那样结实的体格，换句话说，尽管有许多地方两人意见相投，实际是完全不同的；因为造成一个人的特点的，性情脾气比思想更重要。虽然人与人间因智愚的关系而有不少虚虚实实的差别，但最大的类型只有两种：一种是身体强壮的人，一种是身体软弱的人。于莱老人可并不属于前一流。他像米希尔一样讲做人之道，但讲的是另外一套；他没有米希尔那样的胃口、那样的肺量、那种快活的脸色。他和他的家属，在无论哪方面气局都比较狭小。做了四十年公务员而退休之后，他感到无事可做的苦闷，而在不曾预先为暮年准备好一种内心生活的老人，这是最受不了的。所有他先天的、后天的，以及在职业方面养成的习惯，都使他有种畏首畏尾与忧郁的气息，他的儿女多少也有些这种性格。

他的女婿伏奇尔是爵府秘书处的职员，大约有五十岁。他高大，结实，头发已经全秃，戴着金丝眼镜，脸色相当好，自以为闹着病；大概这倒是真的，虽然病没有像他所想的那么多，可是乏味的工作把他脾气弄坏了，终日伏案的生活把身体也磨得不大行了。他做事很勤谨，为人也不无可取，甚至还有相当教育，只是被荒谬的现代生活牺牲了。像多数当职员的人一样，他结果变得神经过敏。这便是歌德所说的“郁闷而非希腊式的幻想病者”，他很哀怜这种人，可是避之唯恐不及。

阿玛利亚的做人既不像她父亲那一套，也不像丈夫那一套。强壮，活泼，粗嗓子，她绝不哀怜丈夫的唉声叹气，老实不客气地埋怨他。但两人既然老在一起过活，总免不了受到影响；夫妇之间只要有一个闹着神经衰弱，不消几年两人很可能都变做神经衰弱。阿玛利亚虽然喝阻伏奇尔的叹苦，过了一会儿她可婆婆妈妈的比他自己更怨得厉害；这种从责备一变而为帮着诉苦的态度，对丈夫全无好处；他的无病呻吟给她大惊小怪地一闹，痛苦倒反加了十倍。她不但使伏奇尔看到他的诉苦引起了意外的反响而更害怕，并且她的心绪也搅坏了。

结果她对自己那么硬朗的身体，对父亲的，对儿子的，对女儿的，也来无端端地发愁了。那简直成了一种癖：因为嘴里念个不停，她竟信以为真。极轻微的伤风感冒就被看得很严重，无论什么都可以成为揪心的题目。大家身体好的时候，她还是要着急，因为想到了将来的病。所以她永远过着惴惴不安的日子。可是大家的健康不见得因之更坏；仿佛那种连续不断的诉苦倒是维持众人的健康的。每人照常吃喝，睡觉，工作；家庭生活也并不因之松弛下来。阿玛利亚光是从早到晚楼上楼下的活动还嫌不够，必须要每个人跟着她一块儿拼命；不是把家具翻身，就是洗地砖、擦地板，永远是一片叫喊声、脚步声，天翻地覆地忙个不停。

两个孩子，被这种呼来喝去的，谁也不让自由的淫威压倒了，认为低头听命是分内之事。男孩子莱沃那，脸长得漂亮而呆板，一举一动都是怪拘束的。女孩子洛莎，金黄头发，温和而亲切的蓝眼睛还相当好看；要不是那个太大而长相蠢笨的鼻子使面貌显得笨重，带点儿愣头愣脑的表情的话，她细腻娇嫩的皮肤跟那副和善的神气，还能讨人喜欢。她教你想起瑞士巴塞尔美术馆中霍尔朋的少女像：画的那个曼哀市长的女儿，低着眼睛坐着，手按着膝盖，肩上披着淡黄头发，为了她难看的鼻子神态有点发僵。洛莎可不在乎这一点，她的娓娓不倦的唠叨丝毫不受影响。人家只听见她成天尖着嗓子东拉西扯，——老是上气不接下气的，仿佛没有时间把话说完，老是那么一团高兴，不管母亲、父亲、外祖父气恼之下把她怎样埋怨；而他们的气恼并非为了她聒噪不休，而是因为妨碍了他们的聒噪。这般好心的人，正直，忠诚，——老实人中的精华，——所有的德性差不多齐备了，只缺少一样使生活有点儿趣味的、静默的德性。

克利斯朵夫那时很有耐性。忧患把他暴躁激烈的脾气改好了许多。和一般高雅大方而实际冷酷无情的人来往过后，他对那些毫无风趣，非常可厌，但对人生抱着严肃的态度的好人，更体会到他们的可贵。因为他们过着没有乐趣的生活，他就以为他们没有向弱点屈服。一旦断定他们是好人，认为自己应当喜欢他们之后，他就凭他的德国人性格，硬要相信自己的确喜欢他们了。可是他没有成功，原因是这样的：日耳曼民族有种一厢情愿的心理，凡是看了不痛快的事一概不愿意看见，也不会看见；因为一个人早已把事情判断定了，精神上得过且过的非常安静，决不愿意再让事情的真相来破坏这种安静，妨碍生活的乐趣。克利斯朵夫可没有这个本领。他反而在心爱的人身上更容易发现缺点，因为他要把他们整个儿的爱，绝对没有保留：这是一种无意识的对人的忠诚，对真理的渴望，使他对越喜欢的人越苛求，越看得明白。所以不久他就为了房东们的缺点暗中气恼。他们可并不想遮掩自己的短处，只把所有令人厌恶的地方全暴露在外面，而最好的部分倒反给隐藏起来。克利斯朵夫想到这点，便埋怨自己不公平，努力丢开最初的印象，去探寻他们加意深藏的优点。

他想法跟老于莱搭讪，那是于莱求之不得的。为了纪念从前喜欢他而夸奖他的祖父，他暗地里对于莱很有好感。可是天真的约翰·米希尔比克利斯朵夫多一种本领，能够对朋友存幻想；这一层克利斯朵夫也发觉了，他竭力想探听于莱对祖父的回忆，结果只得到一个米希尔的近于漫画式的，褪色的影子，和一些毫无意义的片断的谈话。于莱提到他的时候，开场老是千篇一律的这么一句：

“就像我对你可怜的祖父说的……”

于莱除了当年自己说过的话，其余一概没听见。

约翰·米希尔从前说不定也是这样的。大多数的友谊，往往只是为了要找个对手谈谈自己，痛快一下。但约翰·米希尔虽然那么天真的只想找机会高谈阔论，至少还有同情心，准备随时发泄，不管得当与否。他对一切都感兴趣，恨自己不是十五岁的少年，看不见下一代的奇妙的发明，没法和他们的思想交流。他有人生最可宝贵的一个德性：一种永久新鲜的好奇心，不会给时间冲淡而是与日俱增的。他没有相当的才具来利用这天赋，但多少有才具的人会羡慕他这种天赋！大半的人在二十岁或三十岁上就死了：一过这个年龄，他们只变了自己的影子；以后的生命不过是用来模仿自己，把以前真正有人味儿的时代所说的、所做的、所想的、所喜欢的，一天天地重复，而且重复的方式越来越机械，越来越脱腔走板。

老于莱真正生活过的时代已经是很久以前的事了，而且他当时也没有多少生气，留剩下来的自然更贫弱可怜。除了他从前的那一行和他的家庭生活，他什么也不知道，什么也不愿意知道。他对所有的事都抱着现成的见解，而那些见解还是他少年时代的。他自命为懂得艺术，却只知道几个偶像的名字，提到它们就搬出一套夸张的滥调；余下的都被认为有等于无，不足挂齿。人家和他说起现代艺术家，他或是充耳不闻，或是顾左右而言他。他自己说极喜欢音乐，要克利斯朵夫弹琴。克利斯朵夫上过一两次当；但音乐一开场，老人就和女儿大声说起话来，仿佛音乐能使他对一切不关音乐的事增加兴致。克利斯朵夫气恼之下，不等曲子弹完就站了起来：可是谁也不注意。只有三四个老曲子，有极美的，也有极恶俗的，但都是大众推崇的，才能使他们比较的静一些，表示完全赞成。那时老人听了最初几个音就出神了，眼泪冒上来了，而这种感动，与其说是由于现在体会到的乐趣，还不如说是由于从前体会过的乐趣。虽然这些老歌曲也有克利斯朵夫极爱好的，例如贝多芬的《阿台拉伊特》，结果他都觉得厌恶了：老人哼着开头的几个小节，一边拿它们和“所有那些没有调子的该死的近代音乐”作比较，一边说着：“这个吗，这才叫做音乐。”——的确，他对近代音乐是一无所知的。

他的女婿比较有点知识，知道艺术界的潮流，但反而更糟：因为他下判断的时候永远存心要压低人家。既不是不聪明，也不是没有鉴赏力，他可不愿意欣赏一切现代的东西。倘若莫扎特与贝多芬是和他同时代的，他一样会瞧不起，倘若瓦格纳与理查德·施特劳斯死在一百年前，他一样会赏识。天生不快活的脾气，使他不肯承认他活着的时候会有什么活着的大人物：这是他受不了的。他因为自己虚度了一生，必须相信所有的人都白活了一辈子，那是一定的事；谁要跟他意见相反，那么这种人不是傻瓜，便是存心开玩笑。

因此，他讲起新兴的名流总带着尖刻挖苦的口吻，又因为他并不傻，只要瞧上一眼就会发现人家的可笑和弱点。凡是陌生的名字都使他猜疑；关于某个艺术家还一无所知的时候，他已经准备批评了，——唯一的理由就是不认识这个艺术家。他对克利斯朵夫的好感，是因为相信这个愤世嫉俗的孩子像他一样觉得人生可厌，而且也没有什么天才。一般病病歪歪、怨天尤人的可怜虫，彼此会接近的最大的原因，是能够同病相怜，在一块儿怨叹。他们为了自己不快乐而否认别人的快乐。

但便是这批俗物与病夫的无聊的悲观主义，最容易使健康的人发觉健康之可贵。克利斯朵夫便经历到这个情形。伏奇尔那种抑郁的念头，原来他是很熟悉的；可是他很奇怪竟会在伏奇尔嘴里听到，而且认不出来了。他厌恶那些思想，他为之生气了。

克利斯朵夫更气恼的是阿玛利亚的作风。其实这忠厚的女人不过把克利斯朵夫关于尽职的理论付诸实行罢了。她无论提到什么事，总把尽职二字挂在嘴上。她一刻不停地做活，要别人也跟她一样地做活。而工作的目的并非为增加自己和别人的快乐：正是相反！她仿佛要拿工作来教大家受罪，使生活变得一点儿趣味都没有，——要不然生活就谈不上圣洁了。她无论如何不肯把神圣的家务放下一分钟，那是多少妇女用来代替别的道德与别的社会义务的。要是没有在同一的日子同一的时间抹地板，洗地砖，把门钮擦得雪亮，使劲地拍地毯，搬动桌子、椅子、柜子，那她简直以为自己堕落了。她还对那些事大有炫耀的意思，当做荣誉攸关的问题。许多妇女不就是用这个方式来假想自己的荣誉而加以保护的吗？她们所谓的荣誉，就是一件必须抹得光彩四射的家具，一方上足油蜡，又冷又硬，滑得教人摔跤的地板。

伏奇尔太太责任固然是尽了，人并不因之变得可爱些。她拼命干着无聊的家务，像是上帝交下来的使命。她瞧不起不像她一样死干的人，喜欢把工作歇一歇而体味一番人生的人。她甚至闯到鲁意莎的屋里，因为她往往要停下工作出神。鲁意莎见了她叹口气，可是不好意思地笑了笑，终于向她屈服了。幸而克利斯朵夫完全不知道这种事：阿玛利亚总等他出去之后才往他们家里闯；而至此为止，她还没有直接去惹克利斯朵夫，他是决计受不了的。他暗中觉得和她处于敌对状态，尤其不能原谅她的吵闹：他为之头都疼了。躲在卧房里，——一个靠着院子的低矮的小房间，——他顾不得缺少空气，把窗子关得严严的，只求不要听到屋子里砰砰訇訇的响声，可是没用。他不由自主地要特别留神，楼下最小的声音都引起他的注意。等到短时间地安静了一下，那透过楼板的粗嗓子又嚷起来的时候，他真是气极了，叫着，跺着脚，大骂一阵。可是屋子里沸沸扬扬，人家根本没觉得，还以为他哼着调子作曲呢。他咒着伏奇尔太太，希望她入地狱。什么顾虑，什么尊敬，都不生作用了。在那种时候，他竟认为便是最要不得的荡妇，只要能不开口，也比叫叫嚷嚷的大贤大德的女人强得多。

因为恨吵闹，克利斯朵夫就去接近莱沃那。全家的人都忙做一团，唯有这年轻的孩子永远安安静静，从来没有提高嗓子的时候。他说话很得体，很有分寸，每个字都经过挑选，而且从容不迫。暴躁的阿玛利亚没有耐性等他把话说完；全家都为了他的慢性子气得直嚷。他可是不动声色。什么也扰乱不了他心平气和与恭敬有礼的态度。克利斯朵夫知道莱沃那是预备进教会的，所以对他特别感到好奇。

对于宗教，克利斯朵夫的立场是很古怪的，而他自己也不大弄得清楚。他从来没时间去仔细想。学识既不够，谋生的艰难把精神都占据了，他不可能分析自己，整理自己的思想。以他激烈的脾气，他会从这一个极端跳到另一个极端，从完全的信仰变成绝对的不信仰，也不想到和自己矛盾不矛盾。快乐的时候，他根本不大想到上帝，但是倾向于信上帝的。不快活的时候，他想到上帝，可不大相信：上帝会容许这种苦难与不公平的事存在，他觉得是不可能的。但他并不把这些难题放在心上。其实他是宗教情绪太浓了，用不着去多想上帝。他就生活在上帝身上，无须再信上帝。信仰只是为软弱的人、萎靡的人、贫血的人的！他们向往于上帝，有如植物的向往于太阳。唯有垂死的人才留恋生命。凡是自己心中有着太阳有着生命的，干吗还要到身外去找呢？

要是克利斯朵夫过着与世不相往来的生活，也许永远想不到这些问题。但社会生活的种种约束，使他对这等幼稚而无谓的题目不得不集中精神想一想，决定一个态度；因为它们在社会上占着一个大得不相称的地位，你随处都会碰上它们。仿佛一颗健全的、豪放的、精力充沛、抱着一腔热爱的心灵，除了关切上帝存在不存在以外，没有成千成百更急迫的事要做！……倘若只要相信上帝，倒还罢了！可是还得相信一个某种大小、某种形状、某种色彩、某个种族的上帝！关于这些，克利斯朵夫连想也没想到。耶稣在他的思想中差不多一点没有地位。并非他不爱耶稣：他想到耶稣的时候是爱他的，问题是他根本不想到他。有时他因之责备自己，觉得闷闷不乐，不懂为什么他不多关心一些。但他对仪式是奉行的，家里的人都奉行的，祖父还常常读《圣经》；他自己也去望弥撒，还可以说参加陪祭，因为他是大风琴师，而且他的尽心职务可以作为模范。可是从教堂里出来，他不大说得清刚才想些什么。他努力念着《圣经》，教自己集中思想，念的时候也有兴趣，甚至感到愉快，但不过把它当做美妙的奇书，本质上跟别的书并无分别，谁也不会想到把它叫做圣书的。老实说，他对耶稣固然抱着好感，但对贝多芬更有好感。星期日他为圣·弗洛里昂教堂的弥撒祭弹管风琴，他逢着演奏巴赫的日子，比演奏门德尔松的日子宗教情绪更浓。① 有些祭礼特别引起他的热诚。可是他爱的究竟是上帝呢还是音乐呢？有一天一个冒失的神父就这样打趣似的问过他，全没想到这句带刺的话惹起了孩子多少烦恼。换了别人决不会把这一点放在心上，也决不会因之而改变生活方式，——（不要知道自己想些什么而恬然自得的人，世界上不知有多少！）——但克利斯朵夫的需要真诚已经到了添加烦恼的程度，使他对无论什么事都要求良心平安。一旦心上有了不安，他就得永远不安下去。他非常恼恨，以为自己的行为有了骗人的嫌疑。他究竟信不信上帝呢？……可怜他在物质与思想两方面都没有能力独自解答，那是既要闲暇，又要知识的。然而这问题非解答不可，否则不是漠不关心就是假仁假义，而要他做这两种人都是办不到的。

他很胆怯地试着去探问周围的人。大家的神气全表示极有自信。克利斯朵夫急于想知道他们的理由，可毫无结果。差不多永远没有一个人给他明确的答复，他们说的都是闲文。有些人把他当做骄傲，告诉他这些事是不容讨论的，成千成万比他聪明而善良的人都不加讨论地相信了上帝，他只要依照他们的榜样就得了。还有些人居然生了气，仿佛向他们提出这个问题是侮辱他们；这也许不是对自己的信仰顶有把握的人。另外有些人却耸耸肩膀，笑着说："噢！你相信了也没有什么害处啊……"他们的笑容是表示："而且又不费一点儿事！……"这些人是克利斯朵夫最瞧不起的。

他也试过把这些苦闷告诉一个神父：结果是失望了。他

① 十八世纪的巴赫与十九世纪的门德尔松都作有宗教音乐，前者宗教情绪尤为热烈。

不能正式讨论。对方虽是很殷勤,仍不免在客套中使人感到他和克利斯朵夫谈不上真正的平等;神父的大前提是:他的高人一等的地位与知识是毫无疑义的,所有的讨论不能超过他指定的界限,否则便是有失体统……这完全是不痛不痒的装点门面的把戏。等到克利斯朵夫想越出范围,提出那个尊严的人物不愿意回答的问题,他就想法敷衍了事,先用长辈对小辈的神气笑了笑,背几句拉丁文,像父亲一般责令他祈祷,祈祷,求上帝来启示他,指引他。——克利斯朵夫在这番谈话之后,觉得神父那种有礼而自命不凡的口吻,教人屈辱得厉害。不管自己有理没理,他无论如何不愿意再去请教什么神父了。他承认这些人物在聪明与神圣的名衔上比他高;但讨论的时候就没有什么高级、低级、名衔、年岁、姓氏等的分别!重要的是真理,而在真理之前,大家全是平等的。

因此,他能找到一个和他年纪相仿而有信仰的少年是挺高兴的。他自己也只求信仰,只希望莱沃那给他信仰的根据。他向他表示好感。莱沃那照例态度很温和,可并不怎么热心;他对什么事都不大热心的。因为家里老是有阿玛利亚或老人打岔,没法有头有尾的说话,克利斯朵夫便提议吃过晚饭一同去散步。莱沃那太讲礼貌了,不能拒绝,虽然心里并不情愿,因为他无精打采的性情素来怕走路,怕谈话,怕一切要他费几分气力的事。

克利斯朵夫不知道谈话应当怎样开始。说了两三句闲话,他就突如其来地扯到挂在他心上的问题。他问莱沃那是不是真的预备去做教士,那对他是不是一种乐趣。莱沃那愣了愣,不大放心地望了他一眼,看见克利斯朵夫绝对没有恶意,才安了心,回答说:

"是啊,要不然又是为的什么呢?"

"啊!"克利斯朵夫叹了一声,"你真幸福!"

莱沃那觉得克利斯朵夫的口气有些艳羡的成分,心里不由得很舒服。他立刻改变态度,话多起来了,脸色也开朗了。

"是的,我是幸福的。"他说着,眉飞色舞。

"你怎么能够到这一步的呢?"

莱沃那先不回答他的问题,提议到圣·马丁寺的回廊底下找个安静的地方,拣条凳子坐下。那儿,可以望见种着刺球树的广场的一角,还有远远的罩在暮霭中的田野。莱茵河在小山脚下流过。他们旁边有个荒废的公墓沉沉睡着,铁门紧闭,所有的墓都被蔓草湮没了。

莱沃那开始说话了。他眼睛里闪着点得意的光彩,说能够逃避人生,找到一个可以托庇的,永远不受灾害的地方是多么舒服。克利斯朵夫最近的创伤还没平复,非常热烈地需要遗忘与休息;可是心中还有些遗憾。他叹了一口气,问:

"可是,完全放弃人生,你不觉得有所牺牲吗?"

"噢!"莱沃那安安静静地回答,"有什么可以惋惜的?人生不是又悲惨又丑恶吗?"

"可也有些美妙的地方。"克利斯朵夫说着,望着幽美的暮色。

"有些美妙的地方,可是极少。"

"这极少的一些,对我还是很多呢!"

"噢!得了罢,只要你心中放明白些,事情就很简单。一方面是一点点的好处和多多少少的坏处;另一方面是没有什么好,也没有什么坏,而这还不过是在活着的时候;以后可是有无穷的幸福。两者之间还有什么可迟疑的?"

克利斯朵夫不大喜欢这种算盘。他觉得这样锱铢必较的生活太贫乏了。但他勉强教自己相信这便是智慧。

“那么,”他带着一点讥讽的口气问,“你想你不至于被片刻的欢娱诱惑吗?”

“既然知道欢娱只有一刹那,而以后的时间却是无穷无尽,一个人还会这么傻吗?”

“那么你真的认为死后的时间是无穷无尽的了?”

“当然。”

克利斯朵夫便仔仔细细地问他。克利斯朵夫抱着一腔希望,冲动得厉害。要是莱沃那能给他千真万确的证据使他信仰的话,他要用着何等的热情去跟着他皈依上帝,把世界上的一切统统丢开!

最初,莱沃那很得意自己这个使徒的角色,同时以为克利斯朵夫的怀疑不过是一种姿态,表示不肯随俗,只要几句话就能使他为了顾全体统而信服的;他便搬出《圣经》、福音书、奇迹和传统等。但克利斯朵夫听了一会儿便拦住了他的话,说这是拿问题来回答问题,他所要求的并非把正是他心中怀疑的对象敷陈演绎,而是指示他解决疑窦的方法。这样以后,莱沃那就沉下了脸,觉得克利斯朵夫的病比他想象中的严重得多,居然表示只有用理性才能说服他。然而他还以为克利斯朵夫喜欢标新立异,——他想不到一个人的不肯随俗竟会是出于真诚的,——所以他并不失望;他仗着新近得来的学问,搬出学校里的知识,关于上帝存在与灵魂不死的问题,把许多玄学的论证乱七八糟地一齐倒出来,而说话的方式是威严多于条理。克利斯朵夫精神很紧张,皱紧眉头听着,觉得非常吃力;他要莱沃那把话重复了几遍,竭力想猜透其中的意义,把它灌进自己的脑子,一步一步跟着他推理的线索。终于他嚷起来,说这是跟他开玩笑,是思想的游戏,是能言善辩之徒的打趣,信口雌黄,自以为言之有物。莱沃那给他这一驳,竭力为经典的作者辩护,说他们是真诚的。克利斯朵夫可耸耸肩膀,打赌说这些人要不是滑稽大家,便是卖弄笔头的该死的文人;他一定要莱沃那提出别的证据。

等到莱沃那骇然发觉克利斯朵夫的中毒已经到了无可救药的田地,就对他不再发生兴趣了。他记得人家的嘱咐,说不要浪费光阴去和根本没有信仰的人争辩,——至少在他们一味固执,不愿意相信的时候。那既不会使对方得益,反而有把自己也弄糊涂了的危险。最好让这种可怜虫听凭上帝安排;要是上帝有意思的话,自然会点醒他的;要是上帝没有这意思,那不是谁也没有办法吗?于是莱沃那不想再继续辩论。他只温和地说目前是无法可想了,一个人要决意不肯睁开眼来,那么任何推理都不能给他指示道路的;他劝克利斯朵夫祈祷,求上帝的恩宠:没有恩宠是什么都不成的;要信仰,必须心里要信仰。

心里要?克利斯朵夫苦闷地想道。那么,只要我心里要上帝存在,上帝便存在了!只要我喜欢否定死,死就不存在了!……唉!……为那些不需要看到真理的人,能够心里想要怎么样的真理就看到怎么样的真理的人,能造出些称心如意的梦而去软绵绵地躺在里面的人,生活真是太容易了!但在这种床上,克利斯朵夫知道自己是永远睡不着觉的……

莱沃那继续说着话,回到他最喜欢的题目,说静思默想的生活多么可爱;在这个毫无危险的阵地上,他又滔滔不绝了。用着单调的快乐得发抖的声音,他说皈依上帝的生活是多么幸福,可以远离世界,远离吵闹(他说到这里口气非常恼恨,他差不多和克利斯朵夫一样地厌恶吵闹),远离强暴,远离讥讽,远离那些零星的小灾难,每天守着信仰那个又温暖又安全的窝,对遥远的不相干的世界上的苦难,只消心平气和地取着静观的态度。克利斯朵夫一边听着一边意味到这种信仰的自私自利。莱沃那也觉得他在猜疑,便急急地解释。静思默想的生活并非懒散的生活!相反,那是以祈祷来代替行动的生活;世界上要没有祈祷,还成什么世界!我们用祈祷来为人赎罪,代人受过,把自己的功绩献给别人,在上帝面前替人讨情。

克利斯朵夫不声不响地听着,愈来愈愤慨了。他觉得莱沃那的出世明明是假仁假义。他不至于那么不公平,把一切有信仰的人都认为假仁假义。他很知道,舍弃人生的行为在一小部分的人是无法生活,是惨痛的绝望,是求死的表示;——而在更少数的一部分人,是一种热情的出神的境界……(这境界能维持多久是另一问题)……但在大半的人,逃世岂不往往是冷酷无情的计算,并非为了别人的幸福或真理,而只顾着自己的安宁吗?倘若这种情形被那般真诚的信徒觉察了,岂不要为了自己的理想受到亵渎而感到痛苦吗?……

满心喜悦的莱沃那,此刻正在陈说世界的美与和谐,那是他在神光照耀的云端里望出来的:底下,一切都是黑暗,偏枉,痛苦;上面,一切变得清楚,光明,整齐;世界有如一座时钟,什么都安排得井井有条……

克利斯朵夫只是漫不经意地听着,心里想:“他究竟是真有信仰呢,还是自以为有信仰?”可是他自己的信仰,需要信仰的热烈的意念,并没因之动摇。那绝不是像莱沃那这样一个傻瓜的庸俗的心灵,贫弱的论证,所能损害的……

城里已经黑了。他们坐的凳子已经埋在阴影里;天上的星亮了,一层白雾从河上飘起。蟋蟀在墓园的树底下乱叫。圣·马丁寺的大钟开始奏鸣:先是一个最高的音,孤零零的,像一头哀鸣的鸟向天发问;接着响起第二个音,比前一个低三度,和高音的哀吟合在一起;然后是最低的一个五度音,仿佛是对前两个音的答复。三个音融成一片。在钟楼底下,那竟是一个巨大无比的蜂房里的合唱。空气和人的心都为之颤动。克利斯朵夫屏着气,心里想:音乐家的音乐,和这个千千万万的生灵一齐叫吼的音乐的海洋相比,真是多么可怜;这是野兽,是音响的自由世界,决非由人类的聪明分门别类,贴好标签,收拾得整整齐齐的世界所能比拟。他在这片无边无岸的音响中出神了……

等到那气势雄伟的喁语静默了,最后的颤动在空气中消散完了,克利斯朵夫便惊醒过来,骇然向四下里瞧了瞧……什么都认不得了。在他周围,在他心中,一切都变了。上帝没有了……

失掉信仰和得到信仰一样,往往只是一种天意,只是电光似的一闪。理智是绝对不相干的;只要极小的一点儿什么:一句话,一刹那的静默,一下钟声,已经尽够了。在你散步,梦想,完全不预备有什么事的时候,突然之间一切都崩溃了:周围只剩下一片废墟。你孤独了,不再有信仰了。

克利斯朵夫惊骇之下,弄不明白那是什么原因,怎么会发生的。那真像河水的春汛一样……

莱沃那依旧在那里喃喃不已,声音比蟋蟀的鸣声更单调。克利斯朵夫听不见了。天已经全黑。莱沃那不作声了。克利斯朵夫待着不动使他非常奇怪，又担心时间太晚，便提议回去。克利斯朵夫只是不理。莱沃那去拉他的手臂，克利斯朵夫微微一跳，睁着失神的眼睛瞪着莱沃那。

“克利斯朵夫，得回去啦。”莱沃那说。

“见鬼去罢！”克利斯朵夫气冲冲地回答。

“哎哟，我的天！我什么地方得罪了你啦，克利斯朵夫？”莱沃那问话的神气很害怕，他给他吓呆了。

克利斯朵夫定了定神。

“不错，你说得对，”他口气温和了些，“我不知道说些什么。见上帝去罢！见上帝去罢！”

他独自留下，心里苦闷到极点。

“啊！天哪！天哪！”他喊着，扭着手，热情冲动地仰望着漆黑的天，“为什么我没有信仰了呢？为什么我不能再有信仰了呢？我心中有了些什么事呢？……”

他信仰的破灭，跟他刚才与莱沃那的话是毫无关系的：这番谈话不能成为他信仰破灭的理由，正如阿玛利亚的叫嚣和她家人的可笑，不能成为他近来道德心动摇的原因。那不过是借口而已。骚动不是从外面，而是从他内心来的。他觉得有些陌生的妖魔在心中蠢动，他不敢对自己的思想细看，不敢正面去瞧一瞧他的病……他的病？难道这是一种病吗？他只知道有种恹恹无力的感觉，有股醉意，有种痛快的悲怆，把他的心浸透了。他自己做不了主了。他想振作起来，恢复昨天那种坚忍刻苦的精神，可是没用。一切都一下子崩溃了。他忽然感觉到有个广大无垠的世界，灼热的，野蛮的，不可衡量的……超越上帝的世界！……

这不过是一刹那的事。但从此他就失掉了过去生活中的平衡。

于莱家里的人，克利斯朵夫完全没注意到的只有那个女孩子洛莎。她长得根本不好看；而自己也绝对谈不上俊美的克利斯朵夫，对别人的美貌倒很苛求。他有种青年人的冷酷，把生得丑的女人简直不当做人，除非她的年龄已经到了不会牵动柔情，只能令人有些严肃的、恬静的、近乎虔敬的感情的阶段。并且洛莎虽不是不聪明，可毫无特殊的天赋，而她的喋喋不休还使克利斯朵夫避之唯恐不及。所以他不愿意费心去了解她，以为她没有什么可了解的，充其量不过是偶尔望她一眼罢了。

可是她比许多年轻的姑娘强得多，至少远胜他热恋过的弥娜。她是个老老实实的女孩子，没有虚荣，不卖弄风情，在克利斯朵夫没搬来之前，从来没发觉自己的丑，或者是不把这一点放在心上，因为她周围的人不把这点放在心上。倘使外祖父或母亲嘀嘀咕咕地提到她长得丑，她只是笑笑，并不信以为真，或者认为无关紧要；而他们也不比她多操什么心。多少别的女人，和她一样或更难看的，还不是照旧有人爱吗？德国人对体格的缺陷特别能宽容：他们会熟视无睹，甚至能化丑为妍，凭着一厢情愿的幻想，无论什么脸都可以和最出名的美女典型出其不意地拉上关系。于莱老人用不着别人怎么鼓励，就会说他外孙女的鼻子像吕杜维齐的于依雕像①上的鼻子。幸而他老是叽里咕噜的脾气不喜欢说人好话；而全不在乎鼻

① 于依为罗马神话中朱庇特之妻。希腊及罗马时代，遗有于依雕像甚多；吕杜维齐的雕像乃指存于罗马吕杜维齐别墅（今改称皮翁龚巴尼博物馆）中的于依像。

子模样的洛莎,只知道依照习俗把家务做得好好的才值得自己骄傲。人家教她什么,她就当做福音书一般地接受。难得出门,没有人给她作比较,她很天真地佩服自己的尊长,完全相信他们的话。天生地喜欢流露真情,不知道猜疑,极容易满足,她可竭力学着家里人叹苦的口吻,把听到的悲观论调照式照样挂在嘴边。她非常热心,老是想到别人,设法讨人喜欢,替人分忧,迎合人家的心意,需要待人好而不希望回报。她这种好心当然被家里的人妄用,虽然他们心地不坏,对她也很喜欢;但人们总不免滥用那些听凭摆布的人的好意。大家认为她的殷勤是分内之事,所以并不特别对她满意;不管她怎么好,人家总要她更好。而且她手脚不利落,匆忙急迫,动作莽撞像男孩子一样,又过分地流露感情,常常因之闯祸:不是打破杯子,就是倒翻水瓶,或是把门关得太猛了,使家里的人对她大为生气。不断地挨着骂,她只能躲在一边哭。但她的眼泪是一下子就完的,隔不多久她照旧笑嘻嘻的,咭咭呱呱地嚷起来,对谁也不记恨。

克利斯朵夫搬到这里来,在她生活中是件大事。她时常听见提到他。克利斯朵夫因为有点小名气,在城里也是人家谈话的资料。于莱一家常常说到他,特别是老约翰·米希尔活着的时候,喜欢对所有的熟人夸他的孙子。洛莎在音乐会中也看见过一两次年轻的音乐家。一知道他要住到她们屋子里来,她不禁连连拍手。为了这有失体统的行为受了一顿严厉的训斥,她非常不好意思。但她不觉得有什么不好的地方。她过着那样单调的生活,来个新房客当然是种意想不到的消遣。他搬来的前几天,她等得烦躁死了。她唯恐他不喜欢她们的屋子,便尽量想法要它显得可爱。搬来那天,她还在壁炉架上供了一小束花，表示欢迎。至于她自己，可绝对不想到装扮得好看一些；克利斯朵夫一瞥之下就断定她人既长得丑，衣服又穿得难看。她对他的看法可并不如此，虽然也很有理由断定他难看；因为那天克利斯朵夫又忙又累，衣冠不整，比平时更丑了。但洛莎对谁都不会批评的，认为她的父亲、母亲、外祖父，全是挺美的人，所以觉得克利斯朵夫的相貌跟她想象中的完全一样，而一心一意地钦佩他了。在饭桌上和他并坐在一起使她非常胆怯，而不幸她的胆怯是用唠叨不已的说话来表现的，以致马上失掉了克利斯朵夫的好感。她可并没发觉，这第一晚倒还给她留下一个光明的回忆呢。等到新房客上了楼，她独自在卧房里听到他们在上面走动的时候，她觉得那些声音非常可爱，屋子也似乎有了生气。

第二天，破题儿第一遭，她不大放心地仔细照了照镜子；虽然还不知道将来的不幸有多大范围，但她已经有些预感了。她想把自己的面貌批判一番，可是办不到。她颇有些疑惧的心理，深深地叹着气，想改变改变装饰，不料把自己装得更难看了。她还想出那种倒霉念头，竭力去巴结克利斯朵夫。好不天真地只想时时刻刻看到新朋友，替他们出些力，她在楼梯上奔上奔下地忙个不停：不是拿一样没用的东西去给他们，就是硬要帮他们忙，老是大声笑着，嚷着。只有听到母亲不耐烦的声音叫唤她了，她的热心和絮聒才会给打断一下。克利斯朵夫沉着脸，要不是竭力按捺的话，早已发作过几十次了。他忍耐了两天，到第三天把门上了锁。洛莎敲敲门，叫了几声，心里明白了，便不好意思地下楼去，不再来了。他碰到她的时候，推说因为要赶一件工作，不能来开门。她不胜惶恐地向他道歉。她明明看出自己这种天真的巴结是失败了：本意是想跟人家亲近，结果却适得其反，把克利斯朵夫吓跑了。他老实不客气地表示对她不高兴，连话也不愿意听她的，也不遮掩他心中的不耐烦。她觉得自己的多说话招他厌，下着决心在晚上静默了一些时候；可是说话的劲比她的意志更强，突然之间又来噜苏了。克利斯朵夫不等她一句话说完，把她丢下就跑，她不恨他，只恨她自己，认为自己糊涂，可厌，可笑，觉得这些缺点真是可怕，非改不可。但她试了几次都失败了，就很灰心，以为永远改不掉了，自己没有力量改的了。但她还试着改。

然而还有些别的缺点是她无能为力的：她长得丑有什么办法呢？现在这是毫无疑问的了。有一天她照着镜子突然发觉这个不幸的时候，简直像晴天霹雳。不用说，她还要夸大自己的缺陷，把鼻子看得比实际大了十倍，似乎占据了整个脸庞；她不愿意再露面了，恨不得死掉才好。但少年人希望的力量那么强，极端失望的时间是不会久的；她紧跟着以为自己看错了，教自己相信早先的确是看错了，甚至有时候觉得鼻子跟普通人的一样，还可以说长得不坏呢。于是她凭着本能，很笨拙地想出一些幼稚的手段，例如把头发多遮掉一部分脑门，使面部的不相称不至于太显著。其中可并没卖弄风情的动机；她脑子里从来没有爱情的念头，或者至少她没有意识到。她所要求的并不多，只是很少的一点儿友谊；但这一点儿，克利斯朵夫就没有意思给她。洛莎觉得，只要他们相遇的时候，他能和和气气地、友好地道一声好，她就会非常快乐了。但克利斯朵夫的目光平常总是那么冷，那么无情！她见了心都凉了。他并没对她说什么难堪的话；她却宁愿受几句埋怨而不要这种冷酷的静默。

一天晚上，克利斯朵夫正在弹琴。他在阁楼上布置了一个小房间，在屋子最高的地方，免得听到人家吵闹。洛莎在下面非常激动地听着。她爱音乐，虽然因为没有受过训练而趣味很低级。只要母亲在家，她便待在房间的一角做活，仿佛很认真，但她的心老是牵挂着楼上的琴声。幸而母亲到近边买什么东西去了，洛莎就马上跳起来，丢下活计，心儿乱跳地一直爬到阁楼门口。她屏着气把耳朵贴在门上，直要母亲回家了方始蹑手蹑脚地下楼，不让自己闹出一点儿声响；可是她举动不大利落，永远是急急忙忙的，往往差一点从楼梯上滚下去。有一回她弯着身子，腮帮贴在锁孔上听着，一不小心身体失了平衡，把额角撞在门上。她吓得气都透不过来。琴声立刻停止：她可连逃跑的气力也没有。她站起身子，正好房门开了。克利斯朵夫看见是她，便恶狠狠地瞪了她一眼，也不开一声口，径自粗暴地把她推过一边，愤愤地奔下楼梯，出去了。他直等到吃晚饭才回家，对她那万分抱歉与求他原谅的眼神睬都不睬，好似没有她这个人；而好几个星期他根本不弹琴了。洛莎暗中大哭了几场，可没有一个人觉察，也没有一个人注意她。她热烈地祈求上帝……求什么呢？她不大明白。只是需要把心中的哀伤诉说一番。她以为克利斯朵夫一定是恨死了她。

虽然如此，她还存着希望。只要克利斯朵夫多少注意到她，好像在听她说话，或是握手比平常亲热一些，她就觉得有了希望。

最后，家里的人几句莽撞的话又教她做了一场空梦。

全家的人都对克利斯朵夫抱着好感。这个十六岁的大孩子,严肃,孤独,把责任看得很重,使他们都有些敬意。他的坏脾气,他的死不开口,他的郁闷的神色,他的莽撞的举动,在这样一个家庭里是决没有人奇怪的。连把一切艺术家都看做懒虫的伏奇尔太太,也不敢逞着心意埋怨他傍晚靠在阁楼的窗上对着院子呆望,直望到天黑:因为知道他白天已经被教课的事累死了;而且为了一个大家心照不宣的理由,她和别人一样地敷衍他。

洛莎和克利斯朵夫说话的时候,常常发现父母在旁挤眉弄眼,交头接耳。先是她并不在意。后来她奇怪起来,感到惶惑,很想知道他们说些什么,但又不敢动问。

有天傍晚,她爬上凳子去解开拴在两株树上晾衣服的麻绳,跳下来的时候在克利斯朵夫的肩头撑了一下,她眼睛忽然跟靠墙坐着抽烟斗的父亲与外祖父的眼睛碰在一处。两个男人彼此丢了一个眼色;于莱和伏奇尔说:"将来倒是出色的一对。"

伏奇尔发觉女儿在那里听着,用肘子把老人撞了撞,于莱便仿佛要周围的人都听见似的,大声地"嗯!嗯!"了两下,自以为把刚才的话很巧妙地混过去了。克利斯朵夫转着背,完全没觉得;但洛莎听了心里一怔,竟忘了自己在往下跳,把脚扭坏了。要不是克利斯朵夫一边埋怨她老是这么笨,一边把她扶住,她早已摔倒了。她的脚扭得很痛,但是不动声色,简直没想到痛而只想到才听见的话。她往自己屋里走去,走一步痛一步,可硬撑着不让人家发觉。她心里有种甜蜜的骚动。她往床前的一张椅子上倒下,把头埋在被单里。脸上热烘烘的,眼中含着泪,她笑了。她羞得几乎想钻下地去,没法集中思想,只觉得太阳穴里乱跳,脚踝骨疼得厉害,颇有些发着高热度而麻痹的境界。她隐隐约约听见外边的声音和街上玩耍的孩子的声音，外祖父的话还在耳朵里响着；她轻轻笑着，红着脸，往被窝里钻；她又是祷告，又是感谢，又有欲望，又觉得害怕，——她动了情了。

她听见母亲叫唤，就勉强站起，不料跨了一步便痛得受不住，差点儿发晕，觉得头脑昏昏沉沉地乱转。她以为要死了，她真希望就这样的死了，同时也拼命地想活，为了那个已经许给她的幸福而活。终于母亲跑来了，家里的人都着了慌。照例受了顿埋怨，包扎好了，躺上了床，她给肉体的痛苦与内心的喜悦刺激得精神恍惚。多么甜蜜的一夜！……这似睡非睡的夜里最琐碎的事，也变了她将来神圣的回忆。她并不想着克利斯朵夫，也不知道想些什么。她反正是幸福了。

第二天，克利斯朵夫自以为对这件事多少有些责任，便来问问她的情形，他破题儿第一遭对她表面上有些亲热。她心里感激到极点，甚至祝福她的痛苦了。她愿意终身受苦，为的要终身能有这种快乐。——她一动不动地躺了好几天，在床上只顾翻来覆去地想着外祖父的话，还要加以推敲，因为她起了疑心，不知道他说的"将来是……"呢，还是"可能是……"呢？

并且他究竟说过这种话没有？——说过的，他的确说过，她清楚得很……可是怎么！难道他们不觉得她难看，不觉得克利斯朵夫讨厌她吗？……然而能有个希望究竟是甜蜜的！她甚至以为自己弄错了，或许她并不像自己所想的那么丑；她在椅子上把身体抬起一点儿，照着挂在对面的镜子：不知道怎么想才好。总而言之，外祖父跟父亲的判断比她准确：一个人对自己的判断是靠不住的……天哪！要是真的可能！……要是碰巧……要是她真的长得好看而自己早先不知道的话！……或许她把克利斯朵夫并没多少好意的感情给夸张了。没有问题，这冷淡的男孩子从出事的第二天跑来表示一下关切以后，再也不把她放在心上，不想再来问问她的病状；但洛莎是原谅他的；他忙着多少事啊！怎么能有时间想到她呢？我们不能批评一个艺术家像批评别人一样。

可是不管她多么隐忍，当克利斯朵夫在旁走过的时候，仍不由自主要心中忐忑地等着，希望听到句好言好语……只要一个字，一个眼风就够了……其余的自有她的幻想来补足。初期的爱情只需要极少的养料！只消能彼此见到，走过的时候轻轻碰一下，心中就会涌出一股幻想的力量，创造出她的爱情；一点儿极无聊的小事就能使她销魂荡魄：将来她因为逐渐得到了满足而逐渐变得苛求的时候，终于把欲望的对象完全占有了之后，可没有这种境界了。——那时洛莎编了一个从头至尾都是杜撰的故事，让自己整个儿生活在里面而谁也不发觉。故事是这样的：克利斯朵夫偷偷地爱着她，可不敢说出来，为了胆小，或是为了别的什么原因，荒诞不经的，才子佳人式的，总之是这个多情的小姑娘想入非非找出来的原因。她根据了这个，编成无穷尽的故事，完全是荒谬绝伦的；她也知道荒谬；可不愿意去想到它荒谬，她拿着活计可以几天几天地对自己扯谎。她甚至忘了说话：平日拉不断扯不完的话一齐往心里倒流，好似一条河忽然隐没到地下去了。在她心里，多嘴的脾气可是要痛痛快快发泄的：多少的长篇大论！多少没有声音的唠叨！有时人家看见她扯动嘴唇，好比有些人看书的时候轻轻地念着字音，以便了解意义一样。

从这些梦想中醒来，她又快乐又悲哀。她知道事实并不像她刚才所想的那样;但这些梦给她留下一道幸福的光,使她回到实际生活的时候增强了信心。而她对于争取克利斯朵夫这桩事也绝对不灰心。

她着手进攻了,可完全是无意识的。凡是强烈的感情需要行动的时候,都有那种万无一失的本能:笨拙的小姑娘,居然一下子想出了办法去打动朋友的心。她不直接拿他做目标;但等到完全康复,能在屋子里走动了,她便去亲近鲁意莎。只要有一点儿借口就行。她想出无数的小事情帮鲁意莎的忙:上街的时候替她带买东西,使鲁意莎不必再上菜市和商贩论价,也不必到院子里的龙头上去打水;甚至一部分的家务,像洗地砖、抹地板等也由洛莎代劳了,鲁意莎虽是局促不安地拦阻也没用,而老人家精神不济,也没多大勇气拒绝人家帮忙。克利斯朵夫整天在外,鲁意莎非常孤独,有这个殷勤而热闹的小姑娘做伴心里也好过些。后来洛莎竟待在她家里不走了,拿了活计来跟鲁意莎谈天。她用些并不高明的小手段把话扯到克利斯朵夫身上。听见人家提起他,说到他的名字,洛莎就觉得快活,手指哆嗦,连眼睛都不敢抬起来。鲁意莎很高兴谈谈她心疼的儿子,讲他小时候的许多小事情,无聊的,可笑的;但洛莎决不认为无聊可笑。想到小孩子时代的克利斯朵夫,做着那个年龄上的或是胡闹或是惹人怜爱的事儿,洛莎的快乐和激动简直没法形容;每个女子都有的母性,在她心中和另外一种柔情融在一起,愈加甜蜜了;她笑得眼睛都湿了。鲁意莎看洛莎这样关心不禁大为感动。她猜到女孩子的心事,只装不知道;但她心里很喜欢,因为在这个屋子里所有的人中间,唯有她懂得这个姑娘的心是多么好。有时她把话打住了,望着洛莎。洛莎听见没有声音觉得奇怪,便抬起头来。

鲁意莎对她微微笑着。于是洛莎热情冲动地扑在她臂抱里，把脸藏在她怀里。然后她们又照常做着活儿，谈着话。

晚上，克利斯朵夫回家的时候，鲁意莎既感激洛莎的好意，又想要实行自己的计划，便把邻家的孩子赞不绝口。克利斯朵夫也被洛莎的热心感动了，知道那是对母亲有好处的：她脸色不是开朗得多吗？他向她热烈道谢，洛莎支吾其词地溜了，唯恐露出自己的慌乱：克利斯朵夫认为，她这个办法比跟他说话聪明而且可爱多了。他看待她的眼光也不像以前那么怀着很深的成见了，并且明白表示出来：他想不到在她身上会发现那些意想不到的优点。洛莎也觉察到了，看到他的好感一天天地加增，以为这点好感正在往爱情的路上发展。她比先前更耽溺于梦想了。凭着年轻人万事如意的推想，她几乎相信凡是一心一意追求的一定能成功。——何况她的欲望也没有什么不合理的地方。克利斯朵夫对于她的好心，对于她需要为人家鞠躬尽瘁的本性，不是应当比别人更敏感吗？

然而克利斯朵夫心中并不想她，只是敬重她。在他的念头里，她一点儿地位都没有。他正为许多别的事操心。克利斯朵夫不再是克利斯朵夫了。他不认得自己了。心中经历着极大的转变，他的生命整个儿都给颠倒了。

克利斯朵夫感到极度的困倦，烦躁。他无缘无故的没有了气力，脑袋重甸甸的，眼睛，耳朵，所有的器官都像是醉了，在那里嗡嗡作响。什么事都不能使他集中精神。思想从这个题目跳到那个题目，激动狂乱，把他累得要死。五光十色的形象旋转不已，他为之头都晕了。他先还认为这是由于过度的疲乏与春天的困扰。可是春天过了，他的病状有增无减。

这便是轻描淡写的诗人们所说的青春期的困惑，薛侣班的烦恼①，爱欲在年轻的身心中的觉醒。在他们看来，仿佛这全身动摇、死灭、再生的关头，信仰、思想、行动、整个生活准备在痛苦与欢乐的抽搐中毁灭而重新鼓铸的大变动，仅仅是小孩子的胡闹！

他的灵和肉都在那里发酵。他又惊奇又厌恶地看着这个情形，没有力量挣扎。他完全不明白内心有了什么变化。他的生命解体了，成天地恍恍惚惚，无精打采。工作简直变成了刑罚。夜里的睡眠是困顿的，断断续续的，做些奇形怪状的梦，种种的欲望抬起头来：他被兽性抓住了。浑身灼热，汗流浃背，他对自己只感到厌恶；他努力想丢开那些荒唐的脏念头，简直疑心自己疯了。

白天他也逃不了这些兽性的缠绕。他觉得自己正在往灵魂的黑暗的陷坑里沉下去，没有一点东西可以给他抓握，没有什么藩篱能挡住那种混乱。所有的盔甲，所有据以自卫的坚固的壁垒：他的上帝，他的艺术，他的高傲，他的道德信仰，一切都崩溃了，瓦解了。他看到自己赤裸裸的，被捆绑着，躺在地下，一动也不能动，像一个虫蛆满身的尸首。有时他使劲反抗了几下：他的意志到哪儿去了呢？他号召意志，意志也不来：正如一个人在梦中知道做着梦，拼命想醒而醒不过来。结果只能从这一个梦转到另一个梦。末了他觉得不去挣扎倒还

① 薛侣班为博马舍的喜剧《费加罗的婚姻》中的侍从武士，至今成为羞人答答而情窦初开的少年的典型。他分析自己的时候说："只要看见一个女人，我心就跳了；爱情与肉欲二字使我的心发抖，慌乱。我只想对人说：'我爱你'，我甚至在花园里对树木、对云、对风，都自言自语地说着这句话。"

少一些痛苦,便抱着无可奈何的心理听其自然了。

他生命的正常的波流似乎给阻断了。有时它渗进了地下的裂缝,有时却非常猛烈地飞涌起来。长流不尽的时间也会中断,显出些窟窿,张着大口,让你陷进去。克利斯朵夫看着这种情形,仿佛跟自己毫不相干。生灵,万物,——连他自己在内,——对他都不相干了。他照常办公,做事,可完全是无意识的;他觉得生命的机构已经发生障碍,随时可以停止。和母亲与房东们坐在饭桌前面,在乐队里,在乐师与听众之间,头脑会突然变成一片空虚:他呆呆地望着在他周围扭动的脸,什么都弄不清了。他问自己:“这些人跟……有什么关系呢?”他甚至不敢说出“这些人跟我”。因为他已经不知道自己是不是活着。他说话罢,声音仿佛是从别个身体上来的。做什么动作罢,他又像在远处,高处,塔顶上,看到自己的动作。他失魂落魄,把手按着脑袋。他竟要做出一些荒唐胡闹的事来了。

尤其在众目睽睽之下,他自己格外留神的时候,更容易有这种情形。譬如在爵府里的那些晚会中间,或是他当众演奏的时候,突然之间他觉得需要扯个鬼脸,说些野话,向大公爵吐吐舌头,或是往什么太太的屁股上踢一脚。有一回他挣扎了一个晚上,因为他一边指挥乐队,一边竟想当众脱衣服;而他越是压制这念头,越是被这个念头纠缠不清,直要使尽全身之力才能撑过去。在这种荒唐的斗争之后,他一身大汗,觉得脑子里空空如也。他真是疯了。只要他想到不该做某一件事,某一件事就像偏执狂一样顽强地把他死抓不放。

于是他的生活不是被那些疯狂的力播弄,就是堕入虚无的境界。一切像是沙漠上的狂风。哪儿来的这阵风呢?这种疯狂又是怎么回事呢？扭他的四肢，扭他的头脑的欲望，从哪个窟窿里冒出来的呢？他仿佛是一张弓，被一只暴烈的手快拉断了，——不知为了什么目的，——过后又被扔在一边，像无用的枯枝似的。他不敢深究自己做了谁的俘虏，只觉得被打败了，非常屈辱，又不敢正视自己的失败。他困倦不堪，一点儿志气都没有了。那些不愿意看到难堪的真相的人，从前他是瞧不起的，现在他了解了。在这些虚无的时间，一想到浪费的光阴，丢掉的工作，白白断送了的前途，他吓得浑身冰冷。但他并不振作起来，只无可奈何地承认虚无的力量，而宽恕自己的懦弱无能。他觉得委身于虚无倒有种悲苦的快感，好比一条在水面上快要沉下去的船。挣扎有什么用？一切都是空的：美，善，上帝，生命，无论什么生物，都是空的。在街上走的时候，忽然他双脚离地了，既没有土地，也没有空气，也没有光明，也没有他自己：什么都没有。他头重脚轻，脑门向前探着；他能够撑着不跌下去也是间不容发的事了。他想他要突然倒下去了，被雷劈了。他以为自己已经死了……

克利斯朵夫正在脱胎换骨，正在换一颗灵魂。他只看见童年时代那颗衰败憔悴的灵魂掉下来，可想不到正在蜕化出一颗新的，更年轻而更强壮的灵魂。一个人在人生中更换躯壳的时候，同时也换了一颗心；而这种蜕变并非老是一天一天的，慢慢儿来的：往往在几小时的剧变中，一切都一下子更新了，老的躯壳脱下来了。在那些苦闷的时间，一个人自以为一切都完了，殊不知一切还都要开始呢。一个生命死了。另外一个已经诞生了。

一天晚上，他独自在卧室里，背对着窗，在烛光底下，把胳膊靠在桌上。他并不工作。几星期以来，他不能工作了。一切在他头里打转。宗教，道德，艺术，整个的人生，一股脑儿都同时成了问题。思想既然是总崩溃了，就谈不到什么条理跟方法；他只在祖父留下的或是伏奇尔的杂书中胡乱抓几本看看：神学书，科学书，哲学书，大都是些零本；他完全看不懂，因为每样都得从头学起；而且他从来不能看完一本，翻翻这个，看看那个，把自己搅糊涂了，结果是疲倦不堪，颓丧到了极点。

那天晚上，他正沉浸在困人的麻痹状态中发呆。全屋子的人都睡了。窗子开着，院子里一丝风也没吹过来。天上堆满了密云。克利斯朵夫像傻子似的，望着蜡烛慢慢地烧到烛台底里。他不能睡觉，什么也不想，只觉得那空虚越来越深，在那儿吸引他。他拼命不要看那个窟窿，却偏偏不由自主地要凑上去。在窟窿里骚然蠢动的是混乱，是黑暗。一阵苦闷直透入内心，背脊里打了个寒噤，他毛骨悚然，抓住桌子怕跌下去。他颤巍巍地等着什么不可思议的事，等着一桩奇迹，等着一个上帝……

忽然之间，在他背后，院子里好似开了水闸一样，一场倾盆大雨浩浩荡荡直倒下来。静止不动的空气打着哆嗦。雨点打在干燥坚硬的泥土上，好比钟声一般铮铮作响。像野兽那样暖烘烘的土地上，在狂乱与快乐的抽搐中冒起一大股泥土味，一股花香，果子香，动了爱情的肉香。克利斯朵夫神魂颠倒，全身紧张，连五脏六腑都颤抖了……幕揭开了。简直是目眩神迷。在闪烁的电光中，在黑暗的最深处，他看到了——看到了上帝，看到自己就是上帝。上帝就在他心中：它透过卧室的屋顶，透过四面的墙壁，把生命的界限推倒了；它充塞于天地之间，宇宙之间，虚无之间。世界像飞瀑似的冲入它的怀抱。对着这个天翻地覆的景象，克利斯朵夫吓呆了，出神了；旋风把自然界的规则扫荡完了，克利斯朵夫也被吹倒了，带走了。他失掉了呼吸，倒在了上帝身上，他醉了……深不可测的上帝！那是生命的火把，生命的飓风，求生的疯狂，——没有目的，没有节制，没有理由，只为了轰轰烈烈的生活！

精神上的剧变过去以后，他沉沉睡着了，那是久已没有的酣睡。第二天醒来，他头脑昏沉，四肢无力，像喝过了酒。昨夜使他惊骇万状的，那道阴森而强烈的光，在他心中还剩下一些余晖。他想要那道光再亮起来，可是办不到。而且他愈追求愈找不着。从此，他集中精力要求那个一刹那间的幻象再现一回，结果是劳而无功。出神的境界决不让意志做主的。

然而这种神秘的狂乱状态，并非只此一遭，以后又发生了好几次，但从来不像第一回那么剧烈。来的时候总是克利斯朵夫最意想不到的时候，短短的几秒钟，完全是出其不意的，甚至抬一抬眼睛，举一举手的时间，幻象已经过去了，他连想也来不及想到这是幻象，事后还疑心是做梦。第一晚是一块烈焰飞腾的陨石在黑暗中燃烧，以后的只是一簇毫光，几小点稍纵即逝的微光，肉眼只能瞥见一下就完了。但它们出现的次数愈来愈多，终于把克利斯朵夫包围在一个连续而模糊的梦境中，使他的精神都溶解在里头。凡是足以驱散这种朦胧的意境的，他都恼恨。他没法工作，甚至也想不到工作。有人在旁边他就恨，尤其是亲近的人，连母亲在内，因为他们自以为有权控制他的精神。

他跑出去，常常在外边消磨日子，到夜晚才回家。他寻求田野里的清静,为的能称心如意地,像狂人一般,把自己整个儿交给那些执着的念头。——但在荡涤尘怀的空旷中,和大地接触之下,那种纠缠变得松懈了,那些念头也没有幽灵一般的性质了。他的狂热并没减少一点,倒反加强,但已经不是危险的精神错乱,而是整个生命的健全的醉意:肉体和灵魂都为了自己的力而得意。

他重新发现了世界,仿佛还是第一次看到。这是童年以后的另外一个童年。似乎一切都被一句奇妙的咒语点化了。自然界放出轻快的火花。太阳在沸腾。天色一清如水,像河一般流着。大地咕噜作响,吐出沉醉的气息。生命的大火在空中旋转飞腾:草木,昆虫,无数的生物,都是闪闪发光的火舌。一切都在欢呼呐喊。

而这欢乐便是他的欢乐,这股力便是他的力。他和万物分不开了。至此为止,便是在童年时代快乐的日子,怀着热烈而欣喜的好奇心看着大自然的时候,他也觉得所有的生物都只是些与世隔绝的小天地,或是可怕的,或是滑稽的,跟他毫无关系,他也无从了解。连它们是否有感觉有生命,他也不大清楚,只认为是古怪的机器而已。凭着儿童无意识的残忍心理,克利斯朵夫曾经把一些可怜的昆虫扯得四分五裂,看着它们古古怪怪地扭动觉得好玩,根本没想到它们的受苦。平时那么镇静的高脱弗烈特舅舅看到他折磨一只苍蝇,禁不住愤愤地把它从手里抢下来。孩子先还想笑,后来也给舅舅的神气感动得哭了。那时他才明白他的俘虏也有生命,和他一样,而他是犯了凶杀的罪。从此以后,他虽然不再伤害动物,可也并不对它们有什么同情;在旁边走过的时候,他从来没想到去体会一下,那些小小的躯壳里头有些什么在骚动;他倒是把它当做噩梦一般的怕想到。——可是现在一切都显得明白了。那些暧昧的生物也放出光明来了。

克利斯朵夫躺在万物滋长的草上，在昆虫嗡嗡作响的树荫底下，看着忙忙碌碌的蚂蚁，走路像跳舞般的长脚蜘蛛，望斜刺里蹦跳的蚱蜢，笨重而匆忙的甲虫，还有光滑的、粉红色的、印着白斑、身体柔软的虫。或者他把手枕着头，闭着眼睛，听那个看不见的乐队合奏：一道阳光底下，一群飞虫绕着清香的柏树发狂似的打转，嗡嗡的苍蝇奏着军乐，黄蜂的声音像大风琴，大队的野蜜蜂好比在树林上面飘过的钟声，摇曳的树在那里窃窃私语，迎风招展的枝条在低声哀叹，水浪般的青草互相轻拂，有如微风在明净的湖上吹起一层皱纹，又像爱人窸窸窣窣的脚步声走过了，去远了。

这些声音，这些呼喊，他都在自己心里听到。这些生物，从最小的到最大的，内部都流着同一条生命的巨川：克利斯朵夫也受着它的浸润。他和千千万万的生灵原是同一血统，它们的欢乐在他心中也有友好的回声；它们的力和他的力交融在一起，像一条河被无数的小溪扩大了。他就浸在它们里面。强烈的空气冲进他窒息的心房，胸部几乎要爆裂了。而这个变化是突如其来的：正当他只注意自己的生命，觉得它像雨水般完全溶解而到处只见到虚无之后，一旦他想在宇宙中忘掉自己，就到处体会到无穷无极的生命了。他仿佛从坟墓中走了出来。生命的巨潮泛滥洋溢地流着，他不胜喜悦地在其中游泳，让巨流把他带走，以为自己完全自由了。殊不知他更不自由了。世界上没有一个生物是自由的，连控制宇宙的法则也不是自由的，——也许唯有死才能解放一切。

可是刚在旧的躯壳中蜕化出来的蛹，只知道在新的躯壳中痛痛快快地欠伸舒展;它还来不及认识新的牢笼的界限。

日月循环,从此又开始了新的一周。光明灿烂的日子,如醉如狂的日子,那么神秘,那么奇妙,像童年时代初次把一件件的东西发现出来一样。从黎明到黄昏,他老是过的空中楼阁的生活。正事都抛弃了。认真的孩子,多少年来便是害病也没缺过一课,在乐队的预奏会中也没缺席一次,此刻竟会找出种种借口来躲避工作。他不怕扯谎,也不觉得惭愧。过去他喜欢用来压制自己的刻苦精神:道德,责任,如今都显得空洞了。它们那种专制的淫威,一碰到人类的天性就给砸得粉碎,唯有健全的、强壮的、自由的天性,才是独一无二的德性,其余的都是废话!那些繁缛琐碎,谨慎小心的规则,一般人称之为道德而以为能拘囚生命的:真是太可怜了!这样的东西也配称为牢笼吗?在生命的威力之下,什么都给推倒了……

精力过于充沛的克利斯朵夫,发疯似的想用盲目的暴烈的行为,把那股使他窒息的力毁掉,烧掉,让它发泄。这种兴奋的结果往往是突然之间的松弛;他哭着,扑在地下,亲着泥土,恨不得把牙齿和手陷进去,把泥土吞下肚子;烦闷与情欲使他浑身发抖。

一天傍晚,他在一个树林旁边散步。眼睛被日光照得有些醉意,头里昏昏沉沉地在打转,他精神非常兴奋,看出来的东西都是另外一副面目。柔和的暮色使万物更添了一种神幻的情调。紫红与金黄的阳光在栗树底下浮动。草原上好像放出一些磷火似的微光。天色像人的眼睛一样温和可爱。近边的草场上有个少女在割草。穿着衬衣和短裙,露着脖子跟手臂,她扒起干草,堆在一处。她长着个短鼻子,大脸盘,天庭饱满,头上裹着一块手帕;焦黑的皮肤给太阳晒得通红,仿佛在尽量吸收傍晚的日光。

克利斯朵夫对她动了心。他靠在一株榉树上看着她向林边走来。她并没留神,只是无意之间抬了抬头:他看见她黑不溜秋的脸上配着一对蓝眼睛。她走得那么近,甚至弯下身子捡草的时候,他从她半开的衬衣里看见了脖子跟背上那些淡黄的毛。郁积在他胸中的暧昧的欲望突然爆发了。他从后面扑上去,搂住了她的脖子和腰,把她的头往后扳着,拿嘴用力压在她半开的嘴里,吻着她那又干又裂的嘴唇,碰到了她把他怒咬的牙齿。他的手在她粗糙的胳膊和汗湿的衬衣上乱摸。她挣扎着,他可把她抱得更紧,差不多想掐死她。终于她挣脱了,大叫大嚷,吐着口水,用手抹着嘴唇,没头没脑地骂他。他一松手就往田里逃了。她在背后扔着石子,不住地用许多脏字称呼他。他脸红耳赤,倒不是因为被她当做或说做是怎么样的人,而是为了他对自己的感想。这个突如其来的无意识的行动,使他惊骇万状。他刚才做的什么事呢?准备做些什么呢?他所能想象到的只能引起心中的厌恶。而他竟想去做这桩他厌恶的事。他跟自己抗拒着,弄不清究竟哪一方面的才是真的克利斯朵夫。一股盲目的力在进攻他,他尽量地逃也逃不掉:那等于逃避自己了。那股力要把他怎么办呢?明天,一个钟点以内……在他穿过田垄走上大路的时间内,他又会做出些什么来呢?连能不能走上大路也不敢说。会不会退回去再追那个姑娘呢?以后又怎么办呢?……他记起了掐住她喉咙的疯狂的一刹那。他不是什么事都会做出来吗?甚至可能犯罪!……是的,可能犯罪……心中的骚乱使他没法呼吸。到了大路上,他停下来喘口气。姑娘在那边跟一个听见她叫喊而奔过来的少女谈着话;她们把拳头插在腰里,望着他哈哈大笑。

他回去以后,几天地关在家里不敢动。便是在城里,他也只在不得已的时候才出去。凡是有走过城门往田野去的机会,他都战战兢兢地避免,生怕又遇到那股疯狂的气息,像阵雨以前的狂风一样,吹起他心中的欲念。他以为城墙可以给他保障,却想不到只要在紧闭的护窗里头露出一线看也看不见的,仅仅容得下一双眼睛的空隙,敌人就会溜进来。

第二部　萨皮纳

在院子对面，屋子的陪房部分，底层住着一个二十岁的新寡的女人和一个女孩子，叫做萨皮纳·弗洛哀列克太太，也是于莱老人的房客。她占着临街的铺面，和靠院子的两间房，还带着一小方花园，跟于莱家的只隔一道绕满藤萝的铁丝网。她难得在园子里露面；只有孩子从早到晚独自在那里扒着泥土。自生自发的园子有点乱七八糟，老于莱看了大不高兴，他是喜欢把小路给耙得平平整整，使自然界也显得有条有理的。关于这一点，他曾经对房客说过几回；或许就为了这个缘故她根本不到园子里来了，而园子也并没因此给收拾得像个样。

弗洛哀列克太太开着一个小针线铺，在这城中心商业繁盛的街上原来可以很发达；但她对铺子并不比对花园更关心。照伏奇尔太太的说法，一个爱面子的女人，家务是应当自己动手的，——尤其在没有相当的财产容许她闲荡的时候，更没有闲荡的理由，——可是那位太太雇了个十五岁的女孩子，每天早上来做几个钟点零活，打扫屋子，看守铺子，使她自己可以懒洋洋地赖在床上，或是把时间花在梳妆上面。

有时，克利斯朵夫从玻璃窗里看到她光着脚，拖着很长的睡衣在房里走来走去，或是几小时地坐在镜子前面发呆；因为她满不在乎，连窗帘都忘了放下，便是发觉了也懒得走过去动一动手。克利斯朵夫倒反更怕羞,特意从窗边走开,免得她发窘。但那诱惑的力量真是不小:他红着脸,偷偷地瞟了一眼她那清瘦的裸露的胳膊,有气无力地环绕着披散的头发,两手勾搭着抱着颈窝;她就是这样地出神了,直要胳膊酸麻了才放下来。克利斯朵夫相信自己看到这幕可爱的景象完全是出于无意的,而他脑子里想着音乐的时候,也并不因之慌乱;可是他上了瘾,结果他看萨皮纳的时间和她为了梳妆花费的时间一样多。她并非卖弄风情,平时倒是随随便便的,对衣着还不及阿玛利亚或洛莎那么仔细周到。她老半天地照着镜子,纯粹是由于懒惰;每插一支针也像花了很大的劲,必须歇一歇,对镜子扮一下苦脸。白天快完了,她还没完全穿扮好。

萨皮纳没有收拾完毕,往往女仆已经走了,而顾客在门外打铃了。她听见铃响,还得人家叫了一两声,才决心从椅子上站起,笑眯眯的,从容不迫地走出去,——从容不迫地寻找顾客所要的货,——要是找了一下找不到,或是要花一些气力,譬如把梯子从这边搬到那边才能拿到,——她就消消停停地说那东西已经卖完了;因为她不想把屋子整理一下,也不肯添办卖缺的货,顾客们不是不耐烦了,就是照顾别的铺子去了。可是他们并不怪怨她。这样一个可爱的,说话的声音那么柔和的女人,对什么都是不慌不忙的:怎么能跟她生气呢?随便你说什么,她都无所谓;人家也感觉得很清楚,即使抱怨的话已经出了口,也没勇气再说下去;他们走了,对她可爱的笑容也回报一个笑容,可是从此不再上门了。她并不因之着慌。她老是那么笑盈盈的。

她的相貌很像佛罗伦萨的少女。眉毛向上,长得很好看;灰色的眼睛在浓密的睫毛底下只睁开一半。下眼皮带点儿浮肿，底下有条很浅的皱痕。玲珑的小鼻子，下端微微地向上翘着；鼻尖和上嘴唇中间另有一条小小的曲线。嘴巴张开着一点，上嘴唇往上吊起，有笑意，也有倦意。下嘴唇太厚了一些；脸盘的下部是圆的，像意大利画家斐利卜·利比所画的圣母：有种天真而严肃的神气。皮色不十分清白，头发是浅褐色的，打卷的部分很乱，绾的髻尤其不知所云。细身材，小骨骼，动作老是懒洋洋的。穿扮并不讲究，——一件敞开着的短褂，纽扣七零八落，脚下拖着双破烂的旧鞋子，有点不修边幅，——但她青春的风韵，温和的气息，天真的娇媚，自有动人怜爱的魔力。她站在铺子门口换换空气的时候，过路的青年们总喜欢瞅她几眼；她虽然不把他们放在心上，却也注意到了，眼中表示出一点感激与喜悦；妇女被人好意相看之下，都有这种表情，意思仿佛是说："多谢多谢！……再来一下罢！再瞧我一眼罢！……"

可是她尽管觉得能讨人喜欢是种快乐，懒惰的天性使她从来不想做点儿什么去讨人喜欢。

在于莱和伏奇尔这些人看来，她正是一个引起反感的对象。她的一切都使他们愤慨：她的无精打采，家里的杂乱，衣着的随便，永远的微笑，客客气气听着他们的批评而满不在乎，对于丈夫的死、孩子的病、营业的衰落、日常生活中大大小小的烦恼，都若无其事地不以为意，无论什么也改变不了她的习惯和游手好闲的脾气，——她的一切都教他们生气；而最糟的是这样一个人居然会讨人喜欢。这是伏奇尔太太不能原谅的。仿佛萨皮纳故意拿她的行为来取笑根深蒂固的传统，真正的做人之道，一板三眼的责任，毫无乐趣的工作，取笑那些忙乱、闹哄、吵架、叹苦，和有益身心的悲观主义；而这悲观主义便是于莱一家的，也是所有的规矩人的生存的意义，使他们的生活成为补赎罪孽的准备的。要是一个女人饱食终日，无所事事，把神圣的日子糟蹋完了，还胆敢不声不响地瞧不起人，人家却像苦役犯一般地忙得要命，——而结果大家倒派她有理，那还像话吗？不要教守本分的人灰心吗？……幸而，谢谢上帝！世界上还有些明白人，能使伏奇尔太太跟他们一起得到些安慰。他们从百叶窗里偷觑着小寡妇，每天都得把她议论一番。吃晚饭的时候，这些闲话使全家的人都嘻嘻哈哈地乐死了。克利斯朵夫心不在焉地听着。伏奇尔夫妇素来好批评邻居们的行为，他早已听腻了，再也不去注意。何况他对萨皮纳的认识仅限于脖子和裸露的手臂，虽然觉得可爱，还谈不到对她的为人有什么确切的见解。然而他觉得自己对她非常宽容；而且为了故意跟人家别扭，他很高兴萨皮纳教伏奇尔太太生气。

天气很热的时候，吃过晚饭，大家没法待在院子里；那边整个下午晒着太阳，连晚上都很闷热。只有靠街的一边还能让人透口气。有时于莱跟伏奇尔和鲁意莎在门口坐一会儿。伏奇尔太太和洛莎不过露一露脸：她们忙着家里的事；而伏奇尔太太还要争面子，格外表示她没有闲逛的时间；为了要人听到，她高声地说，所有在这儿靠着屋门打着呵欠，十个指头不肯动一动的人，都叫她头疼。既然她不能强迫他们做事（那是她觉得非常遗憾的），她唯有眼不见为净，回到屋里去狠命地做自己的事。洛莎自以为应当学她的样。而于莱与伏奇尔，觉得到处是过路风，因为怕着凉，也回到楼上去了。他们睡得极早，并且哪怕你请他们做皇帝，也不能教他们改变一点儿习惯。从九点起,门外只剩下鲁意莎和克利斯朵夫两个人了。鲁意莎整天关在屋子里;晚上,克利斯朵夫一有空闲就陪着她,硬要她换换空气。她自个儿是决不会出来的:街上的声音使她害怕。孩子们尖声怪叫地追来追去,街坊上所有的狗都汪汪地叫起来,跟他们呼应。还有钢琴声,远处又有单簧管声,旁边的街上又有人吹着短号。四下里都有彼此招呼的声音。三三两两的人来来往往,在屋子前面走过。要是让鲁意莎一个人待在这个嘈杂的环境中,她简直不知怎么办;跟儿子在一起,她几乎对这些感到有兴趣了。声音慢慢地静下去。孩子跟狗最先睡觉。一群一群的人也散了伙。空气更新鲜,周围也更静了。鲁意莎用细小的声音讲着阿玛利亚或洛莎告诉她的小新闻。她并不觉得这些有多大的兴味,但一方面不知道跟儿子说些什么好,一方面又需要和他亲近,找些话来谈谈。克利斯朵夫咂摸到这种用意,便假装关心她说的话,但并不细听。他迷迷糊糊地想着许多白天的事。

一天晚上,母亲正这样地讲着,他看见隔壁针线铺的门开了。一个女人的影子悄悄地走出来,坐在街上,和鲁意莎的椅子只差几步路。克利斯朵夫虽然瞧不见她的脸,可已经认得是什么人了。他恢复了精神。空气仿佛更甜美了。鲁意莎没有觉察萨皮纳在场,照旧轻轻地说着闲话。克利斯朵夫听得比较留神了,甚至觉得需要参加一些议论,说几句话,或许还要教旁人听见。瘦小的影子待着不动,有点困倦的模样,两腿交叉着,双手叠在一起平放在膝上。她向前望着,似乎什么都没听到。鲁意莎想睡觉了,进了屋子。克利斯朵夫说他还想待一忽儿。

时间快到十点。街上没有人了。最后几个邻居一个一个都回进了屋子,只听见铺子关门的声音。玻璃窗内的灯映了映眼睛,熄了。还有一两处亮着的,接着也熄掉了。四下里静悄悄的……只有他们两人,彼此可并不瞧一眼,都屏着气,似乎不知道各人身边还有一个人。远处的田里传来一阵新近割过的草原的香味,邻家的平台上飘来种在盆里的丁香花的香味。空气静止。天河缓缓地在那里移转。一座烟囱的上空,大熊星和小熊星的车轴在滚动;群星点缀着淡绿的天,像一朵朵的翠菊。本区教堂的大钟敲着十一点,别的教堂在四周遥遥呼应,有些是清脆的声音,有些是迟钝的声音,家家户户的时钟也传出重浊的音调,其中还有喉音嘶嗄的鹧鸪声。①

他们从幻想中惊醒过来,同时站起,正要进门的时候,一声不出地互相点了点头。克利斯朵夫回到楼上,点起蜡烛,坐在桌子前面,把手捧着头,一无所思地待了好久。然后他叹了一口气,睡了。明天他一起来就不由自主地走近窗口,向萨皮纳的房间那边望了一眼。可是窗帘拉得很严。整个上午都是这样。从此也永远是这样。

第二天晚上,克利斯朵夫向母亲提议再到门前去坐一回;他居然有了乘凉的习惯。鲁意莎觉得很高兴:以前看他吃罢晚饭就躲在自己房里,把玻璃窗跟护窗一齐关着,她有些担心。——不声不响的小影子也照旧出来,坐在老地方。他们很快地点了点头,鲁意莎根本没发觉。克利斯朵夫和母亲谈着话。萨皮纳对她的女孩子微微笑着,看她在街上玩;到九点,萨皮纳带她去睡了,然后又悄悄地回出来。她要是在屋里

① 这是一种以鹧鸪的叫声报告时刻的挂钟。

多待了一些时候,克利斯朵夫就担心她不会再来。他留神屋子里的动静,听着不肯睡觉的女孩子的笑;萨皮纳还没有在铺门口出现,他已经听到衣服窸窸窣窣的声音,便掉过头来,声音更兴奋地和母亲谈着话。有时他觉得萨皮纳觑着他,他也偷偷地瞟她几眼。可是他们的眼睛从来没碰在一起。

终于孩子做了他们的联系。她在街上和别的儿童奔跑。一条和善的狗把脸搁在脚上,躺在地下打盹;他们去惹它,它把红眼睛睁开了一半,结果给惹恼了,咕噜了几声:他们便一边叫一边逃,又怕又乐。女孩子尖声嚷着,尽望后面瞧,好像被狗追着似的:她往鲁意莎这边直扑过来,把鲁意莎逗笑了。她拉住了孩子问长问短,开始跟萨皮纳搭讪。克利斯朵夫并不插嘴。他不跟萨皮纳说话,萨皮纳也不向他说话。两人心照不宣地,都装做没有对方这个人。但她们说的话,他一个字都没放过。鲁意莎觉得他的不开口仿佛表示敌意。萨皮纳并不这样想;但他使她胆怯,回答鲁意莎的话不免因之有些慌张,过了一会儿她借端进去了。

整整一个星期,鲁意莎因为感冒,不得不待在屋里,外边只剩克利斯朵夫与萨皮纳两个人了。第一次,他们都有些害怕。萨皮纳为免得发僵,把女儿抱在膝上不住地亲吻。克利斯朵夫非常局促,不知道是否应当继续不理不睬。那的确有点儿为难;他们虽没直接谈过话,鲁意莎早已把他们介绍过。他想迸出一两句话来,不料声音在喉咙里搁浅了。幸而女孩子又来给他们解了围。她玩着捉迷藏,在克利斯朵夫的椅子周围打转,他把她拦住了亲了一下。他不大喜欢小孩子,但拥抱这一个的时候有种特殊的快感。孩子一心想玩,竭力挣脱。克利斯朵夫要弄她,被她在手上咬了一口,只得把她放走了。

萨皮纳笑了起来。他们一边瞧着孩子一边交换了几句无聊的话。随后,克利斯朵夫想把谈话继续下去(他自以为应当如此),可是找不出多少话来;而萨皮纳也帮不了他的忙,只把他说的重复一遍:

"今晚天气很舒服。"

"是的,真舒服。"

"院子里简直透不过气来。"

"是的,闷得很。"

话说不下去了。萨皮纳趁着孩子该睡觉的时候,进了屋子不再出来。

克利斯朵夫怕她以后几晚都要这样,怕鲁意莎不在的时候,她会躲着不跟他单独在一起。事实可并不如此;第二天,萨皮纳又跟他搭讪了。她是为了要说话而说话,而不是为了说话有什么乐趣。明明她费了很大的劲才找到话题,她对自己的问话也觉得憋闷:不论是回答是发问,都往往在难堪的静默中停住了。克利斯朵夫想起从前和奥多最初几次的会面;但和萨皮纳的谈天,范围更窄了,而她还没有奥多的耐性。试了几下不成功,她就丢手:太费气力的事,她是不感兴趣的。她不作声了,他也就跟着不作声。

这样以后,一切又立刻变得很甜美。黑夜恢复了它的安静,心灵恢复了它的幽思。萨皮纳在椅子上缓缓摇摆,沉入遐想。克利斯朵夫也在一旁出神。他们一句话也不说。半小时以后,一阵熏风从装着杨梅的小车上吹来,带着醉人的香味,克利斯朵夫不由得轻轻地自言自语。萨皮纳回报他一两个字。他们俩又不作声了,只体味着这种宁静跟那些不相干的话。他们做着同样的梦,想着同一的念头;什么念头呢?不知道，他们自己也不承认有同样的思想。大钟敲了十一点，两人笑了笑，分手了。

第二天，他们根本不想再开始谈话，只守着他们心爱的静默，隔了半晌才交换一言半语，证明他们原来都想着同样的事。

萨皮纳笑着说："不勉强自己说话真是舒服多了！你以为该找点儿话来说，可是多麻烦啊！"

"唉！"克利斯朵夫声音非常感动，"要是大家都像你这样想才好呢！"

两人一齐笑了。他们都想到了伏奇尔太太。

"可怜的女人！"萨皮纳说，"真教人头疼！"

"她自己可从来不头疼。"克利斯朵夫表示很痛心。

萨皮纳瞧着他的神色，听着他的话，笑了起来。

"你觉得有趣吗？"他说，"你满不在乎，因为你不受这个罪。"

"对啦，我锁了门躲在家里。"

她差不多没有声音地、轻轻地笑了一笑。克利斯朵夫在恬静的夜里很高兴地听着她。他吸了一口新鲜的空气，觉得畅快极了。

"啊！能够不作声多舒服！"他说着伸了个懒腰。

"说话真没意思！"她回答。

"对啦，不说话大家已经很了解了！"

两人又没有声音了。他们在黑暗里彼此瞧不见，可都微微地笑着。

然而，即使他们在一起的时候有同样的感觉，——或者自以为如此，——还谈不到互相有什么认识。萨皮纳根本不在

乎这一点。克利斯朵夫比较好奇,有天晚上问她:

"你喜欢音乐吗?"

"不,"她老老实实地回答,"我听了心中发闷,一点儿都不懂。"

这种坦白使他很高兴。一般人听到音乐就烦闷,嘴里偏要说喜欢极了:克利斯朵夫听腻了这种谎话,所以有人能老实说不爱音乐,他差不多认为是种德性了。他又问萨皮纳看书不看。

不,先是她没有书。

他提议把他的借给她。

"是正经书吗?"她有些害怕地问。

她要不喜欢的话,就不给她正经书。他可以借些诗集给她。

"那不就是正经书吗?"

"那么小说罢?"

她噘了噘嘴。

难道这个她也不感兴趣吗?

兴趣是有的;但小说总嫌太长,她永远没有耐性看完。她会忘了开头的情节,会跳过几章,结果什么都弄不清,把书丢下了。

"原来是这样的兴趣!"

"哦,对一桩凭空编出来的故事,有这点儿兴趣也够了。一个人在书本以外不是也该有点儿兴趣吗?"

"也许喜欢看戏罢?"

"那才不呢!"

"难道不上戏院去吗?"

“不去。戏院里太热,人太多。哪有家里舒服?灯光刺着你眼睛,戏子又那么难看!”

在这一点上,他和她表示同意。但戏院里还有别的东西,譬如那些戏文吧。

“是的,”她心不在焉地回答,“可是我没空。”

“你忙些什么呢,从早到晚?”

她笑了笑:“事情多着呢!”

“不错,你还有你的铺子。”

“哦!”她不慌不忙地说,“为铺子我也不怎么忙。”

“那么是你的女孩子使你没有空啰?”

“也不是的,可怜的孩子,她很乖,会自个儿玩的。”

“那么忙什么呢?”

他对自己的冒昧表示歉意。但她觉得他的冒昧很有意思。

“事情多着呢,多得很!”

“什么呢?”

她可说不清。有各种各样的事要你忙着。只要起身,梳洗,想中饭,做中饭,吃中饭,再想晚饭,收拾一下房间……一天已经完了……并且究竟还该有些空闲的时间!……

“你不觉得无聊吗?”

“从来不会的。”

“便是一事不做的时候也不无聊吗?”

“就是那样我不会无聊;要做什么事的时候,我心里倒堵得慌了。”

他们互相望着,笑了。

“你真幸福!”克利斯朵夫说,“要我一事不做就办不到。”

"你一定办得到的。"

"我这几天才知道我也会不做事的。"

"那么你慢慢地就会一事不做了。"

他跟她谈过了话,心里很平静很安定。他只要看见她就行了。他的不安,他的烦躁,使他的心抽搐的那种紧张的苦闷,都松了下来。他跟她说话的时候,想到她的时候,心一点儿不乱。他虽然不敢承认,但一接近她,就觉得进入了一种甜蜜的麻痹状态,差不多要蒙眬入睡了。

这些夜里,他比平时睡得特别好。

做完了工作回家的时候,克利斯朵夫总向铺子里瞧一眼。他难得看不见萨皮纳的,他们便笑着点点头。有时她站在门口,两人就谈几句话;再不然他把门推开一半,叫小孩子过来塞一包糖给她。

有一天,他决意走进铺子,推说要几颗上装的纽扣。她找了一会儿找不到。所有的纽扣都混在一起,没法分清。她因为被他看到东西这么乱,有点儿不大得劲。他可觉得很有趣,低下头去想看个仔细。

"不行!"她一边说一边用手遮着抽屉,"你不能看!简直是堆乱东西……"

她又找起来了。但克利斯朵夫使她发窘,她懊恼之下,把抽屉一推,说道:"找不到了。你到隔壁街上李齐铺子去买罢。她一定有。她那儿是要什么有什么的。"

他对她这种做买卖的作风笑了。

"你是不是把所有的顾客都这样介绍给她的?"

"这也不是第一回了。"她满不在乎地回答。

可是她究竟有些不好意思。

"整东西真麻烦,"她又说,"我老是一天一天地拖着,可是明儿我一定要开始了。"

"要不要我帮忙?"

她拒绝了。她心里是愿意的:可是不敢,怕人家说闲话,而且他来了,她也会胆怯的。

他们继续谈着话。过了一会儿,她说:"你的纽扣怎么样呢?不上李齐那边去买吗?"

"才不去呢,"克利斯朵夫说,"等你把东西整好了我再来。"

"噢!"萨皮纳回答,她已经忘了刚才的话,"你别等得那么久啊!"

这句老实话使他们俩都笑开了。

克利斯朵夫向着她关上的抽屉走过去。

"让我来找行不行?"

她跑上来想拦住他:"不,不,不用再找,我知道的确没有了。"

"我打赌你一定有的。"

他一来就把他要的纽扣得意扬扬地找到了。可是他还要另外几颗,想接着再找;但她把匣子抢了过去,赌着气自己来找了。

天黑下来了,她拿了匣子走近窗口。克利斯朵夫坐在一旁,只离开她几步路。女孩子趴在他的膝上,他装做听着孩子胡扯,心不在焉地回答着。其实他瞧着萨皮纳,萨皮纳也知道他瞧着她。她低着头在匣子里掏。他看到她的颈窝跟一部分的腮帮,——发现她脸红了,他也脸红了。

孩子老是在讲话，没有人理她。萨皮纳木在那里不动了。克利斯朵夫看不清她做些什么，但相信她是什么也没做，甚至也没看着她手里的匣子。两人还是不作声，孩子觉得奇怪，从克利斯朵夫的膝上滑了下来，问："干吗你们不说话了？"

萨皮纳猛地转过身子，把她搂在怀里。匣子掉在地下，纽扣都往家具底下乱滚；孩子快活得直叫，赶紧跑着去追了。萨皮纳回到窗子前面，把脸贴着玻璃好似望着外边出神了。

"再见。"克利斯朵夫说着，心乱了。

她头也不回，只很轻地回答了一声"再见"。

星期日下午，整个屋子都空了。全家都上教堂去做晚祷。萨皮纳可是一向不去的。有一次当幽美的钟声响个不歇，好似催她去的时候，克利斯朵夫看见她在小花园里坐在屋门口，便开玩笑似的责备她；她也开玩笑似的回答说，非去不可的只有弥撒祭，而不是晚祷；过分热心非但用不着，并且还有些讨厌；她认为上帝对她的不去做晚祷决不会见怪，反而觉得高兴呢。

"你把上帝看做跟你自己一样。"克利斯朵夫说。

"我要是他，那些仪式才使我厌烦呢！"她斩钉截铁地说。

"你要做了上帝，就不会常常来管人家的事了。"

"我只求他不要管我的事。"

"那倒也不见得更糟。"克利斯朵夫说。

"别说了，"萨皮纳叫起来，"这些都是亵渎的话！"

"说上帝跟你一样，不见得有什么亵渎。"

"你别说了行不行？"萨皮纳半笑半生气地说。她怕上帝要着恼了，便赶快扯上别的话："再说，一星期中也只有这个时间,能够安安静静地欣赏一下园子。"

"对啦,他们都出去了。"

他们彼此望了一眼。

"多么清静!"萨皮纳又说,"真难得……我们不知道自己在哪儿了!……"

"嘿!"克利斯朵夫愤愤地嚷起来,"有些日子我真想把她勒死!"

他们用不到解释说的是谁。

"还有别人怎么办呢?"萨皮纳笑着问。

"不错,"克利斯朵夫懊丧地说,"还有洛莎。"

"可怜的小姑娘!"

他们不作声了。然后克利斯朵夫又叹了口气:

"要永远像现在这样才好呢!……"

她笑眯眯地把眼睛抬了一下,又低下去。他发觉她正在做活:

"你在那里做什么?"

(他和她隔着两方花园之间绕满常春藤的铁丝网。)

"你瞧,我剥青豆来着。"她把膝上的碗举起来给他看。

她深深地叹了一声。

"这也不是什么讨厌的工作。"他笑着说。

"噢!老是要管三顿吃的,麻烦死了!"

"我敢打赌,要是可能,你为了不愿意做饭,宁可不吃饭的。"

"当然啰!"

"你等着,我来帮你。"

他跨过铁丝网,走到她身边。

她在屋门口坐在一张椅子上,他坐在她脚下的石级上。从她的衣兜里,他抓了一把豆荚;然后把滚圆的小豆倒在萨皮纳膝间的碗里。他望着地下,瞧见萨皮纳的黑袜子把她的脚和踝骨勾勒得清清楚楚。他不敢抬起头来看她。

空气很闷。天上白茫茫的,云层很低,一丝风都没有。没有一张飘动的树叶。园子给关在高墙里头:世界就是这么一点儿。

孩子跟着邻家的妇人出去了。屋子里只有他们两个。什么话也不说,也不能再说什么。他低着头只顾在萨皮纳的膝上掏起一把把的豆荚;碰到她身子,他的手指就颤抖,有一回在鲜润光滑的豆荚中跟她也在发抖的手指碰上了。他们继续不下去了。两人都待着不动,也不互相瞧一眼:她仰在椅子里,微微张着嘴巴,让手臂往下吊着;他坐在她脚下,靠着她,觉得沿着肩膀与胳膊有股萨皮纳腿上的暖气。他们都有些气喘。克利斯朵夫把手按在石级上想教它冷:可是一只手轻轻碰到了萨皮纳伸在鞋子外边的脚,就放在上面,拿不开了。他们打着寒噤,像要发晕似的。克利斯朵夫的手紧紧抓着萨皮纳纤小的脚趾。萨皮纳流着冷汗,向克利斯朵夫弯下身子……

一阵很熟悉的声音把他们的醉意赶走了,使他们吓了一跳。克利斯朵夫纵起身子,跳过铁丝网。萨皮纳把豆荚撩在衣兜里进了屋子。他在院子里回头望了一下,她正站在门口,便彼此瞅了一眼。雨点开始簌簌地打在树叶上……她把门关上了。伏奇尔太太和洛莎回家了……他也上了楼……

正当昏黄的天色暗下来,被阵雨淹没了的时候,他从桌边站起,有股按捺不住的力鼓动着他;他奔到关着的窗子前面,向着对面的窗伸出手臂。同时,对面的玻璃窗里,在黑洞洞的室内,他看见——自以为看见——萨皮纳也向他张着臂抱。

他急急忙忙从家里冲出去,下了楼梯,奔进园子。冒着被人看见的危险,他正想跨过铁丝网,可是望了望她刚才出现的窗子,看到护窗都关得严严的,屋子似乎睡着了。他迟疑了一下。于莱老人正要下地窖去,见了他就跟他招呼。他走了回来,自以为做了个梦。

洛莎不久就发觉了周围的情形。她并不猜疑,还不知道什么叫做妒忌。她准备倾心相与,不求酬报。但她虽然很伤心地忍受了克利斯朵夫的不爱她,可也从来没想到克利斯朵夫可能爱上别人。

一天晚上,吃过晚饭,她刚把做了几个月的一件挑绣收拾完工,觉得很快活,想松动一下,去跟克利斯朵夫谈谈。趁母亲转过背去的时候,她偷偷地溜出房间,溜出屋子,像个犯了什么错的小学生。克利斯朵夫曾经瞧不起她,说她那个活儿是永远做不完的,如今她很高兴能够驳倒他了。克利斯朵夫对她的感情,可怜的小姑娘是知道的,可是没用;她老以为自己看到别人感到愉快,别人看到她一定也是一样的。

她走出去了。克利斯朵夫和萨皮纳坐在门前。洛莎一阵难过,可并没把这个直觉的印象特别放在心上,仍旧高高兴兴地招呼着克利斯朵夫。在静寂的夜里,她的尖嗓子给克利斯朵夫的感觉好像是个弹错的音。他在椅子里打了个哆嗦,气得把脸扭做一团。洛莎得意扬扬地把挑绣直送到他面前,克利斯朵夫不耐烦地把它撩开了。

"完工啦,完工啦!"洛莎盯住了他说。

“那么再做一条罢！”克利斯朵夫冷冷地回答。

洛莎愣了一愣。她的兴致都给扫尽了。

克利斯朵夫还接着刻薄她：“等到你做了三十条，人也老了的时候，你至少可以觉得这一辈子没有白活！”

洛莎真想哭出来：“天哪！你话说得多狠，克利斯朵夫！”

克利斯朵夫觉得很惭愧，和她说了几句好话。她是只要一点儿鼓励就会满足而得意起来的，便马上直着嗓子唠叨：她不能轻声说话，老是照家里的习惯大叫大嚷。克利斯朵夫竭力压着自己，可仍掩饰不了恶劣的心绪。他先还气哼哼地回答一句半句，后来竟不理她了，转过身子，在椅子上扭来扭去，听着她的叫嚣咬牙切齿。洛莎明明看见他不耐烦，知道应该住嘴了；可是她反而聒噪得更厉害。萨皮纳，不声不响，和他们只隔几步路，坐在黑影里，无关痛痒地在那儿冷眼旁观。后来她看腻了，觉得这一晚是完了，便进了屋子。克利斯朵夫直到她走了好一会儿才发觉，也立刻站起身子，冷冷地说了声再会就不见了。

洛莎一个人在街上，狼狈不堪，望着他进去的大门。她含着眼泪赶紧回家，轻手轻脚的，免得跟母亲说话；她急急忙忙脱下衣服，一上床就蒙着被号啕大哭。她并不推敲刚才的情形，也没想到克利斯朵夫爱不爱萨皮纳，克利斯朵夫和萨皮纳是不是讨厌她；她只知道什么都完了，活着没意思了，只有死了。

第二天早上，她又凭着那种永远打不倒的，自骗自的希望，转起念头来了。回想到前一天的事，她觉得不应该看得那么严重。固然克利斯朵夫是不爱她，她也认命了；但心里存着个念头（虽然自己不肯承认），以为自己的爱情早晚会博得他的爱情。可是她从哪儿看出他和萨皮纳有什么关系呢？像他那样聪明的人，怎么会爱一个无聊平庸的女子？那些缺点不是大家都看得很清楚吗？这样一想，她放心了，——可是并不因此不监视克利斯朵夫。白天她什么都没看到，既然根本没有什么事；但克利斯朵夫看见她整天在他周围打转，又不说出为了什么，不禁大为气恼。而他更气的是，晚上她老实不客气到街上来坐在他们旁边。那等于把前一晚的事重演一遍：只有洛莎一个人说着话。萨皮纳没有等多久便进去了；克利斯朵夫也学了她的样。洛莎不得不承认自己的出场对他们是大煞风景；但可怜的姑娘还想骗自己。她并没发觉最糟的就是硬要教人理睬她；而以她那种素来笨拙的手段，以后几晚她还是来那么一套。

第三天，克利斯朵夫被洛莎在旁边紧盯着，空等了一场萨皮纳。

第四天，只有洛莎一个人了。他们俩都不愿意再挣持下去。可是她除了克利斯朵夫的憎恨以外，什么也没到手。他把她恨死了，因为黄昏时那一忽儿工夫是他唯一快乐的时间，而现在给她剥夺了。再加克利斯朵夫一心只顾着自己的感情，从来不想到去体会一下洛莎的心事，所以更不能原谅她。

萨皮纳可久已猜透洛莎的心：她对自己是否动了爱情还没弄清楚，就已经知道洛莎在那里忌妒了，但嘴上一字不提；并且像一切漂亮妇女一样，她有种天生的残忍，因为知道自己必胜无疑，就不声不响地，很狡猾地，冷眼看着那个笨拙的情敌白费气力。

洛莎打了败仗，对着她战略的后果非常丧气地考虑了一番。为她,最好是别一把死抓,别和克利斯朵夫去纠缠,至少在目前:而这个办法正是她所不用的;最坏的是跟他提到萨皮纳:而这就是她所用的手段。

为了试探克利斯朵夫的意思,她心中忐忑地、怯生生地和他说了句萨皮纳长得俏。克利斯朵夫冷冷地回答说她的确很俏。虽然这种回答早在洛莎意料之中,她仍觉得心上挨了一拳。她很知道萨皮纳好看,可从来没注意过,如今是用了克利斯朵夫的眼光第一次去看她;她看到萨皮纳面目清秀,小鼻子,小嘴,身材玲珑,态度举动多么有风韵……啊!她看了多痛苦!……要能有这样的身体,她有什么东西不肯牺牲呢!人家为什么不爱她而爱萨皮纳,她也太明白了!……她的身体!……她怎么会长了个这样的身体的呢?它使她精神上受到多大的压迫!她觉得它多丑!多可厌!而且只有死才能摆脱这个躯壳!……她太高傲,同时也太谦卑了,决不肯因为得不到人家的爱而怨叹:她没有这个权利;她想教自己更谦虚一点。但她的本能表示反抗……不,这是不公平的!……为什么这个身体是她的,她的,而非萨皮纳的呢?……人家为什么要爱萨皮纳呢?她用什么方法教人爱的呢?……洛莎用着毫不留情的眼光看她,觉得她懒惰、随便、自私,对谁都不理不睬,不照顾家,不照顾孩子,什么都不管,只顾着自己,活着只为了睡觉,闲荡,一事不做……而这倒能讨人喜欢……讨那么严厉的克利斯朵夫,她最敬重最佩服的克利斯朵夫的喜欢!哎哟!这可太不公平了!太荒唐了!……克利斯朵夫怎么会不发觉的呢?——她禁不住在他面前时常说几句对萨皮纳不好听的话。她并不愿意说,但不由自主地要说。她常常后悔,因为她心肠很好,不喜欢说任何人的坏话。但她更加后悔的是这些话惹起了克利斯朵夫尖刻的答复，显出他对萨皮纳是怎样的钟情。他的感情受了伤害，他便想法去伤害别人，而居然成功了。洛莎一言不答地走了，低着头，咬着嘴唇，免得哭出来。她以为这是自己的错，是咎由自取，因为她攻击了克利斯朵夫心爱的人，使克利斯朵夫难过。

她的母亲可没有她这种耐性。心明眼亮的伏奇尔太太，和老于莱一样，很快就注意到克利斯朵夫和邻家少妇的谈话：要猜到其中的情节是不难的。他们暗中想把洛莎将来嫁给克利斯朵夫的愿望受了打击；而在他们看来，这是克利斯朵夫对他们的一种侮辱，虽然他并不知道人家没有征求他的同意就把他支配了。阿玛利亚那种专横的性格，决不答应别人和她思想不同；而克利斯朵夫在她几次三番表示瞧不起萨皮纳以后，仍然去和萨皮纳亲近，尤其使她愤慨。

她老实不客气把那种意见对克利斯朵夫唠叨。只要他在场，她总借端扯到萨皮纳身上，想找些最难堪的，使克利斯朵夫最受不了的话来说；而凭她大胆的观点和谈锋，那是很容易找到的。在伤害人或讨好人的艺术中，女子强悍的本能远过于男子；而这种本能使阿玛利亚对于萨皮纳的不清洁，比对她的懒惰与道德方面的缺点攻击得更厉害。她的放肆而喜欢窥探的眼睛，透过玻璃窗，一直扫到卧室里头，在萨皮纳的梳洗方面搜寻她不干净的证据，然后再用那种粗俗的兴致，一件一件地说给人家听，要是为了体统攸关而不能全说，她就用暗示来教人懂得。

克利斯朵夫又难堪又愤怒，脸色发了白，嘴唇抖个不住。洛莎眼看要出事了，央求母亲不要再说，甚至替萨皮纳辩护；但这些话反而使阿玛利亚攻击得更凶。

突然之间，克利斯朵夫从椅子上跳起来，拍着桌子，嚷着说这样地议论一个女人，暗地里刺探她而抖出她的私事是卑鄙的；一个人真要刻毒到极点，才会去拼命攻击一个好心的，可爱的，和善的，躲在一边的，不伤害谁，也不说谁的坏话的人。可是，倘若以为这样就能教她吃亏，那就错了：那倒反增加别人对她的好感，愈加显出她的善良。

阿玛利亚也觉得自己过火了些，但听了这顿教训恼羞成怒，把争论换了方向，认为在嘴上说说善良真是太容易了：这两个字可以把什么都一笔勾销了吗？哼！只要不做一件事，不照顾一个人，不尽自己的责任，就能被认为善良，那真是太方便了！

听了这番话，克利斯朵夫回答说，人生第一应尽的责任是要让人家觉得生活可爱，但有些人认为凡是丑的、沉闷的、教人腻烦的、妨害他人自由的，把邻居、仆人、家属，跟自己一股脑儿折磨而伤害了的，才算是责任。但愿上帝保佑我们，不要像碰到瘟疫一样地碰到这一类的人，这一种的责任！……

大家越争越激烈。阿玛利亚变得非常不客气了。克利斯朵夫也一点不饶人。而最显明的结果，是从此以后克利斯朵夫故意跟萨皮纳老混在一块儿。他去敲她的门，和她快快活活地有说有笑，还有心等阿玛利亚与洛莎看得见的时候这么做。阿玛利亚说些气愤的话作为报复。可是无邪的洛莎被这种残忍的手段磨得心都碎了；她觉得他瞧不起她们，他要报复；她辛酸地哭了。

这样，从前受过多少冤枉气的克利斯朵夫，也学会了教别人受冤枉气。

过了一些时候，萨皮纳的哥哥给一个男孩子行洗礼；他是面粉师，住在十几里以外的一个叫做朗台格的村子上。萨皮纳是孩子的教母。她教人把克利斯朵夫也请了。他不喜欢这种喜庆事儿，但为了气气伏奇尔一家，同时又能跟萨皮纳做伴，也就很高兴地答应了。

萨皮纳有心开玩笑，也请了阿玛利亚与洛莎，明知她们是不会接受的。而结果的确不出她所料。洛莎很想答应。她并没瞧不起萨皮纳，甚至为了克利斯朵夫喜欢她的缘故，有时对她也很有好感，颇想去勾着萨皮纳的脖子，把自己的心意告诉她。可是她的母亲在面前，她的榜样也摆在面前：只得拿出一些傲气来谢绝了。等到他们动身以后，想到他们在一起很快活，在田野里散步，七月里的下午又多美，而她却关在房里，面前放着一大堆衣服得缝补，母亲又在旁边嘀咕，她可透不过气来了；她恨自己刚才的傲气。啊！要是还来得及的话！……要是还来得及的话，她也能一样地去乐一下……

面粉师派了他那辆铺着板凳的马车来接克利斯朵夫和萨皮纳，路上又接了几位别的客人。天气又凉快又干燥。鲜明的太阳把田野里一串串鲜红的樱桃照得发亮。萨皮纳微微笑着。她的苍白的脸，吹着新鲜的空气有了粉红的颜色。克利斯朵夫把女孩子抱在膝上。他们彼此并不想说话，只跟坐在旁边的人闲扯，不管跟谁，也不管谈些什么：他们很高兴听到对方的声音，很高兴能坐在一辆车里。两人交换着像儿童一样快活的目光，互相指着一座屋子、一株树、一个走路人。萨皮纳喜欢乡下，可差不多从来不去：无可救药的懒惰使她绝对不会散步；她不出城快一年了，所以这天看到一点儿小景致就觉得趣味无穷。那对克利斯朵夫当然说不上新鲜；但他爱着萨皮纳,也就像所有谈恋爱的人一样,对一切都用情人的眼光去看,凡是她衷心喜悦的激动他都感觉到,还要把她所感到的情绪鼓动得更高:和爱人在精神上合二为一的时候,他把自己的生机也灌注给她了。

到了磨坊,庄子上的人和别的来客在院子里招呼他们,大声叫嚷,把人耳朵都震聋了。鸡,鸭,狗,也一齐哄叫起来。面粉师贝尔多是个浑身黄毛的汉子,脑袋和肩膀全是方的,个子的高大肥胖,正好和萨皮纳的瘦小纤弱成为对比。他把妹子一把抱起,轻轻巧巧地放在地下,仿佛怕她会碰坏了似的。克利斯朵夫很快就看出来,小妹妹向来是对她彪形大汉的哥哥爱怎么办就怎么办的,而他尽管说些戆直的笑话,挖苦她的使性、懒惰,和数不清的缺点,照旧对她百依百顺。她受惯了这种奉承,认为挺自然的。她把一切都认为挺自然的,对什么也不以为奇。她决不做点儿什么去讨人喜欢,只觉得有人爱她是稀松平常的事;要不然她也不以为意;因为这样,才每个人爱她。

克利斯朵夫还有一个比较不大愉快的发现,原来洗礼不但要有一个教母,还得有一个教父,教父对教母照例有些特权,那是他决不肯放弃的,倘若教母又年轻又漂亮的话。一个佃户,长着金黄的鬈发,耳上戴着环子,走近萨皮纳,笑着把她两边的腮帮都亲了亲;克利斯朵夫看了才记起那个风俗。他非但不以为早先没想到是自己糊涂,为之而生气是更其糊涂,他反而对萨皮纳大不高兴,像故意把他诱进圈套似的。在以后的仪式中和萨皮纳不在一起的时候,他心绪更坏了。大家在草场上蜿蜒前进,萨皮纳不时从队伍中转过身来对他很和善地望一眼。他假装看不见。她知道他在那儿怄气,也猜到是为的什么；但她并不着慌，只觉得好玩。虽然她跟一个心爱的人闹了别扭非常难过，可永远不想花点儿精神去解除误会：那太费事了。只要听其自然，每样事都会顺当的……

在饭桌上，克利斯朵夫坐在面粉师的太太和一个脸颊通红的大胖姑娘中间。刚才他曾经陪着这姑娘去望弥撒，连看都不屑于看，这时他对她瞧了瞧，认为还过得去，便有心出气，闹哄着向她大献殷勤，惹萨皮纳注意。他果然成功了；但萨皮纳对什么事什么人都不会忌妒的：只要人家爱着她，她决不计较人家同时爱着别人；所以她非但没有气恼，倒反因克利斯朵夫有了消遣而很高兴。她从饭桌的那一头，对他极温柔地笑着。克利斯朵夫可是慌了，那毫无问题表示萨皮纳满不在乎；他便一声不响地发气，不管人家是跟他开玩笑还是灌酒，始终不开口。他憋着一肚子的火，不懂自己干吗要跑来吃这顿吃不完的饭；后来他有些迷迷糊糊了，竟没听到面粉师提议坐着船去玩儿，顺手把有些客人送回庄子。他也没看到萨皮纳向他示意，要他去坐在同一条船上。等到想起了，已经没有位置，只能上另一条船。这点小小的不如意也许会使他心绪更坏，要不是他马上发觉差不多所有的同伴都得在半路上下去。这样他才展开眉头，对大家和颜悦色。况且天气很好，在水上消磨一个下午，划着船，看那些老实的乡下人嘻嘻哈哈的，他恶劣的心绪也消灭得无影无踪了。萨皮纳既不在眼前，他用不着再留神自己，只管跟别人一样地玩个痛快了。

他们一共坐了三条船，前后衔接，互相争前，兴高采烈地骂来骂去。几条船靠拢的时候，克利斯朵夫看见萨皮纳对他眼睛笑眯眯的，也禁不住向她笑了笑，表示讲和了，因为他知道等会他们是一块儿回去的。

大家开始唱些四部合唱的歌，每个小组担任一部，逢到重复的歌词就来个合唱。几条船疏疏落落地散开着，此呼彼应。声音滑在水面上像飞鸟掠过似的。不时有条船傍岸，让一两个乡下人上去；他们站在河边，向渐渐远去的船挥着手。小小的一队人马分散了，唱歌的人也一个一个地离开了乐队。末了只剩下克利斯朵夫、萨皮纳和面粉师。

他们坐在一条船上，顺流而下地回去。克利斯朵夫和贝尔多拿着桨，但并不划。萨皮纳坐在船尾，正对着克利斯朵夫，一边和哥哥谈话，一边望着克利斯朵夫。这段对话使他们能彼此心平气和地静观默想。要不是靠那些信口胡诌的话，他们就不会有这个境界。嘴里仿佛说："我看的不是你呀。"但两人的眼睛是表示："不错，我是爱你的，但你是谁呢？……不问你是谁，我是爱你的，但你究竟是谁啊？……"

忽然天上盖了云，雾从草原上升起来，河里冒着水汽，太阳给遮掉了。萨皮纳哆哆嗦嗦地把头和肩膀都用小黑披肩裹紧了。她仿佛很累。船沿着岸在垂柳底下滑过的时候，她闭上眼睛，小小的脸发了白，抿着嘴，一动不动，好似很痛苦，——好似受过了痛苦，已经死了。克利斯朵夫一阵难过，向她探着身子。她睁开眼来，看见克利斯朵夫很不放心地瞧着她打着问号，就对他微微一笑。那对他简直是一道阳光。他低声问：

"你病了吗？"

她摇摇头说："我觉得冷。"

两个男人把自己的外衣一齐披在她身上，裹着她的脚、腿、膝，像对付一个睡在床上的孩子。她听凭摆布，只拿眼睛来表示谢意。一阵小小的冷雨下起来了。他们拿起桨来急急忙忙赶着回去。浓密的乌云遮黑了天空。河里卷起乌油油的水浪。田野里,东一处西一处的屋子亮起灯光。回到磨坊的时候,已经大雨倾盆,而萨皮纳是浑身湿透了。

厨房里生起很旺的火,大家等阵雨过去。但雨势越来越大,再加狂风助威。他们进城还得坐车走十几里路。面粉师说决不让萨皮纳在这样的天气中动身,劝他们两个都在庄子上过夜。克利斯朵夫不敢就答应,想在萨皮纳的眼中看她的表示;但她的眼睛老盯着灶肚里的火,好像怕影响了克利斯朵夫的决定。可是克利斯朵夫一答应,她就把红红的脸——(是不是被火光照着的缘故呢?)——转过来对着他,他看出她很高兴。

多愉快的一晚……外面雨下得很凶。炉火把一簇簇的金星往烟囱里送。他们一个圈儿坐着,奇奇怪怪的人影在墙上跳动。面粉师教萨皮纳的孩子看他用手做出种种影子。孩子笑着,可不大放心。萨皮纳弯着身子向着火,拿根笨重的铁棒随手拨弄;她有点儿疲倦,微笑着在那里胡思乱想;嫂子跟她谈着家常,她只点点头,可并没有听进去。克利斯朵夫坐在黑影里,靠近面粉师,轻轻地扯着孩子的头发,望着萨皮纳的笑容。她知道他望着她。他知道她向他笑着。整个晚上他们没有谈一句话或是正面看一眼;而他们也没有这个欲望。

晚上他们很早就分手了。两人的卧房是相连的,里头有扇门相通。克利斯朵夫无意中看了看门,知道在萨皮纳那边是上了锁的。他上床竭力想睡。雨打在窗上,风在烟囱里呼呼地叫。楼上有扇门在那里咿咿呀呀。窗外一株白杨被大风吹得格格地响着。克利斯朵夫没法睡觉,他想到自己就在她身旁,在一个屋顶之下,只隔着一堵壁。他并没听见萨皮纳的屋里有什么声音,但以为是看见她了,便在床上抬起身子,隔着墙低声叫她,跟她说了许多温柔而热情的话。他似乎听到那个心爱的声音在回答他,说着跟他一样的话,轻轻地叫着他;他弄不清是自问自答呢,还是真的她在说话。有一声叫得更响了些,他就忍不住了,立刻跳下床去,摸黑走到门边;他不想去打开它,还因为它锁着而觉得很放心。可是他一抓到门钮,门居然开了……

他愣了一愣,轻轻地把门关上了,接着又推开,又关上了。刚才不是上了锁的吗?是的,明明是上了锁的。那么是谁开的呢?……他心跳得快窒息了,靠在床上,坐下来喘了喘气。情欲把他困住了,浑身哆嗦,一动也不能动。盼望了几个月的,从来没有领略过的欢乐,如今摆在眼前,什么阻碍都没有了,可是他反而怕起来。这个性情暴烈的,被爱情控制的少年,对着一朝实现的欲望突然感到惊怖,厌恶。他觉得那些欲望可耻,为他想要去做的行为害臊。他爱得太厉害了,甚至不敢享受他的所爱,倒反害怕了,竟想不顾一切地躲避快乐。爱情,爱情,难道只有把所爱的人糟蹋了才能得到爱情吗?……

他又回到门口,爱情与恐惧使他浑身发抖,手握着门钮,打不定主意。

而在门的那一边,光着脚踏在地砖上,冷得直打哆嗦,萨皮纳也站在那里。

他们这样地迟疑着……有多久呢?几分钟吗?几个钟点吗?……他们不知道他们都站在那儿;但心里明明知道。他们彼此伸着手臂,——他给那么强烈的爱情压着,竟没有勇气进去,——她叫着他,等着他,可又怕他真的进去……而当他决意进去的时候，她刚下了决心把门闩上了。

于是他认为自己是个疯子。他使劲推着门，嘴巴贴在锁孔上哀求：

“开开罢！”

他轻轻地叫着萨皮纳；她连他喘气的声音都听到。她站在门旁，一动不动，浑身冰冷，牙齿格格地响着，既没有气力开门，也没有气力退回到床上……

狂风继续抽打着树木，把屋里的门吹得砰砰訇訇……他们各自回到床上，拖着疲累的身子，心里充满着苦闷。雄鸡嘶嗄的声音唱起来了。满布水雾的窗上透出一些东方初动时的微光。黯淡的，惨白的，给不断的雨水淹没的黎明……

克利斯朵夫等到能够起身的时候就立刻起身，到厨房里跟人闲谈。他急于要动身，怕单独见到萨皮纳。主妇说萨皮纳病了，昨天在外边着了凉，今天不能动身：他听了差不多松了口气。

归途很凄凉。他不愿意坐车，便独自走回去。田里湿透了，黄黄的雾像尸衣一般笼罩着大地、树木、村舍。生命也像日光似的熄灭了。一切都像幽灵。他自己也像个幽灵。

他回去看见每个人脸上都挂着怒意。他和萨皮纳在外边过夜，天知道在哪里：大家为之非常气愤。他关在房里埋头工作。第二天萨皮纳回来，也躲在家里。他们加意提防，避免相见。天气很冷，雨老是不停：两人都不出门。他们彼此只在关着的玻璃窗中看到。萨皮纳裹了很多衣服，烤着火胡思乱想。克利斯朵夫钻在他的纸堆里面。两人隔着窗子冷冷地点点头。他们不大明白自己的心里有些什么感觉，只是互相恼恨，恼自己，恼一切。农庄上那夜的事已经置之脑后了：他们想到就脸红，可不知道是为了他们的情欲而脸红，还是为了没有向情欲低头而脸红。他们觉得见面非常痛苦，因为要想起那些不愿意想起的事，便齐了心躲在自己屋里，希望能彼此忘掉。但那是办不到的，他们还为了藏在心中的敌意而难过。萨皮纳冰冷的脸上所表现的恼恨，克利斯朵夫看见了一次就永远排遣不了。她对这些念头也一样的痛苦，想把它们压下去，否认它们，可是不行，她无论如何丢不开。其中还有羞愧的成分，因为她的心事被克利斯朵夫猜到了，也因为自己想给人而结果并没有给。

有人请克利斯朵夫到科隆与杜塞尔多夫两处去举行几次演奏会，他马上接受了。他很乐意能出门两三个星期。为了筹备音乐会，又要作一个新的曲子到那边去演奏，克利斯朵夫把全副精神拿了出来，忘了那些难堪的回忆。萨皮纳也恢复平常那种恍恍惚惚的生活，过去的事逐渐淡下来了。两人想到对方的时候，甚至可以无动于衷。他们真的相爱过吗？竟有些怀疑了。克利斯朵夫快要出发了，根本没有向萨皮纳告别。

动身的前一天，不知怎么他们又有了接近的机会。那是全家不在的一个星期日的下午。克利斯朵夫为了准备旅行的事也出去了。萨皮纳坐在小园子里晒太阳。克利斯朵夫回到家里，非常匆忙，看到她点了点头就想走了。但就在快走过的时候，不知为什么他停了下来：是为了萨皮纳脸上没有血色呢，还是为了什么说不出的情绪：悔恨，恐惧，温情？……他回过身子，靠在铁丝网上对萨皮纳道了一声好。她一声不出，只向他伸出手来。她的笑容非常温柔，——他从来没见过她这样温柔。她伸出手来的意思仿佛是说:“我们讲和了罢……”他在铁丝网上抓住了她的手,弯下身去亲吻。她并不想缩回去。他真想扑在她脚下和她说:“我爱你。”……两人不声不响地互相瞧着,可并没解释什么。过了一会儿,她把手挣脱了,掉过头去。他也掉过头去,遮掩心中的慌乱。然后,他们又彼此望着,眼神都显得安定了。落日正在西沉。晚霞在明净寒冷的天空变出橙黄,青紫,种种细腻的颜色。她用着平日惯有的姿势,哆哆嗦嗦地把披肩裹一裹紧。

“你好吗?”他问。

她微微抿了抿嘴,好像这样的话用不着回答。他们还在那里互相望着,非常快乐:仿佛两人一度失散了,这一回才重新遇上……

终于他打破了沉默,说道:“我明天走了。”

萨皮纳吃了一惊:“你走了?”

他赶紧补充:“噢!不过是两三个星期。”

“两三个星期!”她有点儿失魂落魄了。

他说他是去开音乐会的,去了回来便整个冬天不出门了。

“冬天,”她说,“那还远得很……”

“噢!那不是一晃眼的事吗?”

她眼睛望着别处,摇摇头,隔了一会儿又说:“我们什么时候再能见面呢?”

他不大明白这问句,他不是早已回答过了吗?

“回来了就能见面了,不过是半个月,至多二十天。”

她神气还是那么黯然若失。他想跟她说句笑话:

“你不会觉得时间太久的,睡睡觉不就得了吗?”

“是的。”

她勉强想笑,可是嘴唇在发抖。

"克利斯朵夫!……"她突然向他挺起身子,叫了一声。

她说话之间有些悲痛的音调,好像是说:"待在家里罢!别走啊!……"

他握着她的手,望着她,不懂她为什么把这半个月的旅行看得这样重;但只要她说出一句要他不走的话,他就会马上回答:"好,我不走……"

她正想说话的时候,街上的大门开了,洛莎回来了。萨皮纳挣脱了克利斯朵夫的手,赶紧回到屋子。在屋门口,她又回头望了他一下,——然后不见了。

克利斯朵夫预备晚上再和她见一次面。但伏奇尔一家盯着他,母亲也到处跟着他,行装又是照例的没有收拾停当,他竟抽不出时间溜出屋子。

第二天,他清早就动身了。走过萨皮纳的门口,他很想进去敲她的窗子,觉得没有和她告别而离开非常难过;——昨天他还没有来得及说再会,就给洛莎岔开了。但他想到这时她还睡着,把她叫醒一定要使她不高兴。而且见了面又说些什么呢?要取消旅行如今也太晚了;而倘使她竟要求他取消又怎么办呢?……最后,他下意识地感到,对她试试自己的魔力,——必要时甚至让她痛苦一下,——倒也不坏。他并不把萨皮纳和他离别的痛苦如何当真;只想着也许她真的对他有情,那么这次短时间的分离还可以增加她的感情。

他奔到车站。不管怎么样,他总有些内疚。可是车子一动,什么都忘了。他觉得心中朝气蓬勃。古城中的屋顶和钟楼给朝阳染上了粉红色,他欣然和它们作别,又用着出门人那种无挂无虑的心思,对着一切留着的人说了声再会,就把他们丢开了。

他逗留科隆与杜塞尔多夫的时期,从来没想到萨皮纳。从早到晚忙着预奏会、音乐会、饭局、谈话,他只注意着无数新鲜的事,演奏的成功使他非常得意,再没工夫想起过去的事。只有一次,离家以后的第五夜,他做了个噩梦突然惊醒过来,发觉自己在睡梦中想着她,而他就是因为想到她而惊醒的,但他记不起是怎么样想到她的。他又是悲痛又是骚动。那也不足为奇:晚上他在音乐会中表演,散会以后被人请去吃消夜,喝了几杯香槟。既然睡不着觉,他便起来了。老是有段音乐在脑中纠缠不清。他以为睡眠不安是为了这个缘故,就把那段乐思写了下来。写完了再看一遍,他发现其中有股悲伤的情调,不禁大为诧异。他写的时候并不悲伤,至少他觉得如此。但他有几回真的悲伤的时候,倒只能写出欢乐的音乐,教自己看了生气。所以这时他也不去多想。内心的这种出其不意的表现,他虽然莫名其妙,已经习惯了。当下他又立刻睡熟,到下一天早上,什么都忘了。

他的旅行延长了三四天。那是他逞一时高兴,因为他知道只要自己愿意,就能立刻回去;可是他并不急。直到上了归途的车厢,他方才又想起了萨皮纳。他没有写信给她,并且那样的满不在乎,连上邮局问问有没有他的信也懒得去。他对自己这种杳无音信的态度暗暗地觉得痛快,因为知道那边有人等他,有人爱他……有人爱他?她还从来没向他这么说过,他也从来没向她说过。没有问题,两人都知道这一点,用不着说的。可是还有什么比听到对方的心愿更可宝贵的呢?为什么他们迟迟不说呢?每次他们正要倾吐的时候,老是有桩偶然的事,不如意的事,把他们岔开了。为什么呢?为什么呢?他们浪费了多少时间!……他急不可待地想从那张心爱的嘴里听到那几句心爱的话。他也急不可待地想把那些话说给她听。在空无一人的车厢里,他高声说了好几遍。离家越近,他心越急,竟变成一种悲怆的苦闷了……快点儿到吧!快点儿到吧!噢!一小时之内他可以看到她了!

他回到家里正是早上六点半。一个人都没起来。萨皮纳的窗子关着。他提着脚尖走过院子,不让她听见。他想到教她出其不意地惊奇一下,不由得笑了。他奔上楼去,母亲还睡着。他毫无声息地洗了脸;肚子饿得很,到食橱里去找东西又怕惊醒母亲。他听见院子壁有脚步声,便悄悄地打开窗子,看见照例最先起床的洛莎在那里扫地。他轻轻地叫她。她一看见就做了个又惊又喜的动作。接着可又一本正经地沉下了脸。他以为她还在生他的气;但他兴致很好,便下楼走到她身边:

"洛莎,洛莎,"他声音很高兴地说,"拿些东西给我吃,要不然就得吃你啦!我饿死了!"

洛莎笑了笑,带他到楼下的厨房里,一边替他倒一碗牛奶,一边不由得对他的旅行和音乐会提出一大堆问话。他很乐意回答,因为到了家觉得挺快活,连听到洛莎的絮聒也差不多喜欢了;可是洛莎在问长问短的时候突然停住,拉长着脸,眼睛望着别处,好似有什么心事。随后她重新说下去;但她似乎埋怨自己的多嘴,又突然停住了。终于他注意到了,问:"你怎么啦,洛莎?还跟我怄气吗?"

她拚命摇头,表示否认,然后转过身来向着他,以她那种举动突兀的习惯,冷不防两手抓住了他的胳膊,说:“噢！克利斯朵夫!”

他吃了一惊,把手里的面包掉在地下:“什么！什么事?”

她又说:“噢！克利斯朵夫！……闯了大祸呀！……”

他把桌子一推,结结巴巴地问:“这里?”

她指着院子对面的屋子。

他嚷道:“噢！萨皮纳!”

洛莎哭着说:“她死了。”

克利斯朵夫什么都看不见了。他站起来,觉得要跌跤,赶紧抓住桌子,把桌上的东西都倒翻了,他想叫喊。他感到剧烈的痛苦,终于呕吐起来。

洛莎吓坏了,抢着上前,捧着他的头,哭了。

赶到能开口的时候,他说:“那绝不会是真的!”

他明知是真的,但他要否认事实,要已经发生的事没有发生。一看到洛莎泪流满颊,他就不再怀疑,号啕大哭了。

洛莎抬起头来叫了声:“克利斯朵夫!”

他扑在桌上蒙着脸。她向他探着身子:“克利斯朵夫！……妈妈来了！……”

克利斯朵夫站起来:“噢！不,我不愿意她看见我。”

他晃晃悠悠的,眼睛给泪水蒙住了;她拉着他的手,把他带进一间靠着院子的柴房。她关上了门,里边全黑了。他随便坐在一个劈柴用的树根上,她坐在柴堆上。外边的声音在这儿已经听不大清;他尽可以大叫大嚷,不用怕人听到。他便放声大哭。洛莎从来没看见他哭过,甚至想不到他会哭的;她只知道像她那样的女孩子才会落眼泪,一个男人的绝望可使她又是惊骇又是哀怜。她对克利斯朵夫抱着一腔热爱;而这种爱全没有自私的意味,只是一心一意地要为他牺牲,为他受苦,代他受罪。她像做母亲一般地把手臂绕着他,说:“好克利斯朵夫,别哭了!”

克利斯朵夫掉过头去,回答说:“我愿意死!”

洛莎合着手:“别说这个话,克利斯朵夫!”

“我愿意死。我活不下去了……活不下去了……活着有什么意思?”

“克利斯朵夫,我的小克利斯朵夫!你不是孤独的。还有人爱你……”

“那跟我有什么相干?我什么都不爱了。别人死也好活也好。我什么都不爱,我只爱她,只爱她!”

他把头埋在手里,哭声更大了。洛莎再没有什么可说的。克利斯朵夫的爱情这样自私,她心如刀割。她自以为和他最接近的时候,不料变得更孤独更可怜。痛苦非但没有把他们拉近,倒反隔得更远了。她很伤心地哭着。

过了一会儿,克利斯朵夫止住了哭声,问:“可是怎么的呢?怎么的呢?……”

洛莎明白他的意思,回答说:“你走的那晚,她害了流行性感冒,就此完了……”

“天哪!……干吗不写信给我呢?”他抽搭着问。

“我写了信,可不知道你的地址:你又没告诉我们。我到戏院去问,也没人知道。”

他知道她是怕羞的,上戏院去一定很难为了她。

“可是……可是她要你写的?”他又问。

她摇摇头:“不。可是我想……”

他眼睛里表示出一点感激,洛莎的心融化了:“可怜的……可怜的克利斯朵夫!"

她流着泪勾着他的脖子。克利斯朵夫咂摸到这种纯洁的感情多么可贵。他多么需要安慰,便把她拥抱了:"你真好,那么你也喜欢她吗,你?"

她挣脱了身子,向他热情地望了一眼,一句话也不回答,哭了。

这一眼使他心中一亮,那就等于说:"我爱的不是她啊……"

克利斯朵夫几个月来不知道的——不愿意看到的事,终于看到了:她爱着他。

"嘘!有人叫我了。"

他们听见阿玛利亚的声音。

"你愿意回家去吗?"洛莎问。

"不,我还不能回去,不能跟母亲说话……等一会儿再看……"

"那么你留在这儿,我去去就来。"

他待在黑暗的柴房里,只有那结着蜘蛛网的小风洞漏进一道阳光。街上有女人叫卖的声音,隔壁马房里,一匹马在喘气,把蹄子踢着墙。克利斯朵夫发觉了洛莎的心事并不高兴,只是精神分散了一下。他从前不明白的事,如今全明白了。从来不加注意的无数的小事,都给回想起来,显得简单明了。他很奇怪怎么会想到这些,又觉得把自己的苦难从心上丢开,哪怕是一分钟罢,也是不应该的。然而这苦难太惨酷了,保卫生命的本能比他的爱情更强,逼着他把目光转向别处,去想到洛莎的问题;那好比一个投河自杀的人不由自主地要随便抓住一件东西,让自己再在水面上支持一会儿。并且因为此刻他正在痛苦,所以能感觉到另外一个人的痛苦,——为他而受的痛苦。他明白了刚才她流的那些眼泪。他觉得洛莎可怜，也想到从前自己对她多么残忍，——将来还是要残忍。因为他不爱她。他爱她有什么用呢？可怜的小姑娘！……他白白地对自己说她心肠很好（她刚才已经给他证明了），但她心肠好跟他有什么相干？她的生命又跟他有什么相干？……

他想："为什么她倒不死而死了那一个呢？"

他又想："她活着，她爱我，她爱我这句话今天可以对我说，明天可以对我说，我终身她都可以对我说；——可是另外一个，我唯一爱的一个，她可没有说出她爱我就死了，我也没有跟她说我爱她，我永远不能听她说的了，她也永远不能听到我的了……"

最后一晚的情景又在心头浮起：他记得他们正要说话的时候，被洛莎岔开了。于是他恨洛莎。

柴房的门开了。洛莎低声唤着克利斯朵夫，摸黑找他。她抓着他的手。他一碰到就觉得有种反感：他埋怨自己不应该这样，可是没用；那简直是不由自主的。

洛莎一声不出。她的深刻的同情居然把她教会了静默。克利斯朵夫很高兴她不用无聊的话来扰乱他的悲伤。可是他想知道……只有和她才能讲起她。他低声问：

"她什么时候……？"

（他不敢说出死这个字。）

"到上星期六刚好八天。"

忽然有件过去的事在他脑中闪过。他问："是在夜里吗？"

洛莎诧异地望着他："是的，在夜里两三点钟的时候。"

那个凄凉的调子又在他心中响起来。

"她有没有受到剧烈的痛苦？"他哆嗦着问。

"不,不,谢谢老天;告诉你,好克利斯朵夫,她差不多没有什么痛苦,人那么软弱,一点儿没有挣扎。我们马上看出她是完了。"

"可是她,她自己有没有这样觉得?"

"不知道。我相信……"

"她有没有说什么话?"

"没有,一句也没有。她只是像小孩子一样的叫苦。"

"那时你在那里吗?"

"是的,头两天她哥哥没有来以前,就是我一个人在那里。"

他感激之下,紧紧握着她的手:

"谢谢你。"

她觉得自己的血往心中倒流。

静默了一会儿,他吞吞吐吐地问出那句老是压在心上的话:"她没有留下什么话……给我吗?"

她很难过地摇摇头。她真想能说出他心里期待着的话,只恨自己不会扯谎。她安慰他说:"她神志昏迷了。"

"她说话吗?"

"我们听不大清。她说得很轻。"

"女孩子到哪儿去了?"

"给舅舅带到乡下去了。"

"她呢?"

"她也在那边,是上星期一从这儿出发的。"

他们俩又哭了。

外边,伏奇尔太太的声音又在叫洛莎了。克利斯朵夫一个人在柴房里想着那些死后的日子。八天!已经八天了……

噢！天哪！她变成怎么样啦？八天之中下过多少雨！……而这个时期内他倒在笑，倒在快活。

他在口袋里碰到一个纸包，是鞋子上用的一副银扣子，他买来预备送她的。他想起那天夜晚自己的手放在她脱着鞋子的脚上。那只纤小的脚如今在哪儿呢？一定觉得很冷吧！……他又想到，那个温暖的感觉便是他对这个心爱的肉体的唯一的回忆。他从来不敢用手碰一碰她的身体，把它抱在怀里。现在她去了，对他始终是个陌生人。关于她的肉体和灵魂，他都一无所知。她的外表，她的生命，她的爱情，他没有拿到一点儿纪念……她的爱情吗？……他有什么证据？没有一封信，没有一件遗物，——什么也没有。到哪儿去抓握她的爱呢？在他自己心里呢，还是在他以外？……唉！只有一片虚无！除了他对她的爱，除了他自己，她还剩些什么？……——可是不管怎样，他努力想把她从毁灭中抢救出来，想否认死：这种热烈的愿望，使他在激昂的坚信的冲动之下，紧紧抓着那一点儿最后的残余：

> ……我没有死，我只改换了住处；
> 我在你心中常住，你这见到我而哭着的人。
> 被爱者化身为爱人的灵魂。

他从来没读到这几句伟大的名言；但它们的确藏在他的心底里。每个人都要轮到去登上千古长存的受难的高岗。每个人都要遇到千古不灭的痛苦，抱着没有希望的希望。每个人都要追随着抗拒过死，否认过死，而终于不得不死的人。

他躲在屋里，整天关着护窗，免得看见对面的窗子。他避着伏奇尔家里的人,只觉得他们讨厌。其实他并没可以责备他们的地方:这些人多么忠厚多么虔敬,决不会再说出他们对亡人的感想。他们知道克利斯朵夫的痛苦,不管心里以为如何,面上总是尊重他的痛苦,留着神绝对不在他面前提到萨皮纳的名字。但他们是她生前的敌人,便是这一点就能使克利斯朵夫在萨皮纳死后跟他们做敌人了。

并且,他们叫叫嚷嚷的作风并没改变;即使他们的同情是真诚的,而且还是短时间的,他们也显而易见没有受到这个不幸的打击,——(那不是挺自然的吗?)——甚至暗里觉得拔去了眼中钉也难说。至少克利斯朵夫是这么猜想。因为伏奇尔一家对他的用意现在被他看破了,他更容易加以夸张。其实他们对他并不在乎,倒是他把自己看得很重。他相信萨皮纳的死既然替房东们的计划去掉了一重障碍,他们一定觉得洛莎有希望了。因此他讨厌洛莎。只要别人——(不问是伏奇尔夫妇,是鲁意莎,是洛莎)——在暗中支配他,他就不管什么情形,非和人家硬要他爱的人疏远不可。每逢他的最不能受到侵犯的自由似乎受到侵犯的时候,他就会跳起来。而且这一回的事不只跟他一个人有关。旁人一厢情愿地替他做主,不但损害了他的权利,同时也损害了他倾心相与的死者的权利。所以他竭力要加以保卫,虽然并没有人攻击那些权利。他怀疑洛莎的好意,因为她看着他痛苦而痛苦,时常来敲他的门,想安慰他,和他谈谈故世的人。他并不拒绝,他需要和认识萨皮纳的人提到萨皮纳,打听她病中的细节。但他并不因之感激洛莎,以为她的好心是有作用的。她一家的人,连阿玛利亚在内,让她跑来作长时间的谈话,要是阿玛利亚自己没有好处,会答应洛莎这样做吗?洛莎不是也跟家里的人有默契吗？他不能相信她的同情是完全真诚而没有私心的。

当然她不能毫无私心。洛莎的哀怜克利斯朵夫是真的；她努力想用克利斯朵夫的眼光来看萨皮纳，想从克利斯朵夫身上去爱萨皮纳；她狠狠地埋怨自己从前不该对死者抱有恶感，甚至在夜晚的祷告中求萨皮纳宽恕。可是她，她是活着，每天时时刻刻看到克利斯朵夫，她爱着他，用不着再怕另外一个，另外一个已经消灭了，连她留给人的印象将来也会消灭，现在只有她一个人了，或许有朝一日……——这些念头，洛莎能不想吗？固然朋友的痛苦就是她的痛苦，但在她痛苦的时候，她能把突然之间冒起来的快乐与非分的希望压下去吗？接着她马上责备自己。而那些念头也不过像电光般地一闪。可是已经够了，克利斯朵夫已经看到了。他眼睛一瞪，她心里就凉了半截，看出他的恨意；萨皮纳死了而她活着，他就恨她这一点。

面粉师赶了车来搬萨皮纳的家具。克利斯朵夫教课回来，看见门前和街上，堆着一张床、一口橱、被褥、衣裳，所有她留下来的东西。他看得难受极了，便急急忙忙地走过去，不料在门洞里迎面撞见贝尔多，被他拦住了：

"啊！亲爱的先生，"他兴奋地握着克利斯朵夫的手，"咱们那天在一块儿的时候哪想得到？咱们多高兴呵！可是她的确是从那次该死的游河以后得了病的。唉，别说了吧，怨也没用！现在她死了。以后就要轮到我们了。这就叫做人生……你，你身体怎么样？我吗，我很好，托老天的福！"

他满脸通红，流着汗，有股酒气。一想到他是她的哥哥，可以随便提到她的事，克利斯朵夫觉得很难堪。面粉师可是很高兴遇到一个朋友能够谈谈萨皮纳；他不了解克利斯朵夫的冷淡。他一出现就教人突然之间想到农庄上的那一天，又冒冒失失地提起快乐的往事，一边说话一边用脚踢着萨皮纳的可怜的遗物：这些情形会勾起克利斯朵夫多少痛苦，面粉师是万万想不到的。只要他嘴里一提到萨皮纳的名字，克利斯朵夫心就碎了。他想找个机会教贝尔多住嘴。他踏上楼梯，可是面粉师盯着他不放，在楼梯上挡住了他絮絮不休。有些人，特别是乡下人，谈到疾病就津津有味；面粉师便是这个脾气，他非常细致地描摹萨皮纳的病情，克利斯朵夫再也忍不住了（他硬撑着，使自己不至于痛苦得叫起来），老实不客气打断了贝尔多的话，冷冷地说了声：

"对不起，少陪了。"

他连作别的话都不说就走了。

这种冷酷无情使面粉师大为气愤。他并不是没猜到妹子跟克利斯朵夫暗中相恋的情形。而克利斯朵夫竟表示这样的不关痛痒，真教他觉得行同禽兽，认为克利斯朵夫毫无心肝。

克利斯朵夫逃到房里，气都喘不过来了。在搬家的时间，他不敢再出门，也决心不向窗外张望，可是不能不望；他躲在一角，掩在窗帘后面，瞧着爱人零零碎碎的衣服都给搬走。那时他真想跑到街上去喊："喂！喂！留给我吧！别把它们带走啊！"他想求人家至少留给他一件东西，只要一件，别把她整个儿地带走。但他怎么敢向面粉师要求呢？他在她的哥哥面前根本没有一点儿地位。他的爱，连她本人都不知道：他怎么敢向别人揭破呢？而且即使他开口，只要说出一个字，他就会忍不住号啕大哭的……不，不，不能说的，只能眼看她整个儿地消灭，沉入海底，没法抢救出一丝半毫……

等到事情办完，整个屋子搬空了，大门关上，车轮把玻璃震动着，慢慢地去远了，听不见了，他就扑在地下，一滴眼泪都没有，连痛苦的念头、挣扎的念头都没有，只是全身冰冷，像死了一样。

有人敲他的门，他躺着不动。接着又敲了几下。他忘了把门上锁：洛莎开门进来了，看见他躺在地板上，不由得惊叫了一声，站住了。克利斯朵夫怒气冲冲地抬起头来说：

"什么事？你要什么？别来打搅我！"

她迟疑不决地靠在门上，嘴里再三叫着：

"克利斯朵夫！……"

他一声不响地爬起来，觉得被她看到这情形很难为情。他扑着身上的灰尘，恶狠狠地问："哦，你要什么？"

洛莎怯生生地说："对不起……克利斯朵夫……我来……我给你拿……"

他看见她手里拿着一件东西。

"你瞧，"她向他伸出手来，"我问贝尔多要了一件纪念品。我想你也许会喜欢……"

那是一面手袋里用的银的小镜子，她生前并非为了卖弄风情而是为了慵懒而几小时照着的镜子。克利斯朵夫马上抓住了，也抓住了拿着镜子的手：

"噢！好洛莎！……"

他被她的好意感动了，也为了自己对她的不公平非常难过。他一阵冲动，向她跪了下来，吻着她的手："对不起……对不起……"

洛莎先是不明白，随后却是太明白了；她脸一红，哭了出来。她懂得他的意思是说：

"对不起，要是我不公平……对不起，要是我不爱你……

对不起,要是我不能……不能爱你,要是我永远不爱你!……”

她并不把手缩回来:她知道他所亲吻的并不是她。他把脸偎着洛莎的手,热泪交流:一方面知道她窥破了他的心事,一方面因为不能爱她,因为使她难过而十分悲苦。

两人便这样地在傍晚昏暗的房中哭着。

终于她挣脱了手。他还在喃喃地说:“对不起!……”

她把手轻轻地放在他的头上。他站起身子。两人不声不响地拥抱着,嘴里都有些眼泪的酸涩的味道。

“我们永远是好朋友。”他低声地说。

她点了点头,走了,伤心得一句话都说不上来。

他们都觉得世界没有安排好。爱人家的得不到人家的爱。被人家爱的偏不爱人家。彼此相爱的又早晚得分离。……你自己痛苦。你也教人痛苦。而最不幸的人倒还不一定是自己痛苦的人。

克利斯朵夫又开始往外逃了。他没法再在家里过活,不能看到对面没有窗帘的窗,空无一人的屋子。

更难受的是,老于莱不久就把底层重新出租了。有一天,克利斯朵夫看见萨皮纳的房里有些陌生面孔。新人把旧人的最后一点儿遗迹也给抹掉了。

他简直不能待在家里,成天在外边闲荡,直到夜里什么都看不见了才回来。他到乡下去乱跑,而走来走去总走向贝尔多的农庄。可是他不进去,也不敢走近,只远远地绕着圈子。他在一个山岗上发现一个地点,正好临着庄子、平原,与河流;他就把这地方作为日常散步的目的地。从这儿,他的目光跟着纡曲的河流望去,直望到柳树荫下,那是他在萨皮纳脸上看到死神的影子的地方。他也认出他们俩终宵不寐的两间房的窗子:在那边,两人比邻而居,咫尺,天涯,被一扇门,一扇永恒的门,分隔着。他也能在山岗上俯瞰公墓,可踌躇着不敢进去:从小他就厌恶这些霉烂的土地,从来不愿意把他心爱的人的影子跟它连在一起。但从高处远处看,这墓园并没阴森的气象,而是非常恬静,在阳光底下睡着……睡着!……哦,她多喜欢睡啊!……这儿什么也不会来打搅她了。田野里鸡声相应。庄子上传来磨子的隆隆声,鸡鸭的聒噪声,孩子们玩耍的呼号声。他看见萨皮纳的女孩子,还能分辨出她的笑声呢。有一回,靠近庄子的大门,他躲在围墙四周凹下去的小路上,等她跑过便把她拦住了,尽量地亲吻。女孩子吓得哭了,差不多认不得他了。他问:

"你在这儿快活吗?"

"快活……"

"你不愿意回去吗?"

"不!"

他把她松了手。小孩子的满不在乎使他很难过。可怜的萨皮纳!……但孩子的确就是她,有点儿是她……虽然是那么一点儿!孩子不像母亲;她明明是从母腹中经过的,但那神秘的勾留只给她淡淡地留下一点儿母亲的气息,留下一点儿声音的抑扬顿挫,吊起嘴唇、侧着脑袋的模样。其余的部分全是另外一个人;而这另外一个和萨皮纳混合起来的人,使克利斯朵夫非常厌恶,虽然他没有明白承认。

克利斯朵夫只有在自己心中才能找到萨皮纳。她到处跟着他;但他只有在孤独的时候才真正觉得和她在一起。她和他最接近的地方莫过于那个山岗,远离着闲人,就在她的本乡,到处都有她往事的遗迹。他不惜赶了多少里路到这儿来,一边奔着一边心跳地爬上岗去,好像赴什么约会似的;那的确可以算是个约会。他一到便躺在地下,——那是她曾经躺过的;他闭上眼睛,就被她的印象包围了。他不看见她的面貌,不听见她的声音,他不需要这些;她进到他心里,把他抓住了,他也把她占有了。在这种热情冲动的幻觉中,除了和她同在以外,什么知觉都没有了。

而这种境界也是不长久的。——实在说来,自然而然来的幻觉只经验到一次;第二天便是他有意追求的了。而以后虽然克利斯朵夫尽力要它再现也没用。那时他方始想起要把萨皮纳真切的形象唤引起来;以前他可是没有这个念头的。有时他居然成功了,像几道电光似的一闪,使他心中一亮。但那是要几小时的等待,熬着几小时的黑暗才能得到的。

"可怜的萨皮纳!"他想道,"他们都把你忘了,只有我爱着你,永远把你存在心里,噢!我的宝贝!我占有你,抓着你,决不让你逃掉的!……"

他这样说着,因为她已经逃掉了:她在他的思想里隐去,好似水在手里漏掉一样。他老是回到那里去赴她的约会。他要想念她,便闭上眼睛。过了半小时,一小时,甚至两小时,他发觉自己一无所思。山谷里的声响,闸口下面潺潺的水声,在坡上啮草的两头山羊的铃声,在他头上的小树间的风声,一切都渗进他软绵绵的思想,好似浸透一块海绵那样。他对着自己的思想发气,硬要它服从意志,盯住那个死者的形象;但过了一忽儿,他疲倦不堪,叹了口气,又让思想被外来的感觉催眠了。

他振作精神,在田野里跑来跑去,寻访萨皮纳的印象。他到镜子里去找,那是映射过她的笑容的。他到河边去找,那是她的手曾经在水中浸过的。但镜子和水只反射出他自己的影子。走路的刺激,清新的空气,奔腾活跃的血,唤起了他心中的音乐。他想既然找不到她,就换个方向吧。

“噢！萨皮纳！……”他叹了一声。

他把这些歌曲题赠给她,努力要使他的爱情与苦恼在其中再现……可是没用:爱情与苦恼固然是重现了,可完全没有萨皮纳的份。爱情与痛苦是望着前面而不是回顾以往的。克利斯朵夫没法抵抗他的青春。生命的元气又挟着新的威势在他胸中迸发了。他的悲伤,他的悔恨,他的贞洁的火炽的爱情,他压在心里的肉欲,把他的狂热煽动起来了。虽然哀痛,他的心却是跳得那么轻快激昂,兴奋的歌曲按着如醉如狂的韵律响亮起来;一切都在庆祝生命,连悲哀也带着庆祝的意味。克利斯朵夫太坦白了,不能老是骗着自己;他承认自己并不在想念爱人,就瞧不起自己。可是生命在那里鼓动他;精神上充满着死气而肉体充满着生气,他只能很悲哀地听凭那再生的精力,和生活的盲目的狂欢把他摆布;痛苦,怜悯,绝望,无可补救的损失的创伤,一切关于死的苦闷,对于强者无疑是猛烈的鞭挞,把求生的力量刺激得更活泼了。

克利斯朵夫也知道,在他心灵深处有一个不受攻击的隐秘的地方,牢牢地保存着萨皮纳的影子。那是生命的狂流冲不掉的。每个人的心底都有一座埋藏爱人的坟墓。他们在其中成年累月地睡着,什么也不来惊醒他们。可是早晚有一天,——我们知道的,——墓穴会重新打开。死者会从坟墓里出来,用她褪色的嘴唇向爱人微笑;她们原来潜伏在爱人胸中,像儿童睡在母腹里一样。

第三部　阿　达

多雨的夏季之后，接着是晴朗的秋天。果园里的树枝上挂满了各种果实。红的苹果像牙球一样地发光。有些树木早已披上晚秋灿烂的装束：那是如火如荼的颜色，果实的颜色，熟透的甜瓜的颜色，橘子与柠檬的颜色，珍馐美馔的颜色，烤肉的颜色。林中到处亮出红红的光彩；透明的野花在草原上好似朵朵的火焰。

一个星期日的下午，他在一个山坡上走下来，迈着大步，因为是下坡路，差不多是连奔带跑的了。他哼着一个调子，那节奏在散步开始的时候就在脑子里盘旋不已。满面通红，敞开着衣服，他一边走一边挥着手臂，眼睛像疯子一般骨碌碌地乱转；在路上拐弯的地方，他忽然撞见一个高大的黄头发的姑娘，骑在一堵墙上，使劲拉着一根粗大的树枝，摘着紫色的枣子狼吞虎咽。他们俩一见之下都愣了一愣。她含着满嘴的东西，呆呆地对他望了一会儿，大声笑了。他也跟着笑了。她的模样教人看了好玩：圆圆的脸嵌在金黄的鬈发中间，粉红的腮帮很饱满，一双大蓝眼睛，鼻子大了一点，鼻尖俨然地向上翘着，嘴巴又小又红，露出一口雪白的牙齿，四个狠巴巴的犬牙特别显著，下巴颏儿很肥，个子又胖又高，非常壮健。克利斯朵夫对她嚷着：

"好啊,你多吃一点罢!"

说完他就想继续赶路,可是被她叫住了。

"先生!先生!发发善心帮我下来行不行?我没法……"

他回头走了几步,问她是怎样上去的。

"用我的手脚啰……爬上来总是容易的……"

"尤其在头上挂着开胃的果子的时候……"

"是啊……可是吃过了就没有勇气,不知道怎么下地了。"

他看着她吊在高头,说:"这样你不是挺舒服吗?还是消消停停待在这儿罢。我明天再来看你。再见了。"

他身子可并不动,只管站在她下面。

她装做害怕的神气,拿腔作势地哀求他别把她丢在这儿。他们一边笑一边彼此望着。她指着手里抓住的丫枝问:"你也来一点儿罢?"

克利斯朵夫自从和奥多一块儿玩的那个时候起,到现在还不知道尊重私人的产业,便毫不迟疑地接受了。而她也就好玩地把枣子往他身上大把大把地丢下来。等他吃过以后,她又说:"现在我可以下来了罢?……"

他还俏皮地让她等了一会儿。她在墙上开始不耐烦了。最后他说:"好,来罢!……"他一边说一边对她张开手臂。

但她正要跳下来的时候又说:"等一忽儿,让我再多摘几颗带着走!"

她把能够采到的最好的枣子统统采下,装满了上衣的衣兜,又警告他:"小心!接我的时候别把它们压坏了!"

他几乎想故意把它们压坏。

她从墙上弯下身子,跳在他的臂抱里。他虽然很结实,她的体重也差点儿使他往后翻倒。他们个子一样高,脸也碰到了。他吻着她满是枣子汁的嘴唇,她也大大方方还了他一吻。

"你上哪儿去?"他问。

"我不知道。"

"你是一个人出来散步的吗?"

"不,还有朋友呢。可是我跟他们走失了……哎!喂!"她突然大声叫起来。

没有回音。她也满不在乎。两人就信步往前走去。

"你呢,你往哪儿去?"她问。

"我也不知道。"

"那么很好。咱们一块儿走罢。"

她从上衣兜里掏出枣子咬起来了。

"你要吃坏肚子了。"他说。

"才不会呢!我整天都吃的。"

从上衣的隙缝里,他看到了她的衬衣。

"你看,枣子都烘热了。"她说。

"真的吗?"

她笑着递了一个给他。他拿去吃了。她一边像小孩子般吮着枣子,一边从眼梢里觑着他。他不大知道这桩奇遇等会儿怎么结束。她可至少有点儿预感了。她等着。

"哎!喂!"有人在树林里喊。

她答应了一声:"哎!喂!"又接着对克利斯朵夫说:"原来他们在那儿,还算是我运气!"

其实她倒认为是没运气。但女人是不能说出心里的意思的……谢天谢地!要不然世界上就不可能有什么礼教了……

人声慢慢地逼近。她的朋友们快走到大路上来了。她忽然把身子一纵，跳过路旁的土沟，爬上土堆，躲在树木后面。他看着她这种举动觉得奇怪。她可做着手势硬要他过去，他就跟着她，一路进了树林。走得相当远了，她又叫起来：

“哎！喂！……”接着又对克利斯朵夫解释：“至少得教他们来找我。”

那些人在大路上停着脚步，听她的声音是从哪儿来的。他们答应了一声，也进了树林。她可是并不等，只一忽儿往东、一忽儿往西地乱窜。他们直着嗓子叫她，叫到后来也不耐烦了，觉得要找着她的最好的办法是不去找她，就嚷了声：“好，希望你一路顺风！”说完他们径自唱着歌走了。

他们对她这样的置之不理，使她大为气恼。她的确想摆脱他们，可不答应他们这样轻易地对付她。克利斯朵夫看着呆住了：和一个陌生女子玩捉迷藏，他觉得并没多大兴趣；他也不想利用只有他们两个人的机会。她也没有这个念头；气愤之下，她已经把克利斯朵夫忘了。

“噢！岂有此理！”她拍了拍手说，“他们竟不管我啦？”

“那不是你自己愿意的吗？”克利斯朵夫说。

“不是的！”

“明明是你躲开的。”

“我躲开是我的事，跟他们不相干。他们应当来找我。我要迷了路怎么办呢？……”

她想着可能遭遇到的情形自怜自叹起来，要是……要是碰到了跟刚才相反的事又怎么办呢！

“哼！我一定得把他们骂一顿。”

她迈开大步，往回头的路上奔去。

上了大路，她想起了克利斯朵夫，又望着他。——可是情形已经不同。她笑了出来。几分钟以前盘踞在她心里的小妖怪已经不在了。在另外一个小妖怪还没来到以前,她对克利斯朵夫觉得无所谓了。而且她肚子很饿,使她想起已经到了晚餐的时间,急于要上乡村客店去跟朋友们会齐。她抓着克利斯朵夫的手臂,把全身的重量都压在他的胳膊上,哼唧着说没有气力了。可是她把克利斯朵夫拖着下坡的时候,照旧一边跑,一边叫,一边笑,像发疯似的。

他们谈着话。她问清楚了他是谁,但她从来没听见过他的名字,也不觉得音乐家的头衔如何了不起。他打听出她是大街上一家帽子铺里的女店员,名字叫阿台哀特,——朋友们都称她阿达。今天一同出来玩的有一个女同事,和两个规规矩矩的青年:一个是惠莱银行的职员,一个是时髦布店的伙计。他们利用星期日出来游玩,约定上勃洛希乡村客店吃晚饭,——在那儿可以眺望莱茵河上美丽的风景,——然后搭船回去。

克利斯朵夫和阿达走进客店,三个同伴早已在那里了。阿达对朋友们发了一阵脾气,抱怨他们不该把她丢下,接着把克利斯朵夫给介绍了,还说是他救了她的。他们完全不把她的怨叹当真;但他们认得克利斯朵夫:银行职员是因为久仰他的大名,布店伙计是因为听过他的几个曲子,——(他马上哼了一段)。他们对他表示的尊敬引动了两个姑娘的好奇心。阿达的女友,弥拉,——真名叫做耶娜,——是一个暗黄头发的女孩子,眼睛眨个不停,脑门上骨头很显著,头发很硬,脸蛋像中国女人,黄澄澄的油腻的皮色,有些怪模怪样,可是不俗,颇有动人之处。她立刻对宫廷音乐师大献殷勤。他们请他赏光和他们一块儿吃饭。

他从来没受过这样的恭维：每个人都尊敬他奉承他，两个妇女，彼此不伤和气地，争着要博取他的欢心。她们俩都在追求他：弥拉用的手段是特别周到的礼貌，躲躲闪闪的眼睛、在桌子底下轻轻碰他的腿；——阿达可厚着脸把她的眼睛、嘴巴，和漂亮的人品所有的魅力一齐施展出来。这种不大雅观的卖弄风情，使克利斯朵夫局促不安，心里发慌。但这两个大胆的女子，和他家里那些面目可憎的人比较，究竟是别有风味。他认为弥拉很有意思，比阿达聪明；可是她那种过分的客套和意义不明的笑容使他又喜欢又厌恶。她敌不过阿达朝气蓬勃的魅力；而她也很明白这一点，一发觉没有了希望，就不再坚持，照旧笑盈盈地，耐性地，等着自己当令的日子。至于阿达，看到自己能够左右大局了，也不再进攻；她刚才的举动，主要是为跟她的女友捣乱；这一点成功了，她也就感到满足。但她已经弄假成真。她在克利斯朵夫的眼中咂摸出被她燃烧起来的热情；而这热情也在她胸中抬头了。她不作声了，那套无聊的搔首弄姿的玩意儿也停止了：他们你望着我，我望着你，嘴上都还有那个亲吻的余味。他们时常突然之间附和别人的说笑，闹哄一阵；随后又不出一声，彼此偷偷地瞧着。临了他们连瞧都不瞧了，仿佛怕流露真情似的。他们都一心一意地在那里培养自己的情欲。

吃完饭，大家准备动身了。要到渡轮的码头，还得在树林中走两里路。阿达第一个站起来，克利斯朵夫跟在后面。他们在门口的阶沿上等着其余的同伴：——两人并肩站着，一言不发，浓雾中只有客店门前那盏独一无二的挂灯透出些少光明……

阿达抓着克利斯朵夫的手，拉着他沿着屋子往园中黑暗的地方走去。在一座挂满葡萄藤的平台底下，他们躲了起来。四下里一片漆黑。他们彼此看不见。柏树的梢头在风中摇曳。他的手指被阿达紧紧地勾着，感觉到她手指上的暖气，闻到系在她胸口的葵花的香味。

她突然之间把他拉在怀里；克利斯朵夫的嘴碰到了阿达的被雾水沾湿的头发，他吻着她的眼睛、睫毛、鼻孔、胖胖的脸蛋、嘴角，找来找去找到了她的嘴唇，胶住了。

其余的人出来了，叫着："阿达！……"

他们一动不动，紧紧地抱着，几乎停止了呼吸。

他们听见弥拉的声音说："他们走在前面去了。"

同伴的脚步声在黑暗里远去。他们俩搂得更紧了，喃喃地吐出几个热情的字。

村里的大钟远远地响起来。他们松了手。得赶快地奔到轮船码头了。两人一句话也不说，挽着胳膊，握着手，调整着脚步上路，——那是像她的为人一样急促而坚决的步子。路上很荒凉，田野里没有一个人，十步之外看不见一点东西；在这样可爱的良夜，他们心定神安，稳稳实实地走着，从来也不蹴到地下的石子。因为已经落后，他们就抄着近路。曲折的小道在葡萄园中忽上忽下，然后又有一大段沿着半山腰前进。他们在浓雾中听见河水的汹汹声，轮船靠埠时的机轴声，便离开了正路，往田间斜刺里奔去，终于到了莱茵河畔的岸上，但离开码头还有一程路。两人安定的心绪并没受到骚乱。阿达忘了晚间的疲倦。在静寂的草地上，在罩着朦胧的月色而雾气更湿更浓的河边，他们仿佛能够走上一夜。轮船的汽笛响了，那个妖魔般的大东西在黑暗中离了岸。

"好，咱们搭下一班罢。"他们笑着说。

一阵水浪冲在河边的沙滩上，在他们的脚下四散分溅。

码头上人家告诉他们："最后一班才开出。"

克利斯朵夫的心忐忑跳着。阿达把他的胳膊抓得更紧了。

"得了吧，"她说，"明儿总该有一班吧。"

几步路以外，在雾的光晕中，一盏灯挂在临河的平台上，发出闪闪的微光。再远一点，有几扇照亮的玻璃窗，原来是一家小客店。

他们走进园子。细沙在脚下窸窸窣窣地响着。他们摸索着找到了梯子的踏级，进门的时候屋子里正在开始熄火。阿达挽着克利斯朵夫的胳膊，说要一间客房。人家把他们带进一间临着园子的卧室。克利斯朵夫靠在窗上，看着河中变幻不定的水光和豆一般的灯光，巨大的蚊虫张着翅膀望挂灯的玻璃上乱撞。房门关上了。阿达站在床边微笑。他不敢瞧她。她也不瞧他，但在睫毛底下留神着克利斯朵夫所有的动作。每走一步，楼板就会格格地响。客店里无论多么细小的声音都听得见。他们坐在床上，一声不出地紧紧搂抱了。

园子里摇曳不定的灯光熄灭了。一切都熄灭了。……

黑夜有如深渊……没有光明，没有意识……只有生命。暧昧的，凶狠的，生命的力。强烈的欢乐。痛快淋漓的欢乐。像空隙吸引石子一般吸引生命的欢乐。情欲的巨潮把思想卷走了。那些在黑夜中打转的陶醉的世界，一切都是荒唐的，狂乱的……

夜里……有的是他们混合在一起的呼吸，有的是交融为一的两个身体的暖气，有的是他们一齐陷了进去的麻痹的深渊……一夜有如几十百夜，几小时有如几世纪，几秒钟的光阴像死一样的长久……他们做着同一个梦，闭着眼睛说话，蒙眬中互相探索的脚碰到了又分开了，他们哭着，笑着；世界消灭了，他们相爱着，共同体验着睡眠那个虚无的境界，体验那些在脑海中骚乱的形象，黑夜的幻觉……莱茵河在屋下小湾中唧唧作响；水波在远处撞着暗礁，仿佛细雨打在沙上。泊船的浮埠受着水流激荡，发出呻吟声。系着浮埠的铁索一松一紧，发出叮当声。水声一直传到卧室里。睡的床好比一条小船。他们偎依着在炫目的波浪中浮沉，——又像盘旋的飞鸟一般悬在空中。黑夜变得更黑了，空虚变得更空虚了。他们彼此挤得更紧，阿达哭着，克利斯朵夫失去了知觉，两人一齐在黑夜的波涛中消失了……

黑夜有如死……——为何还要再生？……

潮湿的窗上透出熹微的晨光。两个软瘫的肉体中重新燃起生命的微光。他醒了。阿达的眼睛对他望着。他们的头睡在一个枕上。手臂相连。嘴唇胶在一起。整整的一生在几分钟内过去了：阳光灿烂的岁月，庄严恬静的时间……

"我在哪儿呢？我变了两个人吗？我还是我吗？我再也感觉不到我的本体。周围只有无穷。我好比一座石像，睁着巨大的安静的眼睛，心里是一片平和……"

他们又堕入天长地久的睡梦中去了。清澈的远钟，轻轻掠过的一叶扁舟，桨上溜滑下来的水珠，行人的脚步，一切黎明时分例有的声音并没有打扰他们，只使他们知道自己活在那里，抚摩着他们迷迷糊糊的幸福，使他们加意吟味……

轮船在窗前呼呼地响着，把半睡半醒的克利斯朵夫惊醒了。他们预定七点动身,以便准时赶回城里工作。他低声地问:“你听见没有?”

她依旧闭着眼睛,微微地笑了笑,把嘴唇凑过来,挣扎着把他吻了一下,脑袋又倒在克利斯朵夫的肩上了……他从玻璃窗中望见船上的烟囱,空无一人的跳板,一大抹一大抹的浓烟在白色的天空映过。他又昏昏睡着了……

一小时过去了,他一点儿没觉得,听到钟响才惊跳起来。

“阿达!阿达!……”他轻轻地在她耳边叫,“已经八点了。”

她始终闭着眼睛,拧了拧眉毛,扯了扯嘴巴,表示不高兴。

“噢!让我睡罢!”她说。

她挣脱了他的手臂,非常困倦地叹了口气,转过背去又睡了。

他在她身边躺着。两个身体都是一样的温度。他胡思乱想起来。血流得那么壮阔,那么平静。所有的感官都明净如水,连一点儿小小的印象都非常新鲜地感受到。他对自己的精力与少壮觉得很愉快,想到自己已经成人尤其骄傲。他对他的幸福微笑,觉得很孤独,像从前一样的孤独,也许更孤独,但那是毫无悲戚而与神明相通的孤独。再没有什么狂乱。再没有什么黑影。天地自由自在地反映在他清明宁静的心上。他仰躺着,对着窗子,眼睛沉没在明晃晃的雾雰中,微微笑着:

“活着多有意思!……”

哦!活着!……一条船在河上驶过……他突然想起亡故的人,想起那条过去的船,他们不是曾经同舟共济的吗?他——她……——是她吗?……不是这一个睡在身旁的她。——可是那唯一的爱人,可怜的,已经死了的她吗?但目前这一个又是怎么回事呢？她怎么会在这儿的？他们怎么会到这间房里、这张床上的？他望着她，可不认识她：她是个陌生人；昨天早上，他心中还没有她。他关于她又知道些什么呢？——只知道她并不聪明，并不和善，也知道她此刻并不美丽：凭她这张憔悴而瞌睡的脸，低低的额角，张着嘴在那里呼气，虚肿而紧张的嘴唇显出一副蠢相。他知道自己并不爱她。他不胜悲痛地想到：一开始他就亲吻了这对陌生的嘴唇，第一天相遇的晚上就接触了这个不相干的肉体，——至于他所爱的，眼看她在旁边活着，死掉，可从来没有敢抚摩一下她的头发，而且也从此不可能领会到她身上的香味。什么都完了。一切都化为乌有。尘土把她整个儿抢了去，他竟没有保卫她……

他俯在这无邪的睡熟的女人身上，细细端详她的面貌，用着恶意的目光瞅着她。她觉得了，被他瞧得不安起来，使劲撑起沉重的眼皮对他笑着，像儿童初醒的时候一样口齿不清地说："别瞧我呀，我难看得很……"

她困倦得要死，笑着说："噢！我真瞌睡得很啊。"接着又回到她的梦里去了。

他禁不住笑了出来，温柔地吻着她像儿童一样的嘴巴跟鼻子，然后又把这个大女孩子瞧了一忽儿，跨过她的身子，悄悄地起床了。他一离开，她就宽慰地叹了口气，伸手伸脚地躺个满床。他一边洗脸一边留神着怕惊醒她，其实她绝不会醒的；他梳洗完毕，坐在靠窗的椅子里，眺望雾气缭绕，像流着冰块的江面；他迷迷糊糊地沉入遐想，听到有一曲凄凉的田园音乐在耳边飘荡。

她不时把倦眼睁开一半，茫然望着他，过了几秒钟才认出来，对他笑着，又从这个梦转到别一个梦里去了。她问他是什么时候了。

“九点差一刻。”

她蒙眬中想了想：“九点差一刻，那又怎么呢？”

到九点半，她四肢欠伸了一会儿，叹了口气，说要起床了。

敲了十点，她还没有动，可气恼着说：“啊，钟又响了！……时间过得真快……”

他笑了，走到床边挨着她坐下；她把手臂绕着他的脖子，讲她的梦境。他并不留神细听，常常说几个温柔的字打断她。可是她叫他别作声，一本正经地，好似讲的是最重要的事：

“她在吃晚饭：大公爵也在座；弥拉是一头纽芬兰种的狗……不，是一头卷毛的羊，在那里侍候他们……阿达竟会在桌上腾空走路，跳舞，躺着，都是在空中。哦，那是挺方便的；你只要做就是了……你瞧，这样……这样……那就行了……”

克利斯朵夫取笑她，她也笑了，但对他的笑有点儿生气。她耸耸肩说：“噉！你完全不懂！……”

他们在床上吃了早点，用的是同一只碗，同一把羹匙。

终于她起来了：把被褥一推，伸出美丽雪白的脚，肥胖的大腿，一滑就滑到床前的地毯上。然后她坐着喘了会气，望着她的脚。末了，她拍拍手要他出去；他稍一迟疑，她就抓着他的肩膀推到门外，把门闩上了。

她慢腾腾地把美丽的四肢细细瞧了一番，舒舒服服地欠伸了一阵，哼着一支感伤的歌，看见克利斯朵夫在窗上弹指，就把水泼他的脸，临走又在花园里摘了枝头最后的一朵玫瑰：他们俩终究上船了。雾还没有散，可是阳光已经透出来了，两人在乳白色的光中蠕动。阿达和克利斯朵夫坐在船尾，依旧带着困倦与不乐意的模样，咕噜着说阳光射着她的眼睛，一定要整天闹头痛了。克利斯朵夫并不把她的话怎么当真，她便沉着脸不出声：眼睛半开半阖，那种俨然的神气像个才睡醒的孩子。船到了第二个码头，有个漂亮女人上来，坐在靠近他们的地方：阿达就马上提起精神，和克利斯朵夫说了好些多情而风雅的话，又用起客套的"您"字来了。

克利斯朵夫一心想着她该用什么理由向女店主解释她的迟到。她可是完全不放在心上：

"嗽，这又不是第一次。"

"什么第一次？"

"我的迟到啰。"她对他的问话有点儿气恼。

他不敢追问她迟到的原因。

"这一回你怎么说呢？"

"说我母亲病了，死了……我哪知道等会儿怎么说呢？"

这种轻薄的口气使他听了很不愉快。

"我不愿意你扯谎。"

她可生了气："告诉您罢，第一我从来不扯谎……第二，我总不成对她说……"

"为什么不能？"他半说笑半正经地问。

她耸了耸肩，笑了，说他粗野，下流，并且先请他别对她这么"你呀你呀"的称呼。

"难道我没有权利吗？"

"绝对没有。"

"凭了咱们的关系还不成吗？"

"咱们根本没有什么关系。"

她带着挑战的神气，眼睛盯着他笑了；虽然她是说笑，但他觉得，要她一本正经地这样说，甚至真的这样想，也不费她什么事。接着大概想起了什么好玩的事分了心，她突然望着克利斯朵夫哈哈大笑，把他拥抱着亲吻，一点也不顾忌旁边的人，而他们也似乎不以为奇。

如今，他每次散步都得跟那些女店员和银行职员做伴，他们的俗气使他很厌恶，时常想在路上和他们走散；但阿达老喜欢跟人别扭，偏不愿意再在林中迷路了。逢到下雨或是因为别的理由而不出城，克利斯朵夫就带阿达上戏院，逛美术馆，逛公园；因为她非要和他一同露面不可，甚至还要他陪着去望弥撒；但他真诚到近乎荒谬的性格，使他自从失掉信心以后不肯再踏进教堂，连管风琴师的职位也早已借端辞掉；而同时他的宗教情绪又太重了（他自己可不知道），不能不认为阿达的提议是种亵渎的行为。

晚上他到她家里去。他老在那儿碰到住在一幢屋子里的弥拉。弥拉对他并不记恨，照旧伸出软绵绵的、大有抚爱意味的手，谈些不相干的或是轻薄的事，然后很识趣地溜开了。照理两个女人在那种情形之下不可能再亲密，但她们倒反显得交情更深，而且形影不离。阿达什么事都不瞒弥拉，弥拉把什么都听在肚里；说的人和听的人似乎都一样的得劲。

克利斯朵夫和两个女人在一起觉得很窘。她们之间的友谊，古怪的谈话，放浪的行动，尤其是弥拉看事情的态度和见解非常放肆，——（在他面前已经好多了，但那些背后的谈话自有阿达告诉给他听），——她们不顾体统的好奇心，老是涉及无聊的或是淫猥的题目，所有那些暧昧而有点兽性的气氛，使克利斯朵夫极难受，同时又极有兴趣；因为他从来没见识过。一对小野兽似的女人说着废话，胡说乱道地瞎扯，傻笑，讲到粗野的故事高兴得连眼睛都发亮：克利斯朵夫听着她们简直给搅糊涂了。弥拉一走开，他真觉得松了口气。两个女人在一块儿等于一个陌生世界，而他完全不懂那个世界的语言。他没法教她们听他的：她们连听也不听，只取笑他这个陌生人。

他和阿达单独相对的时候，他们仍旧说着两种不同的语言；但至少他们努力想彼此了解。其实，他越了解她，骨子里反而越不了解她。克利斯朵夫在她身上才第一次认识女人。虽然萨皮纳可以算是他认识的，但他对她一无所知：她仅仅是他心上的一个梦。如今是阿达来使他找补那个错失的时间了。他也竭力想解决女人的谜，——而女人或许只有对一般想在她们身上寻求多少意义的人才成其为谜。

阿达绝对不聪明，而这还不过是她最小的缺点。要是她承认不聪明，克利斯朵夫觉得倒也罢了。然而虽然只知道注意无聊的事，她还自命风雅，很有自信地判断一切。她谈论音乐，对克利斯朵夫解释他最内行的东西，而她的意见与否决都是绝对的。你根本不用想去说服她，她对什么都有主张，都能领略，自视甚高，顽固不化，虚荣心极重，对什么也不愿而且不能了解。她就是固执到底，不肯去了解事情！当她愿意凭着她的优点和缺点，老老实实地保持本来面目的时候，克利斯朵夫才更喜欢她呢！

事实上，她根本不想用什么头脑。她所关心的不过是吃、喝、唱歌、跳舞、叫喊、嬉笑、睡觉。她希望快活；要是她真能快活也很不错了。可是虽然天生的有了一切快活的条件：贪吃懒做,肉欲很强,还有那种使克利斯朵夫又好气又好笑的天真的自私自利,总而言之,虽然凡是能使自己觉得生活有趣的坏习气都已齐备,——(也许朋友们并不能因为她的坏习气而也觉得人生可爱,但一张高高兴兴的脸,只要长得好看,总还能让接近的人沾到些快乐的光!)——虽然她有那么多的理由应该对人生满足,阿达却没有这点儿知足的聪明。这个漂亮强壮的姑娘,又娇嫩,又快活,气色那么健康,兴致那么好,胃口那么旺,居然为自己的身体操心!她一个人要吃几个人的量,而口口声声抱怨身体不行。她不是叹这个苦,就是叹那个苦:一忽儿是脚拖不动啦,一忽儿是不能呼吸啦,又是头痛啦,脚痛啦,眼睛痛啦,胃痛啦,再不然是神魂不安,害了心病。她对每样东西都害怕,迷信得像个害神经病的,认为到处都有预兆:吃饭的时候,刀子,交错的叉,同桌的人数,倒翻的盐瓶等,全与祸福有关,非用种种的仪式来消灾化吉不可。散步的时候,她数着乌鸦,看是从哪个方向飞来的;她走在路上老是留神脚下,倘若上午看见一只蜘蛛爬过,就要发愁,就要回头走了;你想劝她继续散步,只有教她相信时间已经过午,所以那是好兆而不是噩兆了。她也怕自己做的梦,絮絮不休地讲给克利斯朵夫听;倘若忘了什么细节,她会几个钟点地想下去;她要把每个小地方告诉克利斯朵夫,而那些梦总是一大串荒谬的事,牵涉到古怪的婚姻,死了的人,或是什么女裁缝、亲王,诸如此类的滑稽可笑或淫乱的故事。克利斯朵夫非听她不可,还得发表意见。往往她会给这些胡闹的梦境纠缠到好几天。她觉得人生不如意,看人看事都很苛刻,老在克利斯朵夫前面嘀嘀咕咕地诉苦。克利斯朵夫离开了那般怨天尤人的小市民,又来碰到他的死冤家,"郁闷而非希腊式的幻想病者”,未免太犯不上了。

她在叽里咕噜的不高兴的时候,会突然之间地乐起来,没头没脑地闹哄一阵;这种兴致和刚才的愁闷同样无理可喻。那时她就没来由地,笑不完地笑,在田里乱跑,疯疯癫癫地胡闹,玩着小孩子的游戏,扒着泥土,弄着脏东西,捉着动物,折磨蜘蛛、蚂蚁、虫,使它们互相吞食,拿小鸟给猫吃、虫给鸡吃、蜘蛛给蚂蚁吃,可是并无恶意,只由于无意识的作恶的本能,由于好奇,由于闲着没事。她有种永远不会餍足的需要,要说些傻话,把毫无意思的字说上几十遍,要捣乱,要刺激人家,要惹人厌烦,要撒一阵野。路上一遇到什么人,——不管是谁,——她就得卖弄风情,精神百倍地说起话来,又是笑又是闹,装着鬼脸,引人注意,拿腔作势地做出种种急剧的举动。克利斯朵夫提心吊胆地预感到她要说出正经话来了。——而她果然变得多情了,并且又毫无节制,像在别的方面一样:她大声嚷嚷地说她的心腹话。克利斯朵夫听得难受极了,恨不得把她揍一顿。他最不能原谅的是她的不真诚。他还不知道真诚是跟聪明与美貌一样少有的天赋,而硬要所有的人真诚也是一种不公平。他受不了人家扯谎,而阿达偏偏扯谎扯得厉害。她一刻不停地,泰然自若地,面对着事实说谎。她最容易忘记使他不快的事,——甚至也忘了使他高兴的事,——像一切得过且过的女子一样。

虽然如此,他们究竟相爱着,一心一意地相爱着。阿达的爱情,真诚不减于克利斯朵夫。尽管没有精神上的共鸣作基础,他们的爱可并不因此而减少一点真实性,而且也不能跟低级的情欲相提并论。这是青春时期的美妙的爱:虽然肉感很强,究竟不是粗俗的,因为其中一切都很年轻;这种爱是天真的，差不多是贞洁的，受过单纯热烈的快感洗练的。阿达即使在爱情方面远不如克利斯朵夫那么无知，但还保存着一颗少年的心，一个少年的身体；感官的新鲜，明净，活泼，不亚于溪水，差不多还能给人一个纯洁的幻象，那是任何东西代替不了的。在日常生活中她固然自私，平庸，不真诚；爱情可使她变得纯朴，真实，几乎是善良的了；她居然能懂得一个人为了别人而忘却自己的那种快乐。于是克利斯朵夫看着她觉得心都醉了，甚至愿意为她而死：一颗真正动了爱情的心，借了爱情能造出多少又可笑又动人的幻觉，谁又说得尽呢？克利斯朵夫因为富有艺术家天生的幻想力，所以恋爱时的幻觉比常人更扩大百倍。阿达的一颦一笑对于他意义无穷；亲热的一言半语简直是她善心的证据。他在她身上爱着宇宙间一切美好的东西。他称她为他的我，他的灵魂，他的生命。他们都爱极而哭了。

他们两人的结合不单是靠欢娱，而还有一种往事与幻梦的说不出的诗意，——是他们自己的往事与幻梦吗？还是在他们以前恋爱过的人，生在他们以前而现在活在他们身上的人的往事与幻梦？他们林中相遇的最初几分钟，耳鬓厮磨的最初几天，最初几晚，躺在彼此怀里的酣睡，没有动作，没有思想，沉溺在爱情的急流中，不声不响体会到的欢乐的急流中……这些初期的魅惑沉醉，他们彼此不说出来，也许自己还没觉得，可是的确保存在心里。突然之间显现出来的一些境界，一些形象，一些潜伏的思想，只要在脑海中轻轻掠过，他们就会在暗中变色，浑身酥软，迷迷糊糊的好像周围有阵蜜蜂的嗡嗡之声。热烈而温柔的光……醉人的甜美的境界使他们的心停止了跳动，声息全无……这是狂热以后的困倦与静默，大地在春天的阳光底下一边颤抖一边懒懒地微笑……两个年轻的肉体的爱，像四月的早晨一样清新，将来也得像朝露一样地消逝。心的青春是献给太阳的祭礼。

使克利斯朵夫和阿达关系更密切的，莫如一般人批判他们时所取的态度。

他们初次相遇的第二天，街坊上就全知道了。阿达一点儿不想法隐瞒那段姻缘，反而要把她征服男子的得意在人前炫耀。克利斯朵夫原想谨慎一点，但觉得被大家用好奇的目光盯着，而他又不愿意躲躲闪闪，便干脆和阿达公然露面了。小城里顿时议论纷纷，乐队里的同事带着调侃的口气恭维他，他可置之不理，认为自己的私事用不着别人顾问。在爵府里，他的有失体统的行为也受到了指摘。中产阶级的人更把他批评得厉害。他丢掉了一部分家庭教课的差事。还有一部分家庭，是从此在克利斯朵夫上课的时候都由母亲用着猜疑的神气在旁监视，好像他要把那些宝贵的小母鸡抢走似的。小姐们表面上照理装得一无所知，实际上可无所不知，于是一方面认为克利斯朵夫眼界太低而对他表示冷淡，一方面可更想多知道些这件事情的底细。克利斯朵夫原来只有在小商人和职员阶级中走红。但恭维与毁谤使他一样着恼；既然没法对付毁谤，他便设法不受恭维：这当然是很容易的。他对于大众的爱管闲事非常恼恨。

对他最生气的是于莱老人和伏奇尔一家。他们觉得克利斯朵夫的行为不检是对他们的侮辱。其实他们并没当真想招他做女婿，他们——尤其是伏奇尔太太，——一向不放心那种艺术家性格。但他们天性忧郁，老是以为受着命运播弄，所以一发觉克利斯朵夫和洛莎的婚姻没有了希望，就相信自己原来的确是要那件婚事成功的，而这个打击又证明他们碰来碰去都是不如意的事。照理，倘若他们的不如意应当归咎于命运的话，那么就跟克利斯朵夫不相干了；但伏奇尔夫妇的推理，只会使他们找出更多的理由来怨天尤人。因此他们断定：克利斯朵夫的行为恶劣不单是为了自己寻欢作乐，并且是有心伤害他们。除此以外，他们对克利斯朵夫的丑行的确深恶痛绝。凡是像他们那样虔诚、守礼、极有私德的人，往往认为肉体的罪恶是所有的罪恶中最可耻的，最严重的，差不多是唯一的罪恶，因为只有这罪恶最可怕，——安分良民决不会偷盗或杀人，所以这两桩根本不用提。这种观点使他们觉得克利斯朵夫骨子里就不是个好人，便对他改变了态度。他们板起一副冰冷的面孔，遇到他就掉过头去，克利斯朵夫本不稀罕和他们交谈，对他们的装腔作势只耸耸肩膀。阿玛利亚一方面装出瞧不起他而躲开他的神气，一方面又尽量要和他搭讪，以便把心里的话对他说出来：但克利斯朵夫只做看不见。

他看了真正动心的，只有洛莎的态度。这女孩子对他的批判比她的父母更严。并非因为克利斯朵夫这次新的恋爱把她最后的被爱的机会打消了，那是她早知道没希望的，——(虽然她心里也许还在希望……她是永远在那里希望的！)——而是因为克利斯朵夫是她的偶像，而这尊偶像如今是倒下来了。在她无邪的心里，这是最大的痛苦，比受他轻视更残酷的痛苦。从小受着清教徒式的教育，亲炙惯了她热诚信奉的狭隘的道德，她一朝得悉了克利斯朵夫的行为，非但惋惜，而且痛心。他爱萨皮纳的时候，她已经很痛苦，已经对她崇拜的英雄失掉了一部分幻象。克利斯朵夫竟会爱一个这样平凡的人，她觉得是不可解的，不光彩的。但至少这段恋爱是纯洁的，而萨皮纳也没有辜负这纯洁的爱情。何况死神的降临把一切都变得圣洁了……但经过了那一场，克利斯朵夫立刻爱上另外一个女人，——而且是怎样的一个女人！——那真是堕落得不像话了！洛莎甚至为死者抱不平了。她不能原谅他忘掉萨皮纳……——其实他对于这一点比她想得更多；她没法想象一颗热烈的心同时容得下两种感情；她认为一个人要忠于"已往"，就非牺牲"现在"不可。她纯洁，冷静，对于人生，对于克利斯朵夫，都没有一点儿观念。在她心目中，一切都应当像她一样的纯洁，狭窄，守本分。她的为人与心胸尽管很谦卑，可也有一桩骄傲，就是纯洁，她对己对人都要求纯洁。她不能，永远不能原谅克利斯朵夫这样的自暴自弃。

克利斯朵夫即使不想向她有所声辩，——（对于一个清教徒式的女孩子根本不能解释什么）也想跟她谈谈。他很愿意告诉她，他还是她的朋友，很重视她对他的敬意，而他还有受这敬意的资格。可是洛莎躲着他，冷冷的一声不出，明明是瞧不起他。

他对这个态度又伤心又气愤，自以为不该受此轻蔑；但他的心绪终于给搅乱了，认为自己错了。而最严酷的责备乃是在想起萨皮纳的时候对自己的责备。他苦闷地想道：

"天哪！怎么会的呢？……我怎么会变成这样的呢？……"

然而他抵挡不住冲击他的巨浪。他想到人生是罪恶的，便闭上眼睛不去看它而只顾活着。他多么需要活，需要爱，需要幸福！……他的爱情没有一点可鄙的地方！他知道爱阿达可能是他的不聪明，没有见识，甚至也不十分快乐；可是这种爱绝对谈不到卑鄙。即使——(他竭力表示怀疑)——阿达在精神方面没有多大价值,为什么他对于阿达的爱就会因此而减少它的纯洁呢?爱是在爱的人的心里,而非在被爱的人的心里。凡是纯洁的人、强壮健全的人,一切都是纯洁的。爱情使有些鸟显出它们身上最美丽的颜色,使诚实的心灵表现出最高尚的成分。因为一个人只愿意给爱人看到自己最有价值的面目,所以他所赞美的思想与行动,必须是跟爱情塑成的美妙的形象调和的那种。浸润心灵的青春的甘露,力与欢乐的神圣的光芒,都是美的,都是有益健康而使一个人心胸伟大的。

朋友们误解他固然使他难过,但最严重的是他的母亲也开始烦恼了。

这个忠厚的女人绝不像伏奇尔一家把做人之道看得那么窄。她亲身经历了多少真正的痛苦,不会再想去自寻烦恼。她生来是个谦卑的人,只受到人生的磨折,没享到人生的快乐,更不希求快乐,随遇而安,也不想去了解她的遭遇,绝对不敢批判或责难别人,她自以为没有这权利。要是旁人的思想跟她的不同,她就自认为愚蠢,不敢说人家错误;她觉得硬要他人遵守自己在道德与信仰方面的死板的规则是可笑的。而且,她的道德与信仰完全出之于本能:她只顾自己的纯洁与虔敬,全不管别人的行为,这正是一般平民容忍某些弱点的态度。这也是当年约翰·米希尔不满意她的一点:在体面的与不体面的两等人中,她不大加以区别;在街上或菜市上,她不怕停下来跟街坊上人尽皆知而正经妇女视若无睹的、那些可爱的女人谈话。她觉得分别善恶,决定惩罚或宽恕,都是上帝的事。她所要求人家的只有一点儿亲切的同情;为了减轻彼此生活的重担，这是必不可少的。主要是在于心地好，其余的都无关大体。

但自从她搬进了伏奇尔的屋子，大家开始来改造她的性格了。那时她已经萎靡不振，无力抵抗，所以房东一家喜欢中伤别人的脾气更容易把她控制。先是阿玛利亚抓住了她；在从早到晚一起做活，而只有阿玛利亚一个人开口的情形之下，柔顺而颓丧的鲁意莎，不知不觉也染上了批评一切判断一切的习惯。伏奇尔太太当然不会不说出她对克利斯朵夫的行为是怎么看法。鲁意莎的无动于衷使她很气恼。她觉得鲁意莎对他们那么愤慨的事不加过问，简直有悖礼法；她直到把鲁意莎说得心都乱了方始满意。克利斯朵夫也觉察到这一点。母亲虽不敢埋怨他，但每天总得怯生生的，不大放心的，絮絮不休地说几句；倘使他不耐烦了，把话顶回去，她就不再开口，但眼神还是那么忧郁；有时他出去了一次回来，看出她是哭过了。他对母亲的性格认识得太清楚了，知道那些烦恼绝不是从她心里来的。——从哪儿来的呢？他完全明白。

他决意要结束这种局面。一天晚上，鲁意莎忍不住眼泪，晚饭吃到一半就站起来，也不让克利斯朵夫知道她为什么难过。他便急急忙忙奔下楼去，敲伏奇尔家的门。他恼怒极了。他不但因为伏奇尔太太挑拨他的母亲而着恼，他还得把她的教唆洛莎跟他不和，把她的中伤萨皮纳，以及他几个月来隐忍着的一切，痛痛快快地报复一下。他胸中的怨气越积越多，非发泄不可了。

他闯进伏奇尔太太家里，用着勉强装做镇静，但禁不住气得发抖的声音，问她向母亲说了些什么，把她弄成这个模样的。

阿玛利亚对他毫不客气,回答说她爱说什么就说什么,用不着把她的行为向任何人报告,——尤其是对他。她借此机会把久已准备好的一套话统统说了出来,还说要是他母亲苦闷,他除了自己的行为以外,用不着再找旁的理由;而那种行为对他是羞耻,对大众是件丑事。

克利斯朵夫巴不得她先来攻击以便反攻。他气势汹汹地嚷着说,他的行为是他自己的事,决不管伏奇尔太太高兴不高兴;她要抱怨,向他抱怨就是,她爱怎么说都可以:那不过像下一阵雨罢了,可是他禁止她,——(听见没有?)——他禁止她跟他母亲去噜苏,要知道侵犯一个又老又病的可怜的女人是卑鄙的。

伏奇尔太太高声大叫起来。从来没有一个人敢对她用这种口气的。她说她决不受一个野孩子的教训,——并且还在她自己家里!——她便尽量地羞辱他。

听到吵架的声音,大家都跑来了,——除了伏奇尔,他对于可能妨害他健康的事,一向是躲得老远的。气极了的阿玛利亚把情形告诉了老于莱,老于莱就声色俱厉地请克利斯朵夫以后少发议论,也不必上门。他说用不着克利斯朵夫来告诉他们怎么做人,他们只知道尽责任,过去如此,将来也如此。

克利斯朵夫回答说他当然要走的,将来也不再踏进他们家里了。可是他先得把关于这该死的责任的话——(此刻这责任几乎成为他的私仇了)——痛痛快快说完了才肯走。他说这个责任反而会使他喜欢邪恶。他们拼命把"善"弄得可厌,使人不愿意为善。他们教人在对照之下,觉得那些虽然下流但很可爱的人倒反有种魔力。到处滥用责任这个字,无聊的苦役也名之为责任,无足重轻的行为也名之为责任,还要把责任应用得那么死板，霸道，那非但毒害了人生，并且亵渎了责任。责任是例外的，只有在真正需要牺牲的时候才用得着，绝对不能把自己恶劣的心绪和跟人过不去的欲望叫做责任。一个人不能因为自己愚蠢或失意而悲苦愁闷，就要所有的人跟他一块儿悲苦愁闷，跟他一样过那种残废的人的生活。最重要的德性是心情愉快。德性应该有一副快活的、无拘无束的、毫不勉强的面目！行善的人应该觉得自己快乐才对！但那个永不离嘴的责任，老师式的专制，大叫大嚷的语调，无聊的口角，讨厌的、幼稚的、无中生有的吵架，那种闹哄，那种毫无风趣的态度，没有趣味、没有礼貌、没有静默的生活，竭力使人生变得贫乏的、鄙陋的悲观主义，觉得轻蔑别人比了解别人更容易的、傲慢的愚蠢，所有那些不成器局、没有幸福、没有美感的布尔乔亚道德，都是不健全的，有害的，反而使邪恶显得比德性更近人情。

克利斯朵夫这样想着，只顾对伤害他的人泄愤，可没有发觉自己和他们一样的不公平。

无疑的，这些可怜虫大致和他心目中所见到的差不多。但这不是他们的错：那种可憎的面目、态度、思想，都是无情的人生造成的。他们是给苦难折磨得变了形的，——并非什么飞来横祸，伤害生命或改换一个人面目的大灾难。——而是循环不已的厄运，从生命之初到生命末日，点点滴滴来的小灾小难……那真是可悲可叹的事！因为在他们这些粗糙的外表之下，藏着多少的正直、善心，和默默无声的英勇的精神！……藏着整个民族的生命力和未来的元气！

克利斯朵夫认为责任是例外的固然不错，但爱情也一样是例外的。一切都是例外的。一切有点儿价值的东西，它的最可怕的敌人，并非是不好的东西——（连恶习也有它的价值）——而是它本身成了习惯性。心灵的致命的仇敌，乃是时间的磨蚀。

阿达开始厌倦了。她不够聪明，不知道在一个像克利斯朵夫那样生机蓬勃的人身上，想法使她的爱情与日俱新。在这次爱情中间，她的感官与虚荣心已经把所有的乐趣都榨取到了。现在她只剩下一桩乐趣，就是把爱情毁灭。她有那种暧昧的本能，为多少女子（连善良的在内）多少男人（连聪明的在内）所共有的。——他们都不能在人生中有所创造：作品，儿女，行动，什么都不能，但还有相当的生命力，受不了自己的一无所用。他们但愿别人跟自己一样的没用，便竭力想做到这一点。有时候这是无心的；他们一发觉这种居心不良的欲望，就大义凛然地把它打消。但多数的时候他们鼓励这种欲望，尽量把一切活着的，喜欢活着的，有资格活着的，加以摧毁；而摧毁的程度当然要看他们的力量如何：有些是小规模的，仅仅以周围亲近的人作对象；有些是大举进攻，以广大的群众为目标。把伟大的人物伟大的思想拉下来，拉得跟自己一般高低的批评家，还有以引诱爱人堕落为快的女孩子，是两种性质相同的恶兽。——可是后面的一种更讨人喜欢。

因此阿达极想把克利斯朵夫腐化一下，使他屈辱。其实她还没有这个力量。便是腐化人家，她那点儿聪明也嫌不够：她自己也觉得，所以她怀恨克利斯朵夫的一大原因，就是她的爱情没有力量伤害他。她不承认有伤害他的欲望；要是能阻止自己，也许她还不会这么做。但她认为要伤害他而办不到未免太岂有此理。倘使一个女人没有一种幻象，使她觉得能完全驾驭那个爱她的人，给他不论是好是坏的影响，那就是这个男人爱她爱得不够，而她非要试试自己的力量不可了。克利斯朵夫没有留意到这些，所以阿达说着玩儿问他：

"你肯不肯为了我把音乐丢掉？"（其实她完全没有这个意思。）

他却老老实实地回答：

"噢！这个吗，不论是你，不论是谁，都没有办法的。我永远丢不了音乐。"

"哼！亏你还说是爱我呢！"她恨恨地说。

她恨音乐，——尤其因为她完全不懂，并且找不到一个空隙来攻击这个无形的敌人，来伤害克利斯朵夫的热情。倘若她用轻蔑的口吻谈论音乐，或是鄙夷不屑的批评克利斯朵夫的曲子，他只是哈哈大笑；阿达虽然懊恼至极，结果也闭上了嘴，因为知道自己可笑。

但即使在这方面没有办法，她可发现了克利斯朵夫的另一个弱点，觉得更容易下手：那就是他的道德信仰。他虽然和伏奇尔一家闹翻了，虽然青年期的心情使他沉醉了，可依旧保存着他那种精神上的洁癖而自己并不觉得，使一个像阿达般的女人看了始而诧异，继而入迷，继而好笑，继而不耐烦，终于恼恨起来。她不从正面进攻，只是狡猾地问：

"你爱我吗？"

"当然。"

"爱到什么程度？"

"尽一个人所能爱的程度。"

"那不能算多……你说，你能为我做些什么？"

"你要什么就什么。"

"要你做件坏事你做不做?"

"要用这种方式来爱你,太古怪了!"

"不是古怪不古怪的问题。只问你做不做?"

"那是永远不需要的。"

"可是假使我要呢?"

"那你就错了。"

"也许是我错了……可是你做不做?"

他想拥抱她,被她推开了。

"你做还是不做?你说?"

"不做的,我的小宝贝。"

她气愤愤地转过身子。

"你不爱我,你根本不懂什么叫做爱。"

"也许是罢。"他笑嘻嘻地说。

他明知自己在热情冲动的时候,会像别人一样做出一桩傻事,也许坏事,或者——谁知道?——更进一步的事;但他认为很冷静地说出来以此自豪是可耻的,而说给阿达听是危险的。他本能地感到他那个心爱的敌人在旁等着,只要他漏出一点儿口风便乘机而入;他不愿意让她拿住把柄。

有几次,她又回到老题目上来进攻了:

"你是因为你爱我而爱我呢,还是因为我爱你而爱我?"

"因为我爱你而爱你。"

"那么假使我不爱你了,你还是会爱我的?"

"是的。"

"要是我爱了别人,你也永远爱我吗?"

"啊!这个我可不知道……我想不会吧……总之我那时不再爱别的人了。"

“我爱了别人，情形又有什么不同？”

“哦，大不同了。我也许会变，你是一定会变的。”

“我会变吗？那又有什么关系？”

“当然关系很大。我爱的是你现在这样的你。你要变了，我不敢担保再爱你。”

“噢！你不爱我，你不爱我！这些废话是什么意思？一个人要就爱，要就不爱。如果你爱我，你就该爱我，爱我现在的样子，也不管我做些什么，永远得爱下去。”

“这样的爱你，不是把你当做畜生了吗？”

“我就是要你这样地爱我。”

“那么你看错人了，”他开玩笑似的说，“我不是你心目中的那种人。我即使愿意这样做也未必做得到。何况我也不愿意。”

“你自命为聪明！你爱你的聪明甚于爱我。”

“我爱的明明是你，你这个没良心的！我爱你比你爱自己还深切。你越美丽，心越好，我越爱你。”

“你倒是个老学究。”她懊恼地说。

“你要我怎么办呢？我就是爱美，恨丑。”

“便是我身上的丑也恨吗？”

“尤其是在你身上的。”

她愤愤地跺着脚：“我不愿意受批判。”

“那么你尽管抱怨吧，抱怨我批判你，抱怨我爱你。”他温柔地说着，想抚慰她。

她让他抱在怀里，甚至还微微笑着，允许他亲吻。但过了一忽儿，他以为她已经忘了，她又不安地问：“你觉得我丑的是什么呢？”

他不敢告诉她，只是很懦怯地回答："我不觉得你有什么丑的地方。"

她想了一想，笑着说："你说你是不喜欢扯谎的，可不是？"

"那我最恨了。"

"对。我也恨。我从来不扯谎，所以在这方面我不用操心。"

他对她瞧了瞧，觉得她是说的真心话。对自己的缺点这样的毫无知觉，他看了心软了。

"那么，"她把手臂勾着他的脖子，"假使我一朝爱了别人而告诉了你，你干吗要恨我呢？"

"别老是磨我啊。"

"我不磨你；我不跟你说我现在爱了别人；而且还可以告诉你现在不爱别人……可是将来要是我爱了……"

"咱们不用想这个。"

"我可是要想的……那时候你不恨我吗？总不能恨我吧？"

"我不恨你，只是离开你。"

"离开我？为什么？要是我仍旧爱着你的话？……"

"一边爱着别人一边还爱我？"

"当然啰，那是可能的。"

"对我们可不会有这种事。"

"为什么？"

"因为你爱上别一个的时候，我就不爱你了，决不再爱你了。"

"刚才你还说：'也许……'现在你说你不爱我了！"

"这样对你更好。"

"为什么?"

"因为你爱着别人的时候我要是还爱你,那么结果对你、对我、对别人都是不利的。"

"哦!……你简直疯了。那么我非一辈子和你在一块儿不可吗?"

"放心,你是自由的。你爱什么时候离开我就什么时候离开我。可是那时候不是再会而是永别了。"

"但要是我仍旧爱你呢?"

"爱是需要彼此牺牲的。"

"那么你牺牲罢!"

他对她这种自私不由得笑了;她也笑了。

"片面的牺牲只能造成片面的爱。"他说。

"绝对不会的,它能造成双方的爱。如果你为我而牺牲,我只有更爱你。你想想罢,在你一方面,既然能为我牺牲,就表示你非常爱我,所以你就能非常幸福了。"

他们笑了,很高兴能够把彼此那么认真的意见丢开一下。

他笑着,他望着她。其实她的确像她所说的,决无意思此刻就离开克利斯朵夫;虽然他常常使她腻烦,使她气恼,她也知道像他这样的忠诚是多么可贵;而且她也并不爱别人。她刚才的话是说着玩的,一半因为知道他不喜欢这种话,一半因为觉得玩弄这些危险而不清不白的思想自有一种乐趣,像小孩子喜欢搅弄脏水一样。他知道这点,并不恨她。但对于这一类不健全的辩难,对于跟这个捉摸不定而心神不安的女子的争执,他觉得厌倦了;为了要无中生有的,在她身上找出优点来骗自己而花那么大的劲,他也厌倦了,有时甚至厌倦得哭了。他想:“为什么她要这样呢,一个人为什么要这样呢?人生真无聊!”……同时他微微笑着,望着俯在他身上的那张娇艳的脸,蓝的眼睛,花一般的皮色,爱笑爱唠叨而带点蠢相的嘴巴,半开半阖的、露着舌头与滋润的牙齿的光彩。他们的嘴唇差不多碰上了;可是他仿佛是远远地看着她,很远很远,像从别一个世界上望过来的;他眼看她慢慢地远去,隐没在云雾里了……随后他竟瞧不见她了,听不见她了。他忘了一切,只想着音乐,想着他的梦,想着跟阿达完全无关的事。他听见一个调子。他静静地在那里作曲……啊!美妙的音乐!……多么凄凉,凄凉欲绝!可又是温柔的,慈爱的……啊!多么好!……可不是?可不是?……其余的一切都是虚幻的。

他被人抓着手臂推了几下,听见有个声音喊着:

“喂,你怎么啦?你真的疯了吗?干吗这样地瞅着我呢?干吗不回答我呢?”

他又看到了那双望着他的眼睛。那是谁啊?……——啊!是的……——他叹了一口气。

她仔细地把他打量着,要知道他想些什么。她弄不明白,只觉得自己白费气力,没法把他完全抓住,他老是有扇门可以逃的。她暗中生气了。

有一次她把他从这种出神的境界中叫回来,问:“干吗你哭呀?”

他把手抹了抹眼睛,才觉得湿了。

“我不知道。”他说。

“干吗你不回答?我已经问了你三遍啦。”

“你要什么呢?”他语气很温和地说。

她又开始那些古怪的辩论,他做了一个厌倦的手势。

“别急，”她说，“我再说一句就完啦。”

可是她又滔滔不竭地说开去了。

克利斯朵夫气得直跳起来：“你能不能不再跟我说这些下流话？”

“我是说着玩儿的。”

“那么找些干净一点的题目！”

“至少你得跟我讨论一下，说出你讨厌的理由。”

“这有什么理由可说的！譬如垃圾发臭，难道还得讨论它发臭的原因吗？它发臭，那就完了，我只能堵着鼻子走开。”

他愤愤地走了，迈着大步，呼吸着外边冰冷的空气。

可是她又来了，一次，两次，十次。凡是能伤害他良心的，使它难堪的，她都一齐抖出来摆在他面前。

他以为这不过是一个神经衰弱的女子的病态的玩意儿，喜欢把磨人当做消遣。他耸耸肩膀，或是假装不听她的，并不拿她当真。但他有时仍不免想把她从窗里扔出去：因为神经衰弱这个病和闹神经衰弱的人对他都不是味儿……

然而只要离开她十分钟，他就会把一切讨厌的事忘得干干净净。他又抱着新的希望新的幻象回到阿达身边去了。他是爱她的。爱情是一种永久的信仰。一个人信仰，就因为他信仰，上帝存在与否是没有关系的。一个人爱，就因为他爱，用不着多大理由！……

克利斯朵夫和伏奇尔一家吵过以后，不能再在他们屋子里住下去了，鲁意莎只能另找一所屋子。

有一天，克利斯朵夫的小兄弟，久无音讯的恩斯德，突然回家了。他试过各种行业,结果都给人撵走。丢了差事,不名一文,身体也搅坏了,他认为还是回到老家来养息一下的好。

恩斯德和两个哥哥的关系都不算坏;他们瞧不起他,他知道这点,可并不介意,所以不恨他们。他们也不恨他,因为恨他也是徒然。人家无论对他说什么都等于是耳边风。他眯着谄媚的眼睛笑着,装做痛悔的神气,心想着别处,嘴里可是诺诺连声,说着道谢的话,结果总在两个哥哥身上敲到一些钱。克利斯朵夫对这个讨人喜欢的坏蛋,不由自主的很有好感。他外表更像他们的父亲曼希沃。和克利斯朵夫一样的高大,结实,他五官端正,面貌之间好似人很爽直,眼神清朗,鼻子笔直,嘴巴带着笑意,牙齿美丽,举动很迷人。克利斯朵夫一看见他心就软了,预先准备好要责备他的话,连一半都没说出;他骨子里对这个漂亮少年有点像母亲对儿子那样的偏宠,他不但和他同一血统,而且至少在体格上是替他挣面子的。他认为这兄弟心并不坏,再加恩斯德也一点儿不傻。他虽然没有教育,倒也不俗,甚至对陶养心情的活动还感到兴趣。他听着音乐觉得津津有味,尽管不懂哥哥的作品,可仍好奇地听着。克利斯朵夫一向没有得到家里的人多少同情,所以在某些音乐会中看到小兄弟在场也很高兴。

但恩斯德主要的本领,是彻底认识和善于利用两个哥哥的性格。克利斯朵夫知道恩斯德的自私和薄情,知道他只有用得着母兄的时候才想到他们,但他照旧受他甜言蜜语的哄骗,难得会拒绝他的要求。他对他比对另一个兄弟洛陶夫喜欢得多。洛陶夫为人规矩安分,做事认真,很讲道德,不向人要钱,也不拿钱给人,每星期日照例来看一次母亲,待上一个钟点,老讲着自己的事,自吹自捧,吹他的商店和有关他的一切,从来不问一下别人的事,一点儿不表示关心,时间一到就走,认为责任已尽,有了交代了。这个兄弟,克利斯朵夫简直受不了。他在洛陶夫回家的时候总想法待在外边。洛陶夫可是忌妒克利斯朵夫:他瞧不起艺术家,克利斯朵夫的名气使他心里难过。然而他在他的商人社会中常常利用哥哥的声誉,只从来不跟母亲或克利斯朵夫提到,假装不知道哥哥有什么名望。反之,凡是克利斯朵夫出了点不愉快的事,哪怕是极小的,他都知道。克利斯朵夫瞧不起这些胸襟狭窄的行为,只做不觉得;但他从来没想到(要是发觉了,他是受不住的),洛陶夫所知道的对他不利的消息,一部分是从恩斯德那里得来的。这小坏蛋把克利斯朵夫跟洛陶夫不同的地方看得很清:当然他承认克利斯朵夫的优越,或许还对他的戆直有些略带讥讽意味的同情。但他决不肯不利用克利斯朵夫的戆直;另一方面,他尽管瞧不起洛陶夫的心地不好,也照旧不顾羞耻地利用他那种心地。他迎合洛陶夫的虚荣和忌妒,恭恭敬敬听他的埋怨,把城里的丑事,尤其是关于克利斯朵夫的,告诉他,——而恩斯德对于克利斯朵夫的事也知道得特别详细。终于他目的达到了:洛陶夫虽然那么吝啬,结果也和克利斯朵夫一样让他把钱骗了去。

这样,恩斯德一视同仁地利用他们,也一视同仁地嘲笑他们。而他们两个也一样地喜欢他。

恩斯德虽是诡计多端,回到老家的时候情形也怪可怜了。他从慕尼黑来,在那儿他丢了最后一个差事,照例他是谋到一个事马上就会丢了的。一大半的路程,他是走的,冒着大雨,晚上天知道住在哪儿。浑身泥巴,衣衫褴褛,他简直像乞丐一样，咳嗽又非常厉害，因为在路上害了恶性支气管炎。一看见他这副模样的回来，鲁意莎骇坏了，克利斯朵夫真心感动地迎上前去。眼泪不值钱的恩斯德，少不得借此利用一下；于是大家都动了感情，三个人哭做一团。

克利斯朵夫腾出他的房间；大家熏暖了被窝，把似乎快要死下来的病人安置睡下。鲁意莎和克利斯朵夫轮流在床头看护。既要请医生，买药，又要在房里生火，张罗一些特殊的食物。

接着他们又得想到替他从头到脚，里里外外，把衣服鞋袜都办起来。恩斯德让他们去费心。鲁意莎和克利斯朵夫，满头大汗地，到处去设法弄钱。这时他们手头很拮据：新近搬了家，屋子是照样的不舒服，租金倒更贵；克利斯朵夫教课的差事减少了，支出可加增了许多。他们平时仅仅弄到一个收支相抵，此刻更不得不想尽方法筹款。当然，克利斯朵夫可以向洛陶夫要钱，他才更有力量帮助恩斯德；可是克利斯朵夫不愿意，他定要争口气，独力来救济小兄弟。他认为这是自己的责任，因为他是长兄，尤其因为他是克利斯朵夫。半个月以前，有人向他接洽，说一个有钱的业余音乐家愿意出资收买一部作品用自己的名字出版，克利斯朵夫当时愤慨地拒绝了，如今可不得不忍着羞辱答应下来，而且还是自己去央求的。鲁意莎出去做散工，替人家缝补衣服。他们的牺牲都不让彼此知道，关于钱的来源，总是互相扯谎。

恩斯德在养病期间，坐在火炉旁边缩做一团，一边咳嗽一边说出他欠了些债。他们都替他还了。没有一个人埋怨他。对一个浪子回头的病人，说责备的话似乎显得自己气量太小了。恩斯德也好像吃过苦而改变了。他含着眼泪讲起从前的错误；鲁意莎拥抱他，劝他不必再想。他有一套软功夫，一向会装腔作势地哄骗母亲。从前克利斯朵夫为此而忌妒他，现在可觉得最年轻最虚弱的儿子当然应该最受疼爱。他虽然和恩斯德年纪相差不多，却不但把他看做兄弟，简直当做儿子一样。恩斯德对他非常尊敬，有时还提起克利斯朵夫沉重的负担，金钱的牺牲……克利斯朵夫不让他说下去，恩斯德便用谦恭的亲切的眼神表示感激。克利斯朵夫对他的忠告，他嘴上无不接受，似乎准备一朝身体恢复之后立刻重新做人，好好地去工作。

他病好了，但养息的时间很长。他从前把身体糟蹋得厉害，医生认为需要特别小心。因此他继续住在母亲身边，和克利斯朵夫合睡一张床，胃口很好地吃着哥哥挣来的面包和母亲给他预备的好菜。他绝口不提动身的话。鲁意莎与克利斯朵夫也不跟他提。一个是找到了心疼的儿子，一个是找到了心疼的兄弟，他们俩都太高兴了。

夜长无事，克利斯朵夫慢慢地和恩斯德谈得比较亲密了。他需要跟人说些心腹话。恩斯德很聪明，思想很快，只要一言半语就懂得，所以跟他谈话是很有趣的。可是克利斯朵夫还不敢提到最贴心的事，——他的爱情，仿佛说出来是亵渎的。而什么都一清二楚的恩斯德只做不知道。

有一天，已经完全复原的恩斯德，趁着晴朗的下午出去沿着莱茵河溜达。离城不远，有所热闹的乡村客店，星期日人们都到这儿来喝酒跳舞；恩斯德看见克利斯朵夫和阿达与弥拉占着一张桌子，正在嘻嘻哈哈地闹哄。克利斯朵夫也看见了兄弟，脸红起来。恩斯德表示识趣，不去招呼他就走过去了。

这次的相遇使克利斯朵夫非常为难，跟那些人在一起尤其觉得惭愧;被兄弟撞见的难堪,非但是因为从此失掉了指摘兄弟的资格,而且也因为他对长兄的责任抱着很高,很天真,有点儿过时的,在许多人看来未免可笑的观念;他觉得这样的不尽长兄之责等于是堕落。

晚上他们在卧室里碰到了,他等恩斯德先开口讲那件事。恩斯德偏偏很小心的不作声,也在那里等着。直到脱衣服的时候,克利斯朵夫才决意和兄弟提到他的爱情。他心慌得厉害,简直不敢望一望恩斯德;又因为羞怯,便故意装出突如其来的口吻。恩斯德一点儿不帮他忙;他不声不响,也不对哥哥瞧一眼,可是把什么都看得很清:克利斯朵夫笨拙的态度和言语之间所有可笑的地方,都逃不过恩斯德的眼睛。克利斯朵夫竟不大敢说出阿达的名字;他所描写的她的面貌,可以适用于所有的爱人。但他讲着他的爱,慢慢地被心中的柔情鼓动起来,说爱情给人多少幸福,他在黑夜中没有遇到这道光明以前是多么苦恼,没有一场深刻的恋爱,人生等于虚度一样。恩斯德肃然听着,对答得很聪明,绝对不提问句,只是很感动地握一握手,表示他和克利斯朵夫抱有同感。他们交换着关于恋爱与人生的意见。克利斯朵夫看到兄弟能这样地了解他,快慰极了。他们在睡熟之前友爱地拥抱了一下。

从此克利斯朵夫常常和恩斯德提到他的爱情,虽然老是很胆怯,不敢尽量吐露,但这位兄弟的谨慎与识趣使他很放心。他也表示出对阿达的疑虑,但从来不指摘阿达,只埋怨自己。他含着眼泪说,要是失掉了她,他就活不了。

同时他也在阿达面前提起恩斯德,说他长得怎么美,怎么聪明。

恩斯德并不要求克利斯朵夫介绍阿达;只是郁郁闷闷地

关在房里不肯出门,说是一个熟人都没有。克利斯朵夫觉得自己不应该每星期日和阿达到乡间去玩,而让兄弟独自守在家里。另一方面他觉得要不能和情人单独相处也非常难受;然而他总责备自己的自私,终于邀请恩斯德和他们一块儿去玩了。

在阿达门外,他把兄弟介绍了。恩斯德和阿达很客气地行了礼。阿达走了出来,后边跟着那个形影不离的弥拉;她一看见恩斯德就惊讶地叫了一声。恩斯德微微一笑,拥抱了弥拉,弥拉若无其事地接受了。

"怎么!你们原来是认识的?"克利斯朵夫很诧异地问。

"当然啰。"弥拉笑着说。

"从什么时候起的?"

"好久好久了。"

"噢!你也知道的?"克利斯朵夫问阿达,"干吗不跟我说?"

"你以为我认识弥拉所有的情人吗?"阿达耸了耸肩膀。

弥拉假装对阿达的话生了气。克利斯朵夫所能知道的就是这些。他很不快活,觉得恩斯德、弥拉、阿达,都不坦白,虽然实际上不能说他们扯谎;但要说事事不瞒阿达的弥拉偏偏把这一件瞒着阿达是难于相信的,说恩斯德和阿达以前不相识也不近事实。他留神他们。他们只谈几句极平常的话,而以后一起散步的时候,恩斯德只关心着弥拉。在阿达方面,她只和克利斯朵夫谈话,而且比平时格外和气。

从此以后,每次集会必有恩斯德参加。克利斯朵夫很想摆脱他,可不敢说。他的动机单单是因为觉得不应该把兄弟引做作乐的同伴,可绝对没有猜疑的心。恩斯德的行动毫无可疑之处:他似乎钟情于弥拉,对阿达抱着一种有礼的,差不多是过分敬重的态度,仿佛他要把对于哥哥的敬意分一些给哥哥的情妇。阿达并不感到奇怪;她自己的行动也十分谨慎。

他们在一起作着长时间的散步。两兄弟走在前面,阿达与弥拉在后面又是笑又是唧唧哝哝。她们停在路中间长谈,克利斯朵夫与恩斯德停下来等她们。结果克利斯朵夫不耐烦了,自个儿往前了;可是不久,他听见恩斯德和两个多嘴的姑娘有说有笑,就懊恼地走回来,很想知道他们说些什么;但他们一走近,话就突然中止了。

"你们老是在一块儿商量什么秘密呀?"他问。

他们用一句笑话把他蒙过去了。他们三个非常投机,像市场上的小偷似的。

克利斯朵夫才跟阿达狠狠地吵了一架。从早上起他们就生气了。平时,阿达在这种场合会装出一副一本正经而恼怒的面孔,格外地惹人厌,算做报复。这一次她只做得好似没有克利斯朵夫这个人,而对其余的两个同伴照旧兴高采烈。仿佛她是欢迎这场吵架的。

反之,克利斯朵夫可极想讲和;他比什么时候都更热情了。除了心中的温情以外,他还感激爱情赐给他的幸福,后悔那些无聊的争论糟蹋了光阴,再加一种莫名其妙的恐惧,似乎他们的爱情快要完了。阿达只做不看见他,和别人一起笑着;他很悲哀地瞧着她俊美的脸,想起多少宝贵的回忆;有时这张脸(现在就是的)显得多么善良,笑得多么纯洁,以至克利斯朵夫问自己,为什么他们没有相处得更好,为什么他们以作践幸福为乐,为什么她要竭力忘掉那些光明的时间,为什么她要抹煞她所有的善良与诚实的部分,为什么她一定要(至少在思想上)把他们纯洁的感情加以污辱而后快。他觉得非相信他所爱的对象不可,便竭力再造一次幻象。他责备自己不公平,恨自己缺少宽容。

他走到她身边跟她搭讪,她冷冷地回答了几句,一点没有跟他讲和的意思。他紧紧逼着她,咬着她耳朵要求她和别人离开一会儿,单独听他说话。她很不高兴地跟着他。等到他们落后了几步,弥拉与恩斯德都瞧不见他们了,他便突然抓着她的手,求她原谅,跪在树林里的枯叶上面。他告诉她,他不能这样跟她吵了架而活下去;什么散步,什么美丽的风光,无论什么他都不感乐趣了;他需要她爱他。是的,他往往很不公平,脾气暴躁,令人不快;他求她原谅,说这种过失就是从他爱情上来的,因为凡是平庸的,和他们宝贵的往事配不上的,他都不能忍受。他提起过去的事,提起他们的初遇,最初几天的生活;他说他永远那样地爱她,将来也永远爱她,但愿她不要离开他!她是他的一切……

阿达听着,微笑着,有点儿慌,差不多心软了。她的眼睛变得很柔和,表示他们相爱,不再怄气了。他们互相拥抱,紧紧靠在一起,往木叶脱落的树林中走去。她觉得克利斯朵夫很可爱,听了他温柔的话很高兴;可是她那些想入非非的作恶的念头,连一个也没放弃。她有些迟疑,念头不像先前坚决了,但胸中所计划的事并不就此丢开。为什么?谁说得清呢?……因为她早已打定主意要做,所以非做不可吗?……谁知道?或许她认为,在这一天上欺骗朋友来对他证明,对自己证明她的不受拘束是更有意思。她并不想让克利斯朵夫跑掉,那是她不愿意的。现在她自以为对他比什么时候都更有把握了。

他们在树林里走到一片空旷的地方,那儿有两条小路通到他们要去的山岗。克利斯朵夫拣的一条,恩斯德认为是远路,应当走另外一条。阿达也那么说。克利斯朵夫因为常在这儿过,坚持说他们错了。他们不承认。结果大家决定来实地试一试,各人都打赌说自己先到。阿达跟恩斯德走。弥拉可陪着克利斯朵夫,表示她相信克利斯朵夫是对的,还补充着说他从来不会错的。克利斯朵夫对游戏很认真,又不愿意输了东道,便走得很快,弥拉觉得太快了;她并不像他那么着急。

"你急什么,好朋友,"她口气又安闲又带些讥讽的意味,"我们总是先到的。"

给她一说,他也觉得自己不大对了:"不错,我走得太快了,用不着这样赶路的。"

他放慢了脚步又说:"可是我知道他们的脾气,一定连奔带跑地想抢在我们前面。"

弥拉大声笑了:"放心罢!他们才不会跑呢。"

她吊着他的胳膊跟他靠得很紧。她比克利斯朵夫稍微矮一点,一边走一边抬起她又聪明又撒娇的眼睛望着他。她的确很美,很迷人。他简直不认得她了:她真会变化。平时她的脸带点苍白,虚肿;可是只要有些刺激,或是什么快乐的念头,或是想讨人喜欢的欲望,这副憔悴的神气就会消失,眼睛四周和眼皮的皱裥都没有了,腮帮红起来,目光有了神采,整个面目都有股朝气,有种生机,有种精神,为阿达所没有的。克利斯朵夫看到她的变化奇怪极了;他掉过眼睛,觉得单独跟她在一起有点心慌意乱。他局促不安,不听她的话,也不回答她,或是答非所问:他想着——硬要自己只想着阿达。他记起了她刚才那双柔和的眼睛,心中便充满着爱。弥拉要他欣赏林木的美,纤小的枝条映在清朗的天空……是啊,一切都很美:乌云散开了,阿达回到他怀抱里来了,他们之间的冰山给他推倒了;他们重新相爱,合二为一。他呼吸自由了,空气多轻松!阿达回到他怀抱里来了……一切都使他想念她……天气很潮湿:她不至于受凉罢?……美丽的树上点缀着冰花:可惜她没看见!……他忽然记起所赌的东道,便加紧脚步,特别留神不让自己迷路,一到目的地,就得意扬扬地叫起来:"我们先到了!"

他很高兴地挥着帽子。弥拉微微笑着,望着他。

他们所到的地方是树林中间一片很长的削壁。这块山顶上的平地,周围是胡桃树与瘦小的橡树,底下是郁郁苍苍的山坡,松树的顶上盖着紫色的云雾,莱茵河像一条带子,躺在蓝色的山谷中间。没有鸟语。没有人声。没有一丝风影。这是冬季那种恬静岑寂的日子,它仿佛瑟瑟缩缩地在朦胧暗淡的阳光底下取暖。山坳里驰过的火车,不时远远地传来一声短促的呼啸。克利斯朵夫站在岩崖边上看着风景。弥拉看着克利斯朵夫。

他向她转过身子,高高兴兴地说:"嘿!那两个懒东西,我不是早告诉过他们吗?……好吧,只有等他们了……"

他在到处开裂的地上躺了下来,晒着太阳。

"对啦,咱们等罢……"弥拉说着抖开了头发。

她语气挖苦得厉害,克利斯朵夫不禁抬起身子望着她。

"怎么啦?"她若无其事地问。

"你刚才说什么?"

"我说:咱们等罢。真用不着要我跑得那么快的。"

“对啦。”

他们俩在高低不平的地上躺下。弥拉哼着一个调子。克利斯朵夫跟着唱了几句,但他时时刻刻停下来伸着耳朵听,说道:“好像听到他们的声音了。”

弥拉继续唱着。

“你静一会儿好不好?”

弥拉停了一下。

“啾,一点声音都没有。”

她又哼起来了。

克利斯朵夫开始坐立不安:“也许他们迷了路。”

“迷路?才不会呢。恩斯德对这里的路熟得很。”

克利斯朵夫忽然有了个古怪的念头:“要是他们先到了这儿又出发了呢?”

弥拉仰躺着,望着天,唱歌唱到一半突然狂笑起来,差点儿连气都闭住了。克利斯朵夫硬要回到车站去,说他们一定在那里了。弥拉听到这句才决意开口:

“这才是跟他们走散的好办法呢!……我们又没说过车站,约好在这儿相会的。”

他重新坐在她身边。她看他等急了觉得好玩。他也发觉她的目光在笑他。但他一本正经地操心起来,——不是怀疑他们而是担心他们的遭遇。他又站起身子,说要回到树林里去找他们,叫他们。弥拉轻轻地嗤了一声,从袋里掏出针线剪刀,消消停停地拆开帽上的羽毛把它重新缝过:她的神气好似准备在这儿待上一天的了。

“别忙,傻子,”她说,“他们要是愿意来,不会自个儿来吗?”

他心里一震，回过身来向着她。她可不瞧他，专心做着自己的工作。他走近去叫着：

“弥拉！”

“嗯？”她一边说一边依旧做她的事。

他蹲下去想对她瞧个仔细，又叫了一声：“弥拉！”

“怎么啦？”她抬起眼睛，笑盈盈地望着他，“什么事？”

她看着他慌张的神气不禁露出嘲笑的脸色。

“弥拉！”他说话的声音都嗄了，“告诉我你是怎么想的……”

她耸耸肩，笑了笑，又低下头去做活了。

他抓着她的手，把她正在缝的帽子拿开：“别做了，别做了，你告诉我呀……”

她正面瞧着他，心软了。她看见克利斯朵夫的嘴唇在发抖。

“你以为，”他声音更轻了，“恩斯德和阿达……”

她微微一笑：“嘿！嘿！”

他气得直跳起来：“不！不！那是不可能的！你决不会这样想的！……不！不！”

她把手按着他肩膀，笑倒了：“哎啊！亲爱的，你多傻！你多傻！”

他用力摇着她的身子说：“别笑！干吗你笑？要是真的话，你就不会笑了。你是爱恩斯德的……”

她继续笑着，把他拉过去拥抱了。他不由自主地还了她一吻。但他一接触她的嘴唇，感觉到还有他兄弟的亲吻的暖气，就往后一退，把她的头捧着，隔着相当的距离，问：

“那么你是早知道的！你们早商量好的？”

她一边笑一边说："是的。"

克利斯朵夫既不叫嚷，也没有一个发怒的动作。他张着嘴仿佛不能呼吸了，闭着眼睛，把手紧紧地压着胸部：心快要爆裂了。接着他躺在地下，捧着脑袋，因为厌恶与绝望而浑身抽搐起来，像小时候一样。

并不怎么温柔的弥拉这时也觉得他可怜了；她凭着那种母性的同情，伏在他身上，和他说着亲热的话，拿出提神醒脑的盐来要他闻一闻。他可不胜厌恶地把她推开了，冷不防站起身子，吓了她一跳。他没有报复的气力，也没有报复的念头。他瞅着她，痛苦得脸都抽搐了。

"混蛋，"他垂头丧气地说，"你不知道你害得人多苦……"

她想留住他。可是他往树林中逃了，对着这些无耻的勾当、污浊的心灵，和他们想拖他下水的乱伦的淫猥，深恶痛绝。他哭着，哆嗦着，又恨又怒，大声嚎了出来。他厌恶她，厌恶他们，厌恶自己，厌恶自己的肉体与心灵。他心中卷起一股轻蔑的怒潮：那是酝酿已久了的；对于这种卑鄙的思想，下流的默契，他在里面混了几个月的恶浊的空气，他迟早要起来反抗的；只因为他需要爱人家，需要把爱人造成种种幻象，才尽量地拖了下来。现在可突然爆发了：而这样倒是更好。一股精纯的大气。一阵冰冷的寒风，把所有的臭秽一扫而空。厌恶的心情一下子把阿达的爱情给毁灭了。

如果阿达以为这件事可以加强她对克利斯朵夫的控制，那就更证明她庸俗不堪，不了解她的爱人。嫉妒的心理，可以使不清白的人更恋恋不舍，但在一个克利斯朵夫那样年轻、纯洁、高傲的性格，只会因之而反抗。他尤其不能而且永远不能原谅的，是这次的欺骗在阿达既非由于热情冲动，也非由于女人的理智难于抗拒的那种下流的使性。不是的，——他现在明白了，——她的用意是要使他丢人，使他羞辱，因为他在道德方面和她抗衡，因为他抱着与她敌对的信仰而要惩罚他，要把他的人格降低到跟普通人一样，把他踩在脚下，使她感觉到自己作恶的力量。他不明白：为什么多数的人要把自己和别人所有的纯洁一齐玷污而后快？为什么这般猪狗似的东西，乐此不疲地要在垃圾中打滚，要浑身没有一块干净的地方才快活？……

阿达等了两天，以为克利斯朵夫会去迁就她的。过了两天她发急了，给了他一封亲热的短信，绝口不提过去的事。克利斯朵夫置之不理。他对阿达切齿痛恨，简直没有言语可以形容。他把她从自己的生活中扫除了。世界上没有她这个人了。

克利斯朵夫摆脱了阿达的羁绊，但还没有摆脱他自己的。他徒然对自己作种种的幻想，徒然想回到过去那种贞洁、坚强、安静的境界。一个人决不能回到过去，只有继续向前。回头是无用的，除非看到你早先经过的地方，和住过的屋顶上的炊烟，在天边，在往事的云雾中慢慢隐灭。可是把我们和昔日的心情隔离得最远的，莫如几个月的热情。那好比大路拐了一个弯，景色全非；而我们是和以往的陈迹永诀了。

克利斯朵夫不肯承认这一点。他向过去伸着手臂，非要他从前那种高傲而隐忍的精神复活过来不可。可是这精神已经不存在了。情欲的危险不在于情欲本身，而在于它破坏的结果。尽管克利斯朵夫现在不爱了，甚至暂时还厌恶爱情，也是没用；他已经被爱情的利爪抓伤了，心中有了个必须想法填补的窟窿。对柔情与快感的需要那么强烈，使尝过一次滋味的人永远受着它的侵蚀：一旦没有了这个疯魔，就得有别种疯魔来代替，哪怕是跟以前相反的，例如"憎厌一切"的疯魔，对那种"高傲的纯洁"的疯魔，"信仰道德"的疯魔。——而这些热情还不能餍足他的饥渴，至多是暂时敷衍一下。他的生活变成了一连串剧烈的反动，——从这一个极端跳到另一个极端。时而他想实行不近人情的禁欲主义：不吃东西，只喝清水，用走路、疲劳、熬夜等来折磨肉体，不让它有一点儿快乐。时而他坚信，对他那一类的人，真正的道德应当是力，便尽量去寻欢作乐。禁欲也罢，纵欲也罢，他总是烦恼。他不能再孤独，却又不能不孤独。

他唯一的救星可能是找到一种真正的友谊，——也许像洛莎的那一种，那他一定会借以自慰的。但两家之间已经完全闹翻，不见面了。克利斯朵夫只碰到过一次洛莎。她望了弥撒从教堂里出来。他迟疑着不敢上前；她一见之下似乎想迎着他走过来；可是他从潮水般的信徒堆里向她挤过去时，她把头转向了别处；而他走近的时候，她只冷冷地行了个礼就走开了。他觉得这姑娘对他存着冷淡与鄙薄的心，可不知道她始终爱着他，极想告诉他；但她又因之埋怨自己，仿佛现在再爱他是一桩罪过，因为克利斯朵夫行为不端，已经堕落，跟她距离太远了。这样，他们就永远分离了。而这对于两人也许都有好处。虽然心地极好，她可没有活泼泼的生命力去了解他。他虽然极需要温情与敬意，也受不了平凡的、闭塞的、没有欢乐、没有痛苦、没有空气的生活。他们俩一定会痛苦的，——为了教对方痛苦而痛苦。所以使他们俩不能接近的不幸，归根结底倒是大幸，——那对一般刚强而能撑持的人往往是这样的。

但在当时，这个情形对他们毕竟是大大的不幸与苦恼，尤其对克利斯朵夫。一个有道德的人这样的不容忍，这样的心地褊狭，把最聪明的人变得不聪明，把最慈悲的人变得不慈悲的褊狭，使克利斯朵夫非常气愤，觉得受了侮辱，甚至为表示抗议起见，他走上了极端放纵的路。

他和阿达常到郊外酒店去闲坐的时候，结识了几个年轻人，——都是些过一天算一天的光棍；他们无愁无虑的心情与无拘无束的态度，倒也并不使他讨厌。其中有一个叫做弗烈特曼，跟他一样是音乐家，当着管风琴师，年纪三十上下，人很聪明，本行的技术也不坏，可是懒得不可救药，宁可饿死渴死也不愿意振作起来的。他为了给自己的懒散解嘲，常常说一般为人生忙碌的人的坏话；他那些不大有风趣的讥讽，教人听了发笑。他比他的同伴们更放肆，不怕——可是还相当胆小，大半出之以挤眉弄眼与隐隐约约的措辞，——讽刺当道的人，甚至对音乐也敢不接受现成的见解，把时下徒负虚名的大人物暗中加以挞伐。他对女人也不留余地，专门喜欢在说笑话的时候，引用憎厌女性的某修士的名言：“女人的灵魂是死的。”克利斯朵夫比谁都更欣赏这句尖刻辛辣的话。

心乱如麻的克利斯朵夫，觉得和弗烈特曼谈天是种排遣。他把他的为人看得很透，对那种粗俗的挖苦人的脾气也不会长久喜欢的；冷嘲热讽和永远否定一切的口吻，很快教人腻烦，只显出说话的人的无能；但这个态度究竟和市侩们自命不凡的鄙俗不同。克利斯朵夫心里尽管瞧不起这同伴，实际却少不了他。他们老混在一起，跟弗烈特曼的那些不三不四的朋友待在酒店里，而他们比弗烈特曼更无聊：整夜的赌钱，嚼舌，喝酒。在令人作呕的烟草味道与残肴剩菜的味道中间，克利斯朵夫常常突然惊醒过来，呆呆地瞪着周围的人，不认得他们了，只是痛苦地想道：

"我在哪儿呢？这是些什么人啊？我跟他们在一起干什么呢？"

他们的谈话与嬉笑使他恶心，可没有勇气离开他们：他怕回家，怕跟他的欲念与悔恨单独相对。他入了歧路，知道自己入了歧路：他在弗烈特曼身上寻找，而且清清楚楚地看到，他有朝一日可能变成的那副丢人的面目；而他心灰意懒，看到了危险非但不振作起来，反而更加委顿了。

要是可能，他早已入了歧路。幸而像他那一类的人，自有别人所没有的元气与办法，能够抵抗毁灭：第一是他的精力，他的求生的本能，不肯束手待毙的本能，以智慧而论胜过聪明，以强毅而论胜过意志的本能。并且他虽然自己不觉得，还有艺术家的那种特殊的好奇心，那种热烈的客观态度，为一切真有创造天赋的人都有的。他尽管恋爱，痛苦，让热情把自己整个儿地带走，他可并不盲目，还是能看到那些热情。它们固然是在他心中，可并不就是他。在他的灵魂中，有千千万万的小灵魂暗中向着一个固定的，陌生的，可是实在的目标扑过去，像整个行星的体系在太空中受着一个神秘的窟窿吸引。这种永远不息的，不自觉的自我分化的境界，往往发生在头晕目眩的时候，正当日常生活入于麻痹状态，在睡眠的深渊中射出神秘的目光，显出生命的各种各样面目的时候。一年以来，克利斯朵夫老是给一些梦纠缠着，在梦中清清楚楚地感到一种幻象，仿佛自己在同一刹那之间是几个完全不同的人，而这几个不同的人往往相隔很远,有几个世界的距离,有几个世纪的相差。醒了以后,他只有梦境留下来的一种骚乱惶惑的感觉,而一点记不起造成这惶惑的原因。那感觉好比一个执着的念头消灭以后所给你的困倦;念头的痕迹始终留在那儿,你可无法了解。一方面他的灵魂在无穷的岁月中苦苦挣扎,一方面另有一颗清明宁静而非常关切的灵魂,在他心中看着他劳而无功的努力。他瞧不见这另外一颗灵魂,但它那道潜在的光的确照着他。这灵魂对这些男男女女,对这个世界,这些情欲,这些思想,不问是折磨人的,平庸的,或竟是下贱的思想,都极需要而且极高兴地去感觉,观察,了解,为之受苦;——而这一点就让那些思想与人物感染到它的光明,把克利斯朵夫从虚无中救度了出来。这第二重的心灵使他感到并不完全孤独。它什么都要尝试,什么都要认识,在极有破坏性的情欲前面筑起一座堡垒。

这另一颗心灵固然能够使克利斯朵夫的头浮在水面,但还不能使他单靠自己的力量跳出水来。他还不能控制自己,不能韬光养晦。什么工作都没有心思去做。他精神上正在过一道难关,结果是极有收获的:——他将来的生命都在这个转变中间长了芽;——但这种内心的财富,目前除了极端放荡以外别无表现;这样丰满的生命力在当时所能产生的结果,跟最贫弱的心灵的并无分别。克利斯朵夫被生命的狂流淹没了。他所有的力都受着极猛烈的推动,长大得太快了,而且是同时并进的。只有他的意志并没同样迅速地长成,倒反被这些妖魔吓坏了。他的身心到处都在爆裂。可是这个惊天动地的精神上的剧变,别人是一无所见的。克利斯朵夫自己也只觉得没有意志,无力创造,无力生存。而欲念、本能、思想,却先后

地涌了出来,宛如硫黄的浓烟从火山口中奔腾直冒;于是他问自己:

"现在又要冒出些什么来呢?我要变成怎么样呢?难道永远是这样的了?还是我克利斯朵夫就要完了?永远一无所成了吗?"

而他遗传得来的本能,前人的恶习,此刻忽然暴露了出来。

他拼命喝酒了。

他往往酒气冲人,嘻嘻哈哈地回家:完全消沉了。

可怜的鲁意莎对他望了望,叹着气,一句话也不说,只管祈祷。

有天晚上他从酒店里出来,在城门口瞥见高脱弗烈特舅舅滑稽的背影,驮着包裹走在他前面。这矮子已经有几个月不到本地来,在外边逗留的时期越来越长了。克利斯朵夫非常高兴地老远叫他。给包袱压得弯了身子的高脱弗烈特,回过头来瞧见克利斯朵夫装着鬼脸,便坐在路旁的界石上等他。克利斯朵夫眉飞色舞,连奔带纵地跑过来,握着舅舅的手使劲地摇,表示十二分亲热。高脱弗烈特对他瞅了好久,才说:

"你好,曼希沃。"

克利斯朵夫以为舅舅认错了,禁不住哈哈大笑。他想:"可怜的人老啦,记忆力都没有了。"

的确,高脱弗煎特神气老了许多,皮肤更皱,人更矮,更瘦弱,呼吸也短促而费劲。克利斯朵夫还在那里唠唠叨叨。高脱弗烈特把包裹驮在肩上,默默无声地又走起来了。他们俩肩并肩地一同回家,克利斯朵夫指手画脚,直着嗓子说话。高

脱弗烈特咳了几下,只是不作声。克利斯朵夫问他什么话的时候,他仍旧管他叫曼希沃。这一回克利斯朵夫可问他了:

"哎!您怎么叫我曼希沃?我明明是克利斯朵夫,难道您忘了吗?"

高脱弗烈特只管走着,抬起眼睛把他瞧了瞧,摇摇头冷冷地说:

"不,你是曼希沃,我清清楚楚认得是你。"

克利斯朵夫停着脚步,呆住了。高脱弗烈特照旧迈着小步走着,克利斯朵夫不声不响地跟在后面。他酒醒了。走过一家有音乐的咖啡店门口,不清不楚的镜子里照出门灯和冷清清的街道,克利斯朵夫上去照了一下,也认出了父亲的面目,不由得失魂落魄地回到家里。

他整夜地反省,彻底做了番检讨。现在他明白了。不错,他认出了在心中抬头的本能与恶习,觉得不胜厌恶。他想起在父亲遗骸旁边守灵的情景,想起当时许的愿,又把那时以后自己的生活温了一遍,发觉每件事都违背了他起的誓。一年以来他做了些什么呢?为他的上帝,为他的艺术,为他的灵魂,他做了些什么呢?为他不朽的生命做了些什么呢?没有一天不是白过的,不是糟蹋掉的,不是玷污的。没有写过一件作品,没有转过一个念头,没有做过一次持久的努力。只有一大堆混乱的欲念纷至沓来,互相毁灭。狂风,尘埃,虚无……他的志愿有什么用?要做的事一件也没做到,而所做的全是跟志愿相反的。他做了一个他不愿意做的人:这便是他生活的总账。

他一夜没有睡着。早上六点,天还没有亮,他听见舅舅准备动身了。——因为高脱弗烈特不愿多耽留。他只是经过这儿,照例来看看他的妹妹与外甥,早就声明第二天要走的。

克利斯朵夫走下楼去。高脱弗烈特看见他血色全无,一夜的痛苦使他的腮帮陷了下去。他向克利斯朵夫亲热地笑了笑,问他可愿意送他一程。天还没有破晓,他们就出发了。两人用不着说话,彼此都很了解。走过公墓的时候,高脱弗烈特问:

"你可愿意进去一下吗?"

他到城里来一次,总得去看一次约翰·米希尔和曼希沃的墓。克利斯朵夫不到这儿已有一年了。高脱弗烈特跪在曼希沃的墓前说道:

"咱们来祈祷罢,但愿他们长眠,永息,别来缠绕我们。"

他这个人一方面极有见识,一方面又有古怪的迷信,有时使克利斯朵夫非常诧异;但他这一回对舅舅完全了解。直到走出公墓,他们一句话也不多说。

两人关上了咿呀作响的铁门,顺着墙根走去,寒瑟的田野正在醒过来,小路高头是伸在墓园墙外的柏树枝条,积雪在上面一滴滴地往下掉。克利斯朵夫哭了。

"啊! 舅舅,"他说,"我多痛苦!"

他不敢把他爱情的磨难说出来,怕使舅舅发窘;他只提到他的惭愧,他的无用,他的懦怯,他的违背自己的许愿。

"舅舅,怎么办呢? 我有志愿,我奋斗;可是过了一年,仍旧跟以前一样。不! 连守住原位也办不到! 我退步了。我没有出息,没有出息! 我把自己的生命蹉跎了,许的愿都没做到! ……"

他们正在爬上一个俯瞰全城的山岗。高脱弗烈特非常慈悲地说:

“孩子,这还不是最后一次呢。人是不能要怎么就怎么的。志愿和生活根本是两件事。别难过了。最要紧是不要灰心,继续抱住志愿,继续活下去。其余的就不由我们做主了。”

克利斯朵夫无可奈何地再三说着:“我许的愿都没做到!”

“听见没有?”高脱弗烈特说……

(鸡在田野里啼。)

“它们也在为了别个许了愿而做不到的人啼。它们每天早上为了我们每个人而啼。”

“早晚有一天,”克利斯朵夫苦闷地说,“它们会不再为我啼的……那就是没有明天的一天。那时我还能把我的生命怎么办呢?”

“明天是永远有的。”高脱弗烈特说。

“可是有了志愿也没用,又怎么办呢?”

“你得警惕,你得祈祷。”

“我已经没有信仰了。”

高脱弗烈特微微笑着:

“你要没有信仰,你就活不了。每个人都有信仰的。你祈祷罢。”

“祈祷什么呢?”

高脱弗烈特指着在绚烂而寒冷的天边显现出来的朝阳,说道:

“你得对着这新来的日子抱着虔敬的心。别想什么一年十年以后的事。你得想到今天。把你的理论统统丢开。所有的理论,哪怕是关于道德的,都是不好的,愚蠢的,对人有害的。别用暴力去挤逼人生。先过了今天再说。对每一天都得抱着虔诚的态度。得爱它,尊敬它,尤其不能污辱它,妨害它的发荣滋长。便是像今天这样灰暗愁闷的日子,你也得爱。你不用焦心。你先看着。现在是冬天,一切都睡着。将来大地会醒过来的。你只要跟大地一样,像它那样的有耐性就是了。你得虔诚,你得等待。如果你是好的,一切都会顺当的。如果你不行,如果你是弱者,如果你不成功,你还是应当快乐。因为那表示你不能再进一步。干吗你要抱更多的希望呢?干吗为了你做不到的事悲伤呢?一个人应当做他能做的事。……Als ich kann(竭尽所能)。"

"噢!那太少了。"克利斯朵夫皱着眉头说。

高脱弗烈特很亲热地笑了:

"你说太少,可是大家就没做到这一点。你骄傲,你要做英雄,所以你只会做出些傻事……英雄!我可不大弄得清什么叫做英雄;可是照我想,英雄就是做他能做的事,而平常人就做不到这一点。"

"啊,"克利斯朵夫叹了口气,"那么生活还有什么意思呢?简直是多余的了。可是有些人说'愿即是能!'……"

高脱弗烈特又温和地笑了起来:"真的吗?那么,孩子,他们一定是些说谎大家。要不然他们根本没有多大志愿……"

他们走到了岗上,很亲热地互相拥抱了一下。小贩拖着疲乏的步子走了。克利斯朵夫若有所思地看着舅舅走远,反复念着他那句话:

"Als ich kann."

他笑着想:"对……竭尽所能……能够做到这一步也不

错了。”

他向着城中回头走。冰冻的雪在脚下格格地响。冬天尖厉的寒风，在山岗上把赤裸的枯枝吹得发抖。他的脸也被吹得通红，皮肤热辣辣的，血流得很快。山岗底下，红色的屋顶迎着寒冷而明亮的阳光微笑。空气凛冽。冰冻的土地精神抖擞的好似非常快乐。克利斯朵夫的心也和它一样。他想：

“我也会醒过来的。”

他眼中还含着泪。他用手背抹掉了，望着沉在水雾中间的旭日，笑了出来。大有雪意的云被狂风吹着，在城上飘过。他对乌云耸了耸鼻子表示满不在乎。冰冷的风在那里吹啸……

“吹罢，吹罢！随你把我怎么办罢！把我带走罢！……我知道我要到哪儿去。”

当你见到克利斯朵夫的面容之日，
是你将死而不死于恶死之日。

（古教堂门前圣者克利斯朵夫像下之拉丁文铭文）

第　二　册

卷四　反　　抗

卷四初版序

约翰-克利斯朵夫正要进入一个新阶段的时候，比较激烈的批评可能使各方面的读者感到不快；我请求我的和约翰-克利斯朵夫的朋友们切勿把我们的批评认为定论。我们每一缕的思想，只代表我们生命中的一个时期。倘使活着不是为了纠正我们的错误，克服我们的偏见，扩大我们的思想与心胸，那么活着有什么用？所以请大家忍耐些！如果我们错了，还是要请你们信任。我们知道我们会错的。一朝发觉了我们的谬妄，我们要比你们批评得更严厉。我们每过一天都想和真理更接近一些。且待我们到了终点，再请你们判断我们努力的价值。古话说得好："暮年礼赞人生，黄昏礼赞白昼。"

罗曼·罗兰

一九〇六年十一月

第一部 松动的沙土

摆脱了！……摆脱了别人，摆脱了自己！……一年以来把他束缚着的情欲之网突然破裂了。怎么破裂的呢？他完全不知道。他的生命奋发之下，所有的锁链都松解了。这是发育时期的许多剧变之一；昨天已死的躯壳和令人窒息的往昔的灵魂，在发育时期都被强毅的天性撕得粉碎。

克利斯朵夫非常畅快地呼吸着，可不大明白自己有了什么改变。他送了高脱弗烈特回来，寒气凛冽的旋风在城门洞里打转。行人都低着头。上工的姑娘们气愤愤地和往裙子里直钻的狂风撑持；她们停下来喘着气，鼻子和腮帮都给吹得通红，脸上露着愤怒的神色，真想哭出来。克利斯朵夫可快活地笑了。他所想的并非眼前的这阵风暴，而是他才挣脱出来的精神上的风暴。他望着严冬的天色，盖满着雪的城市，一边挣扎一边走路的人们；他看看周围，想想自己：一点束缚也没有了。他是孤独的……孤独的！多快乐啊，独立不羁，完全自主！多快乐：摆脱了他的束缚，摆脱了往事的纠缠，摆脱了所爱所憎的面目的骚扰！多快乐：生活而不为生活俘虏，做着自己的主人！……

回到家里，浑身是雪。他高兴地抖了抖，像条狗似的。母亲在走廊里扫地，他在旁边走过，把她从地下抱起，嘴里唧唧咴咴地亲热地叫了几声，像对付小娃娃那样。克利斯朵夫身上全给融化的雪弄潮了；年老的鲁意莎在儿子的臂抱里拼命撑拒，像孩子般天真地笑着，叫他做“大畜生”！

他连奔带爬地上楼，进了卧室。天那么黑，他照着小镜子竟不大看得清自己。可是他心里快活极了。又矮又黑，难于转身的卧房，他觉得差不多是个王国。他锁上门，心满意足地笑着。啊，他终于把自己找到了！误入歧途已经有多少时候！他急于要在自己的思想中沉浸一番。如今他觉得自己的思想像一口宽广的湖，到了远处跟金色的雾化成一片。发过了一夜的烧，他站在岸旁，腿上感觉到湖水的凉气，夏日的晨风吹拂着身体。他跳下去游泳，不管也不在乎游到哪儿，只因为能够随意游泳而满心欢喜。他一声不出，笑着，听着心中无数的声音：成千累万的生命都在里头蠢动。他头在打转，什么都分辨不清了，只咂摸到一种目眩神迷的幸福。他很高兴能感觉到这些无名的力，可是他懒洋洋的还不想马上加以试验，只迷迷糊糊地体味着这个志得意满的陶醉的境界，因为自己的内心已经到了百花怒放的季节，那是被压了几个月而像突然临到的春天一样爆发起来的。

母亲招呼他吃饭了。他昏昏沉沉地下楼，好似在野外过了一整天以后的情形；脸上那种光彩甚至使鲁意莎问他有什么事。他不回答，只搂着她的腰在桌子周围跳舞，让汤钵在桌上冒气。鲁意莎喘着气喊他做疯子；接着她又拍着手嚷起来。

“天哪！”她很不放心地说，“我敢打赌他又爱上了什么人了！”

克利斯朵夫放声大笑，把饭巾丢在空中。

“又爱上了什么人！”他喊道，“啊！天！……不，不！那已经够了！你放心。嘿！那是完啦，完啦，一辈子的完啦！”

说罢，他喝了一大杯凉水。

鲁意莎望着他，放心了，可是摇摇头笑着：“哼，说得好听！还不像酒鬼一样，要不了一天就不算数的。”

“便是一天也是好的。”他很高兴地回答。

“不错！可是究竟什么事教你这样乐的？”

“我就是乐，没有什么理由。”

他肘子靠在桌上，和她对面坐着，把他将来要干的事统统告诉她。她又亲切又不大相信地听着，提醒他汤要凉了。他知道她并没有听，可也不在乎；因为他是说给自己听的。

他们俩笑着，互相望着：他说着话，她并不怎么听进去。虽然她有这样一个儿子很得意，可并不十分重视他艺术方面的计划；她只想着：“既然他这样快活，那就行了。”他一边对自己的议论听得飘飘然，一边望着母亲的脸，头上紧紧地裹着黑巾，头发雪白，年轻的眼睛不胜怜爱地瞅着他，神气那么安静那么慈祥。他完全能看出她的思想。

“我说的这些，你都满不在乎，可不是？”他带着开玩笑的口气说。

“哪里？哪里？”她勉强否认。

他把她拥抱着说：“怎么不是，怎么不是！得了罢！用不着辩。你这么办也不错。只要爱我就行了。我不需要人家了解我，既不要你了解，也不要谁了解。现在我再也不需要谁，不需要什么了：我心里什么都有！……”

“啊，”鲁意莎接着说，“他现在又疯着一点儿什么了！……也罢！既然非疯魔不可，我宁可他有这一种。”

让自己在思想的湖上漂浮，多甜蜜，多快乐！……躺在一条小船里头，浴着阳光，水面上清新的微风在脸上轻轻拂过，他悬在空中，睡着了。在他躺着的身子底下，在摇摆的小船底下，他感觉到深沉的水波；他懒懒地把手浸在水里。他抬起身子把下巴搁在船边上，像童时那样望着湖水流过。他看见水中映出多少奇怪的生灵像闪电般飞逝……一批过了又是一批，从来没有相同的。他对着眼前这种奇幻的景象笑了，对着自己的思想笑了；他不需要固定他的思想。挑选吗？干吗要在这千千万万的梦境中挑选呢？有的是时间！……将来再说罢！等到他要的时候，只消撒下网去就能把在水里发光的怪物捞起……现在先让它们过去，等将来再说罢！

小船随着温暖的微风与迟缓的水波漂浮。天气温和，阳光明媚，四下里静悄悄的。

他终于懒洋洋地撒下网去；俯在到处起泡的水上，他瞧着网完全沉下。待了一忽儿，他从容不迫地把网拉起来，觉得越拉越重了；正要从水中提出的时候，他停下来喘一口气。他知道有了收获，可不知道是什么收获；他有心延宕，想多咂摸一下等待的乐趣。

终于他下了决心：五光十色的鱼出现到水外来了；它们扭来扭去像一窠乱蛇。他好不诧异地瞧着，拿手指去拨动，想挑出最好看的放在手里鉴赏一会儿；但才把它们提到水外，变化无穷的色彩就黯淡了，它们本身也在他手中化掉了。他重新把它们扔进水里，重新下网。他对于心中蠢动的梦境，极想一个一个地瞧过来，可一个都不愿意留下；他觉得它们在明净的湖中自由漂浮的时候更美……

他唤起各式各样的梦境，一个比一个荒唐。他的思想已经积聚了多少时候没有用过，心中装满的宝藏膨胀得要爆起来了。可是一切都乱七八糟：他的思想好比一个杂货栈，或是犹太人的古董店；稀有的宝物，珍奇的布帛，废铜旧铁，破烂衣服，统统堆在一间屋里。他分辨不出哪些是最有价值的，只觉得全都有趣。其中有的是互相击触的和弦，像钟一般奏鸣的色彩，像蜜蜂般嗡嗡响着的和声，像多情的嘴唇般笑盈盈的调子。有的是幻想的风景，面貌，各种热情，各种心灵，各种性格，文学的或玄学的思想。有的是庞大的无法实现的计划：什么四部剧，十部剧，想把什么都描写为音乐，包括各式各样的天地。还有的（而且是最多的）是暧昧的，闪电似的感觉，都是突然之间无缘无故激发起来的，说话的声音，路上的一个行人，滴答的雨声，内心的节奏，都可成为引子。——许多这一类的计划只有一个题目；大多数只有一两行，可是已经够了。他像小孩子一样，把幻想中创造的当做已经真的创造了。

然而他活泼的生机不容许他长时间地以这种烟雾似的幻梦为满足。虚幻的占有，他觉得厌倦了，他要抓住梦境。——可是从何下手呢？这一个跟那一个都显得一样重要。他把它们翻来覆去，一忽儿丢下，一忽儿又捡起……不，可是不能重拾的，它已经不是原来的模样了，一个梦决不给你连抓到两次；它随时随地都在变，在他手里，在他眼前，在他眼睁睁地瞧着的时候已经变了。必须赶快才好，可是他不能；工作的迟缓使他惶惑。他恨不得一天之中把什么都做完，但连最小的工作他也觉得困难得不得了。最糟的是他才开始工作已经在厌恶这工作。他的梦过去了,他自己也过去了。他做着一桩事,心里就在懊恼没有做另外一桩。只要他在美妙的题材中挑定一个,就会使他对这个题材不感兴趣。因此他所有的宝藏都变成毫无用处。他的思想,唯有他不去碰它的时候才有生命;凡是他能把握到的都已经死了。这真是当太尔式的痛苦:仰取果实,变为石块;俯饮河水,水即不见。①

为了苏解他的饥渴,他想乞灵于已经获得的泉源,把他从前的作品来安慰一下……可是那种饮料简直受不了!他喝了第一口便连咒带骂地唾了出来。怎么!这不冷不热的东西,这种乏味的音乐,便是他的作品吗?——他把自己的曲子重新看了一遍,心里说不出的懊丧:他莫名其妙,不懂当初怎么会写出来的。他脸红了。有一次,看到特别无聊的一页,他甚至转过身去看看室内有没有人,又去把脸埋在枕上,好似一个害臊的儿童。又有几次,他的作品显得那么可笑,以至他竟忘了是自己的大作……

"嘿!该死的!"他叫着,笑弯了腰。

但他最受不住的,莫过于那些他从前自以为表白热情、表白爱情的喜悦与悲苦的乐曲。他从椅子上跳起来,仿佛给苍蝇叮了一口,用拳头打着桌子,敲着脑门,愤怒得直叫,用粗话来骂自己,把自己当做蠢猪、混蛋、畜生、小丑。最后他喊得满面通红地去站在镜子前面,抓着自己的下巴,说着:"你瞧,你瞧,你这蠢东西,你这蠢驴似的嘴脸!你扯谎!让我来教训你!替我去投河死了罢,先生!"

他把脸埋在面盆里,直浸到闭过气去,然后他脸色绯红,眼

① 当太尔为神话中里第国王,因杀子飨神,被罚永久饥渴。

珠往外突着，像海豹一般直喘大气，也顾不得抹一抹脸，就奔向书桌，拿起该死的乐曲气冲冲地撕掉了，嘴里咕噜着："去你的罢，你瞧，混蛋！该死的家伙！……你瞧，你瞧！……"

他这才觉得松了口气。

这些作品里使他最气恼的是谎话。没有一点东西出于真正的感觉。只是背熟的滥调，小学生的作文：他谈着爱情，仿佛瞎子谈论颜色，全是东摭西拾，人云亦云的俗套。而且不只是爱情，一切的热情都被他当做高谈阔论的题目。——固然，他一向是力求真诚的，但光是想要真诚还不够：问题是要真能做到；而一个人对人生毫无认识的时候，又怎么能真诚呢？靠了最近六个月的经历，他才能发觉这些作品的虚伪，才能在现在和过去之间突然看出一条鸿沟。如今他跳出了虚幻的境界，有了一个真正的尺度，可以测验他思想真伪的程度了。

既然痛恨从前没有热情就写下来的作品，再加上他矫枉过正的脾气，他就打定主意，从此不受热情驱策决不写作。他也不愿意再去捕捉自己的思想，发誓除非创作的欲望像打雷似的威逼他，他是永远放弃音乐的了。

他这么说着，因为他明明知道暴风雨快来了。

所谓打雷，他要它在什么地方什么时候发生就在什么地方什么时候发生。但在高处比较更容易触发，有些地方——有些灵魂——竟是雷雨的仓库：它们会制造雷雨，在天上把所有的雷雨吸引过来；一年之中有几个月是阵雨的季节，同样，一生之中有些年龄特别富于电力，使霹雳的爆发即使不能随心所欲，至少也能如期而至。

整个的人都很紧张。雷雨一天一天地酝酿着。白茫茫的天上布满着灼热的云。没有一丝风,凝集不动的空气在发酵,似乎沸腾了。大地寂静无声,麻痹了。头里在发烧,嗡嗡地响着;整个天地等着那愈积愈厚的力爆发,等着那重甸甸的高举着的锤子打在乌云上面。又大又热的阴影移过,一阵火辣辣的风吹过;神经像树叶般发抖……随后又是一片静寂。天空继续酝酿着雷电。

这样等待的时候自有一种悲怆而痛快的感觉。虽然你受着压迫,浑身难过,可是你感觉到血管里头有的是烧着整个宇宙的烈火。陶醉的灵魂在锅炉里沸腾,像埋在酒桶里的葡萄。千千万万的生与死的种子都在心中活动。结果会产生些什么来呢……像一个孕妇似的,你的心不声不响地看着自己,焦急地听着脏腑的颤动,想道:"我会生下些什么来呢?"

有时不免空等一场。阵雨散了,没有爆发;你惊醒过来,脑袋重甸甸的,失望,烦躁,说不出的懊恼。但这不过是延期而已;阵雨早晚要来的;要不是今天,就是明天;它爆发得越迟,来势就越猛烈……

瞧,它不是来了吗?……生命的各个隐蔽的部分,都有乌云升起。一堆堆蓝得发黑的东西,不时给狂暴的闪电撕破一下;——它们飞驰的迅速使人眼花缭乱,从四面八方来包围心灵;而后,它们把光明熄灭了,突然之间从窒息的天空直扑下来。那真是如醉若狂的时间!……奋激达于极点的元素,平时被自然界的规律——维持精神的平衡而使万物得以生存的规律——幽禁在牢笼里的,这时可突围而出,在你意识消灭的时候统治一切,显得巨大无比,莫可名状。你痛苦至极。你不再向往于生命,只等着死亡来解放了……

而突然之间是电光闪耀！

克利斯朵夫快乐得狂叫了。

欢乐，如醉如狂的欢乐，好比一颗太阳照耀着一切现在的与未来的成就，创造的欢乐，神明的欢乐！唯有创造才是欢乐。唯有创造的生灵才是生灵。其余的尽是与生命无关而在地上飘浮的影子。人生所有的欢乐是创造的欢乐：爱情，天才，行动，——全靠创造这一团烈火迸射出来的。便是那些在巨大的火焰旁边没有地位的：——野心家，自私的人，一事无成的浪子，——也想借一点黯淡的光辉取暖。

创造，不论是肉体方面的或精神方面的，总是脱离躯壳的樊笼，卷入生命的旋风，与神明同寿。创造是消灭死。

可怜的是不能生产的人，在世界上孤零零的，流离失所，眼看着枯萎憔悴的肉体与内心的黑暗，从来没有冒出一朵生命的火焰！可怜的是自知不能生产的灵魂，不像开满了春花的树一般满载着生命与爱情的！社会尽管给他光荣与幸福，也只是点缀一具行尸走肉罢了。

克利斯朵夫受着光明照耀的时候，一阵电流在身上流过，使他发抖了。那好像在黑夜茫茫的大海中突然出现了陆地。也好像在人堆里忽然遇到一双深沉的眼睛瞪了他一下。这种情形，往往是在几小时的胡思乱想、意气消沉之后发生的，尤其在想着别的事，或是谈话或是散步的时候。倘若在街上，他还因为顾虑而不敢高声表示他的快乐。在家里可什么都拦不住他了。他手舞足蹈，直着嗓子哼一支欢呼胜利的调子。母亲听惯了这种音乐，结果也明白了它的意义。她和克利斯朵夫说,他活像一只才下了蛋的母鸡。

乐思把他渗透了:有时是单独而完整的一句;更多的时候是包裹着整部作品的一片星云:曲子的结构,大体的线条,都在一个幕后面映现出来;幕上还有些光华四射的句子,在阴暗中灿然呈露,跟雕像一样分明。那仅仅像一道闪电;有时是接踵而至的好几道闪电;而每一道光明都在黑暗中照出一些新的天地。但这个捉摸不定的力,往往出其不意地露了一忽儿脸,会在神秘的一隅躲上几天,只留下一道光明的痕迹。

克利斯朵夫一味体验着这种灵感的乐趣,对其余的一切都厌弃了。有经验的艺术家当然知道灵感是难得的,凡是由直觉感应的作品必须靠智力完成;所以他尽量挤压自己的思想,把其中所有的神圣的浆汁吸收干净,——(甚至还常常加些清水)。——可是克利斯朵夫年纪太轻,太有自信,不免轻视这些手段。他抱着不可能的梦想,只愿意产生一些从头至尾都是自然而然流出来的作品。要不是他有心不顾事实,他不难发觉这种计划的荒谬。没有问题,那时正是他精神上最丰富的时代,绝对没有给虚无侵入的空隙。对于这源源不绝的灵感,无论什么都可以成为引子;眼中见到的,耳中听到的,在日常生活中接触到的;一瞥一视,片言半语,都可以在心中触发一些梦境。在他浩无边际的思想天地中,布满着千千万万的明星。——然而便是这种时候,也有一切都一下子熄灭的事。虽然黑夜不会长久,虽然思想的缄默不致延长到使他痛苦的程度,他究竟怕这无名的威力一忽儿来找着他,一忽儿离开他,一忽儿又回来,一忽儿又消灭……他不知道这一回的消灭要有多久,也不知道还会不会恢复。——高傲的性格使他不愿意想到这些，他对自己说着：“这力量就是我。一朝它消灭了，我也不存在了：我会自杀的。”——他不住地心惊胆战，可是这倒反给他多添了一种快感。

然而即使灵感在目前还没有枯竭的危险，克利斯朵夫也已经明白单靠灵感是永远培养不起一件整部的作品的。思想出现的时候差不多总是很粗糙，必须费很大的劲把它们去芜存菁。并且它们老是断断续续，忽起忽落的；倘使要它们连贯起来，必需羼入深思熟虑的智慧和沉着冷静的意志，才能锻炼成一个新生命。克利斯朵夫既是一个天生的艺术家，当然不会不做这一步功夫；但他不肯承认，而硬要相信自己仅仅是传达心中的模型，其实他为了使它明白晓畅起见，早已把内心的意境多多少少变化过了。——不但如此，他有时竟完全误解思想的含义。因为乐思的来势太猛了，他往往没法说出它意义所在。它闯入心灵隐处的时候，还远在意识领域之外，而这种纯粹的力又是超出一般的规律的，意识也无法辨认出来，使自己骚动而集中注意的究竟是什么，它所肯定的感情又是哪一种：欢乐，痛苦，都在那独一无二的，因为是超乎智力而显得不可解的热情中混在一起。可是了解也罢，不了解也罢，智慧究竟需要对这种力给一个名字，使它和人类孜孜矻矻砌在头脑里的，逻辑的结构，有所联系。

因此，克利斯朵夫相信，——要自己相信，——在他内心骚扰的那种暧昧的力，的确有一个确定的意义，而这意义是和他的意志一致的。从深邃的潜意识中踊跃出来的自由的本能，受着理智的压迫，不得不和那些明白清楚而实际上跟它毫不相干的思想合作。在这种情形之下，作品不过是把两种东西勉强放在一起：一方面是克利斯朵夫心中拟定的一个伟大的题材,一方面是意义别有所在而克利斯朵夫也茫然不知的那些粗犷的力。

他低着头摸索前进,受着多少矛盾的,在胸中互相击撞的力的鼓动,在支离灭裂的作品中放进一股暗晦而强烈的生命,那是他无法表白,但是使他志得意满,非常高兴的。

自从他意识到自己有了簇新的精力,他对于周围的一切,对人家过去教他崇拜的一切,对他不假思索而一味尊敬的一切,敢于正视了;——并且立刻肆无忌惮地加以批判。幕撕破了:他看到了德国人的虚伪。

一切民族,一切艺术,都有它的虚伪。人类的食粮大半是谎言,真理只有极少的一点。人的精神非常软弱,担当不起纯粹的真理;必须由他的宗教,道德,政治,诗人,艺术家,在真理之外包上一层谎言。这些谎言是适应每个民族而各个不同的:各民族之间所以那么难于互相了解而那么容易彼此轻蔑,就因为有这些谎言作祟。真理对大家都是一样的,但每个民族有每个民族的谎言,而且都称之为理想;一个人从生到死都呼吸着这些谎言,谎言成为生存条件之一;唯有少数天生的奇才经过英勇的斗争之后,不怕在自己那个自由的思想领域内孤立的时候,才能摆脱。

由于一个极平常的机会,克利斯朵夫突然发觉了德国艺术的谎言。他早先的不觉察,并非因为他没有机会常常看见,而是因为距离太近,没有退步的缘故。现在,山的面目显出来了,因为他离得远了。

他在市立音乐厅的某次音乐会里。大厅上摆着十几行咖啡桌,——大概有二三百张。乐队在厅的尽里头的台上。克利斯朵夫周围坐着些军官,穿着紧窄的深色长外套,——胡子剃得很光,阔大的红红的脸,又正经又俗气;也有些高声谈笑的妇人,过分装做洒脱;天真的女孩子们露着全副牙齿微笑;胡髭满面,戴着眼镜的胖男子,活像眼睛滚圆的蜘蛛。他们每喝一杯酒总得站起来向什么人举杯祝贺健康,态度非常恭敬,虔诚,把脸色与说话的音调都变过了:好似念着弥撒祭里的经文,他们扮着庄严而可笑的神气互相敬酒。音乐在谈话声与杯盘声中消失了。可是大家把说话和饮食的声音尽量压低。乐队指挥是个高大的驼背老人,挂在下巴上的须像条尾巴,往下弯的长鼻子架着眼镜,神气颇像一个语言学家。——这些典型的人物,克利斯朵夫久已熟识。但这一天,他忽然用着看漫画的目光看他们了。的确,有些日子,凡是平时不觉察的旁人的可笑,会无缘无故跃入我们眼里的。

音乐会的节目包括《哀格蒙特序曲》,瓦尔德退菲尔的《圆舞曲》,《汤豪塞巡礼罗马》,尼古拉的《风流妇人》,《阿塔利亚进行曲》,《北斗星》幻想曲。① 贝多芬的《序曲》奏得很照规矩,《圆舞曲》奏得很激昂。轮到《汤豪塞巡礼罗马》的时候,台下有开拔瓶塞的声音。克利斯朵夫邻桌的一个胖子,按着《风流妇人》的音乐打拍子,挤眉弄眼地做着福斯塔夫②的姿势。一位又老又胖的妇人,穿着天蓝衣衫,束着一条白带

① 《哀格蒙特序曲》为贝多芬作品;《汤豪塞巡礼罗马》为瓦格纳歌剧《汤豪塞》中的一段;《阿塔利亚进行曲》为门德尔松所作;《北斗星》为梅亚贝尔所作的喜歌剧。

② 福斯塔夫为《风流妇人》中的男主角,为愚蠢可笑的角色。

子,扁鼻梁上架着一副金边眼镜,皮色鲜红的胳膊,粗大的腰围,用洪大的嗓子唱着舒曼和勃拉姆斯的歌。她扬着眉毛,做着媚眼,睐着眼皮,忽左忽右地摇头摆脑,满月似的脸上挂着个肥大的笑容,穷形极相地做着哑剧:要没有她那副庄重老成的气息,简直像咖啡店里的歌女。这位儿女满堂的妈妈,居然还扮做痴骇的姑娘,想表现青春,表现热情;而舒曼的歌也就跟着像逗弄小娃娃的玩意儿。大家都听得出神了。可是南德合唱班的人马一出台,听众的注意简直到了庄严的程度。合唱班一忽儿咿咿唔唔的,一忽儿大声叫吼的,唱了几支极有情致的歌。四十个人的声音等于四个人,似乎他们有意取消真正合唱的风格,只卖弄一些旋律的效果,凄凄楚楚的自以为极尽细腻,轻的时候像要咽气,响的时候又突然震耳欲聋,好似敲着大铜鼓;总之是既不浑厚,又不平衡,纯粹是柔靡不振的风格,令人想起波顿①的妙语:

"让我来装做狮子罢。我的叫吼可以跟嘴里衔着食物的白鸽的声音一样柔和,也可以教人相信是夜莺的歌唱。"

克利斯朵夫听着,一开头就越来越诧异。这些情形对他绝对不是新鲜的。这些音乐会,这个乐队,这般听众,他都是熟的。但突然之间他觉得一切都虚伪。一切,连他最心爱的《哀格蒙特序曲》在内,那种虚张声势的骚动,一板三眼的激昂慷慨,这时都显得不真诚了。没有问题,他所听到的并非贝多芬和舒曼,而是贝多芬和舒曼的可笑的代言人,而是嘴里嚼着东西的群众,把他们的愚蠢像一团浓雾似的包围着作品。——不但如此,作品中间,连最美的作品中间,也有点儿

① 波顿为莎士比亚名剧《仲夏夜之梦》中的织工。

令人不安的成分，为克利斯朵夫从来没感觉到的……究竟是怎么回事呢？他不敢分析，以为怀疑心爱的大师是亵渎的。他不愿意看，可是已经看到了，而且还不由自主地要看下去；像彼萨的含羞草一般，他在指缝里偷看。

他把德国艺术赤裸裸地看到了。不论是伟大的还是无聊的，所有的艺术家都婆婆妈妈的，沾沾自喜的，把他们的心灵尽量暴露出来。有的是丰富的感情，高尚的心胸，而且真情洋溢，把心都融化了；日耳曼民族多情的浪潮冲破了堤岸，最坚强的灵魂给冲得稀薄，懦弱的就给淹溺在它灰色的水波之下：这简直是洪水；德国人的思想在水底里睡着了。像门德尔松、勃拉姆斯、舒曼，以及等而下之的那些浮夸感伤的歌曲的小作家，又有些怎么样的思想！完全是沙土，没有一块岩石。只是一片湿漉漉的，不成形的黏土……这一切真是太荒唐太幼稚了，克利斯朵夫不相信听众会不觉得。但他向周围瞧了一下，只看见一些恬然自得的脸，早就肯定他们所听到的一定是美的，一定是有趣的。他们怎么敢自动加以批评呢？对于这些人人崇拜的名字，他们是非常尊敬的。并且有什么东西他们敢不尊敬呢？对他们的音乐节目，对他们的酒杯，对他们自己，他们都一样的尊敬。凡是跟他们多少有些关系的，他们心里一概认为“妙不可言”。

克利斯朵夫把听众与作品轮流打量了一番，觉得作品反映听众，听众也反映作品。克利斯朵夫忍俊不禁，装着鬼脸。等到合唱班庄严地唱起一个多情少女的羞怯的《自白》，他再也抑制不住，竟自大声地笑了。四下里立刻响起一片愤怒的嘘斥声。邻座的人骇然望着他，而他一看到这些吃惊的脸更笑得厉害，甚至把眼泪都笑了出来。这一下大家可恼了，喊着:“滚出去!”他站起来走了,耸耸肩膀,笑得浑身扭动。全场的人看了都气愤至极。从此克利斯朵夫就慢慢地跟他城里的人处于敌对的地位。

有了这次经验以后,克利斯朵夫回到家里,决定把几个“素受尊重的”音乐家的作品重新浏览一遍。结果他大为懊丧,因为发现他最敬爱的某些大师也有说谎的。他竭力怀疑,以为自己看错了。——可是不,没有怀疑的余地……一个伟大民族的艺术财富中竟有那么些平庸的作品与谎言,他真是大吃一惊。经得起磨勘的乐曲实在太少了!

从此,要去看别的心爱的作品的时候,他就免不了心惊肉跳……可怜他像中了妖法似的,到处都碰到同样的失意!他为了某几个大师简直心都碎了,仿佛失掉了一个最爱的朋友,也仿佛突然发觉自己那么信任的朋友已经把他欺骗了多年。他为之痛哭流涕,夜里睡不着了,苦恼不已。他责备自己:是不是他不会判断了?是不是他完全变了傻子?……不,不,他比什么时候都更能看到太阳的光辉,更能感到生命的丰满:他的心并没愚弄他……

他又等了好久,不敢惊动他认为最好最纯粹的作家,那些圣中之圣。他唯恐把自己对他们的信心动摇了。但一颗事事讲求真理的灵魂,本能上对一切都要追根究底,看透真相,即使因之而惹起痛苦也在所不顾:对这种铁面无私的本能,又有什么方法抗拒呢?——于是他打开那些神圣的作品,看看像军中的禁卫队似的最后一批精华……不料才看了几眼,就发现它们并不比别的更纯洁。他没有勇气继续了。有时他竟停下来,阖上乐谱,仿佛诺亚的儿子用外衣把父亲裸露的身体给遮起来似的。①

这样以后,他对着这些废墟怅然若失。他恨不得牺牲一切,不让他神圣的幻象破灭。他心里悲痛极了。幸而元气那么充足,他对艺术的信仰并不因之而动摇。凭着年轻人天真自大的心理,他似乎认为以前谁也没经历过人生,还得他从头再来。因为沉醉于自己新生的力,他觉得——(也许并非没有理由)——除了极少的例外,在活生生的热情和艺术所表现的热情之间,一点关系都没有。他以为自己表现的时候更成功更真切,那可错了。因为他充满着热情,所以在自己的作品中不难发现热情;但除了他以外,谁也不能在那些不完全的辞藻中辨别出来。他所指摘的艺术家多数是这种情形。他们心中所有的,表现出来的,的确是深刻的感情;但他们语言的密钥随着他们的肉体一齐死了。

克利斯朵夫不懂得人的心理,根本没想到这些理由:他觉得现在是死的一向就是死的。他拿出青年人的霸道与残忍的脾气,修正他对过去的艺术家的意见。最高贵的灵魂也给他赤裸裸地揭开了,所有可笑的地方都没有被放过。而所谓可笑,在门德尔松是那种过分的忧郁,高雅的幻想,四平八稳而言之无物;在韦伯是虚幻的光彩,枯索的心灵,用头脑制造出来的感情;李斯特是个贵族的教士,②马戏班里的骑师,又是新古典派,又有江湖气,高贵的成分真伪参半,一方面是超然尘外的理想色彩,一方面又是令人厌恶的卖弄技巧;至于舒伯

① 诺亚为《旧约》中救人类于洪水的希伯来族长,醉后裸卧,其二子萨姆与耶弗为之以衣覆蔽。

② 李斯特于一八三九年曾受奥皇册封为贵族,于晚年(1865)在罗马人圣·芳济会为修士。马戏班骑师与江湖气,均指其卖弄技巧。

特，是被多愁善感的情绪淹没了，仿佛沉在几里路长的明澈而毫无味道的水底里。便是英雄时代的宿将，半神，先知，教会的长老，也不免虚伪。甚至那伟大的巴赫，三百年如一日的人物，承前启后的祖师，——也脱不了诳语，脱不了流行的废话与学究式的唠叨。在克利斯朵夫心目中，这位见过上帝的人物，①他的宗教有时只是没有精神的，加着糖的宗教，而他的风格是七宝楼台式的，繁琐纤细的风格。他的大合唱中，有的是牵惹柔情的老虔婆式的调子，仿佛灵魂絮絮不休地向耶稣谈情，克利斯朵夫简直为之作呕，似乎看到了肥头胖耳的爱神飞舞大腿。并且，他觉得这位天才的歌唱教师②是关在屋子里写作的，作品有股闭塞的气息，不像贝多芬或亨德尔有那种外界的强劲的风，——他们以音乐家而论也许不及他伟大，可是更富于人性。克利斯朵夫对一般古典派的大师不满意的，还因为他们的作品缺少自由灵动的气息，而差不多全部是"建筑"起来的：有时是一种情绪用音乐修辞学的滥调加以扩大的；有时只是一种简单的节奏，一种装饰的素描，循环颠倒，翻来覆去，用机械的方式向各方面铺张，发展。这种对称的，叠床架屋的结构，——奏鸣曲与交响乐——使克利斯朵夫大为气恼，因为他当时对于条理之美，对于规模宏大，深思熟虑的结构之美，还不能领会。他以为这是泥水匠的而非音乐家的工作。

他的批评浪漫派，严厉也不下于此。可怪的是，他最受不

① 巴赫每作一曲，必先称："耶稣佑我！"一曲完成，必于纸尾附加一笔："荣耀归主！"其虔诚为音乐家中罕见。"见过上帝"一语尤指巴赫所作圣乐而言。

② 巴赫曾任莱比锡圣·托马斯学院歌唱教师二十七年。

了的倒是那般自命为最自由、最自然、最少用“建筑”功夫的作家，像舒曼那样在无数的小作品中把他们的生命一点一滴全部灌注进去的人，他尤其恨他们，因为在他们身上认出他自己少年时代的灵魂，和所有他此刻发誓要摆脱干净的无聊东西。当然，虚伪的罪名决不能加之于淳朴的舒曼：他几乎从来不说一句不是真正感觉到的话。然而他的榜样正好使克利斯朵夫懂得，德国艺术最要不得的虚伪还不在于艺术家想表现他们并不感到的情操，倒是在于他们想表现真正感到的情操，——因为这些情操本身就是虚伪的。音乐是心灵的镜子，而且是铁面无情的镜子。一个德国音乐家越天真越有诚意，他越暴露出德国民族的弱点，动摇不定的心境，婆婆妈妈的感情，缺少坦白，伪装的理想主义，看不见自己，不敢正视自己。而这虚伪的理想主义便是一般最大的宗师——连瓦格纳在内——的疮疤。克利斯朵夫重读他的作品时，不禁咬牙切齿。《洛恩格林》于他显得是大声叫嚣的谎言。他恨这种粗制滥造的豪侠的传奇，虚假的虔诚，恨这个不知害怕的，没有心肝的主角，简直是自私与冷酷无情的化身，只知道自画自赞，爱自己甚于一切。① 这等人物，他在现实中只嫌见得太多：有的是这种德国道学家的典型，漂亮而没有表情，无懈可击而刻薄寡恩，把自己看做高于一切，不惜牺牲别人来供养自己。《漂泊的荷兰人》的浓厚的感伤情调与忧郁的烦闷，使克利斯朵夫同样不能忍受。《四部曲》中那些颓废的野蛮人，在爱情方

① 瓦格纳所作《洛恩格林》歌剧中的主角洛恩格林（天神），营救人间被冤的女子哀尔撒，并与之结为夫妇，条件为新娘绝对不能问其为何许人，从何处来。婚后哀尔撒向其追问，洛恩格林即飘然远引，一去不返。当时瓦格纳自比为洛恩格林，要社会爱他而不问其为何许人，从何处来。

面完全枯索无味，令人作呕。西格蒙特劫走弱妹的时候，居然用男高音唱起客厅里的情歌。在《神界的黄昏》里，西格弗里德和布仑希尔德以德国式的好夫妻的姿态，在彼此面前，尤其在大众面前，夸耀他们虚浮的、唠叨的闺房的热情。① 各式各种的谎言都汇集在这些作品里：虚伪的理想主义，虚伪的基督教义，虚伪的中古色彩，虚伪的传说，天上的神，地下的人，无一不虚伪。在此自命为破除一切成规的戏剧中间，标榜得最显著的就是成规。眼睛，头脑，心，决不会不发觉这种情形，除非它们自愿。——而它们竟甘心情愿要受蒙蔽。对于这种幼稚而又老朽的艺术，野性毕露的粗人与装腔作势的小姑娘的艺术，德国人居然非常得意。

可是克利斯朵夫的厌恶是没用的：一听到这音乐，他照旧被作者恶魔般的意志抓住了，和别人一样的激动，也许更厉害。他笑着，哆嗦着，脸上火辣辣的，心中好似有千军万马在奔腾；于是他认为，在那些有这种飓风般的威力的人是百无禁忌的。他在唯恐幻梦破灭而战战兢兢地打开的神圣的作品中，发现自己的情绪和当年一样热烈，什么也没有减损作品的纯洁：那时他快活地叫起来了。这是他在大风浪中抢救出来的光荣的遗物。多运气啊！他似乎把自己救出了一部分。而这怎么不是他自己呢？他所痛恨的那些伟大的德国人，可不就是他的血和肉，就是他最宝贵的生命吗？他所以对他们这

① 《漂泊的荷兰人》，《四部曲》，均为瓦格纳所作歌剧。《四部曲》原名《尼伯龙根四部曲》，包括《莱茵的黄金》《女武神》《西格弗里德》《神界的黄昏》四歌剧。西格蒙特为《女武神》中人物，布仑希尔德在《女武神》以下三歌剧中均有出现。瓦格纳歌剧本事均取材于古代日耳曼民族传说，人物有神道、侏儒、野蛮人等。

样严,因为他对自己就是这样严。还有谁比他更爱他们呢?舒伯特的慈祥,海顿的无邪,莫扎特的温柔,贝多芬的英勇悲壮的心,谁比他感觉得更真切?韦伯使他神游于喁喁的林间,巴赫使他置身于大寺的阴影里面,顶上是北欧灰色的天空,四周是辽阔无垠的原野,大寺的塔尖高耸云际……在这些境界中谁比他更虔诚呢?——然而他们的诳语使他痛苦,永远忘不了。他把谎言归咎于民族性,认为只有伟大是他们自身的。那可错了。伟大与缺点同样是属于这个民族的,——它的雄伟而骚动的思潮,汇成一条音乐与诗歌的最大的河,灌溉着整个欧罗巴……至于天真的纯洁,他能在哪一个民族中找到而敢于对自己的民族这样苛求呢?

可是他完全没想到这些。仿佛一个宠惯的孩子,他无情无义地把从母亲那边得来的武器去还击母亲。将来,将来他才会发觉受到她多少好处,发觉她多么可贵呢……

但这个时期正是他闭着眼睛对幼年时代的一切偶像反抗的时期。他恨自己,恨他们,因为当初曾经五体投地地相信了他们。——而这种反抗也是应当的。人生有一个时期应当敢不公平,敢把跟着别人佩服的敬重的东西——不管是真理是谎言——一概摒弃,敢把没有经过自己认为是真理的东西统统否认。所有的教育,所有的见闻,使一个儿童把大量的谎言与愚蠢,和人生主要的真理混在一起吞饱了,所以他若要成为一个健全的人,少年时期的第一件责任就得把宿食呕吐干净。

克利斯朵夫到了一个身心健康的人厌恶一切的关头。本能逼着他把满肚子不消化的东西一齐淘汰。

第一先得摆脱那种令人恶心的多愁多病的情绪,那在德国人心中点点滴滴流出来的时候,像是从潮湿的地道里来的,有股霉烂的气息。来点儿光明吧!来点儿光明吧!像雨点一样多的歌①,涓涓不绝地流出德国人的心情,散布着瘴气,臭味,必须来一阵干燥峭厉的风把它们一扫而空才好。歌的题材永远脱不了什么欲望,思乡,飞翔,请问,为何?敬月,敬星,献给夜莺,献给春天,献给太阳;或是什么春之歌,春之快乐,春天的旅行,春夜,春讯;或是爱情的声音,爱情的圆满,情话,情愁,情意;或是花之歌,花之敬礼,花讯;或是我心殷殷,我心如捣,我心已乱,我眼已花;还有是跟蔷薇、小溪、斑鸠、燕子等等来一套天真而痴骇的对白;再不然是提出些可笑的问句:——“要是野蔷薇没有刺的话”,——“燕子筑巢的时候,她的配偶是老的一个呢还是新结合的?”——总而言之,全是春花秋月,触景生情,无病呻吟的靡靡之音。多少美妙的东西给亵渎了,多少高尚的感情被滥用了!而最糟的是,一切都是浪费掉的,老在公众前面把自己的心赤裸裸地拿出来,只想亲热的,愣头愣脑的,向人大声诉说衷曲。明明无话可说而偏偏絮絮不休!这些唠叨难道没有完的吗?——喂!池塘里的青蛙,你们静静行不行!

克利斯朵夫觉得最难堪的,莫过于表白爱情时的谎言,因为他更有资格拿它和事实相比。那套如泣如诉而循规蹈矩的情歌的公式,跟男子的情欲与女人的心都不相干。可是爱情这回事,写作的人也经历过来,一生中至少有过一次的!难道

① 此处所谓的歌(Lied)为德国特有的一种歌唱乐曲,有纯粹的民间歌谣,亦有音乐家以著名的诗歌谱成的。自无名作家以至贝多芬、舒伯特、舒曼等均制作甚夥,而庸俗作家的产量尤为丰富,在德国为家家户户歌咏的最通俗的音乐。本书中凡用仿宋体排的歌字,均指此种体裁的歌。

他们就是这样恋爱的吗？不，不，他们是扯谎，照例的扯谎，对自己扯谎；他们想要把自己理想化……而所谓理想化就是不敢正视人生，不敢看事情的真相——到处是那种胆怯，没有光明磊落的气概。到处是装出来的热情，浮夸的戏剧式的庄严，不论是为了爱国，为了饮酒，为了宗教，都是一样。所谓酒歌，只是把拟人法应用到酒和杯子方面去的玩意儿，例如“你，高贵的酒杯啊……”。至于信仰，应该像泉水一般从灵魂中出其不意地飞涌出来的，这里却是像货物一样故意制造出来的。爱国的歌曲仿佛是写来给一群绵羊按着节拍咩咩地叫的……——哎！你们大声地吼罢！……怎么！难道你们竟永远地扯谎，——永远地理想化，——连喝醉的时候，厮杀的时候，疯狂的时候也要扯谎吗？……

克利斯朵夫甚至恨理想主义。他以为这种谎言还不如痛痛快快的赤裸裸的暴露。——骨子里他的理想主义比谁都浓厚，他以为宁可忍受粗暴的现实主义者，其实这些人是他最大的敌人。

但他给热情蒙蔽了。缥缈的雾，贫血的谎言，“没有阳光的幽灵式的思想”，使他浑身冰冷。他迸着全部的生命力向往于太阳。他一味逞着青年人的血气，瞧不起周围的虚伪；是他假想的虚伪，他没看到民族的实际的智慧在那里逐渐造成一些伟大的理想，把粗野的本能加以驯服或加以利用。要使一个民族的心灵改头换面，既不是靠些片面的理由，靠些道德的与宗教的规律所能办到，也不是立法者与政治家、教士与哲学家所能胜任：必须几百年的苦难和考验，才能磨炼那些要生存的人去适应人生。

然而克利斯朵夫照旧作曲;而他指责别人的缺点,在自己的作品中就不能避免。因为创作在他是一种抑捺不住的需要,不肯服从智慧所定的规律的。一个人创作的动机并不是理智,而是需要。——并且,尽管把大多数的情操所有的谎言与浮夸的表现都认出来了,仍不足以使自己不蹈覆辙,那主要是得靠长时期艰苦的努力的。在现代的社会里,大家秉受了多少代懒惰的习惯之后,更不容易绝对的守真返璞。而有一般人,有一些民族,尤其办不到;因为他们有种不知趣的痼癖,在极应当缄口的时候,偏偏让自己的心唠叨不已。

克利斯朵夫还没认识静默的好处:在这一点上他的精神是纯粹德国式的;同时他也没有到懂得缄默的年纪。由于父亲的遗传,他爱说话,爱粗声大气地说话。他自己也觉察到,拼命想改掉;但这种挣扎反而使他一部分的精力变得麻痹了。此外他还得跟祖父给他的另外一种遗传斗争,就是要准准确确地把自己表现出来极不容易。他是演奏家的儿子,卖弄技巧对他有很大的诱惑,当然是危险的诱惑:——那是纯粹属于肉体方面的快感,能够把肌肉灵活运用的快感,克服困难,炫耀本领,迷惑群众,一个人控制成千成百的人的快感。虽然追求这种快感在一个青年人是可以原谅的,差不多是无邪的,但对于艺术对于心灵究竟是个致命伤。那是克利斯朵夫知道的,是他血统里固有的;他竭力唾弃而结果仍免不了让步。

因此,种族的本能与自己天赋的本能都在鼓动他,过去的重负像寄生虫般黏着他,使他无法摆脱,他只能摇摇晃晃地前进,而结果已经和他深恶痛绝的境界相去不远。他当时所有的作品,全是真实与夸张,明朗的朝气与口齿不清的傻话的混合品。前人的性格束缚着他的行动,他的个性难得能突破包围透露出来。

并且他是孤独的。没有一个人帮助他跳出泥淖。他自以为跳出的时候,实际却是陷得更深。他暗中摸索,屡次尝试,屡次失败,糟蹋了许多精神与时间。甜酸苦辣的味道他都尝过了,创作的骚动使他心绪不宁,也辨别不出自己的作品中哪些是有价值的。他想着些荒唐的计划,轮廓庞大而宣传哲理的交响诗,把自己难住了。可是他又太真诚,不能长此拿这些妄想来骗自己;他还没有动手起草,已经不胜厌恶地把那些计划丢开了。或者他想把最没法下手的诗歌谱成序曲。于是他在那个不属于自己的园地中迷了路。等到他亲自动手写脚本的时候(因为他自以为无所不能),那就完全是荒谬绝伦的东西;他又想采用歌德、克莱斯特、赫贝尔,①或莎士比亚的名著,可是把原作的意义都误解了。并非因为他缺少聪明,而是缺少批评精神;他不了解别人,因为太想着自己;他到处只看见自己那个天真而浮夸的心灵。

除了这些根本没法长成的怪物以外,他又写了许多小品,直接表现那些一刹那的——实际是最永久的——情感,写了许多歌。在这儿,跟别的地方一样,他竭力一反流行的习惯。他重新采用别人已经谱成音乐的著名的诗篇,狂妄地要跟舒曼与舒伯特作法不同而更真切。有时他把歌德笔下的富有诗意的人物,把迷娘或《威廉·迈斯特》中的竖琴师②等等,刻画

① 克莱斯特(1777—1811)为德国戏剧家。赫贝尔(1813—1863)为德国诗人,近代最伟大戏剧家之一,首创心理描写。

② 歌德所作小说《威廉·迈斯特》,述一意大利伯爵洛泰利奥因女儿迷娘自幼被吉卜赛人拐走,乃扮作行吟诗人,手弹竖琴,周游各地寻访,卒获团聚。迷娘卒与大学生威廉·迈斯特结为夫妇。十九世纪法国音乐家托玛采用此故事谱成歌剧,题作《迷娘》。

出他们明确而骚动的个性。有时他也制作一些爱情的歌,灌输入犷野而肉感的气息,把贫弱的艺术家与浅薄的群众素来心照不宣的蒙在情歌上的感伤色彩,一扫而空。总而言之,他要使人物与热情为了他们本身而存在,不让那般星期日坐坐啤酒店,找机会随便发泄一下感情的德国家庭当做玩物。

但他往往觉得诗人的作品太文雅,宁愿采用最简单的题材,什么古老的歌,在善书里读到的年代悠久的敬神的民谣;他特意不用它们原有的赞美歌性质,而大胆地用世俗的、活泼的手法去处理。或者他利用一些成语,甚至随便听到的几句话,民众的对白,儿童的感想:这一类笨拙而平淡的语言倒反透露出最纯粹的感情。在这等地方,他是得其所哉了,他自己不觉得,可的确达到了深刻的境界。

好的也罢,坏的也罢,——坏的居多,——他所有的作品都充满着生命力。当然不是全部新鲜的东西,那还差得远呢。克利斯朵夫往往就因为真诚而显得平凡;有时他不惜采用人家早已用过的形式,因为他觉得这种形式能够准确表现他的思想,而且因为他的感觉是这样而不是那样。他无论如何不愿意求新奇,以为只有平庸至极的人才操心这种问题。他但求说出自己的感觉,决不问前人有没有说过。他很骄傲地相信,这才是求新奇的最好的办法;世界上不是永远只有一个克利斯朵夫吗?凭着青年人目空一切的气概,他认为古往今来还一无成就,一切还得开始或是从头再做。因为觉得内心这样的充实,人生这样的无穷无极,他就处于得意忘形的、欢欣鼓舞的境界。时时刻刻都在欢欣鼓舞。这种心绪也用不着快乐来支持,便是悲哀它也能够适应:他的力是他欢欣鼓舞的泉源,是一切幸福,一切德性之母。生活罢,尽量地生活罢！……凡是感觉不到自己有这种力的醉意，这种生的欢欣(哪怕是极痛苦的生活)的人，便不是艺术家。这等于一块试金石。必须不问欢乐与痛苦都能够欢欣鼓舞的，才是真正的伟大。门德尔松或勃拉姆斯，仅仅像十月的雾，像淅沥的细雨，从来没有这种神通。

这种神通克利斯朵夫却是有的；他以天生的戆直冒昧的性格，尽量在人前显露他的快乐。他不觉得这种举动有什么恶意，只是想跟旁人分享他的快乐。他没想到这种快乐会伤害大多数没有这快乐的人。同时他也不管别人高兴不高兴；他就是极有自信，认为把自己的信念告诉人家是挺自然的。他把自己的丰满和一般音符制造家的贫弱作了一个比较，觉得要人家承认他的优越是极容易，太容易了。只消把自己拿出去就行。

于是他就把自己拿出去了。

大家等着他。

克利斯朵夫并不隐瞒他的感想。自从明白了德国人的虚伪，对什么都不愿意看到真相之后，他就决意要表露自己的真诚，绝对的，不稍假借的真诚，对任何人任何作品都不留余地。又因为他做什么事都不能不走极端，便说出许多荒唐的话骇人听闻。而他的小孩子脾气也真是可惊。只要碰到一个人，他就马上说出他对德国艺术的感想，好似一个人有了奇妙的发现，不愿留为独得之秘。别人听了会对他不满意，那是他万万想不到的。一发觉某一部名作里头有什么荒谬的地方，他就一心想着这个问题而急于逢人便诉，不管听的人是音乐家或是业余的爱好者。他得意扬扬地发表他的怪论。旁人先还不当真，听了他的胡说八道笑笑。可是不久他们发觉他老说着这一套，一味坚持的作风未免趣味恶劣。克利斯朵夫的那些怪论，显而易见不是嘴上说说而是深信不疑的，那时大家就不觉得有趣了。并且他肆无忌惮，公然在音乐会里叫叫嚷嚷，发表他刻薄的议论，或者明白表示瞧不起那般声名显赫的大师。

在小城里，什么都会不胫而走地传播开去的：克利斯朵夫说的话，一句也没有漏过人们的耳朵。他去年的行为已经惹动公愤。大家没有忘掉他和阿达那种招摇的无耻的行动。他自己倒是记不起了：岁月递嬗，往事都成陈迹，现在的他和从前的他已经渺不相关。但别人替他一一想起：所有的小城市自有一般人把街坊邻舍的过失，污点，悲惨的、丑恶的、不愉快的事件，全部牢记在心，仿佛这是他们在社会上的职务。克利斯朵夫的案卷中，在过去的话柄之外，如今又加上一批新的。两相对照，事情给衬托得更明显了。从前是触犯礼教，现在又伤害了风雅。最宽容的人说他是“标新立异”，大多数却肯定他是“完全疯了”。

还有另一种更危险的舆论在外边开始传布；——因为是从最高方面来的，所以更轰动一时：——据说克利斯朵夫在继续供职的宫廷中，胆敢对大公爵本人也不成体统的，毁谤德高望重的大师；他把门德尔松的《哀丽阿》①称做伪善的牧师的废话，把舒曼的一部分歌也同样加以侮辱；——而克利斯朵夫这种话还是正当威严的亲王们表示尊重这些作品的时候说的。大公爵冷冷地回答说：“听你的话，先生，有时人家竟会

① 《哀丽阿》为门德尔松所作有名的清唱剧。

疑心你不是德国人。”

这句报复的话，从那么高贵的人嘴里吐出来，直流传到街头巷尾。凡是妒忌克利斯朵夫的声名，或为了其他的私仇而和他过不去的人，立刻补充说，他的确不是一个纯粹的德国人。大家记得他父系方面是佛兰德族。外方来的移民毁谤他所在国的荣誉当然不足为奇。这一下可把事情解释明白了，而日耳曼民族除了看不起敌人以外，也更有理由抬高自己的身价了。

至此为止，大家只是对克利斯朵夫作些精神上的报复，可是他还要提供更具体的材料。一个人自己要被人批评的时候去批评别人，是最不智的事。换了一个聪明一点的艺术家，一定会尊敬他的前辈。但克利斯朵夫认为别人的庸俗是应当瞧不起的，自己的力量是应当得意的，没有理由把他的轻视别人和自己的得意藏在肚里。而他的表示得意又是忘形的。最近一些时候，他非常需要发泄。他一个人消受不了那么些欢乐，要不是分一些给别人，他竟会快乐得爆裂的。既没有朋友，他就把乐队里的一个青年同事，叫做西格蒙·奥赫的，当做心腹。他是魏登贝格人，在乐队里当副指挥：脾气很好，城府极深，一向对克利斯朵夫很尊敬的。他对这位同事毫不提防；他怎么会想到把自己的快乐告诉一个闲人或是敌人有什么不妥呢？他们不是应该反过来感谢他吗？他这是不分敌友，使大家一齐快乐啊。——殊不知天下的难事就莫过于教人家接受一桩新的幸福；他们几乎更喜欢旧的苦难，因为他们所需要的是一种咀嚼了几百年的粮食。一想到这个幸福是得之于别人的，他们尤其受不了。这简直是一种侮辱，直要无法避免的时候才肯容忍，而且他们是要设法报复的。

因此,克利斯朵夫的心腹话尽管有一千个理由不会受任何人欢迎,但有一千零一个理由可以受到西格蒙·奥赫的欢迎。乐队指挥多皮阿·帕弗不久就要告老,克利斯朵夫虽然年纪很轻,可大有继承的希望。奥赫既是纯粹的德国人,当然承认克利斯朵夫有这个资格,既然宫廷方面这样宠任他。可是奥赫自命不凡,以为倘若宫廷方面多了解他一点,他自己更有资格当指挥。所以看到克利斯朵夫高高兴兴而故意扮着正经面孔跑进戏院的时候,他就堆起一副异样的笑容,来接受克利斯朵夫倾箱倒箧的心腹话了。

"哦,"他狡猾地说,"又有什么新的杰作吗?"

克利斯朵夫一把抓住了他的手臂回答:"啊!朋友!这一件作品可是登峰造极了……要是你听到的话……该死!那太美了!唉,将来能听到这个曲子的,简直是天赐之福!大家听过以后连死也甘心的了。"

听到这种话的可不是个聋子。奥赫并不一笑置之,也不拿这种幼稚的狂热嘻嘻哈哈地打趣一番。克利斯朵夫的脾气是倘使有人指出他的可笑,他自己就会先笑的。可是奥赫假装听得出神,逗克利斯朵夫多说一些傻话;等到一转身,就赶快添枝加叶地把这些话柄传播出去。大家先在音乐家的小圈子里把他挖苦一阵,然后好不心焦地等机会来批判那些可怜的作品。——可怜的作品,不曾问世已经被判决了。

作品终于露面了。

克利斯朵夫在乱七八糟的稿子里,选了一阕以赫贝尔的《尤迪特》为题材的《序曲》,那种粗犷有力的作风,和德国人的萎靡不振对照之下,使他特别觉得可取。(可是他已经讨厌这作品,认为赫贝尔老是不顾一切地喜欢卖弄天才,多所做作。)其次是一阕交响曲,借用瑞士画家鲍格林的浮夸的题目,叫做:人生的梦,又加上一句小题词:人生是一场短促的梦。还有是一组歌,和几阕古典作品,再加奥赫的一支欢乐进行曲:那是克利斯朵夫明知平庸但为了表示亲热而放进去的。

几次的预奏会还平静无事。虽然乐队绝对不了解所奏的作品,各人心里对这种古怪的新音乐非常骇异,但还来不及有什么意见;尤其在群众没有表示的时候,他们决不能有何主张。看到克利斯朵夫那么自信,他们也就俯首帖耳地接受了。一般音乐师都很能服从,很有纪律,像一切良好的德国乐队一样。唯一的困难倒是在女歌唱家方面。她就是上次音乐厅中穿蓝衣服的太太,在德国很有声望,曾经在德累斯顿和拜罗伊特扮演瓦格纳剧中的主角,肺量的宏大是没有话说的。她虽然学会了瓦格纳派最得意的咬音的艺术,把辅音唱得高扬,元音唱得沉重像击锤一样,可是就因为这样,她没有懂得自然的艺术。她对付一个字有一个字的办法:所有的音都加强,所有的音节仿佛穿着铅底鞋子在那里重甸甸地拖,每一句都带着悲剧的气息。克利斯朵夫要求她把戏剧化的成分减少一些。她先还乐意听从,可是天生笨重的声音和卖弄嗓子的习惯使她无法控制。克利斯朵夫变得心烦意躁,告诉这位可敬的太太,说他是要叫人类说话,而不是要巨龙法弗奈吹小号。① 她听了这种不客气的话当然大不高兴。她回答说谢谢上帝,她已经知道什么叫做歌唱,她也很荣幸地唱过勃拉姆斯的歌,就在那位大人物前面,而他也听得津津有味。

① 法弗奈为《西格弗里德》歌剧中守护尼伯龙根指环的巨龙,以女歌唱家善唱瓦格纳作品,故以此讽之。

"那可糟了！糟了！"克利斯朵夫喊道。

她傲然笑着，要求他把这句谜一样的惊叹语解释明白。他回答说勃拉姆斯一辈子也没有懂得什么叫做自然，他的称赞简直是最难堪的责备，虽然他克利斯朵夫有时不大有礼貌，——就像她刚才指摘的，——可也不至于说出对勃拉姆斯那种唐突的话。

两人继续用这种口吻争执下去；那位太太始终依着她慷慨激昂的方式唱，——结果有一天，克利斯朵夫冷冷地说他看明白了，那是她的天赋如此，没法改的；但既然他的歌唱不好，还是干脆不唱，从节目中删掉得了。——那时已经到了音乐会的前夜：大家都知道音乐会中有她的歌，她自己也在外边提过；并且她不无相当的音乐天才，很能赏识那些歌里面的某些优点；克利斯朵夫临时改变节目等于是侮辱她。而她想到明天的音乐会也许会奠定青年音乐家的声名，也就不愿意跟这颗将升的明星伤了和气。所以她突然让步了，在最后一次预奏会中，完全依照了克利斯朵夫的指示。可是她打定主意，在下一天的音乐会中非用她自己的作风唱不可。

日子到了。克利斯朵夫一点不着急。他脑子里装满了自己的音乐，没法加以批判。他知道他的作品有些地方要给人笑。可是有什么相干？一个人怕闹笑话，就写不出伟大的东西。要求深刻，必须有胆子把体统、礼貌、怕羞，和压迫心灵的社会的谎言，统统丢开。倘若要谁都不吃惊，你只能一辈子替平庸的人搬弄一些他们消受得了的平庸的真理，你永远踏不进人生。直要能把这些顾虑踩在脚下的时候，一个人才能伟大。克利斯朵夫居然这样做了。大家很可能嘘他，他有把握不让他们安静的。想到熟人们对曲子里某些大胆的部分会装出怎样的嘴脸，他暗暗觉得好玩。他预备受一番尖刻的批评，先在肚里好笑了。无论如何，除非是聋子，他作品中的力量是谁都不能否认的，——至于这力能否讨人喜欢是另一问题。并且那有什么关系？……讨人喜欢！讨人喜欢！……只要有力量就行了。让它像莱茵河一样把什么都卷走吧。

他碰的第一个钉子是大公爵不到场。爵府的包厢里只有几个不相干的人，在府里当随从的太太们。克利斯朵夫愤愤地想道："这混蛋跟我怄气，他不知道对我的作品怎样表示才好：他不来就是怕为难。"他耸耸肩膀，假装不在乎这些无聊的事。但别人看了很注意：这是对克利斯朵夫的第一个教训，同时对他的前途也是个威胁。

听众也不比主子殷勤：三分之一的座位是空的。克利斯朵夫不由得心酸地想起他童年音乐会的盛况。要是他稍有经验，一定会懂得演奏上品音乐的时候，听众的数目自然比不上演奏平凡音乐的时候：因为大部分人感到有兴趣的是音乐家而非音乐；而且一个跟普通人没有分别的音乐家，显然不及一个穿着短裤的儿童音乐家那么好玩，那么动人，能够教傻瓜们开心。

克利斯朵夫空等了一会儿听众，决意开场了。他硬要自己相信这样倒是更好，以为"朋友虽少，都是知己"。——可怜他这种乐观的心绪也维持不了多久。

一曲又一曲的音乐尽管奏下去，场子里寂静无声。有种寂静无声是因为大家感情冲动到极点，快要涌出来的缘故。但眼前的寂静简直是一无所有，一无所有。大家仿佛睡着了。每一句音乐都掉在漠不关心的深渊里。克利斯朵夫背对着听众，全神对付着乐队，可是依旧感觉到场子里的情形。凡是真正的艺术家都有一种精神上的触觉，能够感知他演奏的东西是否在听众心里引起共鸣。他照常打着拍子，非常兴奋，可是从池子和包厢里来的那股沉闷的空气，使他心都凉了。

终于《序曲》奏完了，大家有礼地、冷冰冰地拍了一阵手，就静下来了。克利斯朵夫宁可受人嘘斥一顿……便是怪叫一声也好！至少得有点儿生命的表示，对他的作品表示一点反响！……——可是完全没有。——他瞧瞧群众，群众也彼此瞧瞧。他们互相在目光中探求一些意见而探求不到，只能又扮起那副漠不关心的脸。

音乐重新开始，轮到那支交响曲了。——克利斯朵夫几乎不能终曲，屡次想丢下指挥棒，掉过头来就走。他也传染到了大众的麻木，结果竟不懂自己指挥的东西了；他明明觉得掉入了烦闷的深渊。连他预料在某些段落上群众会交头接耳说的俏皮话也没有，大家都在一心一意地翻阅节目单。克利斯朵夫听见众人同时哗啦啦的翻纸张的声音；然后又是一片静默，直到曲子完了；然后又是一阵有礼的掌声表示懂得一曲已经奏完。——大家静下来以后还有两三下零星的掌声，因为没有回响，也就不好意思地停住了：空虚显得更空虚，而这件小小的事故更显得听众是多么厌烦。

克利斯朵夫坐在乐队中间，不敢向左右张望一下。他真想哭出来，同时也气得浑身哆嗦。他恨不得站起身子向大家喊："你们多讨厌！多讨厌！……一齐替我滚罢！……"

听众稍为清醒了些，等着女歌唱家出场，那是他们听惯而捧惯的。刚才那些新作品等于一片大海，他们没有指南针，只能在那里彷徨；她可是稳固的陆地，绝没有令人迷失的危险。

克利斯朵夫看出大家的思想，轻蔑地笑了一笑。女歌唱家也知道群众在等她；克利斯朵夫去通知她上台的时候，她的神气就像王后。他们俩用着敌对的态度彼此望了一眼。照例克利斯朵夫应当搀着她手臂，但他竟双手插在袋里，让她自个儿出台。她气冲冲地走过去；他很不高兴地跟在后面。她一露脸，立刻来了个满堂彩；大家松了口气，脸上发出光来，有了精神；所有的手眼竟都一齐瞄准。她对自己的魔力很有把握，开始唱起歌来，不消说是照她自己的方式，全不遵从克利斯朵夫上一天的嘱咐。替她伴奏的克利斯朵夫脸色变了。这种捣乱他是预先料到的。一发觉她走腔，他立刻敲着钢琴，愤怒地说了声：

"不是这样的！"

可是她不理。他就在背后用着又重浊又生气的声音提醒她：

"不！不！不是这样的！……不是这样的！……"

这些气愤愤的咕噜，虽然台下听不见，对乐队里的人可是句句分明；她一急，拼命把节奏拉慢，不该休止的地方也休止。他没有留意，自顾自地弹下去，终于歌和伴奏相差了一节。听众一点没觉得：他们久已认定克利斯朵夫的音乐既不会悦耳，拍子也不会准的；但克利斯朵夫并不这样想，他像疯子似的，脸都扭做一团，终于爆发了。他突然半中间停下来，直着嗓子嚷道："得了罢！"

她一口气收不住，继续唱了半节，然后也停住了。

"得了罢！"他粗暴地又说了一遍。

全场为之愣了一愣。过了一忽儿，他又冷冷地说："咱们再来！"

她愕然望着他，双手哆嗦着，真想把乐谱往他头上扔过去；事后她竟不懂当时怎么没有那样做。但她慑于克利斯朵夫的威严，只得重新开始。她把全部的歌唱完了，连一个拍子一个小地方也不敢变动：因为她觉得克利斯朵夫绝对不会留情，而一想起要再受一次侮辱就吓得浑身发抖。

她唱完以后，台下掌声不绝。他们并不是捧她唱的歌，——（要是她唱别的作品，也可以博得同样的掌声）——而是捧这位有名的老资格的女歌唱家：他们知道赞赏她是没有错的。同时大家还想补偿一下她受的侮辱。他们隐隐然觉得她刚才唱错了，但认为克利斯朵夫当场给她指出来简直不成体统。大家都喊着“再来一次”。克利斯朵夫可很坚决地把琴关上了。

她没有发觉这桩新的侮辱；她心里乱得很，根本不想再来一次。她急急忙忙下了台，躲在化妆室里把胸中郁积着的恼恨与愤怒一齐发泄了出来：又是哭，又是叫，把克利斯朵夫直骂了一刻钟……狂怒的叫声一直传到门外。据那些进去探望她的朋友出来说，克利斯朵夫对她的态度简直跟下等人一样。众人的议论在戏院中是传得很快的。所以克利斯朵夫重新踏上指挥台演奏最后一曲的时候，场子里颇有些骚乱的现象。但这个曲子不是他的，而是奥赫的《欢乐进行曲》。听众既喜欢这曲平凡的音乐，便不必嘘斥克利斯朵夫而就有极简单的办法来表示他们的不满意：他们有心替奥赫捧场，热烈鼓掌要求作者露面了两三次；奥赫当然不肯放过机会。而这时音乐会也完了。

大公爵和宫廷方面的人，那些终日无聊而爱说短道长的内地人，对音乐会的情形当然知道得清清楚楚。和女歌唱家有交情的几家报纸，绝口不提那件不愉快的事，只一致恭维她歌唱的艺术，而在报道她所唱的作品的时候顺便提了提那些歌。关于克利斯朵夫其他的作品，只是寥寥几行，所有的报纸全是大同小异的论调："……对位学很有功夫。风格非常烦琐。缺少灵感。没有旋律。纯粹是头脑的而非心灵的产物。缺乏真诚。只想独创一格……"——接下去的一段文字是讨论真正的独创，举出一般故世的大师，"不求独创一格而自然独创一格的"，如莫扎特、贝多芬、吕威、舒伯特、勃拉姆斯等的作品为证。——然后笔头一转又转到当地的戏院不久要重演克莱采尔的作品，就手把那出"永远清新永远美丽的歌剧"长篇累牍地描写了一番。

总之，便是对克利斯朵夫最有好感的批评家也完全不了解他的作品；而绝对不喜欢他的人自然更表现出阴险的仇视态度；——至于大众，既没有批评家，不管是好意的或恶意的批评家领导，只能一声不出。让大众自己去思想的时候，他们就干脆不思想。

克利斯朵夫灰心到了极点。

其实他的失败不足为奇。他的作品不讨人喜欢的理由不止一个，而有三个。第一，它们还不够成熟。第二，它们还太新鲜，不能教人一下子就懂得。第三，把这肆无忌惮的青年教训一顿是大家都高兴的事。——可是克利斯朵夫头脑不够冷静，不肯承认他的失败是势所必然的。一个真正的艺术家，长时期地被人误解以后，看惯了人类无可救药的愚蠢，会变得心胸开朗；而克利斯朵夫还谈不到这一点。他相信群众，相信成功，以为那是一蹴即就的，既然他具备着成功的条件：这种幼稚的信心现在可是被粉碎了。有敌人，他倒认为稀松平常。但他觉得奇怪的是连一个朋友都没有了。凡是他认为可靠的，一向对他的音乐感兴趣的人，从那次音乐会以后，再没一句鼓励他的话。他想法去试探他们，他们总是闪烁其词。他再三追问，要知道他们真正的思想：结果是一般最真诚的人把他从前的作品，早年的幼稚的东西，提出来作比较。——接连好几次，他听到人家拿他的旧作做标准，说他的新作不行，——可是几年以前，在那些作品还是簇新的时候，他们也认为不好的。新的就是不好的：这是一般的原则。克利斯朵夫可不懂这一套，便大惊小怪地叫起来。人家不喜欢他也可以，他不但容许，甚至还欢迎，因为他并不想做每个人的朋友。可是人家喜欢他而又不许他长大，硬要他一辈子做个小孩子，那可不像话了！在十二岁上是好的作品，到二十岁上便不行了；他希望不要老是停留在那个阶段上，希望要变，变，永远地变下去……想阻遏一个人的生命不让它发展的，岂非混蛋！……他童年的作品所以有意思，并非在于它幼稚无聊，而是在于有股前程无限的力潜伏在那里！而这前程，他们竟想把它毁掉！……可知他们从来没懂得他，也从来没爱过他；他们所喜欢的只是他的庸俗，只是他跟庸俗的人没有分别的地方，而并非真正的“他”：他们的友谊其实是误解……

也许他把这些情形夸张了些。一般老实人不能爱好一件新的作品，但它有了二十年的寿命，他们就会真诚地爱好：这是常有的现象。新生命的香味太浓了，他们虚弱的头脑受不住，必须由时间来把这味道减淡一点才行。艺术品一定要积满了成年累月的油垢，方始有人了解。

但克利斯朵夫不允许人家不了解现在的他，而等他成为过去之后再了解他。他宁可人家干脆不了解他，在任何时间任何情形之下都不了解他：所以他气愤至极。他痴心妄想地要人了解，替自己说明，跟人家辩论；这才是白费气力，那不是要把整个时代的口味都改过来吗？但他自信很强，决心要把德国人的口味彻底洗刷一番，不管人家愿不愿意。其实他绝对不可能做到这一点。要说服一个人绝不是几次谈话所能济事；他说话的时候既找不到适当的字，又是对大音乐家，甚至对谈话的对方取着狂妄傲慢的态度，结果只多结了几个冤家。殊不知他先得从从容容把自己的思想整理好了，才能强迫人家听他的……

而他的星宿，他的坏星宿，恰好来给了他说服人家的机会。

他在戏院的食堂里和乐队里的几个同事围着一张桌子坐着，他们听了他的艺术批评骇坏了。他们的意见也并不一致，但对他放肆的言论都大不乐意。中提琴师老克罗斯是个忠厚人，很好的音乐家，一向是真心喜欢克利斯朵夫的；他装着咳嗽，想等机会说一句双关的笑话把话题扯开去。克利斯朵夫可完全没注意，倒反越说越有劲，教克罗斯灰心了：

"他干吗要说这些话呢？真是天晓得！一个人尽管心里这么想，可用不着说啊！"

最奇怪的是，他也"这么"想过；至少他怀疑过这些问题，克利斯朵夫的言论把他心里的许多疑惑挑了起来，但他没有勇气承认，——一半是怕冒不韪，一半是因为谦虚，不敢相信自己。

吹短号的韦格尔可是一句话也不愿意听；他只愿意赞美：

不论什么东西，不论好的坏的，天上的星或地下的煤气灯都一律看待；他的赞美也没有什么等差，只知道赞美，赞美，赞美。这是他生活必不可少的条件，受到限制就要痛苦的。

但大提琴师哥赫痛苦得更厉害：他全心全意的爱好下品的音乐。凡是被克利斯朵夫嬉笑怒骂的，痛诋的，都是他最心爱的；他本能地挑中一些最陈腐的作品，心中装满着浮夸的、动辄落眼泪的感情。但他的崇拜一切虚伪的大人物完全是出于真心。唯有他自以为崇拜真正的大人物时才是扯谎，——而这扯谎还是无邪的。有些勃拉姆斯的信徒，以为在他们的上帝身上可以找到过去的天才们的气息：他们在勃拉姆斯身上爱着贝多芬。哥赫却更进一步，他爱贝多芬的倒是勃拉姆斯的气息。

可是对克利斯朵夫的怪论最表愤慨的还是吹巴松管的史比兹。他的音乐本能所受的伤害，还不及他天生的奴性所受的伤害。某个罗马大帝是连死也要站着死的。他可非伏倒在地下死不可，因为伏在地下是他天生的姿势；在一切正统的、大家尊重的、成功的事物前面匍匐膜拜，他觉得其乐无穷；他最恨人家不许他舔泥土。

于是，哥赫唉声叹气，韦格尔做着绝望的姿势，克罗斯胡说八道，史比兹大叫大嚷。但克利斯朵夫不慌不忙比别人喊得更响，说着许多对德国与德国人最难堪的话。

在旁边一张桌子上，有一个青年听着克利斯朵夫的话捧腹大笑。他长着一头乌黑的鬈发，一对聪明秀美的眼睛，大鼻子到了快尽头的地方不知道往左边去还是右边去，便同时往两边摊开了，底下是厚嘴唇；他神情不定，可是不俗。听着克利斯朵夫的话，对每个字都又同情又俏皮地留着神，他笑得连脑门、太阳穴、眼角、鼻孔、腮帮,到处都打起皱来,有时还要浑身抽搐。他并不插嘴,可是把每句话都听在耳里。克利斯朵夫的高论说到一半,忽然愣住了,给史比兹奚落之下,更气得结结巴巴的,最后才找到了像块大石头般的字儿把敌人打倒:看到这情形,那青年格外高兴。而当克利斯朵夫冲动至极,越出了他思想的范围,突然说出些骇人听闻的胡话,使在场的人都大声怪叫的时候,邻座的青年更乐不可支了。

最后各人对于这种自以为是的争辩也腻烦了,彼此分手了。剩下克利斯朵夫最后一个想跨出门口,那个听得津津有味的青年便迎上前去。克利斯朵夫一向没注意到他。但那青年很有礼貌地脱下帽子,微笑着通报自己的姓名:"弗朗兹·曼海姆"。

他对于自己在旁窃听这种冒昧的行动,先表示了一番歉意,又把克利斯朵夫大刀阔斧痛击敌人的气魄恭维了一阵。想到这点,他又笑了。克利斯朵夫挺高兴地望着他,可是还不大放心:

"真的吗?"他问,"你不是取笑我吗?"

那青年赌着咒否认。克利斯朵夫脸上登时有了光彩。

"那么你认为我是对的,是不是?你同意我的主张了?"

"老实说,我不是音乐家,完全是门外汉。我所喜欢的唯一的音乐,——绝对不是恭维,——是你的音乐……至少这可以表明我的趣味不算太坏……"

"唔!唔!"克利斯朵夫虽然还有些怀疑,究竟被捧上了,"这还不能算证据。"

"哎,你真苛求……得了罢!……我也跟你一样想:这算不得证据。所以你对德国音乐家的意见,我绝不敢大胆批评。

但无论如何,你对一般的德国人,老年的德国人,批评得太中肯了;那些糊涂的浪漫派,那种腐败的思想,多愁多病的感情,人家希望我们赞美的陈言俗套,真叫做‘这不朽的昨日,亘古不灭的昨日,永久长存的昨日,因为它是今日的金科玉律,所以也是明日的金科玉律!……’”

他又念了一段席勒诗中的名句:

“……亘古常新的昨天,永远是过去的也永远会再来……”

“而他就是第一个该打倒的!”曼海姆又加上一句按语。

“谁?”克利斯朵夫问。

“写下这种句子的老古董喽。”

克利斯朵夫不懂他的意思。曼海姆接着又说:

“第一,我希望每隔五十年大家把艺术和思想做一番大扫除的工作,只要是以前的东西,一样都不给它剩下来。”

“那可过分了些。”克利斯朵夫笑了笑。

“一点儿都不过分,我告诉你。五十年已经太长了,应当是三十年,或者还可以少一些!……这才是一种卫生之道。谁会把祖宗的旧东西留在家里呢?他们一死,我们就恭恭敬敬地把他们送出去放在一边,让他们去烂,还得堆上几块石头,使他们永远不得回来。软心的人也会放些花上去。那我不反对,我也无所谓。我只要求他们别跟我来找麻烦。我就从来不麻烦他们。活的在一边,死的在一边:各管各的。”

“可是有些死人比活人更活!”

“不!不!要是说有些活人比死人更死倒更近于事实。”

“也许是罢。不管怎么样,有些老人的确还年轻。”

“假使他还年轻,我们自己会发觉的……可是我不信这个话。从前有用的，第二次绝不会再有用。只有变才行。第一先得把老人丢开。在德国，老人太多了。得统统死掉才好！”

克利斯朵夫聚精会神听着这些古怪的话，费了很大的劲讨论；他对其中一部分的见解有同感，也认出有好多思想跟自己的一样，只是听到别人用夸张可笑的口吻说出来，觉得有点刺耳。但因为他相信人家和他一样的严肃，便认为那些话或许是这个似乎比他更有学问更会讲话的青年根据了他的原则，按照逻辑推演出来的。多少人不能原谅克利斯朵夫的刚愎自用，其实他往往谦虚得有点孩子气，极容易受一般教育程度比他高的人愚弄，尤其在他们不是为了避免讨论难题而拿自己的教育做挡箭牌的时候。曼海姆故意以发表怪论为乐，一问一答，话越说越野，自己听了也在暗笑。他从来没碰到一个人拿他当真的，如今看到克利斯朵夫费尽心力想讨论，甚至想了解他的胡说八道，不由得乐死了；他一边嘲笑克利斯朵夫，一边因为克利斯朵夫对他这么重视而很感激，觉得他又可笑又可爱。

他们分手的时候已经变成好朋友；可是过了三小时，克利斯朵夫在戏院预奏会中看见曼海姆在乐队的小门里伸出头来，笑嘻嘻地对他做着鬼脸，仍不免有点奇怪。预奏完毕，克利斯朵夫过去找他。曼海姆很亲热地抓着他的胳膊说：

“你有工夫吗？……你听我说。我有个主意在这儿，也许你会觉得是胡闹……你不想抽个空，把你对音乐和对那些无聊的音乐家的感想写下来吗？与其跟乐队里四个只会吹吹笛子拉拉提琴的傻瓜白费口舌，直接向大众说话不是有意思多吗？”

“你问我这样做是不是有意思得多？……是不是我愿意？……嘿，可是我写了文章送到哪儿去呢？你倒说得好，你！……”

“我不是说过有个主意吗？……我跟几个朋友：亚达尔培·洪·华特霍斯，拉斐尔·高特林，亚陶尔夫·梅，吕西安·哀朗弗尔，——办了一份杂志。这是本地唯一有见解的杂志，名字叫做*酒神*——你一定知道的吧？……我们都佩服你，很想请你加入我们的团体。你愿意担任音乐评论吗？”

克利斯朵夫听了这话受宠若惊，恨不得马上接受；他就是怕不够资格，不会写文章。

“放心，”曼海姆说，“你一定会写的。何况一朝做了批评家，你尽可以为所欲为。别顾虑什么公众。你才想不到他们多蠢呢。做个艺术家算得什么！谁都可以嘘他。可是批评家有权利向大家说：‘替我嘘这个家伙！’场子里的听众，反正把思想这件麻烦事儿交给你了。你爱怎么想都可以，只要你装做在思想。那些傻蛋只求塞饱肚子，不管是什么。他们没有不吃的东西。”

克利斯朵夫终于答应了，非常感动地道谢。他只提一个条件，就是文字的内容绝对不受限制。

“自然啰，自然啰，”曼海姆回答，“绝对自由！咱们每个人都是自由的。”

晚上散戏的时候，他又第三次去盯着克利斯朵夫，把他介绍给亚达尔培·洪·华特霍斯和其余的朋友。他们都对他很诚恳。

除了华特霍斯是本地的旧世家出身，余下的尽是犹太人，都很有钱:曼海姆的父亲是银行家;高特林的是有名的葡萄园主;梅的是冶金厂经理;哀朗弗尔的是大珠宝商。这些父亲全是老派的以色列族①,勤俭啬刻,永远守着他们的民族精神,不惜千辛万苦地搞钱,而对自己的毅力比对财富更得意。但那些儿子似乎生来要把父亲挣起来的家业毁掉;他们取笑家庭的成见,取笑那种像蚂蚁般苦吃苦熬,惨淡经营的生活;他们学着艺术家派头,假作瞧不起财产,把它从窗里扔出去。其实他们根本没有多大手面,尽管荒唐胡闹,也不会昏了头,忘了实际。并且做父亲的也很留神,把缰绳拉得很紧。最会挥霍的是曼海姆,真心想把家私大大方方地花个痛快;可是他一无所有,只能在背后直着嗓子骂父亲吝啬,心里倒也满不在乎,还认为父亲的办法是对的。归根结底,唯有华特霍斯一个人财产自主,拿得出现钱,杂志便是由他出钱维持的。他是诗人,写些亚尔诺·霍尔茨和瓦尔特·惠特曼一派的"自由诗"②,一句长一句短的,所有的点、逗点、三点、横画、静默、大写字、斜体字、底下加线的字等,都有一种极重要的作用,不下于叠韵和重复的词句。他用各国文字中的字,各种没有意义的声音羼在诗里。他自命——(不知道为什么)——要在诗歌方面做一个塞尚纳③。的确,他很有想象力,对枯索无味的东西很有感觉。他又是感伤又是冷淡,又是纯朴又是轻浮,偏要把加工雕琢的诗句装做名士派。在时髦人物心目中,他很

① 今欧洲人统称希伯来族为以色列人或犹太人。

② 亚尔诺·霍尔茨(1863—1929)为德国新现实派的诗人兼剧作家。瓦尔特·惠特曼为十九世纪美国诗人。

③ 塞尚纳(1839—1906)为法国后期印象派画家,为二十世纪初期的野兽派、立体派之先驱。

可能成为一个好诗人。可惜杂志上,沙龙里,这等诗人太多了;而他还想做到只此一家。他一味充作没有贵族偏见的王爷,其实他这种偏见比谁都要多,只是自己不承认。他有心在他主持的杂志周围只安插一批犹太人,为的教他的反犹太家属骇怪,同时向自己证明他的思想自由。他对同人说话的口吻很客气很平等,骨子里是不动声色地瞧不起他们。他明知他们利用了他的姓氏和金钱非常得意,却也由他们去,因为这样他才能自得其乐地轻视他们。

而他们也瞧不起他听任他们利用,因为知道他有利可图。其实他们是互相利用。华特霍斯拿出姓氏和金钱;他们拿出文才和做买卖的头脑,同时也带来一批主顾。他们比他聪明得多,并不是更有个性,那也许比他还少呢。但在这个小城里,像在无论哪里无论什么时候一样,——因为种族的关系而孤立了几百年,刻薄的眼光给磨炼得格外尖锐,——他们的思想往往最前进,对于陈旧的制度与落伍的思想的可笑感觉得最清楚。可是他们的性格不像他们的头脑来得洒脱,所以尽管挖苦那些制度跟思想,还是想从中渔利而并不愿意改革。他们虽自命为在思想上独往独来,实际和那位贵族出身的华特霍斯同样是内地的冒充时髦的朋友,同样是游手好闲的纨绔子弟,把文学当做消闲打趣的玩意儿。他们喜欢装出一副刽子手的神气,可是并不凶,拿来开刀的无非是些不相干的人,或是他们认为对自己永远不足为害的人。他们绝对没有心思去得罪一个社会,知道自己早晚要回到社会,跟大家过一样的生活,接受他们早先排斥的偏见的;而当他们一朝冒着危险去对一个当代的偶像——已经在动摇的偶像,——大张挞伐的时候,他们也决不破釜沉舟,为的是一有危机立刻可以上船。而且不问厮杀的结果如何，一场完了，必须等好些时候才会再来一次。非利士人尽可放心，那些新大卫派的党徒①只是要人家相信他们发起狠来非常可怕；——可是他们并不愿意发狠。他们更喜欢和艺术家们称兄道弟，和女演员们一块儿吃消夜。

克利斯朵夫在这个环境中很不舒服。他们最爱谈论女人跟马，而谈得毫无风趣。他们都很呆板。华特霍斯说话慢腾腾的，声音清楚而没有音色，那种细到的礼貌显得他又无聊又讨人厌。编辑部秘书亚陶尔夫·梅是个臃肿笨重的家伙，缩着脑袋，神气很凶横，老是认为自己没有错的：他事事武断，从来不听人家的回答，好似非但瞧不起对方的意见，压根儿就瞧不起对方。艺术批评家高特林，有种神经性的抽搐，一刻不停地眨巴着眼睛，戴着副大眼镜，——大概为了模仿他来往的那些画家，特意留着长头发，默默地抽着烟，嘟嘟囔囔地说个一言半语，永远没有完整的句子，用大拇指在空中莫名其妙地乱划一阵。哀朗弗尔是个秃顶的矮个子，堆着笑容，留着淡黄色的胡子，一张细腻而没有精神的脸，弯弯的鼻子，在杂志上写些关于时装和社交界的消息。他声音软绵绵地说些挺露骨的话；人很聪明，可是阴险，往往还很卑鄙。——这般富家子弟全是无政府主义者；那是再恰当也没有了：一个人丰衣足食的时候来反对社会是最奢侈的享受，因为可以把得之于社会的好处一笔勾销，正像路劫的强盗把一个行人搜刮光了，对他

① 德国大音乐家舒曼早年曾集合爱美爱真的同志，创立一秘密音乐团体，号称“大卫党”；因古代以色列王大卫曾征服非利士人，而非利士人又为十九世纪德国大学生对一般商人市侩的轻蔑的称呼，舒曼更以非利士人称呼音乐界中的俗物与顽固分子。

说："你还待在这儿干吗？去你的罢！我用不着你了！"

克利斯朵夫在这一群人里头只对曼海姆抱有好感。当然他是五个人中最有生气的一个，他对自己说的话和旁人说的都觉得好玩；他结结巴巴的，嘟嘟囔囔的，嘻嘻哈哈的，老说着混话，既不能有条有理地讨论什么，也不大知道自己在想什么；可是他很和气，没有野心，对谁都不记恨。其实他并不十分老实，常常扮着一种角色，但不是有意的，而且是与人无害的。他会醉心于一切荒诞不经的——往往是救世济人的——理想，但凭他那种精明的头脑与玩世不恭的态度，他决不完全相信；便是兴奋的时候他也能保持冷静，永远不至于为了实行理论而找麻烦。但他需要有点儿东西让他疯魔，那对他是一种游戏，时时刻刻要变换的。目前他疯魔的是慈悲。不用说，他觉得仅仅做人做得慈悲是不够的，非要显得慈悲不可；他宣传慈悲，同时又指手画脚地加以表现。因为故意要闹别扭，反对家里的人那种刻板而辛苦的生活，反对礼教，反对军国主义，反对德国人的市侩气，所以他是托尔斯泰的信徒，相信涅槃，相信福音，相信佛教，——他自己也弄不大清究竟信些什么，——总之是宣扬一种软绵绵的、没有骨头的、婆婆妈妈的、宽大为怀的道德；它很乐意原谅一切罪恶，尤其是肉的罪恶，并不讳言对这一类罪恶的偏心，可不大能容忍所有的德性，——这种道德所标榜的简直是：共同寻欢，如有盟约，彼此娱乐，仿佛结社，而最后还要放上一个圣洁的光轮才觉得高兴。这中间颇有点小小的虚伪，那味道在感觉细致的人是不大好闻的，甚至还是恶心的，如果拿它当真的话。可是曼海姆并不拿这一套当真，只是玩玩而已。这种下流无耻的基督教是随时准备让位的，无论什么偶像都可以来取而代之：暴力也好，帝国主义也好，什么古怪的野兽也好。曼海姆是在做戏，真心地做戏；在他没有跟别人一样恢复老老实实的犹太人面目和犹太精神之前，他把自己所没有的各种情操轮流地试过来。他是一个可爱而又极可厌的人。

在某一时期内，克利斯朵夫成为他疯魔的对象之一。曼海姆什么都相信他，到处把他的名字挂在嘴上，在家人前面把他恭维备至。据他说来，克利斯朵夫是个天才，是个了不起的人，写着古怪的音乐，关于音乐的议论尤其精妙，才思焕发，——并且是一表人才：一张秀美的嘴，一副漂亮的牙齿。他还补上一句，说克利斯朵夫很佩服他。——终于有一晚他把克利斯朵夫带到家里来吃饭了。而克利斯朵夫也就见到了这位新朋友的父亲，银行家洛太·曼海姆，和弗朗兹的妹妹于第斯。

这是他第一遭踏进一个犹太人的家庭。这民族虽然在小城里人口不少，并且以它的财富、团结、智慧，在当地占着重要地位，可是跟别的社会很少往来。民间一向对它抱着牢不可破的成见，暗中有点敌意，有种近于侮辱的怜悯。克利斯朵夫家里的人就存着这种心。当年祖父是不喜欢犹太人的；——不料命运跟他开玩笑，他两个最好的学生——(一个成了作曲家，一个成了有名的演奏家)——偏偏是以色列人；这一下老人家可为难了：因为有时他真想拥抱这两位优秀的音乐家，但又记起他们曾经把耶稣钉上十字架；他不知道怎么解决这个矛盾。临了他还是把他们拥抱了，相信上帝看在他们爱好音乐面上会原谅他们的。——克利斯朵夫的父亲曼希沃自命为自由思想者，决不会挣了犹太人的钱而心里起什么疙瘩，还认为是极应该的;但他时常取笑他们,瞧不起他们。——至于他的母亲,可不敢断定她偶然替犹太人当厨娘是不是一桩罪过。他们对她很傲慢:但她并不记恨,她对谁也不记恨,反而对这般被上帝罚入地狱的可怜虫非常同情。在她去帮忙的人家,看见主人的女儿走过,或听见孩子们快乐的笑声,她就不由得要这样想:

“多美丽的姑娘!……多好看的孩子!……真可惜!……”

听到克利斯朵夫说晚上要去曼海姆家吃饭,她一句话也不敢说,心里可不大好过。她以为人家说犹太人的坏话固然不该相信,——(所有的人都被人说坏话的)——老实人是到处有的,但犹太人管犹太人,基督徒管基督徒,各管各的,究竟是更好更得体。

克利斯朵夫完全没有这些成见,因为永远要跟周围的人闹别扭,所以反而受这个异族的吸引。可是他对它并没有什么认识。他有过来往的几个犹太人只是最粗俗的一批,无非是些小商人和猬集在莱茵河与大教堂中间的几条街上的平民。他们以人类共有的群居本能,正在把那个区域变做犹太人居留地。克利斯朵夫偶然上那儿去闲逛,用着好奇而善意的目光,随便瞧瞧那些腮帮陷下去的女人,嘴唇和颧骨都很突出,堆着神秘的笑容,稍微有点下流神气,恬静的面部表情的和谐,不幸被粗俗的谈吐与粗野的笑声给破坏了。但便是在下层阶级中,在这些脑袋特别大,眼睛没有神,神气浑浑噩噩,又矮又臃肿的人身上,在这最高贵的民族的没落的后裔身上,甚至在那些臭秽的渣滓中间,也有几点微弱的光在那儿闪闪烁烁,好似在沼泽上空飘荡的磷火:那是一些奇妙的眼神,灵光四射的智慧,从污泥之中发射出来的微妙的电流,使克利斯朵夫看了有些着迷,有些惶惑。他想其中必有些高尚的灵魂在挣扎,必有些伟大的心灵想从泥淖中超拔出来;他很想能碰到他们,帮助他们;虽然没认识他们,而且心里还有些害怕,他已经喜欢他们了。但他从来没有跟一个犹太人有过什么亲密的关系,更没机会接近犹太社会里的优秀分子。

因此,上曼海姆家吃饭对他颇有一种新鲜的,甚至像禁果一般的诱惑力。而把禁果递给他的夏娃使禁果显得更有味道。一进门,克利斯朵夫眼里只看见于第斯·曼海姆一个。她跟他至此为止所认识的女人完全不同。高大,轻灵,虽然长得结实,个子还是细瘦的;脸庞四周的黑头发并不多,可是很浓,部位很低,遮着太阳穴和瘦骨嶙峋的黄澄澄的脑门;眼睛有点近视,眼皮很厚,眼珠稍微突出了一点,高鼻子底下的鼻孔很大;腮帮清瘦,下巴厚重,皮色相当红润;美丽的侧影轮廓很分明,很有性格;正面的表情比较含糊,复杂;两只眼睛和两边的面颊都是不相等的。在她身上,你可以感觉到一个很强的种族,感觉到杂凑在这个种族的模子里的许多成分,乱七八糟的,有极美的,也有极恶俗的。她的美,特别在于那张不大说话的嘴巴,在于那双因近视而显得更深沉,因四周的黑影而显得更阴气的眼睛。

对于这双不只是个人的而是整个种族的眼睛,必须一个比克利斯朵夫更有经验的人,才能透过它们湿漉漉而火辣辣的眼帘,看出这个女人的真正的心。而这在一对又热烈又沉闷的眼睛里头,他所发现的便是整个以色列族的灵魂,为她本人并没意识到的。克利斯朵夫一见之下,可搅糊涂了。直要再过很多时候,常常在这种眼睛里迷失以后,他才能在这个东方的大海上看出一点头绪来。

她望着他，清明的眼神毫无骚乱的现象；似乎这基督徒的灵魂被她全部看透了。他也感觉到。他觉得在她迷人的目光下面有股刚强、明白、冷静的意志，毫不客气地在那里搜索他的内心；虽是毫不客气，可并无恶意。她只是拿他一把抓住了。有种卖弄风情的女人对谁都要施展一下迷人的魅力；于第斯可并不是这种作风。卖弄风情，她比谁都厉害；但她知道自己的力量，只让本能去施展她的力量，——尤其对一个像克利斯朵夫那样容易征服的俘虏，更犯不上多费气力。她更感兴趣的是要认识她的敌人（——凡是男人，陌生人，对她都是敌人，——以后遇到相当的机会也可能跟他们携手）。人生是一场赌博，唯有聪明人才能赢；所以第一要看清敌人的牌而不能泄露自己的牌。能够做到这一步，她就感到胜利的快意。她并不在乎胜利能否给她什么好处。她这么做是为了好玩。她热心的对象是聪明，但并非那种抽象的聪明，虽然她头脑相当扎实，研究无论什么学问都可以成功，要是她愿意的话，而且比她的哥哥更配继承银行家洛大·曼海姆的事业；然而她更喜欢活泼泼的，对付人的那种聪明。她最喜欢参透一个人的灵魂，估量它的价值，——（在这一点上，她和麦西的犹太女人称金洋一样仔细）；——她靠着奇妙的感觉，能够在一霎眼之间看破别人的弱点与污点，从而找到了心灵的密钥，把它抓住：这便是她控制人的手段。但她并不恋恋于她的胜利，也绝对不利用她的俘虏。好奇心与骄傲一朝满足之后，她就把俘虏丢过一边，注意别的对象去了。她这种力完全是虚耗掉的。在一颗这么活泼的灵魂中有一股死气。好奇与无聊这两个特点，在于第斯是兼而有之的。

因此，克利斯朵夫瞧着她，她也瞧着克利斯朵夫。她不大说话，但只要嘴角上露出一点不可捉摸的笑影，就可把克利斯朵夫催眠。笑影掠过以后，又是一副冰冷的面孔，淡漠的眼睛；她招呼晚饭，冷冷地和仆人说话，似乎不再听客人的话了。然后，她眼睛又亮起来，插几句话，清楚明白，表示她什么都听到，什么都懂得。

她把她哥哥对克利斯朵夫的评语冷静地检查了一下：她素来知道弗朗兹夸大的脾气；一看到克利斯朵夫，她那个喜欢挖苦的性格正好有了用武之地；她哥哥不是在她面前夸说克利斯朵夫长得如何漂亮如何体面吗？——似乎弗朗兹有种天赋，专门会看到事实的反面，或是故意以此为乐。但把克利斯朵夫仔细研究之下，她也承认弗朗兹说的并非完全虚妄；而她一步一步推究进去的时候，发现克利斯朵夫的确有一种力，虽然还没固定，还没平衡，但是很厚实很大胆。她看了很高兴，因为她比谁都明白力量多么难得。她有本领教克利斯朵夫说话，教他自动透露思想，显出他智力的限度与缺点。她要他弹琴。她不喜欢音乐，可懂得音乐，并且能辨别出克利斯朵夫的音乐的特色，虽然毫不感动。始终保持着冷淡而有礼的态度，她只用几句简短、中肯，而没有一点夸奖意味的话，表示她对克利斯朵夫的关切。

克利斯朵夫感觉到这一点，非常得意；因为他觉得这样的判断是有价值的，她的赞许是难得的。他毫不掩藏他有征服她的意思，而因此所表示的天真教三位主人都为之微笑：他只对于第斯说话，也只为了于第斯说话；对其余两个，他简直不理，仿佛根本没有那两个人。

弗朗兹瞧着他，嘴唇和眼睛都跟着克利斯朵夫说话而扯动，神气有点佩服又有点俏皮。他跟父亲和妹子丢着眼风，不由得笑了出来。妹子却不动声色，只装没看见。

洛太·曼海姆是个高大结实的老人：背有点儿驼，皮色鲜红，灰色的头发梳得根根向上，像刷子一样，须和眉毛都很黑；一张笨重的脸很有气魄，神气是喜欢挖苦人的。他用着老奸巨猾的和善的态度，也在研究克利斯朵夫；而他也立刻辨别出这个青年的确"有点儿东西"。但他既不关心音乐，也不关心音乐家：那不是他的一行，他一点不懂，而且非但不隐瞒，还为此自鸣得意：——像他这种人肯承认有什么事不懂，是为的表示骄傲。——克利斯朵夫很不客气而并无恶意地，明白表示用不着银行家先生奉陪，只要有于第斯小姐和他谈天就不会寂寞了；老人家听了觉得怪有意思，便去坐在火炉旁边读报，心不在焉地，含讥带讽地，听着克利斯朵夫的废话和他古怪的音乐，想到竟会有人懂得这一套而觉得有趣，不由得暗中好笑；后来他也不愿意再留神他们的谈话，把估量生客这件差事交给女儿去了。而她也的确不辱使命。

克利斯朵夫走了以后，洛太问于第斯：

"嗯，你居然套出了他的真话；你觉得这个艺术家怎么样？"

她笑了笑，想了一会儿，作了个总结："他有点儿糊涂，可并不傻。"

"对，"洛太接着说，"我也觉得这样。那么他是会成功的了？"

"我相信他会成功。他是个强者。"

"好，"只有对强者才感兴趣的洛太用着一种强者的逻辑回答，"那就该帮助他了。"

克利斯朵夫回去也很佩服于第斯·曼海姆,但并不动心。对这一点于第斯是看错了。一个是由于感觉灵敏,一个是由于本能(那在他是代替机智的),两人彼此都误会了。她脸上那个谜和头脑的活跃,的确把克利斯朵夫迷住了;但他并不爱她。他的眼睛和精神是受了诱惑,心可是并不。——为什么呢?——倒不容易说。因为在她身上看到了什么暧昧不明的或令人不安的性格吗?但在别的情形之下,这反而多了一个刺激爱情的因素:一个人不怕自讨苦吃的时候,才是爱情最强的时候。克利斯朵夫的不爱于第斯,跟他们本人都不相干的。真正的理由,使他们俩都觉得有点屈辱的理由,是他和最近一次的恋爱还隔得太近。他并不是吃一次亏,学一次乖。但他在热爱阿达的时候消耗了多少的信心,多少的精力,多少的幻象,现在剩下来的已不够培植一般新的热情。要希望冒起另外一朵火焰,必须在心中另外烧起一堆火来:在旧火已熄、新火未燃的期间,只能有些转眼即灭的火星,有些上次大火中留下来的残灰余烬,发出一道明亮而短促的光,因为缺乏燃料而马上熄灭的。再过六个月,他或许会盲目地爱上于第斯。现在他只把她当朋友看待,——当然是一个乱人心意的朋友;——但他努力驱除这种骚乱:因为这会引起他对于阿达的不愉快的回忆。于第斯对他的吸引力,是在于她跟别的女人不同的地方,而非在于跟别的女人相同的地方。她是他见到的第一个聪明女子。聪明,是的,她浑身上下都是聪明。便是她的美,——她的举止,动作,面貌,嘴唇的曲线,眼睛,手,清瘦典雅的身段,——也反映出她的聪明;她的身体就是靠聪明塑成的;没有了聪明,她就会显得丑了。这聪明使克利斯朵夫非常喜欢。他以为她胸襟如何宽大,如何洒脱,其实她并没到这个程度;他还不知道她令人失望的地方呢。他渴想向于第斯推心置腹,把自己的思想让她分担一些。他从来没有能找到一个关切他的思想的人:得一知己是多么快乐啊!他小时候常常抱怨没有姊妹,认为一个姊妹应当比一个兄弟更能了解他。见到了于第斯,友谊那个虚幻的希望又复活了。他根本没想到爱情。因为没有爱情,所以他认为和友谊相比之下,爱情简直太平凡了。

克利斯朵夫这种微妙的心理,于第斯不久就感觉到了,大为气恼。她并不爱克利斯朵夫;而且为她颠倒的年轻人已经有过不少,都是本地有钱而有身份的子弟,即使克利斯朵夫对她倾心,也不见得会使她怎么得意。但知道他竟无功于衷,她可心中有气了。眼看自己只能在理智方面对他发生影响,未免太委屈了;女人要能使男人失掉理智才觉得更有意思!何况她并没用什么理智去影响人家,根本是克利斯朵夫一厢情愿,凭空造出来的。于第斯脾气很专横。她平素把她认识的一般青年的软弱的思想支配惯了。既然他们庸庸碌碌,她认为控制他们也没多大意思。对付克利斯朵夫可困难得多,所以也有趣得多。她压根儿不理会他的什么计划,但很高兴去支配那个簇新的头脑,那股犷野的力,使它们成器,——当然是照她的而不是照她不屑了解的克利斯朵夫的办法。但她立刻发觉要做到这一步非经过一番斗争不可;克利斯朵夫有的是各种各样的成见,有的是她认为过激而幼稚的思想:那都是些败草,她决意要拔掉的;可是一根都没拔掉。她的自尊心一点没得到满足。克利斯朵夫倔强得厉害。既然不动爱情,他用不着在思想上对她让步。

她不服气,在某一个时期内想要征服他。克利斯朵夫那时虽然头脑清楚,也差点儿重蹈覆辙。男子只要有人奉承,使他的骄傲与欲望获得满足,就极容易上当;而富于幻想的艺术家更容易受骗。于第斯不难把克利斯朵夫诱入恋爱的陷阱,把他再毁一次,也许毁得更彻底。可是她照例很快就不耐烦了,认为犯不上费那么大的劲去征服这样的一个人;克利斯朵夫已经使她腻烦;她已经不了解他了。

他一过了某种限度,她就不能了解。至此为止,她是完全懂得他的。再要往前,就不能单靠她出众的聪明了;那需要一点热诚,或者暂时可以刺激热诚的幻想,就是说:爱情。她很了解克利斯朵夫对人对事的批判,认为很有意思,相当中肯;她自己也不是没有这么想过。她所大惑不解的是,在实行这些思想可能碰到危险或麻烦的时候,为什么要把思想去影响自己的实际生活。克利斯朵夫对所有的人取着反抗态度是不会有结果的:他总不见得自命要改造社会吧?……那么是什么意思呢?……不是自己把脑袋往墙上撞吗?一个聪明人尽可批判别人,暗地里嘲笑别人,轻视别人;但他的行事是跟他们一样的,仅仅略胜一筹罢了:这才是控制人的唯一的办法。思想是一个世界,行动又是一个世界。何苦做自己思想的牺牲品呢?思想要真实:那当然!可是干吗说话也要真实呢?既然人类那么蠢,担当不了真理,干吗要强迫他们担当?忍受他们的弱点,面上迁就,心里鄙薄,觉得自己无挂无碍:你岂不得意?要说这是聪明的奴隶的得意也可以。但反正免不了做奴隶,那么即以奴隶而论,还是逞着自己的意志去做奴隶,不必再作那些可笑而无益的斗争。最要不得的是做自己思想的奴隶而为之牺牲一切。一个人不该上自己的当。——她清清楚楚看到,要是克利斯朵夫一意孤行,走着和德国艺术德国精神的偏见反抗到底的路，一定会使所有的人跟他作对，连他的保护人在内，结果是一败涂地。她不懂为什么他要跟自己过不去，要把自己毁灭而后快。

要懂得这一点，先要懂得他的目的不在于成功而在于信仰。他信仰艺术，信仰他的艺术，信仰他自己，把这些当做不但是超乎一切利害的，而且是超乎他的生命的现实。等到她的批评使他不耐烦了，用着天真的夸大的口气说出这些理由时，她先是耸耸肩膀，不拿他当真。她认为他只是唱高调，像她哥哥那样，每隔多少时候总得宣讲一番又荒唐又伟大的决心而决不冒冒失失去实行的。后来看见克利斯朵夫真是为这些空话着了迷，她便认为他是疯子，对他不感兴趣了。

从此她不再费心表现自己的长处，只拿出她的本相来了：她骨子里是个十足地道的德国人，远过于你一开头所看到的，也远过于她自己所想象的。——大家错怪以色列人，说他们不属于任何民族，在欧洲无论哪一个地方都保存着他们清一色的民族性，不受当地民族的影响。其实，世界上没有一个民族比犹太人更容易感染土著的气息；法国犹太与德国犹太之间固然有不少共同点，但从他们居留的国家得来的不同点更多；他们接受异族的思想习惯特别快，并且接受的还是习惯多于思想。而所谓第二天性的习惯，在大多数人竟是独一无二的天性，所以一个地方的土著根本没资格责备犹太人缺少深刻而经过思考的民族性，因为这特性在土著身上连影子都找不到。

女人原来对外界的影响比较感觉灵敏，对生活情况也适应得更快，更能随遇而安；而全欧洲的犹太女人尤其能把当地的物质与精神两方面的风气学得惟妙惟肖，往往还过分，——

同时仍保存着她们的轮廓，保存她们的民族特有的那种乱人心意的、浓烈的、经久不散的魅力。克利斯朵夫看了大为惊异。他在曼海姆家遇到那些姑母，堂表姊妹，和于第斯的女朋友们。其中有几个虽然极不像德国人，热烈的眼睛和鼻子离得很近，鼻子又和嘴巴离得很近，轮廓分明，暗黄色的皮肤长得很厚，虽然她们整个的外表都不像德国女人，可是比真正的德国女人更彻底的德国化：谈话，装束，都跟德国女人一般无二，甚至还要过火。于第斯比她们这一批都高明；你比较之下就能看出她的智力有哪些过人的地方，她的人品有哪些是自己修养得来的。可是别人所有的大多数缺点，她也一样具备，在思想方面她比别人自由得多，差不多完全独往独来，但她的行事并不比人家更大胆；至少她实际的利害观念在这儿代替了她独往独来的精神。她相信社会，相信阶级，相信偏见，因为通盘计算之下，她觉得这些对她还是有利的。她徒然嘲笑德国气质，她自己就是亦步亦趋地追随着德国潮流。她很感觉到某个知名的艺术家的平庸，但照旧尊敬他，因为他是知名的；而假使她和他有来往，她更要佩服他，让自己的虚荣心满足一下。她不大喜欢勃拉姆斯的作品，暗中还疑心他不过是个第二流的艺术家；但他的荣名使她肃然起敬；又因为收到过他五六封信，她更毫不迟疑地断定他是当代最大的音乐家。克利斯朵夫的价值，副官长弗雷希的愚蠢，都是她确认的事实；但弗雷希的追求她的财富，比克利斯朵夫纯粹的友谊使她更得意：因为不管他多么傻，一个军官终究是另一阶级的人物；而一个德国的犹太女子比别的女子更难踏进这一个阶级。她并不相信这些无聊的封建观念，也很明白假使她嫁给副官长弗雷希，倒是她给了他面子，然而她还是拼命想勾引他，不惜卑躬屈膝对这个傻瓜做着媚眼，逢迎吹拍，唯恐不至。这个骄傲的犹太姑娘，有资格骄傲的姑娘，银行家曼海姆的聪明而眼高的女儿，平素多么瞧不起德国的小布尔乔亚妇女的，竟想降低身份去学她们的样。

这一次的经验，时间并不久。克利斯朵夫对于第斯的幻想很快就消灭了，差不多和幻想来的时候一样快。说句公道话，这是应该由于第斯负责的，因为她一点不想法使他保留幻想。像这种性格的女子一朝把你批判定了，把你在心中丢开之后，你就不存在了，她心目中已经没有你这个人，会对着你毫无顾忌地暴露她的灵魂，不以为羞，好似不怕在猫狗前面赤身露体一样。克利斯朵夫看到了于第斯的自私，冷酷，性格的平庸。幸而时间还短，他没有完全为她着迷。但他的发现已经使他痛苦，使他烦躁。他虽不爱于第斯，可爱着于第斯可能成就的——应该成就的人物。她美丽的眼睛使他感到一种痛苦的诱惑，难以忘怀；尽管他现在知道了这双眼睛里面只有一颗萎靡不振的心灵在那儿睡着，他仍旧把它们看做先前所看到的，他愿意看到的那个样子。这是没有爱情的爱的幻觉。一般艺术家不完全耽溺在自己作品里的时候，那种幻觉在他们心中是占着很重要的地位的。无意中碰到的一张脸就会使他们有这个境界；他们能看出它所有的美，为本人不觉得的，不以为意的；而因为本人不以为意，所以艺术家更爱那个美。他们有如爱一件快要死灭而无人赏识的美妙的东西。

这也许是他自己看错了，于第斯这个人说不定早已定局，不能再有什么发展。但克利斯朵夫有过一个时候是相信她有前途的；这个幻觉始终存在，所以他不能用客观的眼光去判断她。他觉得她所有美好的地方都是她独有的，她本身整个儿都是美好的；她所有的庸俗，应当让德国与犹太这个双重的民族性去负责，尤其是德国，因为他自己为了德国性格受过更多痛苦。既然别个民族他还一个都不认识，他就把德国气质作为负罪的羔羊，拿世界上所有的罪过一齐教它担当。于第斯给他的幻灭，使他又多了一项攻击德国气质的理由，认为它摧残了这样一颗灵魂的热情是不能原谅的。

这便是他和以色列族初次相遇的情形。他本希望在这个刚强而孤立的民族中间找到一个奋斗的盟友，而今一切都成泡影。热情冲动的直觉原是极不稳定的，常常使他从这一个极端跳到另一个极端；因此他立刻断定，犹太民族并没像一般所说的那么坚强，而接受外来影响也太容易了。它除了本身的弱点之外，还要加上它到处搜罗得来的弱点。他在这儿非但找不到一些倚傍来支持他的艺术，反而有跟这个民族一同陷在沙漠里的危险。

一边发觉了危险，一边又没冲过危险的把握，他便突然不上曼海姆家去了。人家请了他好几回，他都谢绝了，也不说明理由。至此为止，他一向是殷勤得有点过分的，这一下突然之间的改变当然引起了注意：大家认为这是他的“怪僻”，但曼海姆一家三个人，都相信跟于第斯不无关系；洛太和弗朗兹在饭桌上常常把这个问题作为取笑的资料。于第斯耸耸肩，说征服一个男人弄到这个局面也太妙了，接着又冷冷地要求她的哥哥别老跟她开这种玩笑。可是她也不放过逗引克利斯朵夫回来的机会。她写信给他，借口问他一个只有他能解答的音乐问题，末了很亲切地提到他近来很少去而大家渴想见见他的话。克利斯朵夫复了信，回答了她的问题，推说事情忙，始终不去。有时，他们在戏院里碰到。克利斯朵夫眼睛老向着别处，避免看到曼海姆家的包厢；于第斯存心想给他一个最动人的微笑，他却装做连于第斯这个人都没看见。她也不坚持。对他既无所谓，她觉得这个起码艺术家让她白费心血也不应该。他要愿意回来，他自个儿会回来的！要不然也就算了！……

结果真的算了；没有他，曼希姆家里晚上也并不怎么寂寞。可是于第斯不由自主地恨着克利斯朵夫。他在的时候她不把他放在心上，她倒认为很平常，他要因之而不高兴也可以；但要不高兴到绝交的程度，那她觉得简直是狂妄，骄傲，只有自私而没有热情。——同样的缺点只要不在自己身上而在别人身上，于第斯就觉得不能容忍。

然而她对克利斯朵夫的作品和行事倒反更注意。她不动声色地逗他的哥哥提到这些问题，把他白天和克利斯朵夫的谈话讲出来，然后她含讥带讽地评论几句，凡是可笑的地方一桩都不放过，使弗朗兹对克利斯朵夫的热情不知不觉地降低下去。

在杂志方面，先是一切都很好。克利斯朵夫还没看出那些同事的庸俗；他们也因为他是自己人而承认他有天才。最初发现他的曼海姆还没读到他一个字，就已经在到处宣扬，说克利斯朵夫是个出色的批评家，他当做曲家是走错了路，最近才由曼海姆把他点醒的。他们在杂志上用着神秘的措辞替他的文章做预告，大大地引起了读者的好奇心。他第一篇评论披露的时候，在这个人心麻木的小城里好似一块大石头掉在鸭塘里。题目叫做：音乐太多了！

“音乐太多了,吃的东西太多了,喝的东西太多了!大家不饥而食,不渴而饮,不需要听而听,只是为了狼吞虎咽的习惯。这简直和斯特拉斯堡的鹅一样。这民族竟是害了贪食症。你给他随便什么都可以。瓦格纳的《特里斯坦》也好,《赛金根的吹号手》也好,贝多芬也好,玛斯加尼也好,赋格曲也好,两拍子的军队进行曲也好,阿唐,巴赫,普契尼,莫扎特,马斯涅,都好。他连吃什么东西都不知道,只要有的吃。甚至吃了也不觉得快乐。瞧瞧他在音乐会里的神气罢。有人还说什么德国式的狂欢!其实什么叫做欢乐他们就不知道:他们永远是狂欢的!他们的狂欢和他们的悲哀一样是像雨水般随便流的:贱如泥土的欢乐,没有精神也没有力。他们愣头傻脑地笑着,几小时的吸收声音,声音,声音。他们一无所思。一无所感,只像一些海绵。真正的欢乐与真正的痛苦,——力,——决不会像桶里的啤酒般流上几小时的。它掐住你的咽喉,使你惊心动魄地慑服,以后你不会再想要别的:你已经醉了!

“音乐太多了!你们糟蹋自己,糟蹋音乐。你们糟蹋自己是你们的事;可是音乐,别胡来了罢!我不许你们糟蹋世界上的美,把圣洁的和声跟恶浊的东西放在一只篮里,把《帕西法尔》的《序曲》插在《联队女儿》的幻想曲和萨克管的四重奏中间,或是把贝多芬的柔板跟美洲土人舞乐或雷翁加伐罗的无聊作品放在一起。你们自命为世界上最大的音乐民族,你们自命为爱音乐。可是爱哪一种音乐呢?好的还是坏的?你们不论好坏都同样地拍手喝彩。你们先挑一下行不行?究竟要哪一种?你们不知道,不愿意知道:你们怕决定,怕闹笑话……你们这种谨慎小心,替我见鬼去罢!——你们说,你们在一切偏见之上,是不是?——其实你们是被压在一切偏见之下……"

于是他引了高特弗里德·凯勒的两句诗,——那是一个苏黎世的布尔乔亚,他的光明磊落,勇于战斗的态度,本地风光的生辣的气息,是克利斯朵夫非常爱好的:

> 得意扬扬自命为超乎偏见之上的人,
> 其实是完全在偏见之下。

他又继续写道:"你们应当有勇气保持你们的真!应当有勇气不怕显得丑!假如你们喜欢恶劣的音乐,就痛痛快快地说出来。把你们的本相拿出来。把你们灵魂上的不清不楚的胭脂花粉统统抹掉罢,用水洗洗干净罢。多少时候你们没有在镜中照照你们这副丑相了呢?让我来照给你们看罢。作曲家,演奏家,乐队指挥,歌唱家,还有你们,亲爱的听众,你们可以彻底明白你们是什么东西了……你们爱做什么人物都可以,但至少要真!要真,哪怕艺术和艺术家因之而受到损害也没关系!假使艺术不能和真理并存,那么就让艺术去毁灭吧!真理是生,谎言是死。"

这番激烈的血气方刚的话,再加那种不雅驯的态度,自然使大家叫起来了。可是对于这篇每个人都包括在内而没有一个人清清楚楚受到攻击的文字,谁也不愿意认为针对自己。每个人都是,都自以为,自称为真理的朋友,所以那篇文章的结论绝不致受人非难。人家不过讨厌它的语气,一致认为失态,尤其是出之于一个半官方艺术家之口。一部分的音乐家开始骚动了,愤懑地抗议了:他们料到克利斯朵夫决不会这样就算了的。另外一批人自以为更聪明,去恭维克利斯朵夫有勇气,可是对他以后的文字也同样在那里惴惴不安。

抗议也好，恭维也好，结果总是一样。克利斯朵夫已经冲了出去，什么都拦不住他了；而且依着他早先说的话，作家和演奏家都免不了受到攻击。

第一批开刀的是乐队指挥①。克利斯朵夫绝不限于对指挥乐队的艺术作一般性的讨论。他把本城或邻近诸城的同事一一指出姓名，或者用着极明白的隐喻，令人一望而知说的是谁。譬如，每个人都能认出那个毫无精神的宫廷乐队指挥，阿洛伊·洪·范尔奈，小心谨慎的老人，一身载满了荣誉，什么都害怕，什么都要敷衍，不敢对乐师们有何指摘，只知道俯首帖耳地跟着他们的动作。除了有过二十年的声誉，或至少经过学士院的什么大老盖过官章的作品以外，他绝不敢把新作随便排入节目。克利斯朵夫用着挖苦的口吻恭维他的大胆，称赞他发现了加德、德沃夏克、柴科夫斯基；恭维他的乐队演奏准确，节拍不差毫厘，表现得细腻入微；他提议在下次音乐会中可以替他把车尔尼的《速度练习曲》②配成器乐来演奏，又劝他不要过于疲劳，过于热情，得保重身体。——再不然，克利斯朵夫对他指挥贝多芬《英雄交响曲》的作风发出愤怒的叫喊：

"轰啊！轰啊！给我轰死这些家伙罢！……难道你们全不知道什么叫做战斗，什么叫做对于人类的荒谬与野蛮的战斗，——还有那个一边欢笑一边把它们打倒在脚下的力吗？

① 法、意两国，凡负责及指挥某一教堂的音乐节目的，称为教堂乐长（maitre de chapelle）。在德国，十九世纪及以前，诸侯宫廷中的教堂乐长，亦称 Kapellmeister，近代用义更广，不论教堂的、民间的、剧院的乐队指挥，均统称为 Kapellmeister，比英语中的 conductor 多一点尊称的意味。

② 车尔尼为十九世纪钢琴家兼作曲家，所作尤多为学生练习指法用的曲子。《速度练习曲》为此种练习曲之一。

嘿，你们怎么会知道呢？它所攻击的就是你们！你们的英勇是在于能够听着，或忍着呵欠而演奏贝多芬的《英雄交响曲》，——（因为这个曲子使你们厌烦……那么老实说出来罢，说那个曲子使你们厌烦，厌烦得要死！）——你们的英勇还有什么表现？大概是光着脑袋，驼着背，忍着过路风而恭迎什么大人物吧。”

对于这些音乐院的长老演奏过去的名作时所用的“古典”风格，他只嫌冷嘲热讽的字不够用。

“古典！这句话把什么都包括了。自由的热情，像学校的课本一样被删改修正了！生命，这片受着长风吹打的广大的平原，——也给关在古典学院的院子中间！一颗颤动的心的犷野威武的节奏，被缩成钟锤的摆动，安安静静地，规规矩矩地，按着四拍子前进，在重拍上加强一下！……你们要把大海装入小玻璃缸，放些金鱼，才能鉴赏大海。你们要把生命扼杀之后才懂得生命。”

他对这般他称为“打包匠”式的乐队指挥固然不客气，但对“马戏班骑师”式的名指挥尤其严厉，——他们周游各地，教人家欣赏他们手舞足蹈的姿势，爬在大名家的背上显本领，把人尽皆知的作品弄得面目全非，难于辨识，在贝多芬的《第五交响曲》中表现他们的身手矫捷。克利斯朵夫把他们当做卖弄风情的老妇，走江湖的吉卜赛人，走绳索的卖技者。

演奏家也是给他嘲弄的好材料。他批判他们卖弄手法的音乐会时，声明自己是外行，说这些机械的练习是属于工艺学院的范围的：时间的长短，音符的数目，耗费的精力等，只有画成图表才能显示，才能估量它们的价值。有时，一个著名的钢琴家堆着笑脸，头发掉在眼角上，在两小时的音乐会中解决了技术上最大的困难，克利斯朵夫说他根本还不能把莫扎特的一曲简单的行板弹得像个样。——当然，他并非不知克服困难的乐趣。他自己也体味过来：这是人生一乐。但只看见作品的物质的一方面，认为艺术上的英勇壮烈就只有这一点，那他觉得又丑恶又可耻了。什么“钢琴之狮”，“钢琴之豹”，他都不能原谅。——同时他对那般在德国很出名的老学究也不大客气，因为他们苦心孤诣要保存名作的原文，便加意压制思想的奔放，并且像汉斯·冯·彪洛夫那样，表演一阕热情的奏鸣曲的时候，简直像教大家上一堂朗诵台词的课程。①

歌唱家们也有挨骂的份儿。克利斯朵夫对于他们粗俗笨重的歌唱和内地式的浮夸的腔派，心中真有千言万语要说。这不但因为他记得和那位蓝衣太太的争执，而且许多使他受罪的表演更加强了他的恨意。他竟说不清他的眼睛跟耳朵哪一样更难受。至于舞台面的恶俗、服装的难看、颜色的火爆等，克利斯朵夫因为缺少比较的材料，还不能充分地批评。他所厌恶的，尤其在于人物、举动、态度的粗俗，歌唱的不自然，演员的不能感染剧中人的精神，漠不关心地从一个角色换唱另一个角色，只要音域相仿。那些身发财发、好不得意的妇人，不管是唱伊索尔德是唱卡门，只知道卖弄自己。安福太斯居然交了费加罗！② ……但克利斯朵夫感觉得最清楚的，当

① 汉斯·冯·彪洛夫（1830—1894）为德国十九世纪最大的钢琴家和指挥家之一，此处批评其演技，系作者本人亲聆以后的评语。

② 伊索尔德为瓦格纳歌剧《特里斯坦与伊索尔德》中的女主角，卡门为法国比才所作歌剧《卡门》的女主角。两部作品的风格，女主角的性格，完全不同。安福太斯为瓦格纳歌剧《帕西法尔》中的角色，费加罗为莫扎特歌剧《费加罗的婚姻》中的角色，性质迥异，声部亦不同（一为男中音，一为男低音）。

然是歌唱的恶劣,特别是以旋律的美为主的古典作品。德国已经没人会唱十八世纪末期的那种完美的音乐,也没人肯费心去研究了。格路克和莫扎特的清朗明净的风格,与歌德的一样,好似浴着意大利的阳光的,到韦伯已经染上狂乱颤动的气息而开始变质,到梅亚贝尔又给笨重的漫画手法变得可笑,而到瓦格纳风靡一世的时候更被完全压倒了。尖声怪叫的女武神在希腊的天空飞过。斯堪的纳维亚的神话掩蔽了南国的光明。现在再没有人想到唱音乐,只想到唱诗。细节的疏忽,丑恶的地方,甚至错误的音符,都被认为无关宏旨,借口说唯有作品的全体才重要,唯有思想才重要①……

"思想!好,就谈思想罢。仿佛你们是懂得思想的!……可是不管你们懂不懂,至少得尊重思想所挑选的形式。第一得让音乐成其为音乐!"

而德国艺术家自命为对于表情与深刻的思想的关心,在克利斯朵夫看来简直是开玩笑。表情吗?思想吗?是的,他们到处都用上了,——到处,而且是一律的。一双羊毛靴子,跟一座弥盖朗琪罗的雕像,他们一样地会在其中找到思想,——不多也不少。不论演奏哪一个作家,哪一件作品,用的老是同样的精力。在多数人心目中,音乐的要素只是音量,只要不是杂声而是音乐的声音就得了。德国人对唱歌的兴趣那么浓,其实只是为了声带经过了运动以后的快感。主要是尽量地鼓起气来,尽量地放射出去,要有力,持久,按着拍子。克利斯朵夫称赞某个有名的女歌唱家,说可以送她一纸健康

① 以上一段均系批评瓦格纳歌剧对近代音乐的不良影响。瓦格纳对歌剧另有一套理论,意欲融音乐、诗歌、哲学、神话、戏剧于一炉。而其歌剧的歌唱风格亦另辟蹊径,此处即攻击此种风格的弊病。

证书。

他叱喝了艺术家还不算，更要从台上跳到台下，把那些张着嘴巴看他开刀的群众教训一顿。群众被他呵斥之下，觉得啼笑皆非。那真要令人呼冤叫屈了，因为他们一向很留神，不加入任何艺术论战，小心翼翼地跟一切棘手的问题都站得老远，而且唯恐自己犯错误，所以对一切都拍手叫好。但克利斯朵夫认为拍手就是他们的罪状！……对恶劣的作品拍手吗？——那已经该死了！可是克利斯朵夫更进一步，说他们最不应该对伟大的作品拍手。

"轻薄的家伙！你们想教人相信你们竟这样热烈吗？……得了罢！这恰恰证明完全相反。要拍手，等热闹的结束来的时候再拍手罢，那些段落原来是像莫扎特说的为'驴子耳朵'①写的。在这儿，你们尽管尽兴吧：人家是准备你们大叫大嚷的，那也是音乐会中应有的一套。可是在贝多芬的《弥撒祭乐》以后鼓掌……你们不是该死吗！……那明明是最后之审判。荣耀归主那一章，②惊心动魄的气势像海洋上的狂风暴雨，大力士般的猛烈的意志好比一阵飓风，忽然停在云端里，双手攀着深渊，然后又奋力向太空飞去……狂风怒号。在最惊险的关头，突然来了一段转调，一种抖动的声音透过乌云从天上直落到颜色惨白的海上，像一片光。这是到了结束的阶段。死神那种疯狂的飞翔冷不防停了下来，它的翅

① 神话载，弗里基弥达斯因不喜阿波罗所奏的竖琴，被阿波罗将其耳朵变为驴耳。今以此语喻不懂音乐的人。

② 贝多芬的《弥撒祭乐》共分五大颂曲：(一)吾主怜我，(二)荣耀归主，(三)我信我主，(四)圣哉圣哉，(五)神之羔羊。而第二部《荣耀归主》本身又分成三章，以下所描写的是第一章的境界。

膀被三道闪电①钉住了。周围的一切还在发抖，迷糊的眼睛还在发花。心忐忑地跳着，气息仅属，四肢瘫痪……而最后一个音符还在振动的时候，你们已经在高兴了，乐了，你们叫着，笑着，议论纷纷，拍手了！……难道你们一无所见、一无所闻、一无所感、一无所悟吗？一个艺术家的痛苦为你们原来只是一出戏，认为贝多芬临终的血泪给描写得非常精细！你们对耶稣上十字架竟喊着'再来一次！'这个超凡入圣的人在痛苦中挣扎了一辈子，结果只给你们这批愚夫愚妇消磨一个钟点！……"

这样，他无意之间诠释了歌德的两句名言；不过他没有达到歌德那种清明高远的境界罢了：

"大众把崇高伟大当做游戏。要是他们看到了崇高伟大的面目，那就连望一望的勇气也没有了。"

克利斯朵夫还不肯就此罢休。热情冲动之下，他跳过了群众，像一颗炮弹似的去轰那个圣坛，那个禁地，那个庸才俗物的避难所——批评界了。他把同业骂得体无完肤。其中有一个胆敢攻击当时最有天才的作曲家，最前进的乐派的代表，哈斯莱。他写过许多标题交响曲，虽然不免偏激，究竟是才气纵横的作品。克利斯朵夫小时候见过他，为了纪念当时的情绪，始终对他很感激。现在看到一个不学无术的愚蠢的批评家竟然敢教训这样的天才，不禁气愤到极点，大叫起来：

"反了！反了！难道你除了王法以外，不知道还有别的法纪吗？天才决不给你拖上庸俗的老路的。他创造法纪，他

① 所谓三道闪电系指第一章将结束时由大号用特别加强的声量(*fff*)奏出的三个和弦。

的意志会成为大家的规律。”

在这一段傲慢的开场白以后，克利斯朵夫抓住了倒霉的批评家，把他近来所写的荒谬的文字痛加批驳，淋漓尽致地训了一顿。

整个批评界都觉得受了侮辱。他们一向对论战置身事外，不想冒冒失失地去碰钉子；他们对克利斯朵夫认识很清楚，知道他内行，也知道他没有耐性。至多他们之中有几个很含蓄的表示，一个这样优秀的作曲家越出了本行去乱撞未免可惜。他们不论意见怎么样（在他们能有个意见的时候），总还尊重他跟他们一样享有批评家的特权，可以批评一切而自己不受批评。但看到克利斯朵夫突然把同行之间的默契破坏以后，他们立刻把他看做国民公敌了。他们一致认为，一个青年胆敢冒犯那些为国增光的宗师真是岂有此理，就开始对他作剧烈的攻击。他们并不写什么长文章来一套有系统的辩论；——（虽然新闻记者有种特殊的本领，用不着顾到对方的论证，甚至无须一读，照旧能进行他的论战，此刻也不愿意跟一个实力充足的敌人在这种阵地上对垒。）——凭着多年的经验，他们知道报纸的读者总是相信他的报纸的，报纸而一有辩论的口吻就会减低自己的声望；还不如直截了当地肯定一切，或更好是否定一切。否定比肯定加倍有力。这是可以从重心律直接推演出来的：把一颗石子从上面丢下来，不是比往上抛更容易吗？因此他们宁可用一些阴险的、挖苦的、侮辱的短文，逐日刊登在显著的地位，把傲慢的克利斯朵夫形容得非常可笑，从来不指出他的姓名，但一切都描写得十分明显。他们把他的言论改头换面，弄得荒谬绝伦；又讲他的轶闻秘史，往往事出有因而一大半是凭空捏造的，而且编得非常巧妙,刚好能挑拨克利斯朵夫跟城里人的,尤其是宫廷方面的感情。他们也攻击他的外表、面貌、服装,勾勒出一幅漫画。因为听到再三再四地说,大家终于觉得克利斯朵夫真是这副模样了。

克利斯朵夫的朋友们对这些都可以满不在乎,倘使他们的杂志在论战中没有挨打。其实外边的攻击不过是种警告;人家并不想把它牵入漩涡,而是有心把它和克利斯朵夫撇清,但这份杂志怎么不怕它的声誉受到影响未免令人奇怪;他们暗示,倘若它再不检点,就顾不得遗憾与否,对编辑部其余的人也要下手了。亚陶尔夫·梅和曼海姆开始受到的攻击虽然并不猛烈,已经使窠里的人张皇起来。曼海姆只是笑笑:以为那可以教他的父亲、伯叔、堂兄弟,以及无数的家族着恼,他们自命对他的行为举止有监护之责,一定要因之大为愤慨的。但亚陶尔夫·梅把事情看得非常严重,责备克利斯朵夫连累了杂志。克利斯朵夫老实不客气把他顶回去了。其余几个因为没有挨骂,倒认为这个老是向他们说大话的梅代他们吃些苦也挺有意思。华特霍斯暗中很高兴;他说不砍破几个脑袋就不成其为厮杀。自然,他意思之中绝不是说砍破自己的脑袋;他自以为靠着他的门第与社会上的关系,处于绝对安全的地位,至于他的犹太同志们吃些亏也没有什么害处。至此为止还没轮到的高特林和哀朗弗尔可不怕攻击,他们俩会回敬的。他们觉得不愉快的倒是克利斯朵夫那种死心眼儿,使他们跟所有的朋友,尤其是跟所有的女朋友弄得很僵。看到最初几篇文字,他们乐死了,以为这玩笑开得很妙:他们佩服克利斯朵夫捣乱的劲,同时以为只要一句话就能使他斗争的热情降低一点，至少对他们所指定的某些男女朋友留些情分。——可是不行。克利斯朵夫什么话都不听，什么请托都不理会，只像疯子一样地蛮干。要是让他搅下去，简直没法在地方上过活了。他们的腻友已经哭哭啼啼，怒气冲冲地到社里来闹过几场。他们用尽手段劝克利斯朵夫在某些地方笔下留情：克利斯朵夫完全不理。他们生气了，克利斯朵夫也生气了；但他的态度还是照旧。华特霍斯看着这些朋友着急觉得好玩，绝对不动心，并且故意袒护克利斯朵夫使他们更气。他也许比他们更能赏识克利斯朵夫的勇敢的蛮劲，佩服他不留退路也不为将来着想，只低着头逢人便撞。至于曼海姆，对这番大锣大鼓的吵架看得高兴极了，自以为把一个疯子带到这群循规蹈矩的人里去的确是开了个大大的玩笑；眼看克利斯朵夫跟人家一拳来一脚去，他笑弯了腰。虽然他受着妹子的影响，开始相信克利斯朵夫真有点疯头疯脑，他倒反更喜欢他；他需要在他喜欢的人身上找出些可笑的地方。所以他和华特霍斯两人在别的朋友前面替克利斯朵夫撑腰。

他头脑很实际，虽然竭力自以为不实际；因此他认为替朋友着想，最好把他的利害关系和当地最前进的音乐团体的利害关系打成一片。

像大多数的德国城市一样，这里也有一个瓦格纳友谊会，代表反抗保守派的新思想。如今各处对瓦格纳的声望已经公认了，作品也排入了德国所有歌剧院的节目，替瓦格纳辩护当然不会再有什么危险。可是瓦格纳的胜利是硬争取得来的，而非由于人家的心悦诚服；骨子里大众仍旧很固执地抱着保守心理，尤其像这儿一样的小城市，跟时代的潮流完全隔绝，只知道仗着古老的名气自命不凡。德国人天生的对新思想新潮流有种疑虑，凡是真实的强烈的东西，没有经过几代的人咀嚼的，他们都懒得去体会：这种情形在这里比别的地方更厉害。固然瓦格纳的作品已没有人敢非难，但一切受瓦格纳思想感应的新作品，大家都不大乐意接受：这就充分证明了上面所说的民族性。所以倘若一切的瓦格纳友谊会能够热心保护艺术界新兴的杰出的力量，那么它们很可以做些有益的事。有时它们的确尽过这种责任，布鲁克纳与胡戈·沃尔夫就受到某些瓦格纳会的支持。① 但大宗师的自私自利往往使门徒也跟着自私自利；拜罗伊特既然成了崇拜独一无二的上帝之所，②拜罗伊特所有的小支部也成为信徒们永远礼拜同一个上帝的小教堂。充其量，他们只在正殿旁边的小祭坛上供奉几个忠实信徒的神位，而还得这些信徒对那位独一无二的，多才多艺的神明，音乐、诗歌、戏剧、玄学各方面的祖师，表示五体投地的崇拜，对他神圣的主义能够一字一句地遵守勿渝才行。③

本地的瓦格纳友谊会就是这种情形。——可是它还装点门面，想结纳一批可为己用的有才气的青年，已经在暗中对克利斯朵夫留意了很久。它不着痕迹地向他表示好感，他根本不觉得；因为他不需要跟人家联络，他不懂为什么他的同胞一定要组织团体挨在一块儿，仿佛单枪匹马就什么事都做不了：唱歌，散步，喝酒，都是不行的。他讨厌所有的社团。但比较起来，他对瓦格纳友谊会还容易接受，它至少办些美妙的音乐

① 布鲁克纳（1824—1896）与胡戈·沃尔夫（1860—1903）生前受勃拉姆斯党徒排挤。

② 德国巴伐利亚邦拜罗伊特城的瓦格纳剧院，为瓦格纳亲自设计监造，绝对不演他人作品。

③ 此处所称大宗师、独一无二的上帝、神明、祖师，均指瓦格纳。

会;而瓦格纳派的艺术主张,他虽然不全部赞同,究竟比别的音乐团体跟他接近得多。单看它对付勃拉姆斯和勃拉姆斯党跟他一样激烈,似乎他和这个党派之间的确还能找到一些共同的立场。因此他就听人拉拢了。居间的是曼海姆,他是没有一个人不认识的。虽非音乐家,他也是瓦格纳会的会员。——会中的领袖们早就留意克利斯朵夫在杂志上掀起的论战。他打发敌人的某些作风被认为很有力量,大可加以利用。固然克利斯朵夫对他们神圣的偶像也很不恭敬地刺过几下,但他们宁可装做看不见;——而且这几下最初的,并不如何猛烈的攻击,对于他们急于要趁克利斯朵夫未作更进一步的攻击之前就去加以笼络,也许不为无因,虽然他们并不承认。他们很殷勤地征求他同意,可不可以拿出他几支歌参加瓦格纳会主办的音乐会。克利斯朵夫听了很得意,便答应了。他上他们会里去,又禁不住曼海姆的怂恿,马上入了会。

当时领导这个瓦格纳友谊会的人有两个:一个是公认为权威的作家,一个是权威的乐队指挥。两人都是对瓦格纳信仰极坚的。前者名叫姚西阿·葛林,写过一部《瓦格纳辞典》,可以使人随时随地了解大师的思想,可知者无所不知,可解者无所不解,真是他一生的杰作。他在饭桌上能够整章整卷地背出来,不下于法国内地的中产阶级熟读《毕赛尔诗歌》①。他也在《拜罗伊特公报》上发表讨论瓦格纳与亚利安精神的文字。当然,他认为瓦格纳是纯种亚利安典型,德国民族在亚利安种内是抵抗拉丁的塞米气息的中流砥柱,尤其能

① 《毕赛尔诗歌》为伏尔泰所作讽刺圣女贞德的长诗,纯粹是反宗教的,曾风行一时。

抵抗法国的塞米气息的坏影响。① 他宣告高卢族淫靡的风气已经给打倒了，但他仍旧天天不断地拼命攻击，仿佛那个永久的敌人始终还有威胁的力量。他对法国只承认有一个大人物，高皮诺伯爵②。葛林是个矮小的老人，很有礼貌，像处女一样动不动会脸红的。——会中另一个台柱名叫哀利克·洛贝，四十岁以前是一家化学厂的经理；然后丢掉了一切去做乐队指挥。他的能够达到目的，一半是靠他的意志，一半是靠他的有钱。他是拜罗伊特的狂热的信徒：据说他曾经穿了朝山的布鞋从慕尼黑步行到拜罗伊特。奇怪的是，这位博览群书，周游大地，做过各种不同的行业而处处显出性格坚强的人，在音乐方面竟会变成一头巴奴越的绵羊。③ 他所有的那些特出的性格，一到这儿只使他表现得比别人更蠢。因为在音乐方面太无把握，不敢相信自己的感觉，所以他指挥瓦格纳作品的时候，完全依照在拜罗伊特注册过的艺术家和指挥的演奏法。他要把演出的场面与五颜六色的服装，照式照样地摹仿，迎合

① 亚利安族被认为纯血种的白种民族，源出中亚细亚，经由印度而移植欧洲，征服土著，并与土著混合。至纯种亚利安族究由现代何种民族代表，言人人殊，或谓日耳曼族，或谓拉丁族。塞米气息系指塞米族的性格。塞米族指今之阿拉伯人、叙利亚人、犹太人。

② 高皮诺伯爵（1816—1882）为法国外交家兼文学家，著有《种族不平等论》一书，认为亚利安族为最优秀的人种；而最纯粹的亚利安种在今日为日耳曼人（但并非德国人，因德国人已与高卢族及斯拉夫族混血），即住居英、比及法国北部、斯堪的纳维亚半岛的淡色头发，脑壳长度大于宽度四分之一的人。此项学说被德国学者利用，并转指德国人为纯种亚利安人，作为大日耳曼主义之根据。尼采与瓦格纳等的主张，皆与高皮诺的学说有关。

③ 典出法国拉伯雷名著《巨人传》：巴奴越受羊贩邓特诺诟辱，乃购其一羊驱之入海，群羊见之均起而效尤，纷纷投海，卒至羊贩邓特诺于抢救时亦溺死海中。今以巴奴越绵羊喻盲从之群众。

瓦格纳小朝廷里的幼稚而低级的口味。他很像那种疯魔弥盖朗琪罗的人,临画的时候把原作的霉点都要摹写下来,因为霉点沾在神圣的作品上,所以也是神圣的了。

克利斯朵夫对这两个人物原来不会怎么钦佩的。但他们是交际场中的人物,和蔼可亲,相当博学;而洛贝只要谈到音乐以外的问题也不无趣味。再加他是个糊涂虫,而克利斯朵夫就不讨厌糊涂虫:觉得他们不像明白人那么庸俗可厌。他还不知天下最可厌的莫过于说废话的人,也不知在大家误称为"怪物"的人身上,所谓特色比其余的人更少。因为这些"怪物"其实在只是疯子,他们的思想已经退化到跟钟表的动作相仿。

葛林和洛贝为了笼络克利斯朵夫,对他非常敬重。葛林写了篇文章把他恭维了一阵;洛贝指挥他作品的时候完全听从他的吩咐。克利斯朵夫看了大为感动。不幸这些殷勤的效果给那般献殷勤的人的不聪明完全糟蹋了。他不可能因为人家佩服他而对他们发生幻象。他很苛求;别人佩服他的地方倘使跟他的真面目相反,他就不容许;凡是把他认识错了而做他朋友的,他差不多会认为仇敌。所以他极不满意葛林拿他当做瓦格纳的信徒,在他的《歌》和瓦格纳的《四部曲》中找共同点,——实际是除了一部分音阶相同以外根本渺不相关。而听到自己的作品给排在一个瓦格纳学者的无聊的仿制品旁边,——两头又放着永远少不了的瓦格纳的两件大作,他也并不愉快。

不用多少时候他就觉得在这个小党派里头透不过气来。这又是一个学院,跟那些老的学院一样窄,而且因为它在艺术上是个新生儿,所以气量更小。克利斯朵夫对于艺术形式或思想形式的绝对价值,开始怀疑了。至此为止,他以为伟大的思想到一处就有一处光明，而今他发觉思想尽管变迁，人还是一样：而且归根结底，主要还在于人：有怎么样的人，就有怎么样的思想。假如他们生来是庸俗的，奴性的，那么便是天才也会经由他们的灵魂而变得庸俗，奴性；而英雄扭断铁索时的解放的呼声，也等于替以后的几代签下了卖身契。——克利斯朵夫忍不住把这种意思说出来。他痛诋艺术上的拜物教，说什么偶像，什么古典的大师，都用不着；只有瞧不起瓦格纳，敢把他踩在脚下，仰着脸前进，永远看着前面不看后面的人，敢让应该死的死而跟人生保持密切关系的人，才配叫做瓦格纳思想的承继者。葛林的胡说乱道惹恼了克利斯朵夫。他挑出瓦格纳作品里的错误或可笑的地方。瓦格纳的信徒们免不了说这是他妒忌他们的上帝，而且是荒唐可笑的妒忌。至于克利斯朵夫，他相信那些在瓦格纳死后拼命崇拜瓦格纳的人，一定就是在他生前想把他扼杀的人：这可冤枉他们了。像葛林与洛贝一流的人，也有受着灵光照耀的时间；二十年前他们也站在前锋，然后像多数的人一样留在那儿不动了。人的力量太薄弱了，上山只爬了第一段就不济事而停住了，唯有极少数的人才有充分的气力继续趱奔。

克利斯朵夫的态度使那些新朋友很快地跟他疏远了。他们的好感是桩交易：要他们站在他一起，必须他站在他们一起；而克利斯朵夫显而易见连一点成见都不肯抛弃：他不愿意加入他们的一党。人家就对他冷淡了。他所不愿意送给大小神明的谀辞，人家也不愿意送给他了。他的作品不像从前那样受到欢迎；有人还抗议他的名字在节目单上出现得太多。大家在背后嘲笑他，批评的话也多起来了，葛林和洛贝的不加阻止，似乎表示赞成他们的意见。可是会里的人还不想跟克利斯朵夫决裂:第一因为莱茵河畔的民族喜欢骑墙派的作风,喜欢用不了了之的办法使不上不下的局面尽拖下去;第二因为大家还希望克利斯朵夫就范,即使不能被说服,至少可能因疲劳而让步。

克利斯朵夫却不给他们有这种时间。他一发觉人家对他抱着反感而不愿意明白承认,还想自欺欺人地和他维持友好的关系,他就非要对方明白他是敌人不可。有一晚他在瓦格纳友谊会中看出了大家的虚情假意,便直截了当地向洛贝表示退会。洛贝莫名其妙;曼海姆赶到克利斯朵夫家里想调停。克利斯朵夫才听了几个字就嚷起来:

"不,不,不,不!别跟我再提这些家伙。我不愿意再看见他们了……我受不了,受不了……我对他们讨厌死了,对他们连一个都不能看。"

曼海姆哈哈大笑。他这时忘了劝克利斯朵夫平平气,倒是想看热闹了:

"我知道他们要不得,"他说,"可也不是从今天起的:又出了什么新的事呢?"

"没有什么新的事。我就是受够了……好,你笑罢,笑我罢:没有问题,我是疯子。谨慎的人是照着理性行事的。我可不是这样,我是凭冲动的。我身上的电积得太多的时候,它就需要发泄,不惜牺牲;要是别人受到痛苦,就算他们倒霉!也算我倒霉!我生来不是过集团生活的。从今以后,我只管我自己了。"

"你总不成对谁都不理罢?"曼海姆说,"你不能赤手空拳演奏你的音乐。你需要男的女的歌唱家,需要一个乐队,一个指挥,需要听众,需要啦啦队……"

"不！不！不！"克利斯朵夫嚷着；听到最后一句他更跳起来："啦啦队！你不害臊吗？"

"不是出钱收买的啦啦队，——虽然老实说，除此以外，要群众明白一件作品的价值还找不出第二个方法。——可总得有人捧场，有个组织严密的小团体；这是每个作家都有的：朋友的用处就在这等地方。"

"我不要朋友！"

"那么你得给人家嘘。"

"我愿意给人家嘘！"

这一下，曼海姆可乐死了。

"给人嘘这种福气你也保持不久的。将来人家会根本不奏你的作品。"

"不奏就不奏！你以为我非成个名人不可吗？……是的，我过去一个劲儿想达到这个目的……真是无聊！发疯！愚蠢！……仿佛满足了最庸俗的骄傲，就能补偿种种的牺牲：烦闷，痛苦，羞愧，耻辱，卑鄙无耻，讨价还价，所有这些拿去收买光荣的代价！假使我还打着这种算盘，我真是见了鬼了！这一套再也不来了！我不愿意再跟群众和宣传发生关系。宣传简直是无耻的玩意儿。我要关起门来，只为了自己而生活，为了我喜欢的人而生活……"

"对啦，"曼海姆用着讥讽的口气说，"可也得有个行业。你干吗不学做鞋子呢？"

"哎！要是我像那个妙人萨克斯一样是个靴匠的话！①我的生活才多快乐呢！平时是靴匠，星期日是音乐家，而且是

① 萨克斯为十六世纪德国诗人，早年曾为鞋匠。

个自得其乐的，在小圈子里跟两三个知己玩玩的音乐家！这才像一种生活！……牺牲了我的时间跟心血，让那些混蛋批评我，我不是发疯吗？有几个老实人喜欢你了解你，不是比教成千成万的傻子来听你、瞎说一阵、吹拍一阵好多吗？……什么骄傲，什么成名的欲望，这些魔鬼休想再抓住我了：这是你可以相信我的！"

"一定相信，"曼海姆说着，心里在想："要不了一个钟点，他会说出完全相反的话的。"于是他若无其事地加上一个结论，说道："那么行啦，瓦格纳友谊会的事就归我去料理了？"

克利斯朵夫不由得举起胳膊嚷起来："我舌敝唇焦地跟你说了一个钟点，竟是白费的吗？……我告诉你，我再不踏进那个会里去的了！我恨透了这些瓦格纳会，所有的会，所有的羊圈，一定要你挨着我，我挨着你，才能会齐了声音咩咩地叫。替我去告诉那些绵羊：我是一只狼，我有牙齿，我不是生来啃草根的！"

"好，好，我跟他们说去，"曼海姆一边走一边觉得这早晨过得挺有意思，心里想："他是个疯子……疯得该锁起来了……"

他急急忙忙去告诉妹妹，她耸耸肩膀说："疯吗？他要教人家这么想就是了！……其实他是愚蠢，并且骄傲得可笑……"

可是，克利斯朵夫在华特霍斯的杂志上继续发表他激烈的批评文章。并非他感到什么趣味：他觉得批评这一行很讨厌，差不多想丢掉了。但因为人家拼命要他住嘴，所以他有心固执，不肯露出让步的神气。

华特霍斯有点不放心了。只要拳头不落在他身上，他永远会毫不动心地站在云端里看厮杀。但几星期以来，别的报纸似乎忘了他的不可侵犯的身份，对他作家的自尊心居然开始攻击了，而且刻薄得厉害；倘若华特霍斯精明一些的话，很可以看出那是朋友放的冷箭。的确，那些攻击是哀朗弗尔和高特林两人暗中唆使出来的：他们认为唯有这个办法才能使他阻止克利斯朵夫的笔战。而他们果然看准了。华特霍斯立刻公开地说克利斯朵夫使他厌烦，接着也不袒护他了。从此，杂志里的人就想尽方法要他住嘴。可是要他住嘴，等于想把口罩去套在一头正在咬东西的狗嘴上！人家对他说的话反而刺激他。他把他们叫做胆怯鬼，声明他是什么话都要说的，——凡是他有权利说的都要说。他们要撵走他，尽管把他撵走罢，那可以教城里人知道他们跟别人一样没种；要他自动离开可办不到。

他们听了面面相觑，狼狈不堪，抱怨曼海姆送了他们这样的一件礼物，一个疯子。老是嘻嘻哈哈的曼海姆，夸口说他自有办法制服克利斯朵夫，他打赌从下一期起，克利斯朵夫就会在酒里掺些清水。他们表示不信；但事实证明曼海姆并没夸口。克利斯朵夫的下一篇文字，虽谈不上怎么殷勤，可是对谁也没有不客气的话了。曼海姆的方法挺简单，说穿了，大家都奇怪怎么早没想到。克利斯朵夫从来不把他发表的东西再看一遍，看校样也极快极马虎。亚陶尔夫·梅屡次用婉转的口气责备他，认为有一个错字就是丢了杂志的脸。克利斯朵夫原来不把批评当做一种艺术，便回答说挨骂的人不会看不懂的。曼海姆就抓住机会说克利斯朵夫有理，校对是印刷所监工的事；他愿意代劳。克利斯朵夫感激得有点不好意思了。

但大家一致告诉他，这种办法可以免得损失时间，倒是帮了杂志的忙。于是克利斯朵夫把校样交给曼海姆，请他仔细地改。曼海姆自然不肯马虎：那对他简直是种游戏。开场他只是很小心地改几个字，删掉一些令人不快的形容词。后来看到事情很顺当，他便胆子大起来，更进一步了：他把整个句子重新写过，改动意义，着实显出一点本领。这玩意儿是在于大体上保持句子的轮廓，保持克利斯朵夫特有的笔调，同时把意义改得和克利斯朵夫的恰恰相反。曼海姆为了删改工作所花的心血，远过于他自己写一篇；他一辈子也没用过这样的苦功。但他看着结果很得意：一向被克利斯朵夫挖苦的某几个音乐家，看到他态度慢慢地缓和，终于恭维他们的时候，不禁大为诧异。杂志里的人都欢喜极了。曼海姆把他呕尽心血的杰作高声朗诵，引得众人哄堂大笑。有时哀朗弗尔对曼海姆说："小心点儿！你太过分了！"

"欧，没有危险的。"曼海姆回答。

于是他变本加厉地干下去。

克利斯朵夫什么都没觉察。他到社里来丢下原稿就不过问了。有时他还把曼海姆拉到一边说：

"这一回，我对他们才不客气呢，这些下流东西！你念罢……"

曼海姆便拿来念了。

"嗯，你觉得怎么样？"

"凶极了，朋友，简直不留余地！"

"你想他们会怎么说？"

"啊！一定是大叫大嚷啰！"

可是毫无动静。相反，在克利斯朵夫周围，人家的脸色反而好看起来;他痛恨的人居然在街上向他行礼。有一回,他拧着眉毛,叽里咕噜地跑到社里来,把一张名片往桌上一丢,问:“这算什么意思?”

这是最近被他痛骂了一顿的一个音乐家的名片,上面写着“感激不尽”几个字。

曼海姆笑着回答:“他是说的反话呀。”

克利斯朵夫马上松了口气:“嘿!我就怕我的文章使他高兴呢。”

“他气死了,”哀朗弗尔说,“可是他不愿意表示出来,想装得满不在乎的一笑置之。”

“一笑置之?……混蛋!”克利斯朵夫气愤愤地说,“让我再写一篇。最后笑的人才笑得痛快呢!”

“不,不,”华特霍斯听了克利斯朵夫的话不大放心,“我不相信他是笑你。我看倒是屈服的表示,他是个真诚的基督徒;人家打了他左边的嘴巴,他就把右边的送上来。”

“那更妙了!”克利斯朵夫说,“嘿!胆怯鬼。既然他要,我就赏他一顿板子罢!”

华特霍斯还想插几句,可是别人都笑起来了。

“让他去罢……”曼海姆说。

“对,”华特霍斯忽然镇静了,“也不在乎多一篇少一篇!……”

克利斯朵夫走了。同事们手舞足蹈地狂笑了一阵。等到大家静了一些,华特霍斯对曼海姆说:“笑尽管笑,究竟差点儿闯祸……我求你还是小心些罢。你要教我们倒霉了。”

“啾,别急!”曼海姆回答,“日子还长呢……再说,我也替他放了好多交情。”

第二部　陷　落

正当克利斯朵夫改革德国艺术的经验到了这一个阶段，城里来了个法国戏班子。说准确些，那是一群乌合之众，因为照例是不知从哪儿搜罗得来的一般穷光蛋，和只要能做戏就不管人家剥削的青年演员。班首是一个有名的过时的女戏子。她这一回到德国来巡回表演，路过这小小的省城就做三天戏。

华特霍斯的一般同文为这件事轰得很热闹。曼海姆和他的朋友们对巴黎的文坛和社交界是很熟的，或自命为很熟的；他们把从巴黎报纸上看来的似解非解的谣言，逢人便说。他们在德国是法国派的代表。这就教克利斯朵夫不想再去多了解什么法国精神。曼海姆赞美巴黎的话使克利斯朵夫听腻了。他上巴黎去过几次；那儿也有他的一部分家族；——那是普及于整个欧罗巴的，他们到一处都得到一处的国籍，得到一处的高官厚爵：在英国有个男爵，在比国有个参议员，在法国有个部长，在德国有个议员，另外还有一个教皇册封的伯爵。他们以犹太人而论彼此很团结，很重视共同的根源，同时也诚心诚意地做了英国人、比国人、法国人、德国人，和教皇的臣属；他们的骄傲使他们认为自己所选择的国家是世界上第一个国家。唯有曼海姆喜欢发怪论，有心把一切别的国家看得比他自己的更可爱。所以他常常很热烈地提到巴黎;但他称赞巴黎人的时候,总把他们形容做荒唐胡闹,大叫大嚷的疯子,一天到晚不是闹革命就是寻欢作乐,从来没有一本正经的时间。所以克利斯朵夫对于这个"拜占庭式的,颓废的,伏越山那一边的共和国"并不觉得可爱。他想象中的巴黎,仿佛最近出版的德国艺术丛书中某一册卷首的插画:前景是巴黎圣母院的一个妖怪俯瞰着城中的屋顶,①令人想到那个传说:

> 永恒的肉欲,有如永不餍足的吸血鬼,
> 在伟大的都市上面,看着嘴边的食物馋涎欲滴。

以纯粹的德国人性格,克利斯朵夫瞧不起那些放浪的法国人和他们的文学;关于法国,他只知道一些粗俗的滑稽作品,只看过《哀葛龙》与《没遮拦太太》,②还有是咖啡店音乐会里的小调。小城市里趋奉时髦的习气,一般最无艺术趣味的人到戏院去争先定座的情形,使克利斯朵夫对那个走码头的女角儿格外表示冷淡与轻视。他声言决不劳驾去听她的戏。加以票价贵得惊人,他也花不起,所以更容易说到做到。

法国剧团带到德国来的戏码,除了两三出古典剧以外,大部分是无聊的,"专门用来出口的"巴黎货色:因为越是平庸的东西越是国际化。第一晚上演的《多斯加》③是克利斯朵夫熟识的;他看过翻译本的演出,照例带点儿德国内地剧院所能

① 巴黎圣母院屋顶四周,有许多中世纪的雕刻,表现妖魔鬼怪。

② 《哀葛龙》为法国洛斯当的戏剧,于一九〇〇年在巴黎上演。《没遮拦太太》为法国萨杜与莫洛合作的戏剧,一八九三年在巴黎初演。剧中女主角说话毫无忌讳,故名为"没遮拦太太"。

③ 《多斯加》为萨杜所作五幕剧,于一八八七年在巴黎上演,后普契尼又以之谱成歌剧。

加在法国作品上的轻松趣味。所以看着朋友们上剧院的时候，他冷冷地笑着说他用不着去再听一遍倒落得耳目清净。但第二天他仍不免伸着耳朵听他们热烈谈论昨晚的情形，而且因为自己没有去，不能驳他们的话，他又气极了。

预告的第二出戏是法译本的《哈姆莱特》。对于莎士比亚的戏，克利斯朵夫是一向不肯放过机会的。在他心目中，莎士比亚和贝多芬都是取之不尽用之不竭的生命的灵泉。而在他最近所经过的烦闷惶惑的时期内，《哈姆莱特》更显得可贵。虽然怕对这面神奇的镜子把自己的本相再照一遍，他还是有点动心，在戏院的广告四周转来转去，很想去定一个座。可是他那么固执，因为对朋友说过了那些话，不愿意食言。要不是回去的路上碰到了曼海姆，他那晚一定像第一天一样守在家里的。

曼海姆抓着他的胳膊，气愤愤的，可是照旧很俏皮地告诉他，有个老混蛋的亲戚，父亲的姊妹，不早不晚带着大队人马撞了来，使他们不得不留在家里招待。他想往外溜，可是父亲不答应他在家族的礼数和对长辈的敬意方面开玩笑；而他这时候因为要刮一笔钱，不能不敷衍父亲，只有让步，不上戏院去。

“你们已经有了票子吗？”克利斯朵夫问。

“怎么没有！一个挺好的包厢；而且临了还得拿去（我此刻就为这个出来的），送给那该死的葛罗纳篷，爸爸的股东，让他带着妻子女儿去摆架子。这才有趣呢！……我非把他们挖苦一下不可。可是他们绝不会放在心上，只要我送了他们票子，——虽然他们更希望这些戏票变成钞票。”

他突然停住，张着嘴瞪着克利斯朵夫：

“噢！……行了行了！……有办法了！……”他咽咽咽地叫了几声。

“克利斯朵夫，你看戏去吗？”

“不去。”

“哦，你去罢，帮我一次忙。你不能拒绝的。”

克利斯朵夫莫名其妙：“可是我没有位置啊。”

“位置在这儿。”曼海姆得意非凡地说着，把戏票塞在他手里。

“你疯了，你父亲吩咐你的事怎么办呢？”

曼海姆捧着肚子大笑：“他一定要大发雷霆了！……”

他抹了抹眼睛，说出他的结论：

“明儿一起床我就向他要钱，趁他还蒙在鼓里的时候。”

“既然知道他要不高兴，我就不能接受你的。”克利斯朵夫说。

“知道？你什么都不用知道，也什么都不知道，那跟你毫不相干。”

克利斯朵夫捻开票子：“我一个人拿了四个座儿的包厢怎么办？”

“随你怎么办。你可以睡在里头，可以跳舞，要是你高兴。还可以带些女人去。你总有几个吧？要不然向人家借也借得到。”

克利斯朵夫把戏票递还给曼海姆：“我不要，真的不要。你拿回去吧。”

“我才不拿回来呢，”曼海姆往后退了几步，“你要不耐烦去，我也不强迫；可是我决不收回。你把票子扔在火里也好，拿去送给葛罗纳箨也好，你这个道学先生！我管不了。再见吧！”

他说完就走,让克利斯朵夫抓着票子待在街上。

克利斯朵夫真是为难了。他想照理应当把戏票送给葛罗纳篷去,可是没有这个劲。他三心二意地回家;等到想起看一看钟点,只有穿起衣服来上戏院的时间了。糟掉这张票子当然太傻。他劝母亲一块儿去,母亲却宁可睡觉。于是他出发了,像小孩子一样的高兴,可是一个人享受这样的乐趣总有点不舒服。对曼海姆的父亲和被他抢掉位置的葛罗纳篷,他倒不觉得过意不去,只对于可能和他分享的人抱歉;为一般像他一样的青年,那不是天大的乐事吗?他想了好久也想不出请谁一同去。而且时间已经很晚,得赶紧的了。

他进戏院的时候走过售票房,看见窗子关上,挂着客满的牌子。好些人都在懊丧地退出去,其中有一个姑娘还舍不得就走,带着艳羡的神气看着进去的人。她穿着黑衣服,非常朴素,个子不十分高大,一张瘦瘦的脸非常秀气;他没注意她长得好看不好看。他在她前面走过,停了一会儿,忽然转过身来,脱口而出地问:"小姐,你没买到票吗?"

她脸一红,回答说:"没有,先生。"她说话是外国口音。

"我有个包厢不知怎么办。可不可以请你一起去?"

她脸更红了,一边道谢一边表示不能接受。克利斯朵夫被她一拒绝,心里一慌,也跟着道歉,同时又继续邀请,可是说来说去她总不肯答应,虽然她心里很愿意。他急起来了,忽然下了决心说:"好吧,我有个办法。你把票子拿去。这出戏我早已看过,——(那是夸口。)——我不在乎,你一定比我更感兴味。请你拿了罢,我完全是诚心的。"

那姑娘被他这种真诚的态度感动了,差点儿连眼泪都涌上来。她结结巴巴地道谢,表示决不愿意他做这样的牺牲。

“那不是得了吗？咱们进去罢。”他笑着说。

他的神气那么善良，那么坦白，她觉得刚才就不应该拒绝，便不好意思地回答说：“那么多谢你了。”

他们进去了。曼海姆的包厢在戏院的中央，突出在外面，毫无隐蔽的。他们一进场就被大家注意了。克利斯朵夫请那少女坐在前面，自己坐得靠后面一点，免得她发窘。她正襟危坐，羞得连头也不敢转动一下，心中懊悔不该接受他的邀请。克利斯朵夫为了让她定一定神，同时也为了无话可说，假装望着别处。但他不论望到哪儿，都觉察为了自己带着一个陌生女子混在漂亮的包厢客人中，旁人都在大惊小怪，议论纷纷。他向大家瞪着眼睛，觉得他不去过问别人而别人老是来过问他，真是岂有此理。他没想到那种冒昧的好奇心尤其是针对他的同伴，而众人对她的目光也更露骨。为了表示不把旁人的思想议论放在心上，他便探着身子和她搭讪。可是他一开口，她更惊慌得厉害，觉得要回答他的话真是件苦事；她低着头，好容易才说出一个是或否。克利斯朵夫看她怕羞得可怜，也就缩在包厢的尽里头不理她了。幸而台上的戏也开场了。

克利斯朵夫没有看广告，也不关心那有名的女演员扮什么角色。他像那些天真的人一样，到戏院来是看戏而非看戏子的。他根本不去猜那名角是扮奥菲利娅还是扮王后；并且即使他要猜，以两个剧中人的年龄来说，也一定以为她是扮王后，而万万想不到她会扮哈姆莱特的。一看到这个角色出现，一听见这个像玩具的娃娃似的机械的音色，他竟老半天的不敢相信……

“这是谁呢？是谁呢？”他轻轻地问着自己，“总不成是……”

等到他不得不承认那的确是哈姆莱特的时候，不由得开口骂了一句；那位女伴是外国人，没有懂，但左近的包厢里已经听到，马上气愤愤地把他喝住了。他便缩在包厢的尽里头，好称心如意地咒骂一顿。他气极了。要是他能公平一点，对于化装的漂亮，把一个六旬老妇变成青年男子，甚至还显得俊美（至少在一般捧角的人心里）的艺术上的“解数”，可能表示敬意。但他压根儿就讨厌“解数”，讨厌一切违反自然的现象。他喜欢女是女，男是男。（这种事现在就不大可能。）贝多芬的莱奥诺拉那种幼稚可笑的化装，①他已经觉得不舒服。女扮男装的哈姆莱特更荒谬绝伦了。把一个结实、肥胖、苍白、易怒、思想太多、见神见鬼的丹麦人变成一个女子，——连女子也算不上，因为女人扮的男人永远是个妖怪，——把哈姆莱特弄成一个太监，一个不雌不雄的家伙……那真要当时的人懦弱到极点，批评界无聊到极点，才会让他出台而不把他嘘下去！女戏子的声音使克利斯朵夫怒不可遏。她那种歌唱式的，念一个字像敲一下锤子似的说白，平板单调的朗诵，似乎从香曼莱②以来就被世界上最无诗歌感觉的民族奉为至宝。克利斯朵夫气得不知怎么办了，干脆背对着舞台，怒容满面，朝着包厢的板壁，好似一个孩子受着面壁的处罚。幸而他的同伴不敢向他望，要不然一定会把他当做疯子的。

克利斯朵夫脸上古怪的表情突然停止了。他一动不动，声息全无。一种优美的富有音乐味的声音，一个女性的沉着

① 贝多芬的歌剧《莱奥诺拉》（亦称《菲德里奥》），女主角莱奥诺拉女扮男装，入狱营救丈夫。此系剧中情节使然，与此处演哈姆莱特而女扮男装完全不同。

② 香曼莱为十七世纪法国女演员，以演拉辛的悲剧见称于史。

而温柔的声音响亮起来。克利斯朵夫竖起耳朵，一边听着台上的话一边转过身子，好不诧异地想瞧瞧有这等天籁的究竟是何等人物。原来是奥菲利娅。当然这奥菲利娅跟莎士比亚的奥菲利娅一点不相干。她是个美丽的姑娘，高大，壮健，身段窈窕，像希腊的雕刻一样，浑身上下都极有生气。虽然为了她的角色竭力压制自己，她仍旧有股青春与欢乐的力在皮肤里、举动里，和笑眯眯的深色的眼睛里闪耀。美丽的身体的魔力，居然使一刹那前对于哈姆莱特的表演那么愤懑的克利斯朵夫，不觉得这个人物跟他意想中的奥菲利娅不符有什么遗憾；而且他满不在乎地把自己臆想中的奥菲利娅为这个台上的奥菲利娅牺牲了。和热情冲动的人一样，他凭着无意的自欺欺人的心理，认为剧中人贞洁而骚乱的心头应当有这股青春的热情。而使他更着迷的，还有她那神奇的声音，纯粹，温暖，醇厚：每个字都像一个美丽的和弦；而在音节四周，更有那种轻快的南方口音，活泼松动的节奏，好比一阵茴香草与野薄荷的香味在空中缭绕。一个南欧的奥菲利娅不是奇观吗？……她带来了金黄的太阳和法国南部的季候风。

克利斯朵夫忘了他的同伴，竟移到包厢前排，坐在她的身旁，眼睛直盯着那个不知名姓的女演员。可是一般并非来听一个无名女戏子的群众，完全不注意她；直要等女扮男装的哈姆莱特开口，他们才决心鼓掌。克利斯朵夫看了大为生气，低声骂着“蠢驴！”使十步以内的人都听见了。

到幕间休息的时候，克利斯朵夫才记起了他的同伴；看她始终那么羞怯，他一边笑一边想到她一定给他粗野的举动吓坏了。——不错：这年轻的姑娘，和他萍水相逢而相处几小时的少女，的确拘谨得近乎病态：刚才要不是在特别兴奋的情形之下，她决不会接受他的邀请。而她一接受就后悔，恨不得找个机会溜掉。更糟的是她成了众目睽睽的目标，而同伴在背后——(她连转过头去望一望都不敢)——低声咒骂，咕噜不已，越发使她慌张得厉害。她以为他什么都会做出来的；他一坐到前面来，她简直吓得身子都凉了：知道他还有什么古怪的行动呢！她真想钻下地去。她不知不觉退后了一些，生怕碰到他的身子。

可是在休息时间听到他和善的说话，她又放了心。

“我是个挺不愉快的同伴，是不是？请你原谅。”

她望着他，看见他挺和气地笑着，就像刚才使她决意接受邀请的时候的笑容。

他接着又说：“我不能隐藏我的思想……可是那也太不成话了！……这个女人，活了那么一把年纪的女人！……”

他脸上又做了个厌恶的表情。

她微微一笑，轻轻地回答：“说是这么说，究竟是很美的。”

他注意到她的外国口音，就问：“你是外国人吗？”

“是的。”

“是教员吗？”他一边看着她朴素的衣服一边又问。

“是的。”她红着脸回答。

“请问是哪一国人？”

“法国人。”

他做了个惊讶的姿势：“法国人？真想不到。”

“为什么？”她胆怯地问。

“你这样的……严肃！”

(她以为这句话在他嘴里不完全是恭维。)

“法国像我这样的也有的是。”她说的时候有点不好意思。

他瞧着她那张小小的忠厚的脸,鼓起的脑门,笔直的小鼻子,四周簇拥着栗色头发的瘦瘦的腮帮。可是他视而不见,心里只想着那美丽的女演员,再三说:

"怪了,你是法国人!……真的吗?你跟那个奥菲利娅是一个国家的?简直教人不能相信。"

他静默了一会儿又说:"她多美啊!"

他这么说着,完全没觉得这个话仿佛把奥菲利娅跟这个女伴做了个不大客气的比较;她明明感觉到了,可并不怪克利斯朵夫,她自己也认为奥菲利娅美极了。他想从她那儿打听一些关于那个女戏子的消息,她却一点不知道;显而易见她对剧坛的情形很隔膜。

"听到台上说法国话,你一定很愉快吧?"他问。

这句话他是随口说的,不料正说到了她的心里。

"啊!"她那种流露真情的口吻使他很注意,"我真高兴。在这儿我闷死了。"

这一回他可对她仔细瞧了瞧:她的手微微痉挛着,好似感到压迫的样子。但她立刻想起这种话可能得罪他:"噢!对不起,"她说,"我不知道说些什么。"

他老老实实地笑了:"得了罢,不用客套!你说得很对。在这儿,不一定要法国人才堵得慌,嘿!"

他耸起肩膀呼了口气。

可是她觉得说出了心里的话很难为情,从此不作声了。同时她也注意到,隔壁几个包厢里有人在偷听他们的谈话:他也发觉了,大为愤怒。他们俩就这样打断了话。休息的时间还没完,他便走到戏院的回廊里去遛遛。少女的话还清清楚楚在他耳朵里，他可心不在焉，脑子里全是奥菲利娅的形象。在以后的几幕中，她更把他完全抓住了；等到奥菲利娅发疯的一场，唱着那一段爱与死的凄凉的歌，她的声音那么动人，使克利斯朵夫惊心动魄，快要放声大哭了。他恨自己这样软弱，——（他认为真正的艺术家是不应该哭的）——又不愿意让人家看到，便突然从包厢里走了出去。回廊里，大厅上，都没有人。他心慌意乱地走下楼梯，不知不觉出了大门。他需要呼吸一下晚上凉爽的空气，在黑洞洞的荒凉的街上迈开大步走一会儿。他走到运河边上，把肘子靠着栏杆，望着静静的水，看街灯的倒影在那里摇晃。他的心情也跟这个一样：含糊，激动；除了一大片欢乐在表面上飘荡，什么都看不见。报告时刻的大钟响了，他不可能再回到戏院去看戏剧的结束。去看福丁布拉斯的胜利吗？[①] 他没有这兴致。谁会羡慕这个胜利的人？看饱了人生的可笑与残酷，谁还愿意当他这个角色呢？整个作品是对人生的可怕的控诉。可是剧中的生命力多么强烈，以至连悲伤也成为欢乐，惨痛也令人陶醉了……

克利斯朵夫回到家里，把那个被他丢在包厢内而连姓名也不知道的少女完全忘了。

第二天早上，他到一家三等旅馆去访问女演员。剧团的经理把她和其余的伙伴安顿在这儿，那个名角儿住的却是城里的第一家旅馆。克利斯朵夫被带进一间杂乱的小客厅，打开着的钢琴上放着残余的早餐，还有些夹头发的针和又脏又破烂的乐谱。奥菲利娅在隔壁屋子直着嗓子唱，像个只想弄

① 福丁布拉斯为挪威王子，因哈姆莱特及丹麦王等先后惨死而获登王位。

些声音闹哄一下的孩子。人家去通报的时候,她停了一下,问话的声音挺高兴,也不管客人会不会听到:

"他找我有什么事,那位先生?他叫什么名字?……克利斯朵夫……姓什么?……克拉夫脱!克利斯朵夫·克拉夫脱?……多怪的姓!"

她重复了两三遍,念到R的时候拼命地卷舌头。

"不像个姓,倒像个赌咒的字……"接着她真的赌了一个咒。

"他是个年轻人还是个老头儿?……讨人喜欢吗?……——行,我就来。"

于是她又唱起来:

再没有比我的爱情更甜蜜的了……

同时她在房里搜索,咒骂那支躲在乱东西里找不到的贝壳别针。她不耐烦了,吼了几声,表示火气很大。克利斯朵夫虽然看不见,也能想象出她隔壁的举动,不由得笑了。终于他听到脚声走近,奥菲利娅气势汹汹地打开了门,出现了。

她还没完全穿好衣服,只裹着件浴衣,宽大的袖子里露出一对赤裸的手臂,头也没梳,一卷卷的头发掉在眼睛和腮帮上。美丽的深色眼睛,嘴巴,面颊,下巴上那个可爱的酒窝,一股脑儿都堆满着笑意。她用着沉着而歌唱般的声音,对自己的衣着略微表示一下歉意。她明知道用不着道歉,客人只会欢迎她这副打扮。她以为他是来访问的新闻记者。但听到他说是专诚为她,为钦慕她而来的,她非但没有失望,反觉得十分高兴。她心地很好,很殷勤,最得意的是能够讨人喜欢,也不把这一点瞒人。克利斯朵夫的访问和热心使她快乐极了,——她还没给人宠坏呢。她的动作,态度,都那么自然,连她小小的虚荣心,和因为能讨人喜欢而表示的高兴,也是自然的,所以他一点不发窘。两人立刻像老朋友一样。他说几句不成语法的法语,她说几句不成语法的德语;要不了一小时,两人把所有心里的话都说出来了。她完全没有送客的意思。这个壮健快活的南方女子,又聪明,又活泼,在那些无聊可厌的伙伴中间,在这个不通语言的地方上,要不是天生的性情快乐,早就闷死了;现在有个人谈谈,当然喜出望外。至于克利斯朵夫,跟本地一般狭窄虚假的小市民混腻了,遇到这个无拘无束的,很有平民气息的南方女子,也觉得说不出的痛快。他还不知道这一类的性格也有做作的地方,跟德国人不同的是他们除了外面所表现的那些,心里就没有别的,甚至连面上所表现的那些也没有。可是她至少是年轻的,活泼泼的,想什么说什么,直截了当;她对一切都要批评,用着新鲜的眼光,毫无顾虑;她身上的气息就像那种扫除云雾的南方的季候风。她很有天分,没有教育,也不会思索,对一切美的好的东西随时随地都能感觉到,并且真的非常感动;但过了一会儿又哈哈大笑了。不用说,她喜欢搔首弄姿,喜欢做媚眼,在敞开了一半的梳妆衣下面露出她的胸脯,很想教克利斯朵夫着迷,但这纯粹是出于本能。她毫无心计,更喜欢说说笑笑:跟人家随随便便的,一来就熟,没有拘束也没有客套。她和他讲着戏班子里的内幕,她的苦闷,同事之间无聊的猜忌,奚撒贝——(她这样地称呼那个名角儿)——的耍手段,不让她出头。他和她说出对德国人的不满,她听了拍手附和。她心很好,不愿意说谁的坏话,可是不能因之而不说;她一边取笑别人,一边埋怨自己缺德,而说话之间又显出南方人特有的那种观察力,滑稽而中肯:她压制不了自己,形容一个人的时候说话非常刻薄。她乐死了,嘻开着苍白的嘴唇,露出一副小狗般的牙齿;脸上的血色给脂粉遮掉了,只有围着黑圈的眼睛在那里发亮。

他们忽然发觉已经谈了一小时。克利斯朵夫向高丽纳——(这是她在戏班里的名字)——提议下午再来,带她到城里去遛遛。她听了快活极了;两人约定吃过中饭就见面。

时间一到,他就来了。高丽纳坐在旅馆的小客厅里,捧着一个本子高声念着。她用笑眯眯的眼睛招呼他,只管念下去,念完了一句,才做手势要他坐在大沙发上,挨着她:

"这儿坐罢。别说话。我得把台词温一遍。一刻钟就完了。"

她用指尖点着脚本,念得又快又草率,像个性急慌忙的小姑娘。他提议替她背一遍。她就把脚本递给他,站起来背了。她不是吞吞吐吐,就是把一句的结尾念上三四遍才能想到下一句。她脑袋摇摇摆摆,把头发针都掉在地下。碰到一个固执的字不肯回到记忆中来,她便像野孩子一样地暴躁起来,说出古里古怪的赌咒的话,甚至很粗野的字眼,——其中有一个很粗野很短的,是她用来骂自己的。克利斯朵夫看她那么有才气又那么孩子气,觉得很奇怪。她把声音的抑扬顿挫调动得很准确,很动人;可是她聚精会神地念到一段,半中间竟不知所云地胡诌起来。她的背功课活像一头小鹦鹉,完全不问其中的意义,那时就变成可笑的胡言乱语了。她可一点不着急:一发觉就捧腹大笑。最后,她喊了一声"算啦!"便从他手里抢过脚本往屋角一扔,说:

"放学了!时间到了!……咱们走吧!"

他可替她的台词有些担心，问："你想你这样行了吗？"

"当然啰，"她肯定地回答，"并且还有那提词的人，要他干吗的？"

她到房里去戴帽子。克利斯朵夫因为等着她，便坐在钢琴前面按了几个和弦。她听了在隔壁屋里喊起来："噢！这是什么？你再弹呀！那多好听！"

她跑来了，随手把帽子往头上一套。他弹完了，她要他再弹，嘴里还来一阵娇声娇气的赞叹；那是法国女子的习惯，不管是为了《特里斯坦》或是为了一杯巧克力。克利斯朵夫笑了：这对他的确换了一种口味，和德国人张大其词的派头完全不同。其实是一样的夸张，不过是两个极端罢了：一个是把一件小古董说得山样大，一个是把一座山说得小古董样小：还不是一样可笑！可是他那时觉得后面的一种比较可爱，因为是从他心爱的嘴里说出来的。高丽纳问他弹的是谁的作品；一知道是他的大作，她又叫了起来。他早上已经告诉过她，他是个作曲家，但她根本没注意。她挨着他坐下，硬要他把全部作品弹一遍。散步的事给忘了。这不但表示她有礼，而且因为她极喜欢音乐，她靠着奇妙的本能补足了教育的缺陷。他先还不拿她当真，只弹些最浅的曲子。但他无意中奏了一段自己比较看重的作品而她居然更喜欢，虽然他并没告诉她什么，他就又惊又喜了。一般德国人遇到懂音乐的法国人，都会表示一种天真的诧异，克利斯朵夫就是这样：

"怪了！想不到你鉴赏力很高！……"

高丽纳冷笑了一声。

这样以后，他弹着越来越难懂的作品，想瞧瞧她究竟懂到什么程度。可是大胆的音乐似乎并没有把她搞糊涂；而在一阕因为从来没有被德国人了解，连克利斯朵夫自己也开始怀疑的，特别新颖的曲调之后，高丽纳竟要求他再来一遍，而且还站起身子背出调子来，几乎一点没错；那时克利斯朵夫的诧异更是可想而知了。他转过身来对着她，非常感动地握着她的手，嚷道："噢！你倒是个音乐家！"

她笑了，说她早先在一个外省的歌剧院中唱过，但有个剧团经理在跑码头的时候碰到她，认为她有演韵文剧的才具，劝她改了行。

"多可惜！"他说。

"为什么？诗也是一种音乐啊。"

她要他把歌的意义给解释了；他又用德语把歌词念给她听，她马上跟着学，像猴子一样容易，连他抿嘴唇挤眼睛的动作都学上了。后来她背着唱的时候可错误百出，闹了很多笑话，背不出的地方就随口造些古怪的声音填上去，把两人都笑死了。她毫不腻烦地要他尽弹，他也毫不腻烦地听着她美丽的声音；她还不懂歌唱这一行的诀窍，像小姑娘一样尖着喉咙，但自有一种说不出的清脆动人的味道。她说话爽直，想什么说什么。虽然她没法解释为什么她有的喜欢有的不喜欢，但她的判断骨子里的确有个理由。奇怪的是，逢到那些最规矩的，在德国最受赏识的作品，她反而最不惬意，只为了礼貌而恭维几句，但人家明明看出她不感兴趣。因为她没有音乐素养，所以不会像那些鉴赏家与艺术家一样，对"耳熟"的东西不知不觉地感到愉快，也不会在一件新的作品中去爱好在前人的作品中爱好过的形式或公式。同时她并不像德国人那么喜欢优美悦耳的感伤情调（至少她的感伤情调是另外一种，而克利斯朵夫还没发觉这一种感伤的缺点）；在德国最受欢迎的靡靡之音，她不会对之出神；她完全不赏识克利斯朵夫作的一个最平庸的歌，——而那正是克利斯朵夫恨不得毁掉的，因为朋友们觉得好容易才有个机会捧他，老跟他提到这件作品。高丽纳天生能把握一切戏剧情绪，她喜欢的作品是要能清清楚楚表现出某一种热情，而且表现得很率直的，这也正是他认为最有价值的东西。可是有些和声的生辣，克利斯朵夫觉得挺自然，她对之并无好感：那给她一个非常突兀的感觉，使她唱不下去；她停下来问："难道真是这样的吗？"他回答说是的，她就想法勉强唱下去，但终于扮了个鬼脸，被克利斯朵夫看在眼里。往往她宁可跳过那一节，他却在琴上再弹一遍，问："你不喜欢这个吗？"

她皱皱眉头说："我觉得它不自然。"

"怎么不自然？"他笑着说，"你想想它的意思罢。在这儿听起来难道会不真吗？"他指了指心窝。

"也许对那儿是真的……可是这儿觉得不自然。"她拉了扯自己的耳朵。

从极轻忽然吊到极响的德国派朗诵，她也觉得刺耳：

"干吗他要这样大叫呢？又没有别人在场，难道怕邻居听不见吗？他真有点儿这种神气……（对不起！你不会生气吧？）……他好像远远地招呼一条船。"

他并不生气，倒是真心地笑了，认为这种见解不无是处。她的议论使他听了好玩；从来还没人和他讲过这一套呢。结果他们都同意：用歌唱表现的朗诵最容易把很自然的说话变得不成样子，像一条越来越大的虫。高丽纳要求克利斯朵夫替她写一阕戏剧音乐，用乐队来为她的说白做伴奏，偶然穿插几段歌唱。他听了这个主意很兴奋；虽然场面的安排极不容易，但他觉得为了高丽纳的嗓子值得一试；于是他们想着许多将来的计划。

等到他们想出门，已经快五点了。在那个季节里，天很早就黑的。散步是不可能了。晚上高丽纳还要参加排戏，那是谁也不准参观的。所以她约他明天下午来带她出去，完成今天的计划。

第二天差点儿又跟上一天一样。他发现高丽纳骑在一张高凳上，吊着腿，照着镜子，正在试一副假头发。旁边有服侍她上装的女仆和理发匠，她嘱咐理发匠要把一卷头发给弄得高一些。她一边照着镜子，一边望着站在背后微笑的克利斯朵夫，吐吐舌头。理发匠拿着假头发走了，她便挺高兴地转过身来说："你好，朋友！"

她把腮帮迎上去让他亲吻。他不防她有这种亲热的表示，可也不肯错过机会。其实她并不把这举动看得怎么了不起，仅仅当做招呼的一种方式罢了。

"噢！我真快活！"她说，"今晚上可行了，行了。——（她说的是假头发。）——我真急死了！要是你早上来，就可以看到我可怜得什么似的。"

他追问什么缘故。原来巴黎的理发匠包装的时候搞错了，替她放了一副跟她的角色完全不配的假头发。

"完全是平的，笔直地望下挂着，难看死了。我一看就哭了，哭得昏天黑地。可不是吗，台齐莱太太？"

"我进来的时候，"那女仆接着说，"太太[①]把我吓坏了。

① 法国戏院习惯，后台员役对女演员均称"太太"。

太太脸色白得像死人一样。”

克利斯朵夫笑了。高丽纳在镜子里看到了，愤愤地说：“你好笑吗，没心肝的！”可是她也跟着笑了。

他问她昨晚排戏的情形怎么样。——据说一切都很好。但她很希望人家把别的演员的台词多删掉一些，可别删掉她的……两人谈得那么有劲，把一个下午又虚耗了一半。她慢条斯理地穿着衣服，征求克利斯朵夫对她装束的意见。克利斯朵夫称赞她漂亮，天真的用他不三不四的法语说从来没见过比她更“淫乱”的人。——她先是愕然瞪着他，然后扑哧一声笑了出来。

“我说了什么啊？”他问，“不该这么说的吗？”

“不错！不错！”她简直笑弯了腰，“你说得正对。”

终于出门了。她的花花绿绿的服装和咭咭呱呱的说话，引起了大家的注目。她看一切都用着俏皮的法国女子的眼光，完全不想隐藏自己的感想。看到时装店陈列的衣衫，卖画片的铺子里乱七八糟的样品，有的是谈情说爱的镜头，有的是滑稽或肉麻的照片，有的是当地的妓女，有的是皇族，有穿红衣服的皇帝，穿绿衣服的皇帝，还有穿水手装的皇帝，把着“日耳曼号”的船舵向天睥睨的神气：她简直为之笑倒了。对着饰有瓦格纳那副生气模样的头像的餐具，或是理发店橱窗里的蜡人头，她又高声狂笑。便是在表现忠君爱国的纪念像前面，对着穿着旅行外套，头戴尖盔的老皇，前呼后拥的还有普鲁士，德意志各邦的代表，和全身裸露的战神：她也毫无礼貌地嘻嘻哈哈。路上碰到什么人，只要面貌，走路的架势，说话的腔调，有什么可笑的地方，都被她作为当场打趣的资料。被她挖苦的人看她狡猾的眼光就明白了。她猴子般的本能会使她不假思索地，用嘴唇鼻子学他们或是缩做一团或是大张嘴脸的怪样子。她鼓起腮帮，摹仿随便听来的一句话，因为她觉得那声音挺滑稽。他很高兴地跟着她笑，绝对不因为她放肆而发窘，他自己也不比她安分。幸而他的名誉已经没有什么可损失的了；否则光是这一次的散步就能使他声名扫地。

他们去参观大教堂。高丽纳虽然穿着高跟鞋和长袍子，还是要爬上塔顶，衣摆在踏级上拖着，在扶梯的一只角上给勾住了；她可不慌不忙，痛快把衣服一扯，撕破了，然后毫无顾忌地把衣裾提得老高，继续往上爬。她差点儿把大钟都要敲起来。到了塔顶，她大声念着雨果的诗句，——克利斯朵夫一个字都不懂，——又唱着一支通俗的法国歌。随后，他学着伊斯兰教祭司的模样高叫了几声。——天快黑了。他们回到教堂里，浓厚的黑影正沿着高大的墙壁上升，正面的花玻璃像神幻的瞳子一般闪闪发光。克利斯朵夫瞥见那天陪他看《哈姆莱特》的少女跪在侧面的一个小祭堂里。她一心一意地在那儿祷告，没看见他；但她痛苦而紧张的脸引起了他的注意。他很想和她说几句话，至少跟她打个招呼；但他被高丽纳拉着往前直奔。

他们不久就分手了。她得准备上台；根据德国的习惯，戏院是很早开场的。但他才回家，就有人打铃，送来一张高丽纳的便条：

> 好运气！奚撒贝病了！停演一天！万岁啊万岁！……朋友！你来罢！咱们一起吃晚饭！——别忘了多带些乐谱来！……
>
> 高丽纳

他一时看不懂。等到弄明白了，他和高丽纳一样快活，马上到旅馆去了。他担心吃饭的时候要碰到整个戏班子的人，不料一个都没看见。甚至高丽纳也失踪了。最后他听见屋子尽里头有她很响很高兴的声音；他跟着去找，终于在厨房里找到了。她忽发奇想地要做一盘别出心裁的菜，放着大注香料，使满街满巷都闻到的南方菜。她和旅馆里的胖子老板娘混得好极了，两人咭咭呱呱说着一大堆乱七八糟的话，又有德语，又有法语，又有野人话，简直不知道是什么话。她们互相尝着她们的出品，哈哈大笑。克利斯朵夫的出现使她们闹哄得更厉害了。她们不许他进去，他偏要进去，也尝到了那盘名菜，扯了个鬼脸：于是她说他是个德国蛮子，真犯不上为他费心。

他们一起回到小客厅，饭桌已经摆好：只有他和高丽纳两个人的刀叉。他不由得问戏班子里的同伴在哪儿。

"不知道。"高丽纳做了个满不在乎的手势。

"你们不一起吃饭吗？"

"没那回事！在戏院里碰见已经够受了！……还得一块儿吃饭吗？……"

这一点和德国习惯大不相同，他听了又奇怪又羡慕。

"我以为你们是个很会交际的民族呢！"

"那么，"她回答说，"难道我不会交际吗？"

"交际的意思是过集团生活。我们这儿是要大家混在一起的！男的，女的，小的，从出生到老死，都是团体的一分子。什么事都得跟大家伙儿一起做：跟大家一起吃饭，一起歌唱，一起思想。大家打嚏，你也跟着打嚏；要不是跟大家一块儿，我们连一杯啤酒都不喝的。"

"那可好玩喽，"她说，"干吗不在一只杯子里喝呢？"

“你不觉得这表示友爱吗?”

“滚它的蛋,友爱!我跟我喜欢的人才友爱,决不跟所有的人友爱……呸!这还像什么社会,简直是个蚂蚁窠!”

“像我这样跟你一样思想的人,在这儿过的有趣日子,你可知道了罢?”

“那么上我们那儿去呀!”

那正是他求之不得的。他问她关于巴黎和法国人的情形。她告诉了他许多事情,可并不完全准确。除了南方人喜欢吹牛的习气,她还本能地想教听的人入迷。据她说,在巴黎谁都是自由的;并且巴黎人个个聪明,所以大家都运用自由而不滥用自由;你爱怎么做就怎么做,爱怎么想就怎么想,爱信什么就信什么,爱什么就爱什么,不爱什么就不爱什么:决没有人多句话。那儿,决没人干预旁人的信仰,刺探旁人的心事,或是管人家的思想。那儿,搞政治的决不越出范围来干涉文学艺术,决不把勋章、职位、金钱,去应酬他们的朋友或顾客。那儿,绝没有什么社团来操纵人家的声名和成功,绝没有受人收买的新闻记者,文人也不相轻,也不互相标榜。那儿,批评界决不压制无名的天才,决不一味捧成名的作家。那儿,成功不能成为不择手段的理由,一帆风顺也不一定就能博得群众的拥戴。人情风俗都那么温厚,那么亲切,那么诚恳。人与人间没有一点儿不痛快。从来没有毁谤人家的事。大家只知道互相帮助。新来的客人,不管是谁,只要真有价值,可以十拿九稳地受到人家欢迎,摆在他面前的尽是康庄大道。这些不计利害的,豪侠大度的法国人心中,全是纯粹的爱美的情绪。他们唯一的可笑是他们的理想主义,为了这个,他们虽然头脑清楚,仍免不了上别的民族的当。

克利斯朵夫听着，连嘴都合不拢来了；那真教人听得出神呢。高丽纳自己也听得飘飘然；至于昨天向克利斯朵夫说她过去的生活如何艰苦等，她完全忘了，而他也一样的记不起。

可是高丽纳并非单单要教德国人喜欢她的国家；她同样关心的是要人家喜欢她本人。倘使一个晚上没有一些调情打趣的玩意儿，她会觉得沉闷而可笑的。她免不了逗弄克利斯朵夫，可是白费；他简直没觉得。克利斯朵夫压根儿不懂什么叫做调情。他只知道爱或不爱。他不爱的时候无论怎么也想不到爱情方面去。他对高丽纳的感情只是热烈的友谊，他从来没领教过这种南方女子的性格；她的魔力，风度，快活的心情，敏捷的理解力，开旷的胸襟，他都体会到；这些已经大大地超过了爱情所需要的条件；可是“爱情之来是不可捉摸的”，这一回它偏不来；至于没有爱情而玩爱情的游戏，他连想也没想到过。

高丽纳看着他一本正经觉得好玩。他在钢琴上弹着他带来的音乐，她挨在他身旁，把裸露的手臂绕着克利斯朵夫的脖子，并且为了看乐谱，她身子往前探着，几乎把脸靠着他的脸。他觉得她的睫毛掠在他的脸上，看见她眼梢里带着俏皮的意味，也看到那张可爱的脸噘着嘴唇笑着，等着。——她的确等着。克利斯朵夫可不懂这暗示，只觉得高丽纳使他弹琴不方便，他不知不觉挣脱了身子，把座椅挪动了一下。过了一会儿，他回过头去想跟高丽纳说话，发觉她拼命想笑，她的酒窝已经在笑了，可还抿着嘴忍着。

“你怎么啦？”他很奇怪地问。

她望了他一下，禁不住哈哈大笑了。

他完全莫名其妙：“你笑什么？难道我说了什么古怪的

话吗？”

他越盯着问，她越笑。快歇住了，一看他那副发呆的神气，她又大笑起来。她站起身子，跑去倒在屋子那一头的大沙发上，把脸埋在靠枕里，让自己笑个痛快，她全身都跟着抽动。他也被她引得笑起来，走过去拍着她的背。等到她称心如意地笑够了，才抬起头来，抹着眼泪，对他伸着手：

“哎啊！你多老实！”她说。

“不见得比别人更坏吧？”

她抓着他的手还在格格地笑：“法国女人不正经是不是？”

（她学着他古怪的法语读音。）

“你这是嘲笑我啊。”他也兴致挺好地回答。

她温柔地望着他，用力摇着他的手，问：“咱们是朋友吗？”

“当然！”他照样摇着她的手。

“高丽纳走了，你会想起她吗，你不恨她吗？这个不正经的法国女人？”

“德国蛮子这么傻，你也不恨他吗？”

“就为他傻才喜欢他呢……你会上巴黎去看我吗？”

“一定的……你会跟我通信吗？”

“我可以赌咒……你也得赌咒。”

“行，我就赌咒。”

“不是这样的。得伸出手来。”

她学着古代罗马人发誓的模样。她要他答应写一个剧本，一出通俗的歌剧，将来译成法语，让她在巴黎上演。下一天她就得跟着剧团走了。他约定后天上法兰克福去看她，剧团要在那边公演。他们又谈了些时候。她送给克利斯朵夫一张照片,上半身差不多是裸体的。两人高高兴兴地分手了,像兄妹似的拥抱了一番。自从高丽纳看出克利斯朵夫很喜欢她而不是爱她以后,她也真的喜欢他,不动爱情而把他当做好朋友。

他们都睡得很好,谁也不做乱梦。第二天他早上有预奏会,不能送她。可是第三天他把事情安排妥当,上法兰克福赴约去了。那只是两三个钟点火车的路程。高丽纳并不以为他真能说到做到;他可把约会看得很认真,戏院开场的时候已经到在那里了。他在休息时间上化妆室去找她,她一看见就又惊又喜地叫起来,扑上他的脖子。他来赴约使她非常感激。克利斯朵夫觉得不痛快的是,法兰克福很多聪明而有钱的犹太人,能够赏识她眼前的美貌,料到她将来的走红,都争着来恭维她。时时刻刻有人上化妆室来,全是些眼睛挺有神而面团团的家伙,用着生硬的口音说些无聊的奉承话。高丽纳当然搔首弄姿地跟他们卖俏;以后跟克利斯朵夫说话也不由得拿腔作调,带着逗弄的口吻,使他不大高兴。她毫无顾忌地在他面前化装,他可一点不感兴趣;眼看她把胳膊、胸脯、脸搽脂抹粉,他只觉得讨厌。他想等戏完了马上就走,不再来找她。他向她告别,抱歉地说不能参加终场以后人家请她的消夜餐,她就非常真诚地表示难过,使他的决心动摇了。她叫人把火车表拿来,证明他能够有,应当有时间多陪她一会儿。他当然很乐意接受她的劝告,便参加了消夜餐;他对于人们的胡闹跟高丽纳对随便什么混蛋都敷衍的手段,居然也不过分显出心中的厌恶。对她是没法记恨的。那么纯朴的姑娘,没有什么道德观念,懒洋洋的,肉欲很强,喜欢玩儿,像孩子一样撒娇,同时又那么正直,那么善良,连她所有的缺点也是自然的,健康的，只能教人发笑，甚至还会喜欢。她说话的时候，克利斯朵夫坐在她对面，望着她生动的脸，精神奕奕的美丽的眼睛，有点儿臃肿的下巴，像意大利人那样的笑容，和善，细腻，可是缺少清秀和灵气：他这一下才把她仔细看清楚了。有些地方使他想起阿达：举动，目光，带点粗俗的卖弄风情的手段；女人总脱不了女人的性格！但他喜欢的是那种南方人的心情，慷慨豪爽，尽量施展她天赋的优点，绝对不装出交际场中的漂亮和书本式的聪明，完全保存着她的和谐，她的身心好像生来就是为在阳光中舒展的。——他走的时候，她特意站起来和他到一边去道别。两人又拥抱了一下，把通信和再见的话重复了几遍。

他搭最后一班火车回去。在一个中间站上，对面开来的火车已经先等在那儿。克利斯朵夫在对方列车的三等车里，——正对着他的车厢，——看见那个陪他看《哈姆莱特》的法国少女。她也看到了克利斯朵夫，认得是他。两人都愣了一愣，不声不响行了个礼，一齐低下头去，连动都不敢动。可是他一眼之间已经看见她戴着一顶旅行便帽，身边放着一口旧提箱。他没想到她离开德国，以为是出门几天。他不知道应不应当和她说话，迟疑了一会儿，心里盘算着和她说些什么，正当他要去放下车窗招呼她的时候，忽然听到开车的信号，就放弃了说话的念头。列车开动之前又过了几秒钟。他们俩面对面望着。彼此的车厢里都没有别人，他们把脸贴在车窗上：透过周围沉沉的黑夜，四只眼睛碰在一起。双重的车窗隔着他们。要是伸出胳膊，还可以碰到呢。咫尺，天涯。车子开动了。她始终望着他，在这个分离的一刹那，她不觉得胆小了。两人望得出了神，连最后一次点点头都没想到。她慢慢地远去了,不见了;他眼看她的列车在黑夜里消灭。像两个流浪的星球似的,他们俩走近了一下,又在无垠的太空中分开了,也许是永久的分开了。

等到看不见她了,他才感到自己心里给那道陌生的目光挖了一个窟窿;他不明白为什么,可是明明有个窟窿。半阖着眼皮,蒙蒙眬眬地靠在车厢的一角,他觉得自己眼睛里深深地印着那一对眼睛的影子;别的思想都静了下来,让他仔细体会那个感觉。高丽纳的形象在心房外面转动,好比一只飞虫扑着窗子;但他不让她进来。

等他下了车,呼吸着夜晚凉爽的空气,在万籁无声的街上走动之下,精神一振,又看到了高丽纳的影子。他回想到那个可爱的女戏子,自个儿微微笑着,又高兴又气恼,因为一忽儿想到她亲热的举动,一忽儿想到她粗俗的调情。

他怕惊醒睡在隔壁屋子里的母亲,不声不响地脱着衣服,一边轻轻地笑着咕噜道:

"这些古怪的法国人!"

可是那天晚上在包厢里听到的一句话又回到他的记忆里:

"像我这样的也有的是。"

他第一次跟法国接触就看到了它双重的性格。但像所有的德国人一样,他根本不想去解答这个谜。回想到车厢里那个少女,他只随便对自己说了句:

"她不像一个法国人。"

仿佛怎么样才能算法国人倒要一个德国人来决定似的。

像法国人也罢,不像法国人也罢,总而言之他想着她;因为他半夜惊醒过来，心里一阵难过；原来他记起了放在少女身边的箱子，忽然明白那姑娘是一去不回的了。其实他早该想到而竟没想到。这一下他却隐隐约约有点儿伤感。但他在床上耸了耸肩想道："那跟我有什么相干？想它干吗！"于是他又睡着了。

可是下一天他出门第一个就碰到曼海姆，叫他勃罗希①，问他可有意思去征服整个法兰西。他从这个有脚告示嘴里，知道包厢的事闹大了，出乎曼海姆的意料之外。

"你真是个大人物，"曼海姆嚷着说，"我甘拜下风了！"

"我又没做什么。"克利斯朵夫回答。

"你真了不起！老实说，我忌妒你。一手抢掉了葛罗纳篷的包厢，还请了他们的法国女教师去代替他们，嘿嘿！那太妙了，我就没这个本领！"

"她是葛罗纳篷家的女教师吗？"

"对，你尽管装不知道，只做是无心的，我也劝你这么办！……爸爸简直不肯罢休。葛罗纳篷一家都气死了！……可是事情很快就有了解决，他们把那姑娘撵走了。"

"怎么！"克利斯朵夫叫起来，"他们把她歇了！……为了我把她歇了？"

"你不知道吗？她没跟你说吗？"

克利斯朵夫表示很难受。

"好家伙，别烦恼了，"曼海姆说，"那也没关系。而且你早该想到的，只要葛罗纳篷他们一发觉……"

"什么？发觉什么？"克利斯朵夫嚷着。

① 勃罗希(1742—1819)为德国将军，曾数次带领普鲁士军队攻进法国。

“发觉她是你的情妇啰!”

“可是我连认识都不认识她,连她是谁也不知道。”

曼海姆微微一笑,意思是说:“你把我当做傻子了。”

克利斯朵夫气恼之下,一定要曼海姆相信他的话。曼海姆便道:“那就更怪了。”

克利斯朵夫骚动起来,说要去找葛罗纳篷,把事实告诉他们,替少女洗刷明白,曼海姆劝他不必:“朋友,你越跟他们解释,他们越不信。何况也太晚了。现在那女孩子已经不知在哪儿了。”

克利斯朵夫难过到极点,竭力想寻访女孩子的踪迹,想写信向她道歉。可是谁也不知道她的事。他上葛罗纳篷家去问,碰了个钉子;他们不知道她上哪儿去的,并且也不关心这种事。克利斯朵夫一心想着自己害了人,悔恨不已。除了悔恨,还有那双眼睛的神秘的魔力,像一道光似的悄悄地照着他的心。岁月的洪流,新的念头,似乎把那魅力与悔恨一齐淹没了,盖掉了;可是它们暗中老在他心底里。克利斯朵夫始终忘不了他所谓他的牺牲者。他发誓要把她找到。明知道机会很少,他却有把握能够和她再见。

至于高丽纳,她从来没复他的信。过了三个月,他不再存什么希望了,忽然收到她一通四十字长的电报,用着怪高兴的语调给他许多亲密的称呼,问“大家是否还相爱”。后来,杳无音讯的差不多隔了一年,又接到一封短信,像小孩子似的把字写得挺大挺潦草,装着贵妇人的口吻,一共只有寥寥几句,都是亲热而古怪的话。以后,又没消息了。她并没忘了他;只是没工夫想到他。

目前,高丽纳的印象还很新鲜,两人交换的计划老在心中盘旋,克利斯朵夫便打算写一阕戏剧音乐给高丽纳去演,其中夹几段她可以唱的调子,——大概是一种诗歌体音乐话剧①的形式。这一门艺术从前在德国极受欢迎,莫扎特曾经热烈称赏;贝多芬,韦伯,门德尔松,舒曼,一切伟大的作家都有制作;但从瓦格纳派的艺术得势,以为替戏剧与音乐找到了一个确切不移的公式之后,诗歌体杂剧就衰落了。瓦格纳派的学究,不单排斥一切新的杂剧,还要把以前的杂剧彻底清除:他们费尽心血把歌剧中所有语体对白的痕迹删掉,替莫扎特、贝多芬、韦伯等补上他们自出心裁的吟咏体;他们很虔诚地把垃圾堆在杰作上面,自以为把大师们的思想给补足了。

高丽纳的批评使克利斯朵夫对于瓦格纳派的朗诵体格外觉得笨重,甚至难听;他考虑到在戏剧中把说白与歌唱放在一处,用吟咏体把它们合在一起,是不是无聊,是不是违反自然:因为那好比把一匹马和一只鸟拴在同一辆车上。说白与歌唱各有各的节奏。一个艺术家为了他所偏爱的一种艺术而牺牲另一种,那是可以理解的。但要在两者之间求妥协,就非两败俱伤不可:结果是说白不成其为说白,歌唱不成其为歌唱。歌唱的壮阔的波澜,势必受狭窄单调的河岸限制;而说白的美丽的裸露的四肢,也要包上一层浓艳厚重的布帛,把手势与脚步都给束缚了。为什么不让它们俩自由活动呢?就像一个美丽

① 音乐话剧(Melodrame)有两种:一是通俗戏剧,以惊心动魄的紧张场面为主,羼杂悲剧与喜剧的成分,间亦用音乐作穿插。另一种为音乐部分极占重要的戏剧,但与歌剧不同,歌唱与说白兼而有之,而说白又有音乐伴奏。历史上著名的例子有贝多芬的《哀格蒙特》、门德尔松的《仲夏夜之梦》、比才的《阿莱城的姑娘》等。

的女子，沿着一条小溪轻快地走着，幻想着，给喁喁的水声催眠着，步履的节奏不知不觉与溪水的歌声相应。这样，音乐与诗歌都自由了，可以并肩前进，把彼此的幻梦融合在一起。当然不是任何音乐任何诗歌都能这样结合的。一般粗制滥造的尝试和恶俗不堪的演员，往往使反对杂剧的人振振有词。克利斯朵夫也久已跟他们一样存着厌恶之心：演员们依着乐器的伴奏念那些语体的吟诵的时候，并不顾到伴奏，并不想把他们的声音与伴奏融合为一，只想教人听到他们的声音：这种荒谬的情形的确使一切有音乐感觉的耳朵受不了。可是从他听到了高丽纳和谐的声音，听到了她流水似的、纯净的声音，像一道阳光照在水里那样在音乐中动荡，和每句旋律的轮廓化成一片，成为一种更自由更流畅的歌声，他仿佛看到了一种新艺术的美。

他或许看得很对；但这一类的艺术倘使要真有价值，可以说是所有的体裁中最难的，像克利斯朵夫那样没有经验的人去贸然尝试，决计免不了危险。尤其因为这种艺术有一个主要条件：就是诗人、艺术家、演员，三方面的努力必须非常调和。克利斯朵夫完全不理会这些，就冒冒失失地去尝试只有他一个人感觉到它的法则的新艺术。

最初他想采取莎士比亚的一出神幻剧①或《浮士德》后部中的一幕来配制音乐。但戏院方面并无意做这种尝试，认为费用既不赀，而且是荒唐的试验。大家承认克利斯朵夫对音乐是内行，但看到他胆敢对戏剧也有所主张，就觉得好笑而不

① 神幻剧（féerie）是音乐部分极占重要的一种戏剧，形式上与音乐话剧相似，但神幻剧内容多以希腊神话或著名诗歌为题材，不似音乐话剧之比较通俗。

把他当真了。音乐与诗歌，好似两个漠不相关而暗中互相仇视的世界。要踏进诗歌的领域，克利斯朵夫必须和一个诗人合作；而这诗人是不容许他选择的，连他自己也不敢选择：因为他不敢信任自己的文学趣味。人家说他完全不懂诗歌，事实上他对于周围的人所赞赏的诗歌，的确完全不懂。凭着他那种老实与固执的脾气，他费了不少苦心去领略这一首诗或那一首诗的妙处，始终没成功，他不胜惶愧，承认自己没有诗人的素质。其实他很爱好某几个过去的诗人；这一点使他还有点安慰。但他爱好那些诗人的方式大概是不对的。他发表过奇特的见解，说唯有把诗译成了散文，甚至译成了外国文的散文而仍不失其为伟大的诗人才算伟大，又说文辞的价值全靠它所表现的心灵。朋友们听了都嘲笑他。曼海姆把他当做俗物。他也不敢辩白。只要听文人谈论音乐，就可知道一个艺术家一旦批评他外行的艺术就要闹笑话。这种例子他天天有得看到，所以他决意承认（虽然心里还有点怀疑），自己对诗歌真是外行，而对那些他信为更在行的人的见解，闭着眼睛接受了。杂志里的朋友们给他介绍了一个颓废派诗人，史丹芬·洪·埃尔摩德，说他写了出别出心裁的《伊芙琴尼亚》。[①]当时的德国诗人和他们的法国同行一样，正忙着把古希腊的悲剧改头换面。埃尔摩德的作品就是半希腊半德国式的那一种，把易卜生、荷马，甚至王尔德的气息混在一起，当然也没忘

① 据希腊神话，伊芙琴尼亚为迈锡尼王阿伽门农之女。希腊人欲在奥利斯港口航海，为逆风所阻。卜者加尔加斯谓当以伊芙琴尼亚祭献与阿耳特弥斯神，方能挽回风向。阿伽门农乃遣于里斯往迎其女，伪称欲以嫁与米米同斯王阿喀琉斯。及伊芙琴尼亚至，将行祭礼时，神示忽称可以牝鹿代供牺牲。此项情节自古希腊以来，剧作者多采作题材。

了查看一下考古学。他所写的阿伽门农是个神经衰弱病者，阿喀琉斯是个懦怯无用的人：他们互相怨叹自己的处境；而这种怨叹当然也无济于事。全剧的重心都在伊芙琴尼亚一个人身上：她又是一个神经质的、歇斯底里的、迂腐的伊芙琴尼亚，教训着那些英雄，狂叫怒吼，对着大众宣说尼采派的厌世主义，结果是醉心于死而在狂笑中自刎了。

这部狂妄的作品，完全代表一个穿着希腊装束的没落的野蛮民族，与克利斯朵夫的精神根本是不相容的。但周围的人都异口同声地说是杰作。他变得懦弱了，也信了他们的话。其实他脑子里装满了音乐。念念不忘的是音乐而非剧本。剧本只等于一个河床，给他用来宣泄热情的巨流的。真正为诗歌配制音乐的作家必须懂得退让，放弃自己的个性，克利斯朵夫可绝对办不到。他只想到自己，没想到什么诗歌；而他还不愿意承认这一点。他自以为了解诗人的作品：殊不知他所了解的根本不是原作的意思。像小时候一样，他脑子里编了一个脚本，跟摆在眼前的那个毫不相干。

等到排演的时候，他可发现了作品的真面目。有一天他听着其中的一幕觉得荒谬至极，以为是演员们把它改了样；他不但当着诗人向演员解释剧本，还对那个替演员们辩护的诗人解释。作者不服气了，怪不高兴地说他总该明白自己所要表白的东西罢。克利斯朵夫一口咬定埃尔摩德完全不了解剧本。众人听了哄堂大笑，克利斯朵夫才觉得自己闹了笑话。他住了嘴，承认那些诗句究竟不是自己写的。于是他看出了剧本的荒谬，大为丧气；他不懂怎么早先会误解的。他骂自己糊涂，扯着自己的头发。他想聊以自慰，暗暗地说："好罢，我根本没懂。别管剧本，只管我的音乐罢！"——可是剧中人的举动，姿势，说话的无聊，装腔作势的激昂，不必要的叫喊，使他受不了，甚至在指挥乐队的时候连棍子都举不起来，恨不得去躲在提示人的洞里。他太坦白，太不懂世故了，没法掩藏自己的感想，使朋友、演员、剧作者，每个人都感觉得清清楚楚。

"是不是你不喜欢这个作品？"埃尔摩德冷笑着问。

克利斯朵夫鼓着勇气回答："说老实话，我不喜欢。我不懂。"

"那么你写音乐以前，没把剧本念过一遍吗？"

"念过的，"克利斯朵夫天真地说，"可是我误会了，把作品了解错了。"

"可惜你没有把你所了解的自己写下来。"

"唉！我要能自己写才好呢！"克利斯朵夫说。

诗人气恼之下，为了报复，也批评他的音乐了。他埋怨它繁重，使人听不到诗句。

诗人固然不了解音乐家，音乐家也固然不了解诗人，演员们却是对他们俩都不了解，而且也不想了解。他们只在唱词中找些零星的句子来卖弄自己的特长。他们绝对不想把朗诵去适应作品的情调和节奏：他们和音乐分道扬镳，各自为政，仿佛他们永远没把音唱准似的。克利斯朵夫气得咬牙切齿，拼命把一个一个的音符念给他们听：可是他叫他的，他们唱他们的，根本不懂他的意思。

要不是为了已经排演到相当程度，怕取消了会引起诉讼，克利斯朵夫早就放弃这个戏了。曼海姆听到他灰心的话，满不在乎地说：

"怎么啦？事情很顺当啊。你们彼此不了解吗？哦！那有什么关系？除了作家本人，谁又懂得一件作品？作家自己能懂，已经算了不起了！”

克利斯朵夫为了诗的荒谬非常担心，说是会连累他的音乐的。曼海姆当然知道那些诗不近人情，埃尔摩德也是个无聊家伙；可是他觉得无所谓：埃尔摩德请客的时候饭菜挺好，又有一个美丽的太太：批评界对他还能要求什么呢？——克利斯朵夫耸耸肩，说他没有工夫听这种轻薄话。

“哪里是轻薄话！”曼海姆笑着说，“他们都是些老实人！完全不知道人生中什么是重要的。”

他劝克利斯朵夫别为埃尔摩德的事那么操心，得想到自己的事。他鼓励他做些宣传工作。克利斯朵夫不胜愤慨地拒绝了。一个新闻记者来问到他的身世，他憋着气回答：“跟你有什么相干！”

又有人代表一个杂志来向他讨照相，他直跳起来，说谢谢老天，他没有做德皇，用不着把照片摆在街上给路人瞧。要他跟当地最有势力的沙龙有所联络简直不可能。他不接受人家的邀请；便是不得不接受了，临时又忘了去，或是心绪恶劣地去，好像存心跟大家怄气。

而最糟的是，上演的前两天，他和杂志方面的人也闹翻了。

不可避免的事终于发生了。曼海姆继续篡改克利斯朵夫的文字，把批评的段落毫无顾忌地整行整行地删掉，写上恭维的话。

有一天，克利斯朵夫在某个沙龙里遇见一个演奏家，——一个被他痛骂过的小白脸式的钢琴家，嘻开着雪白的牙齿向他道谢。他厉声回答说用不着谢。那钢琴家依旧絮絮叨叨地表示感激。克利斯朵夫直截了当地打断了他的话,说要是他满意他的批评,那是他的事,可是写的人绝不是想使他满意的;说罢他转过身子不理了。演奏家以为他好人歹脾气,便笑着走开了。克利斯朵夫可记起不久以前收到另一个被他痛骂的人的谢启,突然起了疑心,便出去到报亭里买了份最近期的杂志,找出他那篇的文字读了一遍……当时他竟以为自己疯了。过了一会儿,他恍然大悟,便气得什么似的奔到社里去。

华特霍斯与曼海姆正在那儿跟一个相熟的女演员谈天。他们用不着问克利斯朵夫的来意。他把杂志往桌上一摔,连喘口气都等不及,就气势汹汹地对他们破口大骂,又是叫又是嚷,说他们是坏蛋,是无赖,是骗子,抓着一张椅子使劲望地板上乱捣。曼海姆还想嘻嘻哈哈:克利斯朵夫要飞起脚来踢他的屁股。曼海姆逃在桌子后面捧腹大笑。华特霍斯可是对他一脸瞧不起的样子,拿出尊严沉着的气派,竭力在喧闹声中表示不答应人家对他用这种口气,教克利斯朵夫等他的消息;一边把名片递给他。① 克利斯朵夫拿来扔在他脸上,叫道:

"摆什么臭架子!……用不着你的名片,我早知道你是什么东西了……你是个流氓,骗子!……你想我会跟你决斗吗?……哼,你只配给人家揍一顿!……"

他的声音直闹到街上,连走路人都停下来听。曼海姆赶紧关起窗子。那女客吓坏了,想溜,可是克利斯朵夫把房门堵住了。华特霍斯脸色发了青,连气都透不过来;曼海姆涎皮赖脸地笑着,两人嘟嘟囔囔地想跟他争。克利斯朵夫可绝对不让他们开口,把所能想象到的最不中听的话对他们说尽了,直

① 西俗:两人吵架时一造把名片递给对造是表示愿意决斗。

到无可再骂,连气都塞住了才走掉。而华特霍斯和曼海姆等他走了才能说出话来。曼海姆马上又活泼了:他挨了骂不过像鸭子淋了阵雨。可是华特霍斯愤怒到极点,他尊严受了伤害;而且当着别人受辱,他尤其不能原谅。同事们也跟着附和他。社里所有的同人中唯有曼海姆不恨克利斯朵夫:他拿他耍弄够了,觉得听几句粗话不能算划不来。那是怪有趣的玩意儿,假使这种事临到他,他自己就会先笑的。所以他准备跟克利斯朵夫照常来往,好像根本没那回事。克利斯朵夫可记在心上,不管对方怎样来迁就他,始终拒绝。曼海姆也无所谓:克利斯朵夫是个玩具,已经给他称心如意地玩够了;他又在进攻另一个傀儡了。从此他们断绝了关系。但曼海姆在人家提到克利斯朵夫的时候依旧说他们是好朋友。也许他的确这样想。

吵架以后两天,《伊芙琴尼亚》公演了。结果是完全失败。华特霍斯的杂志把剧本恭维了一阵,对音乐只字不提。别的刊物可快活极了。大家哄笑,喝倒彩。戏演了三场就停了,众人的笑骂可并不跟着停止:能有个机会说克利斯朵夫坏话真是太高兴了;连续好几个星期,《伊芙琴尼亚》成为挖苦的资料。大家知道克利斯朵夫再没自卫的武器,就尽量利用机会,唯一的顾忌是他在宫廷里的地位。虽然他跟那位屡次责备他而他置之不理的大公爵很冷淡,他仍不时在爵府里走动,所以群众认为他还得到官方的支持,——有名无实的支持。——而他还要把这最后一个靠山亲自毁掉。

他受了批评。它不但针对他的作品,还牵涉他那个新的艺术形式,那是人家不愿意了解的,可是要把它歪曲而使它显得可笑倒很容易。对于这种恶意的批评,最好是置之不理,继续创作:但克利斯朵夫还没有这点儿聪明。几个月以来,他养成了坏习惯,对一切不公平的攻击都要还手。他写了一篇把敌人们丑诋一顿的文章,送给两家正统派的报馆,都被退回了,虽然退稿的话说得很婉转,仍带着讥讽的意味,克利斯朵夫固执起来,非想法登出来不可。他忽然记起城里有一份社会党的报纸曾经想拉拢他。他认识其中的一位编辑,有时和他讨论过问题的。克利斯朵夫很高兴能找到一个人,敢毫无忌讳地谈到当局,军队,和一切压迫人的古老的偏见。可是谈话的题目也至此为止,因为那社会主义者说来说去脱不了马克思,而克利斯朵夫对他就没有兴趣。他觉得那个思想自由的人物,除了一套他不大喜欢的唯物主义以外,还有刻板的教条,思想方面的专制,暗中崇拜武力,简直是另一极端的军国主义;总之他的论调和克利斯朵夫在德国每天听到的并没多大分别。

虽然如此,他被所有的编辑封锁之后,他所想到的还是这位朋友和他的报纸。他很知道他的举动会骇人听闻:那份报纸素来很激烈,专门骂人,大家都认为要不得的;但克利斯朵夫从来不看它的内容,所以只想到那些大胆的思想(那是他不怕的),而没想到它所用的卑鄙的口吻(那是他看了也要厌恶的)。并且别的报纸暗中联合起来打击他,使他恨无可泄,所以即使他知道报纸的内容,也不见得会顾虑。他要教人知道要摆脱他没这么容易。——于是他把那篇文章送到社会党报纸的编辑部,大受欢迎。第二天,文章就给登出来了,编者还加上一段按语,大吹大擂地说他们已经约定天才青年,素来对工人阶级的斗争极表同情的克拉夫脱同志长期执笔。

克利斯朵夫既没看到自己的文章,也没看到编者的按语;那天是星期日,天没亮他就出发往乡下散步去了。他兴致很好,看着太阳出来,又笑又叫,手舞足蹈。什么杂志,什么批评,一股脑儿丢开了!这是春天,大自然的音乐,一切音乐中最美的音乐,又奏起来了。黑洞洞的,闷人的,气味难闻的音乐厅,可厌的同伴,无聊的演奏家,都给忘得干干净净!只听见喁喁细语的森林唱出奇妙的歌声;令人陶醉的生气冲破了地壳,在田野中激荡。

他给太阳晒得迷迷糊糊地回家,母亲递给他一封信,是他不在的时候爵府里派人送来的;信上用的是公事式的口气,通知克拉夫脱先生当天上午就得到府里去一次。上午早已过了,时间快到一点,克利斯朵夫可并不着急。

"今儿太晚了,"他说,"明儿去吧。"

可是母亲觉得不妥:"不行,亲王找你去,你得马上去,或许有什么要紧事儿。"

克利斯朵夫耸耸肩:"要紧事儿?那些人会跟你谈什么要紧事儿吗?……还不是说他那一套关于音乐的见解,教人受罪!……只希望他别跟西格弗里德·曼伊哀①比本领,也写一曲什么《颂歌》!那我可不客气喽。我要对他说:你干你的政治吧!你在政治方面是主人,永远不会错的,可是艺术,替我免了吧!谈到艺术,你的头盔,你的羽饰,你的制服,你的头衔,你的祖宗,统没有啦;……我的天!试问你没有了这些,你还剩什么?"

① 西格弗里德·曼伊哀为当时德国写煽动文字的评论家替德皇起的诨名。——原注

把什么话都会当真的鲁意莎举着手臂喊起来：

“怎么能说这个话！……你疯了！你疯了！……”

他看母亲信以为真，更故意跟她玩儿，尽量吓唬她。鲁意莎直到他越来越荒唐了才明白他在逗她，便转过背去说：“你太胡闹了，孩子！”

他笑着拥抱她。他兴致好极了：散步的时候有个美丽的调子在胸中蹦呀跳的，好似水里的鱼儿。他肚子饿得很，必要饱餐一顿才肯上爵府去。饭后，母亲监督着他换衣服；因为他又跟她淘气，说穿着旧衣衫和沾满了灰土的鞋子，也没有什么不体面。但临了他仍旧换了一套衣服，把鞋子上了油，嘴里嘁嘁喳喳地打着唿哨，学做各式各种的乐器。穿扮完了，母亲给检查了一遍，郑重其事地替他把领带重新打过。他竟例外地很有耐性，因为他对自己很满意，——而这也不是常有的事。他走了，说要去拐走阿台拉伊特公主。那是大公爵的女儿，长得相当美，嫁给德国的一个小亲王，此刻正回到母家来住几个星期。克利斯朵夫小时候，她对他很好；而他也特别喜欢她。鲁意莎说他爱着她，他为了好玩也装做这个样子。

他并不急于赶到爵府，一路瞧瞧铺子，看到一条像他一样闲荡的狗横躺着在太阳底下打哈欠，就停下来把它摩一会儿。他跳过爵府广场外面的铁栏，——里头是一大块四方形的空地，四面围着屋子，空地上两座喷水池有气无力地在那儿喷水；两个对称的没有树荫的花坛，中间横着一条铺着沙子的小路，像脑门上的一条皱痕，路旁摆着种在木盆里的橘树；场子中央放着一座不知哪一个公爵的塑像，穿着路易·菲利浦式的服装，座子的四角供着象征德性的雕像。场中只有一个闲人坐在椅子上拿着报纸打盹。府邸的铁栏前面，等于虚设的岗位上空无一人。徒有其名的壕沟后面,两尊懒洋洋的大炮似乎对着懒洋洋的城市打哈欠。克利斯朵夫看着这些扯了个鬼脸。

他走进府第,态度并不严肃,至多是嘴里停止了哼唱,心却照旧快活得直跳。他把帽子往衣帽间的桌上一扔,毫不拘礼地招呼他从小认识的老门房。——当年克利斯朵夫跟着祖父晚上第一次到府里来看哈斯莱,他已经在这儿当差了:——老头儿对于他嘻嘻哈哈的说笑一向不以为忤,这一回却是神色傲慢。克利斯朵夫没注意。更往里走,他在穿堂里又碰到一个秘书处的职员,平素对他怪亲热,话挺多的,这回竟急急忙忙地走过了,避免和他搭讪,克利斯朵夫看了很奇怪。可是他并不拿这些小节放在心上,只管往前走去,要求通报。

他进去的时候,里头刚吃过中饭。亲王在一间客厅里,背靠着壁炉架,抽着烟和客人谈天;克利斯朵夫瞥见那位公主也在客人中间抽着烟卷,懒洋洋地仰在一张靠椅中,和四周的几个军官高声说着话。宾主都很兴奋;克利斯朵夫进门就听到大公爵一片粗豪的笑声。可是亲王一看见克利斯朵夫,笑声马上停止。他咕噜了一声,直扑过来嚷道:

"嘿!你来啦!你终于赏光到这儿来啦!你还想把我耍弄下去吗?你是个坏东西,先生!"

克利斯朵夫被这当头一棒打昏了,待了好一会儿说不上话来。他只想着他的迟到,那也不至于受这样的羞辱啊,他便结结巴巴地说:"亲王,请问是怎么回事?"

亲王不理他,只顾发脾气:"住嘴!我决不让一个坏蛋来侮辱我。"

克利斯朵夫脸色发了白,喉咙抽搐着发不出声音;他挣扎了一下，嚷道：

“亲王，您既没告诉我是什么事，也就没权利侮辱我。”

大公爵转身对着他的秘书，秘书马上从袋里掏出一份报纸。他生那么大的气，不光是因为性子暴躁，过度的酒也有相当作用。他直跳到克利斯朵夫面前，像斗牛士拿着红布一般，抖开那张打皱的报纸拼命挥舞，怒不可遏地叫着：

“瞧你的脏东西，先生！……你就配人家把你的鼻子揿在里面！”

克利斯朵夫认出那是社会党的报纸：“我不觉得这有什么不对的地方。”他说。

“怎么！怎么！你那样的无耻！……这份混账的报纸！那帮流氓天天侮辱我，说着最下流的话骂我！……”

“爵爷，我没看过这个报。”

“你扯谎！”

“我不愿意您说我扯谎，”克利斯朵夫说，“我没看过这个报，我只关心音乐。并且，我自有爱在哪儿发表文章就在哪儿发表的权利。”

“你什么权利也没有，唯一的权利是不开口。过去我待你太好了。我给了你跟你的家属多少好处，照你们父子两个的行为，我早该跟你们断绝了。我不准你再在跟我捣乱的报上发表文字。并且将来不经我的许可，也不准你再写什么文字。你为音乐掀起的笔墨官司，我也看够了。凡是有见识有心肝的人，真正的德国人所看重的东西，我不准一个受我保护的人去加以攻击。你还是作些高明一点的曲子罢，要是作不出，那么练习练习你的音阶也好。我不要音乐界里来一个社会党，搞些诋毁民族的光荣，动摇人心的玩意儿。谢谢上帝！

我们知道什么是好东西,用不着你来告诉我们。所以,还是弹你的琴去罢,先生,别跟我们捣乱!"

肥胖的公爵正对着克利斯朵夫,把恶狠狠的眼睛直瞪着他。克利斯朵夫脸色发了青,想说话,扯了扯嘴唇,嘟囔着说:

"我不是您的奴隶,我爱说什么就说什么,爱写什么就写什么……"

他气都塞住了,羞愤交迸,快要哭出来;两条腿在那里发抖。他动了动胳膊,把旁边家具上的一件东西撞倒了。他觉得自己非常可笑,也的确听见有人笑着;他模模糊糊地看到公主在客厅那一头和几个客人交头接耳,带着可怜他和讥讽他的意味。从这时起,他就失了知觉,不知道经过些什么情形。大公爵嚷着。克利斯朵夫嚷得更凶,可不知道自己说些什么。秘书和另一个职员走过来要他住嘴,被他推开了;他一边说话一边无意中抓着桌上的烟灰碟子乱舞。他听见秘书喊着:

"喂,放下来,放下来! ……"

他又听见自己说着没头没脑的话,把烟灰碟子往桌边上乱捣。

"滚出去!"公爵愤怒至极,大叫起来,"滚! 滚! 替我滚!"

那些军官走过来想劝公爵。他好像脑充血似的突着眼睛,嚷着要人家把这个无赖赶出去。克利斯朵夫心头火起,差点儿伸出拳头去打公爵的脸;可是一大堆矛盾的心理把他压住了:羞愧,愤怒,没有完全消灭的胆怯,日耳曼民族效忠君王的性格,传统的敬畏,在亲王面前素来卑恭的习惯,都在他心头乱糟糟地混在一起。他想说话而不能说话,想动作而不能动作;他看不见了,听不见了,让人家把他推了出来。

他在仆役中间走过。他们声色不动地站在门外,把吵架的情形都听了去。走出穿堂的二三十步路,他仿佛走了一辈子。回廊越走越长,似乎走不完的了! ……从玻璃门里望见的外边的阳光,对他像救星一样……他踉踉跄跄地走下楼梯,忘了自己光着脑袋,直到老门房叫他才回去拿了帽子。他拿出全身的精力才能走出府第,穿过院子,回到家里。路上他把牙齿咬得格格地响。一进家里的大门,他的神气跟哆嗦就把母亲吓坏了。他推开了她,也不回答她的问话,走进卧房,关了门倒在床上。他抖得那么厉害,竟没法脱衣服,气也透不过来,四肢也瘫痪了。……啊! 但愿不再看见,不再感觉,不必再支撑这个可怜的躯壳,不必再跟可羞可鄙的人生挣扎,没有气没有思想地倒下去,不要再活,脱离世界! ……——他费了好大的劲才脱下衣服,乱七八糟地摔在地下,人躺在床上,把眼睛蒙住了。屋子里什么声音都没有,只有他的小铁床在地砖上格格地响。

鲁意莎贴在门上听着,敲着门,轻轻地叫他:没有回音。她等着,听着房里寂静无声好不揪心,然后她走开了。白天她来了一两次,晚上睡觉之前又来了一次。一天过去了,一夜过去了:屋子里始终没有一点声音。克利斯朵夫忽冷忽热,浑身哆嗦,哭了好几回;半夜里他抬起身子对墙壁晃晃拳头。清早两点左右,发疯似的一阵冲动使他爬下了床,半裸着湿透的身子,想去杀死大公爵。恨与羞把他折磨着,身心受着火一般的煎熬。可是这场内心的暴风雨在外面一点都不表现出来:没有一句话,没有一个声音。他咬紧牙齿,把一切都压在肚里。

第二天他照常下楼:精神上受了重伤,一声不出,母亲也一句不敢动问。她已经从邻居那边知道了原委。整天他坐在椅子里烤火,跟哑巴一样,浑身发烧,驼着背像老头儿。母亲不在的时候,他就悄悄地哭。

傍晚,社会党报纸的编辑来找他。自然,他已经知道了那件事而来打听细节。克利斯朵夫很感激,天真地以为那是对他表示同情,是人家为了连累他而来向他道歉。他要挣面子,对过去的事一点不表后悔,不觉把心上的话全说了出来:跟一个像自己一样恨压迫的人痛痛快快谈一谈,他觉得松了口气。那编辑逗他说话,心里想即使克利斯朵夫不愿亲自动笔,至少可以供给材料,让他拿去写篇骇人听闻的文章。他预料这位宫廷音乐家受了羞辱,一定会把他高明的笔战功夫,和他所知道的宫廷秘史(那是更有价值的),贡献给社会党。他认为用不到过分的含蓄,便老老实实把这番意思对克利斯朵夫说了。克利斯朵夫跳起来,声明他一个字都不能写:由他去攻击大公爵,人家会看做他报私仇;过去他发表自己的思想是冒着危险的,现在他一无束缚之后,反而需要谨慎了。那编辑完全不了解这些顾虑,认为克利斯朵夫没出息,骨子里还是个吃公事饭的,他尤其以为克利斯朵夫是胆小。

"那么,"他说,"让我们来:由我动笔。你什么都不用管。"

克利斯朵夫求他不要写,但他没法强制他不写。而且对方告诉他这件事不单和他个人有关,连报纸也受到侮辱,他们有权利报复的。这一下克利斯朵夫无话可说了,他充其量只能要求别滥用他的某些心腹话,那是拿他当做朋友而非当做新闻记者说的。对方一口答应下来。克利斯朵夫仍旧不大放心:他这时候才明白自己的莽撞,可是已经太晚了。——客人一走，他回想起说过的话不禁害了怕，立刻写信给编辑，要求他无论如何不能和盘托出；——可怜他在信里把那些话又重复了一部分。

第二天，他迫不及待地打开报纸，在第一版上就看到了他全部的故事。他上一天所说的一切，经过新闻记者那种添枝加叶的手段，当然是夸大得不成样了。那篇文章用着卑鄙而激烈的语调把大公爵和宫廷骂得淋漓尽致。某些细节明明只有克利斯朵夫知道，很可以令人疑心通篇是他的手笔。

这一个新的打击可是中了克利斯朵夫的要害。他一边念一边直淌冷汗，念完之后简直吓昏了。他想跑到报馆去；但母亲怕他闯祸，——而这也不无理由，——把他拦住了。他自己也怕；觉得要是去了，说不定又会闹出什么傻事来；于是他待在家里，——做了另外一件傻事。他写了一封义正词严的信，痛责记者的行为，否认那篇文章里的事实，表示跟他们的一党决绝了。这篇更正并没登出来。克利斯朵夫再写信去，一定要他们披露他的信。人家把他发表谈话那晚的第一封信抄了一份副本寄给他，问他要不要把这封信一起发表。他这才觉得给他们拿住了。以后他不幸在街上又碰见那位冒失的记者，少不得把他当面骂一顿。于是第二天报上又登出一篇短文，说那些宫廷里的奴才，即使被主子撵走了还是脱不了奴性；再加上几句影射最近那件事的话，使大家都明白是指的克利斯朵夫。

赶到谁都知道克利斯朵夫连一个后台也没有了的时候，他立刻发觉自己的敌人多得出乎意料。凡是被他直接间接中伤过的人，不问是个人受到批评的，或是思想与识见受到指摘的,都马上对他反攻,加倍地报复。至于一般的群众,当初克利斯朵夫振臂疾呼,想把他们从麻痹状态中唤醒过来的人,现在看着这个想改造舆论、惊扰正人君子的好梦的狂妄的青年受到教训,也不禁暗暗称快,克利斯朵夫掉在水里了。每个人都拼命把他的头揿在水底下。

他们并不是一齐动手的。先由一个人来试探虚实,看见克利斯朵夫不还手就加紧攻势。然后别的人跟着上前,然后大队人马蜂拥而来。有些人把这种事看做有趣的玩意儿,好似小狗喜欢在漂亮地方放屁:那都是些外行的新闻记者,好比游击队,因为一无所知,只把胜利的人捧一阵,把失败的骂一顿,教人忘掉克利斯朵夫。另外一批却搬出他们的原则来作猛烈的攻击。只要一经他们的手,世界上就可以变得寸草不留:那是真正的批评界,致人死命的批评界。

幸而克利斯朵夫是不看报的。几个忠实的朋友特意把诬蔑最厉害的几份报寄给他。可是他让它们堆在桌上,不想拆阅。最后有一篇四周用红笔勾出的文字引起了他的注意;原来说他所作的歌像一头野兽的咆哮,他的交响曲是疯人院里的出品,他的艺术是歇斯底里的,他的抽风似的和声只是遮掩他心灵的枯索与思想的空虚。那位很知名的批评家在结论里说:

"克拉夫脱先生从前以记者的身份写过些东西,表现特殊的文笔与特殊的口味,在音乐界中成为笑谈。当时大家好意劝他还是作他的曲子为妙。他的近作证明那些劝告虽然用心甚好,可并不高明。克拉夫脱先生只配写写那种文章。"

看了这一篇,克利斯朵夫整个上午不能工作;他又去找别的骂他的报纸,预备把失意的滋味饱尝一下。可是鲁意莎为了收拾屋子,老喜欢把所有散在外面的东西丢掉,那些报纸早给她烧了。他先是生气,随后倒也安慰了,把那份留下来的报递给母亲,说这一份也早该一起扔在火里的。

可是还有使他更难受的侮辱呢。他寄给法兰克福一个有名的音乐会的一阕四重奏,被一致地否决了,①而且并不说明理由。科隆乐队有意接受的一阕序曲,在他空等了几个月之后也给退回来,说没法演奏。但最难堪的打击是出于当地的某音乐团体。指挥于弗拉脱是个很不差的音乐家,但和多数的指挥一样,一点没有好奇心;他有那种当指挥的特有的惰性:凡是已经知名的作品,他可以无穷尽地重复搬弄,而一切真正新颖的艺术品却被视为洪水猛兽,避之唯恐不及。他永不厌倦地组织着贝多芬,莫扎特,或是舒曼的纪念音乐会:在这些作品里头,他只要让那些熟悉的节奏把自己带着跑就是了。反之,现代的音乐就教他受不住。但他不敢明白承认,还自命为能够赏识有天才的青年;实际是这样的:假如人家给他一件仿古的作品,——仿一件五十年前算是新的作品,——他的确极表欢迎,甚至会竭力教大众接受。因为这种东西既不妨害他演奏的方式,也不会扰乱大众感受作品的方式。可是一切足以危害这美妙的方式而要他费力的作品,他都深恶痛绝。只要开辟新路的作家一天没有成名,他鄙薄的心就一天不会消失。假使这作家有成功的希望,他的鄙薄就一变而为憎恨,——直到作家完全成功的那一天为止。

克利斯朵夫当然谈不到有成功的希望,那才差得远呢。所以他间接知道于弗拉脱先生很愿意演奏他的作品,不禁大

① 凡作家投寄新作于音乐团体请其演奏时,当先由乐队董事会投票表决。

为诧异。这位指挥是勃拉姆斯的好朋友,也是被克利斯朵夫在杂志上痛诋过的别的几个音乐家的朋友,因此克利斯朵夫更觉得他的表示出乎意料。但他自己是好人,以为他的敌人也像他一样的宽宏大度。他猜想他们是看到他受到攻击,特意要表示他们决不做小心眼儿的报复:想到这点,他竟为之感动了。他送了一阕交响诗给于弗拉脱,附了一封情词恳切的信。对方教乐队秘书复了信,措辞冷淡,可是很有礼貌,声明他的曲子已经收到,但照会章规定,作品在公开演奏之前必须提交乐队先行试奏。章程总是章程:克利斯朵夫当然没有话说。而且这纯粹是种手续,免得一般讨厌的鉴赏家多所议论。

两三个星期以后,克利斯朵夫接到通知,说他的作品快要试奏了。照规矩,这种试奏是不公开的,连作家本人也不能旁听。事实上所有的乐队都容许作家到场,他只是不公然露面罢了。每个人都知道他在这儿,而每个人都装做不知道。到了那天,一个朋友来把克利斯朵夫带进会场,拣着一个包厢坐下。他很奇怪地发觉,这个不公开的预奏会居然差不多会客满,至少在楼下:大批的时髦朋友,有闲阶级,批评家,都在那里咭咭呱呱,非常兴奋。乐队照例是装做不知道有这些人的。

开场是勃拉姆斯采用歌德《冬游哈尔茨山》里的一段所作的狂想曲,有女低音独唱和男声合唱,由乐队伴奏的。克利斯朵夫早就讨厌这件作品的浮夸的感伤情调,以为这或许是勃拉姆斯党一种挺客气的报复,因为他从前很不恭敬地批评过这个曲子,特意强迫他听一遍。他想到这点不由得笑了,而听到以后又紧接着被他攻击过的两个别的作家的东西,他认为更有意思了:可见他猜得不错,他们的用意不是很显明了吗?他一边装着鬼脸,一边想这究竟是挺公平的斗争:他虽不欣赏那音乐,可很能欣赏这种玩笑。群众对着勃拉姆斯和同一派的作品热烈鼓掌的时候,克利斯朵夫也俏皮地附和几下。

终于轮到克利斯朵夫的交响曲了。乐队和听众之间都有人向他的包厢瞟几眼,证明大家知道他在场。他尽量地躲起来。他等着,心跳得很厉害。音乐像河水般悄悄地集中在一处,但等指挥的棍子一动就马上决破堤岸:在这种情形之下,每个作曲家都会觉得惴惴不安,他自己还从来没听到这个作品演奏的效果。他所幻想的生灵究竟是什么面目呢?声音又是怎么样的呢?他觉得它们在他心中轰轰地响;他靠在音响的深渊之上浑身哆嗦,急于要知道出来的是什么。

出来的却是一种无名的东西,一片不成形的混沌。明明是支撑高堂大厦的结实的梁柱,出来的可是没有一组站得住的和弦,它们相继瓦解,好似一座只有断垣残壁的建筑物,除了灰土瓦砾之外,一无所有。克利斯朵夫竟不敢相信奏的是他的作品。他找不到他思想的线条和节奏,根本认不出自己的思想了:只觉得它嘟嘟囔囔,摇摇晃晃,好比一个扶墙摸壁的醉鬼;他羞死了,仿佛自己就在当众表现这副醉鬼的模样。他明知他写的不是这种东西,可是没用:一个荒唐的代言人把你的话改头换面的变了样,你自己也会当场糊涂起来,弄不清你对这种荒谬的情形应不应当负责。至于群众,他们可不理会这些:他们相信表现的人,歌唱的人,相信他们听惯的乐队,正如相信他们读惯的报纸一样:他们是决不会错的;要是他们说了荒唐的话,一定是作者荒唐。这一回群众尤其不会起疑,因为他们原来就要相信作者可笑。克利斯朵夫还以为指挥也觉察到这种混乱的情形,会教乐队停下来重新开始的。各种乐器都失去了联络。圆号插进来的时候,落后了一拍子,又继续吹了好几分钟,才若无其事地停下来倒去口水。有几段双簧管的部分竟消灭得无影无踪。哪怕是最精细的耳朵也没法找到乐思的线索,甚至不能想象它有什么线索可言。变化很多的配器法,幽默的穿插,都给恶俗的演奏变得可笑了。作品显得荒谬绝伦,简直是一个白痴,是一个完全不懂音乐的人开的玩笑。克利斯朵夫扯着自己的头发,竟想跑出去阻断乐队的演奏;于是陪着他的朋友把他挡住了,说指挥先生自会辨别出演奏的错误而全部纠正的,——何况克利斯朵夫根本不该出头露面,他的指摘只有把事情弄得更糟。他把克利斯朵夫硬留在包厢里。克利斯朵夫听他摆布,只是把拳头敲着自己的脑门;而每次听到一段太不像话的表演,就又愤怒又痛苦地咕噜几声:"孽障!孽障!……"他一边呻吟,一边咬着手不让自己叫出来。

那时除了错误的音符,群众也开始骚扰,有了声音。先还不过是一种震颤的音浪;不久克利斯朵夫分明听到他们在笑了。乐师给他们暗示,有几个竟老实不客气表示忍俊不禁。群众明白了作品真的可笑时,便捧腹大笑起来,全场的人都乐死了。赶到一个节奏很强的主题又在低音提琴上出现,而给表现得特别滑稽的时候,大家更乐不可支。只有指挥一个人在喧闹声中不动声色地继续打着拍子。

曲子终于奏完了:——(世界上最得意的事也要结束的。)——那才轮到大众开口。他们高兴至极,闹哄了好几分钟。有的怪声嘘叫,有的大喝倒彩:更俏皮的人却喊着"再来一次!"花楼中有人用男低音摹仿那个可笑的主题。别的捣乱分子跟上来争奇斗胜。还有人嚷道:"欢迎作家!"——这些风雅人士好久没有这样的乐了。

等到喧闹声稍微静了一些，乐队指挥若无其事地把大半个脸对着群众，可是仍装做看不见群众，——（因为乐队是始终认为没有外人在场的）——向乐队做了一个记号表示他要说话。有人嘘了一声，全场静默了。他又等了一忽儿才用着清楚、冷酷、斩钉截铁的声音说：

"诸位，我一定不会让这种东西奏完的，要不是为了把胆敢侮辱勃拉姆斯大师的那位先生给大家公断一下的话。"

说完了，他跳下指挥台，在大众的欢呼声中走了出去。掌声继续到一两分钟之久，但他竟不再出场。乐队里的人开始散了。群众也只能走了。音乐会已经告终。

大家总算过了一天快乐的日子。

克利斯朵夫已经出了包厢。他一看见指挥走下台，便立刻冲出去，三脚两步地奔下楼，要去打指挥的嘴巴。陪他来的朋友在后面追着，想拦住他。克利斯朵夫把他一推几乎跌下楼梯：——（他很有理由相信这位朋友也是做这个圈套的一分子。）——还算是于弗拉脱的运气，也是克利斯朵夫的运气，后台的门关着，尽管他用拳头乱敲也敲不开。而群众已经从会场里出来，克利斯朵夫不得不赶快溜了。

他当时的情形真是没法形容：他漫无目的地走着，舞动着手臂，骨碌碌地转着眼珠，大声地自言自语，活像一个疯子；愤慨与狂怒的叫声越来越响了。街上差不多没有什么人。音乐会场是上年在城外新盖的；克利斯朵夫不知不觉穿过荒地，向郊外走去；荒地上东一处西一处有几所板屋和正在建造的屋子，四周都有篱垣。他心中起了杀性，竟想把那个侮辱他的人杀死……可是即使杀了他，那些百般耻笑他的人，——他们笑声至今还在他耳朵里响着,——会把兽性改掉一点吗?他们人数太多了,简直无法可想;他们在多少事情上都意见分歧,但在侮辱他压迫他的时候却联合起来了。那不只是误解,而且还有一股怨毒在里头。他究竟在什么地方得罪了他们呢?他心中的确藏着些美妙的东西,教人愉快教人幸福的东西;他想说出来,让别人一同享受,以为他们也会像他一样的快乐。即使他们不能欣赏,至少也得感激他的好意,充其量可以用友好的态度指出他错误的地方;但他们因之而怀着恶意取笑他,把他的思想歪曲,诬蔑,踩在脚下,把他变成小丑来致他死命,真是从何说起!他气愤之下,把人家的怨毒格外夸大了,过分的当真了:其实那般庸碌的人压根儿没有什么当真的事。他号啕大哭地嚷着:"我什么地方得罪了他们呢?"他闭住了气,觉得自己完了,像童年第一次看到人类凶恶的时候一样。

这时他向周围和脚下看了看,原来他走到了磨坊邻近的小溪旁边,几年以前父亲淹死的地方。投水自杀的念头立刻在他脑中浮起,他想马上往下跳了。

正当他站在岸上,俯瞰着清澈恬静的水光感到幻惑的时候,一只很小的鸟停在近边的树枝上开始唱起来,唱得非常热烈。他不声不响地听着。水在那里喁语。开花的麦秆在微风中波动,簌簌作响;白杨萧萧,打着寒噤。路旁的篱垣后面,园中看不见的蜜蜂散布出那种芬芳的音乐。小溪那一边,眼睛像玛瑙般的一头母牛在出神。一个淡黄头发的小姑娘坐在墙沿上,肩上背着一只轻巧的稀格的藤篓,好似天使张着翅膀,她也在那儿幻想,把两条赤裸的腿荡来荡去,哼着一个全无意义的调子。远远的,一条狗在草原上飞奔,四条腿在空中打着很大的圆圈……

克利斯朵夫靠在一株树上，听着，望着春回大地的景象；这些生灵的和平与欢乐的气息把他感染了……他忘了一切……突然他拥抱着美丽的树，把腮帮贴着树干。他扑在地下，把头埋在草里，浑身抽搐地笑了，快乐至极地笑了。生命的美，生命的温情，把他包裹了，渗透了。他想道：

"为什么你这样的美，而他们——人类——那样的丑？"

可是不管这些！他爱生命，觉得自己永远会爱生命，无论如何不会跟它分离的了。他如醉若狂地拥抱着土地，拥抱着生命：

"我抓住你了！你是我的了。他们决不能把你抢走的。他们爱怎么办就怎么办罢！便是要我受苦也无妨！……受苦，究竟还是生活！"

克利斯朵夫鼓起勇气重新工作。什么名副其实的文人，有名无实的文人，多嘴而不能生产的人，新闻记者，批评家，艺术界的商人和投机分子，他都不愿意再跟他们打交道。至于音乐家，他也不愿再白费光阴去纠正他们的偏见与嫉妒。他们讨厌他是不是？好吧！他也讨厌他们。他有他的事业，非实现不可。宫廷方面恢复了他的自由：他很感激。他感激人们对他的敌意：因为这样他才能安心工作了。

鲁意莎完全赞成他的意见。她毫无野心，没有克拉夫脱的脾气，她既不像父亲，也不像祖父。她完全不指望儿子成就什么功名。当然，要是儿子有钱有名望，她心里也喜欢的；可是倘若名利要用多少不如意去换来，那她宁可不提此话。克利斯朵夫和宫廷决裂以后，她的悲伤并不是为了那件事情本身,而是因为儿子受到很大的痛苦。至于他和报纸杂志方面的人绝交,她倒很高兴。她对于字纸,像所有的乡下人一样抱着反感,以为那些东西不过使你浪费时间,惹是招非。有几回她听到杂志方面的几个年轻人和克利斯朵夫谈话:她对于他们的凶恶觉得可怕极了;他们诽谤一切,诬蔑一切,而且坏话越说得多,他们越快活。她不喜欢这批人。没有问题,他们很聪明,很博学,可绝不是好人。所以克利斯朵夫和他们断绝往来使她很安慰。她非常通情达理:他跟他们在一起有什么好处呢?至于克利斯朵夫自己,他是这样想的:

"他们喜欢把我怎么说、怎么写、怎么想,都由他们罢;他们总不能使我不成其为我。他们的艺术,思想,跟我有什么相干!我都否认!"

能否认社会固然很好,但社会决不轻易让青年人说说大话就把它否认了的。克利斯朵夫很真诚,可是还抱着幻想,没有把自己认识清楚。他不是一个修道士,没有遁世的气质,更没到遁世的年龄。最初一个时期他还不大痛苦,因为他一心一意浸在创作里头;只要有工作可做,他就不会觉得有什么欠缺。但旧作已完,新作还没在心中抽芽的期间,精神上往往有个低潮:他彷徨四顾,不禁对自己的孤独寒心。他问自己为什么要写作。正在写作的时候是不会有这种问题的:写作,就因为应当写作,那不是挺简单吗?等到一件作品诞生了,摆在面前之后,先前把作品从胸中挤压出来的那个强烈的本能就不出声了,而我们也不明白为什么要产生这件作品了,不大认得它了,几乎把它看做一件陌生的东西,只想把它忘掉。可是只要作品没印出来,没演奏过,没有在世界上独立生存过,我们就忘不了它。因为在这个情形之下，作品还是个与母体相连的新生儿，连在血肉上的活东西；要它在世界上存活，必得把它切下来。克利斯朵夫制作越多，越受这些从他生命中繁衍出来的东西压迫；因为它们无法生存，也无法死灭。谁替他来解放它们呢？一种模糊暧昧的压力在鼓动他那些思想上的婴儿；它们竭力想和他脱离，想流布到别的心中去，像活泼的种子乘着风势吹遍世界一样。难道他得永远被封锁起来，没法生长吗？那他可能为之发疯的。

既然所有的出路（戏院，音乐会）都已经断绝，而他也无论如何不肯再低首下心去向那些拒绝过他的指挥们钻谋，那么除掉把作品印出来以外别无办法；但要找一个肯捧他出场的出版家，也不比找一个肯演奏他作品的乐队更容易。他试了两三次，手段都笨拙到极点，结果他觉得够受了；与其再碰一次钉子，或是和出版商讨价还价，看他们那种长辈面孔，他宁可自己出钱印刷。那当然是胡闹。过去靠了宫廷的月俸和几次音乐会的收入，他积了一点儿钱；但收入的来源已经断绝，而要找到一个新的财源还得等好些时候，照理他应当小心谨慎地调度这笔积蓄，来渡过他刚踏进去的难关。现在他非但不这样做，反因为原有的积蓄不够对付印刷费而再去借债。鲁意莎一句话都不敢说；她觉得他没有理性，同时也不大明白，为什么一个人为了要把姓名印在书上愿意花这么一笔钱。但既然这是一种方法使他肯耐着性子，肯留在她身边，她也就挺高兴了。

克利斯朵夫拿出去问世的，并非他作品中比较通俗的，不费人家精神的那一类，而是一批最有个性而自己最重视的作品，都是些钢琴的曲子，其中也夹几支歌，有的很简短，调子很通俗，有的规模很庞大，差不多有戏剧情调的。这些作品合起来是一组或悲或喜的印象，衔接得很自然，有时用钢琴独奏来表现，有时用独唱或是钢琴伴奏的歌唱来表现。“因为，”克利斯朵夫说，“我幻想的时候，我并没什么固定的形式：我只是痛苦，快活，没有说话可以形容；但忽然我觉得需要说话了，就不假思索地唱起来：有时只是一些意义不大明确的字，断断续续的句子。有时是整篇的诗；然后我又沉入幻想。日子便这样地过去了；而我的确想描写一天的情绪。为什么一定要印一部纯粹是歌或纯粹是序曲的集子呢？那不是很勉强很不调和吗？让心灵自由活动不是更好吗？”所以他把集子题做：《一日》，集中各部分还有小题目，简括地指出内心的梦也有先后的程序。克利斯朵夫又加上神秘的献词，缩写的字母，日子，只有他自个儿懂得，而能够回想起诗意盎然的时间或是心爱的面貌的，例如满面笑容的高丽纳，不胜慵懒的萨皮纳，还有那不知名姓的法国少女。

除了这些作品，他又选了三十阕歌，都是自己最喜欢的，所以是群众最不喜欢的。他绝对不选入他“最悦耳”的曲子，而选了最有特点的。——（一般老实人最怕“特点”，凡是没有性格的东西，他们认为高明多了。）

这些歌的词句是十七世纪西里西亚诗人的作品；①克利斯朵夫偶尔在一部通俗丛书里读到这些诗篇，很喜欢它们真挚的气息。其中有两个作家尤其使他心折，那是像两兄弟般的，都在三十岁上夭折的短命天才。一个是富有风趣的保

① 西里西亚为中欧一大平原，居民为斯拉夫族。一七四五年以前受奥帝国治下的小诸侯管辖，一七四五年以后大部分并入普鲁士邦版图。两诗人生前，西里西亚尚纯属奥帝国诸侯的统治。

尔·弗莱明，高加索和伊斯法罕①一带的流浪者，在战争的残暴、人生的苦难、黑暗腐败的环境中，仍旧保持着一颗纯洁、慈悲、恬静的灵魂。另外一个是抑郁痛苦、沉湎酒色、佯狂玩世的天才约翰·克里斯蒂安·冈特。② 克利斯朵夫所取材于冈特的是反抗压迫的挑战的呼声，是巨人被困时狂怒的诅咒，把雷电霹雳回击上天的号叫；取材于弗莱明的则是像鲜花一样柔和的情诗，像群星旋舞似的，清明欢悦的心的舞曲；他的一首悲壮而又静穆的十四行诗，题目叫做《自献》的，尤其为克利斯朵夫当做早祷一般讽咏不已。

虔诚的保尔·格哈特③的乐天气息，同样使克利斯朵夫心向神往，在悲哀之后得到一种安息。他喜欢他在上帝身上看出来的大自然的景象：新鲜的草原上，小溪在沙上流着，发出幽密的歌声，鹳鸟在百合花和白水仙中间庄严地散步，燕子和白鸽在明净的空气中掠过，雨后的阳光显得无限欢畅，明亮的天色在云层的空隙中微笑，黄昏时一切都有股清明肃穆的情调，森林，羊群，城市，原野，都安息了。克利斯朵夫把这些至今还在新教教堂里唱着的圣诗谱成音乐，可并不保存原有的赞美歌性质，那是他最厌恶的。他给圣诗一种自由活泼的表辞，例如流浪的基督徒之歌，某些段落被加上了高傲的气息，夏日之歌原来像平静的水波，此刻被异教徒式的狂欢一变而为汹涌的急流。这些改变都会使原作者格哈特为之骇然的。

① 伊斯法罕为波斯古都。

② 弗莱明(1609—1640)与冈特(1695—1723)均为德国十七世纪抒情诗人。

③ 格哈特(1606—1676)为德国的圣诗作者。

乐谱终于付印了,当然一切都做得不合情理。为克利斯朵夫代印代售的出版家,除了是个邻居以外,根本没有别的资格。他不配做这一类重要的工作,因此拖了好几个月,又花了很多钱改正错误。全盘外行的克利斯朵夫让他多算了三分之一的账,费用大大地超过了预算。赶到大功告成之后,克利斯朵夫捧着一册硕大无朋的乐谱,不知道怎么办。那出版家是没有什么主顾的,也一点不设法推销作品。虽然他做事全无精神,和克利斯朵夫的态度倒配搭得正好。为了良心上有个交代,他要求克利斯朵夫拟一段广告,克利斯朵夫回答说:"用不着;倘若作品是好的,那么它本身就是广告。"出版家完全尊重他的意思,把印好的乐谱藏在栈房的尽里头。要说保存,真是保存得太好了,因为六个月中间连一部也没卖掉。

在没有主顾的期间,克利斯朵夫先得想法填补亏空;而他也不能苛求了,因为除了还债,还得维持生活。他不但债务超出了预算,并且积蓄也没早先计算的那么多。是他无意之中丢了钱呢,还是把积蓄计算错了?——大概是算错的成分居多,因为他从来不能做一个准确的加法。不管钱是怎么短少的,总而言之是短少了。鲁意莎不得不流着血汗来帮助儿子。他看了难过极了,只想不惜牺牲赶快把债料清。尽管向人自荐和遭人拒绝是多么难堪,他还是到处去找教课的差事。可是大家已经对他完全冷淡,极不容易找到学生。所以听到某所学校里有个位置,他就很高兴地接受了。

那是个带点宗教气息的学校。校长为人精明,虽不是音乐家,很明白在目前的情形之下只要花很少代价就能把克利斯朵夫派作多少用场。他面上很客气,钱却是出得很少。克利斯朵夫怯生生地指出这一点,校长便和颜悦色地笑着告诉他,没有了官衔,他就不能希望更多的报酬。

而且还是件苦差事!人家并非要他教学生音乐,而是要让家长们以为他们的子弟会弄音乐,使学生也自以为会弄音乐。他最大的任务是教他们能够在招待外客的典礼中登台唱歌。至于用什么方法是无关紧要的。克利斯朵夫对这些情形厌恶透了;照理一个人尽了职务总觉得自己做了些有益的工作:可是他连这点儿安慰都没有,反而良心上受到责备,仿佛干了什么自欺欺人的事。他想给孩子们受点切实的教育,使他们认识并且爱好纯正的音乐;他们可满不在乎。克利斯朵夫没有方法教他们听话,他缺少威严;其实他也不配教小学生。他对他们结结巴巴的歌唱不感兴味,想立刻和他们解释乐理。上钢琴课的时候,他要学生和他一起在琴上弹一阕贝多芬的交响曲。那当然是办不到的;于是他大发雷霆,把学生从琴上拉下来,自个儿弹上半天。——对于学校外面的私人学生,他也是同样的作风:一点儿耐性都没有,譬如他对一个以贵族出身自豪的小姑娘说,她的琴弹得跟厨娘一个样;或是写信给学生的母亲表示不愿意再教了,说这样没出息的学生,要他再教下去,他会气死的。——这套办法当然只会把事情搞得更糟。绝无仅有的几个学生也跑掉了;他不能把一个学生留到两个月以上,母亲数说他,要他答应至少别跟学校闹翻;倘使丢了这个位置,他简直不知怎么糊口了。所以虽然心里厌恶,他只能勉强压着自己,从来没有迟到早退的事。可是一个蠢得像驴子似的学生在同一地方犯到第十次的错误,或是要他为下次的音乐会拿一段无聊的合唱一遍又一遍地教学生(因为人家不放心他的鉴别力,连编排节目的权也不给他)，那他真不容易遮盖心中的思想。不用说他是不会热心的了。但他还是硬撑着，一声不出，皱着眉头，冷不防用拳头敲敲桌子，使学生们吓得直跳，算是发泄一下胸中的怒气。有时这种苦水实在太苦了，咽不下去；他就在半中间拦着学生，嚷道：

“得啦得啦！这东西别唱了！还是让我来替你们弹弹瓦格纳罢。”

他们正是求之不得。等他一转背，他们就玩起纸牌来。结果总有一个学生把这种情形报告校长；于是克利斯朵夫受到埋怨，说他在这儿的任务并非教学生爱好音乐而是教他们唱歌。他气哼哼地听着这些教训，终于忍受了：因为他不愿意决裂。——几年以前，当他的前程显得光明，可靠，但实际上还一无成就的时候，谁又敢说，等到他一朝有了点价值，就得受这样的委屈？

在学校里担任教职而受到的许多屈辱中间，对同僚们必不可少的拜访也是件不容易受的苦事。他随便拜访了两个，心里就堵得慌，再没勇气去访问别的。那两位受到拜访的同事对他也并不满意，其余的更认为是对他们个人的侮辱。大家拿克利斯朵夫看得在地位上智慧上都比他们低，对他摆着一副老气横秋的神气。他们那种自信和把克利斯朵夫看透了的态度，使克利斯朵夫也相信他们的见解是不错的，觉得和他们一比，自己的确非常愚蠢：他能有什么话和他们说呢？他们三句不离本行，根本不知道还有什么别的天地。他们不能算人。倘使是书本倒也罢了，但他们只是书本的注解，考据文字的诠释。

克利斯朵夫避免和他们在一起。但有时候非见面不可。

校长按月招待一次宾客,时间定在下午;他要大家都到。第一次,克利斯朵夫规避了,连道歉的话也不说,只是无声无息地装死,还一厢情愿地希望他的缺席没有被注意;可是第二天他就给话中带刺地说了几句。下一回,因为受到母亲责备,他只能抱着送葬般的心情去了。

到的有本校和当地别的学校的教员,带着他们的妻子和女儿。大家挤在一间太小的客厅里,依着各人的级位分成几个小组,对他理都不理。邻近的一组正谈着教学法和食谱。这些教员太太都有各式各种的烹饪秘诀,发挥得淋漓尽致。男人们对这些问题的兴趣也一样浓厚,也差不多一样内行。丈夫钦佩妻子治家的才具,妻子钦佩丈夫的博学多闻:彼此钦佩的程度也恰好相等。克利斯朵夫站在一扇窗子旁边,靠着墙,不知道怎么好,有时勉强装着傻笑,有时沉着脸,眼睛发呆,脸上的线条扭作一团,真是厌烦死了。离开他不远,有个没人理睬的少妇坐在窗槛上,也和他一样的在那里纳闷。两人只望着客室里的人物,彼此都没看到。过了一会儿,他们支持不住而转过头去打哈欠的时候,才互相注意到了。就在那一刹那间,两对眼睛碰在一起了。他们彼此会心地瞅了一眼。他往前走了一步。她轻轻地对他说:

"你觉得这儿有劲吗?"

他背对着众人,望着窗子,吐了吐舌头。她大声笑了出来,忽然精神一振,做个手势教他坐在旁边。他们通了名姓。原来她是本校生物学教员莱哈脱的妻子,新近到差,当地还没有一个熟人。她绝对谈不上好看,臃肿的鼻子,难看的牙齿,一点也不娇嫩,可是眼睛很灵活清秀,老带着天真的笑容。她像喜鹊一样的多嘴;他也兴致很好地和她对答;她的爽直教人看了好玩,又会说些发噱的话;他们大声交换着心中的感想,全不顾虑周围的人。而那些邻人,在他们孤独的时候偏不肯发发善心理睬他们,这时可对他们侧目而视了:当着众人这样的嘻嘻哈哈,大家认为太不雅观。……但他们爱怎样想都可以,两个饶舌的人简直不放在心上:难道他们就不能痛快一下吗?

最后莱哈脱太太把她的丈夫给克利斯朵夫介绍了。他长得奇丑无比,一张苍白的、没有胡子的、阴惨惨的脸,可是神气和善到极点。他的声音是在喉咙里迸出来的,说起话来出口成章,又快又不清楚,常常在音节之间停下来。

他们结婚才只有几个月,这对丑夫妻倒是非常相爱:在大庭广众之间,彼此的眼风、说话、拉手,都有种特别亲热的方式,又可笑又动人。一个喜欢什么,另外一个也喜欢什么。他们马上约克利斯朵夫等这儿散了,上他们家去吃晚饭。克利斯朵夫先是用说笑话的方式辞谢,说今晚最好是各人回去睡觉:大家都累死了,好像走了几十里路。莱哈脱太太回答说,心里不快活就更不应该立刻睡觉:那是对身体有害的。克利斯朵夫终于让步了。他在孤独的环境中很高兴遇到这两个好人,他们虽然不大聪明,可是老实,殷勤。

莱哈脱夫妇的家也像他们一样好客:礼数太多了一点,到处是标语。桌椅,器具,碗盏,都会说话,老是翻来覆去地表示欢迎"亲爱的来客",问候他的起居,说着好多殷勤的和劝人为善的话。挺硬的沙发上放着一个小小的靠枕,在那里怪亲热的,悄悄地说:

"您再坐坐吧。"

人家端给他一杯咖啡,杯子又劝他:

"再来一滴吧!"

盘子碟子盛着很精美的菜,同时也借机会替道德作宣传。有的说:

"得想到全体:否则你个人也得不到好处。"

有的说:"亲热和感激讨人喜欢,忘恩负义使大家憎厌。"

虽然克利斯朵夫不抽烟,壁炉架上的烟灰碟子也忍不住要勾引他:

"这儿可以让烧红了的雪茄歇一歇。"

他想洗手,洗脸桌上的肥皂就说:

"请我们亲爱的客人使用。"

还有那文绉绉的抹手布,好似一个礼貌周到的人,尽管没有什么可说,也以为应当多少说一点,便说了句极有道理而不大合时的话:"应当早起享受晨光。"

临了克利斯朵夫竟不敢再在椅子上动一下,唯恐还有别的声音从屋子的所有的角落跑出来招呼他。他真想和它们说:

"住嘴罢,你们这些小妖怪!人家连说话都听不见了。"

他不禁哈哈大笑起来,推说是想起了刚才学校里的集会。他无论如何不愿意使主人难堪。并且他也不大容易发觉人家的可笑。这般人和这些东西的好意的噜苏,他不久也习惯了。你有什么事不能原谅他们呢?他们人都那么好,也不讨厌,即使缺少点儿雅趣,可并不缺少了解人的聪明。

他们来到这儿还没多久,觉得很孤独。内地人往往有种可厌的脾气,不愿意外乡人不先征求他们的同意——(那是规矩)——就随随便便闯到地方上来。莱哈脱夫妇对于内地的礼法，对这种新来的人对先住的人应尽的义务，没有充分注意。充其量，莱哈脱可能当做例行公事一般的去敷衍一下。但他的太太最怕这些苦役，又不喜欢勉强自己，便一天天地拖着。她在拜客的名单上挑了几处比较最不讨厌的人家先去；其余的都给无限期地搁在那儿。不幸，那些当地的要人就在这一批里头，对于这种失敬的行为大生其气。安日丽加·莱哈脱——（她的丈夫叫她丽丽）——态度举动挺随便，怎么也学不会那种一本正经的口气。她会跟高级的人顶嘴，把他们气得满面通红；必要时也不怕揭穿他们的谎言。她说话最直爽，并把心里想到的一齐说出来不可，有时竟是大大的傻话，被人家在背后取笑；有时也是挺厉害的缺德话，把人当场开销，结了许多死冤家。快要说的时候，她咬着嘴唇，想忍着不说，可是已经说出口了。她的丈夫可以算得最温和最谦恭的男人，对于这一点也怯生生地跟她提过几回。她听了就拥抱他，埋怨自己糊涂，认为他说得一点不错。但过了一忽儿她又来了，而尤其在最不该说的场合和最不该说的时候脱口而出：要是不说，她觉得简直会胀破肚子。她生性是和克利斯朵夫相投的。

在正因为不该说而说的许多混话中间，她时时刻刻要把德国怎么样法国怎么样做些不伦不类的比较。她自己是德国人，——（而且是德国气息最重的）——可是生长在亚尔萨斯，和一般法国籍的亚尔萨斯人很有交情，受着拉丁文化的诱惑；那是归并地带①内的多少德国人都抗拒不了的，连表面上

① 亚尔萨斯与洛林两州在近代史上常为德法两国争夺之地。本书原作于二十世纪初期，而书中时代背景又在普法战争以后，这两州方归入在德国版图的时期，故言归并地带。

最不容易感受拉丁文化的人在内。也许因为安日丽加嫁了一个北方的德国人,一朝处于纯粹日耳曼式的环境中而故意要表示与众不同,所以这种诱惑力对她格外强烈。

初次遇到克利斯朵夫的那天晚上,她就扯到她的老题目上来了。她称赞法国人说话多自由,克利斯朵夫马上做了她的应声虫。对于他,法国便是高丽纳:一对光彩焕发的眼睛,一张笑嘻嘻的年轻的嘴巴,爽直随便的举动,清脆可听的声音:他一心希望多知道些法国的情形。

丽丽·莱哈脱发觉克利斯朵夫跟自己这样投机,不禁拍起手来。

“可惜我那年轻的法国女朋友不在这儿了,”她说,“但她也撑不下去;已经走了。”

高丽纳的形象马上隐掉。好似一支才熄灭的火箭使阴暗的天空突然显出温和而深沉的星光,另外一个形象,另外一对眼睛出现了。

“谁啊?”克利斯朵夫跳起来问,“是那个年轻的女教员吗?”

“怎么?你也认识她的?”

他们把她的身材面貌说了一说,结果两幅肖像完全一样。

“原来你是认识她的?”克利斯朵夫再三说,“噢!把你所知道的关于她的事统统告诉我吧!”

莱哈脱太太先声明她们俩是无话不谈的知交。但涉及细节的时候,她知道的就变得极其有限了。她们第一次在别人家里碰到,以后是莱哈脱太太先去跟那姑娘亲近,以她照例的诚恳的态度,邀她到家里谈谈。她来过两三次,彼此谈过些话。好奇的丽丽费了不少劲才探听到一点儿法国少女的身世:她生性沉默,你只能零零碎碎把她的话逼出来。莱哈脱太太只知道她叫做安多纳德·耶南,没有产业,全部的家族只有留在巴黎的一个兄弟,那是她尽心尽力的帮助的。她时时刻刻提到他,唯有在这个题目上她的话才多一些。丽丽·莱哈脱能够得到她的信任,也是因为对于那位既无亲属,又无朋友,孤零零地待在巴黎,寄宿在中学里的年轻人表示同情的缘故。安多纳德为了补助他的学费,才接受这个国外的教席。但两个可怜的孩子不能单独过活,天天都得通信;而信迟到了一点,两人都会神经过敏地着慌。安多纳德老替兄弟担心:他没有勇气把孤独的痛苦藏起来;每次的诉苦都使安多纳德痛彻心扉;她一想起兄弟的受罪就难过,还常常以为他害着病而不敢告诉她。莱哈脱太太好几次埋怨她这种没有理由的恐怖;她当时听了居然也宽慰了些。——至于安多纳德的家庭,她的景况,她的心事,莱哈脱太太却一无所知。人家一提到这种问题,那姑娘马上惊慌失措,不作声了。她很有学问,似乎早经世故,可是天真而老成,虔敬而没有丝毫妄想。在这儿住在一个既没分寸又不厚道的人家,她很苦闷。——怎么会离开的,莱哈脱太太也弄不大清。人家说是因为她行为不检。安日丽加可绝对不信;她敢打赌那是血口喷人,唯有这个愚蠢而凶恶的地方才会这样狠毒。可是不管怎么样,总是出了点乱子,是不是?

“是的。”克利斯朵夫回答的时候把头低了下去。

“总而言之她是走了。”

“她临走跟你说些什么?”

“啊!”丽丽·莱哈脱说,“真是不运气。我刚巧上科隆去了两天:回来的时候……太晚了!……”她打断了话头对老妈子这么说,因为她把柠檬拿来太晚了,来不及放在她的茶里。

于是,她拿出真正的德国女子动不动把家庭琐事扯上大题目的脾气,文绉绉地补充了两句:

"太晚了,人生遭遇,大多如此……"

(可不知道她说的是柠檬还是那打断的故事。)

随后她又接着说:"我回来发现她留给我一个字条,谢谢我帮忙她的地方。她说回巴黎去,可没留下地址。"

"从此她再没写信给你吗?"

"没有。"

克利斯朵夫又看到那张凄凉的脸在黑夜中不见了;那双眼睛刚才只出现了一刹那,就像最后一次隔着车窗望着他的情形。

法兰西这个谜重新在他心头浮起,更需要解决了。克利斯朵夫老是向莱哈脱太太问长问短,因为她自命为熟悉那个国家。她从来没到过法国,可是仍旧能告诉他许多事情。莱哈脱是很爱国的,虽然对法国并不比太太认识得更清楚,心里却充满着成见,看到丽丽对法国表示过分热心的时候,不免插几句保留的话;而她反更坚持她的主张,莫名其妙的克利斯朵夫又很有把握地替她打边鼓。

对于他,丽丽·莱哈脱的藏书比她的回忆更有价值。她搜集了一小部分法语书:有的是学校里的教科书,有的是小说,有的是随便买来的剧本。克利斯朵夫既极想知道而又完全不知道法国的情形,所以一听到莱哈脱说他尽可以拿去看,就喜欢得像得了宝物似的。

他先从几本文选,——几本旧的教科书入手,那是丽丽或莱哈脱从前上学用的。莱哈脱告诉他,要想在这个完全陌生的文学里头弄出一些头绪,就该先从这些书着手。克利斯朵夫素来尊重比他博学的人的意见,便恭恭敬敬地听了他的话,当晚就开始看了。他第一想把所有的宝物看一个大概。

他先认识了一大批法国作家,从第一流到不入流的都有,尤其是不入流的占到绝大多数。他翻了翻诗歌,从拉辛,雨果,到尼凡诺阿,夏伐纳,一共有二十几家。克利斯朵夫在这座森林中迷失了,便改道走进散文的领域。于是又来了一大批知名与不知名的作家,例如皮伊松、梅里美、玛德·勃仑、伏尔泰、卢梭、米尔博、玛萨特等。在这些法国文选中,克利斯朵夫读到德意志帝国的开国宣言;又读到一个叫做弗雷特烈-公斯当·特·罗日蒙的作家描写德国人的文字,说:"德国人天生的宜于过精神生活,没有法国人那种轻佻而喧闹的快乐脾气。他们富有性灵,感情温婉而深刻,劳作不倦,遇事有恒。他们是世界上最有道德的民族,也是寿命最长的民族。作家人才辈出,美术天赋极高。别的民族常以身为法国人英国人西班牙人自豪,德国人却对于全人类都抱着一视同仁的热爱。而且以它位居中欧的地势来说,德国似乎就是人类的心和脑。"

克利斯朵夫看得累了,又很惊讶,阖上书本想道:

"法国人很有度量,可不是强者。"

他另外拿起一册。那是比较高一级的东西,为高等学校用的。缪塞在其中占了三页,维克多·杜吕哀占了三十页。拉马丁占了七页,蒂哀占了将近四十页。《熙德》差不多全本都选入了(只删去了唐·第爱格和洛特里葛的对白,因为太长),朗弗莱因为极力为普鲁士张目而攻击拿破仑一世,所以在选本中所占的地位特别多,他一个人的文字竟超过了十八世纪全部的名作。左拉的小说《崩溃》中所写的一八七〇年普法之役法国惨败的情形,被选了很多篇幅。至于蒙丹,拉·洛希夫谷、拉·勃吕伊哀、狄德罗、司汤达、巴尔扎克、福楼拜,简直一个字都没有。① 反之,在别本书里所没有的巴斯加,本书里倒以聊备一格的方式选入了;因此克利斯朵夫无意中知道这个十七世纪的扬山尼派信徒"曾经参加巴黎近郊的保·洛阿依阿女子学院……"②

克利斯朵夫正想把一切都丢开了,他头昏脑涨,只觉得莫名其妙。他对自己说:"我永远弄不清的了。"他没法整理出一些见解,把书翻来翻去,花了几个钟点,不知道读什么好。他的法语程度原来就不高明,而等到他费尽气力把一段文字弄明白了,又往往是毫无意义的空话。

可是这片混沌中间也有些闪烁的光明,击触的刀剑,暗恶叱咤的字眼,激昂慷慨的笑声。他从这一次初步的浏览上面慢慢地得到一些印象了,这也许是编者带着偏见的缘故。那些德国的出版家,故意挑选法国人批评法国而推重德国的文章,由法国人自己来指出德国民族的优秀和法国民族的缺点。他们可没想到,在一个像克利斯朵夫那样思想独往独来的人心目中,这种衬托的办法倒反显出法国人自由洒脱的精神,敢

① 以上所述,完全证明德国人选的法国文学集轻重倒置,不伦不类。

② 克利斯朵夫所看到的法国文学选集,一本是《中等学校适用法国文学选读》,温杰拉德编,一九〇二年第七版,斯特拉斯堡印行;另一本是《法国文学》,埃里格与蒲葛合编,丹特林改订,汉堡一九〇四年版。——原注

于指摘自己，颂扬敌人。法国的史学家米希莱就很恭维普鲁士王弗里德里希二世，朗弗来也颂扬特拉法尔加一役中的英国人，十九世纪的法国陆军部部长夏拉赞美一八一三年代的普鲁士。拿破仑的敌人诋毁拿破仑的时候，还没有一个敢用这种严厉的口吻。便是神圣不可侵犯的东西，在这些刻薄的嘴里也不能幸免。在路易十四的时代，那些戴假头发的诗人也一样地放肆。莫里哀对什么都不留情。拉封丹对什么都要嘲笑。布瓦洛呵斥贵族。伏尔泰痛骂战争，羞辱宗教，谑弄祖国。伦理学家，作家，写讽刺文章的，骂人文章的，都在嬉笑怒骂上面用功夫。那简直是藐视一切。老实的德国出版家有时为之吓坏了，觉得需要求个良心平安；看到巴斯加把士兵跟厨子、小偷、流氓混为一谈的时候，他们便替巴斯加申辩，在附注里说他要是见到了现代的高尚的军队，决不会说这样的话。他们又赞扬莱辛的改作拉封丹的《寓言》，原来是乌鸦受了吹拍而把嘴里的乳饼给狐狸吃了，莱辛却把乳饼改成一块有毒的肉，使狐狸吃了死掉：

"但愿你们永远只吃到毒药，可恶的谄媚的小人！"

出版家在赤裸裸的真理前面，好似对着强烈的阳光一样睁不开眼睛；克利斯朵夫却觉得非常痛快：他是爱光明的。但他看到有些地方也不免吃惊；一个德国人无论怎么样独往独来，总是奉公守法惯的，在他眼里，法国人那种毫无顾忌的放肆，的确有点儿作乱犯上的意味。而且法国式的挖苦也把他弄糊涂了，他把有些事看得太认真，至于真正否定的话，他倒认为是好笑的怪论。可是诧异也好，吃惊也好，总之他是慢慢地被迷住了。他不想再整理他的印象，只是随便从这个感想跳到另一个感想，生活不就是这么回事吗？法国小说的轻松快乐的气息：——夏福、赛瞿、大仲马、梅里美诸人的作品，使他非常痛快；而不时还有大革命的浓烈粗犷的味道一阵阵从书本中传出。

快天亮的时候，睡在隔壁屋里的鲁意莎醒来，从克利斯朵夫的门缝里看见灯还没熄。她敲着墙壁，问他是不是病了。一张椅子倒在地板上；她的房门忽然给打开了：克利斯朵夫穿着衬衣，一手拿着蜡烛，一手拿着书本出现了，做着庄严而滑稽的姿势。鲁意莎吓得从床上坐起，以为他疯了。他哈哈大笑，舞动着蜡烛，念着莫里哀剧本中的一段台词。他一句没念完又扑哧笑了出来，坐在母亲床脚下喘气；烛光在他手里摇晃。这时鲁意莎才放了心，好意地嘀咕道：

"什么事呀？什么事呀？还不睡觉去！……可怜的孩子，难道你真的发疯了吗？"

他照旧疯疯癫癫地说："你得听听这个！"

他说着坐在她床头，把那出戏从头再念起来。他仿佛看到了高丽纳，听到她那种夸张的声调。鲁意莎拦着他，嚷着：

"去罢！去罢！你要着凉了。讨厌！让我睡觉！"

他还是不动声色地念着，装着浮夸的声音，舞动着手臂，把自己笑倒了，他问母亲是不是妙极。鲁意莎翻过身去钻在被窝里，掩着耳朵说：

"别跟我起腻！……"

可是听到他笑，她也暗暗地笑了。终于她不作声了。克利斯朵夫念完了一幕，再三追问她意见而得不到回答的时候，俯下身子一看，原来她已经睡熟了。于是他微微笑着，吻了吻她的头发，悄悄地回到自己房里去了。

他又回到莱哈脱家去找书。所有那些乱七八糟的东西都给他吞了下去。他多么想爱那个高丽纳与无名女郎的国家，他心中那么丰富的热情找到了发泄的机会。便是第二流的作品，也有片言只语使他呼吸到自由的气息。他还加以夸张，尤其在满口赞成他的莱哈脱太太前面。她虽是毫无知识，也故意要把法国文化跟德国文化作对比，拿法国来压倒德国，一边是气气丈夫，一边因为在这个小城里闷死了，借此发发牢骚。

莱哈脱听了大为不平。他除掉本行的学科以外，其余的知识只限于在学校里得来的一些。在他看来，法国人在实际事务上很聪明，很灵巧，很和气，会说话，但不免轻佻，好生气，傲慢，一点都不严肃，没有强烈的感情，谈不到真诚，——那是一个没有音乐、没有哲学、没有诗歌(除掉布瓦洛、贝朗瑞、高贝以外)的民族，是一个虚浮、轻狂、夸大、淫猥的民族。他觉得贬斥拉丁民族不道德的字眼简直不够用；因为没有更适当的名词，他便老是提到轻佻两个字，这在他的嘴里，像在大多数德国人嘴里一样，有种特别不好的意思。临了他又搬出颂扬德国民族的老调，——说德国人是道德的民族(据赫尔德说，这就是跟别的民族大不相同的地方)，——忠实的民族(其中包括真诚、忠实、义气、正直等的意思)，——卓越的民族(像费希特说的)，——还有德国人的力，那是一切正义一切真理的象征，——德国人的思想，——德国人的豪爽，——德国人的语言，世界上唯一有特色的语言，和种族一样保持得那么纯粹的，——德国的女子，德国的美酒，德国的歌曲……“德国，德国，在全世界德国都是高于一切！”

克利斯朵夫表示不服。莱哈脱太太跟着哄笑。他们三个一齐直着嗓子大叫大嚷，但还是很投机，因为他们知道彼此都是真正的德国人。

克利斯朵夫常常到这对新朋友家里去谈天,吃饭,和他们一起散步。丽丽·莱哈脱很宠他,替他做些很好的饭菜,很高兴能借此机会满足一下她自己的食欲。她在感情方面和烹调方面都体贴得不得了。庆祝克利斯朵夫生日的时候,她特意做了一块蛋糕,四周插着二十支蜡烛,中央用糖浇成一个希腊装束的肖像,手里抱着一束花,代表伊芙琴尼亚。克利斯朵夫虽然嘴里反对德国人,骨子里是十足地道的德国人,对她那股真情的不大高雅的表现大为感动。

至诚的莱哈脱夫妇还会想出更细腻的方法来证明他们的友情。只认识几个音符的莱哈脱,听了太太的主意,买了克利斯朵夫的二十本歌集,——(这是那出版家卖出的第一批货)——分送给他各地教育界方面的熟人;他又教人寄了一部分给莱比锡和柏林两地的书铺,那是他为了编教科书而有往来的。这种瞒着克利斯朵夫所做的又动人又笨拙的推销工作,暂时也并没一点儿效果。分散出去的歌集似乎不容易打出路来:没有一个人提到它。莱哈脱夫妇眼看社会这样冷淡非常伤心,觉得幸而没有把他们的举动告诉克利斯朵夫;否则非但不能使他安慰,反而要加增他的痛苦。可是实际上什么都不会白费的,人生就不少这样的例子;任何努力决不落空。可能多少年的杳无音讯;忽然有一天你会发觉你的思想已经有了影响。克利斯朵夫的歌集就是这样地迈着小步,踏进了少数人士的心坎,他们孤零零地待在内地,或是因为胆小,或是因为打不起精神而没有对他说出他们的感想。

只有一个人写信给他。在莱哈脱把集子寄出了三个月以后,克利斯朵夫收到一封挺客气的,热烈的,表示写的人非常感动的信,用的是老式的体裁,发信的地方是图林根邦的一个小城,署名是大学教授兼音乐导师彼得·苏兹博士。

那真使克利斯朵夫愉快极了,但他在莱哈脱家把搁在口袋里忘了好几天的信拆开来的时候,莱哈脱夫妇比他更愉快。他们一同看信。莱哈脱夫妇彼此丢着眼色,克利斯朵夫并没注意。他当时满面春风,可是莱哈脱发现他把信念到一半忽而沉下脸来,停住了。

"嗯,干吗你不念下去了?"他问克利斯朵夫。

克利斯朵夫把信往桌上一扔,愤愤地说:"嘿!岂有此理!"

"怎么啦?"

"你去看吧!"

他背对着桌子,站在一边生气了。

莱哈脱和太太一起念着,看来看去全是些佩服到五体投地的话。

"怎么回事?我看不出呀……"

"你看不出?你看不出?……"克利斯朵夫嚷着,拿起信来送到他眼前,"难道你不识字吗?你没看出他也是个勃拉姆斯党吗?"

莱哈脱这才注意到:那位音乐导师的信里有一句话把克利斯朵夫的歌比之于勃拉姆斯的歌。克利斯朵夫叹道:

"嘿!朋友!我总算找到了一个朋友……可是刚找到就失掉了!"

人家把他跟勃拉姆斯相比,他气死了。以他的脾气,他竟会马上写一封莽撞的复信去;最多在考虑之下,以为置之不理是最世故最客气的办法了。幸而莱哈脱一边笑他的生气,一边拦着他，不让他再胡闹。他们劝他写一封道谢的信。但这封信因为是不乐意写的，所以很冷淡很勉强。彼得·苏兹的热心可并不因之动摇，又写了两三封非常亲热的信来。克利斯朵夫对书翰一道素来不大高明；虽然感于对方的真诚而有点儿回心转意，他还是让他们的通信中断了。结果苏兹也没消息了。克利斯朵夫也忘了这件事。

现在他每天都看到莱哈脱夫妇，往往一天还看到好几次。晚上，他们差不多老在一起。孤独了一天之后，他生理上需要说些话，把心里想到的一齐倒出来，不管人家懂不懂，也需要嘻嘻哈哈笑一阵，不问笑得有理无理，他需要发泄，需要松动一下。

他弄点音乐给他们听：因为没有别的方法对他们表示感激，便几小时地坐在钢琴前面弹奏。莱哈脱太太完全不懂音乐，好不容易地压着自己，才不至于打哈欠；但因为她喜欢克利斯朵夫，也就装做很有兴趣。莱哈脱虽然并不更懂，可对于某些音乐有种生理上的反应；那时他会受到剧烈的感动，甚至于眼泪都冒上来；他自己认为这种表示简直是胡闹。别的时候，可就毫无影响：他只听见一片喧闹的声音。一般而论，他为之感动的往往是作品中最平凡的部分，最无意义的段落。夫妻俩自命为了解克利斯朵夫；克利斯朵夫也很愿意这么相信。当然他常常存着俏皮的心跟他们开玩笑，弹些毫无价值的杂曲，教他们以为是他作的。等到他们大捧特捧地称赞完了，他才说出他的恶作剧。于是他们提防了；从此以后，只要他用着莫测高深的神气奏一个曲子，他们就疑心他又来捣鬼，便尽量加以批评。克利斯朵夫听任他们说，附和他们，说这种

音乐的确不值一文,随后忽然哈哈大笑:

"哎,混蛋!你们说得一点不错!……这是我作的呀!"

他因为要弄了他们而乐死了。莱哈脱太太有点儿生气,过来把他轻轻地打一下;但他那种天真的傻笑使他们也跟着笑起来。他们决不以为自己是不会错的。既然左也不是,右也不是,他们就决定以后丽丽·莱哈脱永远管批评,她的丈夫永远管恭维:这样,他们可以有把握两人之中必有一个能合乎克利斯朵夫的意思了。

在他们眼里,克利斯朵夫的可爱倒并不在于他是音乐家,而是因为他忠厚老实,有点疯癫,可是诚恳,有朝气。人家说他的坏话反而增加他们对他的好感:他们像他一样给小城里的空气闷得发慌,也像他一样的直爽,凡事要凭自己的头脑判断,所以他们拿他看做一个不懂世故的大孩子,吃了坦白的亏。

克利斯朵夫对两位新朋友并不抱什么幻想;他想到他们不了解——永远不能了解自己最深刻的一方面,觉得不胜怅惘。但他缺乏友谊而极需要友谊,所以他们能多少喜欢他已经使他感激不尽了。最近一年的经验告诉他不能再苛求。要是在两年以前,他绝没有这种耐性。他想起对待可厌而善良的于莱一家多么严厉,不禁又后悔又好笑。哦!他居然学乖了!……他叹了口气,心里对自己说:"可是能有多久呢?"想到这个,他笑了笑,同时也觉得安慰了。

他多希望能有个朋友,一个懂得他而和他心心相印的朋友;可是他虽然年轻,对于社会已经有相当的经验,知道这种心愿是最不容易实现的,而他亦不能希求比以前的真正的艺术家更幸福。这一类的人的历史,他已经知道了一点。莱哈脱的藏书中，有一部分使他认识了十七世纪德国音乐家的艰苦的经历。那时战乱频仍，疠疫流行，家破国亡，整个民族受着异族的蹂躏，心灰意懒，既没有奋斗的勇气，对任何东西也没有兴趣，只希望早死以求安息；①在这样的环境中，伟大的心灵——特别是英勇的许茨②，——始终不懈地趱奔着他的前程。克利斯朵夫想道："看了这种榜样，谁还有抱怨的权利？他们没有群众，没有前途，只为了自己和上帝而写作。今天写的明天也许就会毁掉，可是他们继续写着；他们并不丧气，什么都不能动摇他们乐天的心情。他们只要能歌唱就满足了，只要能活着，能挣口苦饭，能把他们的思想在艺术上表现出来，找到两三个既不是艺术家，也不能了解他们的老实人真心地爱他们：除此以外对人生也就不再要求什么。——而他克利斯朵夫，怎么敢比他们更苛求呢？人生有个最低限度的幸福可以希冀，但谁也没权利存什么奢望：你想多要一点幸福，就得由你自个儿去创造，可不能向人家要求。"

想到这些，他心平气和了，更喜欢那对老实的莱哈脱夫妇了。他万万没想到连这点儿最后的友情也得被人剥夺。

他没想到内地人的恶毒。他们的仇恨，因为是没有目标的，所以更消不掉。真有名目的仇恨，一朝达到了目的，恨意就会慢慢地解淡。但为了无聊而作恶的人是永远不肯罢休的；因为他们永远无聊。而克利斯朵夫便成了他们消闲的牺牲品。他固然被打倒了，但居然没有垂头丧气的表现。他固

① 十七世纪正是三十年战争（1618—1648）的时代，日耳曼各邦的政治情形极为混乱。

② 许茨（1585—1672）在音乐史上被称为德国音乐的始祖。

然不再麻烦人,但也不把人家放在心上。他一无所求,人家对他毫无办法。他和他的新朋友在一起很快活,全不理会旁人对他做何感想,有何议论。这种情形教人看了有气。而莱哈脱太太教人更气。她不顾全城的清议而公然结交克利斯朵夫,就是和她平日的态度一样有心触犯舆论。丽丽·莱哈脱对人对事都没有惹是招非的意思;她不过独行其是,不问旁人的意见罢了。但这一点就是最可恶的挑衅。

大家暗中留神他们的行动。他们却毫不提防。克利斯朵夫是放肆惯的,莱哈脱太太是糊里糊涂的,他们一同出去的时候,或是晚上靠在阳台上谈笑的时候,都不知道顾忌。他们在举动方面非常亲热,不知不觉给了人造谣生事的材料。

一天早上,克利斯朵夫接到一封匿名信,卑鄙龌龊地说他是莱哈脱太太的情夫。他看着愣住了。他连跟她调情打趣的念头都从来没有;他太方正了,对奸淫像清教徒一样的痛恨,甚至想到这种事就受不了。欺侮朋友的妻子在他眼中是罪大恶极的行为;而对丽丽·莱哈脱,他尤其不可能犯这个罪:她长得一点儿不美,凭什么会引起他的热情呢?

他又羞又难堪地去看他的朋友,发觉他们也一样的局促不安。他们也每人收到了一封匿名信,不敢说出来;三个人暗中互相留神,同时也留神自己,不敢随便有所动作,也不敢说话,慌慌张张的闹得很僵。要是丽丽·莱哈脱一时恢复了天真的本性,嘻嘻哈哈,胡说乱道的时候,她的丈夫或者克利斯朵夫会突然瞪她一眼,使她愣了一愣,马上想起匿名信的事而慌起来;克利斯朵夫和莱哈脱也跟着慌了。各人都在心里想:

"他们知道没有?"

他们彼此不露一点口风,竭力想过着从前一样的生活。

然而匿名信继续不断地来，而且措辞越来越下流，使他们骚乱不堪，屈辱得没法忍受。他们收到了就各自躲在一边，没有勇气原封不动地扔在火里，偏偏手指颤巍巍地拆开来，心惊肉跳地展开信纸，而一读到那些怕读到的字句，题目相同而内容略有变化的辱骂，——存心捣乱的人所造的荒唐无稽的谣言，都悄悄地哭了。他们想来想去也猜不出谁在那里跟他们缠绕不休。

有一天，莱哈脱太太痛苦得忍不住了，把她所受的迫害告诉了丈夫；而他也含着泪说他受着同样的痛苦。要不要告诉克利斯朵夫呢？他们不敢。可是总得通知他，要他谨慎一些才好。——莱哈脱太太红着脸才说了几个字，就大为奇怪地发觉，克利斯朵夫也一样地收到那些匿名信。人心险毒到这种死不放松的田地，使他们怕起来了。莱哈脱太太以为全城的人都在阴损他们。但他们非但不互相支持，反而都泄了气。他们不知道怎么办。克利斯朵夫说要去砍掉那个人的脑袋。——但那个人是谁呢？而且也只能替造谣的人多添些资料……把那些信交给警察署罢，那更要把谣言传布出去……假作痴呆又不可能了。他们的友谊已经受了影响。莱哈脱绝对相信太太和克利斯朵夫都是正人君子，可也不由自主地要猜疑了，他觉得这种猜疑是可耻的，荒唐的；他有心让太太和克利斯朵夫单独在一块儿。但他痛苦不堪；而丽丽也看得很明白。

在她那方面，情形可更糟。她和克利斯朵夫一样，从来没想到什么调情。然而那些谣言暗示她一种可笑的念头，以为克利斯朵夫也许真的爱着她；虽然他连一点儿表示都没有，她认为至少应当防卫一下，当然不是言语之间有什么明白的表示，而是用一些笨拙的方法；克利斯朵夫先还不懂，等到明白了，他可气坏了。那太胡闹了！说他会爱上这个又丑又平凡的小布尔乔亚！……而她竟相信这回事！……而他又没法辩白，没法对她和她的丈夫说：

"得了罢！你们放心！绝没有这种危险的！……"

不，他不能得罪这一对好人。并且他觉得：她怕给他爱上，骨子里就因为她有点儿爱他的缘故；而这种荒唐的传奇式的念头，的确是那些匿名信种下的根。

他们之间的关系变得那么僵，那么难堪，继续不下去了。丽丽·莱哈脱只有嘴巴强，而没有坚强的性格，对着当地人士的阴险没了主意。他们想出种种借口来避不见面，什么"莱哈脱太太不舒服……莱哈脱有事……他们上外埠去待几天……"，等等，都是些笨拙的谎话，常常无意之中露出破绽来。

克利斯朵夫可比较痛快，他说：

"咱们分手罢，可怜的朋友们！咱们都不够强。"

莱哈脱夫妇一齐哭了。——但决绝之后，他们的确松了口气。

城里的人大可得意了。这一回克利斯朵夫的确是孤独了。大家剥夺了他最后呼吸到的一口气；——这口气便是温情，不论怎么淡薄，但少了它一个人的心就不能活的。

第三部　解　脱

他完全孤独了。所有的朋友都不见了。亲爱的高脱弗烈特，在艰难的时候帮助过他而他此刻极需要的，也一去数月，而且这一次是永远不回来的了。一个夏天的晚上，鲁意莎收到一封从很远的村子里寄来的信，字写得挺大，说她的哥哥死了，就葬在那边的公墓上。近年来他身体已经不行，可还是到处流浪，这一回就是在浪游的途中死在那个村上的。这个多有骨气而又多么恬静的人，原是克利斯朵夫最后一个朋友，他的温情——很可能给克利斯朵夫做个精神上的依傍的，——不幸被死亡吞掉了。他孤零零地守着只知道爱他而不了解他思想的老母。周围是德国的大平原，等于一片阴森森的海洋。他每次想跳出去，结果总是更往下沉。仇视他的小城眼睁睁地看着他淹在海里……

正在挣扎的时候，黑夜里忽然像闪电似的显出了哈斯莱的形象，那是他儿童时代多么爱慕，而现在已经名震全国的人物。他记起了当年哈斯莱答应过他的话，便立刻拼着最后的勇气想抓住那颗最后的救星。哈斯莱能够救他的，应当救他的！向他要求什么呢？不是援助，不是金钱，不是任何物质上的帮忙。只求他了解。哈斯莱像他一样地受过迫害。哈斯莱是个独往独来的人，一定能了解一个受着庸俗的德国人仇视与虐待的独往独来的人。他们都是一个阵营中的战士。

他一有这念头,便马上实行。他通知母亲要出门一星期,当夜就搭着火车往德国北部的大城出发,哈斯莱在那边当着乐队指挥。他不能再等了。这是为求生存的最后一次努力。

哈斯莱已经享了重名。他的敌人并没缴械;但他的朋友们大吹大擂地说他是古往今来最大的音乐家。其实拥护他的和否认他的都是一样荒谬的家伙。可是他没有坚强的性格,看到反对他的人他就气恼,看到捧他的人他就软化。他拿出全副精神专门做些伤害那班批评家和使他们痛心疾首的事,好比一个孩子专爱搞些捣乱的玩意儿。但那些玩意儿往往是最低级趣味的:他不但浪费天才在音乐上作些怪僻的东西,使德高望重的人发指;而且还故意采用荒唐的题材,暧昧的不雅的场面,总之只要是逆情悖理的,伤害礼教的,他都特别喜欢。中产阶级疾首蹙额地一叫起来,他就乐了;而中产阶级永远识不破他的诡计。连那个像一般暴发户与诸侯那样喜欢冒充内行,干预艺术的德皇陛下,也把哈斯莱的享有盛名认为社会之羞,处处对他无耻的作品表示轻蔑与冷淡。哈斯莱看到帝王的轻蔑觉得又气又高兴,因为德国前进派的艺术界认为官方的反对就是证明自己的前进,所以哈斯莱捣乱得更有劲了。他闹一次骇人听闻的事,朋友们就喝一次彩,说他是天才。

哈斯莱的帮口,主要是一般文学家、画家、颓废的批评家组成的,他们代表革命派对反动派——(它们在德国北部一向势力很雄厚)——的斗争,对冒充的虔诚和国定礼教的斗争,在这方面他们当然是有功的;但斗争的时候,他们独立不羁的精神往往过于激昂,不知不觉地到了可笑的地步;因为他们之中即使有些人不乏相当粗豪的才具，总嫌不够聪明，而见识与趣味尤其不高明。他们制造了虚幻的境界把自己关在里头跳不出来；并且和所有的艺术党派一样，结果对实际的人生完全隔膜了。他们替自己，替上百个读他们的出版物，盲目地相信他们的傻瓜，定下规律。这帮口的吹捧对哈斯莱是致命伤，使他过分地自得自满。他脑子里想到什么乐思，就不加考虑地接受；他暗中认为便是他写的东西够不上自己的标准，比别的音乐家已经高明多了。固然他这种看法往往是不错的，但绝不是一种健全的看法，同时也不能使他产生伟大的作品。哈斯莱骨子里是不分敌友，对谁都瞧不起，结果对自己对人生也取了这种轻视与冷嘲热讽的态度。因为他从前相信过不少天真与豪侠的事，所以一旦失望，他更加往讥讽与怀疑的路上走。既没有勇气保护他的信念不受时间一点一滴地磨蚀，也不能自欺欺人，自以为还相信他早已不信的东西，他便尽量嘲笑自己过去的信念。他有种德国南方人的性格，贪懒，软弱，担当不起极端的好运或厄运，太热与太冷，他都受不了，他需要温和的气候维持精神上的平衡。他不知不觉的只想懒懒地享受人生：好吃好喝，无所事事，想些萎靡不振的念头。他的艺术也沾染了这种气息，虽然因为他才气纵横，便是在迎合时流的颓废作品中也藏不住光芒。他对自己的没落比谁都感觉得更清楚。老实说，能感觉到的只有他一个人；而那种时间是少有的，并且是他竭力避免的。那时他就变得悲观厌世，心绪恶劣，只想着自私的念头，担忧自己的健康，——而对于从前引起他热情或厌恶的东西漠不关心了。

克利斯朵夫想来向他求一点鼓励的便是这样一个人物。

在一个下着冷雨的早晨,来到哈斯莱住的城里的时候,克利斯朵夫抱着不知多大的希望。他认为这个人物在艺术界是独立精神的象征,指望从他那儿听到些友善的勉励的话,使自己能继续那毫无收获而不可避免的斗争,那是一切真正的艺术家和社会的斗争,一息尚存决不休止的斗争。席勒说过:“你和群众的关系,唯有斗争是不会使你后悔的。”

克利斯朵夫性急到极点,在车站附近的一家旅店中丢下了行李,立刻奔到戏院去探问哈斯莱的住址。他住在离开城区相当远的地方,在郊外的一个小镇上。克利斯朵夫一边啃着一个小面包,一边搭上电车。快到目的地的时候,他的心不由得跳起来。

在哈斯莱所住的区域内,奇形怪状的新建筑触目皆是;现代的德国尽量在这方面运用渊博的学问,创造一种野蛮的艺术,以钩心斗角的人工来代替天才。在谈不到什么风光的小镇上,在笔直的平板的街道中,出人不意地矗立着埃及式的地窖,挪威式的木屋,寺院式的回廊,有雉堞的堡垒,万国博览会会场式的建筑;大肚子的屋子没头没脚的深深地埋在地下,死气沉沉的面目,睁着一只巨大的眼睛,地牢式的铁栅,那种潜水艇上的门,窗的栏杆上嵌着金字,大门顶上蹲着古怪的妖魔,东一处西一处的铺着蓝珐琅的地砖,都是在意想不到的地方,五光十色的碎石拼出亚当与夏娃的图像,屋顶上盖着各种颜色的瓦;还有堡垒式的房屋,屋脊上砌着奇形怪状的野兽,一边完全没有窗,一边是一排很大的洞,方形的,矩形的,像伤疤一般;一堵空无所有的大墙,忽然有些野蛮人的雕像支着一座很大的阳台,上边只开一扇窗,阳台的石栏杆内探出两个有胡子的老人头,鲍格林画上的人鱼。在这些监狱式的屋子中间，有一所门口雕着两个奇大无比的裸体像，低矮的楼上，外边刻着建筑师的两行题词：

前无古人，后无来者，
艺术家显示他的新天地！

克利斯朵夫一心一意想着哈斯莱，对这些只睁着惊骇的目光瞧了瞧，无心去了解。他找到了哈斯莱的住处，那是最朴实的一所屋子，加洛冷式的建筑。内部很华丽，俗气；楼梯道有一股温度太高的气味；克利斯朵夫放着一座狭窄的电梯不用，宁可两腿哆嗦着，心跳动着，迈着细步走上四楼，因为这样可以定定神去见这位名人。在这短短的途程中，从前和哈斯莱的相见，童年时代的热情，祖父的形象，都一一回到记忆中来，仿佛只是昨天的事。

他去按铃的时候已经快到十一点。应门的是一个精神抖擞的女仆，颇像管家妇模样，很不客气地把他瞧了一眼，先是说："先生不见客，他很累。"随后，大概是克利斯朵夫脸上那种天真的失望的神气使她觉得好玩：所以把他从头到脚打量了一番之后，忽然缓和下来，让克利斯朵夫走进哈斯莱的书房，说她去想办法教先生见客。她说完眨了眨眼睛，关上门走了。

壁上挂着几幅印象派的画，和法国十八世纪的描写风情的镂版画：哈斯莱自命为对各种艺术都是内行，听了他小圈子里的人的指点，从马奈到华多都有收藏。① 这种混杂的风格也可以从家具上看出来，一张极美的路易十五式的书桌周围，

① 马奈为法国十九世纪大画家，为近代画派之始祖。华多为十八世纪法国大画家，作品以风流蕴藉见称。

摆着几张“新派艺术”的沙发，一张东方式的半榻，花花绿绿的靠枕堆得像山一样高。门上都嵌着镜子；壁炉架中央摆着哈斯莱的胸像，两旁和古董架上放着日本小古董。独脚的圆桌上，一只盘里乱七八糟散着一大堆照片，有歌唱家的，有崇拜他的妇女们的，有朋友们的，都写着些警句和措辞热烈的题款。书桌上杂乱不堪；钢琴打开着；古董架上全是灰；到处扔着烧掉一半的雪茄烟尾……

克利斯朵夫听见隔壁屋里有一阵不高兴的咕噜声；女仆扯着尖嗓子在那里跟他拌嘴。那分明是哈斯莱不愿意见客，也分明是女仆非要他见客不可；她毫不客气地用着狎习的语气跟他顶撞，尖锐的声音隔着一间屋还能听到。她埋怨主人的某些话使克利斯朵夫听了很窘，主人可并不生气。相反，这种放肆的态度仿佛使他觉得好玩，他一边叽咕，一边逗那个女孩子，故意惹她冒火。终于克利斯朵夫听到开门声，哈斯莱拖着有气无力的脚步走过来了。

他进来了。克利斯朵夫忽然一阵难过。他认得是他。怎么会不认得呢？明明是哈斯莱，可又不是哈斯莱。宽广的脑门上依旧没有一道褶裥，脸上依旧没有一丝皱痕，像孩子的脸，可是头已经秃了，身子发胖了，皮色发黄了，一副瞌睡的神气，下嘴唇有点儿往下掉，噘着嘴巴，好似挺不高兴。他驼着背，两手插在打皱的上衣袋里；脚下曳着一双旧拖鞋；衬衣在裤腰上面扭做一团，纽扣也没完全扣好。克利斯朵夫嘟囔着向他通报姓名，他却睁着没有光彩的倦眼瞧着他，机械地行了个礼，一声不出，对着一张椅子点点头教克利斯朵夫坐下；接着他叹了口气，往半榻上倒下身子，把靠枕堆在自己周围。克利斯朵夫又说了一遍：

“我曾经很荣幸的……你先生曾经对我一番好意……我是克利斯朵夫·克拉夫脱……”

哈斯莱埋在半榻里促膝而坐，右边的膝盖耸得跟下巴一样高，一双瘦削的手勾搭着放在膝盖上。他回答说：

“想不起。”

克利斯朵夫喉咙抽搐着，想教他记起他们从前会面的经过。要克利斯朵夫提到这些亲切的回忆原来就不容易，而在这种情形之下尤其使他受罪：他话既说不清，字又找不到，胡言乱语，自己听了都脸红了。哈斯莱让他支吾其词，只用着那双心不在焉的淡漠的眼睛瞪着他。克利斯朵夫讲完了，哈斯莱把膝盖继续摇摆了一会儿，仿佛预备克利斯朵夫再往下说似的。随后，他回答：

“对……可是这些话并不能使我们年轻啊……”

他欠伸了一会儿，打了个哈欠：“对不起……没睡好……昨天晚上，在戏院里吃了消夜……”他说着又打了个哈欠。

克利斯朵夫希望哈斯莱提到他刚才讲过的事；但哈斯莱对那些往事一点不感兴趣，连一个字也没提，也不问一句克利斯朵夫的生活情形。他打完了哈欠，问：

“你到柏林很久了吗？”

“今天早上才到。”

“啊！”哈斯莱除了这样叫一声，也没有别的惊讶的表示，“什么旅馆？”

说完他又不想听人家的回答，只懒懒地抬起身子，伸手去按电铃：

“对不起。”他说。

矮小的女仆进来了，始终是那副放肆的神气。

"凯蒂，"他说，"难道你今天要取消我一顿早饭吗？"

"您在会客，我怎么能端东西来呢？"她回答。

"干吗不？"他一边说一边俏皮地用眼睛瞟了瞟克利斯朵夫，"他喂养我的思想；我喂养我的身体。"

"让人家看着您吃东西，像动物园里的野兽一样，您不害羞吗？"

哈斯莱非但不生气，反而笑起来，改正她的句子："应当说像日常生活中的动物……"他又接着说："拿来罢，我只要吃早饭，什么难为情不难为情，我才不管呢。"

她耸耸肩退出去了。

克利斯朵夫看到哈斯莱老不问起他的工作，便设法把谈话继续下去。他说到内地生活的苦闷，一般人的庸俗，思想的狭窄，自己的孤独。他竭力想把自己精神上的痛苦来打动他。可是哈斯莱倒在半榻上，脑袋倚着靠枕往后仰着，半阖着眼睛，让他自个儿说着，仿佛并没有听；再不然他把眼皮撑起一忽儿，冷冷地说几句挖苦内地人的笑话，使克利斯朵夫没法再谈更亲密的话。——凯蒂捧了一盘早餐进来了，无非是咖啡、牛油、火腿等。她沉着脸把盘子放在书桌上乱七八糟的纸堆里。克利斯朵夫等她出去了，才继续他痛苦的陈诉，而那又是极不容易说出口的。

哈斯莱把盘子拉到身边，倒出咖啡，呷了几口；接着他用一种又亲热、又随便、又有点儿轻视的神气，打断了克利斯朵夫的话："也来一杯吧？"

克利斯朵夫谢绝了。他一心想继续没有说完的句子，但越来越丧气，连自己也不知说些什么。看着哈斯莱吃东西，他的思路给扰乱了。对方托着碟子，像孩子一样拼命嚼着牛油面包，手里还拿着火腿。可是他终究说出他作着曲子，说人家演奏过他为赫贝尔的《尤迪特》所作的序曲。哈斯莱心不在焉地听着，忽然问："什么？"

克利斯朵夫把题目重新说了一遍。

"啊！好！好！"哈斯莱一边说，一边把面包跟手指一齐浸在咖啡杯里。

他的话只此一句。

克利斯朵夫失望之下，预备站起身来走了；但一想到这个一无结果的长途旅行，他又鼓起余勇，嘟囔着向哈斯莱提议弹几阕作品给他听。哈斯莱不等他说完就拒绝了：

"不用，不用，我对这个完全外行，"他说话之间大有咕噜、挖苦，和侮辱人的意味，"并且我也没有时间。"

克利斯朵夫眼泪都冒上来了。可是他暗暗发誓，没有听到哈斯莱对他的作品表示意见，决不出去。他又惶愧又愤怒地说道：

"对不起；从前你答应听我的作品；我为此特意从内地跑来的，你一定得听。"

没见惯这种态度的哈斯莱，看到这愣头傻脑的青年满脸通红，快要哭出来了，觉得挺好玩，便无精打采地耸耸肩，指着钢琴，用一种无可奈何的神气说：

"那么……来吧！"

说完他又倒在半榻上，仿佛想睡一觉的样子，用拳头把靠枕捶了几下，把它们放在他伸长的胳膊下面，眼睛闭着一半，又睁开来，瞧瞧克利斯朵夫从袋里掏出来的乐谱有多少篇幅，然后他轻轻叹了口气，准备忍着烦闷听克利斯朵夫的曲子。

克利斯朵夫看到这种态度又胆小又委屈，开始弹奏了。

哈斯莱不久便睁开眼睛,竖起耳朵,像一个艺术家听到一件美妙的东西的时候一样,不由自主地提起了精神。他先是一声不出,一动不动;但眼睛不像先前那么没有神了,噘起的嘴唇也动起来了。不久他竟完全清醒过来,叽叽咕咕地表示惊讶跟赞许,虽然只是些闷在喉咙里的惊叹词,但那种声音绝对藏不了他的思想,使克利斯朵夫感到一种说不出的喜悦。哈斯莱不再计算已经弹了多少,没有弹的还有多少。克利斯朵夫弹完了一段,他就嚷:

"还有呢? ……还有呢?"

他的话慢慢地有了人味儿了:

"好,这个! 好! ……妙! ……妙极了! ……该死!"他嘟囔着,非常惊讶,"这算什么呢?"

他坐起来,探着脑袋,把手托着耳朵,自言自语的,满意地笑着;听到某些奇怪的和声,他微微伸出舌头,好像要舔嘴唇似的。一段出其不意的变调使他突然叫了一声,站了起来,跑到钢琴前面挨着克利斯朵夫坐下。他仿佛不觉得有克利斯朵夫在场,只注意着音乐。曲子完了,他抓起乐谱,把刚才那页重新看了一遍,接着又看了以后的几页,始终自言自语地表示赞美和惊讶,好像屋子里只有他一个人:

"怪了! ……亏他想出来的,这家伙! ……"

他把克利斯朵夫挤开了,自己坐下来弹了几段。在钢琴上,他的手指非常可爱,又柔和,又轻灵。克利斯朵夫瞧着他保养得挺好的细长的手,带点儿病态的贵族气息,跟他身体上别的部分不大调和。哈斯莱弹到某些和弦停住了,反复弹了几遍,眯着眼睛,卷着舌头发出滴滴答答的声音,又轻轻学着乐器的音响,一边照旧插几个惊叹词,表示又高兴又遗憾:他不由得暗中气恼，有种下意识的嫉妒，而同时也感到非常快乐。

虽然他老是自个儿在说话，好像根本没有克利斯朵夫这个人；克利斯朵夫却高兴得脸红了，不免把哈斯莱的惊叹词认为对自己发的。他解释他的旨趣。先是哈斯莱没留神他的话，只顾高声地自言自语；后来克利斯朵夫有几句话引起了他注意，他就不作声了，眼睛老盯着乐谱，一边翻着一边听着，神气又像并不在听。克利斯朵夫越来越兴奋，终于把心里的话全说了出来：他天真的，激昂的，谈着他的计划和生活。

哈斯莱不声不响，又恢复了含讥带讽的心情。他让克利斯朵夫把乐谱从他手里拿了回去：肘子撑在琴盖上，手捧着脑门，望着克利斯朵夫，听他凭着少年人的热情与骚动解释作品。于是他想着自己早年的生活，想着当年的希望，想着克利斯朵夫的希望和在前途等着他的悲苦，不禁苦笑起来。

克利斯朵夫老在那里说着，低着眼睛，生怕找不到话接上去。哈斯莱的静默使他胆子大了些。他觉得对方在打量他，一句不漏地听着他；仿佛他们中间冰冷的空气给他融化了，他的心放出光来了。说完之后，他怯生生的，同时也很放心的，抬起头来望望哈斯莱。不料他看到的又是一双没有神的、讥讽的、冷酷的眼睛在那里瞪着他，心中才开始的那点儿喜悦，像生发太早的嫩芽一般突然给冻坏了。他马上把话打住了。

默然相对了一会儿，哈斯莱开始冷冷地说话了。这时他又拿出另外一种态度，对克利斯朵夫非常严厉，毫不留情地讥讽他的计划，讥讽他的希望成功，好似自嘲自讽一样，因为他在克利斯朵夫身上看到了自己过去的影子。他狠命地摧毁克利斯朵夫对人生的信念，对艺术的信念，对自身的信念。他不

胜悲苦地拿自己做例子,痛骂自己的近作:

“都是些狗屁不通的东西!为那般狗屁不通的人只配这种东西。你以为世界上爱音乐的人能有十个吗?唉,有没有一个都是疑问!”

“有我啊!”克利斯朵夫兴奋地嚷着。

哈斯莱瞧着他,耸耸肩,有气无力地回答说:

“你将来也会跟别人一样,只想往上爬,只想寻欢作乐,跟别人一样……而这个办法是不错的……”

克利斯朵夫想和他辩;可是哈斯莱打断了他的话,拿起他的乐谱,把刚才赞扬的作品加以尖刻的批评。他不但用难听的话指摘青年作家没留意到的真正的疏忽,写作的缺点,趣味方面或表情方面的错误;并且还说出许多荒谬的言论,和使哈斯莱自己受尽痛苦的,那班最狭窄最落伍的批评家说的一模一样。他问这些可有什么意思。他简直不是批评,而是否定一切了:仿佛他恨恨地要把先前不由自主感受的印象统统抹掉。

克利斯朵夫失魂落魄,不想回答了。在一个你素来敬爱的人嘴里,听到那些令人害臊的荒唐的话,你又怎么回答呢?何况哈斯莱什么话都不愿意听。他站在那儿,手里拿着阖上的乐谱,睁着惘然失神的眼睛,抿着嘴巴。末了,他好似又忘了克利斯朵夫:

“啊!最苦的是没有一个人,没有一个人能了解你!”

克利斯朵夫激动到极点,突然转过身来把手放在哈斯莱的手上,抱着一腔热爱,又说了一遍:“有我呢!”

可是哈斯莱的手一动也不动;即使这青年的呼声使他的心颤动了一刹那,但瞅着克利斯朵夫的那双黯淡的眼睛并没露出一点儿光彩。讥讽与自私的心绪又占了上风。他把上半身微微欠动一下，滑稽地行了个礼，回答说："不胜荣幸！"

他心里却想道："哼！那我才不在乎呢！难道为了你，我就白活一辈子吗？"

他站起身来，把乐谱往琴上一丢，拖着两条摇晃不定的腿，又回到半榻上去了。克利斯朵夫明白了他的思想，感到了其中的隐痛，高傲地回答说，一个人用不着大家了解，有些心灵抵得上整个的民族；它们在那里代替民族思想；它们所想的东西，将来自会由整个民族去体验。——可是哈斯莱已经不听他的话了。他回复了麻痹状态，那是内心生活逐渐熄灭所致的现象。身心健全的克利斯朵夫是不会懂得这种突然之间的变化的，他只模模糊糊地觉得这一下是完全失败了；但在差不多已经成功的局面之后，他一时还不肯承认失败。他做着最后的努力，想把哈斯莱重新鼓动起来：他拿着乐谱，解释哈斯莱所挑剔的某些不规则的地方。哈斯莱却埋在沙发里，始终沉着脸一声不出，他既不首肯，也不反对：只等他说完。

克利斯朵夫明明看到留下去没有意思了，一句话说了一半就停住。他卷起乐谱，站起身子。哈斯莱也跟着站起。胆怯而惶愧的克利斯朵夫嘟嘟囔囔的表示歉意。哈斯莱微微弯了弯腰，用着高傲而不耐烦的态度伸出手来，冷冷地，有礼地，送他到大门口，没有一句留他或约他再来的话。

克利斯朵夫回到街上，失魂落魄。他往前走着，糊里糊涂走过了两三条街，又到了来时下车的站头。他搭上电车，根本不知自己做些什么。他倒在凳上软瘫了，手臂，大腿，都好像折断了。不能思索，也不能集中念头：他简直一无所思。他怕看自己的内心。因为内心只有一片空虚。在他四周,在这个城里,到处都是空虚,他连气也喘不过来:雾气跟高大的屋子使他窒息。他只想逃,逃,越快越好,——仿佛一离开这儿就能丢下他在这儿遇到的悲苦的幻灭。

回到旅馆,还不到十二点半。他来到这个城里只有两小时,——那时他心里是何等光明!——现在一切都是黑暗了。

他不吃中饭,也不进房间,径自向店里要了账单,付了一夜的租金,说要动身了:店主人听了大为奇怪,告诉他不用这么急,他要搭的火车还有几个钟点才开呢,不如在旅馆里等。他可执意要立刻上车站去搭第一班开的车,不管是什么车,在这儿连一小时也不愿意多待了。他花了一笔钱老远跑来,原想大大地乐一下的,除了访问哈斯莱,还想去参观博物院,上音乐会,认识几个人,——而今他唯一的念头只有动身两个字了……

他回到车站。正如人家告诉他的,他要搭的火车要三点钟才开。而且那班既非快车(因为克利斯朵夫只能坐最低的等级),——路上还要随时停留;还不如搭迟开两小时而中途赶上前一班的车。但要在这儿多留两小时,克利斯朵夫就受不住。他甚至在等车的期间也不愿意走出车站。——多凄凉的等待!在那些空荡荡的大厅上,闹哄哄的,阴沉沉的,全是些不关痛痒的陌生面孔,匆匆忙忙,连奔带跑的进进出出,没有一张熟识的、友善的脸。黯淡的天色黑下来了。给浓雾包围着的电灯,在黑暗中好似一点点的污渍,使阴暗显得更阴暗。越来越闷塞的克利斯朵夫,等着开车的时间,五内如焚。他每小时要把火车表看上十多次,唯恐弄错了。有一次他为了消磨时间,从头至尾又看一遍,冷不防有一个地名引起了他的注意:他觉得这个地方是认得的,过了一会儿想起那是给他写过多亲热的信的苏兹的住处。他那时正心神无主,忽然想去拜访这位陌生朋友了。那地方并不在他回去的路上,而是要再搭一两小时的区间车,在路上过一夜,换两三次车,中间还不知要等多少时候。克利斯朵夫可完全不计算这些,马上决定了:他的本能非要找些同情的慰藉不可,便不假思索,拟了一通电报打给苏兹,告诉他明天早上到。但电报才发出,他已经后悔了。他很懊恼地笑自己老是有幻想。干吗再要去找新的烦恼呢?——可是事情已经定了,要改变主意也来不及了。

在最后一部分等车的时间,他就想着这些念头。车终于挂好了,他第一个上去;他的孩子气使他直等到车子开了,从车门里望见下着阵雨的灰色的天空下面,城市的影子慢慢在黑夜中消失了,方始能痛痛快快地呼吸。他觉得要是在这里住上一晚的话,简直会闷死的。

正在这个时候,——下午六点光景,——哈斯莱有封信送到克利斯朵夫的旅馆。克利斯朵夫的访问惹起了他许多感触,整个下午都不胜懊丧地想着,他对于这个怀着一腔热情来看他,而竟受他那么冷淡的可怜的青年,并非没有好感。他后悔自己的态度。其实他是常常这样心血来潮的闹脾气的。为了挽救一下,他送了一张歌剧院的门票去,又附了一张便条,约他在完场以后见面。——克利斯朵夫对这些事当然一点不知道。哈斯莱看见他没来就心里想:

“他生气了。那么就算了!”

他耸耸肩,也不再往下追究。第二天,一切都忘了。

第二天,克利斯朵夫和他已经离得很远,——远得连一辈子也不会再见了。而他们俩也永远地孤独下去了。

彼得·苏兹已经七十五岁。他身体非常衰弱,而且那么大一把年纪也是不饶人的。个子相当高大,驼着背,脑袋垂在胸前,支气管很弱,呼吸很困难。气喘,鼻黏膜炎,支气管炎,老是和他纠缠不清;那张不留胡子的瘦长脸刻画着痛苦的皱裥,很鲜明的显出他和病魔苦斗的痕迹,半夜里常常需要在床上坐起来,身体向前弯着,流着汗,拼命想给他快要窒息的肺吸收些空气进去。他鼻子很长,下端有点儿臃肿。深刻的皱痕在眼睛下面就一道一道地从横里把腮帮分成两半,而腮帮也因为牙床骨瘪缩而陷了下去。塑成这张衰败零落的面具的,还不只是年龄与疾病;人生的痛苦也有份儿。虽然如此,他并不忧郁。神态安详的大嘴巴表示他是个仁厚长者。但使老人的脸显得和蔼可亲的,特别是那双清明如水的淡灰眼睛,永远从正面看着你,那么安静,那么坦白,没有一点儿隐藏,你仿佛可以看到他的心。

他一生没有经过多少事,独身已有多年,太太早死了。她性情不大好,人也不大聪明,长得一点不美。但他想起她的时候,心里还是对她很好。她死了有二十五年:二十五年到现在,他每晚睡觉以前,总得和她默默地作一番凄凉而温柔的谈话,他每天都像是和她一起过活的。他没有孩子,那是他的终身恨事。他把感情移在学生身上,对他们的关切不下于父亲对儿子。人家可并没怎么报答他。老人的心很能接近年轻人的心,甚至自以为并不比他们的更老:他觉得所差的年岁根本算不了什么。然而年轻人并不这样想,认为老年人是属于另一个时代的;并且他眼前需要操心的事太多了,本能的不愿意去看自己忙了一世以后的可悲的下场。偶尔有些学生,看到苏兹老人对他们的祸福那么关心,也不由得很感激,不时来问候他;离开了大学,他们还写信来道谢,有几个在以后几年中还跟他通信。然后,老人听不到他们的消息了,只有在报纸上知道这个有了发展,那个有了成绩,觉得非常安慰,他们的成就仿佛就是他的成就。他也不怪怨他们不通音信:原谅他们的理由多的是;他决不怀疑人家的感情,甚至以为那些最自私的学生也有像他对他们一样的感情。

但他精神上最好的避难所还是书本:它们既不会忘了他,也不会欺骗他。他在书本中敬爱的心灵现在已经超脱了时间的磨蚀,它们所引起而它们自己也似乎感受到的爱,还有它们像阳光一般布施给人家的爱,都是亘古常存,不会动摇的了。苏兹是美学兼音乐史教授,他好比一个古老的森林,在心中千啼百啭的全是禽鸟的歌声。这些歌有的是极远极远的,从几世纪以前传过来的,但亦不减其温柔与神秘。有的对他比较更熟更亲切,那是些心爱的伴侣,每一句都使他想起悲欢离合的往事,所牵涉到的生活有的是有意识的,有的是无意识的:——(因为在太阳照耀的岁月下面,还有被无名的光照着的别的岁月。)——最后还有些从来没听到过的,说着大家期待已久而极感需要的话:那时听的人就会打开心来欢迎它们,像大地欢迎甘霖一样。苏兹老人就是这样在孤独生活中听着群鸟歌唱的森林,像传说中的隐士一般,被神奇的歌声催眠了,而岁月悠悠,慢慢地流到了生命的黄昏;可是他的心始终和二十岁的时候一样。

他精神上的财富不限于音乐。他也爱好诗人,——不分什么古人今人。他比较更喜欢本国的诗,尤其是歌德的,但也爱好别国的。他很博学，精通好几国文字。他思想上是和赫尔德①与十八世纪末期的“世界公民”同时代的。他经历过一八七〇年前后的艰苦的斗争，受过那时代波澜壮阔的思想的熏陶；但他虽然崇拜德国，可并不是一个“骄傲的人”。他像赫尔德一样地认为：“在所有骄傲的人里头，以自己的国家来炫耀的人尤其荒谬绝伦”，也像席勒一样地认为“只为了一个民族而写作是最可怜的理想”。他的思想有时候是懦弱的，但胸襟是宽大的，对于世界上一切美妙的东西随时都能热心接受。他也许对庸俗的东西过于宽容，但他的本能绝不会错过最优秀的作品；要是他没有勇气指斥舆论所捧的虚伪的艺术家，可永远有勇气替那些公众不了解的杰出而强毅的人辩护。他往往受好心的累，唯恐对人不公平；大家喜欢的作品，他要是不喜欢的话，他一定认为错在自己，终于也把那作品爱上了。他觉得爱是世界上最甜蜜的事。他精神上需要爱，需要钦佩，比他可怜的肺需要空气更迫切。所以，凡是给他有个爱的机会的人，他真是感激到极点。——克利斯朵夫万万想象不到他的歌集对他所发生的作用。他自己写作的时候所感到的情绪，还远不及这位老人所感到的那么生动，那么真切。因为在克利斯朵夫，这些歌仅仅是内心的炉灶里爆发出来的几点火星而已，它还有别的东西要放射；可是苏兹老人等于忽然发现了整个的新天地，等他去爱的新天地。而这个天地的光明把他的心给照亮了。

① 赫尔德（1744—1803）为最早鼓吹浪漫派文学的作家之一，对近代德国文学影响极大。

一年以来，他不得不辞退大学教席；一天坏似一天的身体不容许他再继续授课。正当他躺在床上闹病的时候，书商华尔夫照例派人送来一包新到的乐谱，其中就有克利斯朵夫的歌集。他单身住着，身边没有一个亲人，几个少数的家属久已死了，只有一个年老的女仆照料。而她欺他病弱，每样事都自作主张。两三个和他一样高龄的朋友不时来瞧瞧他；但他们身体也不大行，气候不好的时节也躲在家里，疏于访问了。那时正是冬季，街上盖满着正在融化的雪：苏兹整天没看到一个人。房里很黑，窗上蒙着一层黄色的雾，像幕一样地挡住了视线；炉子烧得挺热，教人累得很。邻近的教堂里，一座十七世纪的古钟每刻钟奏鸣一次，用那种高低不匀、完全不准的声音唱着赞美诗中的断片零句，快乐的气息听来非常勉强，尤其在你心里不高兴的时候。老苏兹背后垫着一大堆靠枕咳个不停。他拿着一向喜欢的蒙丹的集子想念下去，但今天念起来不像平时那么有味，就让书本在手里掉了下去。他喘着气，呼吸很困难，出神似的在那里幻想。送来的乐谱放在床上，他没勇气打开来，只觉得心里很悲伤。终于他叹了口气，仔细解开绳子，戴上眼镜，开始读谱了。但他的心在别处，老想着排遣不开的往事。

他一眼瞥见一支古老的赞美歌，那是克利斯朵夫采用一个诚朴虔敬的诗人的词句，而另外加上一种新的表情的，原作是保尔·格哈特的《基督徒流浪曲》：

希望罢，可怜的灵魂，
希望之外还得强毅勇猛！
……
等待啊，等待：

你就会看到
欢乐的太阳！

这些赞美歌的词句是老苏兹熟悉的，但他从来没听见这种口吻……那已经不是单调到使你心灵入睡的，恬淡而虔敬的情绪，而是像苏兹的心一样的一颗心，比他的更年轻更坚强的心，在那里受着痛苦，存着希望，希望看到欢乐，而真的看到了。他的手索索地抖着，大颗的泪珠从腮帮上淌下。他又往下念：

起来罢，起来！跟你的痛苦，
跟你的烦恼，说一声再会！
让它们去罢，一切烦扰你的心灵，
使你悲苦的东西！

克利斯朵夫在这些思想中间渗入一股年轻的刚强的热情，而在最后几句天真而充满着信念的诗中，还有他的英雄式的笑声：

统治一切、领导一切的
不是你，而是上帝。
上帝才是君王，
才能统治一切，统治如律！

还有一节睥睨一切的诗句，是克利斯朵夫逞着少年的狂妄，从原诗中摘出来做他的歌的结论的：

即使所有的妖魔反对，
你也得镇静，不要怀疑！
上帝决不会退避！

他所决定的总得成功，
他要完成的总得完成，
他会坚持到底！

……然后是一片轻快的狂热，战争的醉意，好似古罗马皇帝的凯旋。

老人浑身打战，气吁吁地追随着那激昂慷慨的音乐，有如儿童给一个同伴拉着手往前飞奔。他心跳着，流着泪，嘟嘟囔囔地嚷着：

“啊！我的天！……啊！我的天！……”

他又哭，又笑。他幸福了，窒息了。接着来了一阵剧烈的咳呛。老妈子莎乐美跑来，以为老人要完了。他继续哭着，咳着，嘴里叫着：“啊！我的天！……啊！我的天！……”而在短促的换口气的时间，在两阵咳呛的过渡期间，他又轻轻地尖声笑着。

莎乐美以为他疯了。等到她弄明白了这次咳呛的原因，就很不客气地埋怨他：

“怎么能为了这种鬼事而搞成这副模样！把这个给我！让我拿走。不准再看。”

但老人一边咳着一边不肯让步，大声叫莎乐美别跟他烦。因为她还是和他争，他就勃然大怒，发誓赌咒，闹得气都喘不过来。她从来没看见他生这么大的气，敢和她这样顶撞。她愣了一愣，不禁把手里抓着的东西放下了；可是她恶狠狠地把他数说了一顿，拿他当老疯子看待，说她一向认为他是个有教养的人，现在才知道看错了，他居然说出连赶车的也要为之脸红的咒骂，眼睛差点儿从头里爆出来，倘使那是两支手枪的话，还不早要了她的命！……要不是苏兹气得从枕上抬起身子大叫一声“出去!”她尽可以这样地唠叨下去。可是主人那种斩钉截铁的口气,使她出去的时候把门大声碰了一下,说从此以后尽管他叫她,她也不愿意劳驾的了,他要死过去,她也不管了。

于是,一点点黑起来的屋子里又安静了。钟声在平静的黄昏中又响起来,依旧是那种平板的、可笑的声音。老苏兹对刚才的发怒有点惭愧,一动不动地仰天躺着,气吁吁的,等心里的骚动平下去;他把心爱的歌集紧紧搂在怀里,像孩子一般地笑着。

一连好几天,他好像出神了。他再也不想到他的疾苦,不想到冬天,不想到黯淡的日色,不想到自己的孤独。周围一切都是爱,都是光明。在行将就木的年龄,他觉得自己在一个陌生朋友的年轻的心中再生了。

他竭力想象克利斯朵夫的相貌,可始终不是他的真面目。他把克利斯朵夫想象得像他自己喜欢长的模样:淡黄的头发,瘦削的身材,蓝眼睛,声音很轻,好像蒙着一层什么似的,性格和平,温柔,胆小。并且不管他究竟长得怎么样,他总是预备把他理想化。凡是他周围的人:学生,邻居,朋友,女仆,他都把他们理想化。他的仁厚跟不会批评的脾气——一半也是故意的,因为这样才好减少烦恼,——在周围造成了许多清明纯洁的面目,跟他自己的一样。那是他的善心扯的谎,没有它,他就活不了。但他也并不完全受这些谎话的骗;夜里躺在床上的时候,他往往叹着气想到白天无数的小事情,都是跟他的理想抵触的。他明知莎乐美在背后跟邻舍街坊嘲笑他,在每周的账目上有规则地舞弊。他明知学生们用到他的时候对他恭而敬之，利用完了就把他置之脑后。他明知大学里的同事们从他退职以后把他完全忘了，他的后任剽窃他的文章而根本不提他的名字，或是提到他的名字而引他的一句毫无价值的话，挑他的眼儿：——这种手段在批评界中是惯用的。他知道他的老朋友耿士今天下午又对他扯了一个大谎，也知道另外一个朋友卜德班希米脱借去看几天的书是永远不会还他的了，——那对一个爱书本像爱真人一般的人是非常痛苦的。还有许多别的伤心事，新的旧的，都常常浮到他脑子里来；他不愿意去想；可是它们老在那里，他清清楚楚地感觉到。那些回忆有时竟使他痛苦得心如刀割，在静寂的夜里呻吟着："啊！我的天！我的天！"——随后，他把不痛快的念头撂在一边，否认它们：他要保持自己的信心，要乐天知命，要相信别人，结果他便真的相信了。他的幻象已经被无情的现实毁灭了多少次！——但他永远会生出新的幻象……没有幻象他简直不能过活。

素不相识的克利斯朵夫，在他的生活中成为一个光明的中心。克利斯朵夫给他的第一封措辞冷淡的复信，应当会使他难过的——（也许他的确是难过的）——可是他不愿意承认，倒反喜欢得像小孩子一样。他那么谦虚，对别人根本没有多大要求，只要得到人家一点儿感情就足够做他爱人家感激人家的养料。他从来不敢希望有福气看到克利斯朵夫，他太老了，不能再上莱茵河畔去旅行一次；至于请克利斯朵夫到这儿来，更是做梦也没想到的。

克利斯朵夫的电报送到的时候，他正坐上桌子吃晚饭。他先是弄不明白：发报人的名字很陌生，他以为人家送错了电报，不是给他的；他翻来覆去看了好几遍，慌乱中眼镜也戴不稳，灯光又不够亮，字母都在眼前跳舞。等到明白以后，他简直骚动得把晚饭都忘了。莎乐美提醒他也没用：没法再吞一口东西。他把饭巾往桌上一丢，也不像平时那样把它折好，便摇摇晃晃地站起身子，去拿了帽子和手杖往外就跑。好心的苏兹遇到一件这样快乐的事，第一个念头便是要把他的快乐分点给别人，把克利斯朵夫要来的消息通知他的朋友们。

他有两个朋友，都是像他一样爱好音乐的，也被他引起了对克利斯朵夫的热情：一个是法官萨缪尔·耿士，一个是牙医生兼优秀的歌唱家奥斯加·卜德班希米脱。三个老朋友常在一起谈着克利斯朵夫，把所能找到的克利斯朵夫的作品统统演奏过了。卜德班希米脱唱着，苏兹弹着琴，耿士听着。然后，三个人几小时地低回赞叹。他们弄着音乐的时候，不知说过多少次："啊！要是克拉夫脱在这儿的话！"

苏兹在街上想着自己的快乐和将要使朋友们感到的快乐，自个儿笑起来了。天快黑了；耿士住在离城半小时的一个小村上。可是天色还很亮：四月的黄昏多么柔和；夜莺在四下里歌唱。老苏兹快活得心都化开了，呼吸一点没有困难，两条腿像二十岁的时候一样。他轻快地走着，全不防在黑暗中常常绊脚的石子。遇到车辆，他就精神抖擞地闪在路旁，高高兴兴地和赶车的打招呼，对方在车灯底下看到是他，不由得很奇怪。

走到村口耿士家的小园子前面，天已经全黑了。他敲着门，直着嗓子叫耿士。耿士打开窗来，神色仓皇地出现了。他在暗中探望，问："谁啊？叫我干吗？"

苏兹喘着大气，兴高采烈地嚷道："克拉夫脱……克拉夫脱明天到……"

耿士莫名其妙，只认出了他的声音："苏兹！怎么啦？这么晚赶来什么事啊？"

苏兹又说了一遍："他明天到，明天早上！……"

"什么？"耿士一点儿摸不着头脑。

"克拉夫脱！"

耿士把这句话想了一会儿，忽然很响亮地叫了一声，表示他明白了：

"我就来！"他喊道。

窗子重新关上。他在石阶上出现了，手里拿着灯，往园子里走过来。他是个身材矮小的老头儿，挺着大肚子，脑袋也很大，灰色头发，红胡子，脸上和手上都有雀斑。他衔着一个瓷烟斗，迈着细步走来。这个和善而有点迷迷糊糊的人，一辈子从来不为什么事着急的。可是苏兹带来的新闻也不免使他一反常态，兴奋起来；他把短短的手臂跟手里的灯一齐舞动着，问："真的？他到这儿来吗？"

"明天早上。"苏兹好不得意地扬了扬电报。

两位老朋友到凉棚底下坐在一条长凳上。苏兹端着灯。耿士小心翼翼地展开电报，慢慢地低声念着；苏兹又从他肩头上高声念着。耿士还看了电报四周的小字，拍发的时刻，到达的时刻，电文的字数。随后他把这张宝贵的纸还给了苏兹。苏兹得意地笑着，耿士侧了侧脑袋瞧着他说："啊！好！……啊！好！"

耿士想了一会儿，吸了一大口烟又吐了出来，然后把手放在苏兹膝盖上，说道：

"得通知卜德班希米脱。"

"我去。"苏兹说。

“我跟你一块儿去。”耿士说。

他进去放下了灯，马上回出来。两个老人手挽着手走了。卜德班希米脱住在村子那一头。苏兹和耿士一路说着闲话，心里老想着那件事。忽然耿士停住脚步，用手杖往地上敲了一下：“啊！该死！……他不在这儿！……”

这时他才记起卜德班希米脱下午到邻近一个城里开刀去了，今晚要在那边过夜，而且还得待上一两天。苏兹听了这话慌了。耿士也一样地发急。卜德班希米脱是他们俩非常得意的人物；他们很想拿他来做面子的。因此两人站在街上没了主意。

“怎么办？怎么办？”耿士问。

“非教克拉夫脱听一听卜德班希米脱的唱不可。”苏兹说。

他想了想又道：“得打一个电报给他。”

他们就上电报局，共同拟了一个措辞激动的长电，简直教人弄不明白说的是什么。发了电报，他们走回来。

苏兹计算了一下：“要是他搭头班车，明天早上就可以到这儿。”

但耿士认为时间已经太晚，电报大概要明天早上才送到。苏兹摇摇头；两人一齐说着：“事情多不巧！”

他们俩在耿士门口分手了；耿士虽然和苏兹友谊那么深，可决不至于冒冒失失地把苏兹送出村口，回头再独自在黑夜里走一段路，哪怕是极短的路。他们约定明天在苏兹家里吃中饭。苏兹又望望天色，不大放心地说：“明儿要能天晴才好！”

自命为通晓气象的耿士，郑重其事地把天色打量了一会儿，——（因为他也像苏兹一样，极希望克利斯朵夫来的时候能看到他们的地方多美）——说道：

"明儿一定是好天。"

这样，苏兹的心事才轻了一半。

苏兹回头进城，好几次不是踏在车辙里差点儿跌跤，就是撞在路旁的石子堆上。回家之前他先到点心铺订了一种本地著名的饼，快到家了，又退回去到车站上问明车子到达的时刻。到了家中，他和莎乐美把明天的饭菜商量了老半天。这样以后，他才筋疲力尽地上床；可是他像圣诞前夜的小孩子一样兴奋，整夜在被窝里翻来覆去，一刻儿都没睡着。到半夜一点，他想起来吩咐莎乐美，明天中上最好做一盘蒸鲤鱼，那是她的拿手菜。结果他并没去说，而且也是不说的好。但他仍旧下了床，把那间预备给克利斯朵夫睡的卧室收拾一番：他十二分的小心，不让莎乐美听见声音，免得受埋怨。他提心吊胆，唯恐错失了火车的时刻，虽然克利斯朵夫在八点以前决不会到。他一大早就起身了，第一眼是望天：耿士说得不错，果然是大好的晴天。苏兹蹑手蹑脚地走下地窖，那是因为怕着凉，怕太陡的梯子而久已不去的；他挑出最好的酒，回上来的时候脑门在环洞高头重重地撞了一下，赶到提着满满的一篮爬完梯子，他以为简直要闭过气去了。随后他拿着剪刀往园子里去，毫不爱惜地把最美的蔷薇和初开的紫丁香一齐剪下。随后他回到卧室，性急慌忙地刮着胡子，割破了两三处，穿扮得齐齐整整，动身往车站去了。时间还只有七点。尽管莎乐美劝说，他连一滴牛奶都不肯喝，说克利斯朵夫到的时候一定也没用过早点，他们还是回来一起吃罢。

他到站上，离开火车到的时候还差三刻钟。他好不耐烦地等着克利斯朵夫，而结果竟把他错过了。照理应该耐着性子等在出口的地方，他却是站在月台上，被上车下车的旅客挤昏了。虽然电报上写得明明白白，他却以为，天知道为什么缘故，克利斯朵夫搭的是下一班车；并且他也绝对想不到克利斯朵夫会从四等车厢里跳下的。克利斯朵夫到了好久，直接往他家里奔去的时候，苏兹还在站上等了半小时。更糟的是，莎乐美也上街买菜去了：克利斯朵夫发现大门上了锁。邻人受着莎乐美的嘱托，只说她一忽儿就回来的；除此以外，再没别的解释。克利斯朵夫既不是来找莎乐美的，也不知道莎乐美是谁，认为那简直是跟他开玩笑；他问到大学音乐导师苏兹在不在，人家回答说在，可不知道上哪儿去了。克利斯朵夫一气之下，走了。

老苏兹挂着一尺长的脸回来，从也是刚回家的莎乐美嘴里知道了那些情形，不禁大为懊恼，差点儿哭出来。他认为老妈子太蠢了，怎么在他出门的时候没有托人家请克利斯朵夫等着。他非常愤怒。莎乐美跟他一样气哼哼地回答说，她想不到他会那样的蠢，甚至把特意去迎接的客人都错失了。老人并不浪费时间和她争，立刻回头走下楼梯，依着邻人渺渺茫茫的指点，出发找克利斯朵夫去了。

克利斯朵夫撞在门上，没见到一个人，连一张道歉的字条都没有，很是生气。在等下一班火车开行之前，他不知道怎么办：看到田野很美，便散步去了。这是一座安静宜人的小城，坐落在一带柔和的山岗底下；屋子四周全是园子，樱桃树开满了花；有的是碧绿的草地，浓密的树荫，年代并不悠久的废墟；青草丛里矗立着白石的柱子，上面放着古代公主们的胸像，脸上的表情那么温和,那么可爱。城的周围,只看见青葱的草原与小山。野花怒放的灌木丛中,山乌叫得非常快乐,好比一组轻快响亮的木笛在那里合奏。要不了多少时候,克利斯朵夫恶劣的心绪消散了:他把苏兹完全给忘了。

老人满街跑着,向走路人打听,都一无结果。他直爬到山坡高头的古堡前面,正当他好不伤心地走回来的时候,他那双看得很远的尖锐的眼睛,忽然瞥见在几株树底下有个男人躺在草地上。他不认得克利斯朵夫,不能知道是不是他。那男子又是背对着他,把半个头都埋在草里。苏兹绕着草地,在路上转来转去,心跳得很厉害:

"一定是他了……噢,不是的……"

他不敢叫他,可是灵机一动,把克利斯朵夫的歌里头的第一句唱起来:

奥夫! 奥夫! ……(起来罢! 起来!)

克利斯朵夫一跃而起,像条鱼从水里跳出来似的,直着嗓子接唱下去。他高兴至极地回过身来:满面通红,头上尽是乱草。他们俩互相叫着姓名,向对方奔过去。苏兹跨过土沟,克利斯朵夫跳过栅栏。两人热烈地握着手,大声说笑着一同往家里走。老人把早上的倒霉事儿说了一遍。克利斯朵夫几分钟以前还决定搭车回家,不再去找苏兹,现在立刻感觉到这颗心多么善良多么纯朴,开始喜欢他了。还没走到苏兹家里,他们已经彼此说了许多心腹话。

一进门,他们就看到耿士;他听说苏兹出去找克利斯朵夫了,便消消停停地在那儿等着。女仆端上咖啡跟牛奶。克利斯朵夫说已经在乡村客店用过早点。老人听了大为不安:客人到了本地，第一顿饭竟没有在他家里吃，他觉得难过极了；像他那种至诚的心是把这些琐碎事儿看做天样大的。克利斯朵夫懂得他的心理，暗中觉得好玩，同时也更喜欢他了。为了安慰主人，他说还有吃第二顿早点的胃口，而且他马上用事实来证明了。

克利斯朵夫所有的烦恼一霎时都化为乌有：他觉得遇到了真正的朋友，自己又活过来了。讲到这次的旅行和失意的时候，他把话说得那么滑稽，好比一个放假回来的小学生。苏兹眉飞色舞，不胜怜爱地瞅着他，心花怒放地笑了。

不久，话题就转到三个人友谊的关键上去，他们谈着克利斯朵夫的音乐。苏兹渴望克利斯朵夫弹几阕他的作品，只是不敢说。克利斯朵夫一边谈话一边在室内来回踱着。他走近打开着的钢琴的时候，苏兹就留神他的脚步，心里巴不得他停下来。耿士也是一样的期望着。果然，克利斯朵夫嘴里说着话，不知不觉地在琴前坐下，眼睛望着别处，把手指在键盘上随便抚弄；这时两老的心都跳起来。不出苏兹所料，克利斯朵夫试了两三组琶音以后真的动了兴：一边谈着一边又按了几个和弦，接着竟是完整的乐句；于是他不作声了，正式弹琴了。两个老人交换了一个得意的、会心的眼色。

"你们知道这个曲子吗?"克利斯朵夫奏着他的一阕歌问。

"怎么不知道!"苏兹挺高兴地回答。

克利斯朵夫只顾弹着，侧着脸，说："喂，你的琴不大高明了!"

老人非常懊丧，赶紧道歉："是的，它老了，跟我一样了。"

克利斯朵夫转过身子，望着这个好像求人原谅他老朽的苏兹,把他两只手一齐抓着,笑起来了。他打量着老人天真的眼睛,说:“噢！你,你比我还年轻呢。”

苏兹听了哈哈大笑,顺便说到自己衰老多病的情形。

“得了罢!”克利斯朵夫抢着回答,“那有什么相干？我知道我的话是不错的。是不是,耿士?”

(他已经省去“先生”二字了。)

耿士一迭连声地表示同意。

苏兹看到人家恭维他的年轻,也想让他的钢琴沾点儿光。

“还有几个音很好听呢。”他胆怯地说。

他随手按了四五个相当明亮的音,在琴的中段,大概有半个音阶。克利斯朵夫懂得这架琴对他是个老朋友,便一边想着苏兹的眼睛一边很亲热地回答:

“不错,它还有很美的眼睛。”

苏兹脸上登时有了光彩,对旧钢琴说了些不清不楚的赞美的话,可是看到克利斯朵夫重新弹琴了,就马上住嘴。歌一支又一支地奏下去,克利斯朵夫用不高不低的声音唱着。苏兹眼睛水汪汪的,对他每一个动作都留着神。耿士交叉着手按在肚子上,闭着眼睛细细地吟味。克利斯朵夫不时得意扬扬地转过头来,对着两个听得出神的老头儿说:

“嘿！多美啊！……还有这个,你们觉得怎么样？……还有这个……那是顶美的一个……——现在我再给你们奏一个曲子,让你们快乐得像登天一样……”尽管他说话这么天真,两个老人决不会笑话他。

他才奏完一个如梦如幻的曲子,挂钟里的鹧鸪叫起来了。克利斯朵夫听了怒气冲冲地直跳直嚷。耿士被他惊醒了,睁大着眼睛骨碌碌地乱转。苏兹先是莫名其妙。直看到克利斯朵夫一边对着摇头摆尾的鹧鸪摩拳擦掌，一边嚷着要人把这混账的鬼东西拿开的时候，苏兹才破题儿第一遭觉得这声音的确难受，端过一张椅子，想上去把煞风景的东西亲自摘下来。他差点儿摔跤，被耿士拦住了不让再爬。于是他叫莎乐美。莎乐美照例慢腾腾地走来，而不耐烦的克利斯朵夫已经把挂钟卸下，放在她的怀里了。她抱着钟愣在那里：

"你们要我把它怎么办呢？"她问。

"随你怎么办。拿去就是了，只要从此不看见它！"苏兹说着，和克利斯朵夫一样的不耐烦。

他不懂自己对于这厌物怎么会忍耐了那么些年的。

莎乐美以为他们都疯了。

音乐重新开始。时间一小时一小时地过去。莎乐美来报告说中饭已经开出来了。苏兹可教她住嘴。过了十分钟，她又来了；再过十分钟，她又来了：这一回她可气冲冲的，勉强装着镇静的神气，站在屋子中间，不管苏兹怎么样绝望地对她做着暗号，径自大声地说：

"诸位先生喜欢吃冷菜也好，喜欢吃热菜也好，对我都没关系；只要吩咐就是了。"

苏兹对于这种没有规矩的事很惭愧，想把女仆训斥一顿：可是克利斯朵夫大声笑了出来。耿士也笑了，终于苏兹也跟着笑了。莎乐美看到自己的话有了作用很得意，转过身来走了，神气活像一个皇后赦免了她的臣下。

"她真痛快！"克利斯朵夫离开了钢琴，站起来说，"她也没错。音乐会中间闯进个把人有什么大不了呢？"

他们开始吃饭了。饭菜挺丰富挺有味道。苏兹激起了莎乐美的好胜心，而她也巴不得找个机会来显显本领，决不辜负这种机会。两位老朋友非常好吃。耿士上了饭桌子简直变了一个人，眉开眼笑，像太阳一般，那模样大可以给饭店做个招牌。苏兹对好酒好菜的欣赏也不下于耿士，可惜为了病病歪歪的身子不能尽量。但他不大肯顾虑到这一点，因之常常要付代价。那他可绝对不抱怨；要是他病了，至少肚里明白是怎么回事。和耿士一样，他也有家传的食谱。所以莎乐美是服侍惯一般内行的。可是这一次，她把所有的杰作都拿来排在一个节目上，仿佛是莱茵菜的展览大会，那是一种本色的，保存原味的烹调，用着各式各种草本的香料，浓酽酽的沙司①，作料丰富的汤，标准的清炖砂锅，奇大无比的鲤鱼，酸咸菜烧腌肉，全鹅，家常饼，茴香面包。克利斯朵夫嘴巴塞得满满的，狼吞虎咽的得意极了。他跟他的父亲祖父胃口一样大，一次可以吞下整只的鹅。平时他能整星期地光吃面包和乳饼，而有机会的时候可以吃得胀破肚子。苏兹又诚恳又殷勤，眼睛挺温柔地瞧着他，把他灌了许多莱茵名酒。满面通红的耿士认为这一下才遇到了对手。莎乐美嘻开着大脸盘乐死了。——克利斯朵夫刚到的时候，她有点儿失望。苏兹事先对她把客人说得天花乱坠，所以她理想中的克利斯朵夫是个大官儿一样的人物，浑身都是头衔。见到了客人的面，她不由得肚里想着：

“原来也没什么大不了！”

在饭桌上，克利斯朵夫可得到了她的好感；像他那样大为赏识她的本领的人，她还是第一次碰到。所以她竟不回到厨房去而站在饭厅门口，看着克利斯朵夫一边说着傻话，一边东

① 沙司为西菜中浇在鱼或肉类上面的酱汁，大概可分黑白两种，以牛肉汤或鸡汤为底，将牛油与面粉调和后，另加作料，做法各有巧妙不同。欧洲人对沙司之重视不下于正菜本身。

西照旧吃个不停;她把拳头插在腰里,哈哈大笑。大家都兴高采烈。美中不足的就是没有卜德班希米脱在座。他们几次三番地说:

“嘿!要是他在这儿,他才会吃、会喝、会唱呢!”

这一类赞扬的话简直说不完。

“要克利斯朵夫能听到他的唱才好呢!……大概是听得到的。今晚卜德班希米脱可以回来了,至迟也不会过今天夜里……”

“噢!今天夜里我早已不在这儿了。”克利斯朵夫说。

苏兹喜滋滋的脸立刻沉了下来。

“怎么不在这儿?”他声音发抖了,“你今天不会走吧?”

“要走的,”克利斯朵夫嘻嘻哈哈地回答,“搭夜车走。”

这一下苏兹可伤心了。他是预算克利斯朵夫在他家里住几天的,便嘟嘟囔囔地说:“那怎么行呢?……”

耿士也接着说:“还有卜德班希米脱怎么办呢?……”

克利斯朵夫把他们俩都瞧了瞧,两人友好的脸上那种失望的表情使他感动了,就说:“唉!你们多好!……那么我明天早上走,行吗?”

苏兹马上握着他的手:“啊!好极了!谢谢你!谢谢你!”

他跟小孩子一样把明天看得那么远,远得用不着去想。他只知道克利斯朵夫今天不走,今天一天,今天晚上,他们都可以在一起,他要睡在他的家里:除此以外,苏兹不愿意想得更远了。

大家又恢复了兴致。苏兹忽然神色庄严地站起来,预备为远来的贵客干杯,他用着感动而浮夸的措辞,说客人肯光临小城，枉顾寒斋，对他是极大的光荣和愉快；他祝颂他归途平安，祝颂他前程远大，祝颂他成功，祝颂他荣名盖世，也祝颂他享尽人世的幸福。接着他又为“高贵的音乐”干杯，——为他的老朋友耿士干杯，——为春天干杯，——最后也没忘了为卜德班希米脱干杯。耿士也起来为苏兹和另外几个朋友干杯；克利斯朵夫为结束这些干杯起见，便起来为莎乐美干杯，把她羞得涨红了脸。然后，他不等两位演说家致答词，马上唱起一支著名的歌，两个老人也跟着唱起来。一曲完了又是一曲，末了是一支三部合唱的歌，大意是称颂友谊、音乐，和美酒的；笑声与碰杯声，和歌声闹成一片。

离开饭桌的时候已经三点半，他们头脑都有点重甸甸的。耿士倒在一张沙发里，很想睡个中觉。苏兹经过了早上那种紧张的情绪，再加那些干杯，也支持不住了。两人都希望克利斯朵夫坐下来给他们弹上几小时的琴。可是那怪脾气的年轻人精神百倍，兴致好得很：他按了两三个和弦，突然把琴关上了，望望窗外，提议出去遛个半天。他觉得田野美极了。耿士表示不大热心，但苏兹立刻认为这主意妙极了，他本应当带客人去瞧瞧本地的公园。耿士皱了皱眉头，可也不表异议：因为他和苏兹一样愿意让克利斯朵夫欣赏一下他们的本地风光。

于是他们出去了。克利斯朵夫搀着苏兹的手臂走得很快，超过了老人的体力。耿士跟在后面抹着汗。他们很兴奋地谈着话。人家站在屋门口看见他们走过，都觉得苏兹教授今天的神气活像个年轻人。一出城，他们就往草原上走。耿士抱怨天气太热。一点不体恤人的克利斯朵夫可认为气候好极了。还算是两老运气，因为他们常常停下来讨论问题，而继续不断的谈话也令人忘了路程的遥远。他们进了树林。苏兹背着歌德和莫里克的诗句。克利斯朵夫很喜欢诗歌,可一首都记不得,他一边听一边恍恍惚惚地幻想起来,终于音乐代替了字句,把诗完全给忘了。他佩服苏兹的记忆力。把他和哈斯莱比较之下,差别真是太大了!一个是又老又病,一年倒有一大半关在卧房里,差不多在这个内地小城中过了一辈子,可是他精神多么活跃!一个是又年轻又出名,住着艺术中心的大都市,举行音乐会的时候跑遍了欧洲,可是他对什么都不感兴趣,什么都不愿意知道!克利斯朵夫所知道的现代艺术的潮流,苏兹不但全部熟悉,而且还知道无数关于古代与外国音乐家的事,为克利斯朵夫闻所未闻的。他的记忆仿佛是一口深不可测的蓄水池,凡是天上降下的甘霖都给它保存在那里。克利斯朵夫聚精会神地汲取它的宝藏;苏兹看见克利斯朵夫兴致这样浓厚也觉得不胜快慰。他有时碰到过一些殷勤的听众或温良恭顺的学生,可始终缺少一颗年轻而热烈的心来分享他多么丰富的热情。

直到老人冒冒失失地说出他对勃拉姆斯的钦慕为止,他们俩是世界上最知己的朋友。但一提到这个名字,克利斯朵夫立刻变了脸色,冷冷地生气了:他把苏兹的手臂放了下来,声色俱厉地说,凡是喜欢勃拉姆斯的人不能跟他做朋友。那简直是在他们的快乐上面浇了一盆冷水。苏兹胆子太小了,不敢争辩;又是太真诚了,不能扯谎,便支吾其词地想解释一番。可是克利斯朵夫斩钉截铁的一句:"甭提了!"根本不容许对方再说下去。然后是一片难堪的静默。他们继续走着,两个老人低着头,彼此连望都不敢望。耿士咳了几声,想把话接下去,提到树林和美妙的天气;但克利斯朵夫气恼之下,除了几个单字,根本不搭腔。耿士在这一方面得不到回音,便转过来向苏兹谈话;可是苏兹喉咙哽塞着,竟没法开口。克利斯朵夫在眼梢里觑着他,想笑出来:他已经原谅他了。其实他并没真正的怀恨,甚至觉得自己使可怜的老人伤心未免野蛮;但他滥用威力,不愿意立刻取消前言。所以直到走出树林,三个人始终保持着这种态度:两个垂头丧气的老人拖着沉重的脚步,克利斯朵夫轻轻地打着唿哨,只装没看见他们。突然之间,他忍不住了,大声笑了出来,转身向着苏兹,伸出结实的手抓着他的胳膊:

"好朋友!"他亲热地望着他说,"你瞧,这多美啊! 多美啊! ……"

他说的是田野和天气;但他笑眯眯的眼睛仿佛是说:

"你是好人。我是蛮子。原谅我罢! 我真爱你。"

老人的心化开来了,好像日食之后又出了太阳。但他直要过了一会儿才能开口。克利斯朵夫重新搀着他的手臂,格外亲热地和他谈着话;他一上劲,不知不觉加紧了脚步,没留意把两个同伴累得筋疲力尽。苏兹可并不抱怨;他满心欢喜,简直不觉得累。他知道今天这样的不保重,事后一定要付代价的。可是他想:"喝,明天,管它干吗! 反正他走了我尽可以休息。"

可是不像他那么兴奋的耿士已经落后了十几步,显得可怜巴巴的。终于克利斯朵夫也觉察了,不胜惶愧地道歉,提议在白杨底下的草坪上躺一会儿。苏兹当然赞成,没想到他的支气管会不会受影响。幸而耿士替他想起了;或者他至少觉得这么一说,自己不必浑身大汗地去躺在凉快的草地上。他建议到邻近的站上搭火车回去。大家立刻照办了。虽然很累,他们还得加紧脚步以免迟到;结果他们到站的时候,火车正好进站。

这时忽然有个胖子冲到车厢门口,大声叫着苏兹和耿士的名字,还加上一大串他们的头衔和赞扬他们德性的形容词,舞动着手臂像个疯子。苏兹和耿士也叫叫嚷嚷的,舞动着手臂回答他,一边扑向胖子的车厢,胖子也在人堆里推呀撞地奔过来。克利斯朵夫莫名其妙地跟着跑,问:“什么事啊?”

两人欣喜欲狂地喊道:“就是那卜德班希米脱呀!”

这名字对他并没多大意思。他早已忘了饭桌上的干杯。卜德班希米脱站在火车的平台上,苏兹和耿士站在踏级上,高声喧嚷,闹得人耳朵都聋了;他们觉得这一次的巧遇真是妙不可言。火车已经开动,他们赶紧爬上去。苏兹把大家介绍了。卜德班希米脱行过礼,马上呆着脸,像根柱子一样站得笔直,先说了一大堆客套,然后抓着克利斯朵夫的手拼命地摇了五六下,好似要把它拉掉似的,接着又大声地嚷了。克利斯朵夫在他的叫喊声中听出来,他感谢上帝和他的本命星君使他能有这番奇遇。可是过了一忽儿他又拍着大腿诅咒那个倒霉运,使他从来不离开本城的人,偏偏在指挥先生光临的时候出了门。他看到苏兹的电报,早车已经开出一小时;送达的时候他还睡着,人家以为不该惊动他。他为此跟旅馆里的人发了一个早上的脾气,便是现在,他的气还没消呢。为了急于回来,他把他的主顾,看诊的约会,一股脑儿丢开了,马上搭着第一班车。不料这该死的车和干线上衔接的车脱了班,让卜德班希米脱在交叉站上等了三小时;在那边他把他字汇中所有的惊叹词都用尽了,拿这件倒霉事儿向站上看门的和别的等车的旅客讲了几十遍。后来终于出发了。他一路提心吊胆,唯恐赶不上贵客……幸而,谢谢上帝!谢谢上帝!……

他重新抓着克利斯朵夫的手，把它放在指头毛茸茸的大手掌里拼命地捏。他长得意想不到的胖，个子的高大也跟他的胖成为比例：方脑袋，红红的头发剪得很短，脸上不留胡子，长着许多小疱，大眼睛，大鼻子，厚嘴唇，双叠下巴，短脖子，背脊阔得异乎寻常，肚子像个酒桶，胳膊和身体离得老远，大手大脚，整个儿是一座山一般的肥肉，因为吃得过分，喝多了啤酒而变得不成样了，活像在巴伐利亚各乡各镇的街上摇来摆去，跟填鸭一样喂起来的那些胖子。为了高兴也为了天热，他浑身像一堆牛油似的发亮；两只手忽而放在分开着的膝盖上，忽而放在邻人的膝盖上，他一刻不停地说着话，卷着舌头把所有的辅音在空中打转，像放连珠炮。有时，他笑得前仰后合，张着嘴巴，一迭连声地呵呵大笑，差点儿闭过气去。他笑得把苏兹和耿士都传染了，他们狂笑了一阵，擦着眼睛望着克利斯朵夫，神气之间仿佛是问他："嗯，你觉得怎么样？"

克利斯朵夫一声不出，只是骇然地想着："唱我的歌的难道就是这个怪物吗？"

他们回到苏兹家里。克利斯朵夫只希望能避免听卜德班希米脱的唱。虽然卜德班希米脱心痒难熬地想显本领而一再暗示，他可绝对不接下文。但苏兹和耿士一心一意要拿他们的朋友来献宝，克利斯朵夫这关是逃不过的了。他便没精打采地坐到钢琴前面，心里想："好家伙，好家伙，你真不知轻重呢：小心点儿！我是对什么都不留情的。"

他想到等会儿要让苏兹伤心，不由得很难过；但他认为与其让这个福斯塔夫①糟蹋他的音乐，宁可使他老人家受些痛

① 莎士比亚剧中的福斯塔夫是个荒淫无耻的小人典型，同时是个大胖子。

苦。可是这一点倒无须他操心:胖子的声音美极了。一听最初几节,克利斯朵夫就做了个惊讶的动作,使眼睛老盯着他的苏兹吓了一跳,以为他不满意,赶到克利斯朵夫一边弹着一边脸色开朗起来,他才放下了心。于是老人的脸也给克利新朵夫的快乐照出反光来了。一曲完了,克利斯朵夫转过身来嚷着说,他从来没听见一个人把他的歌唱得这样美的,那时苏兹的快乐简直无可形容;他的欢喜是比克利斯朵夫的满意和卜德班希米脱的得意更甜蜜更深刻:因为他们俩所感到的不过是自己一个人的愉快,而苏兹是把两个朋友的愉快都感到了。音乐继续下去。克利斯朵夫高兴得叫了:他不懂这个又笨重又庸俗的家伙怎么会传达出他的歌的思想。当然这并不是说他把所有细腻的地方都能准确地表现出来;可是他有克利斯朵夫从来没法使职业歌唱家完全感觉到的那种激动和热情。他望着卜德班希米脱,心里想:“难道他真有这样的感情吗?”

但他在胖子的眼睛里,除了虚荣心获得满足的表示,根本没看到什么热情。只有一股无意识的力在这个大块文章的身体中蠢动。这股盲目的,被动的力,好比一队士兵在那里厮杀,既不知道跟谁厮杀,也不知道为什么厮杀。一旦给歌的精神吸住之后,它便欢欣鼓舞地听任摆布:因为它需要活动,而要是让它自寻出路的话,它就永远不会知道怎么活动的。

克利斯朵夫心里想,在创造人类的那天,造物主并没为搭配人的四肢百体花过多少心血,只是随随便便地凑起来,不管它们放在一处是否相称。所以每个人都是被他用信手拈来的零件配成的;应该是一个人的各个部分,竟分配在五六个不同的人身上:脑子在一个人身上,心在另一个人身上,而适合这个心灵的身子又在第三个人身上;乐器在一边,奏乐器的人在另外一边。有些人好比极名贵的小提琴,只因为没人会拉,就给永远关在匣子里头,而那班生来配拉这种提琴的人,倒反终身只能抱着一些可怜的乐器。他所以会发生这样的感慨,尤其因为他自恨从来不能好好地唱一个歌。他的嗓子是唱不准的,自己听了就讨厌。

可是,卜德班希米脱得意忘形,开始在克利斯朵夫的歌曲里"加点儿表情",就是说把他自己的表情代替了原作的表情。克利斯朵夫自然不会觉得自己的曲子因之而生色,便慢慢地沉下脸来。苏兹也发觉了。他是没有批评精神而只知道佩服朋友的,自个儿决不能发现卜德班希米脱的趣味恶劣。但他对克利斯朵夫的热情,使他感受到少年的思想中最微妙的地方:他的心已经不在自己身上而在克利斯朵夫身上了;所以他对卜德班希米脱浮夸的唱法也觉得受不了,想阻止他这种危险的倾向。可是要卜德班希米脱住嘴不是件容易的事。他唱完了克利斯朵夫的作品,接着想唱些教克利斯朵夫一听名字就要恶心的、庸俗的歌曲,苏兹费了不知多大的劲才把他拦住了。

幸而仆人来请吃晚饭,堵住了卜德班希米脱的嘴巴。一上饭桌,他有了另外一个显本领的机会。在这方面他是没有敌手的;克利斯朵夫经过了中午的一顿,此刻懒得再和他竞争了。

时间过得很快。三位老朋友围着饭桌望着克利斯朵夫,把他的话句句咽在肚里。克利斯朵夫很奇怪:在这个偏僻的小城里,和这些从未一面的老人怎么会相处得比自己的家人还亲热。他想:一个艺术家倘使能知道自己的思想在世界上会交结到这些不相识的朋友,他将要感到多么幸福,——他的心会多么温暖,加增多少勇气……可是事实往往并不如此:各人都孤零零地活着,孤零零地死掉,并且感觉得越深切,越需要互相倾诉的时候,越不敢把各人的感觉说出来。随便恭维人的俗物,说话是挺容易的。可是爱到极点的人非竭力强迫自己就不能开口,不能说出他们的爱。所以对于一般敢说出来的人,我们应当感谢:他们不知不觉地在那里帮助作者和他合作。克利斯朵夫非常感激苏兹。他决不把苏兹和其余的两位一般看待,感觉到他是这一小组朋友中的灵魂,是爱与慈悲的洪炉,其余两人不过是这口炉子射出的反光而已。耿士和卜德班希米脱对他的友谊是截然不同的。耿士是自私的家伙,音乐给他的满足,只像一只猫受到人家抚爱。卜德班希米脱是一方面为了满足虚荣心,一方面为了练习嗓子有种生理上的快感。他们完全不想了解克利斯朵夫,唯有苏兹是真正的忘了自己,真正地爱着。

夜深了,两位客人都已经动身。屋子里只剩下克利斯朵夫和苏兹,他对老人说:

"现在我要为你一个人弹琴了。"

他坐在钢琴前面,——像对着心爱的人那样的弹奏。他弹着最近的作品,把老人听得出神了。他坐在克利斯朵夫旁边,眼睛老盯着他,屏着气。他那颗慈祥恺恻的心,连一点儿极小的幸福都不忍独享,他不由自主地反复说着:"唉!可惜耿士不在这儿!"

克利斯朵夫听了可有点儿不耐烦。

一个钟点过去了:克利斯朵夫老在那里弹着;他们一句话都不说。克利斯朵夫弹完了,他们还是不作声。一切都很静:屋子,街道,都睡熟了。克利斯朵夫转过身子,看见老人哭着,便站起来拥抱他。两人在恬静的夜里低声谈着。隔壁屋里的时钟,滴滴答答的声音隐约可闻。苏兹轻轻地说着话,抱着手,身子往前探着一点;因为克利斯朵夫问到,他便讲着他的身世,他的悲伤;他老防着自己,唯恐流露出叹苦的口吻,他心里真想说:“我错了……我不该抱怨的……大家都对我很好……”

事实上他并没抱怨,只是在他平平淡淡叙述孤独生活的时候,有一种不由自主的惆怅的意味。他在最痛苦的叙述中掺入某种很渺茫很感伤的理想主义,使克利斯朵夫听了不快而不忍加以反驳。其实,那在苏兹心中也不见得是一种坚定的信仰,只是需要信仰的一种热望,——一种渺茫的希冀,是他当做水面上的浮标一般抓着不放的。他瞧着克利斯朵夫,想在他的眼睛中间找些加强他信仰的表示。克利斯朵夫看到朋友的眼神对他那么信赖地老盯着,向他求救,同时也听到希望他怎么回答的暗示。于是克利斯朵夫说出了一番有勇气有信心的话,正是老人所希望听到而觉得非常安慰的。一老一少忘了年岁的差别,像年龄相仿而相爱相助的弟兄一般接近;弱的一个向强的一个求援:老人在青年的心中找到了依傍。

半夜过后,他们分手了。克利斯朵夫明天应当起早,他要搭的车就是他坐着来的那一班。所以他赶紧脱着衣服上床。老人把客房收拾得仿佛预备他住上几个月似的。桌上花瓶里插着几朵蔷薇和一枝月桂。书桌上铺着一张全新的吸水纸,当天早上他教人搬了一架钢琴进去,又在自己最珍视最心爱的书籍里挑了几册摆在近床的搁板上。没有一个小地方他没想到,而且都是一片诚心地想到的。可是一切都白费了:克利斯朵夫什么也没看见。他倒在床上,立刻睡熟了。

苏兹可睡不着。他再三回味着白天的快乐，同时已经在体验离别的悲哀。他把彼此说过的话温了一遍，想到亲爱的克利斯朵夫睡在他身旁，跟自己的床只隔着一堵壁。他四肢酸软，浑身瘫倒了，气也塞住了；他觉得在散步的时候着了凉，旧病快复发了；可是他只想着："只要能支持到他动身就好了。"

他唯恐忽然来一阵咳喘把克利斯朵夫惊醒。他因为感激上帝，便作了一首诗，题材是根据西面的"主啊，如今你可以照你的话，释放仆人安然去世……"①那一段。他浑身是汗地起床，坐上书桌把诗句写下，仔细誊了一遍，又题上一段情意恳切的献词，署了姓名，填了日子和时刻；等到重新上床的时候，他打了个寒噤，整夜都不觉得温暖。

黎明来了。苏兹不胜惆怅地想起昨天的黎明。但他埋怨自己不该让这种思想把他最后几分钟的快乐给糟蹋了；他知道明天还要追悔今天这个时间呢；因此他竭力不让自己辜负眼前这段光阴。他伸着耳朵听隔壁屋子里的动静。可是克利斯朵夫声息全无。他睡的姿势还是晚上睡下去的姿势。六点半了，他还睡着。要使他错过开车的时间真是太容易了，反正他也不过一笑置之。可是老人没有得到对方同意，绝不敢随便支配一个朋友。他心里想：

"那决不能说是我的错，而且跟我完全不相干。只要我

① 《圣经》载，耶路撒冷有圣者名西面，自言得有圣灵启示，知道自己未死之前，必看见主所立的基督。他受了圣灵感动，进入圣殿，正遇见耶稣的父母抱着孩子进来，西面就用手接过来，称颂神说："主啊，如今可以照你的话，释放仆人（按即指他自己）去世……"见《路加福音》第二章第二六至二九节。今人引用此语，乃表示久待之事果然实现的欣喜。年老多病的苏兹以此作诗，尤有深意。

不作声就行了。倘使他不准时起床,我还可以陪他一天。”

可是他又回答自己说:“不,我没有这权利。”

于是他以为应当把他叫醒了,去敲房门。克利斯朵夫并不就醒,还得再敲几下。老人心里很难过,想着:“啊! 他睡得多甜! 很可以睡到中午呢! ……”

终于克利斯朵夫声音挺高兴地在里头答应了。他一知道钟点不由得叫了一声,接着就在屋子里忙起来,乱哄哄地梳洗,唱着断片的歌曲,还隔着墙和苏兹亲热地招呼,说些傻话把悲伤的老人也逗乐了。然后他开了门走出来,精神挺好,一团高兴,根本没想到自己使人家难过。其实他又没有什么事需要他赶回去,多待几天对他也毫无损失,而对苏兹却是莫大的愉快。但克利斯朵夫想不到这些。而且他不管对老人抱着多少好感,也很想告别了:昨天一天絮絮不休地长谈,那些拼着最后一点热情抓着他的人物,已经使他厌倦。何况他还年轻,以为来日方长,大家尽有重新聚首的机会:他现在也不是上什么天涯地角,——不比那老人,明知不久就要到比天涯海角更远的地方去,所以他瞧着克利斯朵夫的目光大有从此永诀的意味。

他虽然筋疲力尽,还是把克利斯朵夫送到车站。外边悄悄地下着寒冷的细雨。到了站上,克利斯朵夫打开钱袋,发觉钱已经不够买直达家乡的车票。他知道苏兹会非常高兴地借给他的,可不愿意……为什么?为什么不让一个爱你的人有个机会帮你的忙而快活一下呢?大概是为了不愿意打搅人,或是为了自尊心。他把车票买到中间站,决意从那儿走回家。

开车的时间到了。他们在车厢的踏级上拥抱。苏兹把夜里写的诗塞在克利斯朵夫手里,站在正对着他车厢的月台上。

在已经告别而还没分手的情形之下，两人无话可说了。但苏兹的眼睛继续在那里说话，直到车子开动以后才离开了克利斯朵夫的脸。

火车在铁道拐弯的地方隐没了。苏兹孤零零地踏着泥泞的路回家，拖着沉重的脚步，突然之间觉得又累又冷，雨天的景色格外凄凉。他好容易才挨到家里，爬上阶梯。一进卧房，一阵狂咳把他气都闭住了。莎乐美马上赶了来。他一边不由自主地哼着，一边反复不已地说："还好！……居然能够撑到这个时候……"

他觉得非常不舒服，就睡下了。莎乐美请医生去了。一到床上，他的身子简直像一堆破絮。他没法动弹；唯有胸部在那里翕动，好比炉灶的风箱。脑袋重甸甸的，发着高热，他整天温着昨日的梦，连一分一秒都不放过：他觉得万分惆怅，继而又责备自己，不该有了这样的幸福以后再抱怨。他合着手，一片热诚地感谢上帝。

克利斯朵夫往着家乡进发。经过了那么一天，他心绪安定了，老人的温情恢复了他的自信。到了中间站，他高高兴兴地下来赶路。离家还有六十公里地，他可不慌不忙，像小学生闲逛一样地走着。这时正是四月，田野里一切还没怎么长成。树叶像皮肤打皱的小手似的在苍黑的枝头展开来；疏疏的几株苹果树开着花，嫩弱的野蔷薇趴在篱笆上微笑。光秃的树林抽着嫩绿的新芽；林后高岗上，像枪尖一般矗立着一座罗曼式的古堡。浅蓝的天空飘着几朵乌云，影子在初春的田野中缓缓移动：骤雨过了，又出了大太阳，鸟在那儿唱着。

克利斯朵夫发觉自己怀念着高脱弗烈特舅舅，而且已经想了一忽儿；他好久没想起这可怜的人，为什么这一下忽然念念不忘了呢？他沿着水光荡漾的河边，在两旁种着白杨的路上走着的时候，舅舅的面貌简直形影不离地紧盯着他，以致到了一堵墙的拐角上，仿佛就要劈面撞见他了。

天阴了，一阵猛烈的暴雨夹着冰雹下起来了，远处还有雷声。克利斯朵夫刚走近一个村子，看到一些粉红的门面和深红的屋顶，周围还有几株树。他脚下一紧，奔到村口第一家人家的屋檐下去躲雨。冰雹下得很厉害，打在瓦上琤琤琮琮，掉在地下像铅丸似的乱蹦乱跳，车辙里的水直往四下里流着。在繁花满树的果园顶上，一条虹在暗蓝的云端里展开着鲜明的彩带。

一个年轻的姑娘站在门口打毛线。她很客气地请克利斯朵夫到里面去，他便跟着走进一间屋子，同时是做饭、吃饭、睡觉的地方。尽里头生着一堆很旺的火，上面吊着一只锅子。有个女人在那里剥着蔬菜，跟克利斯朵夫招呼了一声，叫他走到火边去烘干衣服。那姑娘去找了一瓶酒来给他喝。她坐在桌子对面继续打着毛线，同时照顾着两个彼此拿草塞在脖子里玩儿的孩子。她和克利斯朵夫搭讪着。过了一会儿，他才发觉她是个瞎子。她长得一点儿不美，个子很高大，红红的脸蛋，雪白的牙齿，手臂很结实，可是面貌不大端整，她跟多数的瞎子一样脸上堆着点笑容而没有表情，也和他们一样，谈到什么人和什么东西的时候，仿佛是亲眼看见的。克利斯朵夫先听她说今天田野里风光很美，他气色很好，不由得愣了一愣，疑心她说笑话。他把瞎子姑娘和剥蔬菜的女人轮流地瞧了一会儿，觉得她们都没有什么惊讶的表示。两个妇女很亲热地问他从哪儿来，打哪儿过。瞎子那股说话的劲似乎有点儿夸张;她听着克利斯朵夫讲到路上和田里的情形,总得插几句嘴,议论一番。当然,这些议论往往跟事实完全相反。但她好像硬要相信自己和他看得一样清楚。

家里其余的人也回来了:一个三十岁光景的壮健的农夫和他年轻的女人。克利斯朵夫跟四个人东拉西扯地谈话,看了看慢慢开朗的天色,等候动身。瞎子一边打着毛线,一边哼着一个调子,使克利斯朵夫想起许多从前的事。

"怎么!你也知道这个?"他说。

(高脱弗烈特从前教过他这个歌。)

他接着哼下去。那姑娘笑起来了。她唱着每句歌词的前半句,他唱着后半句。他站起身子想去瞧瞧天气,在屋子里绕了一转,无意之间把每个角儿都打量了一下,忽然看到食器柜旁边有件东西,他不由得直跳起来。那是一根长而弯曲的拐杖,抓手的部分很粗糙地雕着一个小人弯着腰在那儿行礼。克利斯朵夫对这个东西真是太熟了,很小的时候就常常拿它玩儿的。他过去抓着拐杖,嗄着嗓子问:

"这是哪儿来的?……哪儿来的?"

男人瞧了瞧,回答:"是个朋友丢下来的;一个故世的老朋友。"

"是高脱弗烈特吗?"克利斯朵夫嚷起来。

"你怎么知道的?"大家转过身子问。

克利斯朵夫一说出高脱弗烈特是他的舅舅,全屋子的人都紧张起来。瞎子猛地站起,把毛线团掉在地下乱滚;她踩着她的活儿,过来抓着克利斯朵夫的手再三问:

"啊,你是他的外甥吗?"

大家七嘴八舌地同时说话,闹成一片。克利斯朵夫却又问：

“可是你们……你们怎么会认识他的？”

“他就是死在这儿的。”那男人回答。

他们重新坐下；等到紧张的情绪稍微平静了一点，那母亲一边做活一边说，高脱弗烈特跟她们是多年的朋友了，他来来往往经过这儿的时候，总在她们家住。他最后一次来是去年七月，神气很累；他卸下了包裹，老半天没气力说话；可是谁也没留意，他每次来总是这样的：大家知道他容易气喘。他可不抱怨。他从来不抱怨的：无论什么不舒服的事，他总会找出一点儿安慰自己的理由。倘使做着件辛苦的工作，他会想到晚上躺在床上该多么舒服，要是害了病，他又说病好以后该多么愉快……——说到这里，老婆子插了几句闲话：

“可是，先生，一个人就不该老是满足；你自己不抱怨的话，别人也不可怜你了。所以我呀，我是常常诉苦的……”

因此当时大家没注意他，甚至还跟他开玩笑，说他气色很好。摩达斯太——（那是瞎子姑娘的名字）——帮他把包裹卸下了，问他是不是要永远这样地奔东奔西不觉厌倦，像年轻人一样。他微微一笑算是回答，因为他没气力说话。他坐在门前的凳上。家里人都做活去了：男人到了田里去；母亲管着做饭。摩达斯太站在凳子旁边，靠在门上打毛线，和高脱弗烈特说着话。他不回答她，她也不要他回答，只把他上次来过以后家里的事讲给他听。他气吁吁的，呼吸很困难；她听见他拼命想说话。她并没为之操心，只和他说：

“别说话。你先好好地歇一歇，等会儿再说罢……干吗费这么大的劲？”

于是他不作声了。她还是说她的，以为他听着。他叹了口气，再没一点儿声响。过了一会儿，母亲出来，看到摩达斯太照旧在说话，高脱弗烈特在凳上一动不动，脑袋往后仰着，向着天，原来刚才那一阵，摩达斯太是在跟死人说话了。她这才懂得，可怜的人临死以前想说几句话而没有说成，于是他照例凄凉地笑了笑，表示听天由命，就这样地在夏季那个恬静的黄昏闭上了眼睛……

阵雨已经停止，媳妇照料牲口去了；儿子拿着锹在门前清除污泥淤塞的小沟。摩达斯太在母亲开始讲这一节的时候早已不见了。屋里只剩下克利斯朵夫和那个母亲；他感动得一句话也说不上来。多嘴的老婆子耐不住长时间的静默，把她认识高脱弗烈特的经过从头至尾讲了一遍。那是年代久远的事了。她年轻的时候，高脱弗烈特爱着她，可是不敢和她说。大家把这件事当做话柄；她取笑他，大家都取笑他，——（他是到处被人取笑的）——但高脱弗烈特还是每年一片诚心地来看她。他觉得人家嘲笑他是挺自然的，她不爱他也是自然的，她嫁了人，跟丈夫很幸福也是自然的。她那时太幸福了，太得意了；不料遭了横祸。丈夫暴病死了。接着她的女儿，长得挺美，挺壮健，人人称羡的女儿，正当要和当地最有钱的一个庄稼人结婚的时候，一不小心瞎了眼。有一天她趴在屋后大梨树上采果子，梯子一滑，把她摔了下来，一根断树枝戳进了她脑门上靠近眼睛的地方。先是大家以为不过留个疤痕就完了；哪想到她从此脑门上老是像针刺一般的痛，一只眼睛慢慢地失明了，接着另外一只也看不见了；千方百计地医治都没用。不必说，婚约是毁了；未婚夫没说什么理由就回避了。一个月以前为了争着要和她跳一次华尔兹舞而不惜打架的那些男子，没有一个有勇气——（那也是很可了解的）——再来请教一个残废的女子。于是,一向无愁无虑的,老挂着笑脸的摩达斯太,登时痛不欲生。她不饮不食,从朝到晚哭个不休;夜里还在床上呜咽。大家不知道怎么办,只能和她一起悲伤;而她哭得更厉害了。结果人家不耐烦了,狠狠地埋怨了她一顿,她就说要去投河。有时牧师①来看她,和她谈到仁慈的上帝,灵魂的不死,说她在这个世界上受的痛苦,可以在另外一个世界上得到幸福;可是这些话都安慰不了她。有一天高脱弗烈特来了。摩达斯太对他一向是不大好的。并非因为她心地坏,而是因为瞧他不起;再加她不用头脑,只想嘻嘻哈哈地玩儿:她没有一件缺德的事没对他做过。他一知道她的灾难就大吃一惊,可是对她一点儿不露出来。他坐在她身旁,绝口不提那桩飞来横祸,只是安安静静地谈着话,跟从前一样。他没有一句可怜她的话,仿佛根本没觉得她瞎了眼睛。他也不提她看不见的东西,而只谈她能听到的或是能感觉到的;这些他都做得非常自然,好像他自己也是个瞎子。她先是不听他的,照旧哭着。第二天,她比较肯听了,甚至也跟他说几句话了……

"真的,"那母亲接着说,"我也不懂他跟她有什么可说的。我们要去割草,没空照顾她。可是晚上回来,我们看到她心平气和地在那里说话了。从此以后,她精神渐渐地好起来,似乎把痛苦给忘了。有时候她还不免想起,她哭着,或者和高脱弗烈特谈些伤心的事;但他只做不听见,若无其事地净讲些使她镇静而她感兴趣的话。她自从残废以后,不愿意再出家

① 按此系德国北部,居民多奉新教;克利斯朵夫生于德国南部,居民多奉旧教。

门一步,临了居然被他劝得肯出去遛遛了。他先带着她在园子里走一转,以后又带她到田野里去,走得远一点。如今她上哪儿都认得路,什么都分得出,就跟亲眼看见一样。连我们没注意到的东西,她也会觉察;从前她除了自身以外对什么都不大关心的,现在对一切都有兴趣了。那一回,高脱弗烈特待在我们家的时期特别长。我们不敢多留他,可是他自动地住下来,直到她比较安静的时候。有一天,我听见她在院子里笑了。那一笑给我的感觉,我简直说不上来。高脱弗烈特似乎也很高兴。他坐在我的身旁。我们彼此望了一眼,我可以不怕羞地告诉你,先生,我把他拥抱了,而且诚心诚意地拥抱了。于是他跟我说:'现在,我想可以走了。这儿用不着我了。'我想留他。他回答说:'不,现在我该走啦。我不愿意多留了。'大家知道他像流浪的犹太人,不能长住一个地方的;①所以我们也没多劝他。他走了。可是从此以后,他经过这儿的次数比从前多了,而他每来一次,摩达斯太总是非常快活,她的精神也一次比一次好。她重新管起家务来了;哥哥结了婚,她帮着照顾孩子;现在她再也不抱怨了,神气老是那么快乐。有时我心里不由得想:她要是眼睛不瞎的话,是不是能像现在一样的快活。是的,先生,有些日子我觉得还是像她那样的好,可以不看见那些坏人那些坏事。世界变得不像话了,真是一天坏似一天……可是我很怕老天爷把我的话当真;因为我呀,虽然世界那么坏,还是想睁着眼睛看下去……"

① 基督教传说,耶稣背负十字架,向一犹太人阿哈斯佛吕斯求宿,遭受斥逐,耶稣就说:你将来要永远流浪,直要到我再来的时候为止。于是此犹太人即莫名其妙地四处流浪,无法定居。迄今此项传说成为犹太民族被罚远离祖国的象征。

摩达斯太又走了出来，话扯到旁的事情上去了。天已经转晴，克利斯朵夫想动身；可是他们不许，非要他在这儿吃了晚饭过一夜不可。摩达斯太坐在他身旁，整个晚上都守着他。他同情她的遭遇，很想和她亲切地谈一谈。可是她不给他这种机会。她只向他打听高脱弗烈特的事。听到克利斯朵夫说出她所不知道的情形，她显得又快活又忌妒。她自己提到高脱弗烈特的时候，哪怕是一点儿小事，心里也老大的不愿意：你明明觉得她有许多话藏着没说，或者说了出来马上后悔。凡是关于他的回忆，她都当做自己的私产，不愿意跟别人分享。她这种感情跟那些把土地看做性命似的乡下女人一样的顽强：想到世界上还有另外一个人像她一样地爱着高脱弗烈特，她就受不了，而且也不信有这种事。克利斯朵夫窥破了这一点，就让她去自得其乐。他听着她的话，发觉她虽然当初看得见高脱弗烈特的时候眼光很苛刻，但从失明以后，她已经把他构成了一个与事实不同的形象，同时她心中那点儿爱情的渴望，也都集中在这个幻想人物的身上。而且什么也不会来阻挠她一厢情愿的玩意儿。瞎子都有种坚强的自信力会把自己不知道的事若无其事地编造出来，所以摩达斯太竟会对克利斯朵夫说："你长得跟他一个样。"

他懂得，多少年来她在一间窗户紧闭、真相进不去的屋子里混惯了。如今她学会了在黑影里看东西，甚至把黑影都忘了；倘使她的世界中射进一道光明，说不定她倒会害怕。在断断续续的、喜滋滋的谈话中，她和克利斯朵夫提到一大堆无聊的小事，都是跟他不相干的，使他听了很不痛快。他不明白一个受过这么许多痛苦的人，竟没有在痛苦中磨炼出一点儿严肃，而只想着些琐琐碎碎的念头；他几次三番想扯到比较正经的问题，都得不到回音；摩达斯太不能——或是不愿意——把谈话转到这方面去。

大家去睡觉了。克利斯朵夫老半天的睡不着。他想着高脱弗烈特，竭力要从摩达斯太无聊的回忆中间去找出他的面貌，可是极不容易，不由得很气恼。想到舅舅死在这儿，遗体一定在这张床上放过：他觉得很悲伤。他拼命体会舅舅临死以前的苦闷：不能说话，不能使盲目的少女懂得他的意思，他就阖上眼睛死了。克利斯朵夫恨不得揭开舅舅的眼皮，瞧瞧那里头的思想，瞧瞧这一颗没有给人知道，或许连自己也没认识清楚而就此长逝的灵魂，究竟藏着什么神秘。舅舅自己就从来不想知道这个神秘；他所有的智慧是在于不求智慧，对什么都不用自己的意志去支配，只是听其自然的忍受一切，爱一切。这样他才感染到万物的神秘的本体；而瞎子姑娘，克利斯朵夫，以及永远不会发觉的多少其他的人，所以能从他那边得到那么些安慰，也是因为他并不像一般人那样说反抗自然的话，而只给你带来自然界的和平，恬静，跟乐天安命的精神。他安慰你的方式像田野与森林一样……克利斯朵夫想起和舅舅一起在野外消磨的晚上，童年的散步，黄昏时所讲的故事，所唱的歌。他又记起那个冬天的早上，他万念俱灰的时候和舅舅在山岗上最后一次散步的情景，不由得眼泪都冒上来了。他不愿意睡觉；他无意中来到这个小地方，到处都有高脱弗烈特的灵魂；他要把这辗转不寐的神圣的一夜细细地咂摸。可是他听着急一阵缓一阵的泉声，尖锐的蝙蝠的叫声，不知不觉被年轻人的困倦压倒了；他睡着了。

一觉醒来，太阳已经很高，农家的人都上工去了。楼下的屋子里只有那个老婆子和几个孩子。年轻的夫妇下了田，摩达斯太挤牛奶去了;没法找到她。克利斯朵夫不愿意等她回来,心里也不大想再见她,便推说急于上路,托老婆子对其余的人多多致意以后就动身了。

他走出村子,在大路的拐角儿上瞥见瞎子姑娘坐在山楂篱下的土堆上。她一听见他的脚声就站起身子,笑着过来抓着他的手,说:“你跟我来!”

他们穿过草原往上走,走到一片居高临下的空地,到处都是鲜花跟十字架。她把他带到一座坟墓前面,说:“就在这儿。”

他们一齐跪下。克利斯朵夫想起当年和舅舅一同下跪的另一座坟墓,心里想:

“不久就要轮到我了。”

他这么想着,可没有一点感伤的意味。一片和平从泥土中升起。克利斯朵夫向墓穴弯着身子,低声祷告说:“希望你进到我的心里来!……”

摩达斯太合着手祈祷,默默地扯动着嘴唇。随后,她膝行着在墓旁绕了一转,用手摸索着花跟草,像抚摩一般;她那些灵敏的手指代替了她的眼睛,把枯萎的枝藤和谢落的紫罗兰轻轻地拔去。她用手撑在石板上想站起来:克利斯朵夫看见她的手指偷偷地在高脱弗烈特几个字母上摸了一遍。她说:“今天的泥土很滋润。”

她向他伸出手来;他也伸手给她。她教他摸摸那潮湿而温暖的泥土。他握着她的手不放;彼此勾在一起的手指直掐到泥里。他拥抱了摩达斯太。她也吻了他的嘴唇。

他们站起身来。她把才摘下的一束新鲜的紫罗兰递给他,把一些枯萎的放在自己胸口,扑了扑膝盖上的泥土,两人默默无言地出了墓园。云雀在田里啾啾地叫。白蝴蝶在他们头上飞。他们坐在一块草地上。村子里的炊烟朝着雨水洗净的天空直线地上升。平静的河水在白杨丛中闪闪发光。一片明晃晃的蔚蓝的水汽在草原与森林上面铺了一层绒毛。

静默了一会儿,摩达斯太低声讲着美好的天气,仿佛亲眼看见似的。她半开的嘴唇,深深地呼吸着,留神万物的声响。克利斯朵夫也知道这种音乐的价值,把她想到而说不出的代她说了出来。他又把草底下或空气中细微莫辨的叫声和颤动,指出了几种,她说:

"啊!你也懂得这些吗?"

他回答说是高脱弗烈特教他的。

"他也教你的吗?"她说话的神气有点儿懊丧。

他真想和她说:"你别忌妒了罢!"

但他看见光明的世界在他们周围充满着笑意。他瞧着她那双失明的眼睛,觉得非常同情。他问:"那么,你也是跟高脱弗烈特学的了?"

她回答说是的,又说她现在比以前更能体会这些。(她不说在"什么"以前,她避免提到失明二字。)

他们相对无语地过了一会儿。克利斯朵夫不胜怜悯地瞧着她。她也觉得了。他真想告诉她,表示他的惋惜,希望她对他说些心里的话。

"你以前有过痛苦吗?"他很恳切地问。

她一声不出地僵在那里,拉下几根草放在嘴里乱嚼。过了一会儿,——(云雀唱着歌往高空飞去)——克利斯朵夫讲到他自己也有过痛苦,高脱弗烈特安慰他。他说出他的悲伤、苦难,像在那里自言自语。瞎子姑娘留神听着,阴沉的脸色渐渐开朗了。克利斯朵夫仔细瞧着她,看见她预备说话了:她把身子挪动了一下想靠近他,向他伸出手来。他也往前挪动了一点,——可是一刹那之间她又恢复了先前那种麻木的神态,他说完以后,她只回答几句极无聊的话。看她没有一丝皱痕的丰满的脑门,你可以觉得她有种乡下女人的固执,像石子一样的硬。她说得回家去招呼哥哥的孩子了,说话之间神色很从容,还带着几分笑意。

他问:“你觉得快乐吗?”

听他这么说着,她似乎更快乐了。她回答说是的,又把她觉得快乐的理由说了几遍;她竭力要他信服,谈着孩子,谈着家庭……

“是的,”她说,“我非常幸福!”

她站起身子预备走了;他也站了起来。两人告别的时候,语气都很轻快。摩达斯太的手在克利斯朵夫手里稍微抖了一下。她说:“今儿你上路,天气一定好的。”

她又嘱咐他在某处的三岔口上别走错了路。

于是他们分手了。他走下山岗。到了下面,他回头一看,她还站在老地方扬着手帕对他示意,像看见他似的。

对自己的残废这样一厢情愿的否认,那么勇敢那么可笑,使克利斯朵夫又感动又不痛快。他觉得摩达斯太多么值得怜悯,甚至也值得佩服;可是要和她在一起住两天,他就受不了。——他一边赶着路(两旁都是开满野花的篱垣),一边又想到可爱的苏兹老人,想起那双清朗而温柔的眼睛,面对着多少伤心事和难堪的现实而不愿意看。

“他把我又看成怎么样呢?”他问自己,“我跟他理想中的我多么不同!他所看到的我,只是他心里想看到的。一切都像他自己的面目,像他一样的纯洁,高尚。要是看到了人生的真相，他是受不住的。”

他又想起那个姑娘，包围在黑暗里面而否认黑暗，定要相信有者为无，无者为有。

于是他对以前痛恨的德国人的理想精神，看出了它的伟大；以前他恨的是这种理想精神被一般庸俗的心灵拿去搞出虚伪的荒唐事儿。如今他看到，这种信念之美是在于能在这个世界上另造一个世界，跟这个世界截然不同的世界，好比海洋中间的一个小岛。可是他自己受不了这种信念，他不愿意逃到这个死人的岛上去……他要的是生命，是真理！他不愿意做一个说谎的英雄。也许没有了这种乐观的谎言一般弱者就活不成；倘使把支持那些可怜虫的幻象加以破灭，克利斯朵夫也要认为罪大恶极的暴行。然而他自己没法拿这个做借口：与其靠了自欺欺人的幻想而活着，他宁可死的……可是艺术不也是一种幻想吗？——不，艺术不应当成为幻想，应当是真理！真理！我们得睁大眼睛，从所有的毛孔中间去吸取生命的强烈的气息，看着事实的真相，正视人间的苦难，——并且放声大笑！

一眨眼又是几个月。克利斯朵夫没希望离开家乡了。唯一能够帮助他的人，哈斯莱，不愿意帮助他。至于苏兹老人的友谊，是他才得到而马上就失掉的。

回家以后，他写过一封信去，跟着接到两封很亲热的来信；可是因为懒，尤其因为不善于用书信来表白情感，他把复信一天天地搁了下来。而正当他决心提笔的时候，忽然接到耿士一封短简，报告他的老友死了。据说苏兹从旧病复发的支气管炎变成肺炎，病中老惦念着克利斯朵夫，可不许人家惊动他。虽然他闹着多年的病，身体已经衰弱到极点，临终仍免不了长期惨酷的痛苦。他托耿士把自己的死讯通知克利斯朵夫，说他到死都记念着他，感谢他赐予他的幸福，只要克利斯朵夫在世一天，他就在冥冥中祝福他一天。——耿士可没有说出来，他旧病复发，终致不起的祸根，大概就在陪着克利斯朵夫的那天种下的。

克利斯朵夫悄悄地哭了一场。他这才感到亡友的价值，这才觉得自己原来多么爱他；像往常一样，他后悔没有把这一点和他说得更明白些。如今可是太晚了。——他此刻还剩下些什么呢？仁慈的苏兹只出现了一刹那，而这一刹那反而使克利斯朵夫在朋友死后觉得更空虚。——至于耿士和卜德班希米脱，除了他们与苏兹那点儿相互的友谊以外，谈不到什么别的价值。克利斯朵夫和他们通了一次信，彼此的关系就告了一个段落。——他也试着写信给摩达斯太，她教人回了他一封很平淡的信，只讲些无关紧要的话。他不愿意再继续下去了。他不再给谁写信，而谁也不写信给他。

静默。静默。沉重的静默一天一天地压在他心上。仿佛一切都成了灰烬。仿佛生命已经到了黄昏；而克利斯朵夫才不过开始生活呢。他决不愿意就此听天由命！他还没到睡觉的时间，还得活下去……

可是他没法再在德国活下去。小城市的那种闭塞褊狭压着他的精神，使他气愤得对一切都不公平了。他的神经都暴露在外面，动不动就会受到伤害，会流血。他活像关在市立公园的笼子跟土洞里的可怜的野兽，受着苦闷煎熬。由于同情，克利斯朵夫有时候去看它们，打量着它们美妙的眼睛，看着那犷野而绝望的火焰一天天地黯淡下去。啊！那还不如痛痛快快把它们一枪打死，倒是解放了它们呢！无论什么手段，也比那些人的不理不睬，教它们活不成死不得的态度要好一些！

克利斯朵夫最感压迫的，还不是一般人的敌意，而是他们变化无定的性格，既没有格局也没有内容的性格。他宁可跟那些死心眼儿的、头脑狭窄的、对一切新思想都不愿意了解的老顽固打交道！硬来，可以硬去；哪怕是岩石罢，可以用铁锹去开凿，用火药去炸毁。可是对付一块没有定型的东西，轻轻一碰就会像肉冻似的陷下去而不留一点痕迹的，你能有什么办法？一切的思想，一切的精力，掉在这种泥淖里都变得无影无踪：即使有块石头掉下去，深渊的面上也不会泛起多少皱纹；嘴巴才张开了一下，马上又闭了起来：刚才的面目早已消灭了。

他们可不能说是敌人。真是差得远呢！他们这种人，在宗教上，艺术上，政治上，日常生活上，都没有勇气去爱，去憎，去相信，甚至也没勇气不相信；他们耗费所有的精力，想把不可调和的事情加以调和。特别从德国战胜①以后，他们更想来一套令人作呕的把戏，在新兴的力和旧有的原则之间觅取妥协。古老的理想主义并没被人唾弃，因为大家没有那个气魄敢坦坦白白地这样做，而只想把传统思想加以歪曲，来迎合德国的利益。头脑清明而两重人格的黑格尔，直等到莱比锡与滑铁卢两仗以后，才把他的哲学立场和普鲁士邦的沆瀣一气：②这是一个显著的榜样。——利害关系既然改变了，一切

① 所谓德国战胜系指一八七〇年的普法战争。

② 黑格尔（1770—1831）早年轻视普鲁士，称颂拿破仑；晚年则崇拜普鲁士，甚至于所著《历史哲学》的绪论中提到“绝对观念”时，隐含国家至上，尤其是普鲁士至上之意。莱比锡一役（1813）为拿破仑败于俄、奥、普联军之役。而莱比锡与滑铁卢战争已为黑格尔晚年之事。

的原则也就跟着改变了。吃败仗的时候,大家说德国是爱护理想。现在把别人打败了,大家说德国就是人类的理想。看到别的国家强盛,他们就像莱辛一样地说:"爱国心不过是想做英雄的倾向,没有它也不妨事",并且自称为"世界公民"。如今自己抬头了,他们便对于所谓"法国式"的理想不胜轻蔑,对什么世界和平,什么博爱,什么和衷共济的进步,什么人权,什么天然的平等,一律瞧不起;并且说最强的民族对别的民族可以有绝对的权力,而别的民族,就因为弱,所以对它绝对没有权利可言。它,它是活的上帝,是观念①的化身,它的进步是用战争、暴行、压力,来完成的。如今自己有了力量,力量便是神圣的。力代表了全部的理想主义,全部的智慧。

实际上,德国几百年来都因为徒有理想没有实力而吃了大亏,所以在历尽艰辛之后,不得不伤心地承认最要紧的是力:这一点是很可以原谅的。可是以埃尔特与歌德的后人而有这样的自白,其隐痛也可想而知。德国民族的胜利其实是德国理想的衰微与没落……可怜连最优秀的德国人也偏向于服从,所以要他们放弃理想是最容易不过的。一百年以前莫茨就说:"德国人的特征是服从。"特·斯塔尔夫人也说:"德国人是勇于服从的。他们会用一套自圆其说的哲学来解释世界上最不合理的事,例如对强权的尊重,以自己的恐惧为软心肠,从而使尊重强权一变而为佩服强权。"②

① 此处所谓"观念",当即指黑格尔的"绝对观念"。又观念一词在此应视为形而上学中之"原理"。

② 莫茨(1775—1830),德国政论家。特·斯塔尔夫人为法国浪漫运动的先驱人物,以反对拿破仑,流亡德国甚久,著有《论德国》一书有名于时,此处即引该书中语。

克利斯朵夫在德国最伟大的人物和最渺小的人物身上都发现这种心理。席勒笔下的威廉·退尔[1],肌肉像挑夫一般的拿腔作调的布尔乔亚,就是一例,无怪那个直言不讳的鲍尔纳要批评他说:“为了使荣誉与恐惧不致抵触,他故意低着头走过奚斯莱的冠冕,表示他没看见冠冕而不行礼,可不是抗命。”小而言之,七十岁的老教授韦斯又是一个例子:他在克利斯朵夫城里是最有声望最受尊敬的学者,可是在街上一碰到什么少尉之流,会赶紧从人行道上闪到街心去让路。克利斯朵夫看到日常生活中这些琐碎的奴性表现,不由得心头火起。他为之痛苦极了,仿佛卑躬屈节的便是他自己。他在街上眼看着军官们飞扬跋扈,暗中非常气愤:他故意不让路,一边还直瞪着眼回敬他们。好几回他差点儿闹事,仿佛有心寻衅似的。虽然他比谁都明白这一类惹是招非的举动的无聊跟危险,但他往往有些理智不大清楚的时间:因为他老是压着自己,再加那些日积月累、无处发泄的强壮的精力,使他烦躁不堪。在那种情形之下,他随时可以闯祸,他觉得要是在这儿再待一年,他就完了。他痛恨强暴的军国主义,好像压在自己的心上;他也恨那些拖在街面上铿锵作声的刀剑,在营门口摆着的仪仗,和对着城墙预备开放似的大炮。当时有一批喧腾众口的黑幕小说,揭穿各地军营里的腐败,把军官全描写成坏蛋,除了做个听人支配的傀儡以外,只晓得闲逛,喝酒,赌钱,借债,受人侍养,互相攻讦,从上到下地欺负下属。克利斯朵

① 威廉·退尔为传说中解放瑞士的民族英雄。相传(并非史实)十四世纪时奥皇所派统辖瑞士的总督奚斯莱在于莱城广场上置有冠冕,全市民经过均须鞠躬,独威廉·退尔抗命,卒领导民众推翻奥国统治云云。德国诗人席勒曾根据此项传说写成诗剧。

夫想到自己将来有一天要服从这种人，他连气都喘不过来了。不，那他是受不了的，永远受不了的；他怎么能委屈自己去向他们低头，被他们羞辱呢？……他可不知道军人中间有一部分极高尚的人也在那里痛苦，因为他们眼看自己的幻想破灭了，多少的精力，青春，荣誉，信仰，不惜牺牲的热情，都给糟蹋了，浪费了，剩下的只有职业的无聊。——而当军人的要不拿牺牲做目标，他的生活就变了最没意思的活动，只摆着臭架子，仿佛没有信仰而成天念着经一样……

乡土对于克利斯朵夫已经显得太窄了。他像飞鸟一般，到了某个固定的季候，觉得有股无名的力，像海洋上的潮汐似的，突然在胸中觉醒，——那便是天南地北到处流浪的本能！在苏兹老人遗赠他的埃尔特与斐希德的著作里，他也发现和自己同样的心灵，——并非俯首帖耳，死守家园的"大地之子"，而是永远扑向光明的"精灵"，是"太阳之子"。

往哪儿去呢？他不知道。但他的眼睛望着南方的拉丁国家。第一是法兰西。法兰西永远是德国人彷徨无主的时候的救星。已经有过多少回了，德国的思想界一边诋毁它，一边利用它；被德国大炮轰得烟雾弥漫的巴黎，便是在一八七〇年以后，对德国仍然有极大的魔力。各种形式的思想和艺术，从最革命的到最落伍的，在那儿都可以轮流的，或是同时的，找到实际的例子或精神上的感应。像多少的德国音乐家在困苦绝望的时候一样，克利斯朵夫远远地瞻望着巴黎……关于法国人，他知道些什么吗？——不过两个女性的脸，和偶尔念过的一些书罢了。可是这已经足够他想象出一个光明、快乐、豪侠的国家，甚至高卢民族自吹自捧的习气，也和他年轻而大胆的精神非常投机。他相信这些，因为他需要相信，因为他满心希望法国是这样的。

他决意走了。——可是为了母亲而不能走。

鲁意莎老了。她疼爱儿子,他是她唯一的安慰;而他在世界上最爱的也只有母亲。但他们互相折磨,使彼此痛苦。她不大了解克利斯朵夫,并且不想了解,只知道一味地爱他。她头脑狭窄,胆子很小,思路不清,心肠挺好,那种爱人和被爱的需要令人感动,也令人喘不过气来。她敬重儿子,因为觉得他很博学;但她的所作所为都是使他的性灵窒息的。她以为他一定会陪着她。终身住在这个小城里。两人一块儿过了多少年,她做梦也没想到这种生活方式将来会变化。既然她这样很幸福,他又怎么会不幸福呢?她的梦想不过是他将来娶一个当地小康人家的女儿,每星期日在教堂里弹着管风琴,永远陪着她,她把儿子老是当做只有十二岁,巴不得他永远不超过这个年龄。不幸儿子业已长大成人,在这个狭窄的天地中没法呼吸。而她竟无意中教可怜的人受罪。

做母亲的不了解什么叫做雄心,只知道有了天伦之乐,尽了平凡的责任,便是人生的全福;她这一套不假思索的哲学的确也有许多真理和伟大的精神在内。她那颗心是只知有爱不知在其他的。舍弃人生,舍弃理性,舍弃逻辑,舍弃世界,舍弃一切都可以,只不能舍弃爱!这种爱是无穷的,带着恳求意味的,同时是苛求的。她自己把什么都给了人,要求人家也什么都给她;她为了爱而牺牲人生,要被爱的人也作同样的牺牲。一颗单纯的灵魂的爱就有这种力量!像托尔斯泰那么彷徨歧途的天才,或是衰老的文明过于纤巧的艺术,摸索了一辈子,几世纪,经过了多少艰辛、多少奋斗而得到的结论,一颗单纯的灵魂，靠了爱的力量一下子便找到了！……可是在克利斯朵夫胸中激荡着的另外一个世界自有另外一批规则，需要另外一种智慧。

他久已想把自己的决心告诉母亲，但怕她难过，每次话到了嘴边又咽下去，想过一晌再说罢。有过两三次，他怯生生地露出要离家的意思；鲁意莎却不把这些话当真：——或许是她假装如此，为的要使他相信他自己也不过是说着玩儿的。于是他不敢再往下说了；但他沉着脸，担着心事，一望而知有桩秘密压在心里。可怜的母亲虽然凭着直觉早已猜到这桩秘密，可老怀着鬼胎不愿揭穿。晚上他们俩一灯相对，默然无语的时候，她突然觉得他要说出来了；惊骇之下，她开始东拉西扯，把话说得很快，连自己也不知道说什么，可是无论如何非阻止他开口不可。通常她总本能地找到些使他开不得口的最好的话：怨自己身体不行，抱怨虚肿的手脚和关节不遂的腿；她把疾苦格外夸张，说自己是个老瘫子，完全不中用了。这些天真的手段其实也瞒不过他；他悲哀地望着母亲，似乎暗中埋怨她；过了一会儿，他站起身来，推说疲倦，睡觉去了。

但所有这些策略也不能把事情长此拖下去。一天晚上她又用到那套法宝的时候，克利斯朵夫鼓足了勇气，把手放在母亲手上，说道："妈妈，你听着。我有事跟你说。"

鲁意莎吃了一惊，勉强笑着回答，喉咙已经在抽搐了："什么事啊，孩子？"

克利斯朵夫嘟嘟囔囔地说出要离家的意思。她竭力认为他是开玩笑，像往常一样设法把话扯开；但这一回他始终板着正经的脸说下去，神气的坚决和严肃使人没有怀疑的余地。于是她不作声了，血都停止了，浑身冰冷，眼睛吓得呆呆的，直瞪着克利斯朵夫。眼睛里那副痛苦的表情把他也噤住了开不得口;一时间他们俩都没有了声音。赶到她透过气来,便嘴唇哆嗦着说:“那怎么行呢!……怎么行呢!……”

两颗很大的眼泪沿着她腮帮淌下来。他丧气地转过头去,双手捧着脸。母子俩一齐哭了。过了一会儿,他进了卧室,直躲到明天。他们再也不提昨天的事;因为他不提,她勉强教自己相信他已经让步了。可是她始终担着心事。

他终于到了忍无可忍的地步。他太痛苦了,不管说出来是怎么伤心也非说不可了。因为痛苦,他变得自私,同时就忘了自己所能给人的痛苦。他把话一口气说完,躲着母亲的目光,唯恐搅乱了自己的心。他连动身的日子都定了,免得再费第二次口舌;他不知像今天这样可怜的勇气能不能再有第二次。鲁意莎嚷着:“别说了,别说了……”

他咬紧牙齿拿定了主意,继续说着。说完之后,——(她号啕大哭了)——他握着她的手,想使她明白为了他的艺术,他的生活,到外地去待些时候是绝对必需的。她却不愿意听,只哭哭啼啼地说着:“不成,不成……我不愿意……”

解释了半天一无结果,他走开了,以为过一夜或许她会想明白些。可是第二天他在饭桌上狠着心肠又提到那个计划的时候,她马上把嘴边的面包放下,用着悲痛的埋怨的口气说:“难道你一定要折磨我吗?”

他心软了一软,可是回答说:“妈妈,没有办法呀。”

“怎么没办法!……你这是要我痛苦……你简直疯了……”

他们俩都想说服对方,可都不听彼此的话。他懂得争辩是没用的,只能增加双方的痛苦;他就摒挡一切,公然做出发的准备。

鲁意莎看到无论怎么样哀求都拦不住他，就变得垂头丧气，抑郁到极点。她整天关在自己屋里，晚上也不点灯；她不说话，不吃东西，夜里还在床上哭。他听了像受着刑罚一样，终夜在床上翻来覆去，受良心责备，痛苦得差点儿叫起来。他多爱她！干吗要使她痛苦呢？……可怜将来为他痛苦的还不止母亲一个人呢；那他也看得很明白……干吗命运要给他完成某种使命的愿望和力量，使他所爱的人为之受苦呢？

"啊！"他心里想，"要是我能够自主，要是没有这股专横的力逼着我去完成使命，否则我就得羞愧以死的话，那么我一定会使你们——我所爱的人们——幸福！先让我生活，活动，奋斗，受苦；然后我将抱着更大的爱回到你们怀里！本来吗，我只希望能够爱，爱，除了爱以外什么都不管！……"

假使伤心的母亲能有勇气把抱怨的话忍着不说出来，他一定会软心的。可是不够坚强而又多嘴的鲁意莎，偏藏不住心里的痛苦而说给邻居听了，也说给其余的两个儿子听了。小兄弟俩看到有个好机会可以抓住克利斯朵夫的错处，怎么肯轻易放过呢？尤其是洛陶夫素来忌妒长兄，——虽然克利斯朵夫目前的情形没有什么可教人忌妒的，——只要听见一两句赞美克利斯朵夫的话就受不住，暗中还怕他将来会成功；尽管自己不敢承认有这种卑鄙的念头，但他的确担着心事。因为他相当聪明，感觉到哥哥的天才，并且怕别人也一样地感觉到。所以洛陶夫此刻能凭着优越的地位来压倒克利斯朵夫，真是高兴极了。他明知母亲手头拮据而自己很有力量帮助母亲，可永远把全部的责任放在克利斯朵夫一人身上。然而一听到克利斯朵夫的计划，他马上变成孝子了。他对于哥哥遗弃母亲的行为愤慨非凡,斥为自私自利的兽行。他居然当面跟克利斯朵夫这样说,用长辈的口吻教训他,仿佛对付一个该打的小孩子;他傲慢地叫克利斯朵夫别忘了对母亲的责任,和母亲为他所做的种种牺牲。克利斯朵夫气坏了,把洛陶夫连捶带踢地赶出门外,拿他看做小坏蛋,假仁假义的畜生。洛陶夫为了出气便去煽动母亲。鲁意莎被他一激,以为克利斯朵夫真是个忤逆的儿子。她听见洛陶夫说克利斯朵夫没有离家的权利,觉得正中下怀。哭原来是她最有力量的武器,但光是哭哭啼啼她还不甘心,便说了些偏激的话埋怨克利斯朵夫,把他惹恼了。两人彼此说了些难堪的话;结果是至此为止还在犹豫的克利斯朵夫反而下了决心,加紧做出发的准备。他知道那般慈悲的邻居哀怜他的母亲,认为她是牺牲者而他是刽子手,便咬咬牙齿,再也不改变主意了。

日子一天一天地过去。克利斯朵夫和母亲简直不大说话了。他们非但不尽量享受这最后几天,反而生着无谓的气,把有限的光阴虚度了,把多少感情糟蹋了,——两个相爱的人往往有这种情形。他们只在吃饭的时候见面,相对坐着,彼此不瞧一眼,不作一声,勉强吞几口东西,不是为了吃而是为了免得发僵。克利斯朵夫费了好大的劲才从喉头迸出几个字:鲁意莎却置之不理;而等到她想开口的时候,又是他不作声了。母子俩都受不了这个局面;但这局面越延长,他们越没法摆脱。难道他们就这样的分手吗?那时鲁意莎可明白自己过去的偏枉和笨拙了;但她那么痛苦,不知道怎样去挽回她认为已经失掉的儿子的心,不知道怎样去阻止她绝对不允考虑的远行。克利斯朵夫偷觑着母亲苍白虚肿的脸,心里难过得像受着毒刑一样;但他已经下了必走的决心,而且知道那是自己生死攸关的大事,便只希望自己已经走了,免得多受良心责备。

行期定在后天。他们照旧冷冰冰的,不声不响吃完了晚饭,克利斯朵夫回进卧房,手捧着头对桌子坐着,什么工作都不能做,他只是千思百想地磨着自己。夜深了,已经快到一点。他突然听见隔壁屋里响了一声,一张椅子翻倒了。他的房门给打开了,母亲穿着衬衣,光着脚,号啕着扑过来勾住他的脖子。她浑身滚热地拥抱着儿子,一边呜咽一边打着嗝:"别走呀!别走呀!我求你!我求你!孩子,你别走呀……!我会伤心死的……那我是受不住的,受不住的!……"

他惊骇之下,把她拥抱着,再三地说:"好妈妈,静静罢,静静罢,我求您。"

可是她又接着说:"我受不住的……我现在只有你了。你一走,我怎么办呢?……我一定会死的。我死也要死在你面前,不愿意孤零零地死。等我死了再走罢!"

她的话使他心都碎了。他不知道说些什么来安慰她。对这种爱和痛苦的发泄,讲理有什么用?他把她抱在膝上,把她亲吻,说着好话。她慢慢地静下来,轻轻地哭着。看她比较安定了些,他就说:"去睡觉罢:别着了凉。"

她可老说着:"你别走呀!"

"我不走就是了。"他声音很轻地回答。

她浑身哆嗦了一下,抓着他的手:"真的吗?真的吗?"

他非常丧气地转过头去:"明儿,明儿再告诉您……现在您去罢,我求您!……"

她很柔顺地站起来,回到自己房里去了。

明天早上,她觉得半夜里神经病似的发作了一场好不惭愧,同时想起儿子等会不知怎么答复又非常害怕。她坐在屋子的一角等着，拿着打毛线的活儿，可是她的手不愿意拿，让活计掉在地下。克利斯朵夫进来了。两人轻轻招呼了一声，彼此都不敢抬起头来看一眼。他沉着脸站在窗前，背对着母亲不作一声。他心里在交战，可早已知道结果是怎么回事，故意想多挨一些时间。鲁意莎不敢和他说话，生怕引起那个她急于想知道而又怕知道的答复。她勉强捡起活儿，视而不见地做着，把针子都弄错了。外边下着雨。沉默了半晌，克利斯朵夫走到她身边来了；她一动不动，心忐忑地跳着。克利斯朵夫呆呆地望着她，然后突然跪下，把脸藏在母亲的裙子里，一句话也不说，哭了。于是她懂得他是不走了，心里的悲痛不由得减轻了许多；——可是她又立刻后悔，因为她感觉到克利斯朵夫为她所做的牺牲；她这时的痛苦，正和克利斯朵夫牺牲了她而决意出走的时候所受的痛苦一样。她弯下身子吻着他的额角和头发。他们俩一齐哭着，痛苦着。终于他抬起头来；鲁意莎双手捧着他的脸，望着他，眼睛对着眼睛。她真想和他说："你走罢！"可是她没有勇气。

他真想和她说："我留在家里很快活。"而他也没有勇气。

这种难解难分的局势，母子俩都没法解决。她叹了口气，表示她爱到极点，也痛苦到极点："唉，咱们要能同生同死才好呢！"这种天真的愿望把他深深地感动了，擦了擦眼泪，强笑着说："咱们会死在一块儿的。"

她紧跟着问："一定吗？你不走了吗？"

他站起身来回答："一言为定。甭提了。用不着再谈了。"

的确，克利斯朵夫是一言为定了：他不再提离家的话；但要心里不想可不是他自己能做主的。他固然留在家里了，但抑郁不欢与恶劣的心绪使母亲对于他的牺牲付了很大的代价。笨拙的鲁意莎,——明知自己笨拙而老做着不该做的事,——明知道他为什么抑郁,却偏偏要逼他亲口说出来。她用着婆婆妈妈的、惹人气恼的、纠缠不清的感情去磨他,使他想起他跟母亲的性情多么不同,而这一点原是他竭力要忘掉的。他屡次想和她说些心腹话。但正要开口的时候,他们之间忽然有了一道万里长城,使他立刻把心事藏起来。她猜到他的意思,可是不敢,或是不会去逗他说出来。万一她做这种尝试,结果倒反使他把闷在心里受不了而极想吐露的秘密格外地深藏。

还有无数的小事情,没有恶意的怪脾气,也使克利斯朵夫心中着恼,觉得和母亲格格不入。老年人免不了嘴碎,常常把街坊上的闲话翻来覆去地唠叨,或是用那种保姆般的感情,搬出他幼年时代的无聊事儿,永远把他跟摇篮连在一起。我们费了多大力量才从那里跳出来,长大成人,此刻居然由朱丽叶的乳母抖出当年的尿布,①翻出那些幼稚的思想,教你想起受着冥顽的物质压迫的混沌时代!

在这方面,她感情表现得那么动人,——仿佛对付一个小孩子,——把他软化了;他只能听凭摆布,也把自己当做一个小孩子。

最糟的是两人从早到现在一起生活,跟旁人完全隔离。心中苦闷的时候,因为有了两个人而且彼此爱莫能助,所以苦闷格外加强;结果各人又怪怨对方,到后来真的相信自己的痛

① 《罗密欧与朱丽叶》剧中朱丽叶的乳母对朱丽叶母女追述朱丽叶幼年的情景。

苦是应该由对方负责的。在这种情形之下,还是孤独比较好,痛苦也只有一个人痛苦。

这样,母子俩每天都在受罪。要不是出了件偶然的事,出了件表面上很不幸,而骨于里是大幸的事,把他们不上不下的局面给解决了的话,他们竟永远跳不出这个互相争持的苦海。

十月里的一个星期日,下午四点光景。天气很好。克利斯朵夫整天躲在房里默想,咂摸着他的悲苦。

他忍不住了,觉得非到野外去走一程,消耗一点精力,用疲倦来阻断自己思想不可。

他从上一天起就跟母亲很冷淡。他差不多要不辞而别地出去了。可是到了楼梯台上,他又想起这样的走掉,她独自在家一定要为之整个黄昏都不快活的,便重新回进屋子,推说忘了什么东西。母亲的房门半开着。他探进头去看到了母亲,一共是几秒钟的工夫……可是这几秒钟在他今后的生命中占着多重要的地位!

鲁意莎刚做罢晚祷回来,坐在平时最喜欢的那个靠窗的角上。对面一堵开裂而乌七八糟的白墙挡着视线;但从她的一角,在右边可以望见邻家的两个院落,和院落那一边的一方像手帕大小的草坪。窗槛外面,一盆五龙爪沿着绳子往上爬,布满着纤巧的蔓藤,在斜阳中摇曳。鲁意莎坐在一张小椅子上,伛着背,膝上摆着本厚厚的《圣经》,可并不念。她把两手——血管隆起,指甲坚硬,方方地往下弯着,明明是做工的手——平放在书上,温柔地望着蔓藤和在蔓藤中透露出来的天空。阳光照着绿叶,间接地反映出她疲倦的脸,还洒上一些惨绿色的影子,白头发很细,可是不多,半开的嘴巴在那里微笑。她体味着这一忽儿的悠闲恬适。那是她一星期中最愉快的时间。她沉浸在所有痛苦的人觉得最甜蜜的、一无所思的境界里:迷离惝恍,只有一颗蒙眬半睡的心在喁喁细语。

"妈妈,"他说,"我想出去,上蒲伊那边遛遛,回来要晚一些。"

半睡半醒的母亲略微惊跳了一下,转过头来,用着慈祥和平的眼睛望着他:

"好,你去罢,孩子:你这主意很不错,别错过了好天气。"

她向他笑笑。他也向她笑笑。他们俩彼此瞧了一会儿,然后点点头,眯了眯眼睛,表示告别了。

他轻轻地把门带上。她慢慢地又回到她的幻想中去了,儿子的笑容给她的梦境照上一道明亮的反影,像阳光射在黯淡的五龙爪上一样。

于是,他离开了她,——永远地离开了她。

那天傍晚,温和的太阳颜色只是淡淡的。田野懒洋洋的仿佛快睡着了。各处村子上的小钟在静寂的原野里悠悠地响着。一缕缕的烟在阡陌纵横的田间缓缓上升。一片轻盈的暮霭在远处飘浮。白的雾铺在潮湿的地下,等着黑夜降临好往上升去……一条猎狗鼻子净嗅着泥土在萝卜田里乱窜。成群的乌鸦在灰色的天空打转。

克利斯朵夫一边胡思乱想,一边茫无目的而不知不觉地向着一个目标走去。几星期来,他到城外散步老是以一个村子为中心,知道在那儿一定能遇到一个吸引他的美丽的姑娘。那不过是种吸引,可是很强烈的,有点乱人心意的吸引。要克利斯朵夫不爱什么人是不大可能的,他的心难得会空虚,其中永远有一个为它膜拜的偶像。至于那偶像是否知道他的爱，他完全不以为意；但他需要爱，心中不能有一忽儿没有光明。

这一回他热情的对象是个乡下姑娘，好似哀里才遇见利百加一样，也是在水边遇到的；但她并不请他喝水，倒反把水撩在他脸上。① 她跪在一条小溪的堤岸缺口的地方，在两株杨柳中间，树根在周围盘成岩洞一般：她精神抖擞地洗着衣服，嘴巴跟手臂一样地忙着，因为她和对岸洗衣服的同村女伴在那里大声说笑。克利斯朵夫躺在几步以外的草地上，两手支着下巴望着她们。她们毫不羞怯，照旧嘻嘻哈哈的，说话很放肆。他并不留神她们说些什么，只听着她们的嬉笑声，捣衣声，远处草地里的牛鸣声，目不转睛地盯着那漂亮的洗衣女郎出神了。——不久，那些女孩子发觉了他注视的对象，互相说些俏皮话；那姑娘也冷言冷语地刻薄他。因为他老待着不动，她便站起身子把绞干的衣服晾到小树上去，顺便过来对他看个仔细。走近他身边的时候，她有心把衣服上的水洒在他身上，涎皮赖脸地望着他笑。她个子很瘦，很结实，尖尖的下巴往上抄起，鼻子很短，眉毛很弯，深蓝的眼睛光彩四射，带点儿凶相，神气很大胆，嘴巴很好看，厚嘴唇微微往前噘着，像个希腊面具，浓密的金黄鬈发披在颈窝上，皮肤是紫铜色的。她头挺得笔直，无论说什么总带着讪笑的意味；走路像男人一样，把太阳晒得乌黑的两手甩来甩去。她一边晾衣服一边用挑拨的目光瞅着克利斯朵夫等他开口。克利斯朵夫也瞪着她，却

① 《旧约·创世记》载：亚伯拉罕遣仆人哀里才为己子以撒娶妻。哀里才行至拿鹤城，在水井边祈祷，倘遇到第一个给他喝水的女人，就定聘为以撒之妻。后利百加先至，哀里才求水，利百加即与水，卒聘为以撒之妻。

没有意思跟她搭讪。末了,她朝着他哈哈大笑了一阵,回到同伴那儿去了。他始终躺着,直到薄暮时分,眼看她背着篓子,抱着胳膊,伛着背,咭咕呱呱的一路说笑一路回去。

过了两三天,他在城里的菜市上,在成堆的萝卜、番茄、黄瓜、青菜中间又碰见了她。他信步走去,望着那些女菜贩整整齐齐地站在菜篮后面,好似预备出卖的奴隶。警察局的职员一手拿着钱袋一手拿着一沓票子,向每个菜贩收一文小钱,给一张小票。卖咖啡的女人提着满篮的小咖啡壶绕来绕去。一个老虔婆,吃得肥肥胖胖的,挽着两只挺大的篮,嘴里老天爷长老天爷短地向人讨菜蔬,没有半点羞怯的神气。大家叫叫嚷嚷;古老的秤托着绿色的篮,的的笃笃地响个不停;拖着小车的大狗高高兴兴地叫着,自以为当着重要的角色而得意非凡。就在这片喧闹声中,克利斯朵夫瞥见了他的利百加,——真名叫做洛金。——她在金黄色的发髻上戴着一张白里泛绿的菜叶,好似一个齿形的头盔,面前堆着金黄的蒜头、粉红的萝卜、碧绿的刀豆、鲜红的苹果。她坐在一只篓子上咬着苹果,一个又一个地尽吃,根本不在乎卖不卖,不时拿围裙抹抹下巴和脖子,用手臂撩撩头发,把面颊挨着肩头,或者把鼻子挨着手背,摩擦几下。再不然,她无精打采地抓着一把豌豆在两只手里倒来倒去。她东张西望,态度很悠闲,可是把周围的情形都瞧在眼里:凡是针对她的目光,她都不动声色地一一记着。她当然看到克利斯朵夫,便一边和买菜的主顾说话,一边拧着眉毛从他们的肩头上望出去,注意他。她面上做得非常庄严,心里却在暗笑克利斯朵夫。他的模样也的确很可笑:像木头人似的站在几步以外,死命用眼睛盯着她,过后又一言不发地走了。

他好几次到她的村子四周徘徊。她在院子里来来往往，他站在路上远远地望着。他不承认是为她而来的，其实也差不多是无意中走来的。他一心一意作曲的时候，常常像害了梦游病一样：心灵中有意识的部分贯注着乐思，其余的部分便让另外一个无意识的心灵占据了，那是只要他稍一分心就会起来控制他的。他对着这姑娘，往往被胸中嗡嗡作响的音乐搞得迷迷糊糊：眼睛望着她，心里依旧在沉思幻想。他不能说爱她，甚至想也没想过，只是喜欢看到她。他根本没注意自己有个欲望老是要来找她。

他这样的时常露面，当然引起人家的议论。农庄上后来知道了克利斯朵夫的来历，把他作为笑柄。可是谁也不以为意，因为他并不侵犯人家。一句话说完，他不过像个呆子，而他自己也不在乎是否像呆子。

那天正是村里的一个节日。儿童们掷着豌豆喊着"君皇万岁！"关在棚里的小牛在叫，酒店里传出唱歌的声音。尾巴像彗星似的风筝在田野的上空飘荡。母鸡在肥料堆中乱扒；风吹着它们的羽毛好似吹进老妇人的裙子。一头粉红色的肥猪好不舒服地横躺在地下晒太阳。

克利斯朵夫向着三王客店走去。一面小旗在红色的屋顶上飘荡，门前吊着成串的蒜头，窗上缀着红的黄的金莲花。他走进烟味浓烈的大厅，壁上挂的是发黄的石印图画，正中是皇帝的彩色肖像，四周扎着橡树叶子。大家在跳舞。克利斯朵夫断定他漂亮的女朋友一定在内。果然，他第一个看到的就是她。他拣着一个位置坐下，在那边可以安安静静地看到跳舞的人。他虽然留着神不让别人看见，可是洛金自会把他发现出来。她一边跳着没有完的华尔兹舞，一边从舞伴的肩头上向他丢了几个眼风，并且为了挑拨他，故意和村里的少年调情打趣，嘻开着大嘴傻笑，高声说些无聊的话。在这一点上，她和一般交际场中的姑娘并无分别：被人家一瞧，她们就以为非当众嬉笑骚动一阵不可。——其实她们并不见得怎么傻，因为知道大家是瞧她们而不听她们的。——克利斯朵夫肘子撑在桌上，拳头托着下巴，看着她装腔作势不禁从眼睛里表示出他的热情与愤怒：他头脑还算清醒，不至于看不出她的诡计，但已不够清醒到不上她的当；所以他时而愤愤地咕噜，时而耸耸肩膀，笑自己的受人愚弄。

此外还有一个人在注意他：那是洛金的父亲。矮胖个子，大脑袋，短鼻子，光秃的头被太阳晒成了暗红色；四周剩下的一圈头发，从前一定是金黄的，如今变做一个个浓密的小卷儿，像丢勒画的圣·约翰；胡子剃得光光的，神色非常镇静，嘴角上挂着一根长烟斗：他慢腾腾地和别的乡下人说着闲话，眼梢里老注意着克利斯朵夫的表情，不由得在肚里暗笑。他咳了一声；灰色的眼中忽然闪出一道狡猾的光，他过来挨着克利斯朵夫坐下。克利斯朵夫挺不高兴地向他掉过头来，正好碰上那双阴险的眼睛；老人却衔着烟斗，很随便地和他搭讪起来。克利斯朵夫一向认识他：认为是个老混蛋；可是对于女儿的好感使他对父亲也变得宽容了，甚至和他在一处还有种异样的快感：奸刁的老头儿看透了这一点。他先说了一阵天气，把那些俊俏的姑娘做题目说了几句俏皮话，再提到克利斯朵夫的不去跳舞，认为他这个办法真聪明，坐在桌子前面把杯独酌不是舒服得多吗？说到这里，他老实不客气向克利斯朵夫讨了一杯。老头儿一边喝着，一边有一搭没一搭地谈到他的小买卖，说什么生活艰难，天时不正，百物昂贵，等等。克利斯朵夫听了全无兴趣，只在鼻子里随便哼几声，眼睛始终望着洛金。老人静了一会儿，等他回答；他置之不理，老人可又不慌不忙地说下去了。克利斯朵夫心里想这家伙来跟他鬼混，说那些话，究竟是什么意思。结果他明白了。老人怨叹完毕，把话题换过一章，把他庄上出产的菜蔬、家禽、鸡子、牛奶，夸了一阵，突然问克利斯朵夫能否把他的出品给介绍到爵府里去。克利斯朵夫听了可直跳起来："怎么他会知道的？……难道他认识他吗？……"

"当然啰，"老人说，"什么事都会知道的。"

他心里还有一句话没说出来："……尤其是我亲自出马探听的时候。"

克利斯朵夫暗自好笑地告诉他，虽然"什么事都会知道"，但他们还没晓得他最近已经跟宫廷闹翻，即使他的话当初在爵府的总务处和厨房里有点儿作用（而这还大有问题），此刻也早已完了。老人听到这话，略微抿了抿嘴，但并不灰心，过了一会儿，又问克利斯朵夫能不能替他介绍某些家庭，接着就背出一切和克利斯朵夫有来往的人家的姓名，因为他在菜市上把什么都打听清楚了。要不是想到老人尽管那么狡猾也免不了上当，而不由得想笑出来的话，克利斯朵夫对这种间谍式的勾当早就气得直跳了；因为对方万万料不到克利斯朵夫的介绍非但不能替他招徕几个新主顾，反而使他连老主顾都会保不住的。因此克利斯朵夫听凭老头儿枉费心机地去耍那些无聊的小手段，既不回答他一个是，也不回答他一个否。但那乡下人死盯不放，最后竟来进攻克利斯朵夫和鲁意莎了，硬要推销他的牛奶、牛油，和乳脂；他早就盘算好，即使找不到别的主顾,这两个总是逃不了的。他又补充说,既然克利斯朵夫是音乐家,那么每天早晚吞一个新鲜的生鸡子是保护嗓子最好的办法:他自命为能供给刚生下来的、暖烘烘的、最新鲜的蛋。克利斯朵夫一听到老人把他误认为歌唱家,不禁哈哈大笑。老头儿借此机会又叫了一瓶酒。然后,觉得眼前在克利斯朵夫身上再也弄不到别的好处,便掉头不顾地去了。

天已经黑了。跳舞的场面越来越热闹。洛金完全不理会克利斯朵夫,只忙着勾引村里一个富农的儿子,所有的姑娘都争着要讨他的喜欢。克利斯朵夫很关切她们这种竞争;女孩子们彼此笑着,动手动脚,乐不可支。克利斯朵夫把自己忘了,一心希望洛金成功。但等到洛金真的成功了,他又有些悲哀。他立刻责备自己。他既不爱洛金,那么她喜欢爱谁就爱谁,不是挺自然的吗?——但感到自己这样孤独也不见得有趣。那些人都为了想利用他才关切他,而过后还得嘲笑他。洛金因为把她的情敌气坏了,格外快乐,人也显得更好看了:克利斯朵夫叹了一口气,望着她笑了笑,预备走了。时间已经九点:进城还得走好几里路。

他刚从桌边站起,大门里突然闯进十几个兵。他们一出现,全场的空气登时冷了下来。大家开始交头接耳。几对正在跳舞的伴侣停住了,不安地望着那些新来的客人。站在大门口的几个乡下人假装转过身子和自己人谈话,虽然表面上做得若无其事,暗中都小心翼翼地闪在一旁让他们走过。——整个地方上的人和城市四周炮台里的驻军已经暗斗了一些时候。大兵们烦闷得要死,常常拿乡下人出气,很下流地取笑他们,糟蹋他们,把乡间的妇女当做属地上的女人看待。上星期就有一批喝醉的兵去骚扰邻村的节会,把一个庄稼人打得半死。克利斯朵夫知道这些事,和乡下人一样的愤愤不平。此刻他便回到原位上,看有什么事发生。

那些兵根本不理会大众的恶感,乱哄哄地奔向坐满客人的桌子,硬挤下去。大半的人都咕噜着挪开身子。一个老头儿让得慢了些,被他们把凳子一掀,摔在地下,他们看了哈哈大笑。克利斯朵夫大为不平,站起来正想过去干涉,不料那老人费了好大的劲从地下爬起来,非但没有半句怨言,反而连声道歉。另外两个兵走向克利斯朵夫的桌子:他握着拳头看着他们过来。可是他用不着这么紧张。那不过是跟在惹是生非的坏蛋后面,想狐假虎威来一下的两个脓包罢了。他们被克利斯朵夫威严的神气镇住了;他冷冷地说了声:"这儿有人……"他们就赶紧道歉,缩在凳子的一头,唯恐惊动了他。他说话颇有主子的口吻,而他们天生是奴才脾气。他们看出克利斯朵夫不是个乡下人。

这种屈服的态度使克利斯朵夫的气平了一些,观察事情也冷静了些。他一眼就看出这些大兵的主脑是个班长——眼睛凶狠的小个子,斗牛狗似的脸,卑鄙无耻的恶棍,就是上星期日闹事的主角之一。他坐在克利斯朵夫旁边的一张桌上,已经醉了。他凑到人家面前,说着不三不四的侮辱的话,而那些受辱的人只做不听见。他特别盯着跳舞的人,评头论足,用的全是脏话,引得他的同伴哈哈大笑。姑娘们红着脸,差不多要哭了;年轻的汉子气得暗暗地咬牙切齿。恶棍的眼睛慢慢地把全场的人一个一个看过来:克利斯朵夫看见他的目光扫到自己身上来了,便抓着杯子,握着拳头,预备他说出一句侮辱的话,就把酒杯劈面摔过去。他心里想:

"我疯了。还是走掉的好。我要被他们把肚子都切开了;再不然,也得给他们关到牢里去,那可太犯不上了。趁他们没有来惹我之前先走罢。"

但他骄傲的性格不让他走:他不愿意被人看出他躲避这些流氓。——对方那双阴狠凶横的眼睛盯住了他。克利斯朵夫浑身紧张,愤怒非凡地瞪着他。那班长把他打量了一会儿,被克利斯朵夫的脸打动了说话的兴致,用肘子撞着同伴,一边冷笑一边教他看克利斯朵夫,正要张开嘴来骂。克利斯朵夫迸着全身之力,预备把杯子摔过去了。——正在千钧一发的关头,一件偶然的小事救了他。醉鬼刚想开口,不料被一对跳舞的冒失鬼一撞,把他的酒杯打落在地下。于是他怒不可遏地转过身去,把他们狗血喷头地大骂一顿。目标转移了,他完全忘了克利斯朵夫。克利斯朵夫又等了几分钟,看见敌人无意再向他寻衅,方始站起,慢慢地拿着帽子,慢慢地向大门走去。他眼睛老盯着军官的桌子,要他明白他决不怕他。可是那醉鬼已经把他忘得干干净净:再没有人注意他了。

他握着门钮:再过几秒钟,他就可以身在门外了。但命中注定他这一天不能太平无事地走出去。大兵们喝过了酒,决心要跳舞了。但既然所有的姑娘都有舞伴,他们便把男的赶走,而那些男的也毫无抵抗地让他们驱逐。洛金可不答应。克利斯朵夫看中的那双大胆的眼睛和强项的下巴,的确有些道理。她正发疯般跳着华尔兹,不料那班长看上了她,过来把她的舞伴拉开了。洛金跺着脚,叫着嚷着,推开军官,说她决不跟像他这样的坏蛋跳舞。他追着她,把那些被她当做屏风般掩护的人乱捶乱打。末了,她逃到一张桌子后面;在那个障碍物把对方暂时挡住的几秒钟内,她又喘过气来骂他;看到自己的抗拒完全没用，她气得直跳，想出最难堪的字眼，把他的头比做各式各种畜生的头。他在桌子对面探着脑袋，挂着阴险的笑容，眼中闪出愤怒的火焰。突然他发作起来，跳过桌子，把她抓住了。她拳打足踢地挣扎，像一个放牛的蛮婆。他身子原来就不大稳，差点儿倒下。愤怒极了，他把她按在墙上打了一个嘴巴。他来不及打第二下：一个人在他背后跳过来，使劲回敬了他一巴掌，又飞起一脚把他踢到了人堆里。原来是克利斯朵夫排开了众人，在桌子中间挤过来把他扭住了。军官掉过身来，气疯了，拔出腰刀，但来不及应用，又被克利斯朵夫举起凳子打倒了。这一架打得那么突兀，在场的观众竟没想到出来干涉。但大家一看那军官像牛一样地倒在地下了，立刻乱哄哄地骚动起来。其余的兵都拔着刀奔向克利斯朵夫。所有的乡下人又一齐扑向他们。登时全场大乱。啤酒杯满屋地飞，桌子都前仰后合。乡下人忽然觉醒了：需要把深仇宿怨发泄一下。大家在地下打滚，发疯似的乱咬。早先和洛金跳舞的人是个庄子上结实的长工，此刻抓着刚才侮辱他的大兵的脑袋往壁上撞。洛金拿着一条粗大的棍子狠命地打。别的姑娘叫喊着逃了，两三个胆子大一些的却高兴到极点。其中有个淡黄头发的矮胖姑娘，看见一个高个子的兵——早先坐在克利斯朵夫旁边的，——把敌人按在地下用膝盖压着胸脯，她便赶紧往灶屋里溜了一转，回来把那蛮子的头往后拉着，用一把灼热的火灰摔在他眼里。他疼得直叫。她可得意极了，看他受了伤，听凭乡下人痛殴，不禁在旁百般诟辱。最后，势孤力弱的大兵顾不得躺在地下的两个同伴，竟自往外逃了。于是恶斗蔓延到街上。他们闯到人家屋里，嘴里一片喊杀声，恨不得捣毁一切。村民拿着铁叉追赶，放出恶狗去猛扑。第三个兵又倒下了，肚子上给锹子戳了个窟窿。其余的不得不抱头鼠窜，被乡人直追到村外。他们跳过田垄，远远地喊着说去找了同伴再来。

村民得胜之后，欣喜若狂地回到客店里；那是蓄意已久的报复，过去受的耻辱都洗雪了。他们还没想到闯了这个祸的后果呢。大家七嘴八舌地争着说话，各人夸说自己的英勇。他们和克利斯朵夫表示亲热，他也因为能够跟他们接近而很高兴。洛金过来抓着他的手，握了好一会儿，嘻嘻哈哈地把他当面取笑了几句。那时她不觉得他可笑了。

然后大家检点受伤的人口。村民中间不过有的打落牙齿，有的伤了肋骨，有的打得皮肉青肿，都没什么了不起。士兵方面可不然了。三个重伤：眼睛被灼坏的大家伙，肩膀也给斧头砍去了一半；戳破肚子的一个，喉咙里呼里呼噜的好似快死了；还有是被克利斯朵夫打倒的那个班长。他们躺在炉灶旁边。三个之中受伤最轻的班长睁开眼来，满怀怨毒的目光把周围的乡下人看了好久。等他清醒到能想起刚才的情形，他便破口大骂，发誓要报复，把他们统统牵连在内；他愤怒到气都喘不过来，恨不得把他们一齐杀死。他们笑他，可是笑得很勉强。一个年轻的乡下人对他喊道：

“住嘴！要不然就杀死你！”

军官挣扎着想爬起来，杀气腾腾的眼睛瞪着那个说话的人：

“狗东西！你敢？人家要不砍掉你的脑袋才怪！”

他继续直着嗓子乱嚷。戳破肚子的那个像死猪般尖声怪叫。另外一个直僵僵地躺着不动，像死了一样。一片恐怖压在那些村民心上。洛金和几个妇女把伤兵抬到隔壁屋里。班长的叫嚷和垂死者的呻吟都不大听得见了。乡下人一声不响，站在老地方围成一圈，仿佛那些伤兵依旧躺在他们脚下；他们一动也不敢动，面面相觑地骇呆了。临了，洛金的父亲说了句："哼！你们做的好事！"

于是场中起了一片无可奈何的、唧唧哝哝的声音：大家咽着口水。然后他们同时说起话来。先只是窃窃私语，像怕人在门外偷听似的；不久声音高起来，变得尖锐了：他们互相埋怨，这个说那个打得太凶，那个说这个下手太狠。争论变成口角，差不多要动武了。洛金的父亲把他们劝和了，然后抱着手臂，向着克利斯朵夫，抬起下巴指着他说："可是这家伙，他到这里来干什么的？"

群众所有的怒气立刻转移到克利斯朵夫身上，有人喊道："对啦！对啦！是他先动手！要不是他，决不会出乱子的！"

克利斯朵夫愣住了，勉强回答说："我是为了你们，不是为我，你们很明白。"

但他们怒不可遏地反驳他："难道我们不会保护自己吗？要一个城里人来告诉我们怎么做吗？谁请教过你的？谁请你到这儿来的？难道你不能待在自己家里吗？"

克利斯朵夫耸耸肩膀，向大门走去。可是洛金的父亲把他拦住去路，恶狠狠地嚷着："好！好！他给我们闯下了大祸，倒想一走了事。哼，可不能让他走。"

乡下人一齐跟着吼起来："不能让他走！他是罪魁祸首，什么事都得归他担当！"

他们摩拳擦掌地把他团团围住。克利斯朵夫看见那些骇人的脸越逼越近：恐怖使他们变成疯狂了。他一声不响，不胜厌恶地扯了个鬼脸，把帽子往桌上一扔，径自坐到屋子的尽里头，转过背去不理他们了。

可是打抱不平的洛金直冲到人堆里，气得把俊美的脸扭做一团，涨得通红，粗暴地推开围着克利斯朵夫的人，喊道："你们这些胆怯鬼！畜生！你们羞也不羞？你们想教人相信什么都是他一个人干的！以为没有人看到你们是不是？你们之中可有一个不曾拼命乱捶乱打的？……要是有谁在别人打架的时候抱着手臂不动，我就唾他的脸，叫他胆怯鬼！胆怯鬼！"

那些乡下人被她出其不意的一顿臭骂，呆住了，静默了一会儿，又叫起来："是他先动手的！要不是他，什么事都不会有的。"

洛金的父亲竭力对女儿示意，可是没用；她回答说："不错，是他先动手的！那对你们也没什么体面。要没有他，你们会听任人家侮辱，听任人家侮辱我们，你们这些脓包！没有骨头的东西！"

她又骂她的男朋友："还有你，你一声不出，只会挤眉弄眼，把屁股送过去给人家的皮靴踢；对啦，你还会道谢呢！你不害臊么？……你们都不害臊么？你们简直不是人！胆子像绵羊似的，连头都不敢抬一抬！直要等到这城里人来给你们做榜样！——如今你们把什么都推在他头上！……哼，那可不行，老实告诉你们！他是为了我们打架的。你们要不把他放走，就得跟他一起倒霉：我决不放过你们！"

洛金的父亲拉她的手臂，气得直嚷："住嘴！住嘴！……贱骨头，你还不住嘴！"

洛金把他一手推开，倒反嚷得更凶了。全场的人都直着嗓子叫，她比他们叫得更响，尖锐的声音几乎震破耳鼓："我先问你,你还有什么可说的?你刚才把躲在隔壁的那个半死的兵乱踩,难道我没看见吗?还有你,把手伸出来看看!……还有血迹呢。你以为我没看见你拿着刀吗?我要把亲眼看到的统统说出来,要是你们敢伤害他的话。判起刑来,我教你们一个都逃不了。"

那些乡下人愤怒至极,气哼哼地把脸凑近洛金,对着她怒吼。其中有一个似乎要把她掌嘴了,洛金的男朋友便抓着他的衣领,互相扭做一团,预备大打出手了。一个老头儿和洛金说:"我们抵了罪,你也逃不了。"

"对,我也逃不了;我可不像你们这样没有种。"

于是她又叫嚣起来。

他们不知怎么办了,回头去找她的父亲:"难道你不能要她住嘴吗?"

老人懂得,一个劲儿地逼洛金不是个聪明办法。他对大众递了个眼色教他们静下来。赶到只有洛金一个人说话,没人跟她顶嘴的时候,好像火没有了燃料,她也停住了。过了一忽儿,父亲咳了一声,说道:"哎,那么你要怎么样呢?总不见得要断送我们罢?"

"我要你们把他放走。"她说。

他们都转起念头来了。克利斯朵夫始终坐在那里,凭着傲气兀然不动,仿佛没听见大家在讲他的事;但他对于洛金的义愤非常感动。洛金也好像不知道他在场,背脊靠着他的桌子,带着挑战的神气瞪着那些抽着烟、眼睛望着地下的村民。最后,她的父亲把烟斗在嘴里咬弄了一会儿,说道:"把他招出来也罢,不招出来也罢,——他要留在这儿,结果是不用说的了。那班长是认识他的,哪里肯放松!他只有一条路,就是马上逃，逃过边境去。”

他思索的结果，认为无论如何，还是克利斯朵夫逃走对他们有利：因为这样一来，他等于把罪名坐实了；而他既不能在这儿替自己申辩，他们就很容易把案子的重心推在他身上。这个意见，众人都表示同意。他们彼此心里都很明白。——一朝大家打定了主意，便巴不得克利斯朵夫已经走了。他们并不因为先前对克利斯朵夫说过许多难堪的话而觉得不好意思，倒反走拢来好似对他的命运非常关切。

“先生，一刻都不能耽误了，”洛金的父亲说，“他们马上会来的。半个钟点赶到营里，再加半个钟点就能赶回……现在只有快快溜了。”

克利斯朵夫站起身子。他也考虑过了。他知道倘使留着，自己一定是完的。可是走吗，不见一面母亲就走吗？……不，那又不行。他就说先回去一次，等半夜里再走，还来得及越过边境。但他们都大声叫起来。刚才大家拦着他不许逃；此刻却因为他不逃而表示反对了。回到城里毫无问题是自投罗网：他还没有到家，那边先就知道了；他会在家里被捕的。——他可执意要回去。洛金懂得他的意思，便说：“你要看你的妈妈是不是？……我代你去好了。”

“什么时候去？”

“今天夜里。”

“你准去吗？”

“准去。”

她拿着头巾包起来：“你写个字条给我带去……跟我来，我给你墨水。”

她把他拉到里边一间屋里。到了门口，她又掉过身来招呼她的男朋友："你先去收拾一下，等会由你带他上路。你得看他过了边境才能回来。"

"好罢，好罢。"他说。

他比谁都急于希望克利斯朵夫快点到法国，最好是更远一点，倘使可能的话。

洛金和克利斯朵夫进到隔壁房里。克利斯朵夫还迟疑不决。他想到从此不能再拥抱母亲，痛苦得心都碎了。什么时候再能见到她呢？她已经那么老，那么衰弱，那么孤独！这一下新的打击会把她断送了的。他不在这里了，她怎么办呢？……可是倘使他不走，判了罪，坐上几年的牢，她又怎么办呢？那她不是更无倚无靠，没法过日子了吗？现在这样一走，不管走得多远，他至少是自由的，还能帮助她，她也能上他那儿去。——他没有时间把思想整理出一个头绪来。洛金握着他的手，立在旁边瞧着他：他们的脸差不多碰到了；她把手臂绕着他的脖子，亲了亲他的嘴：

"快点儿！快点儿！"她指着桌子轻轻地说。

他便不再考虑，坐了下来。她在账簿上撕下一页画着红线的有格的纸。他写道：

"亲爱的妈妈：对不起！我要使您感到很大的痛苦。当时我是迫不得已。我并没干什么不正当的事，可是现在不得不逃了，不得不离乡别土了。送这张字条给你的人会把情形告诉您的。我本想跟您告别，可是大家不许，说我没有到家就会被捕。我痛苦已极，什么意志都没有了。我将越过边境，但没有接到您回信之前，我在靠近边境的地方等着；这次送信的人会把你的复信带给我的。请您告诉我该怎么办。不论您说什么，我一定依您。要不要我回来？那就叫我回来好了！我一想到把您孤零零地丢下，真是受不了。您怎么过日子呢？原谅我罢！原谅我罢！我爱您，亲吻您！……”

“先生，快点儿罢；要不然就来不及了。”洛金的朋友把门推开了一半，说。

克利斯朵夫匆匆签了名，把信交给了洛金：“你亲自送去吗？”

“是的，我亲自去。”她已经准备出发了。

“明天，”她又说，“我带回信给你；你在莱登地方等我，——（德国境外的第一站）——在车站的月台上相见。”（好奇的女孩子在他写的时候把信看过了。）

“你得把情形统统告诉我，她听了这个坏消息怎么样，说些什么，你都不瞒我罢？”克利斯朵夫用着恳求的口吻说。

“行，我都告诉你就是了。”

他们不能再自由说话了，洛金的朋友在门口望着他们。

“并且，克利斯朵夫先生，”洛金说，“我会常常去看她，把她的消息告诉你的；你放心好了。”

她像男人一样使劲握了握他的手。

“咱们走罢！”预备送他上路的乡下人说。

“走罢！”克利斯朵夫回答。

三个人一齐出门。他们在大路上分手了。洛金往一边去，克利斯朵夫和他的向导往另外一边。他们一句话都不说。一钩新月蒙着水汽，正在树林后面沉下去。苍白的微光在田垄上飘浮。浓雾从低陷的土洼里缓缓上升，像牛乳一样的白。瑟缩的树木浴着潮湿的空气……走出村子不到几分钟，带路的人突然往后退了一步，向克利斯朵夫示意教他停下。他们静听了一会儿，发觉前面路上有步伐整齐的声音慢慢地逼近。

向导立刻跳过篱垣，往田野里走去。克利斯朵夫跟着他向耕种的田里直奔。他们听见一队兵在大路上走过。乡人在黑暗中对他们晃晃拳头。克利斯朵夫胸口闷塞，好似一头被人追逐的野兽。随后他们重新上路，躲开村子和孤独的农庄，免得狗叫起来泄露他们的行踪。翻过一个有树林的山头以后，他们远远地望见铁路上的红灯。依着这些灯光的指示，他们决意向最近的一个车站走去。那可不容易。一走下盆地，他们就完全被大雾包围了。越过了两三条小溪，又闯进一片无穷无尽的萝卜田和垦松的泥地：他们东闯西撞，以为永远走不出了。地下高高低低的，到处可以教你摔跤。两人被雾水浸得浑身湿透，摸索了半晌，突然看到几步之外，土堆高头就挂着铁路上的信号灯。他们俩便爬上去，不管会不会被人撞见，竟沿着铁道走了，直到将近车站一百米的地方才重新绕到大路上。到站的时候，离开下一班火车的到达还有二十分钟。那向导不顾洛金的吩咐，丢下克利斯朵夫先走了：他急于要回去看看村子里的情形和自己的产业。

克利斯朵夫买了一张到莱登的车票，在阒无一人的三等待车室里等着。车到时，早先躺在长凳上瞌睡的职员起来验过了票，开了门。车厢里一个人也没有。整个列车都睡熟了。田野也睡熟了。唯有克利斯朵夫，虽然累到极点，始终醒着。沉重的车轮慢慢地把他带近边界的时候，他忽然感到一股强烈的欲望，只想快快逃出魔掌。再过一小时，他可以自由了。但这期间，只消一句话他就会被捕……被捕！想到这个，他整个身心都反抗起来！受万恶的势力压迫吗？……他简直不能呼吸了。什么母亲，什么故乡，都被置之脑后了。自由一受到威胁，自私的心理使他只想挽救他的自由。是的，无论如何要挽救,不管付什么代价!甚至为此而杀人放火也在所不惜!……他埋怨自己不该搭火车,应该徒步越过边境才对。他原想争取几小时的时间,贪图便宜!哼,这才是送入虎口呢!没有问题,边境的车站上一定有人等着他;命令已经传到了……有一忽儿他真想在到站之前跳下火车,连车厢的门都打开了;可是太晚了,已经到了。列车在站上停了五分钟,好像有一世纪之久。克利斯朵夫倒在车厢的尽里头,掩在窗帘后面,惊魂不定地望着月台:一个宪兵一动不动地站在那儿。站长从办公室出来,手里拿着一个电报,向着宪兵立的地方匆匆忙忙走过去。克利斯朵夫想那准是关于他的事了。他想找一个武器;可是除了一把两面出锋的刀子以外再没旁的东西。他在衣袋里把它打开了。一个职员胸前挂着一盏灯,和站长迎面走过,沿着列车奔着。克利斯朵夫看他走近了,便把抽搐的手紧紧抓着刀柄,想道:"这一下可完了!"

他那时紧张的程度,竟会把那职员当胸扎上一刀,倘使那倒霉蛋过来打开他车厢的话。但职员开了隔壁的车厢,查看了一下一个才上车的旅客的票子。火车又开动了。克利斯朵夫这才把忐忑的心跳压下去。他一动不动地坐着,还不敢认为自己已经得救。只要车子没有过边境,他就不敢这么想……东方渐渐发白。树木的枝干从黑影里出现了。一辆车的奇奇怪怪的影子在大路上映过,睁着一只巨眼,丁丁当当地响着……克利斯朵夫把脸贴在车窗上,竭力辨认旗杆上帝国的徽号,那是统治他的势力终止的记号。等到火车长啸一声,报告到达比利时境内的第一站时,他还在曙色中窥探。

他站起身子,打开车门,呼吸着冰冷的空气。自由了!整个的生命摆在他面前了!啊!生存的欢乐啊!……——可是一片悲哀立刻压在他心上，想起离开的一切而悲哀，想起未来的一切而悲哀；而昨夜兴奋过后的疲倦又把他困住了。他倒在了凳上。那时离开到站只有一分钟的时间。一分钟以后，站上的职员打开车厢，看见克利斯朵夫睡着了。被人推醒之下，他惶惶然以为已经睡了一个钟点。他步履蹒跚地下车，向着关卡走去；等到正式踏入外国境内，用不着再警戒的时候，他倒在待车室里的一条长凳上，伸着四肢昏昏入睡了。

中午，他醒了。在两三点钟以前，洛金是不会到的。他一边等车，一边在月台上踱着，直踱到月台以外的草场上。天色阴沉沉的令人不欢，完全是冬天将临的光景。阳光睡着了。四下里静悄悄的好不凄凉，只有一辆交替的机车在那儿哀鸣。到了边界近旁，克利斯朵夫在荒凉的田里站住了。前面有个小小的池塘，一泓清水映出黯淡的天空。四周围着栅栏，种着两株树。右边是一株秃顶的白杨在瑟缩摇曳。后面是一株大胡桃树，黑黝黝的光秃的枝干像鬼怪似的。成群的乌鸦停在树上沉重地摇摆。枯萎的黄叶一张一张落在静止的水塘里……

他觉得这些都好像看见过的：这两株大树，这个池塘……——而突然之间他迷迷惘惘的一阵眩晕。那是过去常有的境界。仿佛时间有了一个空隙。你不知道身在何处，不知道你自己是谁，不知道生在什么时代，也不知道这种境界已经有了几千百年。克利斯朵夫觉得那是早已有过的，现在的一切不是现在的，而是另一个时代的。他不复是他了。他从身外看着自己，从极远的地方看着自己；站在这儿的像是另外一个人。无数陌生的往事在他耳边嗡嗡作响；血管也在那里汹涌不已：

“是这样的……是这样的……是这样的……”

几百年的旧事在他胸中翻腾……

在他以前的多少克拉夫脱，都曾经受过像他今日这样的磨难，尝过这逗留祖国的最后几分钟的悲痛。永远流浪的种族，为了独立不羁，精神骚乱而到处受到放逐，永远受着一个内心的妖魔播弄，使它没法住定一个地方。但它的确是个留恋乡土的民族，尽管给人驱逐，它自己倒轻易舍不得那块土地……

如今是轮到克利斯朵夫来经历这些途程了；他已经踏上前人的旧路。泪眼晶莹，他望着不得不诀别的乡土隐没在云雾里……早先他不是渴望离乡的吗？——是的，但一朝真的走了出来，又觉得心碎肠断。人非禽兽，怎么能远离故土而无动于衷呢？苦也罢，乐也罢，你总是跟它一起生活过来的；乡土是你的伴侣，是你的母亲：你在她心中睡过，在她怀里躺过，深深地印着她的痕迹；而她也保存着我们的梦想，我们的过去，和我们爱过的人的骸骨。克利斯朵夫又看到了他以往的岁月，留在那边地上地下的亲爱的形象。便是他的痛苦也和他的欢乐一样宝贵。弥娜，萨皮纳，阿达，祖父，高脱弗烈特舅舅，苏兹老人，——一霎时都在他眼前显现了。他总丢不开这些亡人（因为他把阿达也算作死了）。想起他的母亲，他所爱的人中唯一活着的一个，如今也被遗弃在那些幽灵中间，他简直悲不自胜。他认为自己的逃亡太可耻了，几乎想越过边境回去。他已经下了决心：要是母亲的回信写得太痛苦的话，他便不顾一切地回去。倘若接不到回信，或是洛金见不到母亲，那么，他也预备回去。

他回到站上，无聊地等了一会儿，火车终于到了。克利斯朵夫准备看到洛金那张大胆的脸伸在车门外面；因为他断定她决不会失约；但她竟没有露面。他不大放心地跑到每间车厢里去找，正在潮水般的旅客中挤来撞去的时候，忽然瞥见一张并不陌生的脸。那是个十三四岁的女孩子，矮身量，脸蛋很胖，红得像苹果，往上翘起的鼻子又短又小，大嘴巴，头上盘着一根粗辫子。他仔细一看，发觉她手里拿着一只提箱好像是他的。她也在那里像麻雀似的打量他，看到他注意她，便向他走近了几步，但到了克利斯朵夫面前又停住了，睁着耗子似的小眼睛骨碌碌地望着他，一声不出。克利斯朵夫这一下可认出来了：她是洛金家里放牛的女孩子。他便指着箱子问："这是我的，是不是？"

小姑娘站着不动，傻头傻脑地回答："等一等。先要知道你是从哪儿来的？"

"蒲伊喽。"

"那么东西是谁给你送来的？"

"不是洛金是谁！得啦，给我罢！"

女孩把箱子递给他："拿去罢！"

她又补上一句："噢！我早认得是你。"

"那么你刚才等什么？"

"等你自己说出是你啊。"

"洛金呢？干吗她没来？"

小姑娘不回答。克利斯朵夫懂得她不愿意在人堆里说话。他们先得到关卡上去验行李。验完了，克利斯朵夫把她带到月台的尽头。那时她的话可多了：

"警察来过了。你们一走差不多就到的。他们闯到人家屋里，每个人都受到盘问，沙弥那大汉子给抓去了，还有克里斯顿，还有加斯班老头。曼拉尼和琪脱罗特两个虽然不承认，也被逮走。她们都哭了。琪脱罗特还把警察打了一个嘴巴。大家尽管说是你一个人干的也没用。”

“怎么是我？”克利斯朵夫叫起来。

“自然啰，”女孩子若无其事地回答，“反正你走了，这么说也没关系，是不是？所以他们就到处找你，还派了人追你呢。”

“那么洛金呢？”

“洛金那时不在家，她进城去了，过后才回来的。”

“她看到我的母亲吗？”

“看到的。有信在这儿。她要自个儿来的，可是也被抓去了。”

“那么你怎么能来的？”

“是这样的：她回到村里，没有被警察看到；她正想动身上这儿来的时候，琪脱罗特的妹妹伊弥娜把她告发了，警察就来抓她。她看见警察来，就往楼上跑，喊着说换一件衣服就下来。我正在屋子后面的葡萄藤底下；她从窗里轻轻地喊我：‘丽第亚！丽第亚！’我上去了；她把你的提箱和你母亲的信交给我，要我到这儿来找你，又吩咐我快快地跑，别给人抓去。我就拼命地跑。这样我就来了。”

“她没有别的话吗？”

“有的。她教我把这方头巾交给你，证明我是她派来的。”

克利斯朵夫认出那条绣花边的小红豆花的白围巾，就是昨夜洛金裹在头上的。她为了要送他这件表示爱情的纪念物而想出来的借口,未免可笑,可是克利斯朵夫并不笑。

“现在,”那女孩子说,“对面的火车到了。我得回去了。再会罢。”

“等一等,你来的路费怎么样的?”

“洛金给我的。”

“还是拿着罢。”克利斯朵夫把一些零钱塞在她手里。

女孩子快走了,他又抓着她的胳膊:“还有……”

他弯下身子亲了亲她的脸,她好似不大愿意。

“别挣扎呀,”克利斯朵夫说,“那不是为你的。”

“噢!我知道,是为洛金的。”

其实他亲吻这个放牛女孩子的大胖脸还不光是为洛金,并且是为他整个的德国。

小姑娘一溜烟奔上正在开动的火车,在车门口对他扬着手帕,直到望不见他为止。这个乡村使者给他带来了故乡和所爱的人的最后一缕气息,然后他又看着她去远了。

等到她的影子不见了,他是完全孤独了,这一回是真的孤独了,在异国的土地上举目无亲。他手里拿着母亲的信和爱人的围巾。他把围巾塞在怀里,想拆开信来。但他的手索索地抖个不住。里头写些什么呢?母亲有什么痛苦的表示呢?……不,他受不了那些仿佛已经听到的如泣如诉的责备:他势必要回去的了。

终于他拆开信来:

> 可怜的孩子,别为了我难过。我自己会保重的。老天爷把我惩罚了。我不该自私自利把你留在家里的。你上巴黎去罢。也许这对你更好。别管我。我会想办法的。最要紧是你能够幸福。我拥抱你。

能写信的时候随时写信来。

妈妈

克利斯朵夫坐在提箱上哭了。

站上的职员正在招呼上巴黎去的旅客。沉重的列车隆隆地进站了。克利斯朵夫抹了抹眼泪，站起身子，心里想："非这样不可。"

他朝着巴黎的方向看了看天色。阴沉的天空在那方面似乎格外的黑，像一个阴暗的窟窿。克利斯朵夫好不悲伤；可是他反复念着："非这样不可。"

他上了车，把头伸在窗外继续望着远处可怕的天色，想道：

"噢，巴黎！巴黎！救救我罢！救救我罢！救救我的思想！"

黯淡的雾越来越浓。在克利斯朵夫后面，在他离别的国土之上，沉重的乌云中间露出一角淡蓝的天，只有一双眼睛那么大，——像萨皮纳那样的眼睛，——凄凉地笑着，隐灭了。火车开了。下雨了。天黑了。

卷五 节 场

卷五初版序

作者与克利斯朵夫的对话

作者:你是不是跟人家赌了东道才这么胡搅,克利斯朵夫?你简直教我跟所有的人都闹翻了。

克利斯朵夫:你不必假惺惺。一开场你就知道我要把你带到哪儿去的。

作者:你批评的事太多了。你惹恼了你的敌人,打搅了你的朋友。一个体面人家出了点不大光鲜的事,不去提它不是更雅吗?

克利斯朵夫:有什么办法?我根本不懂什么雅不雅。

作者:我知道,你是个蛮子。你太傻了!他们要人相信你是大众的敌人。你在德国已经得了反德国的名气。你到法国来又要得个反法国的——或者更严重些——反犹太的名气。你小心点儿。别提到犹太人……你得到他们的好处太多了,不能再说他们坏话。

克利斯朵夫:我认为是他们的好处跟坏处,干吗不能全部说出来呢?

作者:你特别是说他们的坏处。

克利斯朵夫:好处在后面呢。对他们难道应当比对基督徒更敷衍吗?我给他们的分量重一些,因为他们有这个资格。

在我们这个光明正在熄灭的西方，他们既然占了重要的地位，我就得给他们一个重要的地位。他们之中一部分人大有把我们的文明断送的可能。可是我并非不知道，也有一些人对于我们的行动与思想是股很大的力量。我知道他们的民族还有哪些伟大的地方。我知道他们之中有成千累万的人竭忠尽智，孤高淡泊，充满着爱，力求上进，凭着孜孜不倦的毅力，默默无声地在那里苦干。我知道他们心中有个上帝。因为这样，我才恨那些否认上帝的人，恨那些为了求名求福而自甘堕落，而玷辱他们民族的使命的人。打击这等人便是爱护他们的种族，正如我打击腐化的法国人是为了爱护法国。

作者：孩子，这是你多管闲事。别忘了那个挨揍的史迦那兰女人。别管旁人的家务……犹太人的事跟我们不相干。至于法国，它就像玛蒂纳，愿意挨打而不愿意人家说出它挨打。①

克利斯朵夫：可是非跟它说老实话不可，并且我越是喜欢它，越是非说不可。倘若我不说，谁会跟它说？——你当然不说的。你们大家都给社会关系，面子关系，多多少少的顾虑，束缚住了。我没有束缚，我不是你们圈子里的人。我从来没参加任何社团，任何论战。我用不着附和你们，也无须跟着你们心照不宣的不出一声。

作者：你是外国人。

克利斯朵夫：对啦，人家会说一个德国音乐家没有权利来批判

① 莫里哀喜剧《非做不可的医生》中主角史迦那兰殴辱妻子玛蒂纳，邻人闻声过户问讯，不料玛蒂纳以被殴为人所知，恼羞成怒，与其夫同殴邻人。

你们，也不会了解你们的，是不是？——好罢，我可能是错的。可是至少我能告诉你们，某些外国的大人物——你跟我一样认识的，——在过去的和活着的朋友中最伟大的人，对你们是怎么想的。——如果他们看错了，他们的见解也值得知道，对你们也不无帮助。而这一点也总比你们相信大家都在佩服你们强得多，比你们一忽儿佩服自己、一忽儿毁谤自己强得多。照你们的风气，你们在某一个时期内大叫大嚷的自称为世界上最伟大的民族，——在另一个时期内又说拉丁民族的颓废是无可救药的了，——过了一晌你们又说所有伟大的思想都是从法国来的，——然后又说你们除了给欧洲提供一些娱乐以外再没别的价值：试问这样的叫嚷有什么用？主要是不能对腐蚀你们的疾病闭上眼睛，也不能灰心，应当振作精神，为了你们民族的生存跟荣誉而奋斗。凡是感觉到这个不甘灭亡的民族还能抗拒疾病的人，就能够，而且应该，把民族的恶习和可笑的地方大胆地暴露出来，把它们铲除，——尤其要铲除那些利用这些缺点而靠它们过活的败类。

作者：即使为了爱护法国，你也不要去碰法国。你会教安分守己的人着慌的。

克利斯朵夫：对啦，安分守己的人，看到人家认为一切都不大行，看到人家挖出这么些惨事丑事来，是要痛苦的！他们受着剥削，可不愿意承认。他们发现人家吃的苦已经受不住了，所以宁愿无知无觉地做牺牲品。他们要别人至少每天对他们说一次，在世界上最完满的国家内，一切都尽善尽美，而"……法兰西，始终在世界上占着第一位……”然后，那些老实人心定神安，回头去睡觉了，让别人去为所欲为……这种老实人真是太好了！我使他们痛苦，将来我还要使他们更痛苦。我请他们原谅……可是即使他们不愿意有人帮助他们反抗压迫的人，至少也得知道别人跟他们一样受着压迫而不像他们那么逆来顺受，没有他们那种自欺欺人的本领，——还得知道另外有些人，就是被这种逆来顺受和自欺欺人的心理断送了，给压迫者随意摆布。而这批人是多么痛苦！你记住罢！我们受过多少罪！眼看气压一天天地加重，四周都是腐败的艺术，不道德的无耻的政治，萎靡不振而甘心乐意趋于虚无的思想：唉，跟我们一同受罪的人有多少！……我们目击心伤，彼此紧紧地挤在一起……啊！我们一块儿过了多么艰苦的岁月。我们的前辈，万万想不到我们的青春在他们的影子底下苦苦挣扎的惨痛！……我们是抵抗过了。我们是得救了……难道我们不能救别人吗？让他们受着同样的折磨，不伸出手去援助他们吗？不，他们的命运跟我们是分不开的。我们在法国有成千累万的人，心里所想的跟我明明白白说出来的完全一样。我意识到我是代他们说话。不久，我也要提到他们。我急于要给人看到真正的法兰西，被压迫的法兰西，深深地埋在底下的法兰西：——犹太人，基督徒，还有不论抱着什么信仰不论属于什么血统的自由灵魂。——可是要接触到这个法兰西，先得从封锁大门的守卫中间打出一条路来。但愿美丽的囚犯从麻痹中振作起来，推倒她牢狱的墙壁！她还没知道自己的力量和敌人的无用呢。

作者：你说得不错，我的灵魂。可是不管你做些什么，千万不能恨。

克利斯朵夫：我心中绝对没有恨。便是想起最凶恶的人的时候，我也知道他们是人，跟我们一样受着痛苦而有一天会死的。可是我非打倒他们不可。

作者：斗争，哪怕是为了行善的斗争，总是伤害人的。你自以为能使那些美丽的偶像——艺术，人类——得到的好处，是不是抵得上一个活人所受的痛苦呢？

克利斯朵夫：要是你这样想，那么你把艺术放弃罢，把我也放弃罢。

作者：不，你不能离开我！没有了你，我怎么办呢？——可是什么时候才会有和平呢？

克利斯朵夫：等到你争取到和平的时候。不久……不久……你瞧，春天的燕子不是已经在咱们头上飞了吗？

作者：美丽的飞燕，报告美丽的季节已经临到，我也已经看到。

克利斯朵夫：别幻想了，你抓着我的手，跟我来罢。

作者：我的影子，我的确非跟着你走不可。

克利斯朵夫：咱们两个究竟谁是谁的影子？

作者：啊，你长得多么大了！我认不得你了。

克利斯朵夫：那是太阳往下落了。

作者：我更喜欢你孩子的时候。

克利斯朵夫：来罢！白天快完了，咱们只剩几个钟点了。

罗曼·罗兰

一九〇八年三月

第一部

一切是有秩序中的无秩序。有的是衣衫不整，态度亲狎的铁路上的职员。也有的是抱怨路局的规则而始终守规则的旅客。——克利斯朵夫到了法国了。

他满足了关员的好奇心，搭上开往巴黎的火车。浸泡雨水的田野隐没在黑夜里。各个站上刺目的灯光，使埋在阴影中的无穷尽的原野更显得凄凉。路上遇到的火车越来越多，呼啸的声音在空中震荡，惊醒了昏昏入睡的旅客。巴黎快到了。

到达之前一小时，克利斯朵夫已经准备下车：他戴上帽子，把外衣的纽扣直扣到脖子，预防扒手，那据说在巴黎是极多的；他几十次地站起来，坐下去，几十次地把提箱在网格与坐凳之间搬上搬下，每次都笨手笨脚地撞着邻座的人，招他们厌。

列车正要进站的当口，忽然停下了，四周是漆黑一片。①克利斯朵夫把脸贴在玻璃窗上，什么都瞧不见。他回头望着旅客，希望有个对象可以搭讪，问问到了什么地方。可是他们都在瞌睡，或是装做瞌睡的模样，又厌烦又不高兴，谁也不想

① 巴黎好几个车站都在城中心，到站前一大段路程均系在地道中行驶，故“四周是漆黑一片”。

动一下，追究火车停留的原因。克利斯朵夫看了这种麻木不仁的态度很奇怪：这些傲慢而无精打采的家伙，和他想象中的法国人差得多远！他终于心灰意懒地坐在提箱上，跟着车子的震动摇来摆去，也昏昏入睡了，直到大家打开车门方始惊醒……巴黎到了！……车厢里的人都纷纷下车了。

他在人丛中挤来撞去地走向出口，把抢着要替他提箱子的夫役推开了。像乡下人一样多心，他以为每个人都想偷他的东西。把那口宝贵的提箱扛在肩上，也不管别人对他大声嚷嚷的招呼，他径自在人堆里往外挤，终于到了泥泞的巴黎街上。

他一心想着自己的行李，想着要去找个歇脚的地方，同时又被车辆包围住了，再没精神向四处眺望一下。第一得找间屋子。车站四周有的是旅馆：煤气灯排成的字母照得雪亮。克利斯朵夫竭力想挑一家最不漂亮的：可是寒酸到可以和他的钱囊配合的似乎一家也没有。最后他在一条横街上看到一个肮脏的小客店，楼下兼设着小饭铺，店号叫做文明客店。一个大胖子，光穿着衬衣，坐在一张桌子前面抽着烟斗，看见克利斯朵夫进门便迎上前来。他完全不懂他说的杂七杂八的话，但一看就知道是个愣头磕脑的、未经世故的德国人，第一就不让别人拿他的行李，只顾用着不知哪一国的文字说了一大堆话。他带着客人走上气息难闻的楼梯，打开一间不通空气的屋子，靠着里边的天井。他少不得夸了几句，说这间屋如何安静，外边的声音一点儿都透不进来：结果又开了一个很高的价钱。克利斯朵夫话既不大听得懂，也不知道巴黎的生活程度。肩膀又给行李压坏了，急于想安静一会儿，便满口答应下来。但那男人刚一走出，屋子里肮脏的情形就把他骇住了；为了排遣愁闷，他用满是灰土的、滑腻腻的水洗过了脸，赶紧出门。他尽量地不见不闻，免得引起心中的厌恶。

他走到街上。十月的雾又浓又触鼻，有股说不出的巴黎味道，是近郊工厂里的气味和城中重浊的气味混合起来的。十步以外就看不清。煤气街灯摇晃不定，好似快要熄灭的蜡烛。半明半暗中，行人像两股相反的潮水般拥来拥去。车马辐辏，阻塞交通，赛如一条堤岸。马蹄在冰冷的泥浆里溜滑。马夫们的咒骂声，电车的喇叭声与铃声，闹得震耳欲聋。这些喧闹，这些骚乱，这股气味，把克利斯朵夫愣住了。他停了一停，马上被后面的人潮拥走了。他走到斯特拉斯堡大街，什么也没看见。只是跌跌撞撞地碰在走路人身上。他从清早起就没吃过东西。到处都是咖啡店，可是看到里面挤着那么多人，他觉得胆小而厌恶了。他向一个岗警去问讯，但每说一个字都得想个老半天，对方没有耐性听完一句话，便耸耸肩膀，掉过头去了。他继续像呆子似的走着。有些人站在一家铺子前面，他也无意识地站定了。那是卖照相与明信片的铺子：摆着一些只穿衬衣或不穿衬衣的姑娘们的相片，和尽是些淫猥的笑话的画报。年轻的女人和孩子们都若无其事地瞧着。一个瘦小的红头发姑娘，看见克利斯朵夫在那里出神，便过来招呼他。他莫名其妙地对她望着，她拉着他的手臂，傻头傻脑地笑了笑。克利斯朵夫挣脱着走开了，气得满面通红。鳞次栉比的音乐咖啡店，门口挂着恶俗的小丑的广告。人总是越来越多；克利斯朵夫看到有这么些下流的嘴脸，形迹可疑的光棍，涂脂抹粉而气味难闻的娼妓，不禁吓坏了，心都凉了。疲乏，软弱，越来越厉害的厌恶，使他头晕眼花。他咬紧牙齿，加紧脚步。快近塞纳河的地带，雾气更浓。车马简直拥塞得水泄不通。一匹马滑跌了，横躺在地下；马夫狠命地鞭它，要它站起来;可怜的牲口被缰绳纠缠着,挣扎了一会儿,又无可奈何地倒下,一动不动,像死了一样。这个极平凡的景象引起了克利斯朵夫极大的感触:大家无动于衷地眼看着那可怜的牲口抽搐,他不禁悲从中来,感到自己在这茫茫人海中的空虚;——一小时以来,他对于这些芸芸众生,这种腐败的气氛,竭力抑捺着心中的反感,此刻这反感往上直冒,把他气都闭住了。他不由得呜呜咽咽地哭了出来。路上的行人看见这大孩子的脸痛苦得扭做一团,大为惊异。他往前走着,腮帮上挂着两行眼泪,也不想去抹一下。人们停住脚步,目送他一程。这些被他认为胸中存着恶意的群众,倘若他能看到他们心里去的话,也许会发现有些人除了爱讥讽的巴黎脾气之外,还有一点儿友好的同情;但他的眼睛被泪水淹没了,什么都瞧不见。

他走到一个广场上,靠近一口大喷水池。他在池中把手和脸都浸了浸。一个小报贩好奇地瞅着他,说了几句取笑的话,可并无恶意;他还把克利斯朵夫掉在地下的帽子给捡起来。冰冷的水使克利斯朵夫振作了些。他定一定神,回头走去,不敢再东张西望,也不想再吃东西:他不能跟人说一句话,怕为了一点儿小事就会流泪。他筋疲力尽,路也走错了,只管乱闯,正当他自以为完全迷失了的时候,不料已经到了旅馆门口:——原来他连那条街的名字都忘了。

他回到那间丑恶的屋子里,空着肚子,眼睛干涩,身心都麻木了,倒在屋角的一张椅子上坐了两个钟点,一动也不能动。终于他在恍恍惚惚的境界中挣扎起来,上床睡了。但他又堕入狂乱的昏懵状态,时时刻刻的惊醒,以为已经睡了几小时。卧室的空气非常闷塞。他从头到脚地发烧,口渴得要死;荒唐的噩梦老盯着他,便是睁开眼睛的时候也不能免;尖锐的痛苦像刀子一般直刺他的心窝。他半夜里醒来，悲痛绝望，差点儿要叫了；他把被单堵着嘴巴，怕人听见，自以为发疯了。他坐在床上，点着灯，浑身是汗，起来打开箱子找一方手帕，无意中摸到了母亲放在他衣服中间的一本破旧的《圣经》。克利斯朵夫从来没怎么看过这部书；但这时候，他真感到说不出的安慰。那是祖父的，祖父的父亲的遗物。书末有一页空白，前人都在上面签着名，记着一生的大事：结婚、死亡、生儿育女等的日子。祖父还拿铅笔用那种粗大的字体，记录他披览或重读某章某节的年月；书中到处夹着颜色发黄的纸片，写着老人天真的感想。当初这部书一向放在他床高头的搁板上；夜里大半的时候他都醒着，把《圣经》捧在手里，与其说是念，还不如说是和它谈天。它跟他做伴，直到他老死，正如从前陪着他的父亲一样。从这本书里，可以闻到家中一百年来悲欢离合的气息。有了它，克利斯朵夫就不太孤独了。

他打开《圣经》，正翻到最沉痛的几段：①

> 人在这个世界上的生活是一场连续不断的战争，他过的日子就像雇佣兵的日子一样……
>
> 我睡下去的时候就说：我什么时候能起来呢？起来之后，我又烦躁地等着天黑，我不胜苦恼地直到夜里……
>
> 我说：我的床可以给我安慰，休息可以苏解我的怨叹；可是你又拿梦来吓我，把幻境来惊扰我……
>
> 你要到什么时候才肯放松我呢？你竟不能让我喘口气吗？我犯了罪吗？我冒犯了你什么呢，噢，你这人类的守护者？

① 下列各节，见《旧约·约伯记》。约伯为古代长老，以隐忍与坚信著称。

结果都是一样：上帝使善人和恶人一样地受苦……

啊，由他把我处死罢！我永远对他存着希望……

庸俗的心灵，决不能了解这种无边的哀伤对一个受难的人的安慰。只要是庄严伟大的，都是对人有益的，痛苦的极致便是解脱。压抑心灵，打击心灵，致心灵于万劫不复之地的，莫如平庸的痛苦，平庸的欢乐，自私的猥琐的烦恼，没有勇气割舍过去的欢娱，为了博取新的欢娱而自甘堕落。克利斯朵夫被《圣经》中那股肃杀之气鼓舞起来了：西乃山①上的，无垠的荒漠中的，汪洋大海中的狂风，把乌烟瘴气一扫而空。克利斯朵夫身上的热度退净了。他安安静静地睡下，直睡到第二天。等到他睁开眼睛，天色已经大亮。室内的丑恶看得更清楚了；他感到自己困苦，孤独；但他敢于正视了。消沉的心绪没有了，只剩下一股英气勃勃的凄凉情味。他又念着约伯的那句话：

"神要把我处死就处死罢，我永远对他存着希望……"

于是他就起床，非常沉着地开始奋斗。

当天早上他就预备作初步的奔走。他在巴黎只认识两个人，都是年轻的同乡：一个是他从前的朋友奥多·狄哀纳，跟他的叔父在玛伊区合开着布店；一个是玛扬斯地方的犹太人，叫做西尔伐·高恩，在一家大书铺里做事，但克利斯朵夫不知道他的地址。

他十四五岁的时候曾经跟狄哀纳非常亲密，②对他有过

① 《圣经》载，上帝于西乃山上授律于摩西。

② 参看卷二：《清晨》。——原注

那种爱情前期的童年的友谊，其实已经是爱情了。当时狄哀纳也很喜欢他。这个羞答答的呆板的大孩子，受着克利斯朵夫犷野不羁的性格诱惑，很可笑地摹仿他，使克利斯朵夫又气恼又得意。那时他们有过惊天动地的计划。后来，狄哀纳为了学生意而出门了，从此两人没再见过；但克利斯朵夫常常从当地和狄哀纳通信的人那儿听到他的消息。

至于和西尔伐·高恩的关系，又是另外一种了。他们是从小在学校里认识的。小猢狲似的家伙老是耍弄克利斯朵夫，克利斯朵夫上了当就揍他一顿。高恩毫不抵抗，让他打倒在地下，把脸揿在土里；他假哭了一阵，过后又立刻再来，刁钻古怪的玩意儿简直没有完，——直到有一天克利斯朵夫非常当真的说要杀死他方始害了怕。

克利斯朵夫那天清早就出门了，路上在一家咖啡店里用了早餐。他压着自尊心，决不放过讲法语的机会。既然他得住在巴黎，也许要住几年，自然应当赶快适应巴黎生活，消灭自己那种厌恶的心理。所以尽管侍者带着嘲笑的态度听着他不成腔的法国话，使他非常难受，他还是硬要自己不以为意，并且毫不灰心地花了很大的劲造出一些四不像的句子，翻来覆去地说，直说到别人听懂为止。

吃过早点，他就去找狄哀纳。照例，他有了一个念头，对周围的一切都会看不见的。根据这第一次散步所得的印象，他觉得巴黎是一个市容不整的旧城；克利斯朵夫看惯了新兴的德意志帝国的城市，它们很古老同时又很年轻，因为有股新生的力量而很骄傲；如今看到巴黎残破的市街，泥泞的路面，行人的拥挤，车马的混乱，——有古老的驾着马匹的街车，有用蒸汽的街车，用电气的街车，形形色色，不一而足，——人行道上搭着板屋,广场上堆满着穿礼服的塑像,放着给人骑着玩的旋转的木马,总而言之,克利斯朵夫看见这个受着民主洗礼而始终没有脱掉破烂衣衫的中世纪城市,不由得诧异不置。昨夜的雾到今天变了蒙蒙的细雨。虽然时间已经过十点,多数的铺子还点着煤气灯。

克利斯朵夫在胜利广场四周迷宫似的街道中摸索了一阵,终于找到了那个银行街上的铺子。一进门,他仿佛瞥见狄哀纳和几个职员在很深很黑的铺子的尽里头整理布匹。但他有些近视,不敢相信自己的眼睛,虽然它们的直觉难得错误。克利斯朵夫对招待他的店员报了姓名,里头的人忽然骚动了一下;他们交头接耳地商量过后,人堆里走出一个青年来,用德语说:"狄哀纳先生出去了。"

"出去了?要好久才回来吗?"

"大概是罢。他才出门。"

克利斯朵夫想了想,说:"好。我等着罢。"

店员不禁呆了一呆,赶紧补充:"也许他要过两三个钟点才回来呢。"

"噢!没关系,"克利斯朵夫不慌不忙地回答,"反正我在巴黎没事,哪怕等上一天也行。"

那青年望着他愣住了,以为他开玩笑。可是克利斯朵夫已经把他忘了,消消停停地拣着一个角落坐下,背对着街,似乎准备老待在那里了。

店员回到铺子的尽里头,和同事们轻轻地说着话;慌张的神气非常可笑,他们商量用什么方法把这个讨厌家伙打发走。

大家含糊了一会儿,办公室的门开了。狄哀纳先生出现了。宽大红润的脸盘,腮帮和下巴上有个紫色的伤疤,淡黄的胡子,紧贴在脑壳上的头发在旁边分开,戴着金丝眼镜,衬衫的胸部扣着金纽子,肥胖的手指上戴着几只戒指。他拿着帽子和雨伞,若无其事地向克利斯朵夫走过来。坐在椅上胡思乱想的克利斯朵夫冷不防吃了一惊,马上抓着狄哀纳的手粗声大气地表示亲热,使店员们暗笑,使狄哀纳脸红。这个庄严的人物自有不愿意与克利斯朵夫重续旧交的理由;他决心第一次相见就拿出威严来不让克利斯朵夫亲近。可是一接触克利斯朵夫的目光,他觉得自己仍旧是个小孩子,不由得羞愤交集,赶紧嘟嘟囔囔地说:"到我办公室去罢……说话方便些。"

克利斯朵夫又看出了他谨慎小心的老习惯。

进了办公室,把门关严了,狄哀纳并不忙着招呼他坐,只是站着,很笨拙地解释:

"高兴得很……我本来要出去……人家以为我已经走了……可是我非出去不可……咱们只能谈一分钟……我有个紧急的约会……"

克利斯朵夫这才明白刚才店员是扯谎,而那个谎是和狄哀纳商量好了把他拒之门外的。他不由得冒了火,可是还按捺着,冷冷地回答说:"忙什么!"

狄哀纳把身子往后一仰,对这种放肆的态度非常愤慨。

"怎么不忙! 有桩买卖……"

克利斯朵夫直瞪着他又说了声:"不忙!"

大孩子把眼睛低了下去。他恨克利斯朵夫,因为自己在他面前这样没用。他支吾其词地说着。克利斯朵夫打断了他的话:"你知道……"

(一听到这个你字,狄哀纳就心中有气;他一开头使用了客套的您字,表示疏远,不料竟是白费。)

“……你知道我为什么到这儿来的?”

“是的,我知道。”

(本国的来信已经把克利斯朵夫出了乱子而被通缉的事告诉狄哀纳。)

“那么,”克利斯朵夫接着说,“你知道我不是来玩儿,而是亡命。我一无所有,得想法子生活。”

狄哀纳等他提出要求。他一边接见他,一边觉得又得意又难堪:——得意,因为可以在克利斯朵夫面前显出自己的优越;难堪,因为不敢称心像意地教克利斯朵夫感觉到他的优越。

“啊!”他神气俨然地说,“那可是糟啦,太糟啦。这儿生活艰难,百物昂贵。我们开支浩大,再加这么多的店员……”

克利斯朵夫觉得他可鄙,截住了他的话:“放心,我不问你要钱。”

狄哀纳着了慌。克利斯朵夫接着又说:“你生意好吗?主顾不少吗?”

“是的,还不坏,托上帝的福……”狄哀纳很小心地回答。(他提防着。)

克利斯朵夫愤愤地瞪了他一眼,又道:“这儿的德国人中间,你熟人很多罢?”

“是的。”

“那么,你给我说说。他们大概都喜欢音乐罢。他们有孩子。我可以找些教课的事。”

狄哀纳神气很为难。

“怎么呢?”克利斯朵夫问,“难道你不放心,认为我不够资格教人吗?”

他要人帮忙，倒像是他帮人家的忙。而狄哀纳倘使不能教克利斯朵夫觉得欠了自己的情，是永远不肯出一分力的；所以他打定主意不为克利斯朵夫高抬贵手。

“怎么不够！你真是大材小用了……可是……”

“可是什么？”

“可是事情很难，很难，你不明白吗，为了你的处境？”

“我的处境？”

“是啊……那件事，那个案子……要是大家知道的话……我可为难了，那对我是很不利的。”

他看见克利斯朵夫脸色变了，便赶紧声明：“并不是为了我……我并不怕……啊！要是只有我一个人就好办了！……可是为了我的叔叔……你知道铺子是他的，没有他，我就毫无办法……”

克利斯朵夫的脸色和快要发作的怒气使他越来越害怕，他急忙补上一句——（他心并不坏；吝啬和要面子的心理在他胸中交战：他很愿意帮助克利斯朵夫，可是要用惠而不费的办法）：“我给你五十法郎怎么样？”

克利斯朵夫脸发了紫。他向着狄哀纳走过去的神气，使狄哀纳马上退到门口，开着门预备叫人了。但克利斯朵夫只是满面通红地凑近去，大叫一声：“畜生！”

他一手推开了他，从许多店员中间出去了。走到门口，他不胜厌恶地吐了一口唾沫。

他大踏步在街上走着，气得发了昏，直到淋着雨才醒过来。上哪儿去呢？他不知道。他一个人也不认识。走过一家书店，他停着脚步预备想一想，茫然望着橱窗里陈列的书。忽然一本书的封面上有个出版家的名字引起了他的注意,他不懂为什么要注意。过了一会儿,他才记起那是西尔伐·高恩办事的一家书店,便把地址记了下来……记了有什么用呢?他又不会去的……为什么不去?狄哀纳那个混蛋当初还是他的好朋友,尚且这样;现在对这个从前受过他糟蹋而势必恨他的家伙,又有什么可希望?再去受不必要的羞辱吗?一想到这个,他心火就上来了。——但大概是从基督教教育来的悲观主义,反而使他想把一般人的卑鄙彻底领教一下。

“我不能再拿什么架子了。要饿死,也先得把所有的路都走完了。”

他心里又补上一句:“并且我也决不会饿死的。”

他把地址复看了一遍,找高恩去了。他决意只要高恩有一点儿傲慢的神气,就打烂他的脸。

那家出版公司在玛特兰纳区;克利斯朵夫走上二楼的客厅,说要找西尔伐·高恩。一个穿制服的仆人回答说“没有这个人”。克利斯朵夫诧异之下,以为自己读音不清,便又说了一遍;那仆人留神细听以后,说公司里的确没有这个姓名的人。克利斯朵夫狼狈不堪,道了歉,预备走了,不料走廊尽头的门打开了,出来的便是高恩,送着一位女客。克利斯朵夫才碰了狄哀纳的钉子,便以为大家都在耍弄他。他一转念当做高恩在他进门的时候已经看见了,特意吩咐仆人挡驾的。这种岂有此理的举动使他气都喘不过来。他愤愤地已经往外走了,忽然听见人家跟他招呼。原来高恩尖利的目光老远就把他认出了,堆着笑容奔过来,伸着手,亲热得不得了。

西尔伐·高恩是个矮胖子,胡子剃得精光,完全是美国式,皮色太红了一点,头发太黑了一点,一张又阔又大的脸,肥头胖耳，打皱的小眼睛老在那里东张西望，嘴巴稍微有点歪，挂着一副呆板而狡猾的笑容。他穿得非常讲究，尽量要掩饰身段的缺陷，把太高的肩膀和太粗的腰身给遮起来。他觉得美中不足的就只有这几点；要是身体能再高两三寸，腰围再细几分，他哪怕给人踢几脚也是愿意的。至于别的部分，他自己非常满意，以为别人一看见他就会着迷的。而妙就妙在果真如此。这矮小的德国犹太人，这个伧夫俗物，居然做着巴黎的时装记者与时装批评家。他写一些无聊的，把肉麻当有趣的通讯。他是鼓吹法国风格、法国风雅、法国风流、法国精神的人，——脑子里全是摄政王时代、红靴根、洛尚那一类的玩意儿。① 大家嘲笑他，但他照旧很出风头。凡是说"在巴黎，可笑是你的致命伤"的人，其实是不认识巴黎；"可笑"非但没有害死人，并且还有人靠它过活；在巴黎，"可笑"能使你获得一切：光荣，艳福，都不成问题。所以西尔伐·高恩对每天凭着装腔作势的肉麻话得来的钦慕已经不稀罕了。

他口音重浊，逼尖着喉咙，完全用假嗓子说话。

"啊！真想不到！"他一边高高兴兴地喊着，一边用皮肤绷紧、指头短而臃肿的手抓着克利斯朵夫的手拼命地摇。仿佛遇到了最知己的朋友似的，他竟舍不得放下克利斯朵夫。克利斯朵夫愣住了，心里想高恩是不是跟他开玩笑。可是并不。或者即使他存心嘲弄，也不超过他平时的分量。高恩太聪明了，决不作睚眦必报的打算。克利斯朵夫当年的欺侮早

① 摄政王时代指路易十五未成年时由菲利浦·特·奥莱昂摄辅的时代（1715—1723），以风气淫靡著称。红靴根为君主时代出入宫廷的贵族所穿的。洛尚为路易十四、十五两朝的幸臣。此处所用三典故，系泛指法国十八世纪的轻浮佻㑊的习气。

已被置之脑后；便是想起，他也不大在乎，倒很高兴教从前的同伴看看他现在的地位和典雅的巴黎风度。他所表示的惊讶也是真的；他万万想不到克利斯朵夫这个突如其来的访问。而且他虽然那么机灵，立刻猜到克利斯朵夫此来必有目的，也极愿意招待他，因为克利斯朵夫的有求于他，就等于对他的权势表示敬意。

“你从家乡来吗？妈妈身体怎么样？”那种亲昵的口吻，克利斯朵夫平时听了也许会讨厌，但此刻在一个外国的城里听到，他的确非常快慰。

“可是，”克利斯朵夫心里还有点儿猜疑，“怎么刚才人家回答我说这里没有高恩先生呢？”

“这里的确没有高恩先生，”西尔伐·高恩笑着说，“我改姓哈密尔顿了。”

他忽然说了声“对不起”，把话打住了。

有位女太太在旁边过，高恩笑脸相迎地上去跟她握了握手。然后他回来，说那是一个以写肉感小说写得火辣辣出名的女作家。这位现代的萨福①胸口缀着紫色丝带②，身材肥胖，淡黄头发带点儿红色，涂脂抹粉的脸大有志得意满之概；她用那种男性的嗓子，带着法国东部的乡音说些夸口的话。

高恩又向克利斯朵夫问长问短，提到一切家乡的人，打听这个，打听那个，故意表示对谁都没忘记。克利斯朵夫忘了自己的反感，又感激又诚恳地告诉他许多细节，都是跟高恩渺不

① 萨福为公元前七世纪至前六世纪时希腊女诗人，相传其私生活极为风流。

② 丝带为得最低级荣誉团勋章的标识，紫色的属于大学院（即教育界）范围的，男子系于左衣襟上角的纽孔内，女子则佩于胸前。

相关的。而高恩又说了声“对不起”，打断了克莉斯朵夫的话，去招呼另外一个女客。

“啊！”克利斯朵夫问，“难道法国只有女人会写文章吗？”

高恩听着笑了，神气俨然地回答说，“告诉你，好朋友，法国是女性的。你要想成功，就得走女人的路子。”

克利斯朵夫根本不听对方的解释，只顾说自己的话。高恩为结束他的谈话起见，便问：“可是你怎么会到这儿来的呢？”

“嘿！”克利斯朵夫心里想，“他还没知道呢。怪不得这么亲热。事情揭穿了，他要不改变态度才怪！”

他可觉得为了自己的面子，非把跟大兵的打架、当局的通缉、自己的逃亡等一齐说出来不可。

高恩听着笑弯了腰，嚷着：“妙啊！妙啊！真够劲儿！”

他热烈地握着克利斯朵夫的手。只要是跟官方开玩笑，他听了就乐不可支；何况这一次的许多角色是他认识的，事情更显得滑稽而有趣了。

“听我说，时间已经过了十二点。你赏个脸罢……咱们一起吃饭去。”

克利斯朵夫感激不尽地接受了，暗暗地想：“倒是个好人。我把他看错了。”

他们一同出去。克利斯朵夫一路走一路说出了他的来意：

“现在你知道我的处境了。我到这儿来想找些工作，在大家还没知道我的时候先教教音乐。你能替我介绍吗？”

“怎么不能！你要我介绍哪一个都可以。这儿我全是熟人。只要你吩咐就得了。”

他很高兴能表示自己多么有声望。

克利斯朵夫慌忙道谢,觉得心上一块石头落了地。

他在饭桌上狼吞虎咽,十足表现他两天没吃过东西。他把饭巾扣在脖子里,把刀伸到嘴边,那种贪嘴和土气十足的举动使高恩-哈密尔顿讨厌极了。克利斯朵夫却并没注意到高恩信口雌黄的可厌。高恩竭力想夸耀自己的交游和艳遇,可是白费:克利斯朵夫根本没听,还随便把他的话扯开去。此刻他也打开了话匣子,非常亲狎。感激之余,他很天真地把自己的计划噜噜苏苏地说给高恩听。高恩尤其头疼的是克利斯朵夫时时刻刻非常感动地从桌上伸过手去握他的手。他还要来一下德国式的碰杯,说着多情的话祝福故乡的人,祝福莱茵河;那简直是火上浇油,使朋友气恼到极点。高恩一看他要唱起歌来了,更为之骇然。邻桌的人正用着讥讽的目光瞅着他们。高恩急忙推说有件要紧事儿,站了起来。克利斯朵夫却死抓着他,要知道什么时候能介绍他去见什么人,什么时候能开始授课。

"我一定想办法,白天不去,晚上准去,"高恩回答,"你放心,等会我就去找人。"

克利斯朵夫紧盯着问:"什么时候可以有回音呢?"

"明天……明天……或是后天。"

"好罢。我明天再来。"

"不用,不用,"高恩抢着说,"我会通知你的,你不必劳驾。"

"噢!跑一趟算得什么!……反正我眼前没事。"

"见鬼!"高恩心里想着,——又高声说:"不,我宁可写信给你。这几天你找不到我的。把你的地址告诉我罢。"

克利斯朵夫告诉了他。

"好极了，我明儿写信给你。"

"明儿吗？"

"明儿，一定的。"

他挣脱了克利斯朵夫的手，急急忙忙溜了。

"嘿！"他对自己说，"讨厌死了！"

他回去吩咐办公室的仆役，下次那"德国人"再来，就得挡驾。——再过十分钟，他把克利斯朵夫完全忘了。

克利斯朵夫回到小旅馆里，非常感动。

"真是个好人！"他心里想，"我小时候给他受了多少委屈，他居然不恨我！"

他为此责备自己，想写信给高恩，说从前对他误会了，觉得很难过；凡是得罪他的地方，务请原谅。他想到这些，眼泪都冒上来了。但他写信远不及写整本的乐谱容易；所以他把旅馆里那些要不得的笔跟墨水咒骂了一顿，涂来涂去，撕掉了四五张信纸以后，终于不耐烦了，把一切都扔了。

这一天余下的时间过得真慢；但克利斯朵夫因为昨夜没睡好，当天又奔了一个早晨，疲倦不堪，在椅子上打盹了。他睡到傍晚才醒，醒后就上床睡觉，一口气睡了十二小时。

第二天从八点起，他已经开始等回音了。他相信高恩决不会失约，唯恐他去办公以前会来看他，便守在房里寸步不移，中午叫楼下的小饭铺把中饭端上来。饭后他又等着，以为高恩会从饭店里出来看他的。他在屋子里踱来踱去，一忽儿坐下，一忽儿站起来踱步，楼梯上一有脚声立刻打开房门。他根本不想到巴黎城中去遛遛，免得心焦。他躺在床上，一刻不停地想着母亲;而她也在那里想他,——世界上也只有她一个人想他。他对母亲抱着无限的温情,又为了把她孤零零地丢下而非常不安。可是他并不写信,他要能够告诉她找到了工作的时候再写。母子俩虽然那么相爱,彼此都没想到写一封简单的信把这点感情说出来。他们认为一封信是应该报告确切的消息的。——他躺在床上,把手枕在脑后,胡思乱想。卧室跟街道尽管离得很远,巴黎的喧闹照旧传进来,屋子也常常震动。——天黑了,毫无消息。

又是一天,跟上一天没有什么分别。

克利斯朵夫把自己关在屋里关到第三天,憋闷得慌了,决意出去走走。但从初到的那晚起,不知为什么他就讨厌巴黎。他什么都不想看,对什么都没好奇心;他太关切自己的生活了,再没兴致去关切旁人的生活:什么古迹,什么有名的建筑,他都不以为意。才出门,他就觉得无聊得要命,所以虽然决意不等满八天不再去找高恩,也情不自禁地一口气跑去了。

受过嘱咐的仆人说哈密尔顿先生因公出门了。克利斯朵夫大吃一惊,嘟囔着问哈密尔顿先生什么时候回来。仆役随便回答了一句:"总得十天八天罢。"

克利斯朵夫失魂落魄地回去,在房里躲了好几天,什么工作都不能做。他骇然发觉那点儿有限的钱——母亲用手绢包着塞在他箱子底下的,——很快地减少下去,便竭力紧缩,只有晚上才到楼下小饭铺里吃一顿。饭店里的客人不久也认识他了,背后叫他"普鲁士人"或是"酸咸菜"①。——他花了好大的劲,写信给几位他隐隐约约知道姓名的法国音乐家。其

① 酸咸菜为德国的名菜,借作德国人的诨号。

中一个已经死了十年。他在信里要求他们听他弹弹他的作品：别字连篇，用了许多倒装句子，再加一大串德国式的客套话。信上的抬头写着“送呈法国通儒院宫邸”之类。——那些收信人中只有一个把信看了一遍，跟朋友们大笑一阵。

过了一星期，克利斯朵夫又回到书店里。这一回，运气帮了他的忙。他走到门口，高恩正好从里面出来。高恩眼见躲避不了，便扮了个鬼脸；克利斯朵夫快活至极，根本没觉察。他以那种惹人厌的习惯抓住了对方的手，挺高兴地问：

“啊，你前几天出门去了？旅行很愉快吗？”

高恩回答说是的，但仍旧愁眉不展。克利斯朵夫接着又说：“你知道我来过罢……人家跟你说过了是不是？……有什么消息没有？你跟人提起我了吗？人家怎么说？”

高恩越来越愁闷。克利斯朵夫看他发僵的态度很奇怪：那简直是换了一个人。

“我提过你了，”高恩说，“可还不知道结果；我老是没空。上次跟你分手以后，我就忙不过来：公事堆积如山，简直不知道怎么对付。真累死人。我非病倒不可了。”

“你是不是身体不行？”克利斯朵夫很焦心很关切地问。

高恩狡狯地瞥了他一眼：“简直不行。这几天，不知道是怎么回事，只是非常不舒服。”

“啊！天哪！”克利斯朵夫抓着他的手臂说，“你得保重身体！好好地休息。我真抱歉，还要给你添麻烦！得老实告诉我呀。究竟是怎么样的不舒服呢？”

他把对方的推托那么当真，高恩一边拼命忍着不笑出来，一边也被他的戆直感动了。犹太人是最喜欢挖苦人的——（在这一点上，巴黎多少的基督徒都是犹太人）——只要对方给他们一个取笑的机会,哪怕他是厌物,是敌人,他们都会特别宽容。并且高恩看到克利斯朵夫对他的健康这样关切,也不由得感动了,决意帮助他。

“我有个主意在这里,”高恩说,“既然暂时找不到学生,你能不能先做点儿音乐方面的编辑工作?”

克利斯朵夫马上答应了。

“那就行啦!”高恩接着说,“有个巴黎最大的音乐出版家,但尼·哀区脱,我跟他很熟。我介绍你去;有什么事可做,你临时看着办罢。你知道,我在这方面完全外行。但哀区脱是个真正的音乐家。你们一定谈得拢的。”

他们约定第二天就去。高恩能够一方面帮了克利斯朵夫的忙,一方面把他摆脱了,觉得挺高兴。

第二天,克利斯朵夫到书店去和高恩会齐了。他依着他的嘱咐,带了几部作品预备给哀区脱看。他们到歌剧院附近的音乐铺子里把他找到了。客人进门,哀区脱并不起身相迎;高恩跟他握手,他只冷冷地伸出两个手指;至于克利斯朵夫恭恭敬敬地行礼,他根本不理。直到高恩要求,他才把他们带到隔壁屋里,也不请他们坐下,自己背靠着没有生火的壁炉架,眼睛望着墙壁。

但尼·哀区脱年纪四十左右,个子高大,态度冷淡,穿着很整齐,腓尼基人的特点很显明,一望而知是聪明而脾气很坏的,脸上仿佛老是在生气,须发全黑,长胡子修成方形,像古代的亚述王。他差不多从来不正面看人,说话又冷又粗暴,便是寒暄也像跟人顶撞。他外表的傲慢无礼,固然是因为他瞧不起人,但也是一种手足无措的表现。这样的犹太人很多;大家讨厌他们，认为这个强直的态度是目中无人，实际是他们的精神与肉体都发僵到了无可救药的地步。

高恩有说有笑地用着夸张的口吻和吹捧，把克利斯朵夫介绍了。——他却是被主人那种招待窘住了，只顾拿着帽子和乐谱摇摆不定地站在那儿。哀区脱似乎至此为止根本不知道有克利斯朵夫在场，等到高恩说了一阵，才傲慢地转过头来，眼睛望着别处，说："克拉夫脱…… 克利斯朵夫 · 克拉夫脱……从来没听见过这个姓名。"

克利斯朵夫仿佛当胸挨了一拳，气得满面通红地回答："你将来会听见的。"

哀区脱不动声色，继续冷静地说着，当做没有克利斯朵夫一样："克拉夫脱？……没听见过。"

像哀区脱那一等人，对一个姓名陌生的人就不会有好印象。

他又用德语接着说："你是莱茵流域的人吗？……真怪，那边弄音乐的人这么多！没有一个不自称为音乐家的。"

他是想说句笑话而不是侮辱；但克利斯朵夫觉得是另外一个意思，他马上想顶回去了，可是高恩抢着说："啊！请你原谅，你得承认我是外行。"

"你不懂音乐，我倒觉得是值得恭维的呢。"哀区脱回答。

"假如要不是音乐家你才喜欢，"克利斯朵夫冷冷地说，"那么很抱歉，我不能遵命。"

哀区脱始终把头掉在一边，神情淡漠地问："你已经在作曲了吗？写过什么东西？总是些歌吧？"

"有歌，还有两个交响曲，交响诗，四重奏，钢琴杂曲，舞台音乐。"克利斯朵夫很兴奋地说着。

“你们在德国东西写得真多。”哀区脱的话虽客气，颇有点儿鄙薄的意味。

他对于这个新人物的不信任，尤其因为他写过这么多作品，而他，但尼·哀区脱，都不知道。

“那么，”他说，“或许我能给你一些工作，既然你是我的朋友哈密尔顿介绍来的。我们此刻正在编一部少年丛书，印一批浅易的钢琴谱。你能不能把舒曼的《狂欢曲》编得简单些，改成四手、六手，或八手联弹的钢琴谱？”①

克利斯朵夫跳起来：“你叫我，我，做这种工作吗？……”

这天真的“我”字使高恩大笑起来；可是哀区脱沉着脸生气了：“我不懂你为什么听了这话奇怪；那也不是怎么容易的工作，你要觉得胜任愉快，那么再好没有！咱们等着瞧罢。你说你是出色的音乐家。我当然相信。但我究竟不认识你呀。”

他暗中想道：“听这些家伙的口气，他们比勃拉姆斯都高明。”

克利斯朵夫一声不出，——（因为他决心不让自己发作）——把帽子一戴，往门口走了。高恩笑着把他挡住了说：“别那么急呀！”

他又转身向哀区脱：“他带着几部作品，预备给你瞧瞧。”

“啊！”哀区脱表示不大耐烦，“那么拿来瞧罢。”

克利斯朵夫一言不发，把稿本递给了他。哀区脱漫不经心地翻着。

① 四手、六手、八手联弹的琴谱，系供二人在一架钢琴上合奏，或三人四人在两架钢琴上合奏之谱。

“什么呢？啊，《钢琴组曲》……（他念着：）《一日》……老是标题音乐……”

虽然面上很冷淡，其实他看得很用心。他是个优秀的音乐家，关于本行的学识，他都完备，可是也至此为止；看了最初几个音符，他就明白作者是怎么样的人。他不声不响，一脸瞧不起地翻着作品，对作者的天分暗中觉得惊奇；但因为生性傲慢，克利斯朵夫的态度又伤了他的自尊心，所以他一点儿都不表示出来。他静静地看完了，一个音都没放过：“嗯，”他终于老气横秋地说，“写得还不坏。”

这句话比尖刻的批评使克利斯朵夫更受不了。

“用不着人家告诉我才知道。”他气极了。

“可是我想，”哀区脱说，“你给我看作品，无非要我表示一点儿意见。”

“绝对不是。”

“那么，”哀区脱也生了气，“我不明白你来向我要求什么。”

“我不要求别的，只要求工作。”

“除了刚才说的，眼前我没有别的事给你做。而且还不一定。我只说或者可以。”

“对一个像我这样的音乐家，你不能分派些别的工作吗？”

“一个像你这样的音乐家？”哀区脱用着挖苦的口气说，“至少跟你一样高明的音乐家，也没觉得这种工作有损他们的尊严。有几个，我可以说出名字来，如今在巴黎很出名的，还为此很感激我呢。”

“那因为他们都是些窝囊废，”克利斯朵夫大声回答，他已经套用些法语里的妙语了，“你把我当做他们一流的人，你可错了。你想用你那种态度，——不正面瞧人，说话半吞半吐的，——来吓唬我吗？我进来的时候对你行礼，你睬都不睬……你是什么人，敢这样对我？你能算一个音乐家吗？不知你有没有写过一件作品？而你居然敢教我，教一个以写作为生命的人怎么样写作！……看过了我的作品，你除了教我窜改大师的名作，编一些脏东西去教小姑娘们做苦工以外，竟没有旁的更好的工作给我！……找你那些巴黎人去罢，要是他们没出息到愿意听你的教训。至于我，我是宁可饿死的！”

他这样滔滔不竭地说着，简直停不下来。

哀区脱冷冷地回答：“随你罢。”

克利斯朵夫一路把门震得砰砰訇訇地出去了。西尔伐·高恩看着大笑，哀区脱耸耸肩对高恩说：“他会跟别人一样回来的。”

他心里其实很看重克利斯朵夫。他相当聪明，不但有看作品的眼光，也有看人的眼光。在克利斯朵夫那种出言不逊的、愤激的态度之下，他辨别出一种力量，一种他知道很难得的力量，——尤其在艺术界中。但他的自尊心受伤了，无论如何也不肯承认自己的错。他颇想给克利斯朵夫一点儿补偿，可是办不到，除非克利斯朵夫向他屈服。他等克利斯朵夫回头来迁就他：因为凭着他悲观的看法和阅世的经验，知道一个人被患难磨折的结果，顽强的意志终于会就范的。

克利斯朵夫回到旅馆，火气没有了，只有丧气的份儿。他觉得自己完了。他的脆弱的依傍倒掉了。他认为不但跟哀区脱结了死冤家，并且把介绍人高恩也变了敌人。在一座只有冤家仇敌的城里，那真是孤独到了极点。除了狄哀纳与高恩，他一个人都不认识。他的朋友高丽纳，从前在德国认识的美丽的女演员，此刻不在巴黎，到外国演戏去了，这一回是在美国，不是搭班子，而是自己做主体：因为她已经很出名，报纸上常常披露她的行踪。至于那个被他无意中打破饭碗的女教师，他常常难过而决心到了巴黎非寻访不可的女子，如今来到巴黎之后，他可忘了她的姓氏，无论如何想不起来。他只记得她名字叫做安多纳德。其余的还得慢慢地回想，而且在茫茫人海中去寻访一个可怜的女教员，又是谈何容易！

眼前先得设法维持生活，越早越好。克利斯朵夫身边只剩五法郎了，他不得不抑捺着厌恶的心理，去问问旅馆的胖子老板，街坊上可有人请他教钢琴。老板对这个一天只吃一顿而又讲德语的旅客，原来就不瞧在眼里，现在知道他只是个音乐家，更失去了所有的敬意。他是老派的法国人，认为音乐是贪吃懒做的人的行业，所以就挖苦他：

"钢琴？……你弄这个玩意儿吗？失敬失敬！……真怪，竟有人喜欢干这一行！我吗，我听到无论什么音乐就跟听到下雨一样……也许你可以教教我罢。喂，你们诸位觉得怎么样？"他转身对一帮正在喝酒的工人嚷着。

大家哄笑了一阵。

"这行手艺倒是怪体面的呢，"其中有一个说，"又干净，又能讨女人喜欢。"

克利斯朵夫不大懂得法语，尤其是取笑的话：他正在找话回答，也不知道该不该生气。老板的女人倒很同情他，对丈夫说："得了罢，斐列伯，别这么胡说八道。"——她又转身向克利斯朵夫："也许有人会请教你的。"

"谁呀?"丈夫问。

"就是葛拉赛那个小丫头。你知道,人家为她买了一架钢琴呢。"

"啊!你说的是他们,那些摆臭架子的!不错,那是真的。"

他们告诉克利斯朵夫,说那是肉店里的女儿:她的父母想把她装成一个大家闺秀,答应她学琴,哪怕借此招摇一下也是好的。结果是旅馆的主妇答应替克利斯朵夫说去。

第二天,他回报克利斯朵夫,肉店的女主人愿意先见见他。他便去了,看见她坐在柜台后面,四周全是牲畜的尸首。那个皮色娇嫩,装着媚笑的漂亮女人,一知道他的来意,立刻板起一副俨然的面孔。她开口就提到学费,声明她不愿意多花钱,因为弹琴固然是有趣的玩意,但并非必需的,她每小时只能给一法郎。之后,她又不大放心地盘问他是否真懂音乐。等到知道他不但会演奏,还会写作,她似乎安心了,态度也显得殷勤了些:她的自尊心满足了,决意向街坊们说她的女儿找到了一个作曲家做老师。

下一天,克利斯朵夫发现所谓钢琴是件旧货店里买来的破烂东西,声音像吉他;——而肉店里的小姐用着又粗又短的手指在键盘上扭来扭去,连这个音和那个音的区别都分不出,神气似乎不胜厌烦,不到几分钟就当着人打哈欠;——母亲还在旁监视,发表她那套对音乐与音乐教育的意见:——克利斯朵夫委屈至极,连发怒的气力也没有了。他垂头丧气地回去,有几晚连饭都吃不下。仅仅是几星期的工夫,他已经到了这田地,将来还有什么下贱的事不能做?当初也何必那么愤愤不平地拒绝哀区脱的工作?他现在做的事不是更丢人吗?

一天晚上，他在卧室中不由得流下泪来，无可奈何地跪在床前祈祷……祈祷什么呢？他能祈祷什么呢？他已经不信上帝，以为没有上帝了……但还是得祈祷，向自己祈祷。只有极平凡的人才从来不祈祷。他们不懂得坚强的心灵需要在自己的祭堂中潜修默炼。白天受了屈辱之后，克利斯朵夫在他静得嗡嗡作响的心头，感觉到他永恒的生命。悲惨生活的浪潮在生命的底下流动：但这悲惨生活跟他生命的本体又有什么关系呢？世界上一切的痛苦，竭力要摧毁一切的痛苦，碰到生命那个中流砥柱就粉碎了。克利斯朵夫听着自己的热血奔腾，仿佛是心中的一片海洋；还有一个声音在那里反复说着：

"我是永久，永久存在的……"

这声音，他是很熟悉的：不论回想到如何久远，他始终听到它。有时他会几个月地把它忘掉，想不起内心有它强烈单调的节奏；可是实际上他知道那声音永远存在，从来没停过，正如海洋在黑夜里也依旧狂啸怒吼。如今他又找到了那种镇静与毅力，像每次沉浸到这音乐中的时候一样。他心定神安地站了起来。不，他的艰苦的生活一点没有可羞的地方；他咬着面包用不着脸红；该脸红的是那些逼他用这种代价去换取面包的人。忍耐罢！终有一天……

可是到了明天又没耐性了；他虽是竭力抑制，终于有一次上课的时候，因为那混账而放肆的小丫头嘲笑他的口音，故意捣乱，不听他的指导，他气得大发雷霆。克利斯朵夫怒吼着，小姑娘怪叫着，因为一个由她出钱雇用的人胆敢对她失敬而大为骇怒。克利斯朵夫把她手臂猛烈地摇了几下，她就嚷着说他打了她。母亲像雌老虎般地跑来，拼命地吻着女儿，骂着克利斯朵夫。肉店老板也出现了，说他决不答应一个普鲁士流氓来碰他的女儿。克利斯朵夫气得脸色发白,羞愤交加,一时竟不知道自己会不会把那个男人、女人、小姑娘,一齐勒死,便在咒骂声中溜了。旅店的主人们看他狼狈不堪地回来,立刻逗他说出经过情形,使他们忌妒邻居的心借此痛快一下。但到了晚上,街坊上都传说德国人是个殴打儿童的蛮子。

克利斯朵夫又到别的音乐商那里奔走了几次,毫无结果。他觉得法国人不容易接近;他们那种漫无秩序的忙乱把他头都闹昏了。巴黎给他的印象是一个混乱的社会,受着专制傲慢的官僚政治统治。

一天晚上,他因为一无收获而垂头丧气在大街上溜达的时候,忽然看见西尔伐·高恩迎面而来。他一心以为他们已经闹翻了,便掉过头去,想不让他看见。高恩可是招呼他:"哎!你怎么啦?"他一边说一边笑,"我很想来看你,可是我把你的地址丢了……天哪,亲爱的朋友,那天我竟认不得你了。你真是慷慨激昂。"

克利斯朵夫望着他,又是诧异又是惭愧:"你不恨我吗?"

"恨你?干吗恨你?"

他非但不恨,还觉得克利斯朵夫把哀区脱训斥一顿挺好玩呢;他的确大大地乐了一阵。哀区脱和克利斯朵夫两个究竟谁是谁非,他根本不放在心上;他估量人是把他们给他的乐趣多少为标准的;他感到克利斯朵夫可能供应大量的笑料,想尽量利用一下。

"你该来看我啊,"他接着说,"我老等着你呢。今晚你有事没有?跟我一块儿吃饭去。这一下我可不让你走啦。吃饭的都是咱们自己人:每半个月聚会一次的几个艺术家。你应当认识这些人。来罢。我给你介绍。”

克利斯朵夫拿衣冠不整来推辞也推辞不掉。高恩把他拉着走了。

他们走进大街上的一家饭店，直上二楼。克利斯朵夫看见有三十来个年轻人，大概从二十岁到三十五岁，很兴奋地讨论着什么。高恩把他介绍了，说他是刚从德国牢里逃出来的。他们全不理会，只管继续他们热烈的辩论。初到的高恩也立刻卷了进去。

克利斯朵夫见了这些优秀分子很胆怯，不敢开口，只尽量伸着耳朵听。但他不容易听清滔滔不竭的法语，没法懂得讨论的究竟是什么重大的艺术问题。他只听见“托拉斯”“垄断”“跌价”“收入的数目”等的名词，和“艺术的尊严”与“著作权”等混在一起。终于他发觉大家谈的是商业问题。一部分参加某个银团的作家，因为有人想组织一个同样的公司和他们竞争而愤愤地表示反对。一批股东为了私人利益而带着全副道具去投靠新组织，更加使他们怒不可遏。他们一片声地嚷着要砍掉那些人的脑袋，说什么“失势……欺骗……屈辱……出卖……”等。

另外一批可不攻击活人而攻击死人，——因为他们没有版权的作品充塞市场。缪塞的著作最近才成为公众的产业，①据他们看来，买他著作的读者太多了。他们要求政府对从前的名作课以重税，免得它们低价发行。他们认为，已故作家的作品以廉价倾销的方式跟现存艺术家的作品竞争是不光

① 作家的继承人于作家死后仍可享有著作权若干年(年限由各国法律规定)，满期后即无所谓版权，出版家均可自由翻印，等于公共产业。

明的行为。

他们又停下来，听人家报告昨天晚上这一出戏和那一出戏的收入。大家对某个在欧美两洲出名的老戏剧家的幸运羡慕得出神，——他们非常瞧不起他，但忌妒的心尤甚于瞧不起的心。——他们从作家的收入谈到批评家的收入，说某个知名的同文，只要大街上某戏院演一出新戏，——（一定是谣言罢？）——就能到手一笔不小的款子作为捧场的代价。据说他是个诚实君子：一朝价钱讲妥了，他总是履行条件的，但他最高明的手段——（据他们说）——是在于把捧场文章写得使那出戏在最短期间不再卖座而戏院不得不常排新戏。这种故事教大家发笑，但谁都不以为奇。

这些议论中夹着许多冠冕堂皇的字；他们谈着“诗歌”，谈着“为艺术而艺术”。这种名词，和钱钞混在一起无疑是“为金钱而艺术”。而法国文坛上新兴的掮客风气，使克利斯朵夫尤其着恼。因为他对金钱问题完全不感兴趣，所以他们提到文学——其实是文学家——的时候，他已经不愿意往下听了。可是一听到维克多·雨果的名字，克利斯朵夫又留了神。

问题是要知道雨果是否戴过绿头巾。他们絮絮不休地讨论雨果夫人与圣·伯甫的恋爱。过后，他们又谈到乔治·桑的那些情人和他们的价值。那是当时的文学批评最关切的题目：它把大人物家里一切都搜检过了，翻过了抽斗，看过了壁橱，倒空了柜子，最后还得查看他们的卧床。批评家非要学洛尚当年伏在路易十四和蒙德斯朋夫人的床下，[1]或是类乎此

① 蒙德斯朋夫人之有宠于路易十四，得力于洛尚侯爵；洛尚乃嘱蒙德斯朋代向路易要求炮兵总监之职。此处谓洛尚在朝中弄权窃柄，出入宫闱。

的方法，才算无负于历史与真理。——他们那时都是崇拜真理的。和克利斯朵夫同席的一般人都自命为真理狂：为了探求真理，他们孜孜不倦。他们对于现代艺术也应用这个原则，以同样渴求准确的热情，去分析时下几个最负盛名的人的私生活。奇怪的是，凡是平常决没有人看到的生活细节，他们都知道得清清楚楚，仿佛那些当事人为了爱真理的缘故，自己把准确的材料提供出来的。

愈来愈发僵的克利斯朵夫，想跟邻座的人谈些别的事。但谁也不理睬他。他们固然向他提出了几个空泛的关于德国的问题，——但那些问题只使克利斯朵夫非常诧异地发觉，那些似乎很博学的漂亮人物，对他们本行以内的东西(文学与艺术)，一越出巴黎的范围，就连最粗浅的知识都没有；充其量，他们只听见过几个大人物的名字，例如霍德曼、舒特曼、李勃曼、施特劳斯(是达维特·施特劳斯呢，约翰·施特劳斯呢，还是理查·施特劳斯?)①，他们搬弄这些人名的时候非常谨慎，唯恐闹笑话。并且，他们的询问克利斯朵夫也只是为了礼貌而非为了好奇心，那是他们完全没有的；至于他的回答，他们压根儿就不大想听，急于要回到那些教全桌的人都开心的巴黎琐事上去。

克利斯朵夫怯生生的想谈谈音乐。可是这些文人中没有一个音乐家。他们心里认为音乐是一种低级的艺术。近年来

① 霍德曼与舒特曼均为近代德国小说家兼剧作家。李勃曼为近代德国画家，地位相当于法国之马奈。达维特·施特劳斯为十九世纪德国神学家，以倡导耶稣仅能称为哲学家之说有名于世。约翰·施特劳斯为十九世纪奥国作曲家，以轻快的圆舞曲著称。理查德·施特劳斯为十九世纪末至二十世纪初期德国最伟大的作曲家。

音乐风行一时,未免使他们暗中着恼;但既然它走了运,他们也就装做很关心。有一出最近的歌剧,他们尤其谈得上劲,差不多认为有了这歌剧才有真正的音乐的,至少也得说是开了音乐的新时代。他们的愚昧无知与冒充风雅的脾气最适宜接受这种思想,因为那可以使他们无须再知道下文。歌剧的作者是个巴黎人,——克利斯朵夫还是初次听到他的名字,——有几个人说他把以前的东西全部推翻了,把音乐整个儿革新了,重新创造过了。克利斯朵夫听了直跳起来。他巴不得真有天才出现。可是这种一举手就把“过去”推倒了的天才,那还了得!好厉害的家伙!怎么能有这等神通呢?——他要人家解释给他听。那些人既说不出理由,又给克利斯朵夫问个不休,便把他交给他们一群中的音乐家,那位大音乐批评家丹沃斐·古耶。而他立刻和克利斯朵夫提到七度和弦九度和弦一类的名词。① 古耶所懂的音乐实际和史迦那兰所懂的拉丁文差不多……

“……你不懂拉丁文吗?”

“不懂。”

“(兴高采烈的)*Cabricias, arci thuram, catalamus, singulariter...bonug, bona, bonum...*”②

---

① 近代音乐之和声,除常用四度五度和弦之外,亦多用七度九度;故此处讥人侈言七度九度为表示自己懂得近代音乐。

② 典出莫里哀喜剧《非做不可的医生》。史迦那兰冒充医生,至病家诊病,知主人不懂拉丁文,乃信口胡诌,首四字纯出杜撰;后数字则从初级拉丁课本上随意拾掇而来,根本不成句,无意义可言。见原剧第二幕第四场。此典在法国已为家喻户晓之成语。“你懂拉丁文吗?”一语,常为讹诈外行之意。

一朝遇到了一个"真懂拉丁文"的人,他就小心谨慎地躲到美学中去了。在那个不可侵犯的盾牌后面,他把不在这桩公案以内的贝多芬、瓦格纳,和所有的古典音乐都攻击得体无完肤(在法国,要恭维一个音乐家,非把一切跟他不同的音乐家尽行打倒,做他的牺牲不可)。他宣称新艺术已经诞生,过去的成规都被踩在脚下了。他提到一种音乐语言,说是巴黎音乐界的哥伦布发现的;这新语言把全部古典派的语言取消了,因为一比之下,古典音乐已经成为死语言了。

克利斯朵夫一方面对这个革命派音乐家暂时取保留的态度,预备看过了作品再说;一方面也对大家把全部音乐作牺牲而奉为音乐之神的家伙大为怀疑。他听见别人用亵渎不敬的语气谈论昔日的大师,非常愤慨,可忘了自己从前在德国说过多少这一类的话。他在本乡自命为艺术叛徒,为了判断的大胆与直言不讳而激怒群众的,一到法国,一听最初几句话,就发觉自己头脑冬烘了。他很想讨论,但讨论的方式很不高雅,因为他不能像一般绅士那样只提出论证的大纲而不加说明,却要以专家的立场探讨确切的事实,拿这些来跟人麻烦。他不惮进一步地做技术方面的研究;而他愈说愈高的声音只能教上流社会听了头痛,提出的论据与支持论据的热情也显得可笑。那位批评家赶紧插一句所谓俏皮话,结束了冗长可厌的辩论,克利斯朵夫骇然发觉原来批评家对所谈的问题根本外行。可是大家对这个德国人已经有了定论,认为他头脑冬烘,思想落伍;不必领教,他的音乐已经被断定是可厌的了。但二三十个眼神含讥带讽的,最会抓住人家可笑的地方的青年,那时又都回头来注意这个怪人,看他挥着瘦小的胳膊和巨大的手掌做出许多笨拙而急剧的动作,睁着一双愤怒的眼睛,尖声尖气地嚷着。原来西尔伐·高恩特意要教朋友们看看滑稽戏。

谈话离开了文学,转移到女人身上去了。其实那是同一题材的两面:因为他们的文学总脱不了女人,而他们所说的女人也老是跟文学或文人纠缠不清。

大家正谈着一位在巴黎交际场中很出名的,贞洁的太太,最近把女儿配给自己的情夫,借此羁縻他的故事。克利斯朵夫在椅子上扭来扭去,疾首蹙额地表示不胜厌恶。高恩发觉了,用肘子撞撞邻座的人,说这个话题似乎把德国人激动了,大概他很想认识那位太太罢。克利斯朵夫红着脸,嘟囔了一阵,终于愤愤地说这等妇女简直该打。这句话立刻引起了哄堂大笑;高恩却装着甜美的声音,抗议说女人是绝对不能碰的,便是用一朵花去碰也不可以……(他在巴黎是个风流豪侠的护花使者。)——克利斯朵夫回答说,这种女子不多不少是条母狗,而对付那些下贱的狗只有一个办法,就是拿鞭子抽一顿。众人听了又大叫起来。克利斯朵夫说他们向女人献殷勤是假的,往往最会玩弄女子的人才口口声声尊敬女人;他对于他们所讲的丑史表示深恶痛绝。他们回答说那无所谓丑史,而是挺自然的事;大家还一致同意,故事中的女主角不但是个极有风韵的女子,并且是十足女性的女子。德国人可又嚷起来了。高恩便狡猾地问,照他的理想,"女人"应该是怎么样的。克利斯朵夫明知对方在逗他上当;但他生性暴躁,自信很强,照旧中了人家的计。他对那些轻薄的巴黎人宣说他对于爱情的观念。他有了意思没有字,好不为难地找着,终于在记忆中搜索出一些似是而非的名词,说了很多笑话教大家乐死了;他可是不慌不忙的,非常严肃,那种满不在乎,不怕别人取笑的态度，也着实了不得：因为说他没看见人家没皮没脸地要弄他是不可能的。最后，他在一句话中愣住了，怎么也说不出下文，便把拳头往桌上一击，不作声了。

人家还想逗他辩论；他却拧着眉毛，把肘子撑在桌上，又羞又愤，不理睬了。直到晚餐终席，他一声不出，只顾着吃喝。他酒喝得很多，跟那些沾沾嘴唇的法国人完全不同。邻座的人不怀好意地劝酒，把他的杯子斟得满满的，他都毫不迟疑，一饮而尽。虽然他不惯于饱餐豪饮，尤其在几星期来常常挨饿的情形之下，他却还支持得住，不至于像别人所希望的那样当场出彩。他只坐着出神；人家不再注意他了，以为他醉了。其实他除了留神法语的对话太费劲以外，只听见谈着文学也觉得厌倦：——什么演员，作家，出版家，后台新闻，文坛秘史，仿佛世界上就只有这些事！看着那些陌生的脸，听着谈话的声音，他心里竟没留下一个人或一缕思想的印象。近视的眼睛，茫茫然老是像出神的模样，慢慢地往桌子上扫过去，瞅着那些人而又似乎没看见。其实他比谁都看得更清楚，只是自己不觉得罢了。他的目光，不像巴黎人或犹太人的那样一瞥之间就能抓住事物的片段，极小极小的片段，马上把它剖析入微。他是默默的，长时间的，好比海绵一样，吸收着各种人物的印象，把它们带走。他似乎什么都没瞧见，什么都想不起。过了很久，——几小时，往往是好几天以后，——他独自一人观照自己的当口，才发觉原来把一切都抓来了。

当时他的神气不过是个蠢笨的德国人，只管狼吞虎咽，唯恐少吃了一口。除了听见同桌的人互相呼唤名字以外，他什么也没听到，只像醉鬼一样固执地私忖着，怎么有这样多的法国人姓着外国姓：又是法兰德的，又是德国的，又是犹太的，又是近东各国的，又是英国的，又是西班牙化的美国姓……

他没发觉大家已经离席，独自坐在那里，想着莱茵河畔的山岗，大树林，耕种的田，水边的草原，和他的老母。有几个还站在饭桌那一头谈着话，大半的人已经走了。终于他也决心站起，对谁都不瞧一眼，径自去拿挂在门口的大衣跟帽子。穿戴完毕，他正想不别而行的时候，忽然从半开的门里瞧见隔壁屋里摆着一件诱惑他的东西：钢琴。他已经有好几星期没碰过一件乐器了，便走进去，像看到亲人似的把键子抚弄了一会儿，竟自坐下，戴着帽子，披着外套，弹起来了。他完全忘了自己在哪儿，也没注意到有两个人悄悄地溜进来听：一个是西尔伐·高恩，极爱好音乐的，——天知道为什么，因为他完全不懂，好的坏的，一律喜欢；另外一个是音乐批评家丹沃斐·古耶。他倒比较简单，对音乐既不懂也不爱，可是很得劲地谈着音乐。原来世界上只有一般不知道自己所说的东西的人，思想才最自由；因为这样说也好，那样说也好，他们都无所谓。

丹沃斐·古耶是个胖子，腰背厚实，肌肉发达，黑胡子，一簇很浓的头发卷儿挂在脑门上，脑门颇有些粗大的皱痕，却毫无表情，不大端正的方脸仿佛在木头上极粗糙地雕出来的，短臂，短腿，肥厚的胸部：看上去像个木商或是当挑夫的奥弗涅人。他举动粗俗，出言不逊。他的投身音乐界完全是为了政治关系；而在当时的法国，政治是唯一的进身之阶。他发现跟一个当部长的某同乡有点儿远亲，便投靠在他门下。但部长不会永久是部长的。看到他的那个部长快下台的时候，丹沃斐·古耶赶紧溜了，当然，凡是能捞到的都已经捞饱，特别是国家的勋章，因为他爱荣誉。最近他为了后台老板的劣迹，也为了他自己的劣迹，受到相当猛烈的攻击，使他对政治厌倦了，想找个位置躲躲暴风雨；他要的是能跟别人找麻烦而自己不受麻烦的行业。在这种条件之下，批评这一行是再好没有了。恰好巴黎一家大报纸的音乐批评的职位出了缺。前任是个颇有才具的青年作曲家，因为非要对作品和作家说他的老实话而被辞掉的。古耶从来没弄过音乐，全盘外行：报馆却毫不踌躇地选中了他。人们不愿意再跟行家打交道；对付古耶至少是不用费心的：他决不会那么可笑，把自己的见解看做了不起；他永远会听上面的指挥，要他骂就骂，要他捧就捧。至于他不是一个音乐家，倒是次要的问题。音乐，法国每个人都相当懂的。古耶很快就学会了必不可少的诀窍。方法挺简单：在音乐会里，只要坐在一个高明的音乐家旁边，最好是作曲家，想法逗他说出对于作品的意见。这样的学习几个月，技术就精通了：小鹅不是也会飞吗？当然，这种飞决不能像老鹰一样。古耶大模大样地在报纸上写的那些胡话，简直是天晓得！不管是听人家的话，是看人家的文章，都一味地缠夹，什么都在他蠢笨的头脑里搅成一团糟，同时还要傲慢地教训别人。他把文章写得自命不凡，夹着许多双关语和盛气凌人的学究气；他的性格完全像学校里的舍监。有时他因之受到猛烈的反驳，便哑口无言，装假死。他颇有些小聪明，同时也是鄙俗的伧夫，忽而目中无人，忽而卑鄙无耻，看情形而定。他卑躬屈节的谄媚那班“亲爱的大师”，因为他们有地位，或是因为他们享有国家的荣誉（他认为估量一个音乐家的价值，这是最可靠的方法）。其余的人，他都用鄙夷不屑的态度对付；至于那些饿肚子的，他就尽量利用。——他为人的确不傻。

虽然有了权威有了声名，他心里明白自己对于音乐究竟是一无所知，也明白克利斯朵夫的确很高明。他自然不愿意说出来，可是少不得有点儿敬畏。——此刻他听着克利斯朵夫弹琴，努力想了解，专心一意，好像很深刻，没有一点杂念；但在这片云雾似的音符中完全摸不着头脑，只顾装着内家的模样颠头耸脑，看那个没法安静的高恩挤眉弄眼的意义，来决定自己称许的表情。

终于克利斯朵夫的意识慢慢从酒意和音乐中间浮起来，迷迷糊糊地觉得背后有人指手画脚，便转过身来，看见了两位鉴赏家。他们俩立刻扑过来，抓着他的手使劲地摇，——西尔伐尖声地说他弹得出神入化，古耶一本正经地装着学者面孔说他的左手像鲁宾斯坦，右手像帕德列夫斯基（或者是右手像鲁宾斯坦，左手像帕德列夫斯基）①——两人又一致同意地说，这样一个天才绝不该被埋没；他们自告奋勇要教人知道他的价值，可是心里都打算尽量利用他来替自己博取荣誉和利益。

第二天，高恩请克利斯朵夫到他家里去，挺殷勤地把自己一无所用的一架很好的钢琴给他使用。克利斯朵夫因为胸中郁积着许多音乐，烦闷至极，便老老实实接受了。

最初几天，一切都很好。克利斯朵夫能有弹琴的机会快活极了；高恩也相当知趣，让他安安静静的自得其乐。他自己也的确领略到一种乐趣。这是一种奇怪的，但是我们每个人都能观察到的现象：他既非音乐家，亦非艺术家，而且是个最

① 安东·鲁宾斯坦为十九世纪俄国钢琴家兼作曲家，帕德列夫斯基为近代波兰钢琴家兼作曲家、政治家。

枯索、最无诗意、没有什么深刻的感情的人，却对于这些自己莫名其妙的音乐感到浓厚的兴趣，觉得其中有股迷人的力量。不幸他没法静默。克利斯朵夫弹琴的时候，他非高声说话不可。他像音乐会里冒充风雅的听众一样，用种种浮夸的词句来加按语，或是胡说八道地批评一阵。于是克利斯朵夫愤愤地敲着钢琴，说这样他是弹不下去的。高恩勉强教自己不要作声，但那竟不由他做主：一忽儿他又嬉笑，呻吟，吹啸，拍手，哼着，唱着，摹仿各种乐器的音响。等到一曲终了，要不把他荒唐的见解告诉给克利斯朵夫听，他会胀破肚子的。

他那个人是个古怪的混合品：有日耳曼式的多情，有巴黎人的轻薄，也有他喜欢自吹自捧的天性。他一忽儿酸溜溜地下些断语，一忽儿不伦不类来一个比较，一忽儿说出粗野的、淫猥的、不健全的、荒谬绝伦的废话。在赞颂贝多芬的时候，他竟看到作品中有猥亵的成分，有淫荡的肉感。明明是忧郁的思想，他以为有浮华的辞藻。《升 C 小调四重奏》，对于他是英武而可爱的作品。《第九交响曲》中那章崇高伟大的柔板，使他想起羞人答答的小天使。听到《第五交响曲》最初的三个音符，他就喊："不能进去！里面有人！"①他非常叹赏《英雄的一生》②里的战争描写，因为他在其中认出有汽车的呼呼声。他会到处找出些幼稚而不雅的形象来形容乐曲，教人奇怪他怎么会爱好音乐。然而他的确爱好；对于某些段落，

① 以上各曲均为贝多芬作品。《升 C 小调四重奏》为一首痛苦的诗歌。《第九交响曲》的第三章柔板，富于恬淡隐忍、虔敬和平的情调。关于《第五交响曲》（俗称《命运交响曲》）开始第一句，贝多芬曾言："命运就是这样来敲门的"。

② 《英雄的一生》是理查德·施特劳斯的交响诗。

他用最荒唐最可笑的方式去领会,同时也真的会流眼泪。但他刚受了瓦格纳的某一幕歌剧的感动,会立刻在钢琴上弹一段奥芬巴赫摹仿奔马的音乐;或是在《欢乐颂》之后马上哼一节咖啡店音乐会中的滥调。[①] 那可使克利斯朵夫气得直嚷了。——但最糟的还不是在高恩这样胡闹的时候,而是当他要说些深刻的微妙的话向克利斯朵夫炫耀的时候,以哈密尔顿而非西尔伐·高恩的面目出现的时候。在那种情形之下,克利斯朵夫便对他怒目而视,用冷酷的挖苦的话伤害哈密尔顿:钢琴夜会往往闹得不欢而散。可是第二天,高恩已经忘了;克利斯朵夫也后悔自己不该那么粗暴而仍旧回来。

这些都还没有关系,只要高恩不约朋友来听克利斯朵夫弹琴。但他需要拿他的音乐家向人卖弄,所以邀了三个小犹太人和他自己的情妇,——一个浑身都是脂肪的女人,奇蠢无比,老说些无聊的双关语,谈着她所吃的东西,自以为是音乐家,因为她每天晚上在多艺剧院的歌舞中展览她的大腿。克利斯朵夫第一次发现了这些人物,脸色就变了。第二次,他直截了当告诉高恩,说不再到他家里弹琴了。高恩赌咒发愿地说,以后决不再邀请任何人。但他暗中照旧继续,把客人藏在隔壁屋里。自然,克利斯朵夫结果也发觉了,气愤愤地掉头便走,这一次可真的不回来了。

虽然如此,他还是得敷衍高恩,因为他带他上各国侨民的家里,为他介绍学生。

---

① 十九世纪的奥芬巴赫(原籍德国,后入法国籍)以所作喜歌剧红极一时,实则仅为第二三流作家。《欢乐颂》系指贝多芬《第九交响曲》中最后一章合唱,歌词为德国诗人席勒原作。

另一方面，丹沃斐·古耶过了几天也上克利斯朵夫的小客店去访问他。古耶看见他住得这么坏，一点不表惊异，倒很亲热地说：

“我想，请你听音乐你一定觉得高兴罢；我到处都有入场券，可以带你一起去。”

克利斯朵夫快活极了。他觉得对方非常体贴，便真心地道谢。那天古耶完全变了一个人，和他第一晚见到的大不相同。跟克利斯朵夫单独相对的时候，他一点没有傲慢的态度，脾气挺好，怯生生的，一心想学些东西。唯有当着别人，他才会立刻恢复那种居高临下的神气与粗暴的口吻。此外，他的求知欲也老是有个实际的目的。凡是与现下的时尚无关的东西，他一概不发生兴趣。眼前，他想把最近收到而无法判断的一本乐谱征求克利斯朵夫的意见：因为他简直不大能读谱。

他们一同到一个交响曲音乐会去。会场的大门是跟一家歌舞厅公用的。从一条蜿蜒曲折的甬道走到一间没有第二出口的大厅：空气恶浊，闷人欲死；太窄的座椅密密地挤在一起；一部分听众站着，把走道都拥塞了；——法国人是不讲究舒服的！一个似乎烦恼不堪的男人，在那里匆匆忙忙地指挥着贝多芬的一支交响曲，仿佛急于奏完的神气。隔壁歌舞厅里的音乐和《英雄交响曲》中的《葬礼进行曲》混在一块儿。听众老是陆陆续续地进来，坐下，擎着手眼镜东张西望，有的才安顿好，已经预备动身了。克利斯朵夫在这个赶节一样的地方聚精会神地留意乐曲的线索，费了好大的劲终于得到一点儿快感，——（因为乐队是很熟练的，而克利斯朵夫也久已没听到交响乐）——不料听了一半，古耶抓着他的手臂说：“咱们得走了，到另外一个音乐会去。”

克利斯朵夫皱了皱眉头,一声不出地跟着他的向导。他们穿过半个巴黎城,到一间气味像马房似的大厅;在别的时间,这儿是上演什么神幻剧或通俗戏剧的:——音乐在巴黎像两个穷苦的工人合租一间房:一个从床上起来,一个就钻进他的热被窝。① ——空气当然谈不到:从路易十四起,法国人就认为这种空气不卫生;但戏院里的卫生和从前凡尔赛宫里的一样,是教人绝对喘不过气来的那种卫生。一个庄严的老人,像马戏班里驯服野兽的骑师一般,正在指挥瓦格纳剧中的一幕:可怜的野兽——歌唱家——也仿佛马戏班里的狮子,对着脚灯愣住了,直要挨了鞭子才会记起自己原来是狮子。一般假作正经的胖妇人和痴骙的小姑娘,堆着微笑看着这种表演。等到狮子把戏做完,乐队指挥行过了礼,两人都被大众拍过了手,古耶又要把克利斯朵夫带到第三个音乐会去。但这一回克利斯朵夫双手抓住了座椅的靠手,声明再也不走了:从这个音乐会跑到那个音乐会,这儿听几句交响乐,那儿听一段协奏曲,他已经够受了。古耶白白地跟他解释,说音乐批评在巴黎是一种行业,并且是看比听更重要的行业。克利斯朵夫抗议说,音乐不是给你坐在马车上听的,而是需要凝神一志地去领会的。这种炒什锦似的音乐会使他心里作呕,他每次只要听一个就够了。

他对于这种音乐方面的漫无节制觉得很奇怪。像多数的德国人一样,他以为音乐在法国占着很少的地位;所以他意想中以为能听到分量少而质地很精的东西。不料一开场,七天之内人家就给他十五个音乐会。一星期中每个晚上都有,往

① 至第一次大战为止,巴黎交响乐音乐会的场子均极简陋。

往同时有两三个，在不同的区域里举行。星期日一天共有四个，也是在同一时间内。克利斯朵夫对于这等奇大无比的音乐胃口不胜钦佩。节目的繁重也使他吃惊。他一向以为只有德国人听音乐才有这等海量，那是他从前在国内痛恨的；此刻却发现巴黎人的肚子还远过于德国人。席面真是太丰盛了：两支交响曲，一支协奏曲，一支或两支序曲，一幕抒情剧。而且来源不一：有德国的，有俄国的，有斯堪的纳维亚国家的，有法国的；仿佛不管是啤酒，是香槟，是糖麦水，是葡萄酒，——他们能一齐灌下，决不会醉。巴黎那些小鸟儿的胃口竟这么大，克利斯朵夫简直看呆了。他们却若无其事，好比无底的酒桶，尽管倒进许多东西，实际上可点滴不留。

不久，克利斯朵夫又发觉这些大量的音乐其实内容只有一点儿。在所有的音乐会中他都看到同样的作家，听到同样的曲子。丰富的节目老是在一个圈子里打转。贝多芬以前的差不多绝无仅有，瓦格纳以后的也差不多绝无仅有。便是在贝多芬与瓦格纳之间，又有多少的空白！似乎音乐就只限于几个著名的作家。德国五六名，法国三四名，自从法俄联盟以来又加上半打莫斯科的曲子。——古代的法国作家，毫无。意大利名家，毫无。十七十八世纪的德国巨头，毫无。现代的德国音乐，也毫无，只除掉理查德·施特劳斯一个，因为他比别人乖巧，每年必定到巴黎来亲自指挥一次，拿出他的新作品。至于比利时音乐，捷克音乐，更绝对没有了。但最可怪的是：连当代的法国音乐也绝无仅有。——然而大家都用着神秘的口吻谈着法国的现代音乐，仿佛是震动世界的东西。克利斯朵夫只希望有机会听一听；他毫无成见，抱着极大的好奇心，非常热烈地想认识新音乐，瞻仰一下天才的杰作。但他虽然费尽心思，始终没听到；因为单是那三四支小曲，写得相当细腻而过于冷静过于雕琢的东西，并没引起他的注意，他也不承认它们便是现代的法国音乐。

克利斯朵夫在自己不能表示意见之前，先向音乐批评界去讨教一下。

那可不是件容易的事。批评界里谁都有主张，谁都有理由。不但各个音乐刊物都以互相抵触为乐，便是一个刊物的文字也篇篇矛盾。要是把它们全部看过来的话，你准会头脑发昏。幸而每个编辑只读他自己的文章，而群众是一篇都不读的。但克利斯朵夫一心要对法国音乐界有个准确的概念，便一篇都不肯放过，结果他不禁大为佩服这个民族的镇静功夫，处在这样的矛盾中间还能像鱼在水里一样的悠然自得。

在这纷歧的舆论中，有一点使他非常惊奇：就是批评家们的那副学者面孔。谁说法国人是什么都不信的可爱的幻想家呢？克利斯朵夫所见到的，比莱茵彼岸所有的批评家的音乐知识都更丰富，——即使他们一无所知的时候也显得如此。

当时的法国音乐批评家都决意要学音乐了。有几个也是真懂的：那全是一些怪物；他们居然花了番心血对他们的艺术加以思考，并且用自己的心思去思考。不必说，这般人都不大知名，只能隐在几个小杂志里，除了一两个例外是踏不进报馆的。他们诚实，聪明，挺有意思，因为生活孤独而有时不免发些怪论，冥思默想的习惯使他们在批评的时候不大容忍，倾向于唠叨。——至于其他的人，都匆匆忙忙学了些初步的和声学，就对自己新近得来的知识惊奇不置，跟姚尔邓先生学着语法规则的时候一样高兴得出神：

“D,a,Da;F,a,Fa;R,a,Ra……啊,妙极了！……啊！知道一些东西多有意思……”①

他们嘴里只讲着主旋律与副主旋律,调和音与合成音,九度音程的联系与大三度音程的连续。他们说出了某页乐谱上一组和音的名称,就忙着得意扬扬地抹着额上的汗:自以为把整个作品说明了,几乎以为那曲子是自己作的了。其实他们只像中学生分析西赛罗②的文法一般,背一遍课本上的名词罢了。但是最优秀的批评家也不大能把音乐看做心灵的天然的语言;他们不是把它看做绘画的分支,就是把它变成科学的附庸,仅仅是一些拼凑和声的习题。像这样渊博的人物自然要追溯到古代的作品。于是他们挑出贝多芬的错误,教训瓦格纳,至于柏辽兹和格路克,更是他们公然讪笑的对象。依照当时的风气,他们认为除了赛巴斯蒂安·巴赫与德彪西之外,什么都不存在。而近年来被大家乱捧的巴赫,也开始显得迂腐,老朽,古怪。漂亮人物正用着神秘的口吻称扬拉摩和哥波冷了③。

这些学者之间还要掀起壮烈的争辩。他们都是音乐家,但所以为音乐家的方式个个不同;各人以为唯有自己的方式

① 莫里哀的喜剧《醉心贵族的小市民》写一个鄙俗的市侩姚尔邓想学做贵族,请了音乐教师、舞蹈教师、哲学教师来教育自己。此处所引系第二幕第四场姚尔邓与哲学教师的对白的节略。

② 西赛罗为公元前一世纪罗马帝国时代的大演说家,大文豪。其选集为今法国中学生读拉丁文时必修之书。

③ 拉摩(1683—1764)与哥波冷(1668—1732)均为法国作曲家,但其真正的价值直至十九世纪末二十世纪初方始被人赏识。近代法国音乐家如德彪西,如拉威尔,均尊奉前二人为法国音乐的创始者。

才对，别人的都是错的。他们互诋为假文人，假学者；互相把理想主义与唯物主义、象征主义与自然主义、主观主义与客观主义，加在对方头上。克利斯朵夫心里想，从德国跑到这儿来再听一次德国人的争辩，岂不冤枉。照理，他们应该为了美妙的音乐使大家可以有许多不同的方式去享受而表示感激，可是他们非但没有这种情绪，还不允许别人用一种和他们不同的方式去享受。当时的音乐界正为了一场新的争执而分成两大阵营，厮杀得非常猛烈：一派是对位派，一派是和声派。一派说音乐是应当横读的，另外一派说是应当直读的。直读派口口声声只谈着韵味深长的和弦，融成一片的连锁，温馨美妙的和声：他们谈论音乐，仿佛谈论一个糕饼铺。横读派却不答应人家重视耳朵：他们认为音乐是一篇演说，像议院的开会，所有发言的人都得同时说话，各人只说各人的，决不理会旁人，直到自己说完为止；别人听不见是他们活该！他们尽可在明天的公报上去细读：音乐是给人读的，不是听的。克利斯朵夫第一次听见横读派与直读派的争议，以为他们都是疯子。人家要他在连续派与交错派两者①之间决定态度，他就照例用箴言式的说话回答：

“诸位，此党彼党，我都仇视！”

但人家紧自问个不休：“和声跟对位，在音乐上究竟哪一样更重要？”

“音乐最重要。把你们的音乐拿出来给我看看！”

提到他们的音乐，他们的意见可一致了。这些勇猛的战士，在好斗那一点上互相争胜的家伙，只要眼前没有什么盛名

① 连续派与交错派即横读派与直读派，亦即对位派与和声派。

享得太久的古人给他们攻击，都能为了一种共同的热情——爱国的热情——而携手。他们认为法国是个伟大的音乐民族。他们用种种的说辞宣告德国的没落。——对于这一点，克利斯朵夫并不生气。他自己早就把祖国批驳得不成样子，所以平心而论，他不能对这个断语有何异议。但法国音乐的优越未免使他有些奇怪：老实说，他在历史上看不出法国音乐有多少成绩。然而法国音乐家一口咬定，他们的艺术在古代是非常美妙的。① 为了阐扬法国音乐的光荣，他们先把上一世纪的法国名人恣意取笑，只把一个极好极纯朴的大师除外，而他还是个比利时人。② 做过了这番扫荡工作，大家更容易赞赏古代的大师了：他们都是被人遗忘的，有的是始终不知名而到今日才被发掘出来的。在政治上反对教会的一派，认为什么都应当拿大革命时代做出发点；音乐家却跟他们相反，以为大革命不过是历史上的一个山脉，应当爬上去观察山后的音乐上的黄金时代。长时期的消沉过后，黄金时代又要来了：坚固的城墙快崩陷了；一个音响的魔术师正变出一个百花怒放的春天；古老的音乐树上已经长出新枝嫩叶；在和声的花坛里，奇花异卉眯着笑眼望着新生的黎明；人们已经听到琤琮的泉声，溪水的歌唱……那境界简直是一首牧歌。

克利斯朵夫听了这些话，欢喜极了。但他注意一下巴黎各戏院的广告的时候，只看到梅亚贝尔、古诺，和马斯涅的名

① 十四十五两世纪文艺复兴时代，法—比学派在音乐史上极为重要，十六世纪的法国音乐尤其盛极一时。但这种情形直至二十世纪初年方被学者逐渐发现，向世人披露。

② 此系指赛查·法朗克，生于比利时而久居巴黎，终入法国籍，为十九世纪最大作曲家之一，对近代法国音乐之再生运动极有影响。

字，甚至还有他只嫌太熟的玛斯加尼和雷翁加伐罗。① 他便问他的那班朋友，所谓迷人的花园是否就是指这种无耻的音乐，这些使妇女们失魂落魄的东西，这些纸花，这些香粉铺。他们却大为生气地嚷起来，说那是颓废时代的余孽，谁也不加注意的了。——可是实际上《乡村骑士》正高踞着喜歌剧院的宝座，《巴耶斯》在歌剧院中雄视一切；玛斯奈和古诺的作品风靡一时：《迷娘》，《胡格诺教徒》，《浮士德》这三位一体的歌剧都声势浩大，超过了一千场的纪录。——但这都是无关紧要的例外，用不着去管它。一种理论要是遇到不客气的现实给它碰了钉子，最简单的就是否认现实。所以法国批评家们否认那些无耻的作品，否认那般捧这些作品的群众；并且用不着别人怎么鼓动，他们也快要把乐剧整个儿地抹煞了。在他们心目中，乐剧是一种文学作品，所以是不纯粹的。（他们自己都是文人，却偏不承认是文人。）一切有所表现，有所描写，有所暗示的音乐，总之，一切想说点儿什么的音乐都被加上一个不纯粹的罪名。——可见每个法国人都有罗伯斯庇尔的气质，不论对什么东西对什么人，非戕贼其生命，就不能使这个人或物净化。——法国的大批评家只承认纯粹音乐，

① 梅亚贝尔（1791—1864）为德国歌剧作家，生前在欧洲红极一时，今日音乐史上的定论则仅是一个庸俗肤浅的作家。下文提到的《胡格诺教徒》即他的作品。古诺（1818—1893）对法国近代歌剧的创立极有贡献，但并非第一流的作曲家，最著名的作品即下文提到的《浮士德》。马斯涅（1842—1912）为法国歌剧作家，其作品偏于甜俗，做作，缺乏真情实感。玛斯加尼（1863—1945）与雷翁加伐罗（1858—1919）均意大利歌剧作家，即前文所称自然主义之代表人物，以描写人生的强烈而迅速的印象为主，作品光华灿烂而流于浅薄。玛斯加尼最流行之作品为《乡村骑士》，雷翁加伐罗的为《巴耶斯》。

其余的都是下劣的东西。

克利斯朵夫发现自己的趣味不高明，很是惭愧。但看到那些瞧不起乐剧的音乐家没有一个不替戏院制作，没有一个不写歌剧，他又感到一点儿安慰。——当然，这种事实仍不过是无关紧要的例外。既然他们提倡纯粹音乐，所以要批评他们是应当把他们的纯粹音乐做根据的。克利斯朵夫便访求他们这一类的作品。

丹沃斐·古耶把他带到一个宣扬本国艺术的团体中去听了几次音乐会。一般新兴的名家都在这儿经过长时期的锻炼与孵育的。那是一个很大的艺术集团，也可以说是有好几个祭堂的小寺院。每个祭堂有它的祖师，每个祖师有他的信徒，而各个祭堂的信徒又互相菲薄。① 在克利斯朵夫看来，那些祖师根本就没有多大分别。因为一向弄惯了完全不同的艺术，所以他完全不了解这种新派音乐，而他的自以为了解使他反而更不了解。

他觉得所有的作品永远浸在半明半暗的黑影里，好像一幅灰灰的单色画，线条忽隐忽现，飘忽无定。在这些线条中间，有的是僵硬、板滞、枯索无味的素描，像用三角板画成的，

① 此处系隐射法国的民族音乐协会（Société Nationale de Musique），于一八七一年由国立音乐院教授皮西纳与圣·桑发起，目的为专门演奏当代法国作家的音乐。以培养法国新兴音乐为主。参加的有法朗克、马斯涅、福莱、牡巴克、拉罗、杜蒲阿等。尔后无形中分成若干小组，各奉一知名作家为领袖，最重要的即法朗克一派与圣·桑一派的对立。故本文中称有好几个祭堂的寺院。但事实上，在一八七〇至一九〇〇的三十年中所有法国近代音乐的名作都是由这个团体首先演奏，公之于世的。故该会可称为现代法国乐坛的温床。

结果都成为尖锐的角度，好比一个瘦妇人的肘子。也有些波浪式的素描，像雪茄的烟圈一般袅袅回旋。但一切都是灰色的。难道法国没有太阳了吗？克利斯朵夫因为来到巴黎以后只看见雨跟雾，不禁要信以为真了；但要是没有太阳，艺术家的使命不就是创造太阳吗？不错，他们的确点着他们的小灯，但只像萤火一般，既不会令人感到暖意，也照不见什么。作品的题目是常常变换的：什么春天，中午，爱情，生之欢乐，田野漫步，等等；可是音乐本身并没跟着题目而变，只是一味地温和，苍白，麻木，贫血，憔悴。那时音乐界中一般典雅的人，讲究低声说话。而那也是对的：因为声音一提高，就跟叫嚷没有分别：高声与低声之间没有中庸之道。要选择只有低吟浅唱与大声呐喊两种。

克利斯朵夫快要昏昏入睡了，便打起精神来看节目；他感到奇怪的是，这些在灰色的天空飘浮的云雾，居然自命为表现确切的题材。因为，跟他们的理论相反，他们所作的纯粹音乐差不多全是标题音乐，至少都是有个题目的。他们徒然诅咒文学，结果还得拿文学做拐杖。好古怪的拐杖！克利斯朵夫发觉他们勉强描写的尽是些幼稚可笑的题材，又是果园，又是菜园，又是鸡埘，真可说是音乐的万牲园与植物园。有的把卢浮宫的油画或歌剧院的壁画作成交响曲或钢琴曲，把荷兰十七世纪的风景画家、动物画家、法国歌剧院的装饰画家的作品，取为音乐的题目，加上许多注释，说明哪是神话中某个神明的苹果，哪是荷兰的乡村客店，哪是白马的臀部。在克利斯朵夫看来，这是一些老小孩的玩意儿：喜欢画而又不会画，便信手乱涂一阵，挺天真地在下面用大字写明，这是一所屋子，那是一株树。

除了这批有眼无珠，以耳代目的画匠以外，还有些哲学家在音乐上讨论玄学问题。他们的交响曲是抽象的原则的斗争，是说明某种象征或某种宗教的论文。他们也在歌剧中间研究当时的法律问题与社会问题，什么女权与公民权等。至于离婚问题，确认亲父问题，政教分离问题，他们都津津乐道。他们之间分成两派：就是反对教会的象征派和拥护教会的象征派。收旧布的哲学家，做女工的社会学家，预言家式的面包师，使徒式的渔夫，都在剧中直着嗓子唱歌。从前歌德已经说起他那时的艺术家想"在故事画中表现康德的思想"。克利斯朵夫这时代的作家却是用十六分音符来表现社会学了。左拉，尼采，梅特林克，巴莱斯，姚莱斯，芒台斯，[①]《福音书》，红磨坊[②]，等等，无一不是歌剧和交响乐的作者汲取思想的宝库。其中不少人士，看着瓦格纳的榜样兴奋起来，大声嚷着："我吗，我也是诗人呀！"——于是他们很有自信地在自己的乐谱上写起或是有韵或是无韵的东西来，那风格不是跟小学生的一样，就像那些颓废派的日报副刊。

所有这些思想家和诗人都是纯粹音乐的拥护者。但他们对这种音乐更喜欢议论而不喜欢制作。——偶然他们也写一些，但完全是空洞的东西。不幸，他们居然常常成功：内容却一无所有，——至少克利斯朵夫认为如此。——的确他也不得其门而入。

要懂得一种异国的音乐，先得学习它的语言，并且不该自

① 巴莱斯（1862—1923）为法国小说家，提倡以自我分析的方式认识人与土地、自然及国家社会的关系。姚莱斯（1859—1914）为法国社会党领袖，《人道报》的创办人。芒台斯（1841—1909）为法国诗人、小说家、剧作家。

② 红磨坊为巴黎有名的舞场，创立于一八八九年；一九一五年后改为杂耍歌舞场。

以为已经知道这个语言。克利斯朵夫可是像一切头脑单纯的德国人一样,自以为早就知道了。当然他是可以原谅的。便是法国人也有许多不比他更了解。正如路易十四时代的德国人,因为竭力说法语而忘掉了本国的语言,十九世纪的法国音乐家也久已忘了自己的语言,以致他们的音乐竟变成了一种外国方言。直到最近,才有一种在法国讲法国话的运动。他们并不都能够成功:习惯的力量太强了;除了少数的例外,他们说的法语是比利时化的或是日耳曼化的。① 那就难怪一个德国人要误会了,难怪他要凭着武断的脾气,以为这仅仅是不纯粹的德语,而且因为他全然不懂而认为毫无意义。

克利斯朵夫的看法便是这样。他觉得法国的交响曲是一种抽象的辩证法,用演算数学的方式把许多音乐主题对立起来,或是交错起来;其实,要表现这一套,很可以用数字或字母来代替。有的人把一件作品建筑在某个音响的公式之上,使它慢慢地发展,直到最后一部分的最后一页才显得完全,而作品十分之九的部分都像不成形的幼虫。有的人用一个主题作变奏曲,而这主题只在作品末了,由繁复渐渐归于简单的时候才显出来。这是极尽高深巧妙的玩意儿,唯有又老又幼稚的人才会感兴趣。作者为此所费的精力是惊人的,一支幻想曲要多少年才能写成。他们绞尽脑汁,求新的和弦的配合,——为的是表现……表现什么呢?管它!只要是新的辞藻就行了。人家说既然器官能产生需要,那么辞藻也会产生思想的:最要紧的是新。无论如何要新!他们最怕"已经说过的"词句。所以最优秀的人也为之而变成瘫痪了。你可以感到他们

① 指当时的法国音乐不是受法朗克的影响,便是受瓦格纳的影响。

老是在留神自己，准备把所写的统统毁掉，时时刻刻问着自己：“啊！天哪！这个我在哪儿见过的呢？”……有些音乐家，——特别在德国，——喜欢把别人的句子东捡西拾地拼凑起来。法国音乐家却是逐句检查，看看在别人已经用过的旋律表内有没有同样的句子，仿佛拼命搔着鼻子，想使它变形，直要变到不但不像任何黑人的鼻子，而且根本不像鼻子的时候方始罢休。

这样的惨淡经营仍瞒不了克利斯朵夫。他们徒然运用一种复杂的语言，装出奇奇怪怪的姿态兴奋若狂，把乐队部分的音乐弄得动乱失常，或是堆砌一些不连贯的和声，单调得可怕，或是萨拉·裴娜①式的说白，唱得走音的，几小时的呶呶不已，好似骡子迷迷糊糊地走在险陡的坡边上。——克利斯朵夫在这些面具之下，认出一些冰冷的毫无风韵的灵魂，搽脂抹粉，涂了一脸，学着古诺与马斯涅的腔派，还不及他们自然。于是他不禁引用当年格路克批评法国人的一句不公平的话：

“由他们去罢。他们弄来弄去逃不出那套老调。”

可是他们把那套老调弄得非常艰深。他们拿民歌作为道貌岸然的交响曲的主题，像做什么博士论文一样。这是当代最时髦的玩意儿。所有的民歌，不论是本国的是外国的，都依次加以运用。他们可以用来作成《第九交响曲》或是法朗克的《四重奏》，但还要艰深得多。要是其中有一小句意思非常显明的话，作者便赶紧插入一句毫无意义的，把上一句毫不留情的破坏掉。——然而大家还把这些可怜虫认为极镇静，精神极平衡的人呢！……

① 萨拉·裴娜(1844—1923)，法国近代最优秀的女演员。

演奏这类作品的时候,一个年轻的乐队指挥,仪表端正而态度狰狞的家伙,费了九牛二虎之力,做着跟弥盖朗琪罗画上的人物一样的姿势,仿佛要鼓动贝多芬或瓦格纳的队伍似的。听众是一般厌烦得要死的时髦人物,以为尝尝这种烦闷的滋味是有面子的事;还有是年轻的学徒,因为能够把学校里的一套在此引证一番,在某些段落中去找点儿本行的诀窍而很高兴,情绪之热烈也不亚于指挥的姿势和音乐的喧闹……

"嗬！那不是痴人说梦吗!"克利斯朵夫说。

(因为他此刻已经会用巴黎人的俗语了。)

然而懂得巴黎的俗语究竟比懂巴黎的音乐容易。克利斯朵夫无处不用他的热情,又跟一般的德国人一样,天生的不了解法国艺术:他的判断就是以这种热情与不了解做根据的。但他至少是善意的,随时准备承认自己的错误,只要人家给他指出来。所以他并不肯定自己的见解,预备让新的印象来改变他的意见。

便是目前,他也承认这种音乐极有才气,有很好的材料,节奏与和声方面有奇特的发现,好似各式各种美妙的布帛,柔软,光亮,五光十色,竭尽巧思。克利斯朵夫觉得很好玩,便尽量采取它的长处。所有这些小名家都比德国音乐家头脑开通得多;他们很勇敢地离开大路,扑到森林中去摸索,想教自己迷失。但他们都是挺乖的小孩子,怎么样也不会迷路。有的走了一二十步,又绕到大路上来了。有的才走了一忽儿就累了,不管什么地方就停下来。有的差不多快摸到新路了,可并不继续前进,而坐在林边,在树下闲逛了。他们所最缺少的是意志,是力;一切的天赋他们都齐备,——只少一样:就是强烈的生命。尤其可惜的是他们那些努力仿佛是乱用的,在半路上消耗掉了。这些艺术家难得会清清楚楚地意识到自己的天性,难得会锲而不舍地把他们所有的精力配合起来去达到预定的目标。这是法国人胸无定见的最普通的后果:多少的天才和意志都因为游移不定与自相矛盾而浪费了。他们的大音乐家如柏辽兹,如圣·桑,——只以最近代的来说,——能够不至于因缺少毅力、缺少信心、缺少精神上的指南针而陷落而颠覆的,几乎一个都没有。

克利斯朵夫跟当时的德国人一样存着鄙薄的心,想道:

"法国人只知道浪费精力去求新发明,而不会利用他们的新发明。他们始终需要一个异族的主宰,要一个格路克或是一个拿破仑①才能使他们的大革命有点儿结果。"

他想到要是再来一次拿破仑式的政变②该是怎么一个局面,不禁微微地笑了。

但在混乱状态中,有一个团体竭力想替艺术家把秩序与纪律恢复过来。一开始它取了个拉丁名字,纪念一千四百年以前,高卢人与汪达尔人南侵时代盛极一时的一种教会组织。③

① 格路克(1714—1784)为德国音乐家,居留法国甚久,在近代歌剧史上为极重要的复兴运动者,对十八世纪的法国歌剧影响极大。拿破仑出生地为地中海上的科西嘉岛,岛民原非法国种族。故作者称他们同为"异族的主宰"。

② 指一七九九年十一月九日的雾月政变,拿破仑解散督政府,自任第一执政,而以后称帝之基业亦于此奠定。

③ 一八九六年,法朗克的大弟子鲍台斯与文桑·但第在巴黎创办一音乐学院,以拉丁文取名为 Schola Cantorum(意义为宗教音乐歌唱学校),以纪念六世纪时教会歌唱组织。但此歌唱学校不久即教授乐理,音乐史,一切器乐,与一般音乐学院无异。法国近代名家十之七八均出身于该校。

克利斯朵夫奇怪为什么要追溯到这样久远。一个人能够高瞻远瞩，不囿于所生的时代，固然很好；但一座十四个世纪的高塔难免不成为一座不大方便的瞭望台，宜于仰观星象而不宜乎俯视当代的人群的。可是克利斯朵夫不久就放心了，因为他看见那般圣·格雷哥里的子孙[①]难得留在高塔上，只在鸣钟击鼓的时候才攀登。其余的时间，他们都在底下的教堂里。克利斯朵夫参与过几次他们的祭礼，先还以为他们属于新教的某个小宗派，后来才发觉他们是基督旧教中人。在场的都是些匍匐膜拜的群众，虔诚的、偏执的、喜欢攻击人的信徒。为首的是个极纯粹极冷静的人，性情固执而带几分稚气，在那里维护宗教、道德、艺术方面的主义，向少数选民用抽象的词句解释他那部音乐的福音书，谴责“骄傲”与“异端邪说”。他把艺术上所有的缺陷，和人类所有的罪恶都归咎于上面两点。文艺复兴，宗教改革，以及今日的犹太教，他都等量齐观，认为是骄傲与异端的表现。音乐界中的犹太人都被执行了火刑。巨人亨德尔也受到了鞭挞。唯有赛巴斯蒂安·巴赫一个人，靠了上帝的面子，被认为“误入歧途的新教徒”而获免。[②]

这座圣·雅各街的庙堂[③]做着布道事业，有心拯救人类的灵魂与音乐。他们很有系统地传授天才的法则。许多勤奋的学生辛辛苦苦的，深信不疑的拿这些秘诀来付诸实行。他

① 初期的基督教圣诗歌唱，调式(mode)驳杂不一，经六世纪时教皇格雷哥里一世整理统一，至今于基督旧教某些宗派(例如本多派)的寺院中歌唱，称为素歌(plain chant)。文桑·但第辈认为制作宗教音乐必须以素歌的精神为基础。故此处称此派的人为“圣·格雷哥里的子孙”。

② 谓巴赫是“误入歧途的新教徒”一语，是文桑·但第一派的哀特迦·蒂奈说的，言下认为巴赫的精神是旧教徒的精神。

③ 巴黎宗教歌唱学校(简称歌唱学校)校址在拉丁区圣·雅各街。

们似乎想用虔诚的艰苦来补赎祖先们轻佻的罪过:例如奥贝与阿唐之流,还有那人也疯魔,音乐也疯魔的柏辽兹。① 现在人们抱着了不起的热情和虔敬,为一班众所公认的大师努力宣扬。十几年中间,他们的成就确是可观;法国音乐的面目居然为之一变。不但是法国的批评家,并且连法国的音乐家也学起音乐来了。从作曲家到演奏家如今都知道巴赫的作品了!——他们尤其努力破除法国人闭关自守的积习。法国人平日老躲在家里,轻易不肯出门;所以他们的音乐也缺少新鲜空气,有股闭塞的、陈腐的、残废的气息。这和贝多芬不问晴雨地在田野里跑着,在山坡上爬着,手舞足蹈,骇坏了羊群的那种作曲方式完全相反。巴黎的音乐家决不会像波恩的大熊②一般,因为有了灵感而吵吵嚷嚷的惊动邻居。他们制作的时候是在自己的思想上加一个弱音器的;并且也挂着重重的帷幕,使外面的声音透不进来。

歌唱学校这一派竭力想更换空气;它对"过去"开了几扇窗子。但也仅仅对着"过去"。③ 这是开向庭院而非临着大街的窗子,没有多大用处。何况窗子才打开,百叶窗又关上了,好似怕受凉的老太太。从百叶窗里透进来的有些中世纪的作品,有些巴赫,有些帕莱斯特里那,有些民歌。可是这又算得

① 奥贝(1782—1871)为法国第二流歌剧作家,以浮华的典雅红极一时。阿唐(1803—1856)的歌剧,尤次于奥贝。柏辽兹(1803—1869)为法国近代最大的交响曲作家,生前生后均不甚得意。其对法国音乐的贡献,直至二十世纪初方渐渐被人发现,本书作者罗曼·罗兰对之尤为称赏,认为世界第一流的音乐天才。

② 贝多芬的故乡为德国波恩,故称其为"波恩的大熊"。

③ 该校举行的音乐会最初只演奏古代大师帕莱斯特里那、巴赫、蒙特威尔第、拉摩、格路克等的作品。

什么呢？屋子里霉腐的气味依旧不减。其实他们觉得这样倒是挺舒服的，对现代的大潮流反而怀有戒心。固然，他们知道的事情比旁人多，但一笔抹煞的也一样的多。在这种环境里，音乐自然会染上一股迂腐之气，而不是给精神的一种慰藉了；他们的音乐会不是等于历史课，就是含有鼓励作用的举例。凡是前进的思想都被变成学院化。气势雄伟的巴赫被他们供奉到庙堂里去的时候，也变得循规蹈矩了。他的音乐完全被一班学院派的头脑改了样子，正如温馨浓艳的《圣经》被英国人的头脑改装过了一样。① 他们所称扬的是一种贵族派的折中主义，想把六世纪至二十世纪中间的三四个伟大音乐时代的特点汇集起来。这个理想倘若实现的话，那么其成绩一定像一个印度总督旅行回来，把在地球上各处搜罗得来的宝贝凑成的一座聚宝盆。可是以法国人的通情达理，结果并没闹出学究式的笑柄；大家决不实行他们的理论，而对付理论的办法也好比莫里哀对付医生一样，拿了药方而并不佩服，最有性格地走他们自己的路去了。其余的只做些繁复的练习和艰深的对位学，名之为奏鸣曲，四重奏，或交响曲……——“奏鸣曲啊，你要怎么呢？”——它不要什么，只要成为一阕奏鸣曲而已。作品中的思想是抽象的、无名的、勉强嵌进去的、毫无生趣的东西。那很像一个高明的公证人起草文书的艺术。克利斯朵夫先是因为法国人不喜欢勃拉姆斯而很高兴，如今却看到法国有着无数的小勃拉姆斯。所有这些出色的工人，既勤谨，又用心，真是具备了各种的德性。克利斯朵夫从他们的

① 英国十七世纪的清教徒，对《圣经》的了解极其偏执、狭窄、严峻，有如极端派的加尔文主义。

音乐会里出来，非常得益，但是非常厌烦。

嘿，外边的天气多好啊！

然而巴黎的音乐家中究竟有几个无党无派的独立的人。唯有这般人才能引起克利斯朵夫的注意。也唯有这般人能使你衡量一种艺术的生机。学派与社团只表现一种浮面的潮流或硬生生制造出来的理论。深思默想的超然人士，却有更多的机会能发现他们当代的与民族的真精神。但就因为这一点，一个外国人对他们比对旁人更难了解。

克利斯朵夫初次听到那个鼎鼎大名的作品的时候，便是这种情形。为了那作品，法国人不知说了多少胡话，有一部分的人说是十个世纪以来最大的音乐革命。——（世纪对他们是不值钱的！他们又不知道什么天高地厚）……

丹沃斐·古耶和西尔伐·高恩把克利斯朵夫带到喜歌剧院去，听《佩莱阿斯与梅丽桑德》①，他们把这件作品介绍给他觉得光荣极了，仿佛是他们自己作的，并且告诉克利斯朵夫，说他这一回保证会发现奇迹。歌剧已经开幕了，他们还唠唠不休地在旁解释。克利斯朵夫止住了他们的话，伸着耳朵细听。第一幕演完，高恩眉飞色舞地问：

"喂，朋友，你觉得怎么样？"

他反问他们："以后是不是老是这样的？"

"是的。"

"那么根本没有什么东西啰。"

① 此系梅特林克一八九二年所作的悲剧，德彪西谱成歌剧，于一九〇二年公演。

高恩可叫起来了，认为他外行。

“没有东西，”克利斯朵夫继续说，“没有音乐，没有发展。前后不相衔接，简直站不住。和声很细腻。配器的效果颇有些很美的花腔，格调很高。但内容是空无所有，空无所有……”

他又听下去。慢慢地，作品露出一点儿光来了；他开始在半明半暗中发现一些东西了。不错，他看到作者存心要求素雅，一反瓦格纳那种用音乐的浪潮来淹没戏剧的理想；但他不禁带着点挖苦的心思追问：他们有这种牺牲的理想，骨子里是否把自己没有的东西牺牲。在这件作品里，他感到颇有些贪逸恶劳的意味，想以最低限度的疲劳来获得效果，因为懒惰而不愿意费力去建造瓦格纳派的巨制。至于唱词之单纯，简洁，朴素，声音的微弱，虽然他觉得单调，而且因为他是德国人而认为不真实，但也同样感到惊异。——（他认为歌词愈求真切，愈令人感到法国语言的不适宜于谱成音乐，因为它太合逻辑，太分明，轮廓太固定；语言本身固然完美，但没法跟旁的东西融和。）然而这种尝试毕竟是有意思的，在它一反瓦格纳派的铺张浮夸这一点上，克利斯朵夫是赞成的。那位法国音乐家①似乎很俏皮地讲究含蓄，要用低声喁语来表白热情。爱既没有欢呼，死也没有哀号。只有旋律的线条微微颤动一下，乐队像嘴唇轻轻一抿似的打个寒噤，你才感觉到在剧中人心里波动的情绪。仿佛作家战战兢兢的怕流露真情。他的艺术的格调真是高极了，——除非法国民族固有的那种取悦感官，喜欢做作的倾向在他胸中突然觉醒的时候。那时你才会发现

① 指德彪西。

有些头发太黄的，嘴唇太红的，第三共和以后的小家碧玉所扮演的大情人。但这种情形是难得的，是作者过于克制自己的反响，是需要松动一下的表现；整个作品的风格是一种精练到极点的单纯，并不单纯的单纯，刻意追求得来的单纯，是古老的社会的一朵精美纤巧的花。年少犷野如克利斯朵夫，当然不能充分欣赏这种境界，他尤其讨厌那剧本，那些诗。他以为看到了一个半老的巴黎女人，装着小孩子，要人讲童话给她听。这当然不是瓦格纳派的懒洋洋的角色，不是又肉麻又蠢笨的莱茵姑娘；但一个法兰西与比利时的混血种①的懒洋洋的人物，装腔作势的"沙龙"气派，喊着"小爸爸啊""白鸽啊"那一套给交际场中的太太们应用的神秘气息，也未必高明。巴黎女人却对着这出戏出神了，因为在这面镜子里照见了她们多愁多病、才子佳人的腔调而顾盼自怜。意志两字完全谈不到。没有一个人知道自己要些什么，做些什么。

"那可不是我的过失啊！那可不是我的过失啊！……"这些大孩子都这样地呻吟着。整整的五幕——森林，岩穴，地窖，死者的卧室，——都在黯淡的微光中演出，荒岛上的小鸟简直没有挣扎。可怜的小鸟！美丽，细巧……它们多么害怕太强的光明，太剧烈的动作，太剧烈的说话，多么怕热情，怕生命！……生命并不曾精炼过，你不能戴着手套去抓握的……

克利斯朵夫听见隐隐的炮声在响了，快要把这垂死的文明，这一息仅存的小小的希腊轰倒了。

虽然如此，克利斯朵夫对这件作品依旧抱着好感；是不是

① 因戏剧的原作者梅特林克是比利时人，音乐的作者德彪西是法国人。

因为他有点儿又轻视又怜悯的缘故呢？总之，他对它的关切远过于他口头的表示。他走出戏院回答高恩的时候，尽管口口声声说着“很细腻，很细腻，可是缺少奔放的热情，音乐还嫌不够”，心里却绝对不把《佩莱阿斯》和其余的法国音乐一般看待。他被大雾中间的这盏明灯吸住了。他还发现有些别的光亮，很强的，很特别的，在四下里闪耀。这些磷火使他大为错愕，很想近前去瞧瞧是怎么样的光，可是不容易抓握。克利斯朵夫因为不了解而更觉得好奇的那般超然派的音乐家，极难接近。克利斯朵夫所不可或缺的同情，他们完全不需要。除了一两个例外，他们都不看别人的作品，知道得很少，也不想知道。他们几乎全部过着离群索居的生活，由于故意，由于骄傲，由于落落寡合，由于憎厌人世，由于冷淡，而把自己关在小圈子里。这等人虽为数不多，却又分成对立的小组，各不相容。他们的小心眼儿既不能容忍敌人和对手，也不能容忍朋友，——倘使朋友敢赏识另外一个音乐家，或是赏识他们而用了一种或是太冷淡、或是太热烈、或是太庸俗、或是太偏激的方式。要使他们满足真是太难了。结果他们只相信一个得到他们特许的批评家，一心一意坐在偶像的脚下看守着。你决不能去碰这种偶像。——他们固然不求别人了解，他们对自己也不怎么了解。他们受着奉承，被盟友的意见和自己的评价改了样，终于对自己的艺术和才具也弄模糊了。一般凭着幻想制作的人自以为是改革家，纤巧病态的艺术家自命为与瓦格纳争雄。他们差不多全为了抬高身价而断送了自己；每天都得飞跃狂跳，超过上一天的纪录，同时也要超过敌人的纪录。不幸这些跳高的练习并不每次成功，而且也只对几个同行才有点儿吸引力。他们既不理会群众，群众也不理会他们。

他们的艺术是没有群众的艺术，只从音乐本身找养料的音乐。但克利斯朵夫的印象，不论这印象是否准确，总觉得法国音乐最需要音乐以外的依傍。这株体态婀娜的蔓藤似的植物简直离不开支柱：第一就离不开文学。它本身没有充分的生命力，呼吸短促，缺少血液，缺少意志，有如弱不禁风的女子需要男性扶持。然而这位拜占庭式的王后，纤瘦，贫血，满头珠翠，被时髦朋友、美学家、批评家，这些宦官包围了。民族不是一个音乐的民族；二十余年来大吹大擂地捧瓦格纳、贝多芬、巴赫、德彪西的热情，也仅仅限于一个阶级。越来越多的音乐会，不惜任何代价鼓动起来的、声势浩大的音乐潮流，并不是因为群众的趣味真正发展到了这个程度。这是一种风起云涌的时髦，影响只及于一部分优秀人士，而且也把他们搅昏了。真正爱好音乐的人屈指可数，而最注意音乐的人如作曲家批评家，并不就是最爱好的人。在法国，真爱音乐的音乐家太少了！

克利斯朵夫这么想着，可忘了这种情形是到处一样的，真正的音乐家在德国也不见得更多，在艺术上值得重视的并非成千成万毫无了解的人，而是极少数真爱艺术而为之竭忠尽智的孤高虔敬之士。这类人物，他在法国见到没有呢？不论是作曲家或批评家，最优秀的都是远离尘嚣而在静默之中工作的，例如法朗克，例如现代一般最有天分的人；多少艺术家过着没世无闻的生活，让以后的新闻记者争着以最先发现他们，做他们的朋友为荣；还有少数勤奋的学者，毫无野心，不求名利，一点一滴地把法兰西过去的伟大发掘出来；另外一批则是献身于音乐教育，为法兰西未来的光荣奠定基础。其中有多少聪明才智之士，性灵的丰富，胸襟的阔大，兴趣的广博，一定能使克利斯朵夫心向神往，要是认识他们的话。但他无意之间只瞥见了两三个这种人物，而他所了解的，见到的，又是他们被人改头换面的思想。克利斯朵夫只看到作者的缺点，被那些摹仿的人和新闻界的捐客抄袭而夸大的缺点。

克利斯朵夫对那些音乐界的俗物尤其感到恶心的，是他们的形式主义。他们之间只讨论形式一项。情操，性格，生命，都绝口不提！没有一个人想到真正的音乐家是生活在音响的宇宙中的，他的岁月就等于音乐的浪潮。音乐是他呼吸的空气，是他生息的天地。他的心灵本身便是音乐；他所爱，所憎，所苦，所惧，所希望，又无一而非音乐。一颗音乐的心灵爱一个美丽的肉体时，就把那肉体看做音乐。使他着迷的心爱的眼睛，非蓝，非灰，非褐，而是音乐；心灵看到它们，仿佛一个美妙绝伦的和弦。而这种内心的音乐，比之表现出来的音乐不知丰富几千倍，键盘比起心弦来真是差得远了。天才是要用生命力的强度来测量的，艺术这个残缺不全的工具也不过想唤引生命罢了。但法国有多少人想到这一点呢？对这个化学家式的民族，音乐似乎只是配合声音的艺术。它把字母当做书本。克利斯朵夫听说要懂得艺术先得把人的问题丢开，不禁耸耸肩膀。他们却对于这个怪论非常得意：以为非如此不足以证明他们有音乐天分。像古耶这等糊涂蛋也是这样。他从来不懂一个人如何能背出一页乐谱，——（他曾经要克利斯朵夫解释这个神秘）——如今却向克利斯朵夫解释，说贝多芬伟大的精神和瓦格纳刺激感官的境界，对于音乐并不比一个画家的模特儿对于他所作的肖像画有更大的作用！

“这就证明，”克利斯朵夫不耐烦地回答说，“在你们眼里，一个美丽的肉体并没有艺术价值！一股伟大的热情也没有艺术价值！唉，可怜虫！……你们难道没想象到一张妩媚的脸为一幅肖像画所增加的美，一颗伟大的心灵为一阕音乐所增加的美吗？……可怜虫！……你们只关心技巧是不是？只要一件作品写得好，不必问作品表现些什么，是不是？……可怜虫！……你们仿佛不听演说家的词句，只听他的声音，只莫名其妙地看着他的手势，而认为他说得好极了……可怜的人啊！可怜的人啊！……你们这些糊涂蛋！”

克利斯朵夫所着恼的不单是某种某种的理论，而是一切的理论。这些清谈，这些废话，口口声声离不开音乐而只会谈音乐的音乐家的谈话，他听厌了。那真会教最优秀的音乐家深恶痛绝。克利斯朵夫跟穆索尔斯基①一样的想法，以为音乐家最好不时丢开他们的对位与和声，去读几本美妙的书，或者去得点儿人生经验。光是音乐对音乐家是不够的：这种方式决不能使他控制时代而避免虚无的吞噬……他需要体验人生！全部的人生！什么都得看，什么都得认识。爱真理，求真理，抓住真理，——真理是美丽的战神之女，阿玛仲纳②的女王，亲吻她的人都会给她一口咬住的！

音乐的座谈室已经太多了，制造和弦的铺子也太多了！所有这些像厨子做菜一般制造出来的和声，只能使他看到些妖魔鬼怪而绝对听不见一种有生命的新的和声。

于是，克利斯朵夫向这批想用蒸馏器孵化出小妖魔来的博士们告别，跳出了法国的音乐圈子，想去访问巴黎的文坛和社会了。

① 穆索尔斯基（1839—1881），创立近代俄国乐派的五大家之一。

② 阿玛仲纳相传为古希腊时代居于小亚细亚的女性部落，以好战著称。

像法国大多数的人一样,克利斯朵夫最初是在日报上面认识当时的法国文学的。他因为急于要熟悉巴黎人的思想,同时补习一下语言,便把人家说是最地道的巴黎型的东西用心细读。第一天,他在骇人的社会新闻里,——叙述和特写一共占了好几长行,——读到一篇报道一个父亲和十五岁的亲生女儿睡觉的新闻:字里行间仿佛认为这种事情是极自然的,甚至还相当动人。第二天,他在同一报纸上读到一件父子纠纷的新闻,十二岁的儿子和父亲同睡一个姑娘。第三天,他读到一桩兄妹相奸的新闻。第四天,他读到姊妹同性爱的新闻。第五天……第五天,他把报纸丢了,和高恩说:

"嘿!这算是哪一门?你们都发疯了吗?"

"这是艺术啊。"高恩笑着回答。

克利斯朵夫耸了耸肩膀:"你这是跟我开玩笑了。"

高恩笑倒了,说:"绝对不是。你自己去瞧罢。"

他给克利斯朵夫看一个最近发刊的"艺术与道德"的征文特辑,结论是"爱情使一切都变得圣洁","肉欲是艺术的酵母","艺术无所谓不道德","道德是耶稣会派①教育所倡导的一种成见","最重要的是强烈的欲望"等。——还有好些文章,在报纸上证明某部描写开妓院的人的风俗小说是纯洁的。执笔作证的人中颇有些鼎鼎大名的文学家和严正的批评家。一个信仰旧教,提倡伦常的诗人,把一部描绘希腊淫风的作品赞扬备至。那些极有抒情气息的文章所推重的小说,尽量铺陈各个时代的淫风:罗马的,亚历山大的,君士坦丁堡的,

① 耶稣会派是基督旧教的一个宗派,由西班牙人雷育拉于十六世纪时创立,以排斥异端,对抗宗教革命为主旨。十七世纪时在法国政治上一度极有势力。

意大利和法兰西文艺复兴时代的，路易十四时代的……简直是部完备的讲义。另外有一组作品以地球上各处的性欲问题为对象：态度认真的作家们，像本多派教士一样耐心地研究着五大洲的艳窟。在这批研究性欲史地的专家中间，颇有些出众的诗人与优秀的作家。要不是他们学问渊博，旁人竟分辨不出他们与别的作者有什么两样。他们用着确切精当的措辞叙述古代的淫风。

可悲的是，一般笃厚的人和真正的艺术家，法国文坛上名副其实的权威，也在努力干这种非他们所长的工作。有些人还费尽心机写着猥亵的东西，给晨报拿去零零碎碎的登载。他们这样有规律的生产，像下蛋一样，每星期两次，成年累月地继续下去。他们生产，生产，到了山穷水尽，无可再写的时候，便搜索枯肠，制造些淫猥怪异的新花样：因为群众的肚子已经给塞饱了，佳肴美味都吃腻了，对最淫荡的想象也很快地觉得平淡无奇：作者非永远加强刺激不可，非和别人的刺激竞争，和自己以前制造的刺激竞争不可；——于是他们把心血都呕尽了，教人看了可怜而又可笑。

克利斯朵夫不知道这个悲惨职业的种种内幕；但即使他知道了，也不见得更宽容：因为他认为，无论什么理由也不能宽恕一个艺术家为了三十铜子而出卖艺术……

"便是为了维持他所亲所爱的人的生活也不能原谅吗？"

"不能。"

"你这是不近人情啊。"

"这不是人情不人情的问题，主要是得做一个人！……人情！……嘀！你们这套没有骨头的人道主义真是天晓得！……一个人不能同时爱几十样东西，不能同时侍候好几个上帝！……”

克利斯朵夫一向过着埋头工作的生活，眼界不出他那个德国小城，没想到像巴黎艺术界这种腐败的情形差不多在所有的大都市里都难避免。德国人常常自以为“贞洁”，把拉丁民族看做是“不道德的”：这种遗传的偏见慢慢地在克利斯朵夫心中觉醒了。高恩提出柏林的秽史，德意志帝国的上层阶级的腐化，蛮横暴烈的作风使丑行更要不得等，和克利斯朵夫抬杠。但高恩并没意思袒护法国人；他把德国的风气看得和巴黎的一样平淡。他只是玩世不恭地想道：“每个民族有每个民族的习惯”；所以他对自己那个社会里的习惯也恬不为奇。克利斯朵夫却只能认为是他们的民族性。于是他不免像所有的德国人一样，把侵蚀各国知识分子的溃疡，看做是法国艺术特有的恶习和拉丁民族的劣根性。

这个和巴黎文学的初次接触使克利斯朵夫非常痛苦，以后直要过了相当的时间才能忘掉。不是专门致力于那些被人肉麻当有趣的称为“基本娱乐”的著作，并非没有。但最美最好的作品，他完全看不到。因为它们不求高恩一流的人拥护；它们既不在乎这般读者，这般读者也不在乎这种读物：他们都是你不知道我，我不知道你的。高恩从来没对克利斯朵夫提过这等著作。他真心以为他和他的朋友们便是法国艺术的代表；除了他们所承认的大作家之外，法国就没有什么天才，没有什么艺术了。为文坛增光，为法国争荣的诗人们，克利斯朵夫连一个都不知道。在小说方面，他只看到矗立在无数俗流之上的巴莱斯和法朗士的几部作品。可是他语言的程度太浅，难于领略前者的思想分析和后者幽默而渊博的风趣。他好奇地瞧了瞧法朗士花房里所培养的橘树，以及在巴莱斯心头开发的娇弱的水仙。在意境高远而不免空洞的天才梅特林克之前，他也站了一会儿，觉得有股单调的、浮华的神秘气息。他抖擞了一下，不料又卷进浊流，被他早已熟识的左拉的溷浊的浪漫主义①搅得头昏脑涨；等到他踊身跃出的时候，一阵文学的洪流又把他完全淹没了。

而这片水淹的大平原还蒸发出一股浓烈的女性气息。那时的文坛正挤满了女性和女性化的男人。女人写作原来是很有意思的，只要她们能够真诚，把任何男性不能完全了解的方面——女子隐秘的心理——描写出来。可是很少女作家敢这么做；她们多半只为了勾引男子而写作：在书中如在客厅里一样地扯谎，搔首弄姿，和读者调情。自从她们没有忏悔师可以诉说她们的私情丑事以后，就把私情丑事公诸大众。这样便产生了像雨点那么多的小说，老是撒野的，装腔作势的，文字又如小儿学语一般的含糊不清，令人读了如入香粉铺，闻到一股俗不可耐的香味与甜味。所有这类作品都有这个气息。于是克利斯朵夫像歌德一样地想道："女人们要怎样写诗，怎样写文章，都可以。但男子决不能学女人的样！那才是我最讨厌的。"不三不四地卖弄风情，存心为一般最无聊的人玩弄虚伪的情感，又是撒娇又是粗野的风格，恶俗不堪的心理分析，教克利斯朵夫看了不由得心里作呕。

然而克利斯朵夫明白自己还不能下判断。节场上喧闹的声音把他耳朵震聋了。美妙的笛音也被市嚣掩住，没法听见。正如清朗的天空之下展开着希腊岗峦的和谐的线条，这些肉感

① 一般读者仅知左拉为自然主义文学的领袖，其实他所谓的自然主义只是似是而非的科学理论；而左拉的浪漫主义的幻想成分远过于他自称为"观察家与实验家"的性格。

的作品中间的确也有不少才气,不少丰韵,表现一种生活的甜美,细腻的风格,像班吕琪和拉斐尔画中的不胜慵困的少年,半阖着眼睛,对着爱情的幻梦微笑。这一切,克利斯朵夫完全没看到。没有一点儿端倪使他能感觉到这股精神的暗流。便是一个法国人也极不容易摸出头绪。他眼前所能清清楚楚见到的,只有满坑满谷的出版物,泛滥洋溢,差不多成了公众的灾害。仿佛人人都在写作:男人,女人,孩子,军官,优伶,社交界的人物,剽窃抄袭的人,无一不是作家。那简直是一种传染病。

暂时克利斯朵夫不想决定什么意见。他觉得像高恩那样的向导只能使他越来越迷路。从前在德国和文学团体的来往使他有了戒心,对于书籍杂志都抱着怀疑的态度:谁知道这些出版物不是少数有闲者的意见,甚至除了作者以外再没别的读者?戏剧才能使你对社会有个比较准确的观念。它在巴黎人的日常生活中占着那么重要的地位:好比一家巨人的饭铺来不及满足二百万人的食量。即使各区的小剧场、音乐咖啡馆、杂耍班等一百多处夜夜客满的场所不计在内,巴黎光是大戏院也有三十多家。演员与职员的人数多至不可胜计。四个国家剧场就有上三千的员役,每年需要一千万法郎开支。整个巴黎都挤满着起码角儿。他们的照相,素描,漫画,触目皆是,令人想起他们装腔作势的鬼脸;留声机上传出他们咿咿唔唔的歌唱,日报上披露他们对于艺术和政治的妙论。他们有他们特殊的报纸,刊载他们可歌可泣的或是日常猥琐的回忆。在一般的巴黎人中,这些靠互相摹仿过日子的大娃娃俨然是主子,而剧作者做着他们的扈从侍卫。于是克利斯朵夫要求高恩带他到这个反映现实的国土里去见识一番。

但在这方面，高恩的向导也不见得比在出版界里高明。克利斯朵夫由他的介绍而对巴黎剧坛所得的第一个印象，使他厌恶的程度也不下于第一批读到的书籍。似乎到处都弥漫着精神卖淫的风气。

出卖娱乐的商人分做两派。一是旧式的国粹派，全是粗野的毫无顾忌的诙谑，把一切的丑恶和畸形的身体，作为说笑打诨的材料；那是臭肉一般的、淫猥的、大兵式的戏谑。他们却美其名曰“大丈夫的爽直”，自命为把放浪的行为与道德调和了，因为在一出戏里演过了四场淫秽的丑史以后，再把情节调动一下，使不贞的妻子仍旧回到丈夫的床上，——只要法律得以维持，道德也就得救了。把婚姻描写得百般淫乱而在原则上仍旧尊重婚姻的态度，大家认为就是高卢人派头。①

另外一派是新式的，更细巧也更可厌。充斥剧坛的巴黎化的犹太人（和犹太化的基督徒），在戏剧中拿情操来玩种种花样，那是颓废的世界大同主义的特征之一。那般为了父亲而脸红的儿子，竭力否认他们的种族意识；在这一点上，他们真是太成功了。他们把几千年的灵魂摆脱之后，剩下来的个性只能拿别的民族的知识与道德的长处杂凑起来，合成一种混合品，自鸣得意。在巴黎剧坛称霸的人，最拿手的本领是把猥亵与感情混在一起，使善带一些恶的气息，恶带一些善的气息，把年龄、性别、家庭、感情的关系弄得颠颠倒倒。这样，他们的艺术便有一股特别的气味，又香又臭，格外难闻：他们却

① 高卢人为古罗马人称一部分克尔特族的名字。法国人常自称为高卢人。而日常语言中尤以“高卢人派头”形容快乐、兴奋、轻薄的性格。

称之为“否定道德的主义”。

他们最喜欢采用的剧中人物之一是多情的老人。他们的剧本中很多这个角色的肖像，使他们有机会把种种微妙的局面描写得淋漓尽致。有时，六十岁的老头儿把女儿当做心腹，跟她谈着自己的情妇；她也跟他谈着她的情夫；他们互相参加意见，像朋友一般；好爸爸帮助女儿犯奸；好女儿帮助父亲去哀求那个爱情不专的情妇，要她回来和父亲重续旧欢。有时，尊严的老人做了情妇的知己，和她谈着她的情夫，怂恿她讲述她放浪的故事，听得津津有味。我们还看到一大批情夫，都是十足地道的绅士，替他们从前的情妇当经理，监督她们的交际与匹配的事。时髦女人朝三暮四。男人做着龟奴，女人谈着同性爱。而干这些事的都是上流社会，就是说资产社会，——唯一值得重视的社会。而那个社会允许人家借了高等娱乐的名义，羼些坏货色供应主顾。经过了装潢，坏货色也很容易销售，把年轻的妇女与年老的绅士逗得笑逐颜开。但是其中有股死尸的气息跟娼家的气息。

他们戏剧风格之混杂也不下于他们的感情。他们造出一种杂糅的土话，把各阶级各地方迂腐而粗俗的口语，把古典的、抒情的、下流的、做作的、幽默的、胡说八道的、不雅的、隽永的话，统统凑在一处，好像带着外国口音。他们天生的会挖苦人，滑稽突梯，可是很少天趣；但他们凭着乖巧的手法，能仿着巴黎风气制造出一些天趣。虽然宝石的光泽不大美，镶工未免笨重烦琐，放在灯光下面至少会发亮：而只要有这一点就足够了。他们很聪明，观察很精密，却有些近视；几百年来在柜台上磨坏了的眼睛是要用放大镜来检视感情的，他们把小事扩大了好几倍，而看不见大事；他们因为特别喜欢假珠宝的光彩，所以除了他们暴发户心目中的典雅的理想以外，什么都不会描写。那简直是极少数游手好闲的人和冒险家争夺一些偷来的金钱与无耻的女性。

有时，这些犹太作家真正的天性，由于莫名其妙的刺激，会从他们古老的心灵深处觉醒过来。那才是多少世纪多少种族的一种古怪的混合物；一阵沙漠里的风，从海洋那边把土耳其杂货铺的臭味吹到巴黎人的床头，带来闪烁发光的沙土，奇怪的幻象，醉人的肉感，剧烈的神经病，毁灭一切的欲念，——似乎希伯来的勇士撒姆逊，从几千年的长梦中突然像狮子一般地醒过来，挟着疯狂的怒气把庙堂的支柱推倒了，压在他自己和敌人身上。①

克利斯朵夫掩着鼻子，对高恩说：

"这里头力量是有的；可是发臭。够了！咱们去看看别的东西罢。"

"你要看什么？"

"法国啊。"

"这不就是法国吗？"高恩说。

"不是的，"克利斯朵夫回答，"法国不是这样的。"

"怎么不是？还不是跟德国一样吗？"

"我绝对不信。这样的民族活不了二十年的：此刻已经有股霉味儿了。一定还有别的东西。"

"再没有更好的了。"

"一定有的。"克利斯朵夫固执着说。

① 非力士人拘囚撒姆逊，一日将其带往祭神大会，意欲当众加以羞辱。撒姆逊默祷上帝赐还神力（此神力被爱人达丽拉潜割头发后丧失），乃推倒庙堂，与非力士王及在场群众同归于尽。

“噢！我们也有很高尚的心灵，”高恩回答，“也有配他们胃口的戏剧。你要看这个吗？有的是。”

于是他把克利斯朵夫带到法兰西剧院①去。

那天晚上，演的是一出现代的散文体喜剧，讨论某个法律问题的。

一听最初几句对白，克利斯朵夫就不知道这剧情发生在哪个世界上。演员的声音异乎寻常的洪大，沉着，迟缓，做作，每个音节都咬得非常清楚，好像教朗诵的功课，又像永远念着十二缀音格的诗，夹着些痛苦的打嗝。姿势那么庄严，差不多跟教士一般。女主角披着古希腊大褂式的寝衣，高举着手臂，低着脑袋，活像神话里的女神，调弄着美妙的低音歌喉，迸出最深沉的音，脸上永远挂着苦笑。高贵的父亲踏着剑术教师般的步子，道貌岸然，带着阴森森的浪漫色彩。年轻的男主角很冷静地尖着嗓子装哭声。剧本的风格是副刊式的悲剧：通篇都是抽象的字眼，公事式的修辞，学院派的迂说。没有一个动作，没有一声出人不意的呼号。从头至尾像时钟一样呆板，只有一个严肃的问题，一个剧本的雏形，一副空洞的骨架，外边却毫无血肉，只是一些书本式的句子。那些想要显得大胆的讨论，其实只表示鰓鰓过虑的思想，和那种矜持的小市民精神。

剧中叙述一个女子嫁了个卑鄙的丈夫，生了个孩子；她离了婚，又嫁给一个她心爱的老实人。作者想借此说明，便是在这等情形中，离婚不独为一般成见所不许，抑且为人类天性所

① 法兰西剧院（亦称法兰西喜剧院）为法国四大国家戏院之一。

不容。要证明这一点是再方便没有了:作者设法使前夫在某次意外的情形中和离婚的妻子团聚了一次。这样以后,那女的并不继之以悔恨或羞惭。要说天性,这才是正常的反应。可是不,她反而更爱那个诚实的后夫。据说这是一种英勇的意识,出乎人情之外的表现!法国作家对于道德的确太生疏了:一提到它就会变得过火,令人难以置信。大家看到的仿佛尽是高乃依式的英雄,悲剧中的帝王。——而这些百万富翁的男主角,在巴黎至少有一所住宅和两三处宫堡的女主角,岂非真是帝王吗?在这等作家眼里,财富竟是一种美,几乎也是一种德。

但克利斯朵夫觉得观众比戏剧本身更可怪。不管是怎么不合理的情节,他们看了都若无其事。遇到发噱的地方,应该教人哄笑的对白,由演员预先暗示大家准备的地方,他们便哄笑一阵。当那般悲壮的傀儡照着一定的规矩打呃,叫吼,或是晕过去的时候,大家便擤鼻涕,咳嗽,感动得下泪。

“哼!有人还说法国人轻佻!”克利斯朵夫离开场子的时候说。

“轻佻和庄严,各有各的时候,”西尔伐·高恩带着嗤笑的口气说,“你不是要道德吗?你现在可看到法国也有道德了。”

“这不是道德而是雄辩!”克利斯朵夫嚷道。

“我们这儿,”高恩说,“舞台上的道德总是很会说话的。”

“这是法庭上的道德,”克利斯朵夫说,“只要是多嘴的人就会得胜。我压根儿讨厌律师。难道法国没有诗人吗?”

于是西尔伐·高恩带他去见识诗剧。

法国并非没有诗人，也并非没有大诗人。然而戏院不是为他们而是为胡诌的音韵匠设的。戏院跟诗歌的关系，有如歌剧院跟音乐的关系，像柏辽兹说的变了一种“荡妇卖笑”的出路。

克利斯朵夫所看到的，有一般以卖淫为荣的圣洁的娼妇，据说她们和上加伐山受难的基督一样伟大；——有一般为爱护朋友而诱奸朋友之妻的人；——有相敬如宾的三角式的夫妇；——有成为欧洲特产的，英勇壮烈的戴绿头巾的丈夫。——克利斯朵夫也看到一般多情的姑娘徘徊于情欲与责任之间：依了情欲，应该跟一个新的情夫；依了责任，应该守着原来的情夫，一个供给她们金钱而被她们欺骗的老人。结果，她们很高尚地挑了责任那条路。——克利斯朵夫觉得这种责任和卑鄙的利害观念并没分别；可是群众非常满意。他们只需要听到责任二字，根本不在乎实际；俗语说得好：扯上一面旗，船上的货物就得到保护了。

这种艺术的极致，是在于用最奇特的方式把性的不道德与高乃依式的英雄主义调和起来。这样就能使巴黎群众的荒淫的倾向，和口头上的道德同时得到满足。——可是我们也得说句公道话：他们对于荒淫的兴致还不及嚼舌的兴致。雄辩是他们无上的快乐。只要听到一篇美妙的说辞，他们便是给人抽一顿也是乐意的。不论是恶是善，是惊天动地的英勇的精神，是放荡淫逸的下流习气，只要像镀金似的加上些铿锵的音韵，和谐的字句，他们便一概吞下。一切都是吟诗的材料。一切都是咬文嚼字的章句。一切都是游戏。当雨果暴雷似的怒吼时，他们立刻加上一个弱音器，免得小孩子受了惊吓！——在这种艺术里，你永远感觉不到自然的力量。他们把爱情、痛苦、死亡,都变成浮华浅薄。像在音乐方面一样,——而且更厉害,因为音乐在法国还是一种年轻的艺术,还比较天真,——他们最怕“已经用过的”字眼。最有才具的人很冷静地在标新立异上面做功夫。诀窍是挺简单的:只要挑一篇传说或神话,把它的内容颠倒过来就得了。结果就有了被妻子殴打的蓝胡子,或是为了好心而自己挖掉眼睛,为阿雪斯与迦拉德的幸福而牺牲自己的卜里番姆。① 而这一切,着重的还在形式。但克利斯朵夫(他还不是一个内行的批判者)觉得,这些重视形式的作者也不见得高明,只是一般抄袭摹仿的匠人,而非独创风格,从大处落墨的作家。

这类诗的谎言,到了悲壮的戏剧中简直是谬妄至极。它对于剧中的英雄有这样一种滑稽可笑的概念:

主要是有一颗美妙的灵魂,
有一双鹰眼,像门洞一样宽广高大的脑门,
有一副严肃坚强的神气,光彩焕发而动人,
再加一颗善于战栗的心,一双充满着幻梦的眼睛。

这样的诗句居然有人信以为真。在浮夸的大言,长长的翎毛,白铁的剑与纸糊的头盔之下,我们老是看到沙杜②那一派的无可救药的轻薄,把历史当做木偶戏的大胆的俳剧演员。

① 蓝胡子原是布勒塔尼传说中的人物,杀过六个妻子。卜里番姆为希腊神话中的人物,妒杀阿雪斯与迦拉德,终于被于里斯挖去双目。此处言法国诗剧作家专以传说与神话作翻案。

② 沙杜(1831—1908)为法国喜剧及历史剧作家,写的都是传奇的英雄,热情的象征而非真正的热情,既无历史的真实,亦无人性的真实。但十九世纪末期沙杜称霸剧坛垂三十年。

像西拉诺①式的荒唐的英雄主义，在现实世界里代表些什么呢？这般作者从天上搅到地下，把帝王与扈从，护教团与文艺复兴期的冒险家，一切骚扰过世界的元恶大盗，从坟墓里翻出来：——为的是教大家看看一个无聊的家伙，杀人不眨眼的暴徒，拥着残忍凶暴的军队，后宫全是俘虏得来的美女，忽然为了一个十几年前见过一面的女子颠倒起来；——再不然是给你看到一个亨利第四为了失欢情妇而被刺！②

这般先生就是这样地玩弄着室内的君王与英雄。所谓诗人就这样地讴歌着虚伪的、不可能的、与真理不相容的英雄主义……克利斯朵夫很奇怪地发觉，自命为千伶百俐的法国人竟不知可笑为何物。

但最妙的是宗教交了时髦运！在四旬节里，喜剧演员在快乐剧场用管风琴伴奏，朗诵鲍舒哀的《悼词》。犹太作家替犹太女演员写些关于圣女丹兰士的悲剧。鲍第尼戏院演着《殉难之路》，滑稽剧场演着《圣婴耶稣》，圣·玛丁戏院演着《受难记》，奥狄安戏院演着《耶稣基督》，移植园里奏着关于基督受难的乐曲。某个有名的嚼舌专家，讴歌肉欲之爱的诗人，在夏德莱戏院举行一次关于"赎罪"的演讲。当然，在全部《福音书》中，这些时髦朋友所牢记在心的不过是比拉德与

① 《西拉诺》为洛斯当（1868—1918）所作韵文喜剧。作品红极一时，但艺术价值不高。故事系以十七世纪的诗人西拉诺为主，述西拉诺恋一女子名洛克萨纳，后知洛克萨纳深爱克里斯蒂安·特·纽维兰德，西拉诺乃帮助此情敌，代写情书。后纽维兰德死于战役，而西拉诺将此秘密保存至临终时方始吐露。此处所谓荒唐的英雄主义即指此。

② 按法王亨利第四确于一六一〇年被刺，但绝非为了失欢情妇。作者在此讽刺作家故意歪曲史实。

玛特兰纳。[①] ——而他们的马路基督，又染了当时的习气，特别饶舌。

克利斯朵夫不禁喊道：

"这可比什么都糟了！扯谎竟扯成这个样！我透不过气来了。快快走罢！"

但在这批现代工商业化的出品中，伟大的古典艺术始终支撑着，好比今日的罗马，虽然满眼都是恶俗的建筑物，也还有些古代庙堂的废墟残迹。可是除了莫里哀以外，克利斯朵夫没有能力欣赏那些古典名著。他对于语言的微妙还不能捉摸，对于民族的特性也当然无从领会。他觉得最不可解的莫如十七世纪的悲剧；——在法国艺术中，这是外国人最难入门的一部，因为它是法国民族的心脏。他只觉得那种剧本冷冰冰的，沉闷，枯索，其迂阔和做作的程度足以令人作呕。动作不是贫乏就是过火，人物的抽象有如修辞学上的论证，空洞无物有如时髦女子的谈话。整个剧本只是一幅古代人物与古代英雄的漫画：长篇累牍的铺张的无非是理性，理由，妙语，心理分析，过时的考古学。议论，议论，议论，永远是法国人的那些唠叨。克利斯朵夫存着讥讽的心思不愿意断定它美还是不美，他只觉得毫无趣味。《西那》里面的演说家所持的理由如何，末了是哪个饶舌的家伙得胜，[②]克利斯朵夫全不理会。

① 比拉德为判耶稣受刑的罗马帝国的犹太总督。玛特兰纳为受耶稣感化之卖淫女，在十字架下哭耶稣而第一个发现耶稣墓穴空无尸身之人。

② 《西那》为高乃依的有名的悲剧。此处所称"演说家所持的理由"，指第二幕罗马大帝奥古斯德倦于政治，意欲退休，征询西那与玛克辛的意见，两人在御前争持各人的理由。

可是他发现法国的群众并不和他一般见解，倒是非常热烈地喝彩。这也不能消除他的误会，因为他是从观众身上去看这种戏剧的；而他觉得现代的法国人就有些性格是古典的法国人遗传下来的，不过是变了形。正如犀利的目光会在一个妖冶的老妇脸上发现她女儿脸上的秀美的线条：那当然不会使你对老妇发生什么爱情！……法国人好像每天相见的家属一样，决不发觉彼此的相似。克利斯朵夫可一看见便怔住了，并且格外加以夸张，临了竟只看见这一点。当代的艺术无疑是那些伟大的祖先的漫画，而伟大的祖先在他心目中也显得像漫画中的人物。克利斯朵夫再也分辨不出，高乃依和一般摹仿者中间有何区别。拉辛也被末流的巴黎心理学家，成天在自己心中掏来摸去的子孙们弄得鱼目混珠了。

所有这些幼稚的人从来跳不出他们的古典作家的圈子。批评家老是拉不断扯不断地讨论着《伪君子》与《费德尔》，①不觉得厌倦。年纪老了，他们还在津津有味地搞着幼年时代心爱的玩意儿。这情形可以拖到民族的末日。以崇拜远祖列宗的传统而论，世界上是没有一个国家能和法国相比的。宇宙中其余的东西都不值他们一顾。除了路易十四时代的法国名著以外什么都不读不愿意读的人不知有多多少少！他们的戏院不演歌德，不演席勒，不演克莱斯特，不演格里尔帕策尔，不演赫贝尔，不演史特林堡，不演洛泼，不演嘉台龙，②不演任何别的国家的任何巨人的名作，只有古希腊的是例外，因为他

① 《伪君子》为莫里哀的喜剧；《费德尔》为拉辛的悲剧。

② 克莱斯特为十八世纪德国戏剧家，格里尔帕策尔（奥），赫贝尔（德），史特林堡（瑞典），均十九世纪戏剧家。洛泼（西班牙），嘉台龙（西班牙），为十七世纪戏剧家。

们（如欧洲所有的民族一样）自命为希腊文化的承继人。他们偶然觉得需要演一下莎士比亚，那才是他们的试金石了。表演莎士比亚的也有两派：一是用布尔乔亚的写实手法，把《李尔王》当做奥依哀①的喜剧那么演出的；一是把《哈姆莱特》编成歌剧，②加进许多雨果式的卖弄嗓子的唱词。他们完全没想到现实可以富有诗意，也没想到诗歌对于一般生机蓬勃的心灵就是自然的语言。所以他们听了莎士比亚觉得不入耳，赶紧回头表演洛斯当。

可是二十年来，也有人干着革新戏剧的工作；狭窄的巴黎文坛范围扩大了，它装着大胆的神气向各方面去尝试。甚至有两三次，外界的战斗，群众的生活，居然冲破了传统的幕。但他们赶紧把破洞缝起来。因为他们都是些娇弱的老头儿，生怕看到事实的真面目。随俗的思想，古典的传统，精神上与形式上的墨守成法，缺少深刻的严肃，使他们那个大胆的运动无法完成。最沉痛的问题一变而为巧妙的游戏；临了，一切都归结到女人——渺小的女人——问题上去。易卜生的英雄式的无政府主义，托尔斯泰的《福音书》，尼采的超人哲学，到了他们江湖派的舞台上只剩下那些巨人的影子，可笑而可怜！

巴黎的作家花了不少心血要表示在思索一些新的事情。骨子里他们全是保守派。欧洲没有一派文学像法国文学那样普遍地跳不出过去的樊笼的：大杂志，大日报，国家剧场，学士院，到处都给"不朽的昨日"控制着。巴黎之于文学，仿佛伦

---

① 奥依哀（1820—1889）为十九世纪后期以中产阶级为主要观众的戏剧家，当时与小仲马分庭抗礼。

② 《哈姆莱特》由多玛谱成歌剧，由加勒与巴皮哀二人编歌词。首次于一八六八年在巴黎公演。

敦之于政治，是防止欧洲思想趋于过激的制动机。法兰西学士院等于英国的上议院。君主时代的制度对新社会依旧提出它们从前的规章。革命分子不是被迅速地扑灭，就是被迅速地同化。而那些革命分子也正是求之不得。政府即使在政治上采取社会主义的姿态，在艺术上还是闭着眼睛让学院派摆布。针对学院派的斗争，大家只用文艺社团来做武器；而且那种斗争也可怜得很。因为社团中人一有机会就马上跨入学士院，而变得比学院派的人更学院派。至于当先锋的或是当后备员的，又老是做自己集团的奴隶，跳不出一党一派的思想。有的是囿于学院派的原则，有的是囿于革命的主张：归根结底，都是坐井观天。

为了要使克利斯朵夫提提精神，高恩预备带他到一种完全特殊的——就是说妙不可言的——戏院去。在那边可以看到凶杀，强奸，疯狂，酷刑，挖眼，破肚：凡是足以震动一下太文明的人的神经，满足一下他们隐蔽的兽性的景象，无不具备。[①] 那对于一般漂亮女子和交际花尤其特具魔力，——她们平时就有勇气去挤在巴黎法院的闷人的审判庭上消磨整个下午，说说笑笑，嚼着糖果，旁听那些骇人听闻的案子。但克利斯朵夫愤愤地拒绝了。他在这种艺术里进得愈深，觉得那股早就闻到的气息愈浓，先是还淡淡的，继而是持久不散的，猛烈的，完全是死的气息。

豪华的表面，烦嚣的喧闹，底下都有死的影子。克利斯朵

① 指巴黎的大木偶戏院，创立于一八九七年，所演的戏不是专门逗笑的，就是极端恐怖的。

夫这才明白为什么自己一开始就对某些作品感到厌恶。他受不了的倒并非在于作品的不道德。道德，不道德，无道德，——这些名词都没有什么意义。克利斯朵夫从来没肯定什么道德理论；他所爱的古代的大诗人大音乐家，也并非规行矩步的圣人；要是有机会遇到一个大艺术家，他决不问他要忏悔单①看，而是要问他："你是不是健全的？"

关键就在于这"健全"二字。歌德说道："要是诗人病了，他得想法医治。等病好了再写作。"

可是巴黎的作家都病了；或者即使有一个健全的，也要引以为羞，不让别人知道他健全，而假装害着某种重病。然而他们的疾病所反映于艺术的，并不在于喜欢享乐，也不在于极端放纵的思想，或是富于破坏性的批评。这些特点可能是健全的，可能是不健全的，看情形而定；但绝对没有死的根苗。如果有的话，也不是由于这些力量本身，而是由于使用力量的人，因为死的气息就在他们身上。——享乐，克利斯朵夫也一样喜欢。他也爱好自由。他为了直言不讳地说出他的思想，曾经在德国惹起小城里的人的反感；如今看到巴黎人宣传同样的思想，他反倒厌恶了。思想还不是一样的思想？可是听起来大不相同。以前克利斯朵夫很不耐烦地摆脱古代宗师的羁轭，攻击虚伪的美学、虚伪的道德的时候，并不像这些漂亮朋友一般以游戏态度出之；他是严肃的，严肃得可怕；他的反抗是为了追求生命，追求丰富的，藏有未来的种子的生命。但在这批人，一切都归结到贫瘠的享乐。贫瘠，贫瘠。这就是病

① 旧教惯例，凡教徒向教士忏悔后，教士予以书面证明，称为忏悔单。法国习惯，凡教徒结婚时，须向本堂神父缴验忏悔单。

根所在。滥用思想，滥用感官，而毫无果实。那是一种光华灿烂的、巧妙的、富有风趣的艺术；——当然是一种美的形式，美的传统，外边冲来的淤沙淹没不了的传统；——一种像戏剧的戏剧，一种像风格的风格，一批熟练的作家，很能写文章的文人；——是当年很有力量的艺术与很有力量的思想的骨骼，相当美丽的骨骼。可是也仅仅限于骨骼。铿锵的字眼，悦耳的句子，空空洞洞的互相摩擦的观念，思想的游戏，肉感的头脑，长于推理的感官；这一切除了自私自利的供自己享乐以外，毫无用处。那简直是往死路上走。而这个现象，和法国人口激减的情形相仿，是全欧洲不声不响地看在眼里而私心窃喜的。多少的聪明才智，多少的细腻的感觉，都浪费于无用之地，虚耗于下流可耻之事。他们自己可不觉得，只嘻嘻哈哈地笑着。但克利斯朵夫认为差堪安慰的也只有这一点：这些家伙还能够痛痛快快地笑，究竟不能算完全没希望。他们装做正经的时候，克利斯朵夫倒更不喜欢他们了；他觉得最难堪的，莫过于那些文人一边把艺术当做寻欢作乐的工具，一边自命为宣扬一种没有利害观念的宗教。

“我们是艺术家，”高恩得意扬扬地说，“我们是为艺术而艺术。艺术永远是纯洁的；它只有贞操，没有别的。我们在人生中探险，像游历家一般对什么都感兴趣。我们是探奇猎艳的使者，是永不厌倦的爱美的唐璜。”

克利斯朵夫忍不住回答说：

“你们都是虚伪的家伙，原谅我这样告诉你。我一向以为只有我的国家是如此。我们德国人老把理想主义挂在嘴上，实际永远是追求我们的利益；我们深信不疑地自命为理想主义者，其实是一肚子的自私自利。你们却更糟：你们不是用

‘真理’‘科学’‘知识的责任’等来掩护你们的懦怯(就是说,你们只顾自命不凡的研究,而对于后果完全不负责任),便是用‘艺术’与‘美’来遮饰你们民族的荒淫。为艺术而艺术!……嘀!多么堂皇多么庄严的信仰!但信仰只是强者有的。艺术吗?艺术得抓住生命,像老鹰抓住它的俘虏一般,把它带上天空,自己和它一起飞上清明的世界!……那是需要利爪,需要像垂天之云的巨翼,还得一颗强有力的心。可怜你们只是些麻雀,找到什么枯骨便当场撕扯,还要嘁嘁喳喳的你争我夺。……为艺术而艺术!……可怜虫!艺术不是给下贱的人享用的下贱的刍秣。不用说,艺术是一种享受,一切享受中最迷人的享受。但你只能用艰苦的奋斗去换来,等到‘力’高歌胜利的时候才有资格得到艺术的桂冠。艺术是驯服了的生命,是生命的帝王。要做恺撒,先要有恺撒的气魄。你们不过是些粉墨登场的帝王:你们扮着这种角色,可并不相信这种角色。像那些以奇形怪状来博取荣名的戏子一样,你们用你们的奇形怪状来制造文学。你们沾沾自喜地培养你们民族的病,培养他们的好逸恶劳,喜欢享受,喜欢色欲,喜欢虚幻的人道主义,和一切足以麻醉意志,使它萎靡不振的因素。你们简直是把民族带去上鸦片烟馆。结局是死;你们明明知道而不说出来。——那么,我来说了罢:死神所在的地方就没有艺术。艺术是发扬生命的。但你们之中最诚实的作家也懦弱得可怜:即使遮眼布掉下了,他们也装做不看见,居然还有脸孔说:不错,这很危险;里头有毒素;可是多有才气!”

那正像法官在轻罪庭上提到一个无赖的时候说:“不错,他是个坏蛋;可是多么有才气!”

克利斯朵夫心里奇怪法国的批评界怎么不起作用的。批评家并不缺少,他们在艺术界中非常繁殖。人数之多,甚至把他们的作品也给遮得看不见了。

一般地说,克利斯朵夫对于批评这一门是不怀好感的。这么多的艺术家,在现代社会里形成第四等级第五等级似的人物,①克利斯朵夫已经不大愿意承认他们有什么用处,只觉得是表示一个时代的消沉,连观察人生都交给别人代理,把感觉也委托人家代庖了。尤其可耻的是,这个社会连用自己的眼睛去看人生的反影都不能,还得借助于别的媒介,借助于反影之反影,就是说:依赖批评。要是这些反影之反影是忠实的倒也罢了。但批评家所反映的只有周围的群众所表现的犹豫不定的心理。这种批评好比博物院里的镜子,给观众拿着看天顶上的油画,结果镜子所反射出来的除了天顶以外就是观众的面目。

从前有一个时期,批评家在法国有极大的权威。群众恭而敬之地接受他们的裁判,几乎把他们看做高出于艺术家,看做聪明的艺术家——(艺术家与聪明两个字平时仿佛是连不到一处的。)——以后,批评家高速度地繁殖起来:预言家太多了,他们那一行便不免受到影响。等到自称为"真理所在,只此一家"的人太多的时候,人们便不相信他们了;他们自己也不相信自己了。大家都变得灰心:照着法国人的习惯,他们一夜之间就从这一个极端转向另一个极端。从前自称为无所不知的人,现在声明一无所知了。他们还认为一无所知就是

① 法国君主时代,社会分成贵族、教士、平民三级,平民称为第三等级。作者在此借用此历史名词,谓艺术家人数之多,几可自成一级,而为第四第五等级。

他们的荣誉，他们的体面。勒南①曾经告诉这些萎靡不振的种族说：要风雅，必须把你刚才所肯定的立刻加以否定，至少也得表示怀疑。那是如圣·保罗所说的“唯唯诺诺”的人。法国所有的优秀人物都崇奉这个两栖原则。在这种原则之下，精神的懒惰和性格的懦弱都得其所哉了。大家再也不说一件作品是好是坏、是真是假、是智是愚，只说：

“可能如此如此……并非不可能如此如此……我不知道……我不敢担保……”

要是人家演一出猥亵的戏，他们也不说：“这是猥亵的。”而只说：“先生，你别这样说呀。我们的哲学只许你对一切都用犹豫不定的口气；所以你不该说：这是猥亵的；只能说：我觉得……我看来是猥亵的……但也不能一定这么说。也许它是一部杰作。谁知道它不是杰作呢？”

从前有人认为批评家霸占艺术，现在可绝对用不着这么说了。席勒曾经教训他们，把那些舆论界的小霸王老实不客气地叫做“奴仆”，说“奴仆的责任”是：

“第一要把屋子收拾清楚，王后快到了。拿出些劲来罢！把各个房间打扫起来。诸位，这是你们的责任。

“可是只要王后一到，你们这批奴才就得赶快出去！老妈子切不可大模大样地坐在夫人的大靠椅上！”

对今日这些奴仆得说句公平话：他们不再僭占夫人的大靠椅了。大家要他们做奴才，他们就真做了奴才，——但是挺要不得的奴才：根本不动手打扫，屋子脏极了。他们抱着手臂，把整理与清除的工作都让主人去做，让当令的神道——

① 勒南（1823—1892）为法国史学家兼哲学家。

群众——去做。

从某些时候以来,已经有了一种反抗这混乱现象的运动。少数比较精神坚强的人正为着公众的健康而奋斗,——虽然力量还很薄弱。但克利斯朵夫为环境所限,绝对看不见这批人。并且人家也不理会他们,反而加以嘲笑。偶尔有一个刚强的艺术家对时行的、病态的、空虚的艺术起而反抗,作家们就高傲地回答说,既然群众表示满意,便证明他们作者是对的。这句话尽够堵塞指摘的人的嘴巴。群众已经表示意见了:这才是艺术上至高无上的法律!谁也没想到,我们可以拒绝一般堕落的民众替诱使他们堕落的人作有利的证人,谁也没想到应当出艺术家来指导民众而非由民众来指导艺术家。数字——台下看客的数字和卖座收入的数字——的宗教,在这商业化的民主国家中控制了全部的艺术思想。批评家跟在作家后面,柔顺的,毫无异议地宣称,艺术品主要的功能是讨人喜欢。社会的欢迎是它的金科玉律;只要卖座不衰,就没有指摘的余地。所以他们努力预测娱乐交易所的市价上落,看群众对作品如何表示。妙的是群众也留神着批评家的眼睛,看他认为作品怎么样。于是大家你瞪着我,我瞪着你,彼此只看见自己的犹豫不定的神气。

然而时至今日,最迫切的需要就莫过于大无畏的批评。在一个混乱的共和国家,最有威势的是潮流,它不像一个保守派国家里的潮流,难得会往后退的:它永远前进;那种虚伪的思想的自由永远在变本加厉,差不多没有人敢抵抗。群众没有披露意见的能力,心里很厌恶,可没有一个人敢把心中的感觉说出来。假使批评家是一般强者,假使他们敢做强者,那么他们一定可以有极大的威力!一个刚毅的批评家(克利斯朵夫凭着他年轻专断的心思这样想)，可能在几年之内，在控制群众的趣味方面成为一个拿破仑，把艺术界的病人一股脑儿赶入疯人院。可是你们已经没有拿破仑了……你们的批评家先就生活在恶浊腐败的空气里，已经辨别不出空气的恶浊腐败。其次，他们不敢说话。他们彼此都是熟人，都变了一个集团，应当互相敷衍：他们绝对不是独立的人。要独立，必须放弃社交，甚至连友谊都得牺牲。但最优秀的人都在怀疑，为了坦白的批评而招来许多不愉快是否值得。在这样一个毫无血气的时代里，谁又有勇气来这样干呢？谁肯为了责任而把自己的生活搅得像地狱一样呢？谁敢抗拒舆论，和公众的愚蠢斗争？谁敢揭穿走红的人的庸俗，为孤立无助、受尽禽兽欺侮的无名艺人作辩护，把帝王般的意志勒令那些奴性的人服从？——克利斯朵夫在某出戏剧初次上演的时候，在戏院走廊里听见一般批评家彼此说着：

"嘿，那不糟透了吗？简直一塌糊涂！"

第二天，他们在报上戏剧版内称之为杰作，再世的莎士比亚，说是天才的翅膀在他们头上飞过了。

"你们的艺术缺少的不是才气而是性格，"克利斯朵夫和高恩说，"你们更需要一个大批评家，一个莱辛，一个……"

"一个布瓦洛①，是不是？"高恩用着讥讽的口气问。

"是的，也许法国需要一个布瓦洛胜于需要十个天才作家。"

"即使我们有了一个布瓦洛，也没有人会听他的。"

① 布瓦洛(1636—1711)为诗人兼批评家，在法国文学史上以态度严正著称。

“要是这样,那么他还不是一个真正的布瓦洛,”克利斯朵夫回答,“我敢向你担保:一朝我要把你们的真相赤裸裸地说给你们听的时候,不管我说得怎样不高明,你们总会听到的,并且你们非听不可。”

“哎哟！我的好朋友!”高恩嘻嘻哈哈地说。

他的神气好似对于这种普遍的颓废现象非常满足,所以克利斯朵夫忽然之间觉得,高恩对法国比他这个初来的人更生疏。

“那是不可能的,”这句话是克利斯朵夫有一天从大街上一家戏院里不胜厌恶地走出来时已经说过的,“一定还有别的东西。”

“你还要什么呢?”高恩问。

克利斯朵夫固执地又说了一遍:“我要看看法兰西。”

“法兰西,不就是我们吗?”高恩哈哈大笑地说。

克利斯朵夫目不转睛地望了他一会儿,摇摇头,又搬出他的老话来:

“还有别的东西。”

“那么,朋友,你自己去找罢。”高恩说着,愈加笑开了。

是的,克利斯朵夫大可以花一番心血去找。他们把法兰西藏得严密极了。

第二部

当克利斯朵夫把酝酿巴黎艺术的思想背景逐渐看清楚的时候，他有了一个更强烈的印象：就是女人在这国际化的社会上占着最高的、荒谬的、僭越的地位。单是做男子的伴侣已经不能使她餍足。便是和男子平等也不能使她餍足。她非要男子把她的享乐奉为金科玉律不行。而男子竟帖然就范。一个民族衰老了，自会把意志，信仰，一切生存的意义，甘心情愿地交给分配欢娱的主宰。男子制造作品；女人制造男子，——（倘使不是像当时的法国女子那样也来制造作品的话）；——而与其说她们制造，还不如说她们破坏更准确。固然，不朽的女性对于优秀的男子素来是一种激励的力量；①但对于一般普通人和一个衰老的民族，另有一种同样不朽的女性，老是把他们往泥洼里拖。而这另一种女性便是思想的主人翁，共和国的帝王。

由于高恩的介绍，又靠着他演奏家的才具，克利斯朵夫得以出入于某些沙龙。他在那些地方，很好奇地观察着巴黎女

① “不朽的女性”一语，见歌德的《浮士德》第二部：“不朽的女性带着我们向上。”

子。像多数的外国人一样，他把他对两三种女性的严酷的批判，推而至于全部的法国女子。他所遇到的几种典型，都是些年轻的妇女，并不高大，没有多少青春的娇嫩，身腰很软，头发是染过色的，可爱的头上戴着一顶大帽子；照身体的比例，头是太大了一些，脸上的线条很分明，皮肤带点虚肿；鼻子长得相当端正，但往往很俗气，永远谈不到什么个性；眼睛活泼而缺少深刻的生命，只是竭力要装得有神采，睁得越大越好；秀美的嘴巴表示很能控制自己；下巴丰满，脸庞的下半部完全显出这些漂亮人物的唯物主义：一边钩心斗角地谈爱情，一边照旧顾到舆论，顾到夫妇生活。人长得挺美，可不是什么贵种。这些时髦女人，几乎都有一种腐化的布尔乔亚气息，或者凭着她们的谨慎、节俭、冷淡、实际，和自私等这些阶级的传统性格，极希望成为腐化的布尔乔亚。生活空虚，只求享乐。而享乐的欲望并非由于官能的需要，而是由于好奇。意志坚强，但意志的本质并不高明。她们穿得非常讲究，小动作都有一定的功架。用手心或手背轻轻巧巧地整着头发，按着木梳，坐的地位老是能够对镜自照而同时窥探别人，不管这镜子是在近处还是在远处，至于晚餐席上，茶会上，对着闪光的羹匙、刀叉、银的咖啡壶，把自己的倩影随便瞅上一眼，她们更觉得其乐无穷。她们吃东西非常严格，只喝清水，凡是可能影响她们认为理想的，像面粉般的白皮肤的菜，一概不吃。

和克利斯朵夫来往的人中，犹太人相当多；他虽然从认识于第斯·曼海姆以后对这个种族已经没有什么幻想，仍不免受他们吸引。在高恩介绍的几个犹太沙龙里，大家很赏识他，因为这个种族一向是很聪明而爱聪明的。在宴会上，克利斯朵夫遇到一般金融家、工程师、报馆巨头、国际掮客、黑奴贩子一流的家伙，——共和国的企业家。他们头脑清楚，很有毅力，旁若无人，挂着笑脸，貌似豪放，其实非常深藏。克利斯朵夫觉得这些坐在供满鲜花与人肉的餐桌四周的人物，冷酷的面目之下都隐伏着罪恶的影子，不管是过去的或将来的。几乎所有的男人全是丑的。女人大体上都很漂亮，只要你不从太近的地方看；脸上的线条与皮色缺少细腻。可是她们自有一种光彩，显得物质生活相当充实；美丽的肩膀在众目睽睽之下像鲜花般傲然开放，还有把她们的姿色，甚至她们的丑恶，变做捕捉男人的陷阱的天才。一个艺术家看到了，一定会发现其中有些古罗马人的典型，尼罗或哈特里安皇帝时代的女子。此外也有巴玛岛民式的脸蛋，淫荡的表情，肥胖的下巴埋在颈窝里，颇有肉感的美。还有些女人头发很浓，鬈得厉害，火辣辣而大胆的眼睛，一望而知是精明的，尖利的，无所不为的，比其余的女子更刚强，但也更女性。在这些女人中，寥寥落落地显出几个比较有性灵的。纯粹的线条，其来源似乎比罗马更古远，直要推溯到《圣经》时代的希伯来族：你看了感到一种静默的诗意，荒漠的情趣。但克利斯朵夫走近去听希伯来主妇与罗马皇后谈话时，发觉那些古族的后裔也像其余的女人一样，不过是巴黎化的犹太女子，而且比巴黎女子更巴黎化，更做作，更虚假，若无其事地说些恶毒的话，把一双像圣母般美丽的眼睛去揭露别人的身体与灵魂。

克利斯朵夫在东一堆西一堆的客人中间徘徊，到处格格不入。男人们提到狩猎的时候那么残忍，谈论爱情的口吻那么粗暴，唯有谈到金钱才精当无比，出之以冷静的、嬉笑的态度。大家在吸烟室里听取商情。克利斯朵夫听见一个衣襟上缀有勋饰的小白脸，在太太们中间绕来绕去，殷勤献媚，用着喉音说道:“怎么！他竟逍遥法外吗?”

两位太太在客厅的一角谈着一个青年女伶和一个交际花的恋爱。有时沙龙里还举行音乐会。人们请克利斯朵夫弹琴。女诗人们气吁吁的,流着汗,朗诵苏利·普吕东和奥古斯丁·陶兴的诗。一个有名的演员,用风琴伴奏,庄严地朗诵一章“神秘之歌”。音乐与诗句之荒唐教克莉斯朵夫作呕。但那些女子竟听得出了神,露着美丽的牙齿笑开了。他们也串演易卜生的戏剧。一个大人物反抗那些社会柱石的苦斗,结果只给他们作为消遣。

然后,他们以为应当谈谈艺术了。那才令人作呕呢。尤其是妇女们,为了调情,为了礼貌,为了无聊,为了愚蠢,要谈易卜生、瓦格纳、托尔斯泰。一朝谈话在这方面开了头,再也没法教它停止。那像传染病一样。银行家,掮客,黑人贩子,都来发表他们对于艺术的高见。克利斯朵夫竭力避免回答,转变话题,也是徒然:人家硬要跟他谈论音乐与诗歌。有如柏辽兹说的:“他们谈到这些问题的时候,那种不慌不忙的态度仿佛谈的是醇酒妇人,或是旁的肮脏事儿。”一个神经病科的医生,在易卜生剧中的女主角身上认出他某个女病人的影子,可是更愚蠢。一个工程师,一口咬定《玩偶之家》中最值得同情的人物是丈夫。一个名演员——知名的喜剧家——吞吞吐吐地发表他对于尼采与卡莱尔①的高见;他告诉克利斯朵夫,说他不能看到一张范拉士葛②——当时最走红的画家——的画而“不是大颗大颗的泪珠直淌下来”。但他又真诚地告诉

① 卡莱尔(1795—1881)为英国著名史学家及论文家。

② 范拉士葛为十七世纪西班牙画家。

克利斯朵夫，虽然他把艺术看得极高，但是把人生的艺术——行动，看得更高：要是他能够挑选一个角色来扮演的话，他一定挑俾斯麦。有时，这种场合也有一个所谓高人雅士。他的谈吐可也不见得如何高妙。克利斯朵夫常常把他们自以为说的内容，和实际所说的核对一下。他们往往一言不发，挂着一副莫测高深的笑容：他们是靠自己的声名过活的，决不拿声名来冒险。当然也有几个话特别多的，照例总是南方人。他们无所不谈，可是毫无价值观念，把一切都等量齐观。某人是莎士比亚，某人是莫里哀，某人是耶稣基督。他们把易卜生和小仲马相比，把托尔斯泰和乔治·桑并论；而这一切，自然是为表明法国已经无所不备。他们往往不通任何外国语文，但这一点对他们并无妨碍。听的人完全不问他们说的是否对的，主要是说些有趣的事，尽量迎合民族的自尊心。什么责任都可以撩在外国人头上，——除了当时的偶像：因为不论是格里格，是瓦格纳，是尼采，是高尔基，是邓南遮，总有一个当令的，但决不会长久，偶像早晚要被扔入垃圾桶的。

眼前的偶像是贝多芬。贝多芬变了时髦人物，谁想得到？至少在上流社会与文人中间是这样：因为法国的艺术趣味是像天平秤一样忽上忽下的，所以音乐家们早已把贝多芬丢开了。法国人要知道自己怎么想，先得知道邻人怎么想，以便采取跟他一样的或是相反的思想。看到贝多芬变得通俗了，音乐家中最高雅的一派便认为贝多芬已经不够高雅；他们永远自命为舆论的先驱而从来不追随舆论，与其和舆论表示同意，宁愿跟它背道而驰。所以他们把贝多芬当做粗声叫喊的老聋子；有些人还说他或许是个可敬的道德家，但是徒负虚名的音乐家。——这类恶俗的笑话绝对不合克利斯朵夫的脾胃。而上流社会的热心捧场也并不使克利斯朵夫更满意。倘若贝多芬在这个时候来到巴黎，一定是个红人，可惜他死了一百年。他的走运倒并不是靠他的音乐，而是靠他的多少带有传奇色彩的生活，那是被感伤派的传记宣扬得妇孺皆知的。粗犷的相貌，狮子般的嘴脸，已经成为小说中人的面目。那些太太对他非常怜爱，意思之间表示，如果她们认识了他，他决不至于那么痛苦；她们敢这样慷慨，因为明知贝多芬决不会拿她们的话当真……这老头儿已经什么都不需要了。——因此，一般演奏家，乐队指挥，戏院经理，都对他表示十二分虔敬；并且以贝多芬的代表资格领受大家对贝多芬的敬意。票价高昂，规模宏大的纪念音乐会，使上流社会能借此表现一下他们的善心，——偶然也能使他们发现几阕贝多芬的交响曲。喜剧演员，上流社会，半上流社会，共和政府特派主持艺术事业的政客，组织着委员会，公告社会说他们就要为贝多芬立一个纪念碑：除了几个被人当做通行证用的好好先生以外，发起人名单上有的是那些混蛋——倘使贝多芬活着的话一定会把贝多芬踩在脚下的。

克利斯朵夫看着，听着，咬着牙齿，免得说出难听的话。整个晚上，他全身紧张，四肢抽搐。他既不能说话，也不能不说话。并非为了兴趣或需要，而是为了礼貌，为了非说些什么不可而说话，使他非常难堪。把真正的思想说出来罢，那是不行的。信口胡诌罢，又办不到。他甚至在不开口的时候也不会保持礼貌。倘使他望着旁边的人，就是眼睛直勾勾地瞪着人家，不由自主地研究对方，教人生气。要是他说话，就嫌语气太肯定，又使大家——连他自己在内——听了刺耳。他觉得自己不得其所；而且他既有相当的聪明，能够感觉到自己把这个环境的和谐给破坏了，当然对自己的态度举动和主人们一样气恼。他恨自己，恨他们。

等到半夜里独自一人走到街上的时候，他烦闷到极点，竟没气力走回去了；他差不多想躺在街上，好像他儿时在爵府里弹了琴回家的情形。有时，即使那一个星期的全部存款只剩了五六个法郎，他也会花两法郎雇一辆车。他急急忙忙地扑进车厢，希望赶快溜走；他一路上在车子里呻吟不已。回到寓所，上床睡觉了，他还在呻吟……然后又猛地想起一句滑稽的话而放声大笑，不知不觉做着手势，把那句话重说一遍。第二天，甚至过了好几天，独自散步的时候，他又突然咆哮起来，像野兽一样……干吗他要去看这些人呢？干吗要再上那些地方去看他们呢？干吗勉强自己去学别人的模样、手势、鬼脸，装做关心那些并不关心的事？——他是不是真的不关心呢？——一年以前，他绝对不耐烦跟他们来往的。现在他觉得他们又好气又好笑了。是不是他也多少沾染了巴黎人满不在乎的脾气？于是他很不放心地怀疑自己的性格不及从前强了。但实际是相反：他倒是更强了。在一个陌生的环境里，他精神比较自由得多。他不由自主地要睁着眼睛看人类的大喜剧。

并且不管他喜欢不喜欢，只要他希望巴黎社会认识他的艺术，就得继续过这种生活。巴黎人对作品的兴趣，要看他们对作者认识的深浅而定。要是克利斯朵夫想在这些市侩中间找些教课的差事来糊口，他尤其需要教人家认识。

何况一个人还有一颗心，而心是无论如何必须有所依恋的；如果一无依傍，它就活不了。

克利斯朵夫的女学生中有一个叫做高兰德·史丹芬，她的父亲是个很有钱的汽车制造商，入了法国籍的比利时人；母亲是意大利人。她的祖父是英美的混血种，卜居在安特卫普，祖母是荷兰人。这是一个十足地道的巴黎家庭。在克利斯朵夫看来，——像别人看来一样，——高兰德是个典型的法国少女。

她才十八岁，丝绒般的黑眼睛对年轻的男人特别显得温柔，像西班牙姑娘的瞳子，水汪汪的光彩把眼眶填满了，说话的时候，那个古怪而细长的小鼻子老是在翕动，乱蓬蓬的头发，一张怪可爱的脸，皮肤很平常，搽着粉，粗糙的线条，有点儿虚肿，神气像头瞌睡的小猫。

她个子非常小，衣服很讲究，又迷人，又淘气，举止态度都带几分撒娇，做作，痴骙；她装着小女孩子的神气，几个钟点地坐在摇椅里晃来晃去；在饭桌上看到什么心爱的菜，便拍着手小声小气地叫着："噢！多开心啊！……"在客厅里，她燃着纸烟，在男人面前故意做得跟女友们亲热得不得了，勾着她们的脖子，摩着她们的手，咬着她们的耳朵，说些傻话，或是娇滴滴地说些凶狠的话，说得很巧妙，偶然也会若无其事地说些挺放肆的话，——而更会逗人家说这种话，——一忽儿她又扮起天真的憨态，眼睛挺亮，眼皮厚厚的，又肉感，又狡猾，从眼梢里看人，留神听着人家的闲话，很快地把粗野的部分听在耳里，想法吊几个男人上钩。

这些做作，像小狗般在人前卖弄的玩意儿，假装天真的傻话，对克利斯朵夫全不是味儿。他没有闲工夫来注意一个放荡的小姑娘耍手段，也不屑用好玩的心情瞧那些手段。他得挣他的面包，把他的生命与思想从死亡中救出来。他的关心这些客厅里的鹦鹉,只在于她们能够帮助他达到目的。拿了她们的钱,他教她们弹琴,非常认真,紧蹙着眉头,全副精神贯注着工作,免得被这种工作的可厌分心,也免得被像高兰德·史丹芬一类轻佻的女学生的淘气分心。所以他对于高兰德,并不比对高兰德的十二岁的表妹更关切;那是个幽静而胆怯的孩子,住在史丹芬家和高兰德一起学琴的。

高兰德那么机灵,决不会不发觉她所有的风情对他都是白费,而且她那么圆滑,很容易随机应变地迎合克利斯朵夫的作风。那根本不用她费什么心,而是她天赋的本能。她是女人,好比一道没有定型的水波。她所遇到的各种心灵,对于她仿佛各式各种的水瓶,可以由她为了好奇,或是为了需要,而随意采用它们的形式。她要有什么格局,就得借用别人的。她的个性便是不保持她的个性。她需要时常更换她的水瓶。

她的受克利斯朵夫吸引有许多理由。第一是克利斯朵夫的不受她吸引。其次因为他和她所认识的一切青年都不同;形式这样粗糙的瓶,她还没有试用过。何况估量各种水瓶各种人物的价值,她天生的特别内行;所以她明白克利斯朵夫除了缺少风雅以外,人非常厚实,那是巴黎的公子哥儿所没有的。

跟一切有闲的小姐一样,她也弄音乐;她为此花的功夫可以说很多,也可以说很少。这是说:她老是在弄音乐,而实际是差不多一无所知。她可以整天地弹琴,为了无聊,为了装腔,为了求麻醉。有时,她的弹琴像骑自行车一样。有时她可以弹得很好,有格调,有性灵,——(只要她设身处地地去学一个有性灵的人,她就变得有性灵了。)——在认识克利斯朵夫以前,她可以喜欢玛斯奈、格里格、多玛。认识克利斯朵夫以后,她就可以不喜欢他们。如今她居然把巴赫和贝多芬弹得很像样了,——(这倒不是恭维她的话);——但最奇怪的是她居然喜欢他们。其实她并不是爱什么贝多芬、多玛、巴赫、格里格,而是爱那些音符,声响,在键盘上奔驰的手指,跟别的弦一样搔着她神经的琴弦的颤动,以及使她身心舒畅的快感。

在她贵族化住宅的客厅里,——铺着浅色的地毯,正中放着一个画架,供着壮健的史丹芬夫人的肖像,那是个时髦画家的作品,把她表现得多愁多病,好比一朵没有水分的花,奄奄一息的眼睛,身子像螺旋般扭做几段,似乎非如此就不能表现这富家妇珍贵的心灵;——大客厅一面全是玻璃门,可以望见盖满白雪的老树,克利斯朵夫发现高兰德坐在钢琴前面,反复不已地弹着些同样的乐句,听着几个柔靡的不协和弦出神。

"啊!"克利斯朵夫一进门叫道,"猫儿又在打鼾了!"

"你又来缺德了!"她笑着回答……

(说着她向他伸出潮腻腻的手。)

"……你听呀。难道这不美吗?"

"美极了。"他口气很冷淡。

"你根本没有听!……你听一听行不行?"

"我早听到了……老是这一套。"

"啊!你不是音乐家。"她有点儿恼了。

"仿佛你搞的这个真是音乐似的!"

"怎么!……这不是音乐是什么,请问你?"

"你自己很明白!我可不能告诉你,说出来是不雅的。"

"那更要你说了。"

"要我说吗?……——那是你活该了!……你知道你坐

在钢琴前面做些什么？……你是在调情。”

“这像什么话！”

“一点不错。你对钢琴说着：亲爱的钢琴，亲爱的钢琴，跟我说些好话呀，抚摩我呀，给我一个亲吻呀！”

“别说了行不行？”高兰德半笑半恼地说，“你竟一点儿不顾体统。”

“我就是不顾体统。”

“你真是蛮不讲理……再说，倘使这真正是音乐的话，我这种方式不就是真正爱好音乐的方式吗？”

“噢！我求你，别把这种东西和音乐搅在一起。”

“可是这就是音乐啊！一个美妙的和弦等于一个亲吻。”

“我没教你这么说。”

“难道不是吗？……干吗你耸肩膀？干吗你扯鬼脸？”

“因为我讨厌这种话。”

“你越说越妙了！”

“我讨厌人家用淫荡的口吻谈论音乐……噢！这也不是你的错，是你的社会的错。你周围那些无聊的人把艺术看做一种特准的淫乐……得啦，别说废话了！把你的奏鸣曲弹给我听罢。”

“不忙，我们再谈一会儿罢。”

“我不是来谈天而是给你上钢琴课的……来罢，开步走！”

“瞧你多有礼貌！”高兰德有点儿气恼了，心里却觉得这样碰一下钉子也痛快。

她非常用心地弹她的曲子；因为灵巧，所以成绩很过得去，有时还相当的好。胸中雪亮的克利斯朵夫暗里笑着这个淘气的女孩子"居然这样伶俐,虽然对弹的曲子一无所感,弹得倒像真有所感"。然而他不免因此对她抱着好感。高兰德竭力找机会跟他说话,觉得谈天比上课有趣得多。克利斯朵夫白白地拒绝,表示他不能回答,因为一说出心里的话就会得罪她;她却总有方法使他说出来;而且他的话越唐突,她越不觉得唐突:那对她是种游戏。精灵乖巧的姑娘知道克利斯朵夫最喜欢真诚,所以她大着胆子跟他一味顶撞,很固执地和他争论。而两人争论完了,一点不伤和气。

可是克利斯朵夫对这种沙龙里的友谊决不会存什么幻想,他们中间也永远谈不到什么亲密,要不是有一天,高兰德一半突如其来、一半出于勾引男人的本能而向克利斯朵夫推心置腹的话。

头天晚上,她父母在家里招待宾客。她有说有笑,像疯子一般大大地卖弄了一番风情;但第二天早上克利斯朵夫去上课的时候,她累死了,形容憔悴,脸色苍白,头涨得厉害。她无精打采地连话都不愿意说,坐在钢琴前面有气无力地弹着,逢到快的段落都脱落了,改了几次也没弹好,便突然停下来说:

"我弹不下去了……对不起……等一忽儿好不好?"

他问她是否不舒服。她回答说不。他心里想:

"她不大上劲……她有时就是这样的……虽然可笑,但也不能怪她。"

于是他提议改天再来;但她一定要留着他:

"只要一忽儿……过一下就会好的……我真胡闹,是不是?"

他觉得她的态度不大正常,可不愿意问,故意把话扯

开去:

“哦,这是因为你昨天晚上风头太足了啊!你太辛苦了。”

她含讥带讽地笑了笑:“嗯,对你倒是不能这样说。”

他老实不客气笑开了。她又道:“我想你昨天连一句话都没说。”

“对。”

“可是颇有几个有意思的人呢。”

“是的,那些多嘴的家伙,那些才子!在你们这般没骨头的法国人中间,我简直搞糊涂了;他们什么都懂,什么都会解释,什么都能原谅,可是什么也没感觉到。他们几个钟点地谈着艺术啊,爱情啊,不教人恶心吗?”

“你不喜欢讨论爱情,那么对艺术总该有兴趣呀。”

“这些事用不着讨论,要你去做。”

“要是不能做呢?”高兰德微微噘着嘴。

克利斯朵夫笑着回答:“那么让别人去做。艺术不是每个人都能搞的。”

“爱情也是这样吗?”

“也是这样。”

“我的天!那我们还有什么事可做呢?”

“管家啰。”

“谢谢罢!”高兰德恼了。

她把手放在琴上再来尝试,可照旧弹不起来;她便敲着键盘呻吟道:

“没有办法!……我简直一无所用。你说得不错。女人什么事都做不了。”

“能够这样说已经不坏了。”克利斯朵夫老老实实地回答。

她望着他，好似小姑娘挨了骂一样的垂头丧气，接着说：“别这么冷酷啊！”

“我并不毁谤贤淑的妇女，”克利斯朵夫高高兴兴地回答，“一个贤淑的女人是尘世的天堂……可是尘世的天堂……”

“对啦，谁也没见过尘世的天堂。”

“我并不悲观到这种程度。我只说：我，我从来没见过；可是一定有的。只要有，我就决心去寻访。但是很不容易。世界上一个贤淑的女子和一个有天才的男人同样难得。”

“除了他们以外，其余的男男女女都无足轻重了吗？”

“相反！社会上只看重这一批。”

“可是你呢？”

“对于我，这些人是有等于无。”

“噢，你多冷酷！”高兰德说。

“不错，我有点儿冷酷。但只要能对别人有些好处，也应当有几个冷酷的人！……倘若世界上不是东一处西一处有几颗石子的话，更要一团糟了。”

“你说得对，你很得意你是强者，”高兰德悲哀地说，“可是对那些不能成为强者的人，——尤其是女的，你别太严厉啊……你不知道我们的懦弱把我们磨得多苦。你看到我们嘻嘻哈哈，调情打趣，弄些可笑的玩意儿，便以为我们脑子里空空如也，瞧不起我们。哪知道一般十五岁到十八岁中间的小女人，尽管在社会上交际，出风头，——可是跳完了舞，说完了废话，怪论，发完了牢骚(人家看见她们笑也跟着笑)，当她们对一班混蛋透露了一些心腹,在每个人眼里想找些光明而找不到之后,——夜里回家,关在静悄悄的卧室里,给孤独的苦闷煎熬得扑在地下,啊!要是你能看到她们这个模样!……”

“有这样的事吗?”克利斯朵夫惊愕地说,“怎么!你们竟这样的痛苦吗?”

高兰德一声不出,可是眼泪涌上来了。她强作笑容,把手伸给克利斯朵夫。他感动地握着:

“可怜的孩子!既然你们痛苦,为什么不想法摆脱这种生活呢?”

“你要我们怎么办?简直无法可想。你们男人,你们可以摆脱,爱做什么就做什么。可是我们,我们永远被世俗的义务跟浮华享乐束缚着跳不出去。”

“谁限制你们,不许你们跟我们一样的摆脱一切,干一件你们心爱而又能保障你们独立的事业,——像保障我们的一样?”

“像保障你们的一样?可怜的克拉夫脱先生!你们所谓独立的保障也不见得怎么可靠!……可是那至少是你们喜欢的事业。我们可又配做些什么呢?没有一件事情使我们感兴趣。——是的,我知道,我们现在什么都参加,假装关心着一大堆跟我们不相干的事;我们多么需要能关心一点儿什么!我跟旁人一样参加团体,担任慈善会的工作,到巴黎大学去上课,听柏格森和于尔·勒曼脱的讲演,听古代音乐会,古典作品朗诵会,还做着笔记,笔记……我自己也不知道记些什么!……我骗自己,以为这些是我所热爱的,或者至少是有用的。啊!我明明知道不是这么回事,我对什么都不在乎,对什么都腻烦!……我这样把每个人的思想老实告诉了你,你可不能瞧不起我。我并不比别的女人更蠢。可是哲学、历史、科学，究竟跟我有什么相干？至于艺术，——你瞧——我乱弹一阵，东涂西抹，涂些莫名其妙的水彩画；——难道这些就能使一个人的生活不空虚了吗？我们一生只有一个目的：就是嫁人。可是嫁给那些我跟你看得一样明白的家伙，你想是有趣的吗？唉，我把他们看透了。我没有你们德国多情女子的那种运气，会自己造些幻象……噢，太可怕了！看看周围的人，看看已经结婚的女子，看看她们所嫁的男人，想到自己也得跟她们一样，让身心变质，跟她们一样的庸俗！……我敢说，没有艰苦卓绝的精神决计受不了这种生活这种义务。而那种精神就不是每个女子都能有的……光阴如流矢，日月如穿梭，一眨眼青春就完了；可是我们心中究竟藏着些美的、好的东西，——只是永远不加利用，让它们一天天地死灭，结果还得拿去送给我们瞧不起，而将来也要瞧不起我们的蠢货！……并且没有一个人了解你！人家说我们是一个谜。那些男人觉得我们乏味，古怪，倒也罢了。女人应该是懂得我们的啊！她们是过来人，只要回想一下自己的情形就得了……事实可不是这样。她们决不给你一点帮助。便是做我们母亲的也不了解我们，也不真心想认识我们。她们只打算把我们嫁人。除此以外，死也罢，活也罢，都归你自己去安排！社会把我们完全丢在一边。”

“别灰心，”克利斯朵夫说，“每个人的生活经验都得由自己去体会的。如果你有勇气，一切都会顺利。想法到你的社会以外去找找罢。法国总该有些正派的男人。”

“有的。我也认识。可是他们多么可厌！……并且，我还得告诉你：我的社会虽然使我讨厌，可是我觉得，此刻我已经跳不出这个社会了。我已经习惯了。我需要相当的享受，相当高级的奢侈和交际，那不能单靠金钱得到，可也少不了金钱。这种生活当然谈不到什么光辉，我知道。可是我很有自知之明，我是弱者……请你别因为我告诉了你许多没勇气的话而跟我疏远。请你用慈悲的心肠听我说罢。跟你谈谈，我多么快慰！我觉得你是强者，是个健全的人：我完全信任你。给我一点儿友谊，你愿意吗？"

"当然愿意，"克利斯朵夫说，"可是我能帮你什么呢？"

"只要你听我说说，给我一些忠告，给我一些勇气。我常常烦闷得不得了！那时我真不知道怎么办。我对自己说：'奋斗有什么用？烦恼有什么用？这个或那个，有什么相干？不管是谁，不管是什么！'那真是一种可怕的境界。我不愿意掉进去。你帮助我罢！帮助我罢！……"

她垂头丧气，似乎一下子老了十岁；她用着善良的、顺从的、哀求的眼睛，望着克利斯朵夫。他答应了她的要求。于是她又兴奋起来，笑了，快活了。

晚上，她照常有说有笑地卖弄风情。

从这天起，他们之间亲密的谈话变成有规律的了。他们单独在一起，她把心里的愿望告诉他：他很费了点心血去了解她，提供意见；她听着他的劝告，必要时还得听他埋怨，那副严肃与小心的神气活像一个怪听话的女孩子：那对她是种消遣，甚至也是一种精神上的依傍；她用感激而风骚的眼神表示谢意。——但她的生活一点没有改变：只是多添了一桩娱乐罢了。

她一天的生活是一组连续不断的变化。早上起身极晚，总在十二点光景，因为她夜里失眠，要到天亮才睡熟。她成天的不做事，只渺渺茫茫的，反复不已地想着一句诗，一个念头，一个念头的片段，谈话的回忆，一句音乐，一个她喜欢的脸庞。从傍晚四五点钟起，她才算完全清醒。在此以前，她总是眼皮厚厚的，面孔虚肿，噘着嘴，不胜困倦的神气。要是来了一个像她一样饶舌，一样爱听巴黎谣言的知己的女朋友，她便马上活跃起来。她们絮絮不休地讨论着恋爱问题。对于她们，恋爱心理学是和装束，秘史，诽谤这几件事同样谈不完的题目。她们也有一群有闲的青年，需要每天在裙边消磨两三个钟点：这些男人差不多自己也可以穿上裙子：因为他们的谈吐思想简直跟少女的一模一样。克利斯朵夫的出现也有一定的时间：那是忏悔师的时间。高兰德当场会变得严肃，深思。真像英国的史学家包特莱所说的那种法国少女，在忏悔室里"把她镇静的预备好的题意尽量发挥，眉目清楚，有条有理，凡是要说的话都安排得层次分明"。——忏悔过后，她再拼命地寻欢作乐。白天快完了，她可越来越年轻了。晚上她到戏院去；在场子里看到几张永远不变的脸便是她永远不变的乐趣；——因为上戏院去的愉快，并不在于戏剧，而是在于认识的演员，在于已经指摘过多少次而再来指摘一次的他们的老毛病。大家跟那些到包厢里来访问的熟人讲别的包厢里的人坏话，或是议论女戏子，说扮傻姑娘的角色"声带像变了味的芥子酱"，或者说那个高大的女演员衣服穿得"像灯罩一样"。——再不然是大家去赴晚会；到那儿去的乐趣是炫耀自己，要是自己长得俏的话：——（但要看日子而定；在巴黎，一个人的漂亮是最捉摸不定的）；——还有是把对于人物、装束、体格的缺陷等的批评修正一番。真正的谈话是完全没有的。——回家总是很晚。大家都不容易睡觉(这是一天之中最清醒的时间),绕着桌子徘徊,拿一本书翻翻,想起一句话或一个姿势就自个儿笑笑。无聊透了。苦闷极了。又是睡不着觉。而半夜里,忽然之间来了个绝望的高潮。

克利斯朵夫只看到高兰德几个钟点,对于她的变化也只见到有限的几种,然而他已经莫名其妙了。他私忖她究竟什么时候是真诚的,——是永远真诚的呢还是从来不真诚的。这一点连高兰德自己也说不上来。她和大多数欲望无所寄托而无从发挥的少女一样,完全在黑暗里。她不知道自己是哪种人,因为不知道自己要些什么,因为她没尝试以前,根本无法知道自己要些什么。于是她依着她的方式去尝试,希望有最大限度的自由,冒最小限度的危险,同时摹仿周围的人物,假借他们的精神。而且她也不急于要选定一种。她对一切都敷衍,预备随时加以利用。

但像克利斯朵夫这样的一个朋友是不容易对付的。他允许人家不喜欢他,允许人家喜欢他所不敬重甚至瞧不起的人,却不答应人家把他跟那些人一般看待。各有各的口味,是的;但至少得有一种口味。

克利斯朵夫尤其不耐烦的,是高兰德仿佛挺高兴地搜罗了一批他最看不上眼的轻薄少年:都是些令人作呕的时髦人物,大半是有钱的,总之是有闲的,再不然是在什么部里挂个空名的人,——都是一丘之貉。他们全是作家——自以为是作家。在第三共和治下,写作变了一种神经病,尤其是一种满足虚荣的懒惰,——在所有的工作中,文人的工作最难检讨,所以最容易哄骗人。他们对于自己伟大的劳作只说几句很谨慎但是很庄严的话。似乎他们深知使命重大,颇有不胜艰巨之慨。最初,克利斯朵夫因为不知道他们的作品和他们的姓名而觉得很窘。他怯生生地打听了一下,特别想知道大家尊为剧坛重镇的那一位写过些什么。结果,他很诧异地发现,那伟大的剧作家只写了一幕戏,——还是一部小说的节略,而那部小说又是用一组短篇创作连缀起来的,而且还不能说是短篇,仅仅是他近十年来在同派的杂志上发表的一些随笔。至于别的作家,成绩也不见得更可观:只有几幕戏,几个短篇,几首诗。有几位是靠了一篇杂志文章成名的。又有几位是为了"他们想要写的"一部书成名的。他们公然表示瞧不起长篇大著。他们所重视的仿佛只在于一句之中的字的配合。可是"思想"二字倒又是他们的口头禅:不过它的意义好似与普通的不一样:他们的所谓思想是用在风格的细节方面的。他们之中也有些大思想家大幽默家,在行文的时候把深刻微妙的字眼一律写成斜体字,使读者绝对不致误会。

他们都有自我崇拜:这是他们唯一的宗教。他们想教旁人跟着他们崇拜,不幸旁人已经都有了崇拜的目标。他们谈话,走路,吸烟,读报,举首,睐眼,行礼的方式,似乎永远有群众看着他们。装模作样地做戏原是青年人的天性,尤其在那些毫无价值而一无所事的人。他们花那么多的精神特别是为了女人:因为他们不但对女人垂涎欲滴,并且还要教女人对他们垂涎欲滴。可是遇到随便什么人,他们就得像孔雀开屏一样:哪怕对一个过路人,对他们的卖弄只莫名其妙地瞪上一眼的,他们还是要卖弄。克利斯朵夫时常遇到这种小孔雀,都是些画家、演奏家、青年演员,装着某个名人的模样:或是梵·狄克,或是伦勃朗,或是范拉士葛,或是贝多芬;或是扮一个角色:大画家,大音乐家,巧妙的工匠,深刻的思想家,快活的伙伴，多瑙河畔的乡下人，野蛮人……他们一边走，一边眼梢里东张西望，瞧瞧可有人注意。克利斯朵夫看着他们走来，等到走近了，便特意掉过头去望着别处。可是他们的失望决不会长久：走了几步，他们又对着后面的行人搔首弄姿了。——高兰德沙龙里的人物可高明得多。他们的做作是在思想方面：拿两三个人做模型，而模型本身也不是什么奇人。再不然，他们在举动态度之间表现某种概念：什么力啊，欢乐啊，怜悯啊，互助主义啊，社会主义啊，无政府主义啊，信仰啊，自由啊等；在他们心目中，这些抽象的名词仅仅是粉墨登场的时候用的面具。他们有本领把最高贵的思想变成舞文弄墨的玩意儿，把人类最壮烈的热情减缩到跟时行的领带的作用一样。

他们的天地是爱情，爱情是他们专有的。凡是享乐所牵涉的良心问题，他们无不熟悉；他们各显神通，想出种种新问题来解决。那永远是游手好闲的人的勾当：没有爱情，他们便"玩弄爱情"，特别喜欢解释爱情。他们的正文非常贫弱，注解却非常丰富。最不雅驯的思想都加以社会学的美名，一切都扯上社会学的旗帜。一个人满足恶癖的时候，不管多么愉快，倘使不能同时相信自己是为未来的时代工作，总嫌美中不足。那是纯粹巴黎风的社会主义，色情的社会主义。

在此专谈恋爱问题的小团体中，讨论最热烈的问题之一，是男女在婚姻方面与爱情的权利方面的平等。从前有一般老实的青年，笃厚的，有些可笑的，崇奉新教的，——斯堪的纳维亚人或瑞士人，——主张男女道德平等：要求男子在结婚的时候和女子一样的童贞。巴黎的宗教道德学家可主张另外一种平等，淫乱的平等，说女子结婚的时候应该和男子一样的沾满污点，——这是情人权利的平等。巴黎人在幻想上和实际上把奸淫这件事做得太滥了,已经觉得平淡无味:于是文坛上有人发明一种处女卖淫的新玩意儿,——有规律的、普遍的、端方的、得体的、家族化的,尤其是社会化的卖淫。——最近出版的一部很有才气的书,便是对这个问题的权威。作者在四百页的洋洋巨著中,用一种轻佻的学究口吻,依照经验派的推理方法,研究"处理娱乐的最好的方式"。那真是自由恋爱的最完美的讲义:老是提到典雅、体统、高尚、美、真、廉耻、道德,——可以说是求为下贱的少女们的宝典。——当时这部著作简直是《福音书》,为高兰德和她周围的人添了不少乐趣,同时成为她引经据典的材料。那些怪论里头也有正确的,观察中肯的,甚至合乎人情的部分;但信徒们的脾气总喜欢把好处丢在一边而只记着最坏的。在这个诱人的花坛中,他们所采的老是最有毒性的花,——例如"肉欲的嗜好一定能刺激你工作的嗜好";——"一个处女肉欲没有得到满足就做了母亲是最残忍的事";——"占有一个童贞的男子,对女人是养成一个贤惠的母性最自然的准备";——"母亲对于女儿的责任,是应该用着和保护儿子的自由同样细腻熨帖的精神,培养她们的自由";——"必有一日,少女们和情夫幽会归来的态度,会像现在上了课或是参加了女朋友的茶会一样的自然。"

高兰德笑着说这些教训都是极合理的。

克利斯朵夫却痛恨这些论调。他把它们的重要性和害处都夸张了。其实法国人太聪明了,决不会把纸上空谈付诸实行的。他们虚张声势想学做狄德罗①,骨子里却是和他一样,

① 百科全书派的领袖狄德罗,在十八世纪倡导新思想最力。

在日常生活中跟布尔乔亚一样规矩，也和别人一样胆小。而且正因为他们在实际行动上那么胆小，才在思想上把行动推到极端。那是种毫无危险的游戏。

然而克利斯朵夫不是一个附庸风雅的法国人。

高兰德周围的年轻人中，有一个她似乎最喜欢，而在克利斯朵夫心目中不消说是最可厌的。

他是那种暴发户的儿子，搞些贵族派的文学，自命为第三共和治下的贵族。他叫做吕西安·雷维-葛，两只眼睛离得很远，眼神很尖锐，鼻子是往里勾的，金黄的须修成尖尖的，像画家梵·狄克的模样，头发已经未老先衰地秃落，但跟他的尊容很相配，说话很甜，举止潇洒，又细又软的手给人家握在手里仿佛会化掉的。他永远装得彬彬有礼，周到细腻，便是对心里厌恶而恨不得推下海去的人也是如此。

克利斯朵夫在第一次跟着高恩去参加的文人宴会上已经见过他，虽然没交谈，但一听他的声音已经讨厌，当时不懂为什么，到后来才明白。人与人间有霹雳那样突如其来的爱，也有霹雳那样突如其来的恨，——或者说（为了不要使那些害怕一切热情的柔和的心灵害怕起见，我们且不用这个他们听了刺耳的“恨”字），是健康的人的本能，因为感觉到遇见了敌人而自卫的本能。

在克利斯朵夫面前，他代表那种讥讽与分化溶解的思想，他文文雅雅的，不动声色的，分解正在死去的上一个社会里的一切尊严伟大的东西：分解家庭、婚姻、宗教、国家；在艺术方面是分解一切雄壮的、纯洁的、健全的、大众化的成分；此外还摇动大家对思想、情操、伟人的信念，对一般人类的信念。这种思想实际只是以分析为乐，以冷酷的解剖来满足一种兽性的需要，侵蚀思想的需要，那是蛀虫一般的本能。同时又有一种女孩子的，特别是女作家的瘾：因为到了他的手里，一切都是文学或变成文学。他的艳遇，他的和朋友们的恶癖，对他都是文学材料。他写了些小说和剧本，很巧妙地叙述他父母的私生活与秘史，还有朋友们的，他自己的；其中有一桩是他跟一个最知己的朋友的太太的秘史：人物的面目写得极高明，那朋友，那女的，和别的群众，都被描写得很准确。他决不能得到一个女人的青睐或听了她的心腹话而不在书中披露。——照理，这种孟浪的举动应当使他和"女同志们"不欢。事实可并不如此：她们抗议一下，遮遮面子；骨子里可并不发窘，还因为给人拿去赤裸裸地展览而挺高兴呢；只要脸上留着一个面具，她们就不觉得羞耻了。在他那方面，这种说短道长的话并不表示他存心报复，也许连播扬丑史的用意都没有。他不比一般人更坏：以儿子来说不见得是更坏的儿子，以情夫来说不见得是更坏的情夫。在有些篇幅里，他无耻地揭露他父亲、母亲，和他自己的情妇的隐私；同时又有好些段落，他用着富有诗意的温情谈到他们。实际上他是极有家族观念的，但像他那等人不需要尊重所爱的人；反之，他们倒更喜欢自己能够轻视的人；因为他们觉得这样的对象才跟自己更接近，更近人情。他们对于英勇的精神比谁都不了解，高洁二字尤其无从领会。他们几乎要把这些德性认作谎言，或者是婆婆妈妈的表现。然而他们又深信自己比谁都更了解艺术上的英雄，并且拿出倚老卖老的亲狎的态度批判他们。

他和一般有钱的、游手好闲的、布尔乔亚的堕落的少女最投机。他是她们的一个伴侣，等于一个腐化的女仆，比她们更放肆更机灵，有许多事能够教她们艳羡。她们对他毫无顾忌，尽可把这个为所欲为的、裸体的、不男不女的人仔细研究。

克利斯朵夫不明白一个像高兰德那样的少女，似乎性情高洁，不愿意受生活磨蚀的人，怎么会乐此不疲地跟这种人厮混……克利斯朵夫不懂心理学。吕西安·雷维-葛可深通此道。克利斯朵夫是高兰德的心腹；高兰德却是吕西安·雷维-葛的心腹。这一点就表示他比克利斯朵夫高明。一个女人最得意的是能相信自己在对付一个比她更弱的男子。那时不但她的弱点，便是她的优点——她的母性的本能，也得到了满足。吕西安·雷维-葛看准了这一点：因为使妇人动心的最可靠的方法之一，就是去拨弄这根神秘的弦。再加高兰德觉得自己相当懦弱，有些不甚体面但又不愿革除的本能，所以一听这位朋友的自白（那是他很有心计的安排好的），她就相信别人原来跟她一样的没出息，对于人类的根性不应当过事诛求，因之她觉得很快慰了。这种快慰有两方面：第一，她不必再把自己认为挺有趣的几种倾向加以抑制；第二，她发觉这样的处置很得当，一个人最聪明的办法是别跟自己别扭，应当对于没法克制的倾向采取宽容的态度。实行这种明哲的办法才不会使人感到一点儿痛苦。

在社会上，表面极端精练的文明和隐藏在骨子里的兽性之间，永远有个对比，使那些能够冷眼观察人生的人觉得有股强烈的味道。一切的交际场中，熙熙攘攘的决不能说是化石与幽灵，它像地层一般，有两层的谈话交错着：一层是大家听到的，是理智与理智的谈话；另外一层是极少人能够感到的，是本能与本能，兽性与兽性的谈话。大家在精神上交换着一些俗套滥调，肉体却在那里说：欲望，怨恨，或者是好奇，烦闷，厌恶。野兽尽管经过了数千年文明的驯化，尽管变得像关在笼里的狮子一般痴呆,心里可念念不忘的老想着它茹毛饮血的生活。

然而克利斯朵夫的头脑还没冷静到这个程度:那是要年龄大了,热情消失以后才能办到的。他把替高兰德当顾问的角色看得很认真。她求他援助;他却眼看她嘻嘻哈哈地去冒险。所以克利斯朵夫再也不遮掩他对吕西安·雷维-葛的反感了。吕西安·雷维-葛对他先还保持一种有礼的、含讥带讽的态度。他也感觉到克利斯朵夫是敌人,但认为是不足惧的:他只是不动声色地把他变成可笑。其实,只要克利斯朵夫能对他表示钦佩,他就可以表示友好;但他就得不到这种钦佩,他自己也知道,因为克利斯朵夫没有作假的本领。于是,吕西安·雷维-葛从完全抽象的思想的对立,不知不觉地转变为实际的,不露形迹的暗斗,而暗斗的目的物便是高兰德。

她对两位朋友完全一视同仁。她既赏识克利斯朵夫的道德和才具,也赏识吕西安·雷维-葛的极有风趣的不道德和聪明;而且心里还觉得吕西安使她更愉快。克利斯朵夫老实不客气地教训她;她用着可怜巴巴的神气听着他,使他软化。她天性还算好的,但因为懦弱,甚至也因为好心而不够坦白。她一半是在做戏,假装和克利斯朵夫一样思想。她很知道像他这种朋友的价值,但她不肯为了友谊作任何牺牲;不但为了友谊,而且为了无论什么人什么事,她都不愿意有所牺牲;她只挑最方便最愉快的路走。所以她把和吕西安始终来往不断的事瞒着克利斯朵夫。她像上流社会的女子一样凭了从小就学会的本领,若无其事地扯谎;凭了这扯谎的本领,她们才能保持所有的男朋友,使他们个个满意。她替自己辩护说是为了免得克利斯朵夫伤心而不得不如此;其实是因为她明知克利斯朵夫有理而不敢使他知道，也因为她照旧想做她喜欢的事而不要跟克利斯朵夫闹翻。有时克利斯朵夫疑心她捣鬼，便粗声大气地闹起来。她可继续装做痛悔的、诚恳的、伤心的神气，对他做着媚眼，——女人最后的法宝。——她想到可能丧失克利斯朵夫的友谊，的确非常难过，所以竭力装出娇媚的和正经的态度，居然把他软化了一些时候。但那是早晚要爆发的。在克利斯朵夫的气恼里头，不知不觉已经有些嫉妒的成分。高兰德甘言蜜语的笼络也已经有了一点儿，很少的一点儿，爱的成分。然而他们决裂的时候，来势倒反因之更猛烈。

有一天克利斯朵夫把高兰德的谎话当场揭穿了，老老实实提出条件来：要她在他跟吕西安之间挑选一个。她先是设法回避这问题，结果却声言她自有权利保留一切她心爱的朋友。不错，她说得对；克利斯朵夫也觉得自己可笑；但他知道他的苛求并非为了自私，而是为了真心爱护高兰德，非把她救出来不可，——即使因之而违拗她的意志也是应该的。所以他很笨拙地坚持着。看到她不回答了，他就说：

“高兰德，你是不是要我们从此绝交？”

“不是的，”她回答，“那我要非常痛苦的。”

“可是你为我们的友谊连一点儿极小的牺牲都不肯作。”

“牺牲！多荒唐的字眼！”她说，“干吗老是要为了一件东西而牺牲另一件东西？这是基督教的胡闹思想。你骨子里是个老教士，你自己不觉得就是了。”

“很可能，”他说，“在我，总得挑定一个。善跟恶之间，绝对没有中间地位。”

“是的，我知道；就为这一点我才喜欢你。我告诉你，我的确很喜欢你;可是……”

“可是你也很喜欢另外一个。”

她笑了,对他做着最媚人的眼色,用着最柔和的声音说:“仍旧跟我做朋友罢!”

他差不多又要让步的时候,吕西安进来了,高兰德用同样甜蜜的媚眼同样柔和的声音接待他。克利斯朵夫不声不响地看着高兰德做戏。然后他走了,打定主意和她决裂了。他心里有些难过。老是有所依恋,老是上人家的当,真是太蠢了!

回到寓所,他心不在焉地整理书籍,随便打开《圣经》,看到下面的一段:

> ……我主说:因为锡安的女子狂傲,行走挺项,卖弄眼目,俏步徐行,把脚上的银圈震动得丁当做响,所以主必使锡安的女子头长秃疮,又使她们赤露下体……①

读到这里,他想起高兰德的装腔作势,笑了出来,便心情轻快地睡了。接着他又自以为跟巴黎腐败的风气已经同流合污到相当程度,才会读着《圣经》觉得好笑。但他在床上反复背着这伟大的恶作剧的审判者的判决,想象这种事要是临到高兰德头上的情景,不禁像孩子般哈哈大笑了一会儿,睡熟了。他已经不再想到他新的郁闷。多一桩也罢,少一桩也罢……他已经习惯了。

他照常到高兰德家上课,只避免跟她作亲密的谈话。她徒然表示难过,生气,玩种种花样:他始终固执着;两人都不高

① 见《旧约·以赛亚书》第三章。

兴了;终于她自动想出理由来减少课程;他也找出借口来回避史丹芬家里的晚会。

他已经尝够巴黎社会的味道,再也受不了那种空虚、闲荡、萎靡、神经衰弱,以及无理由、无目标、徒然磨蚀自己的、苛酷的批评。他不懂,一个民族怎么能在这种为艺术而艺术、为享乐而享乐的,死气沉沉的空气中过活。可是这民族的确活在那里,从前有过伟大的日子,此刻在世界上还相当威风;从远处看,它还能引起人家的幻象。它从哪儿找到它生存的意义的呢?除了寻欢作乐,它又一无信仰……

克利斯朵夫正想着这些念头的时候,在路上突然撞见一群叫叫嚷嚷的青年男女,拉着一辆车,里面坐着一个老教士向两旁祝福。走了一程,他又看到一些兵拿着刀斧捶打一所教堂的大门,门内是一批挂有国家勋章的先生挥舞着桌椅迎接他们。这时他才觉得法国究竟还有所信仰,——虽然他不知道是什么信仰。人家告诉他说,政府与教会共同生活了一百年之后,现在要分离了,可是因为宗教不甘心脱离,政府便凭着它的权力与武力把宗教撵出门外。克利斯朵夫觉得这种办法未免有伤和气;但是巴黎艺术家的那种混乱的玩票作风使他腻烦透了,所以遇到几个人为了什么公案——即使是极无聊的——而打得头破血流也觉得痛快。

他不久又发现这种人在法国为数不少。政见不同的报纸互相厮杀得像荷马史诗中的英雄一般,天天发表鼓吹内战的文字。固然这不过是叫喊一阵,难得有人真会动手。但也并非没有天真的人把别人所写的原则付诸实行。于是就有奇奇怪怪的景象可以看到:什么某几个州府自称为脱离法国啦,几个联队闹兵变啦,州长公署被焚啦,征收员收税要大队的宪兵保护啦,乡下人烧了开水保卫教堂啦,自由思想者以自由的名义去攻击教堂啦,普度众生的救主们爬在树上煽动葡萄酒省份去攻击酒精省份啦。东一处,西一处,几百万人摩拳擦掌,嚷得满面通红,结果真的动武了。共和政府先是巴结民众,然后又拔出刀来对付他们。民众却是把自己的孩子——军官与士兵——砍破脑袋。这样,各人都对别人证明自己理由充足,拳头结实。你在远处看,从报纸上看的时候,仿佛又回到了几个世纪以前去了。克利斯朵夫发现这法兰西——事事怀疑的法兰西——竟然是一个偏激若狂的民族。但他不知道究竟在哪方面偏激。为了拥护宗教呢还是反对宗教?为了拥护理性呢还是反对理性?为了拥护国家呢还是反对国家?——简直各方面都是。他们是为了喜欢偏激而显得偏激的。

一天晚上,他偶然和一个有时在史丹芬家碰到的社会党议员交谈。虽然不是初次谈话,他可绝对想不到这位先生的身份,因为他们一向只谈音乐。这一回他才不胜诧异地发觉这位交际家竟是一个激烈政党的领袖。

亚希·罗孙是个美男子,留着金黄的胡子,说话带着喉音,皮色很嫩,态度很诚恳,外表相当风雅,骨子里可是粗俗的,有时会不知不觉地流露出村野的举止:——譬如当众修指甲,跟人说话的时候像平民一样喜欢扯着别人的衣角,摇着别人的胳膊;——他能吃能喝,爱笑爱玩,胃口和兴致完全表示他是民间出身,只想掌握权势;人很灵活,能随着环境与对手随时改变态度,说话虽多,可是经过思索的;他懂得听人家的话,把听来的当场吸收;既有同情心,资质又聪明,对什么都感兴趣,——由于天性,由于社会的熏陶,也由于虚荣心;在某种限度以内他为人规矩诚实,就是说为他的利益用不着不诚实,或是不诚实有危险的时候,他是诚实的。

他有个相当好看的妻子,高大,匀称,非常壮健,身腰很美,艳丽的装束似乎太窄了些,把她肥胖的身体表露得过于明显;脸庞四周围着乌黑的鬈发;又黑又浓的大眼睛;下巴微微往上抄起;胖胖的脸蛋很动人,可惜被睒个不停的近视眼和阔大的嘴巴破坏了。她走路的姿态不大自然,颠颠耸耸,像某几种鸟;说话很做作,但非常殷勤,亲热。她出身是个有钱的经商人家;思想自由,是那种所谓贤淑的女子:凡是上流社会的数不清的责任,她都像奉教一般的信守,另外还履行她自己找来的,艺术的与社会的义务:家里有个沙龙,在平民大学①里宣扬艺术,参加慈善团体或研究儿童心理的机构,——可并不怎么热心,也没有浓厚的兴趣,——只是由于天生的慈悲心,由于充时髦,由于知识妇女的那种天真的学究气,仿佛永远背着一项功课,非记得烂熟就有失尊严似的。她需要干点儿事,却不需要对所干的事发生兴趣。这种紧张忙碌的活动,有如那些妇女手里老拿着毛线活儿,一刻不停地搬动着针,似乎救世大业就在这一件毫无用处的工作上。并且她也像编织毛线的女人一样,有那种良家妇女的小小的虚荣心,喜欢拿自己的榜样去教训别的女子。

那位当议员的丈夫心里瞧她不起,可是对她很亲热。他是为了自己的享乐与安宁而挑上她的;在这一点上说,他的确

① 平民大学于一八九八年创于巴黎,尔后遍及全国:由各界名流教授夜课。当时因德莱弗斯事件发生,一部分知识分子创此机构,意欲借思想的交流而与平民及工人阶级接近。此项运动至一九〇四年以后渐趋衰落,不久即告终止。

挑得很好。她长得很美,他为之挺得意:这就够了,他再没别的要求;她对他也没别的要求。他爱她,同时也欺骗她。她只要他爱着她就算了,也许对于他的私情还觉得相当快慰。因为她生性安静,淫荡,完全是后宫中的妇女性格。

他们有两个美丽的孩子,一个五岁,一个四岁,她以贤妻良母的身份照顾他们,那种专心致志所表示的亲切与冷静,恰好跟她注意丈夫的政治与活动,注意最新的时装与艺术表现一样。在这个环境里,她把前进的理论、颓废的艺术、社交界的忙乱,和布尔乔亚的感情,一股脑儿放在一起,成为最古怪的炒什锦。

他们请克利斯朵夫上他们家去。罗孙太太是个优秀的音乐家,弹得一手好钢琴:手指轻巧而扎实,小小的头对准着键盘,两只手在上面跳来跳去,活像母鸡啄食的神气。她很有天分,比一般法国女子也更有音乐修养,但对于音乐的深刻的意义是像笨蛋一样完全不关心的。那只是她听着的,或是背得一点不错的一组音符,一些节奏,一些微妙的调子罢了;她决不探求其中的心灵,因为她本身就不需要这个。这位可爱的、聪明的、朴实的,很愿意帮助人的太太,对克利斯朵夫像对别人一样很殷勤。可是克利斯朵夫并不感激,对她也没多大好感,根本不把她放在眼里。也许他还不知不觉地责备她,不该明知丈夫胡闹而甘心情愿地和那些情妇平分秋色。在所有的缺点中,俯首帖耳的听任摆布是克利斯朵夫最不能原谅的。

他和亚希·罗孙比较亲密。罗孙之爱音乐,正如爱别的艺术一样,方式虽然鄙俗,但很真诚。他爱好一阕交响曲的时候,仿佛恨不得和它睡在一起。他只有一些很浅薄的修养,但运用得很高明;在这一点上,他的妻子对他不无帮助。他对克利斯朵夫发生兴趣，是因为看到克利斯朵夫和他一样是个刚强的平民。并且他很想仔细观察一下这种怪物，——(观察人这件事，他永远不会厌倦的)——打听一下他对于巴黎的印象。克利斯朵夫直率严厉的批评，使他觉得好玩。他看事情也取着相当的怀疑态度，所以能承认对方的批评是准确的。他不因为克利斯朵夫是德国人而有所顾虑，反而以超越成见自豪。总而言之，他是极富于人情的——(这是他主要的优点)；——凡是合乎人情的，他都表示好感。然而这也不能使他不抱另外一种深切的信念，以为法国人——古老的民族，古老的文明——总是优于德国人，所以他不能不嘲笑这个德国人。

在亚希·罗孙家里，克利斯朵夫又看到些别的政客，过去的或未来的阁员。要是这些名人肯屈尊，他倒很高兴和他们个别地谈谈。和流行的见解相反，他觉得跟这批人来往比他熟悉的文艺界更有意思。他们头脑比较活泼，对于人类的热情和公众的利益更关切。他们能言善辩，大半是南方人，非常爱风雅；个别而论，他们差不多和文人一样风雅。当然，他们欠缺艺术方面的知识，尤其是关于外国艺术的；但他们自命为多少懂一些，而且往往是真的爱好。有些内阁颇像那些办小杂志的文会。阁员中有的写剧本，有的拉提琴，同时是瓦格纳迷，有的涂几笔画。他们都搜集印象派的画，看颓废派的书，有心惊世骇俗，对于跟他们的思想不两立的，同时是极端贵族派的艺术非常欣赏。这些社会党或急进社会党的阁员，代表饥寒阶级的使徒，居然对高级的享受自称为内行，使克利斯朵夫看了大不顺眼。当然这是他们的权利，但他觉得这种作风不大光明。

最奇怪的是，这些人物在私人谈话中是怀疑主义者，肉欲主义者，虚无主义者，无政府主义者，而一朝有所行动的时候立刻会变成偏激狂。最风雅的人，才上了台就一变而为东方式的小魔王；他们染上了指挥一切干涉一切的瘾：精神上是怀疑派，天生的气质却是极端的专制。拿到了强有力的中央集权的机构，——那是当年最伟大的专制君主①一手建立的，——他们就忍不住要加以滥用了。结果是产生了一种共和政体的帝国主义，近年来又接种似的加上一种无神论的旧教主义。

在某一个时期内，一般政客只想统治物质——财产，——他们差不多不干涉精神方面的事，因为那是不能变成货币的。而那些优秀的人也不理会政治；不是政治高攀不上他们，就是他们高攀不上政治；在法国，政治被认为工商业的一支，生利的，可是不大正当的；所以知识分子瞧不起政客，政客也瞧不起知识分子。——可是近来政客和一般腐败的知识阶级始而接近，终于勾结了。一个簇新的势力登了台，自称为对思想界有绝对的支配权：那便是些自由思想家。他们和另一批统治者勾结起来，而这另一批统治者也认为他们是专制政治的完美的工具。他们主要的目的不在于打倒教会，而在于代替教会，事实上他们已经组成一个自由思想的教会，和旧有的教会一样有经典，有仪式，有洗礼，有初领圣餐，有宗教婚礼，有地方主教会议，有全国主教会议，甚至也有罗马的总主教会议。这些成千累万的可怜虫非成群结队就不能“自由的思想”，岂

① 指路易十四。

非可笑之尤！而他们所谓的思想自由，其实是假理智之名禁止别人的思想自由：因为他们的信仰理智，有如旧教徒的信仰圣处女，全没想到理智本身并不比圣处女更有意义，而理智真正的根源是在别处。旧教教会有无数的僧侣与会社，潜伏在民族的血管里散布毒素，把一切跟它竞争的生机都加以杀害。现在这反旧教的教会也有它的死党，有虔诚的告密者，每天从法国各地缮成秘密报告送到巴黎总会，由总会详细登记。共和政府暗中鼓励这些自由思想的信徒做间谍工作，使军队、大学、所有的政府机关都充满着恐怖；政府可不觉得他们表面上似乎为它出力，暗地里却在慢慢地篡夺它的地位，而政府也渐渐走上“无神论的神权政治”这条路，不比巴拉圭的那些耶稣会政权更值得羡慕。①

克利斯朵夫在罗孙家见过这一派的教会中人。他们都是一个比一个疯狂的拜物教徒。目前，他们因为把基督从神座上摔了下来而大为高兴。打烂了几个木偶，他们便以为已经摧毁了宗教。还有一般人，把圣女贞德和她童贞女的旗帜从旧教手里夺过来，把圣女贞德独占了。新教会中一个教士，和旧教会的信徒作战的将军，发表了一篇反教会的，颂扬古高卢民族领袖范尔生依多利克斯的演说，同时一般自由思想的人给这位平民英雄立了一座像，认为他是法兰西对抗罗马（罗马教会）的第一人。② 海军部长为了整肃舰队，气气旧教徒，

① 巴拉圭于一六〇七至一七六七年间曾受基督旧教中的耶稣会派统治。

② 范尔生依多利克斯（公元前82年—公元前46年）为高卢族反抗恺撒大帝的领袖。此处言“法兰西对抗罗马（罗马教会）”，乃作者有意讽刺当时的反教会派牵强附会。文中所言立像，乃指一九〇三年立于法国南方格莱蒙-法朗城之范尔生依多利克斯塑像。

把一条巡洋舰命名为“欧纳斯德·勒南”①。另外一批自由思想家则努力于净化艺术的工作。他们把十七世纪的古典文学加以消毒,不许有上帝这个名词亵渎拉封丹的《寓言》。便是在古代音乐里,他们也不许有神的名字存在。克利斯朵夫听见一个老年的急进党员——(歌德说过:老年人而做急进党员是疯癫之尤。)——因为人家胆敢在一个通俗音乐会里排入贝多芬颂扬宗教的歌而大为愤慨,一定要人家把词句更改过。

还有一般更激进的分子,要求把一切宗教音乐和教授宗教音乐的学校加以取缔。一个在当时那群不懂艺术的人中被认为鉴赏力极高的美术司长,竭力解释说,对于音乐家至少得教以音乐,因为“你派一个兵到军营里去的时候,你总得逐步逐步教他如何用枪,如何放射。年轻的作曲家的情形也是一样,脑子里装满了思想,可是没法安排”。然而这种解释是白费的:他对于自己的勇气也有点吃惊,所以每一句都得附带声明:“我是一个老自由思想家”“我是一个老共和党人”,才敢接下去宣称:“我不问班尔葛兰西的作品是歌剧是弥撒祭乐;只问是不是人类艺术的产物。”——但对方用着专断的逻辑回答这个“老自由思想家”,“老共和党人”说:“音乐有两种:一种是在教堂里唱的,一种是在教堂以外唱的。”前者是理智与国家的仇敌;为了国家的利益,非取缔不可。

要是这些混蛋后面没有一般真有价值而和他们一样——或许更甚——狂热的理智信徒做后盾,那么他们还不过是可

① 勒南早年为诚信的旧教徒,后研究哲学而不信宗教,著有《耶稣传》,认为耶稣只是一个非常的人。

笑而不致有多大危险。托尔斯泰曾经提到控制宗教、哲学、艺术和科学的“传染病一般的影响”，这种“荒谬的影响，人们只有在摆脱之后才会发现它的疯狂，在受它控制的时期内始终认为千真万确，简直毋庸讨论”。例如对于郁金香的疯魔，①相信巫祝，误入歧途的文学风气，等等。——理智的宗教也是这种疯狂之一。而且从愚蠢的到有知识的，从众议院的兽医到大学里最优秀的思想家，全染上了这种疯狂。而大学教授的入迷比愚夫愚妇的入迷更危险：因为这种疯魔在没有知识的人还容易和一种愚妄的乐天气息相混，从而减少疯魔的力量；知识分子的生命力可是被疯狂束缚住了，同时，偏激的悲观主义又使他们明白天性和理智是根本抵触的东西，所以更热烈地支持抽象的“自由”、抽象的“正义”、抽象的“真理”，跟恶劣的天性斗争。这种态度骨子里就是加尔文派，扬山尼派②，雅各宾党的理想主义，就是那个古老的信念，以为人类的邪恶是不可救药的，只能够、也应当出受到理智感应的，——就是得到神灵启示的——选民，凭着他们的高傲来消灭那种邪恶。那真是地道的法国人中的一种，代表聪明而不近人情的法国人。他像块石子，像铁一般硬，什么都钻不进去；而他碰到什么就砸破什么。

克利斯朵夫在亚希·罗孙家和这一类疯狂的理论家一谈之下，完全给搅糊涂了。他对于法国的观念也动摇了。他依着流行的见解，以为法国人是个冷静的、容易相处的、宽容的、

① 郁金香自十六世纪末流入欧洲后，种植郁金香成为民间极普遍的一种癖好。

② 扬山尼派为十七世纪旧教中的一个小宗派，盛行于法国，根据荷兰扬山尼主教人性本恶之学说，倡为一种极严格的道德及神学宗派。

爱自由的民族。不料他发现了一批狂人,没头没脑地死抓着抽象的观念和逻辑,为了自己的任何一套三段论法,老是预备把别人作牺牲品。他们嘴里一刻不停地说着自由,可是没有人比他们更不懂自由,更受不了自由的。无论哪里,你找不到比他们更冷酷更残暴的专制脾气,而这种专制纯粹是为了理智方面的疯魔,或者是为了要表示自己永远是对的。

一个党派如此,所有的党派无不如此。只要越出了他们政治的或宗教的钦定程式,越出了他们的国家或省份,越出了他们的团体和他们狭隘的头脑,那就不管是在这方面的还是在那方面的,他们便一律不愿意看见。有一般反对犹太人的,痛恨一切有钱人的人,因为恨犹太人,就把自己所恨的人都叫做犹太人。有些国家主义者恨——(逢到他们心地慈悲的时候是瞧不起)——一切别的国家,便在本国之内把跟他们意见不合的人统称为外国人、叛徒、卖国贼。有些反对新教的人,相信所有的新教徒都是英国人或德国人,恨不得把他们一齐逐出法国。有些西方人,对于莱茵河以东的,无论什么都要排斥;有些北方人,对于卢瓦尔河以南的,无论什么都表示唾弃;有些南方人,认为卢瓦尔河以北的都是野蛮的;还有以属于日耳曼族为荣的;以属于高卢族为荣的,而一切的疯子中最疯的,还有那些"罗马人",以他们祖先的败北为荣;还有布勒塔尼人,洛林人……总而言之,各人只承认自己的一套,"自己"简直是个贵族的头衔,绝对不答应别人跟自己不一样。对于这种民族是无法可想的:你跟他们讲什么理,他们都不理会;他们天生是要烧死别人,或是被别人烧死的。

克利斯朵夫心里想,这样一个民族幸亏采用了共和政体,使那些小型的暴君可以你消灭我,我消灭你。可是其中要有一个做了王的话，恐怕谁也没有多少空气可以呼吸了。

他不知道凡是多议论的民族自有一种德性来救他们，——就是矛盾。

法国的政客就是这样。他们的专制主义被无政府主义冲淡了；他们永远在两个极端之间摇摆。要是他们在左边靠思想界的偏激狂作依傍，那么在右边一定靠思想界的无政府主义者作依傍。因此我们可以看到一大批玩票式的社会主义者，猎取权位的小政客，他们在仗没有打胜以前决不参加作战，可是追随在“自由思想”的队伍后面，每逢它打了一次胜仗，便一齐扑在打败的人的遗骸上面。拥护理智的人并非为了理智而努力……“理智啊，这不是为了你”……乃是为那些国际化的渔利主义者；而他们兴高采烈地践踏本国的传统，摧毁一种信仰，也并非为了要代以另一种信仰，而是要把他们自己填补上去。

在此，克利斯朵夫又碰到了吕西安·雷维-葛。他得悉吕西安是社会党员的时候并不怎么惊奇，只想到社会主义一定是有了成功的希望，吕西安才会加入社会党。他可不知道吕西安神通广大，在敌党中同样受到优待，并且跟反自由色彩、甚至反犹太色彩最浓的政客与艺术家结为朋友。

“你怎么能容留这等人物在团体里的？”克利斯朵夫问亚希·罗孙。

罗孙回答说：“噢！他多有才干！而且他为我们工作，他毁坏旧世界。”

“不错，他是在毁坏，”克利斯朵夫说，“他毁坏得那么厉害，我不知道你们将来用什么来建设。你有把握留下的梁木足够建造你们的新屋子吗？蛀虫已经钻进你们的建筑工场了。”

然而社会主义的蛀虫不止吕西安一个。社会党的报纸上充满着这些小文人，这些“为艺术而艺术”的家伙，装点门面的无政府主义者，把所有的进身之阶都霸占了。他们拦着别人的路，在号称民众喉舌的报纸上，长篇累牍地宣传他们那套颓废的风雅论调，以及“为生存的斗争”。他们有了位置还不够，还得有荣誉。急急忙忙赶造起来的雕像，颂赞石膏天才的演说，其数量之多超过任何一个时代。一般以捧场为业的人，按期举行公宴来祝贺自己党派中的伟人，不是祝贺他们的工作，乃是祝贺他们的受勋：因为这才是他们最感动的。美学家，超人，外侨，社会党的阁员，都一致同意，受到拿破仑创立的勋位是应该庆贺的。①

罗孙看到克利斯朵夫的诧异不由得笑开了。他并不以为这个德国人把他党里的人批评得过于苛刻。他自己和他们单独相处时也毫不客气。他们的胡闹与狡猾，他比谁都明白；但他照旧支持他们，因为要他们支持自己。他私下固然会用着轻蔑的词句谈论民众，一登讲坛却立刻变了一个人。他提高了嗓子，逼尖着声音，带点儿鼻音，每个字都咬得清楚有力，很庄严的，一忽儿用颤音，一忽儿咩咩的像羊叫，做着大开大合，有点抖动的手势，像翅膀一样：活脱是个第一流的戏子。

克利斯朵夫想弄个明白，罗孙对他的社会主义究竟相信到什么程度，显而易见，骨子里他是完全不信，他怀疑主义的气息太重了。但他有一部分的思想是相信的；虽然他明知不

① 法国一般的勋位均称荣誉团勋位，创始于拿破仑。

过是一部分——(并且还不是顶重要的一部分)——他可把自己的生活与行为都根据了这一点来安排,因为这样对他更方便,这信仰不但跟他的实际利益有关,并且牵涉他生存的兴趣,生存与行动的意义。他的相信社会主义是把它当做一种国教的。——大多数的人都是过的这种生活。他们的生命不是放在宗教信仰上,就是放在道德信仰上,或是社会信仰上,或是纯粹实际的信仰上,——(信仰他们的行业,工作,在人生中扮演的角色)——其实他们都不相信。可是他们不愿意知道自己不相信:为了生活,他们需要有这种表面上的信仰,需要有这种每个人都是教士的公认的宗教。

罗孙还不是顶要不得的一个。党里头拿社会主义或激进主义作工具的人不知有多少!——简直说不上是为了野心,因为他们的野心也是目光太短,只限于立刻捞钱和重行当选。那些人仿佛真相信有个新社会似的。也许他们从前是相信的;但事实上他们只趴在垂死的社会身上,靠它来养活自己。短视的机会主义替享乐的虚无主义当差。未来的社会福利,为了眼前的自私而被牺牲了。因为要博取选民的欢心,人们把军队肢解了,还恨不得把国家都瓜分了。他们所缺少的绝不是聪明:大家很知道应该怎么做,可是因为太费力而不去做。人人都想以事半功倍的方式安排自己的生活。上上下下的道德信条都是一样:花最少限度的气力博取最大限度的快乐。这种不道德的道德,便是政治混乱的社会中唯一的纲领。政府的领袖们做出无政府的榜样,政策是乱七八糟的,同时追求着十几只兔子,结果是一只一只地放弃了:外交部在主战,陆军部在高唱和平,还为了肃军而破坏军队,海军部长挑拨兵工厂工人,军事教官宣传非战论,此外是一般业余性质的军官、业余性质的推事、业余性质的革命党员、业余性质的爱国分子。政治风纪是普遍的解体了。人人希望国家给他们职位,养老金,勋位;国家也的确不忘记敷衍它的顾客,把大家眼红的荣誉和差事赠送当权的人的儿子们、侄子们、侄孙们、奴仆们。议员投票表决增加自己的俸给。国库,职位,头衔,国家所有的资源都被挥霍滥用了。——上面既然有了这种榜样,下面就像凄厉的回声一般发生许多怠工的现象:小学教员教人反叛国家,邮局职员焚烧电信,工人把沙土和金刚砂放在机器的齿轮里,造船所工人捣毁造船所,焚烧船舶,工人大规模地破坏自己工作的成绩,——不是损害有钱的人,而根本是损害社会的财富。

最后,一般优秀的知识阶级认为一个民族这样的自杀于法于理均无不合,因为人类爱怎样追求幸福就可怎样追求,那是他神圣的权利。一种病态的人道主义把善与恶的区别给取消了,认为罪犯是"不负责任的,并且是神圣的",应该加以怜悯;它对罪恶完全表示妥协,把社会交给它摆布。

克利斯朵夫心里想:

"法国是被自由灌醉了。它发了一阵酒疯之后,不省人事地昏了过去。将来醒过来的时候,恐怕它已经给关在牢里了。"

对于这种笼络群众的政治,克利斯朵夫最气恼的是,那些最可恶的强暴的手段,竟是一般胸无定见的人很冷静地干出来的。他们那种游移不定的性格,和他们所做的或允许人家做的粗暴的行为,实在太不相称了。他们身上似乎有两种矛盾的元素：一方面是惶惑无主的性格，对什么都不信；一方面是喜欢推敲的理智，什么话都不愿意听而把人生搅得天翻地覆。克利斯朵夫不懂那些心平气和的布尔乔亚，那些旧教徒，那些军官，怎么受尽了政客的欺侮而不把他们摔出窗外。既然克利斯朵夫什么都不能藏在肚里，罗孙便很容易猜到他的思想。他笑着说：

"当然，要是碰到了你跟我，他们的确是要被摔出去的。可是跟他们，绝没有这个危险。那都是些可怜虫，没有勇气下什么决心，唯一的本领只有回骂几句。那些智力衰退的贵族，在俱乐部里混得糊里糊涂了，只会向美国人或犹太人卖俏，并且为了表示时髦，对于人家在小说和戏剧中给他们扮的那种可耻的角色，觉得挺有意思，还要把侮辱他们的人请去做上宾。至于容易生气的布尔乔亚，他们什么书都不读，什么都不懂，不愿意懂，只会平白地把一切批评得一文不值，话说得很尖刻，实际上一点儿效果都没有，——他们只有一宗热情：就是躺在钱袋上睡觉，痛恨扰乱他们好梦的人，甚至也痛恨那些做工的人；因为呼呼睡熟的时候有人动作，当然是打搅他们的！……如果你认得了这一般人，你就会觉得我们是值得同情的了……"

然而克利斯朵夫对这些人那些人同样地不胜厌恶；他不承认因为被虐待的人卑鄙，所以虐待人家的人的卑鄙就可以得到原谅。他在史丹芬家时常遇到那种有钱的，无精打采的，正如罗孙所形容的布尔乔亚：

……愁容惨淡的灵魂
没有毁谤，也没有赞扬……

罗孙和他的朋友们不但十拿九稳地知道自己能支配这些人,并且十拿九稳地觉得自己尽有权利对他们为所欲为:这理由克利斯朵夫是太明白了。罗孙他们并不缺少统治的工具。成千成万没有意志的公务员,闭着眼睛由着他们指挥。谄媚逢迎的风气;徒有其名的共和国;社会党的报纸看到别国的君主来聘问就大为得意;奴才的精神,一见头衔、金钱、勋章,就五体投地:要笼络他们,只消丢一根骨头给他们咬咬,或是给他们几个勋章挂挂就得了。要是有个王肯答应把法国人全部封为贵族,法国所有的公民都会变成保王党的。

政客们的机会很好。一七八九年以来的三个政体:第一个被消灭了;第二个被废黜了,或被认为可疑;第三个志得意满地睡熟了。① 至于此刻方在兴起的第四个政府②,带着又嫉妒又威胁的神气,也不难加以利用。衰微的共和政府对付它,就跟衰微的罗马帝国对付它无力驱逐的野蛮部落一样,用着招抚改编的方法,而不久他们也变了现政府最好的看家狗。自称为社会主义者的布尔乔亚阁员,很狡猾地把工人阶级中最优秀的分子勾引过来,加以并吞,把无产阶级党派弄成群龙无首,没有领袖的局面,自己则吸取平民的新血液,再把布尔乔亚的意识灌输给平民算做回敬。

在布尔乔亚并吞平民的许多方式中,最妙的一种是那些

① 一七八九年以后的三个政体,指第一共和(即大革命以后的,1792—1801年),第二共和(即路易-菲利浦下台以后,1848—1852年),及第三共和(普法战争以后,1870年9月起直至二次大战被德国侵入为止)。

② 此所谓第四个政权,暗指工人及平民阶级的抬头。

平民大学。那是“无所不通”的知识杂货铺。据课程纲要所载，平民大学所教的“包括各部门的知识，物理方面的，生物方面的，社会学方面的：天文学，宇宙学，人类学，人种学，生理学，心理学，精神分析学，地理学，语言学，美学，论理学……”花样之多，便是毕克·特·拉·弥朗台尔①那样的头脑也装不下。

当然，平民大学初办的时候的确有一种真诚的理想，有个伟大的愿望，想把真、美、善普及大众；现在某些平民大学也还存着这个理想。工人们做了一天工之后，跑来挤在闷塞的讲堂里，表示他们求知的渴望胜过了疲劳：这是何等动人的景象。但人们又怎样地利用他们！除了少数聪明而有人性的真正的使徒，用意极好而不善于应付的善良的心以外，多多少少全是一般愚妄的、饶舌的、玩手段的家伙，没有读者的作家，没有听众的演说家、教授、牧师、钢琴家、批评家，拿自己的出品把民众淹没了。各人都在推销自己的货物。最能叫座的自然是那些卖膏药的，那些玄学大师，搬出许许多多老生常谈，末了再归结到一个社会的天堂。

极端贵族的唯美主义，例如颓废派的版画、诗歌、音乐，也在平民大学里找到了出路。大家希望平民对思想界发生一些返老还童的作用，促成民族的新生。可是人们一开头先把布尔乔亚所有雕琢纤巧的玩意儿，像疫苗似的种在平民的血里！而平民也不胜贪馋地吸收进去，并非为了喜欢，而是因为那些都是布尔乔亚的东西。克利斯朵夫有一次跟着罗孙太太到一

① 意大利的毕克·特·拉·弥朗台尔（1463—1494）为历史上有名的百科全书式的大博学家。

所平民大学去，在迦勃里哀·福莱的美妙的歌和贝多芬晚期的一阕四重奏之间，听她对着平民弹奏德彪西。他自己对贝多芬晚年的作品还是经过了许多年，趣味与思想起了许多变化方始了解的；这时他不禁怀着怜悯的心问一个邻座的人：“你懂得这个吗？”

那位邻人立刻把脖子一挺，像一只发怒的公鸡似的，回答说：“当然！干吗我就不能像你一样的了解？”

为了证明他的了解，他更用着挑战的神气望着克利斯朵夫，哼着一段赋格曲。

克利斯朵夫吃了一惊，赶紧溜了，心里想这些畜生竟把民族的生机都毒害了；哪里还有什么平民！

“你才是平民！”一个工人对一个想创办平民戏院的热心人说，“我吗，我可是跟你一样的布尔乔亚！”

一个幽美的黄昏，软绵绵的天空罩在黑洞洞的都城上面，像一张强烈的色彩已经黯淡的东方地毯。克利斯朵夫沿着河滨大道从圣母院往安伐里特宫走去。夜色苍茫中，大寺上面的两座钟楼仿佛摩西在战争中高举的手臂。小圣堂顶上的金箭，带着神圣的荆棘，高耸在万家屋舍之上。① 对岸，卢浮宫的窗子在夕照中闪出最后的微光，还显得有点儿生气。安伐里特广场的尽头，在威严的壕沟与围墙后面，在气概非凡的空

① 哥特式建筑的教堂，正面钟楼上往往有下粗上细的极长的八角形柱作为结顶，末梢则为箭形。而八角形的长柱四周饰有树叶与枝条等作为装饰，此处称神圣的荆棘，乃言此种树叶枝条之装饰象征基督荆冠上之荆棘。小圣堂在今巴黎法院侧，建于十三世纪，与巴黎圣母院相距不远。

地上，阴沉的金色穹隆高悬在那里，仿佛一阕交响曲，纪念那些年代久远的胜利。高岗上的凯旋门，像英雄进行曲似的，替帝国军团的行列开路。

克利斯朵夫忽然觉得这些很像一个已经死了的巨人，在平原上伸展着巨大的四肢。他心惊肉跳，停了下来，怅然望着这些奇大无比的化石，想起那个已经绝迹的、地球上曾经听见过它脚声的传奇式的种族，——安伐里特的穹隆好比它的冠冕，卢浮的宫殿好比它的腰带，大寺顶上无数的手臂似乎想抓握青天，拿破仑凯旋门的两只威武的脚踏着世界，而如今只有一些侏儒在它的脚跟底下熙熙攘攘。

克利斯朵夫虽然自己不求名，却也在高恩和古耶带他去的巴黎交际场中有了点小名气。他的奇特的相貌，——老是跟他两位朋友之中的一个在新戏初演的晚上和音乐会中出现，——极有个性的那种丑陋，人品与服装的可笑，举止的粗鲁，笨拙，无意中流露出来的怪论，琢磨得不够的，可是方面很广很结实的聪明，再加高恩把他和警察冲突而亡命法国的经过到处宣传，说得像小说一样，使他在这个国际旅馆的大客厅中，在这一堆巴黎名流中，成为那般无事忙的人注目的对象。只要他沉默寡言，冷眼旁观，听着人家，在没有弄清楚以前不表示意见，只要他的作品和他真正的思想不给人知道，他是可以得到人家相当的好感的。他没法待在德国是法国人挺高兴的事。特别是克利斯朵夫对于德国音乐的过激的批评，使法国音乐家大为感动，仿佛那是对他们法国音乐家表示敬意。——（其实他的批判是几年以前的，多半的意见现在已经改变了：那是他从前在一份德国杂志上发表的几篇文章，被高恩把其中的怪论加意渲染而逢人便说的。)——大家觉得克利斯朵夫很有意思,并不妨碍别人,又不抢谁的位置。只要他愿意,他马上可以成为文艺小圈子里的大人物。他只要不写作品,或是尽量少写,尤其不要让人听到他的作品,而只吸收一些古耶和古耶一流的人的思想。他们都信守着一句有名的箴言,当然是略微修正了一下:

我的杯子并不大;……可是我……在别人的杯子里喝。

一个坚强的性格,它的光芒特别能吸引青年,因为青年是只斤斤于感觉而不喜欢行动的。克利斯朵夫周围就不少这等人:普通都是些有闲的青年,没有意志,没有目的,没有生存的意义,怕工作,怕孤独,永远埋在安乐椅里,出了咖啡馆,就得上戏院,想尽方法不要回家,免得面对面看到自己。他们跑来,坐定了,几个钟点地瞎扯,尽说些无聊的话,结果把自己搅得胃胀,恶心,又像饱闷,又像饥饿,对那些谈话觉得讨厌极了,同时又需要继续下去。他们包围着克利斯朵夫,有如歌德身边的哈巴狗,也有如"等待机会的幼虫",想抓住一颗灵魂,使自己不至于跟生命完全脱节。

换了一个爱虚荣的糊涂蛋,受到这些寄生虫式的小喽啰捧场也许会很喜欢。可是克利斯朵夫不愿意做人家的偶像。并且这些崇拜他的人自作聪明,把他的行为看做含有古怪的用意,什么勒南派、尼采派、神秘派、两性派等,使克利斯朵夫听了大为气愤。他把他们一齐撵走了。他的性格不是做被动的角色的。他一切都以行动为目标:为了了解而观察,为了行动而了解。他摆脱了成见,什么都想知道,在音乐方面研究别的国家别的时代的一切思想的形式和表情的方法。只要他认为是真实的,他都拿下来。他所研究的法国艺术家都是心思灵巧的发明新形式的人,殚精竭虑,继续不断地做着发明工作,却把自己的发明丢在半路上。克利斯朵夫的作风可大不相同:他的努力并不在于创造新的音乐语言,而在于把音乐语言说得更有力量。他不求新奇,只求自己坚强。这种富于热情的刚毅的精神,和法国人细腻而讲中庸之道的天才恰好相反。他瞧不起为风格而求风格。法国最优秀的艺术家,在他眼里不过是高等的巧匠。在巴黎最完美的诗人中间,有一个曾经立过一张"当代法国诗坛的工作表,详列各人的货物,出品或薪饷";上面写的有"水晶烛台,东方绸帛,金质纪念章,古铜纪念章,有钱的寡妇用的花边,上色的塑像,印花的珐琅……",同时指出哪一件是哪一个同业的出品。他替自己的写照是"蹲在广大的文艺工场的一隅,缀补着古代的地毯,或擦着久无用处的古枪"。——把艺术家看做只求技术完满的良工巧匠的观念,不能说不美,但不能使克利斯朵夫满足。他一方面承认他职业的尊严,但对于这种尊严所掩饰的贫弱的生活非常瞧不起。他不能想象一个人能为写作而写作。他不能徒托空言而要言之有物。

我说的是事实,你说的是空话……

克利斯朵夫有个时期只管把新天地中的一切尽量吸收,然后精神突然活跃起来,觉得需要创作了。他和巴黎的格格不入,对他的个性有种刺激的作用,使他的力量加增了好几倍。在胸中泛滥的热情非表现出来不可,各式各种的热情都同样迫切地要求发泄。他得锻炼一些作品,把充塞心头的爱与恨一齐灌注在内;还有意志,还有舍弃,一切在他内心相击相撞而具有同等生存权利的妖魔,都得给它们一条出路。他写好一件作品把某一股热情消解,——(有时他竟没有耐性完成作品)——又立刻被另外一股相反的热情卷了去。但这矛盾不过是表面的:虽然他时时刻刻在变化,精神是始终如一。他所有的作品都是走向同一个目标的不同的路。他的灵魂好比一座山:他取着所有的山道爬上去;有的是浓荫掩蔽,迂回曲折的;有的是烈日当空,陡峭险峻的;结果都走向那高踞山巅的神明。爱,憎,意志,舍弃,人类一切的力兴奋到了极点之后,就和"永恒"接近了,交融了。所谓"永恒"是每个人心中都有的:不论是教徒,是无神论者,是无处不见生命的人,是处处否定生命的人,是怀疑一切,怀疑生亦怀疑死的人,——或者同时具有这些矛盾像克利斯朵夫一般的人。所有的矛盾都在永恒的"力"中间融合了。克利斯朵夫所认为重要的,是在自己心中和别人心中唤醒这个力,是抱薪投火,燃起"永恒"的烈焰。在这妖艳的巴黎的黑夜中,一朵巨大的火花已经在他心头吐放。他自以为超出了一切的信仰,不知他整个儿就是一个信仰的火把。

然而这是最容易受法国人嘲笑的资料。一个风雅的社会最难宽恕的莫过于信仰;因为它自己已经丧失信仰。大半的人对青年的梦想暗中抱着敌视或讪笑的心思,其实大部分是懊丧的表现,因为他们也有过这种雄心而没有能实现。凡是否认自己的灵魂,凡是心中孕育过一件作品而没有能完成的人,总是想:

"既然我不能实现我的理想,为什么他们就能够呢?不行,我不愿意他们成功。"

像埃达·迦勃勒①一流的,世界上不知有多少!他们暗中抱着何等的恶意,想消灭新兴的自由的力量;用的是何等巧妙的手段,或是不理不睬,或是冷嘲热讽,或是使人疲劳,或是使人灰心,——或是在适当的时间来一套勾引诱惑的玩意儿……

这种角色是不分国界的。克利斯朵夫因为在德国碰到过,所以早已认识了。对付这一类的人,他是准备有素的。防御的方法很简单,就是先下手为强;只要他们来亲近他,他就宣战,把这些危险的朋友逼成仇敌。这种坦白的手段,为保卫他的人格固然很见效,但对于他艺术家的前程决不能有什么帮助。克利斯朵夫又拿出他在德国时候的那套老办法。他简直不由自主地要这么做。只有一点跟从前不同:他的心情已经变得满不在乎,非常轻松。

只要有人肯听他说话,他就肆无忌惮地发表他对法国艺术界的激烈的批评,因之得罪了许多人。他根本不想留个退步,像一般有心人那样去笼络一批徒党做自己的依傍。他可以毫不费力地得到别的艺术家的钦佩,只消他也钦佩他们。有些竟可以先来钦佩他,唯一的条件是大家有来有往。他们把恭维这回事看做放债一样,到了必要的时候可以向他们的债务人,受过他们恭维的人,要求偿还。那是很安全的投资。——但放给克利斯朵夫的款子可变了倒账。他非但分文不还,还没皮没脸地把恭维过他作品的人的作品认为平庸谫陋。这样,他们嘴里不说,心里却怀着怨恨,决意一有机会便

① 易卜生戏剧《埃达·迦勃勒》中的主角,怀有高远的理想而终流于庸俗浅薄。

如法炮制，回敬他一下。

在克利斯朵夫做的许多冒失事中间，有一桩是跟吕西安·雷维-葛作战。他到处遇到他，而对于这个性情柔和的，有礼的，表面上完全与人无损，反显得比他更善良，至少比他更有分寸的家伙，克利斯朵夫没法藏起他过于夸张的反感。他逗吕西安讨论，不管题目如何平淡，克利斯朵夫老是会把谈锋突然之间变得尖锐起来，使旁听的人大吃一惊。似乎克利斯朵夫想出种种借口要跟吕西安拼个你死我活；但他始终伤不到他的敌人。吕西安机灵至极，即使在必败无疑的时候，也会扮一个占上风的角色；他对付得那么客气，格外显出克利斯朵夫的有失体统。克利斯朵夫的法语说得很坏，夹着俗话，甚至还有相当粗野的字眼，像所有的外国人一样早就学会而用得不恰当的，自然攻不破吕西安的战术了。他只是愤怒非凡地跟这个冷嘲热讽的软绵绵的性格对抗。大家都派他理屈：因为他们并看不出克利斯朵夫所隐隐约约感觉到的情形：就是说吕西安那种和善的面目是虚伪的，因为遇到了一股压不倒的力量而想无声无息地使它窒息。吕西安并不急，跟克利斯朵夫一样等着机会：不过他是等机会破坏，克利斯朵夫是等机会建设。他毫不费力地使高恩和古耶对克利斯朵夫疏远了，好似此前使克利斯朵夫慢慢地跟史丹芬家疏远一样。他使他完全孤立。

其实克利斯朵夫自己也在努力往孤立的路上走。他教谁都对他不满意，因为他不属于任何党派，并且还进一步反对所有的人。他不喜欢犹太人，但更不喜欢反犹太的人。这般懦怯的多数民族反对强有力的少数民族，并非因为这少数民族恶劣，而是因为它强有力；这种妒忌与仇恨的卑鄙的本能使克利斯朵夫深恶痛绝。结果是犹太人把他当做反犹太的；而反犹太的把他当做犹太人。艺术家则又认为他是个敌人。克利斯朵夫在艺术方面不知不觉把自己的德国脾气表现得特别过火。和某种只求感官的效果而绝不动心的巴黎乐派相反，他所加意铺张的是强烈的意志，是一种阳刚的、健全的悲观气息。表现欢乐的时候又不讲究格调的雅俗，只显出平民的狂乱与冲动，使提倡平民艺术的贵族老板大起反感。他所用的形式是粗糙的，同时也是繁重的。他甚至矫枉过正，有意在表面上忽视风格，不求外形的独创，而那是法国音乐家特别敏感的。所以他拿作品送给某些音乐家看的时候，他们也不细读，就认为它是德国最后一批的瓦格纳派而表示瞧不起，因为他们是一向讨厌瓦格纳派的。克利斯朵夫却毫不介意，只是暗中好笑，仿着法国文艺复兴期某个很有风趣的音乐家的诗句，反复念道：

> ……
>
> 得了罢，你不必慌，如果有人说：
>
> 这克利斯朵夫没有某宗某派的对位，
>
> 没有同样的和声。
>
> 须知我有些别人没有的东西。

可是等到他想把作品在音乐会中演奏的时候，就发现大门紧闭了。人们为了演奏——或不演奏——法国青年音乐家的作品已经够忙了，哪还有位置来安插一个无名的德国人？

克利斯朵夫绝对不去钻营。他关起门来继续工作。巴黎人听不听他的作品，他觉得无关紧要。他是为了自己的乐趣而写作，并非为求名而写作。真正的艺术家决不顾虑作品的前途。他像文艺复兴期的那些画家,高高兴兴地在屋子外面的墙上作画,虽然明知道十年之后就会荡然无存。所以克利斯朵夫是安安静静地工作着,等着时机好转;不料人家给了他一个意想不到的帮助。

那时克利斯朵夫正跃跃欲试地想写戏剧音乐。他不敢让内心的抒情成分自由奔放,而需要把它限制在一些确切的题材中间。一个年轻的天才,还不能控制自己、甚至不知道自己的真面目的人,能够定下界限,把那个随时会溜掉的灵魂关在里头当然是好的。这是控制思潮必不可少的水闸。——不幸克利斯朵夫没有一个诗人帮忙;他只能从历史或传说中间去找题材来亲自调度。

几个月以来在他脑中飘浮的都是些《圣经》里的形象。母亲给他作为逃亡伴侣的《圣经》,是他的幻梦之源。虽然他并不用宗教精神去读,但这部希伯来民族的史诗自有一股精神的力,更恰当的说是有股生命力,好比一道清泉,可以在薄暮时分把他被巴黎烟熏尘污的灵魂洗涤一番。他虽不关心书中神圣的意义,但因为他呼吸到犷野的大自然气息和原始人格的气息,这部书对他还是神圣的。诚惶诚恐的大地,中心颤动的山岳,喜气洋溢的天空,猛狮般的人类,齐声唱着颂歌,把克利斯朵夫听得出神了。

在《圣经》中他最向往的人物之一是少年时代的大卫。但他心目中的大卫并非露着幽默的微笑的佛罗伦萨少年,或神情紧张的悲壮的勇士,像范洛几沃与弥盖朗琪罗表现在他们的杰作上的:他并不认识这些雕塑。他把大卫想象做一个富有诗意的牧人,童贞的心中蕴藏着英雄的气息,可以说是种族更清秀，身心更调和的，南方的西格弗里德。——因为克利斯朵夫虽然竭力抵抗拉丁精神，其实已经被拉丁精神渗透了。这不但是艺术影响艺术，思想影响艺术，而是我们周围的一切——人与物，姿势与动作，线条与光——的影响。巴黎的精神气氛是很有力量的，最倔强的性格也会受它感化，而德国人更抵抗不了：他徒然拿民族的傲气来骄人，实际上是全欧洲最容易丧失本性的民族。克利斯朵夫已经不知不觉感染到拉丁艺术的中庸之道，明朗的心境，甚至也相当地懂得了造型美。他所作的《大卫》就有这些影响。

他想描写大卫和扫罗王的相遇，用交响诗的形式表现两个人物。①

在一片荒凉的高原上，周围是开花的灌木林，年轻的牧童躺在地下对着太阳出神。清明的光辉，大地的威力，万物的嗡嗡声，野草的颤动，羊群的铃声，使这个还没知道负有神圣使命的孩子引起许多幻想。他在和谐恬静的气氛中懒洋洋地唱着歌，吹着笛子。歌声所表现的欢乐是那么安静，那么清明，令人听了哀乐俱忘，只觉得是应该这样的，不可能不这样的……可是突然之间，荒原上给巨大的阴影笼罩了，空气沉默了；生命的气息似乎退隐到地下去了。唯有安闲的笛声依旧在那里吹着。精神错乱的扫罗王在旁边走过。他失魂落魄，受着虚无的侵蚀，像一朵被狂风怒卷的，自己煎熬自己的火

① 大卫为以色列的第二个王，年代约在公元前一〇五五至一〇一四年，少年时为父牧羊，先知撒母耳为之行油膏礼，预定其继承扫罗王位。因以色列王扫罗为神厌弃，为恶魔所扰，致精神失常，乃从臣仆之言，访求耶西之子大卫侍侧弹琴。扫罗一闻琴声，即觉精神安定。见《旧约·撒母耳记》上卷第十六章。此处将故事略加改动，弹琴易为吹笛，访求改为偶遇。

焰。他觉得周围是一片空虚,自己心里也是一片空虚:他对着它哀求,咒骂,挑战。等到他喘不过气来倒在地下的时候,始终没有间断的牧童的歌声又那么笑盈盈地响起来了。扫罗抑捺着骚动不已的心绪,悄悄地走近躺在地下的孩子,悄悄地望着他,坐在他身边,把滚热的手放在牧童头上。大卫若无其事地掉过身子,望着扫罗王,把头枕在扫罗膝上,继续唱他的歌。黄昏来了,大卫唱着睡熟了;扫罗哭着。繁星满天的夜里又响起那个颂赞自然界复活的圣歌,和心灵痊愈以后的感谢曲。

克利斯朵夫写作这一幕音乐,只顾表现自己的欢乐,既没想到怎么演奏,更没想到可以搬上舞台。他原意是想等到乐队肯接受他的作品的时候在音乐会中演奏。

一天晚上,他和亚希·罗孙提起,又依着罗孙的要求,在钢琴上弹了一遍,让他有个概念。克利斯朵夫很诧异地发觉,罗孙对这件作品竟非常热心,说应该拿到一家戏院去上演,并且自告奋勇要促成这件事。过了几天,罗孙居然很认真地干起来,使克利斯朵夫更觉得奇怪;而一知道高恩、古耶,甚至吕西安·雷维-葛都表示很热心,他不但是诧异,简直给搅糊涂了。他只能承认他们为了爱艺术而把私人的嫌隙丢开了:这当然是他意想不到的。在所有的人中,最不急急于表现这件作品的倒是他自己。那原来不是为舞台写的,拿去交给戏院未免荒唐。但罗孙那么恳切,高恩那么苦劝,古耶又说得那么肯定,克利斯朵夫居然动心了。他没有勇气拒绝。他太想听听自己作的曲子了!

为罗孙,什么事都轻而易举。经理和演员都争先恐后地巴结他。碰巧有家报馆为一个慈善团体募捐想办个游艺大会。他们决定在游艺会里表演《大卫》。一个很好的管弦乐队给组织起来了。至于唱歌的,罗孙说已经找到了一个理想的人物来表现大卫。

大家便开始练习。乐队虽然脱不了法国习气,纪律差一些,可是第一次试奏的成绩还算满意。唱扫罗王的角色嗓子有点疲弱,却还过得去,技术是有根底的。表演大卫的是个高大肥胖、体格壮健的美妇人;但她声音恶俗,肉麻,带着唱通俗歌剧的颤音,和咖啡馆音乐会的作风。克利斯朵夫皱着眉头。她才唱了几节,他已经断定她不能胜任了。乐队第一次休息的时候,他去找负责音乐会事务的经理,那是和高恩一同在场旁听的。他看见克利斯朵夫向他走过来,便得意扬扬地问:"那么你是满意的了?"

"是的,"克利斯朵夫说,"大概不至于有什么问题。只有一件事不行,就是那个女歌唱家。非换一个不可。请你客客气气地通知她;你们是搞惯这一套的……你总不难替我另外找一个罢?"

那位经理不由得愣住了,望着克利斯朵夫,似乎疑心他是开玩笑。

"噢!你这话是不可能的!"

"为什么不可能?"克利斯朵夫问。

经理跟高恩俩睐了睐眼睛,神气很狡猾:"她多有天分!"

"一点儿天分都没有。"克利斯朵夫说。

"怎么没有!……这样好的嗓子!"

"谈不到嗓子。"

"人又多漂亮!"

"那跟我不相干。"

"可是也不妨事啊。"高恩笑着说。

“我需要一个大卫，一个懂得唱的大卫；不需要美丽的海伦。”克利斯朵夫说。

经理好不为难地搔搔鼻子：“那很麻烦，很麻烦……可是她的确是个出色的艺术家：——我敢向你担保。也许她今天不大得劲。你再试一下看看。”

“好罢，”克利斯朵夫回答，“可是这不过是白费时间罢了。”

他重新开始练习。情形可是更糟。他几乎不能敷衍到曲子终了：他烦躁不堪，指点女歌手的口气先是还冷冷的不至于失礼，慢慢地竟直截了当，不留余地了；她花了很大的劲想使他满意，对他装着媚眼乞怜，只是没用。看到事情快要闹僵，经理就很小心地出来把练习会中止了。为了冲淡一下克利斯朵夫给人的坏印象，他赶紧去和女歌手周旋，大献殷勤；克利斯朵夫看了很不耐烦，神气专横地向他示意叫他过来，说道：

“没有什么可商量的了。我不要这个人。我知道人家心里会不舒服；可是当初不是我挑的。你们去想办法罢。”

经理神气很窘，弯了弯腰，满不在乎地回答：“我没有办法。请你跟罗孙先生去说罢。”

“那跟罗孙先生有什么相干？我不愿意为这些事去麻烦他。”

“他不会觉得麻烦的。”高恩带着俏皮的口气说。

接着他指了指刚在门外进来的罗孙。

克利斯朵夫迎上前去。罗孙一团高兴地嚷着：“怎么？已经完啦？我还想来听听呢。那么，亲爱的大师，怎么样？满意不满意？”

“一切都很好，”克利斯朵夫回答，“我不知道向你怎么道谢才好……”

“哪里！哪里！”

“只有一件事不行。”

“你说罢，说罢。咱们来想办法。我非要使你满意不可。”

“就是那个女歌唱家。咱们自己人，不妨说句老实话，她简直糟透了。”

满面笑容的罗孙一下子变得冷若冰霜。他沉着脸说：“朋友，你这个话真怪了。”

“她太不行了，太不行了，”克利斯朵夫接着说，“没有嗓子，唱歌没有品，没有技巧，一点儿才气都没有。幸亏你刚才没听到！……”

罗孙的态度越来越冷了，他截住了克利斯朵夫的话，声音很难听地说：“我对特·圣德-伊格兰小姐知道得很清楚。她是个极有天分的歌唱家，我非常佩服的。巴黎所有风雅的人都是跟我一样的见解。”

说罢，他转过背去，搀着女演员的手臂出去了。正当克利斯朵夫站在那儿发呆的时候，在旁看得挺高兴的高恩，过来拉着他的胳膊，一边下楼一边笑着和他说：“难道你不知道她是他的情妇吗？”

这一下，克利斯朵夫可明白了。他们想表演这个作品原来是为了她，不是为了克利斯朵夫，怪不得罗孙这样热心这样肯花钱，他的喽啰们又这样上劲。他听高恩讲着那个圣德-伊格兰的故事：歌舞团出身，在小戏院里红了一些时候，就像所有她那一流的人一样，忽然雄心勃勃，想爬到跟她的身份更相当的舞台上去唱戏。她指望罗孙介绍她进歌剧院或喜歌剧院;罗孙也巴不得她能成功,觉得《大卫》的表演倒是一个挺好的机会,可以教巴黎的群众领教一下这位新悲剧人才的抒情天才,反正这角色用不到什么戏剧的动作,不至于使她出丑,反而能尽量显出她身段的美。

克利斯朵夫听完了故事,挣脱了高恩的手臂,哈哈大笑,直笑了好一会儿。最后他说:

"你们真教我受不了。你们这些人都教我受不了。你们根本不把艺术放在心上。念念不忘的老是女人,女人。你们排一出歌剧是为了一个跳舞的,为了一个唱歌的,为了某先生或某太太的情人。你们只想着你们的丑事。我也不怪你们:你们原来是这样的东西,那么就这样混下去罢,挤在你们的马槽里去抢水喝罢,只要你们喜欢。可是咱们还是分手为妙:咱们天生是合不拢来的。再见了。"

他别了高恩,回到寓所,写了封信给罗孙,声明撤回他的作品,同时也不隐瞒他撤回的动机。

这是跟罗孙和他所有的徒党决裂了。后果是立刻感觉得到的。报纸对于这计划中的表演早已大事宣传,这一回作曲家和表演者的不欢而散又给他们添了许多嚼舌的资料。某个乐队的指挥,为了好奇心,在一个星期日下午的音乐会中把这个作品排了进去。这幸运对于克利斯朵夫简直是个大大的厄运。作品是演奏了,可是被人大喝倒彩。女歌唱家所有的朋友都约齐了要把这个傲慢的音乐家教训一顿;至于听着这阕交响诗觉得沉闷的群众,也乐于附和那些行家的批判。更糟的是,克利斯朵夫想显显演奏家的本领,冒冒失失地在同一音乐会里出场奏一阕钢琴与乐队合奏的幻想曲。群众的恶意,在演奏《大卫》的时候为了替演奏的人着想而留些余地的,此刻当面看到了作家就尽量发泄了,——何况他的演技也不尽合乎规矩。克利斯朵夫被场中的喧闹惹得心头火起,在曲子的半中间突然停住,用着挖苦的神气望着突然静下来的群众,弹了一段玛勃洛打仗去了,①——然后傲慢地说道:"这才配你们的胃口。"说完,他站起身来走了。

会场里登时乱哄哄地闹了起来。有人嚷着说这是对于听众的侮辱,作者应该向大家道歉。第二天,各报一致把高雅的巴黎趣味所贬斥的粗野的德国人骂了一顿。

然后是一片空虚,完全的、绝对的空虚。克利斯朵夫在多少次的孤独以后再来一次孤独,在这个外国的,对他仇视的大城里,比什么时候都更孤独了。可是他不再像从前一样的耿耿于怀。他慢慢地有点儿觉得这是他的命运如此,终身如此的了。

他可不知道一颗伟大的心灵是永远不会孤独的,即使命运把他的朋友统统给剥夺了,他也永远会创造朋友;他不知道自己满腔的热爱在四周放出光芒,而便是在这个时候,他自以为永远孤独的时候,他所得到的爱比世界上最幸福的人还要丰富。

在史丹芬家和高兰德同时学钢琴的,还有一个年纪不满十四岁的女孩子。她是高兰德的表妹,叫做葛拉齐亚·蒲翁旦比,皮肤黄澄澄的,颧骨带点粉红,脸蛋很饱满,像乡下人一样的健康,小小的鼻子有点往上翘,阔大的嘴巴线条很分明,

① 《玛勃洛》为通俗的儿童歌曲,其中的复唱句是:"玛勃洛打仗去了,不知什么时候回来。"

老是半开半阖的，下巴很圆，很白，神色安详的眼睛透着温柔的笑意，鼓得圆圆的脑门，四周是一大堆又长又软的头发，并不打鬈，只像平静的水波一般沿着腮帮挂下来。宽大的脸盘，沉静而美丽的目光，活像安特莱·台尔·萨多画上的圣处女。

她是意大利人。父母差不多成年住在乡下，在意大利北部的一所大庄子里：那边有的是平原、草场，跟小河。从屋顶的平台上眺望，底下是一片金黄的葡萄藤，中间疏疏落落地矗立着一些圆锥形的杉树。远处是无穷尽的田野。四下里静极了。只听到耕田的牛鸣，和把犁的乡下人尖锐的叫喊："吁嘻！……走呀！"

蝉在树上唱，青蛙沿着水边叫。夜里，银波荡漾的月光底下，万籁俱寂。远远的，不时有些看守庄稼的农人蹲在茅屋里放几枪，警告窃贼表示他们醒在那里。对于蒙眬半睡的人们，这种声音跟在远处报时报刻的和平的钟声并没什么分别。过后，又是一片静寂包着你的心灵，好似一件衣褶宽博的软绵绵的大氅。

在小葛拉齐亚周围，生命似乎睡着了。人家不大理会她。她是在恬静的空气中自由自在地长大的。那么平静，那么从容。她性子懒懒的，喜欢东遛遛，西逛逛，没头没脑的尽睡。她会在园子里几小时地躺下去。她在静默中飘飘荡荡，好似一只苍蝇在夏日的溪水上轻轻拂弄。有时，她无缘无故地突然奔起来，奔着，奔着，像一头小动物，脑袋与胸脯微微向右边侧着，非常轻灵，自然。她简直是头小山羊，就为了喜欢蹦跳而在石子堆里溜滑打滚。她和小狗、青蛙、野草、树木、种田的人、院子里的鸡鸭，唠唠叨叨地说话。她疼爱周围的一切小生物，也很喜欢大人，可是不像对小东西那么毫无顾忌。她不大见到外界的人。庄子离城很远,完全是孤零零的。尘土飞扬的大路上,难得有个满面正经、拖着沉重的脚步的农夫,或是一个眼睛发亮,脸孔紫铜色的,美丽的乡下女人,昂着头,挺着胸,摇摇摆摆地走过去。葛拉齐亚在静悄悄的大花园里独自消磨日子:一个人也看不见,后来不厌烦,对什么也不怕。

有一次,一个流浪的汉子闯入冷落的田庄里想偷只鸡。他看见女孩子躺在草地上,一边哼着一支歌一边咬着一块长长的烤面包,不由得呆了一呆。她安闲地望着他,问他来做什么。他说:"给我一些东西,要不然我就吓你了。"

她把手里的面包递给了他,眼睛笑眯眯地说:"你别吓人啊。"

于是那浪人走了。

妈妈去世了。老爸爸心肠很好,很懦弱,是个世家出身的意大利人;他身子结实,性情快活,人很和善,就是有些孩子气,完全没能力管女孩子的教育。老蒲翁旦比的妹子,史丹芬太太,回来参加嫂子的葬礼,看见孩子那么孤单不由得很揪心,决意带她到巴黎去住些时候,让她忘记一下丧母的悲痛。葛拉齐亚哭了,老爸爸也哭了。可是史丹芬太太决定了什么事,大家只有服从的份儿,没有人能反抗的。她是一家之中最有决断的人;她在巴黎自己家里掌管一切:她的丈夫,她的女儿,她的情夫;——因为她对于责任和快乐能兼筹并顾,为人又实际又富于热情,——并且极喜欢交际,在外边非常活动。

移植到巴黎之后,幽静的葛拉齐亚对着美丽的高兰德表姊深深地钟情起来,使高兰德看了好玩。人们把这个野生的和顺的小姑娘带到交际场和戏院去。大家继续拿她当孩子看待,她也自认为孩子,其实早已不是了。她颇有些自己藏得很紧而觉得害怕的感情，对于一个人一件东西常常会热情冲动。她暗中恋着高兰德，偷她一条丝带或一块手帕什么的；当着表姊的面，她往往一句话都说不出；而在等待的时候，知道就要看到表姊的时候，她又焦急又快活，简直会浑身颤抖。在戏院里，要是她先到了而后看见美丽的表姊穿着袒露的晚礼服走进包厢，受到众人注目的话，葛拉齐亚就满心欢喜地笑了，笑得那么谦卑，亲切，抱着一腔热爱；而高兰德和她一说话，她连心都为之化开了。穿着白色的长袍，美丽的黑发蓬蓬松松地散披在皮肤暗黄的肩上，把长手套放在嘴里轻轻咬着，又闲着没事把手指往手套里伸进一点，——她一边看戏一边时时刻刻回头看着高兰德，希望她对自己友好地瞧一眼，也希望把自己感到的乐趣分点儿给她，用褐色的明净的眼睛表示："我真爱你。"

在巴黎近郊的森林中散步时，她形影不离地跟着高兰德，坐就坐在她脚下，走就走在她前面，替她拨开伸在路中间的树枝，在没法插足的污泥中放几块石头。有天晚上，高兰德在花园里觉得冷了，问她借用围巾，她竟快活得叫起来，——（过后却又难为情，觉得不应该叫的）——因为那等于她的爱人和她拥抱了一下，而围巾还给她的时候又留下了爱人身上的香味。

也有些她偷偷看着的书，有些诗，——（因为人家还只给她看儿童读物）——使她感到一种慌乱的甜美的境界。还有某些音乐，虽然人家说她还不能领会而她也自以为不能领会，——她可感动得脸色发白，身上出汗。她那时的心情是谁都不知道的。

除此以外，她只是一个性情柔和的小姑娘：糊里糊涂的，懒洋洋的，相当贪嘴，动不动就脸红；有时几小时的不出声，有时咭咭呱呱的说个不休；容易哭，容易笑，会突然之间的嚎恸，也会像小孩子般纵声狂笑。一点儿毫无意思的小事就能使她乐，使她高兴。她从来不想装做大人，始终保存着儿童的面目。她尤其是心地好，绝对不忍心教人家难过，也绝对受不了别人对她有半句生气的话。她非常谦虚，老躲在一边；只要是她认为美与善的，她无有不爱，无有不钦佩；她往往一厢情愿地以为别人有如何如何的优点。

史丹芬家负责管她的教育，那是已经很落后的了。她跟克利斯朵夫学琴就是这样开始的。

她第一次看见他是在姑母家某次宾客众多的夜会上。跟无论哪种客人合不来的克利斯朵夫，净弹着一阕没有完的柔板，把大家听得打哈欠：似乎快完了，又接了下去，使听的人以为是无穷无尽的了。史丹芬太太非常不耐烦，只是不便发作。高兰德却乐死了，觉得这可笑的局面挺有意思，也不怪克利斯朵夫感觉迟钝到这个地步；她只觉得他是一股力，而那股力使她很有好感，同时也认为很滑稽，但决不愿意为他辩护。唯有小葛拉齐亚被这音乐感动得眼泪都上来了。她躲在客厅的一角。最后她溜走了，因为不愿意让人家发现她的骚动，也因为受不了大家背后拿克利斯朵夫取笑。

几天之后，史丹芬太太在饭桌上说要请克利斯朵夫教她学琴。葛拉齐亚听了心里一慌，羹匙掉在汤盆里，把汤水溅在她自己跟表姊身上。高兰德便说她还得先学一学吃饭的规矩。史丹芬太太马上补充说，那可不能请教克利斯朵夫了。葛拉齐亚因为和克利斯朵夫一同受到埋怨，非常高兴。

克利斯朵夫开始上课了。她身子又僵又冷，手臂胶在身上没法搬动;克利斯朵夫拿着她的小手校正手指的姿势,把它们一只一只放在键盘上时,她竟要软瘫了。她战战兢兢,唯恐在他面前弹不好。但尽管练琴练到几乎害病,使表姊烦躁得叫起来,她当了克利斯朵夫的面总弹得不成样子:她喘不过气来,手指不是僵似木块,就是软如棉花;她把音弹糊涂了,重音也颠倒了;克利斯朵夫把她埋怨了一顿,生着气走了。那时她竟恨不得死掉才好。

他完全没注意她,只关心高兰德。葛拉齐亚看了表姊和克利斯朵夫的亲密很羡慕;虽然有些痛苦,但她那颗善良的小心毕竟替高兰德和克利斯朵夫欢喜。她认为高兰德远胜自己,所以大家的敬意归她一个人独占也是挺自然的。——直到后来她必须在表姊与克利斯朵夫两者之间挑选一个的时候,她才觉得自己的心已经不向着表姊了。她凭着小妇人的直觉咂摸出来,克利斯朵夫看了高兰德的卖弄风情和雷维-葛的拼命追求非常难过。她本能地不喜欢雷维-葛;而自从她知道克利斯朵夫厌恶他之后,她也厌恶他了。她不懂高兰德怎么能把雷维-葛放在和克利斯朵夫竞争的地位而引以为乐。她暗中开始用严厉的目光批判高兰德,一发觉她某些小小的谎话,便对表姊突然改变了态度。高兰德虽然觉得,可不明白为什么,以为那是小姑娘的使性。可是葛拉齐亚对她已经失掉信心是毫无疑问的了:高兰德从一桩小事情上可以感觉到。有天晚上,两人在园中散步,忽然来了一阵骤雨,高兰德有心表示亲热,想把葛拉齐亚裹在自己的大衣里面,免得她淋雨;要是在几星期以前,葛拉齐亚一定因为能够偎贴在亲爱的表姊怀里而感到说不出的欢喜,这一回她却冷冷地闪开了。并且高兰德说葛拉齐亚所弹的某支乐曲难听的时候,她还是照旧地弹,照旧地爱好。

从此她只关心克利斯朵夫。她的柔情使她有种直觉,能体会到他苦闷的原因。而以她那种孩子气的、多操心的关切,她也把他的痛苦大大地夸张了。她以为克利斯朵夫爱着高兰德,其实他对高兰德的关系仅仅是种苛求的友谊。她以为他很痛苦,所以她也为他而痛苦了。可怜她好心竟没得到好报:表姊把克利斯朵夫惹得冒火了,她就得代表姊受过;他心绪恶劣,借小学生出气,在琴上改她错误的时候极不耐烦。有天早上,克利斯朵夫被高兰德惹得格外气恼,在钢琴旁边坐下来的态度那么暴躁,把葛拉齐亚仅有的一些小本领都吓得无影无踪:她手足无措;他怒气冲冲地责备她弹错音符,更把她骇昏了;他又生了气,拿着她的手乱摇,嚷着说她永远没希望把一个曲子弹得像个样,还是弄她的烹饪或女红去罢,她爱做什么都可以,可是天哪!切勿再弄什么音乐,弹些错误的音教人听了受罪!一说完,他掉转身子就走,课也没上完。可怜的葛拉齐亚把眼泪都哭尽了,那些难堪的话固然使她伤心,但更伤心的是她一心一意要使克利斯朵夫满意,结果非但没做到,反而搞出些糊涂事教自己心爱的人气恼。

后来克利斯朵夫不再上史丹芬家,葛拉齐亚就更痛苦了。她想回家乡去。这个连幻想都是那么纯洁的孩子,始终保存着朴实清明的心地,住在大都市里跟骚动狂乱的巴黎女子混在一起非常不惯。虽然不敢说出来,她已经把周围的人批判得相当准确。但她像父亲一样因为心好,因为谦虚,因为不敢信任自己而很胆小,懦弱。她让霸道的姑母和惯于支配一切的表姊摆布。虽然按期给父亲写着亲切的信,她可不敢告诉他说:"啊!爸爸,把我接回去罢!"

老爸爸虽然心里极愿意,却也不敢接她回去。因为他怯生生地露出一些口风,史丹芬太太立刻回答他说,葛拉齐亚在巴黎很好,比跟他一起好多了,并且为她的教育,也应当留在巴黎。

可是终于有一天,这颗南国的小灵魂再也受不了放逐的痛苦,必须向着光明飞回去了。——那是在克利斯朵夫的音乐会之后。那天她和史丹芬一家一同在场,眼看那些群众以侮辱一个艺术家为乐,她心都碎了。……在葛拉齐亚眼里,艺术家就是艺术的化身,是生命中一切神圣的东西的化身。她想哭,想逃。但她非听完那些喧闹、嘘斥与叫嚣不可;回到姑母家还得听那些刻薄的议论,听高兰德一边哄笑,一边和吕西安交换些可怜克利斯朵夫的话。她逃到房里,倒在床上痛哭了半夜:她自言自语地和克利斯朵夫说着话,安慰他,恨不得把自己的生命献给他,因为毫无办法使他幸福而难过死了。从此,她不能再待在巴黎,求父亲接她回去。她说:

"我在这儿活不下去了,活不下去了,要是你让我再多留一些时候,我要死了。"

父亲马上赶了来;虽然抗拒刚强的姑母在父女两人都是极不容易的事,这一回他们也拿出最后一点儿意志,鼓足勇气把她顶住了。

葛拉齐亚回到酣睡如故的大花园里,不胜欣慰地跟她喜爱的自然界和生灵重新相聚。在她受过创痛而才安静下来的心中,她带来了一些北国的哀愁,仿佛一层薄雾,此刻给阳光照着,慢慢地融化了。她偶然想起苦恼的克利斯朵夫。躺在草坪上听着熟悉的蛙声跟蝉声,或是坐在她比以前接触更多的钢琴前面,她悠然想着自己看中的朋友;她和他几小时的低声谈着话，觉得有朝一日他可能推开门走进来的。她写了一封不署名的信，迟疑了好久以后，终于在一个早晨，瞒着人，心儿乱跳，走到三里以外，在农田的那一边，丢入本村的信箱。——那是一封亲切动人的信，告诉他说他不是孤独的，劝他不要灰心，有人在想念他，爱他，在上帝面前为他祈祷，——可怜的信，糊里糊涂的中途遗失了，他始终没收到。

随后，这个远方的女友仍然过着她单纯而宁静的岁月。意大利那种和平、恬静、安乐、默想的精神，又回到那颗贞洁沉默的心中，——可是关于克利斯朵夫的印象继续在她的心灵深处燃烧，像一朵静止不动的火焰。

克利斯朵夫完全不知道有股天真的温情远远地在关切他，将来还要在他的生命中占据极重要的地位。他也不知道就在他受辱的音乐会中，有一个将来成为他的朋友，成为他亲爱的伴侣，和他并肩携手，向前迈进的人。

他是孤独的。他自以为孤独的。可是志气一点儿不消沉。他再没有从前在德国时那种悲苦郁闷的心境。他更强了，更成熟了；他知道是应该这样的。他对巴黎的幻想已经没有了：人到处都是一样的；应当忍受，不该一味固执，跟社会作无谓的斗争；只要心安理得，我行我素就行了。像贝多芬所说的："要是我们把自己的生命力在人生中消耗了，还有什么可以奉献给最高尚最完善的东西？"他清清楚楚地体验到了自己的性格，也体验到了他从前批判得那么严厉的自己的种族。越受到巴黎气氛的压迫，他越觉得需要回到祖国，回到国魂所在的那些诗人与音乐家的怀抱中去。他一打开他们的书，仿佛满屋子都是阳光灿烂的莱茵的波涛，和那些被他遗弃的故人的亲切的微笑。

他曾经对他们多么无情无义！他们那种朴实的慈爱的宝藏，他怎么不早点儿发现的呢？他不胜羞愧地想起自己从前在德国对他们说过多少偏激与侮辱的话。那时他只看见他们的缺点，笨拙而多礼的举动，感伤的理想主义，小小的谎言，小小的懦怯。啊！这些缺点跟他们伟大的德性相比，真是太不足道了！可是他当初怎么对他们的弱点会那样苛刻的呢？此刻他反因之而觉得他们更动人，更近人情了。在这个情形之下，他现在最受吸引的人便是以前被他用最蛮横的态度贬斥的人。对于舒伯特和巴赫，他有什么不客气的话没说过呢！如今他倒觉得跟他们非常接近。那些伟大的心灵，受过他的挑剔与讪笑的，对他这个亡命异国、举目无亲的人笑容可掬地说着：

"朋友啊，我们在这里。你勇敢些罢！我们也受过非分的苦难！……可是临了我们还是达到了目的……"

于是他听见约翰·赛巴斯蒂安·巴赫的心灵像海洋一般地呼啸着：风狂雨骤，掩盖生命的乌云都给扫荡了，——有极乐的，痛苦的，如醉如狂的民众，有慈悲与和平的基督在他们上空翱翔，——多少城市被守夜的人叫醒了，居民欢欣鼓舞地迎着神明走去，他的脚声把世界都震撼了，[①]——无数的思想，热情，乐体，英雄生活，莎士比亚式的幻想，萨伏那洛[②]式

① 巴赫作有《约翰福音所记的耶稣受难》与《马太福音所记的耶稣受难》两部圣乐，为音乐史上巨制。此段均系暗指两大圣乐中抒情的及戏剧化的境界。又巴赫曾任莱比锡圣·托马斯学校歌唱教师二十余年，故下文称其为"歌唱教师"。

② 萨伏那洛为意大利十五世纪时狂热的宗教家，曾于短时期内操纵佛罗伦萨的政局。

的预言,牧歌式的,史诗式的,《启示录》式的幻象,蕴藏在这个歌唱教师身上!克利斯朵夫好像亲眼看到他这个人:双叠下巴,眼睛很小很亮,多褶的眼皮,往上吊的眉毛,性格阴沉而又快乐,有点可笑,脑子里充满着讽喻和象征,人是老派的,易怒,固执,心情高远,对人生抱着热情,同时又渴念着死……——在学校里,他是一个天才的学究,而那些学生是又脏又粗野,生着疮疥,像乞丐一般,唱歌的嗓子是嗄的,他常常跟他们吵架,有时和他们扭殴……——在家里他有二十一个孩子,十三个都比他死得早,[①]其中一个是白痴;其余都是优秀的音乐家,替他来些小小的家庭音乐会……疾病,丧葬,争吵,贫困,侘傺不遇;——同时,他有他的音乐,他的信仰,解脱与光明,还有预感到的,一意追求而终于抓握到的欢乐,——神明的气息锻炼着他的筋骨,耸动着他的毛发,在他嘴里放出霹雳般的声音……噢!力!力!像雷震一般的欢乐的力!……

克利斯朵夫把这股力尽量吞下。他觉得在德国人心灵中像泉水般流着的这种音乐的力对他很有好处。这力往往是平庸的,甚至是粗俗的,可是有什么关系?主要的是有这股力,而且能浩浩荡荡地奔流。在法国,音乐是用滤水器一点一滴地注在瓶口紧塞的水瓶里的。这些喝惯无味的淡水的人,一看到长江大河式的德国音乐,就要吹毛求疵,挑德国天才的错误了。

"这些可怜的孩子!"克利斯朵夫这么想着,可忘了自己从前也一样地可笑过来,"他们居然找出了瓦格纳和贝多芬

① 按所有巴赫的传记均称巴赫子女共二十人(前妻生七个,后妻生十三个),巴赫故世时(1750)尚生存者共有子女九人。作者言其子女共二十一人,有十三个比巴赫早故,不知何所据。

的缺点！他们需要没有缺陷的天才。仿佛狂风暴雨在吹打的时候会特别小心，一点都不扰乱世界上完整的秩序！……”

他在巴黎街上走着，对自己心中的力非常高兴。无人了解倒是更好！他可以更自由。天才的使命是创造，而要依着内心的法则创造一个簇新的有机体的世界，自己必须整个儿生活在里头。一个艺术家决不嫌太孤独。可怕的是，自己的思想反映到镜子里的时候被镜子把原来的形状改变了，缩小了。一件作品没有完成之前，不能告诉别人；否则你会没有勇气把作品写完；因为那时你在自己心中看到的已经不是你的，而是别人的可怜的思想。

如今他的梦想既不受任何外物的扰乱，就像泉水一样从他心灵的每一个角落、从他路上碰到的每一颗石子里飞涌出来。他所生活的境界像一个能见到异象的人的境界。他所见所闻的一切，在心中唤引起来的生灵与事物，跟实际的见闻完全不同。他只要听其自然，就能发觉他幻想中的人物都在周围活动。那些感觉会自动来找到他的。路人的目光，风中传来的语声，照在草坪上的阳光，停在卢森堡公园树上歌唱的小鸟，远处修道院里的钟声，卧室中瞥见的一角苍白的天空，一日之间时时变化的声音与风光：这些他都不用自己的而用着幻想人物的心灵去体会。——他觉得非常幸福。

可是他的情形比什么时候都更艰难。唯一的收入是靠几处的钢琴课，而那些差事都丢了。时方九月，巴黎人正在外省避暑，不容易找到新学生。他独一无二的学生是个又聪明又糊涂的工程师，在四十岁上忽发奇想，要做个提琴大家。克利斯朵夫的小提琴拉得不十分好，但总比他的学生高明；所以在某个时期内，他以每小时两法郎的代价每周给他上三小时的提琴课。过了一个半月，工程师厌倦了，突然发现他主要的天赋还是在绘画方面。——他把这个发现告诉克利斯朵夫的那一天，克利斯朵夫不禁哈哈大笑；笑完了，他把存款点了点数，原来只剩那个学生刚才付给他的十二法郎了。他可并不急，只想到此刻非另谋生路不可，又得上出版商那儿去奔走了。那当然不是有趣的事……管他！……何必事先烦恼呢？今天天气很好，还不如上墨屯①去玩儿。

他忽然想到要走路了。走路可以促成音乐的收获。他心中装满了音乐，好似蜂房中装满了蜜一样；他对着在心头嗡嗡作响的金黄的蜜蜂笑着。往往那是一种转调极多的音乐。节奏是蹦蹦跳跳的，反复不已的，能够使你白日做梦……嗬！关在屋里迷迷糊糊的时候，你以为能创造节奏吗？那只能像巴黎人一样杂凑一些微妙而静止的和声！

走得疲倦了，他便在林间躺下。树木微秃，天色像雁来红一样的蓝。克利斯朵夫恍恍惚惚在那里出神，他的梦也渐渐染上从初秋的白云里漏出来的柔和的光彩。他的血在奔腾。他听到自己的思潮在胸中湍泻。它们从四面八方涌来：彼此冲突的新世界与旧世界，以往的心灵的片段，像一个城里的居民一般在他心头逗留过的、昔日的旅客。高脱弗烈特在曼希沃墓前说的话又给想起来了：他等于一座活的坟墓，多少亡人和多少不相识的人在其中蠢动。他听着这无量数的生命，很高兴让这个几百年的森林像管风琴般的奏鸣，其中有的是妖魔鬼怪，宛如但丁笔下的森林。他不再像少年时代那样地怕它们了，因为他有了能够控制它们的意志。他最快乐的莫过

① 墨屯系巴黎近郊村镇，风景秀丽，为巴黎人常往游散之地。

于挥着鞭子使野兽们咆哮，让自己清清楚楚地感觉到内心的动物园比以前更丰富了。他不是孤独的，也永远不会再孤独。他一个人等于整个的军队，几百年来那些快乐而健全的克拉夫脱都在他身上。跟仇视他的巴黎，跟一个种族对垒的时候，他也拿得出整个的种族，双方是势均力敌了。

他住的那个寒碜的旅馆，如今也嫌租金太贵而放弃了。他在蒙罗越区租了一间阁楼，虽然一无可取，空气倒很流通，穿堂风是不断的。好罢，他本来就需要畅快的呼吸。从窗里他可以看到一望无际的巴黎烟囱。搬家的事一下子就办完了：一辆手推的小车已经足够；克利斯朵夫自己推着走。最贵重的家具，除了他的旧箱子以外，便是一个从那时起非常流行的贝多芬画像。他把它包得非常仔细，仿佛是件极有价值的艺术品。他和它是老在一起的。在巴黎的茫茫人海中，这是他栖身的岛屿，也是测验他精神的气压表。他心灵的温度，在那个面相上比在他自己的意识上标显得更清楚：一忽儿是乌云密布的天空，一忽儿是热情激荡的狂风，一忽儿又是庄严的宁静。

他不得不减少食粮，一天只在下午一点钟吃一顿。他买了一条粗大的香肠挂在窗上：每顿切着那么厚厚的一片，加上一大块面包，一杯自己发明的咖啡，就算是盛宴了。他还很想把那个量分做两顿吃。他恨自己胃口那么好，恶狠狠地骂自己像饿鬼似的，只想着肚子。其实他的肚子也不成其为肚子了，他比一条瘦狗还要瘦。至于身体上旁的部分倒很结实，骨骼像铁打的，头脑也始终很清楚。

他不大担忧什么明天的问题。只要有着当日的开支，他就不愿意操心。等到有一天不名一文了,他才决意再到出版商那里去转一转。可是到处都找不到工作。他两手空空地回来,路上走过高恩介绍过他的哀区脱的音乐铺子,他进去了,根本没记起以前在很不愉快的情形中来过这儿。他一进门便遇到哀区脱,来不及退出来,已经被哀区脱瞧见了。克利斯朵夫也不愿意露出退缩的神气,竟自向哀区脱走过去,不知道说些什么好,只预备必要的时候狠狠地顶他一下,因为他相信哀区脱对他一定还是傲慢的。事实可并不如此。哀区脱冷冷地伸出手来,说了几句普通的客套问他身体怎么样,并且不等克利斯朵夫要求,便指着办公室的门,自己闪在一旁让他进去。他对于这个意料之中而已经不再期待的访问,暗暗觉得欢喜。他表面上做得若无其事,实际上老在注意克利斯朵夫的行动;只要有机会听到他的音乐,他总去听。那次演奏《大卫》的音乐会,他也在场;对于群众的恶意,他一点儿不表惊奇,因为他素来瞧不起群众,而且他的确能感到作品的美。在巴黎,恐怕没有一个人比哀区脱更能赏识克利斯朵夫艺术的特色的了。可是他决不和克利斯朵夫说,不但为了克利斯朵夫得罪过他,并且也因为要他和蔼可亲根本不可能:那是他天生的缺陷。他真心预备帮克利斯朵夫的忙,却绝对不肯自动表示:他等着克利斯朵夫上门来请求。现在克利斯朵夫既然来了,照理他很可以宽宏大量地借此机会消除他们以前的误会,不必教克利斯朵夫再那么委屈地向他开口;但他更喜欢让克利斯朵夫把请求的话从头至尾说一遍,并且还决意要把克利斯朵夫拒绝过的工作交给他做,哪怕只做一次也是好的。他给他五十页乐谱,要他改编为曼陀林跟吉他的谱。这样以后,哀区脱看他已经屈服,也就满足了,便再给他一些比较愉快的工作,态度可始终那么傲慢,令人没法感激。而克利斯朵夫也真要被生活压迫得无路可走了,才会再来找他。话虽如此,他宁愿靠这些工作糊口,——不管是多么气人的工作,——而不愿受哀区脱周济。那是哀区脱试过一次的,而且也是出于诚意。克利斯朵夫早已感觉到哀区脱先要屈辱他然后帮助他的用意,所以即使不得不接受哀区脱的条件,至少可以拒绝他的施舍。他很愿意为他工作:有来有往,清清楚楚,可决不肯欠他一丝一毫的情。不像为了艺术而到处求人的瓦格纳,他绝对不把自己的艺术看得比灵魂更重;不是自己挣来的面包,他是咽不下去的。——有一回他把头天晚上做夜工赶起来的活儿送去的时候,哀区脱正在吃饭。哀区脱留意到他苍白的脸色和不由自主投向菜盘的目光,断定他还没吃东西,便邀他一起吃。用意是很好;但哀区脱那么明显的令人感到他是看出了人家的窘况,以致他的邀请也像是布施了:那是克利斯朵夫宁可饿死也不接受的。他不得不坐在饭桌前面,——(因为哀区脱有话跟他说)——但对于盘里的菜丝毫不动,推说才吃过饭。其实他正是饿火中烧呢。

克利斯朵夫很想不去找哀区脱;可是别的出版商比哀区脱更要不得。——另外有一般有钱的音乐玩赏家,想出一句半句的音乐而不会写下来。便把克利斯朵夫叫去,对他哼着自己呕尽心血的结晶,说道:“你听,这多美啊!”

他们把这一句半句交给克利斯朵夫,要他拿去“发展”,——(就是说把它写完篇)——结果他们用自己的名字在一家大书铺出版。随后他们认为这件作品的确是自己写的了。克利斯朵夫就认得一个这样的人,旧家出身,手脚忙个不停的高个子,称他“亲爱的朋友”,抓着他的手臂,做出非常热心的表情，凑着他的耳朵嘻嘻哈哈，嘟嘟囔囔地说些胡话，不时还大惊小怪地叫几声：什么贝多芬啊，范尔仑啊，奥芬巴赫啊，伊凡德·祁尔贝啊①……他要克利斯朵夫工作，可不想给酬报：只请他吃几顿饭，拉几下手就算了。最后他送给克利斯朵夫二十法郎，克利斯朵夫居然还那么傻，为了交情而不肯收。而那天他袋里的钱连一法郎都不到，同时还得买一张二十五生丁的邮票寄母亲的信。那是鲁意莎的命名节，克利斯朵夫无论如何要去封信的：可怜的妇人把儿子的信看得太重了，怎么也少不了。虽然写信对她是桩苦差事，最近几个星期她来信也比往常多了些。她受不了孤独的痛苦，又下不了决心到巴黎来住在儿子一起：她胆子太小，又舍不得她的小城，她的教堂，她的家；她怕出门。况且即使她愿意来，克利斯朵夫也没有路费给她；他自己过日子的钱也不是天天有呢。

使他非常高兴的是有一次洛金寄东西给他：克利斯朵夫为了她而跟普鲁士兵打架的那个乡下姑娘，写信来说她已经结婚了，附带报告他妈妈的消息，寄给他一篮苹果和一方喜糕。这些礼物来得正好。那天晚上他正守着饿斋，又是四季斋，又是封斋：②挂在窗口钉子上的腊肠只剩一根绳子了。一收到这些礼物，克利斯朵夫自比为由乌鸦把食物送到岩上来的隐士。但那乌鸦大概忙着要给所有的隐士送粮，以后竟不再光顾了。

虽然情形这样苦，克利斯朵夫依旧不减其乐。他在面盆里洗衣服时，蹲在地下擦皮鞋时，嘴里老打着唿哨。他用柏辽

① 伊凡德·祁尔贝为法国近代著名歌女，以善唱杂曲小调红极一时。

② 基督旧教教会规定，每季之初的星期三、五、六应当守斋，谓之四季斋。复活节前的星期三至复活节（星期日）之间的守斋，称为封斋。

兹的话安慰自己："我们应当超临人生的苦难，用轻快的声音唱那句欢乐的祷词：震怒的日子……"——他有时把这句唱到一半，停下来哈哈大笑，使邻人听了大为惊愕。

他过着非常严格的禁欲生活。正如柏辽兹说的："情人生涯是有闲和有钱的人的生涯。"克利斯朵夫的穷，谋生的艰苦，饮食极度的俭省，创造的热情，使他没有时间也没有心绪去想到寻欢作乐。他不但表示冷淡，而且为了厌恶巴黎的风气，竟变了极端的禁欲主义者。他拼命要求贞洁，痛恨一切淫秽的事。那并非说他没有情欲。在别的时候，他也放纵过来。但他那时的情欲还是贞洁的：因为他所追求的不是肉体的快乐，而是绝对的舍身忘我与丰满的生命。而当他一发现不是那么回事的时候，就不胜气愤地排斥情欲。他认为淫欲不是普通的罪恶，乃是毒害生命的大罪恶。凡是心中还有些古老的基督教道德而不曾被外来的土完全湮没的人，凡是今日还能感到自己是强健的种族（就是凭着英勇的纪律而缔造西方文明的）的后裔的人，都不难了解克利斯朵夫。他瞧不起那个国际化的社会把享乐当做独一无二的目标，独一无二的信条。——当然，我们应当求幸福，希望人类幸福，应当把野蛮的基督教义两千年来堆积在人类心头的悲观主义一扫而空。但我们必须存着造福人群的豪侠的信念。否则所谓求幸福是为的什么？不是极可怜的自私自利吗？少数的享乐主义者竭力想冒最少的危险去换最大的快乐，不管别人死活。——是的，他们这种沙龙里的社会主义，我们领教过了！……他们的享乐主义只宜于"肥头胖耳"的民众，只宜于安富尊荣的"特殊阶级"，对于穷人却是一味致命的毒药：这些道理在提倡享乐主义的人不是比谁都明白吗？……

“享乐的生活是有钱人的生活。”

克利斯朵夫不是个有钱的人,而且天生他是不会有钱的。他挣了一些钱就花在音乐上面,省下饭食去买音乐会门票。他买着最便宜的座位,在夏德莱戏院最高的一层楼上。他心中充满了音乐,音乐代替了他的消夜餐跟情妇。他那么渴望幸福,又那么容易满足,对于乐队的不够标准简直不以为意。他在两三个钟点以内快乐得迷迷糊糊,演奏的格调不高,音符的错误,只能使他泛起一点儿宽容的笑意:他踏进会场已经把批评精神丢开了;他这是为了爱而非为了批判来的。在他周围,群众也像他一样的一动不动,半阖着眼睛,在无边的梦境中载沉载浮。克利斯朵夫仿佛看见一群人掩在黑影里头,蜷做一堆,像一头巨大的猫,津津有味地体验着、培养着他们的幻觉。半明半暗的黄澄澄的光线中,很神秘地显出几张脸,那种无可形容的风度,悄然出神的姿态,引起了克利斯朵夫的注意与同情:他留恋它们,听着它们,终于和它们身心融成一片。有时那些心灵中也有一个会觉察到,双方在音乐会的时间内隐隐然起一种共鸣的作用,互相参透生命中最隐秘的部分,直到音乐会终了,沟通心灵的洪流才会中断。这种境界,是一般爱好音乐的人,尤其是年轻而尽情耽溺的人所熟知的:音乐的精华主要是由爱构成的,所以一定要在别人心中体验才能体验得完满;唯其如此,音乐会中常常有人不知不觉地四处窥探,希望能在人堆里找到一个朋友,来分享他自个儿担受不了的喜悦。

在克利斯朵夫为了要充分领略音乐的甜美而挑选的这批临时朋友中间,有一张在每次音乐会上都遇见的脸,特别吸引他。那是个风骚的女工,不懂音乐而极喜欢音乐的。她的侧影好像一头小野兽,一个笔直的小鼻子比她微微噘起的嘴和细巧的下巴只突出一点,往上吊的眉毛很细,眼睛很亮:完全是无愁无虑的女孩子,在她那个淡漠的恬静的外表之下,有的是爱笑爱快活的心情。这些轻佻的姑娘,年轻的女工,也许最能映出久已绝迹的清明之气,像古希腊雕像和拉斐尔画上所表现的。当然这境界在她们的生命中不过是一刹那,欢情觉醒的一刹那,很快就萎谢的。但她们至少有过一忽儿美妙的光阴。

克利斯朵夫望着她非常高兴;一张可爱的脸永远使他心里很舒服;他能够欣赏而不动欲念,只从中汲取欢乐,力,安慰,——甚至于德性。不必说,她很快就注意到他在看她;而他们之间也不知不觉有了那种磁性的交流。并且因为差不多在每次音乐会中都坐着老位置,两人不久便熟悉了彼此的口味。听到某些段落,他们互相会心地瞧一眼;她要是特别喜欢某一句,就微微吐着舌头,好似要舔嘴唇的样子;要是她觉得某一句不对劲,就不胜轻蔑地噘着嘴。这些小小的表情有点儿无心的做作,那是一个人知道自己被人注意的时候免不了的。有时听到严肃的作品,她颇想做出庄严的神气:侧着脑袋,集中精神,脸上挂着点笑意,眼梢里觑着他是否注意她。他们俩已经成为很好的朋友,虽然从来没说过一句话,甚至也不想——(至少在克利斯朵夫方面)——在音乐会散场的时候见见面。

碰巧他们在某次晚上的音乐会中坐在一起。笑容可掬地迟疑了一会儿,两人终于友好地攀谈起来。她声音很好听,关于音乐说了许多傻话,因为她完全不懂而要装懂;但她的确非常喜欢。最坏的跟最好的，马斯涅与瓦格纳，她都爱好，只有那些平庸的东西她才厌烦。音乐对她是一种刺激感官的享乐，她全身的毛孔都在吸收，好似达娜哀的吸收黄金雨。①《特里斯坦》的序曲使她浑身发抖；《英雄交响曲》使她如临战阵，非常痛快。她告诉克利斯朵夫说贝多芬聋而且哑，但虽然这样，虽然他生得奇丑，要是她认识他，她一定会爱他。克利斯朵夫分辩说贝多芬并不怎么丑；于是他们讨论到美丑问题；她承认这是看各人口味而定的，这一个人认为美的，另一个人可以认为不美："人不是金洋钱，没法讨每个人欢喜。"——克利斯朵夫宁可她不开口，那时倒更能听到她的内心。音乐会中奏到《伊索尔德之死》的那一段，她把汗湿的手递给他；他把它握着，直到乐曲终了；他们在勾连在一起的手指上感觉到交响乐的波流。

他们一同出场；快到半夜了。两人一边谈一边向拉丁区走去；她搀着他的胳膊，由他送回家；到了门口，她正想替他带路，他却告辞了，全没注意到她鼓励他留下的眼色。她当场不禁为之愕然，继而又大为气恼；过了一忽儿，她想到他这么蠢又笑弯了腰，回到房里脱衣服的时候，她又生起气来，终于悄悄地哭了。她在下次音乐会中碰到他，很想装出气恼、冷淡、使性的神气。但他那么天真朴实，使她的心软了下来。他们又谈着话，只是她的态度比较矜持了些。他很诚恳地，同时极有礼貌地和她谈着正经，谈着美妙的事，谈着他们所听的音乐和他的感想。她留神听着，竭力要跟他一般思想。她往往捉

① 希腊神话载：阿尔哥王阿克利西奥西斯因神示将被其生女达娜哀所杀，乃将达娜哀幽禁塔中。达娜哀为宙斯所恋，化身为黄金雨潜入塔中。

摸不到他说话的意义,可照旧相信他。她对克利斯朵夫暗暗抱着一种感激的敬意,面上却差不多不露出来。由于一种不约而同的心理,他们只在音乐会场上谈天。有一回他看见她跟许多大学生在一起。他们俩很庄严地行了个礼。她对谁都不提起他。她心灵深处有一个神圣的区域,藏着些美妙的、纯洁的、令人安慰的东西。

这样,克利斯朵夫用不着有所行动,光是有他这样一个人,就能给人一种心神安定的影响。他走到哪儿都不知不觉地留下一点儿内心的光。他自己可绝对想不到。在他身旁,就在他一座屋子里面,有些他从未见过的人,也在无意中慢慢地感受到他的嘉惠于人的光辉。

几星期以来,克利斯朵夫便是守斋也没有钱上音乐会去了;寒冬已届,在他那间最高层的屋子里,他冻僵了,不能再一动不动地坐在桌子前面。于是他下楼到巴黎街上乱跑,想靠走路来取暖。他常常会忘了周围熙熙攘攘的人,遁入无穷无极的时间中去。只要看到喧闹的街道之上,凄冷的明月挂在天空,或是白茫茫的雾里透出一轮红日,他就会觉得烦嚣的市声登时消灭,整个的巴黎沉入了无垠的空虚,那些生活景象仿佛是久已过去的几百年以前的生活的影子……文明的外衣没有能完全遮盖了的,自然界中的犷野的生活;只要有点儿极细微的,平常人无从感知的征象,就能使克利斯朵夫窥到那生活的全豹。在街面的石板缝中长出来的青草,在荒瘠的大街上,在没有空气没有泥土的铁栏中抽芽的树木,跑过的一条狗,飞过的一头鸟,充塞于原始天地而被人类毁灭了的野兽的最后一批遗迹,一群飞舞的蚊蚋,侵蚀一个市区的无形的疫疠:光是这些现象，已经能够使大地的浩然之气冲出闭塞的人类暖室，吹在克利斯朵夫的脸上，鞭策他的生命力把它鼓动起来。

在这种长时间的散步中，——往往饿着肚子，几天地不跟任何人交谈，他可以无穷无尽地做着梦。饥饿与沉默更刺激了这种病态的倾向。夜里他睡眠不安，做着累人的梦，时时刻刻看到他的老家，看到儿时的卧室；音乐老是和他纠缠不清。白天，他又跟那些躲在他心中的人、亲爱的人、离别的与亡故的人谈着话。

十二月里一个潮湿的下午，坚硬的草地上盖着冰花，灰色的屋顶与穹隆在大雾中变得一片迷糊，枝干裸露的树，瘦长的，畸形的，浴着水汽，好似海洋底下的植物，——克利斯朵夫从上一天起就老打着寒噤，无论如何不能使自己温暖，便走进了他不大熟识的卢浮宫。

至此为止，绘画没有使他怎么感动过。他太耽溺于内心的天地了，来不及再去把握色与形的世界。它们对他的影响仅限于它们跟音乐共鸣的部分，而那只能给他一种变了样的影子。当然，他也本能地隐隐约约地感觉到，眼睛看的形式与耳朵听的形式，它们的和谐都受着同样的规则支配；他也感觉到心灵深处的水波便是色彩与声音两条巨川的发源地，只是在人生的分水岭上往两个相反的方向分了路，灌溉着两个不同的山坡。但他只认得两个山坡中的一个，到了要应用眼睛的王国内就迷路了。所以那眼神清朗，号称为光明世界的王后的法兰西，它最动人而也许最自然的魅力的秘密，克利斯朵夫始终没有发现。

即使克利斯朵夫对绘画感兴趣，以他十足地道的德国人气息，也不容易接受一种这样不同的视觉的境界。有些风雅的德国人唾弃德国人的感觉而醉心于印象派，或是十八世纪的法国画，——有时还自命为比法国人了解得更深刻：克利斯朵夫可不是这样。跟他们比较，他也许是个野蛮人；但他老老实实做着野蛮人。蒲舍画上的粉红色的臀部；华多的下巴肥胖、多愁多病的才子，肌肉丰满的美人，胸衣高耸而精神完全是浮华空虚的人物；葛莱士的一本正经的眼风；弗拉高那的撩得很高的衬衣：所有这些富有诗意的裸体的玩意儿①给他的印象不过跟一份专讲色情的时髦报纸相仿。他完全没感觉到画上富丽堂皇的和谐。欧洲最精练的古文明的，那种绮丽的而有时也带点凄凉的梦境，对他是更生疏了。对于十七世纪的法国画，他也不见得更能赏识繁文缛节的虔诚，讲究气派的肖像；几个最严肃的大师的冷淡与矜持的态度，尼古拉·波生严峻的作品，和斐列伯·特·香班涅色彩不鲜明的人像上所表现的灰色的灵魂，②正是教克利斯朵夫和法国古艺术无从接近的。此外，他根本不认识新派艺术；而即使认识了，恐怕也不免于认识错误。在德国的时候他受到相当诱惑的现代画家只有一个鲍格林③，但这位作家也不会使克利斯朵夫了解拉丁艺术。克利斯朵夫所领会的是这个粗暴的天才的原始与粗野的气息。他的眼睛看惯了生硬的颜色，看惯了那个如醉如狂的野蛮人的大刀阔斧的东西，当然不容易接受法国艺术的半明半暗的色调，与柔和纤巧的和谐。

① 蒲舍等四人均法国十八世纪画家。绘画采用妇女作题材，以法国十八世纪为最盛。

② 波生与特·香班涅均十七世纪法国画家。两人均为法国古典画派之宗师。

③ 鲍格林为十九世纪瑞士画家，以色彩强烈著称，兼有写实主义与浪漫主义的作风。作品侧重于表现思想，时或失之晦涩费解。

但一个人生活在一个陌生的环境里决不能无所沾染。环境多少要留些痕迹在你身上。尽管深闭固拒，你早晚会发觉自己有些变化的。

那天傍晚在卢浮宫一间间的大厅上溜达的时候，他就有些变化了。他又累，又冷，又饿；厅上只有他一个人。在他周围，荒凉的画廊罩着阴影，那些睡着的形象开始活动了。克利斯朵夫浑身冰冻，悄悄地在埃及的斯芬克斯、亚述的怪物、班尔赛巴里的公牛、巴利西的巨蛇中间走过。① 他觉得自己进了神话世界，心头有些神秘的激动。人类的幻梦，——心灵的各种奇异的花，——把他包裹着……

走进连尘埃都是黄澄澄的书廊，色彩灿烂的果园，没有空气的图画之林，像发烧一般而快要病倒的克利斯朵夫，精神上突然受到一个极大的震动。——他被饥饿，室内的温度，和五光十色的图画搅得昏昏沉沉，视而不见地走着：他头晕了。走到靠着塞纳河的画廊尽头的地方，他站在伦勃朗的《善心的撒玛利亚人》前面，怕自己倒下，双手抓着画前的铁栏杆，把眼睛闭了一会儿。等到重新睁开眼来，看着那幅跟他的脸非常贴近的画的时候，他给迷住了……

日光将尽。它已经远去，已经死了。看不见的太阳往黑暗中沉没了。这个奇妙的时间，心灵经过了一天的工作，困倦交加，入于麻痹状态，正好是精神的幻觉起来活动的时候。一切都寂静无声，只听见血在脉管里流动。无力动弹，气息仅属，心里头一片凄怆，没法自主了……只希望能投入一个朋友的怀里……只希望有奇迹出现，觉得它就要出现了……是的，

① 按此系指卢浮宫底层的古代雕刻陈列室。

它来了！昏暗的暮色中闪出一道金光射在壁上，射在背着垂死者的人的肩上，浸润着那些平凡的东西与卑微的人物，于是一切都显得和平甘美，有了神明的光辉。上帝亲自用他那双有力而仁爱的手臂紧紧搂着那些受难的、病弱的、丑陋的、贫穷的、肮脏的人，搂着那个袜子掉在脚跟上的仆人，那些蜂拥在窗下的畸形的脸，那些一言不发、心怀恐怖的麻木的生灵，——紧抓着伦勃朗画上所有的可怜的人，那群除了等待、哆嗦、哭泣、祈求以外一无办法的，受着束缚的，微不足道的灵魂。① ——可是上帝就在这儿。我们并不看到他的本相，只看到他的光轮，和他照在众人身上的光影。

克利斯朵夫摇摇晃晃地走出卢浮宫，头痛欲裂，什么都看不见了。在街上，他竟不大注意到石板之间的水洼和在鞋子里直淌的雨水。天快黑了，塞纳河的上空一片昏黄，一朵内心的火焰却像一盏灯似的在那里照着。克利斯朵夫的眼睛始终还在着魔的状态。他觉得什么都不存在：车辆并没震动街道；行人湿透的雨伞并没撞着他的身体；他并没在街上走，也许是坐在家里，做着梦；也许他已经不存在了……突然之间——(他身子虚极了！)——他一阵头晕，觉得自己要像石块似的向前倒下去了……但那不过是一刹那的事：他紧了紧拳头，挺了挺腿，马上把身体撑住了。

正在那个时候，正当他的意识从深渊里浮起来的一刹那，

① 此节所述的景象，均以伦勃朗原作《善心的撒玛利亚人》画上的实景为主。据《新约·路加福音》第十章载，有一男子中途被盗，受伤垂死。一教士及一利末族祭司行经其旁，均不顾而去。素为犹太人痛恨之撒玛利亚人过而怜之，为之疗伤，以马载之而去。此乃耶稣为诠释“爱邻如爱己”一语所说之故事。后世文人画家多以此为题材，伦勃朗此作尤为知名。

他的目光冷不防跟街道对面一道他很熟识而似乎在呼唤他的目光碰在了一处。他停下来，愣了一愣，心里想在哪儿见过的。过了一会儿他才认出这双凄凉而温柔的眼睛，原来就是那个被他在德国无意中砸了差事，他竭力想向她道歉而没有能找到的法国女教员。她也在喧闹的人群中站住了，望着他。他忽然看见她想排开众人，走下人行道，向他这边过来。他赶紧迎上前去；可是无数的车辆拥塞在一起，把他们隔离着；他还看见她在人墙那一边挣扎；他想不顾一切地冲过去，不料被一匹马撞了一下，在泥泞的柏油路上滑跌了，差点儿给压死；等到他浑身泥污地爬起来，好容易到了对面阶沿上，她已经不见了。

他想追着去找她。可是又来了一阵头晕，只得罢了。病已经发作，他明明觉得而不肯承认，还固执着不肯就回去，反而绕着远路走。但这不过是自讨苦吃：临了他非认输不可；他手瘫脚软，好容易才回到家里。在楼梯上，他又透不过气来，只能坐在踏级上歇一歇。进了冰冷的卧室，他还硬撑着不睡，坐在椅子上，浑身浸透了雨水，脑袋重甸甸的，呼吸急促，昏昏然听着那些跟他一样困惫的音乐。《未完成交响曲》的句子在他耳边掠过。可怜的舒伯特！他写这个曲子的时候也是孤独的，发着高热，神思恍惚，处于大梦以前的半麻痹状态：他坐在火边沉思遐想，懒洋洋的音乐在四面飘浮，好比不大流畅的水；他耽溺在那个境界里，仿佛一个半睡半醒的儿童对着自己编造的故事出神，翻来覆去地念着其中的一段；然后是睡眠来了……死神降临了……——而克利斯朵夫也听见另外一段音乐在耳边飘过，那境界像一个人双手滚热，眼睛紧闭，堆着一副憔悴的笑容，心里充满着叹息，正在想象那个解脱一切的死；那音乐便是巴赫的《大合唱》中第一段合唱：亲爱的上帝，我何时死？……多舒服！沉浸在这些波折柔缓的、刚健婀娜的乐句中，像朦胧一片的远钟……死，跟大地的和平恬静合二为一！……“然后连自己也化为尘土……”

克利斯朵夫振作了一下，排斥这些病态的思想，不让那个想把病弱的灵魂吞噬的女妖的笑影诱惑。他站起身子想在房里走走，可是支持不住。他发冷发热，打着哆嗦，不得不躺上床去。他觉得这一回情形真是严重了，但他精神决不屈服，决不像一般害了病就让病魔摆布的人。他竭力挣扎，不愿意害病，尤其是打定主意不愿意死。他还有在家乡等着他的可怜的妈妈，他还有他的事业要干：他决不让疾病来致他死命。他咬紧着打战的牙齿，迸足着正在消失的意志；好似一个善于泅水的人和惊涛险浪搏斗。他时时刻刻往下沉：一片呓语，一堆杂乱的形象，或是故乡的或是巴黎沙龙的回忆；还有节奏与乐句的纠缠，无穷无尽地在那里打转，像马戏班中的马；还有《善心的撒玛利亚人》突然放出来的那道金光；黑影里的可怖的面貌；然后是深渊，是黑暗。过了一会儿，他重新浮起，撕破那些妖形怪相的云雾，拳头与牙床都在抽搐。他拼命抓着他现在和过去的一切所爱的人，抓着刚才瞥见的女友的脸影，抓着他疼爱的妈妈，抓着他永远不灭的本体，觉得那是大海之中的岩石：“死神吞噬不了的”……——可是岩石又被海水湮没了，一个巨浪把灵魂冲开了。克利斯朵夫重新在昏迷中挣扎，说着荒唐的呓语，他在指挥，在演奏，一个幻想的乐队：长号，圆号，钹，定音鼓，巴松管，低音提琴……他发狂般地乱拉，乱吹，乱打，做出演奏各种乐器的动作。可怜他郁积着的音乐在胸中翻腾。几星期以来既不能听，又不能演奏，他像一口受着高压力的气锅,差不多要爆裂了。某些纠缠不已的乐句像螺旋般钻进他的脑子,刺着耳膜,使他痛得直嚷。高潮过去以后,他倒在枕上,累得要死,浑身是汗,软瘫着,上气不接下气的快窒息了。他在床前放着水瓶,常常喝几口。隔壁屋子的声响,顶楼上关门的声音,都把他吓得直跳。他在昏懵中痛恨那些四周的人物。但他的意志始终在奋斗,它吹起英勇的军号和魔鬼宣战……“即使世界上都是妖魔,即使它们要吞噬我们,我们也不怕……”

而在他翻滚不已的、火辣辣的、黑暗的海面上,忽然展开一片平静的境界,透出一些光明,小提琴与七弦琴静静地在那里低吟,小号与圆号庄严肃穆地吹出胜利的曲调,同时病人心头又奏起一阕不屈不挠的歌,好似抵御狂涛的一堵巨墙,好似约翰·赛巴斯蒂安·巴赫的圣歌。

正当他发着高热和幽灵挣扎,胸部快要闷塞而竭力撑拒的时候,他迷迷糊糊地觉得房门打开了,有个女人拿着一支蜡烛走进来。他以为又是一个幻象。他想说话而不能,又晕过去了。每隔一些时候,他神志清醒一些,觉得有人把他的枕头垫高了,脚上添了一条被,背后又有些热腾腾的东西;或是睁开眼来,看见床跟前坐着一个脸并不完全陌生的女子。随后他又看到另外一张脸,原来是个医生在替他看病。克利斯朵夫听不清他们的话,但猜到是说要把他送医院。他想跟他们争,想大声地嚷着说不愿意去,宁可孤零零地死在这儿;可是他嘴里只发出一些莫名其妙的声音。那女的居然懂得他的意思,代他拒绝了,回过来安慰他。他竭力想知道她是谁。等到他好容易能迸出一句有头有尾的话的时候,他就提出这个问句。她回答说她是他顶楼上的邻居，因为听到他哼唧，就冒昧地进来了，以为他需要什么帮助。她恭恭敬敬地请他不要耗费精神说话。他听从了。并且刚才费了一点劲已经筋疲力尽，他只能躺着不动，一声不出，可是头脑继续在工作，拼命要把一些散乱的回忆归在一起。他在哪儿见过她的呢？……终于想起来了：不错，他是在顶楼的走廊里见过的；他是个帮佣的，叫做西杜妮。

他半阖着眼睛望着她，她可没有发觉。她个子很小，表情严肃，脑门鼓着，往后梳的头发把苍白的腮帮的上部和太阳穴都露在外边，骨头很显著，短鼻子，淡蓝眼睛，眼神又温和又固执，厚嘴唇抿得很紧，皮肤带点儿贫血，神气很谦卑，深藏，有点发僵。她非常热心地照顾着克利斯朵夫，可是不声不响，不表示亲密，从来不忘了她女仆的身份和阶级的区别。

等到他病势减轻而能聊天的时候，她的忠厚诚恳使西杜妮说话比较随便了些，但她始终提防着，有些事（他看得出来）她是不说的。她一方面很谦虚，一方面很高傲。克利斯朵夫只知道她是布列塔尼人，本乡还有个父亲，她提到的时候说话很小心；可是克利斯朵夫不难猜到他是个游手好闲的酒鬼，只管寻欢作乐而剥削女儿；她的傲气使她一声不出地让他剥削，经常把一部分工资寄给他；她肚里可完全明白。另外她还有个妹子正在预备受小学教师的检定试验，那是她觉得挺得意的。妹子的教育费差不多全部归她负担。她做活非常卖力。

“你现在的位置不坏吗？”克利斯朵夫问她。

“是的，可是我想离开。”

“为什么？是不是不满意主人？”

“噢！不是的；他们对我很好。”

“那么是工钱太少了？”

“也不是的……”

他不大明白，想要了解她，逗她说话。但她讲来讲去不过是她单调的生活，谋生的艰难，而她也不在乎这些：她不怕工作，那是她的一种需要，几乎是种乐趣。她不说自己最感压迫的是无聊。他只是猜到。慢慢地，由于深切的同情所引起的直觉，而这直觉是因为疾病的刺激而变得更敏锐，因为想起亲爱的老母在同样生活中所受的苦难而变得更深刻的，他居然能看透西杜妮的心事。他仿佛身历其境地看到这种闷人的、不健康的、反自然的生活，——在布尔乔亚社会中，这是当仆人的最普通的生活；——他看到那些并不凶恶可是漠不关心的主人，有时除了差遣之外几天不跟她们说一句话。她整天坐在没法喘气的厨房里，一扇天窗也是被柜子挡着，望出去只看见一堵肮脏的白墙。所有的快乐就是主人们漫不经意地说一声沙司做得不错或是烤肉烤得恰到好处。幽禁的生活，没有空气，没有前途，没有一点欲念与希望的光，对什么都不感兴趣。——最苦闷的时间是主人们到乡下过假期的时候。他们为了经济关系不带她一块儿去，付了她工钱，可不给她回家的路费，让她自己有钱自己去。她既没有这个欲望，也没这个能力。于是她孤零零地待在差不多空无一人的屋子里，不想出门，甚至也不跟别的仆役搭讪；她瞧不起她们，因为她们粗俗，不规矩。她不出去玩儿，生性很严肃，俭省，又怕路上碰到坏人。她在厨房或卧室里坐着：从卧室望出去，除了烟囱之外，可以看见一所医院的花园里一株树的树顶。她不看书，勉强做些活儿，迷迷糊糊的，百无聊赖，烦闷得哭了；她能无穷无尽地净哭,哭简直是她的一种乐趣。但是她烦恼到极点的时候,连哭都哭不出来,心像冻了冰一样。随后她竭力振作起来,或是自然而然的又有了生意。她想着妹子,听着远处的手摇风琴声,胡思乱想,老是计算要多少天做完某件工作,要多少天才能挣多少钱;她常常算错,便重新再算,终于睡着了。日子过去了。

除了这种特别消沉的情形,她也有像儿童般爱取笑的快活劲儿。她笑别人,笑自己。她对于主人们的行为并非见不到,心里也并非不加批判:例如他们因为无所事事而来的烦恼,太太的郁怒和发愁,所谓优秀阶级的所谓正经事儿,对一幅画、一曲音乐、一本诗集的兴趣。她只有健全而粗疏的判断力,既不像十足巴黎化的女仆那么充时髦,也不像内地老妈子那样只崇拜她们不了解的东西;她对于弹琴、谈天、一切文雅的玩意儿,不但没用而且可厌的,在自欺欺人的生活中占着偌大位置的事,都抱着敬而远之的轻蔑态度。她不免把自己过的现实生活,和这种奢侈生活的虚幻的苦乐,似乎一切都由烦闷制造出来的苦乐,暗中比较一番。但她并不因此而愤愤不平。世界就是这么回事。她忍受一切,恶人,傻子,一律忍受。她说:"本来吗,各种人合起来才成其为世界。"

克利斯朵夫以为她有宗教信仰作支持;但有一天,她提起那些更有钱更快乐的人的时候,说:"归根结底,所有的人将来都是一样的。"

"将来? 什么时候?"克利斯朵夫问,"社会革命以后吗?"

"革命! 嘿! 还远得很呢! 我才不信那些傻话。反正将来大家都是一样的。"

"什么时候呢?"

“当然是死了以后喽！那时不是谁都完了吗?”

他对着这种心平气和的唯物主义的看法非常诧异,心里想:“要是没有来世,那么一个人过着像你这种生活而眼看别人比你更幸福,不是太可怕了吗?”

虽然他不说,她似乎猜到了他的意思;她很冷静地用着一种听天由命而游戏人生的态度继续说:“一个人总得认命。怎么能每个人都中头奖呢?我们运气不好:话不是说完了吗?”

她甚至不想到外国(有人找她上美洲)去找一个多挣点儿钱的位置。她从来没有离开本国的念头。她说:“天下的石子都是一样硬的。”

她骨子里有一种怀疑的玩世不恭的宿命观。她完全是那种法国乡下人,很少信仰,或竟全无信仰;不需要什么生活的意义,生命力却非常的强;——人很勤谨,对什么都很冷淡,对一切都不满意,可是很服从;不怎么爱人生,却又抓得很紧,也用不着空空洞洞的鼓励来保持他们的勇气。

从来没见识过这等人的克利斯朵夫,看到这个诚朴的少女一无信仰,好不奇怪;他佩服她会留恋没有乐趣没有目标的人生,尤其佩服她不需要依傍而很坚强的道德意识。至此为止,他所认识的法国平民只是从自然主义派的小说和当代小名士的理论中看到的;这批人刚和十八世纪与大革命时代的风气相反,喜欢把没有教育的人描写成无恶不作的野兽,以便遮掩他们自身的罪恶……现在他才不胜惊异地发现了西杜妮这种不稍假借的诚实。那不是道德问题,而是本能与骨气的问题。她也有她贵族式的骄傲。我们倘若相信平民就是粗俗的同义字,那就大错特错了。平民之中有贵族,正如布尔乔亚中有下等阶级。所谓贵族,是指那些具有比别人更纯洁的本能,也许还有更纯洁的血统的人;他们也知道这一点,知道自己的身份而有不甘自暴自弃的傲骨的。这种人当然为数不多;但即使处于孤立的地位,大家仍然知道他们是第一流人物;只要有他们在场,别人就会有所顾忌,不得不拿他们做榜样,或者装做这样。每个省,每个村子,每个集团,它的面目多少是它的贵族的面目;这里的舆论严,那里的舆论宽,都看各该地方的贵族而定。虽然今日“多数人”的力量这样过分的膨胀,这批默默无声的少数分子的固有的权威还是没改变。比较危险的倒是他们离开本乡,散到遥远的大都市中去。但即使如此,即使他们孤零零地迷失在陌生的社会里,优秀种族的个性始终存在,没有被周围的环境同化。克利斯朵夫所看到的巴黎的一切,西杜妮几乎一点儿都不知道,也不想知道。报纸上肉麻而猥亵的文学,和国家大事同样对她不生关系。她甚至不知道有所谓平民大学;即使知道,她也不见得会比对宣道会更感兴趣。她做着自己的工作,想着自己的念头,没有意思借用别人的。克利斯朵夫为此赞了她几句。

“这有什么稀奇呢?”她说,“我就跟大家一样。难道您没见过法国人吗?”

“我在法国人中间混了一年了;除了玩儿以外,或者学着别人玩儿以外还能想到别的事的,我连一个都没见过。”

“不错,”西杜妮说,“您只看到有钱的人。有钱的人是到处一样的。其实您还什么都没看见。”

“好罢,”克利斯朵夫回答,“那么让我来从头看起。”

他这才第一次见到法兰西民族,见到那使人觉得不朽,跟他的土地合二为一,像土地一样眼看多少征服它的民族、多少一世之雄烟消云散而它始终无恙的法国民族。

他慢慢地恢复健康,开始起床了。

他第一件操心的事是要偿还西杜妮在他病中垫付的款子。既然还不能出门去找工作,他便写信给哀区脱,要求预支一笔钱。哀区脱逞着那种又冷淡又慷慨的古怪脾气,过了十五天才有回音,——在这十五天之内,克利斯朵夫拼命地折磨自己,对西杜妮端来的食物差不多动都不动,直要被逼不过,才吃一些牛奶跟面包,而过后又责备自己,因为那不是自己挣来的;然后他从哀区脱那儿接到了款子,并没附什么信;在克利斯朵夫害病的几个月里,哀区脱从来不想来打听一下他的病状。他有种天赋,能够帮了人家的忙而教人家不喜欢他。因为他自己在帮忙的时候心里就没有什么爱。

西杜妮每天下午跟晚上来一下。她替克利斯朵夫预备晚餐:毫无声响地,很体贴地招呼他的事;看到他衣服破烂,她便一声不出地拿去补了。他们之间不知不觉增加了多少亲切的情分。克利斯朵夫唠唠叨叨地讲到他年老的母亲,把西杜妮听得感动了;她设身处地自比为孤苦伶仃地留在本乡的鲁意莎,对克利斯朵夫抱着慈母般的温情。他跟她说话的时候也努力想解解他天伦的渴望,那是一个病弱的人感觉得格外迫切的。和西杜妮在一起,他觉得精神上特别能够接近自己的母亲。他有时向她吐露一部分艺术家的苦闷。她很温柔地为他抱怨,同时看他为了思想问题而悲哀不免认为多此一举。这一点也使他想起他的母亲,觉得很快慰。

他想逗她说些知心话;但她不像他那样肯随便发表。他说笑似的问她将来要不要嫁人。她照例用着听天由命和看破一切的口气回答说:“给人当差的根本谈不到结婚:那会把事情搅得太复杂的。并且要挑到恰当;而这又不是容易的事。男人都是坏蛋。看你有钱,他们就来追求;把你的钱吃光了,就掉过头去不理啦。这种榜样太多了,我还想去吃这个苦吗?”——她没说出她已经有过一次毁婚的事:未婚夫因为她把所挣的钱统统供给她的家属,就把她丢了。——看见她在院子里很亲热地和邻居的孩子们玩,在楼梯上碰见他们又很热烈地拥抱他们,克利斯朵夫不由得想起他认识的一位太太,觉得西杜妮既不傻,也不比别的女子丑,倘使处在那些太太们的地位,一定比她们高明得多。多少的生命力被埋没了,谁也不以为意。另一方面,地球上却挤满着那些行尸走肉,在太阳底下僭占了别人的位置和幸福!……

克利斯朵夫丝毫不提防。他对她很亲热,太亲热了;他像大孩子一样的惹人怜爱。

有些日子,西杜妮神气很颓丧;他以为是她太辛苦的缘故。有一回正谈着话,她推说有件事要做,突然站起身来走了。又有一回,克利斯朵夫对她表示得比往常更亲热了些,她便几天没有来;而再来的时候,她跟他的说话更拘束了。他寻思在什么地方得罪了她。他问她,她赶紧说没有;但她继续跟他疏远。又过了几天,她告诉他要走了:她辞掉工作,离开这儿了。她说些冷冷的,不大自然的话,感谢他对她的好意,祝他和他的母亲身体康健,然后和他告别了。她走得这样突兀,使他惊异到极点,竟不知道说什么好;他探听她离开的动机,她只是支吾其词;他问她上哪儿去做事,她也置之不答,并且为了直截了当打断他的问话,竟站起身子走了。在房门口,他向她伸出手去,她兴奋地握了一握,但脸上仍旧没有什么表情;自始至终,她都是这副发僵的神气。她走了。

他永远不明白她为什么走的。

冬季长得很。潮湿,多雾,泥泞的冬季。几星期看不见太阳。克利斯朵夫的病虽然大有起色,还没完全好。右边的肺老是有一处地方作痛,伤口在慢慢地结疤,剧烈的咳呛使他夜里不能安眠。医生禁止他出门,甚至还想教他往东南海滨或大西洋上的加拿里群岛去疗养。但他非上街不可。要是他不去找晚饭,晚饭决不会来找他的。——人家又开了许多他没钱购买的药品。因此他干脆不去请教医生了:那不是白费钱吗?并且在他们面前,他老是很窘;他们彼此没法了解:简直是两个极端的世界。医生们对于这个自命为一个人代表整个天地、而实际是像落叶一般被人生的巨流冲掉的穷艺术家,抱着一种带点讪笑与轻视的同情心。他被这些人瞅着,摸着,拍着,非常畏缩。他对自己病弱的身体好不惭愧。他想:“将来它死了,我才高兴呢!”

虽然受着孤独、贫病,和种种苦难的磨折,克利斯朵夫仍是很有耐性地忍受他的命运。他从来没有这样的耐性,连自己都为之诧异了。疾病往往是有益的。它折磨了肉体,可是把心灵解放了,净化了:日夜不能动弹的时候,平时害怕太剧烈的光明而被健康压在下面的思想抬头了。从来没害过病的人决不能完全认识自己。

疾病使克利斯朵夫心非常安静。它把他生命中最凡俗的部分剔净了。他用着比以前更灵敏的官能,感觉到那个富有神秘的力量的世界,那是每人心中都有而被生活的喧扰掩盖得听不见的。他那天发着高热在卢浮宫中见到的景象,连最微末的回忆都深深地刻在心头；从此他就置身于和伦勃朗的名作同样温暖、柔和、深沉的气氛中。那颗无形的太阳放射出来的光彩，他心中也一样地感受到。虽然绝对没有信仰，他仍觉得自己并不孤独：神明的手牵引着他，把他带到一个跟神相遇的地方。而他也像小孩子一样地信赖它。

多少年来第一次，他不得不休息。发病以前过度紧张的精神使他筋疲力尽，至今还没恢复，所以便是疗养时期的疲乏倦怠对他也是一种休息。克利斯朵夫几个月的提心吊胆，日夜警惕，如今才觉得自己老盯着一处的目光渐渐地松了下来。但他并不因之而减少他的坚强，只是变得更近人情。天性中那股强大而有点畸形的生命力往后退了一步；他使自己和别人一样，精神上的偏执和行为方面的残酷与无情都给去尽了。他再也不恨什么，再不想到可恼的事，即使想到，也不过耸耸肩膀；他对自己的痛苦想得比较少，而对别人的想得比较多了。自从西杜妮使他想起地球上到处都有谦卑的灵魂默默无声地熬着苦难，毫无怨叹地奋斗，他就为了他们而把自己忘了。素来并不感伤的他，这时也不禁有些神秘的温情：那是在一个病人心中开出来的花。晚上，靠着院子那边的窗，听着黑夜里神秘的声音……附近的屋子里有人唱着歌，远听更显得动人，一个女孩子天真地弹着莫扎特……他心里想：

"你们，我并不认识而都爱着的人，还没受过人生的烙印、做着些明知是不可能的美梦、跟敌对的世界挣扎着的人，——我愿意你们幸福！噢，朋友们，我知道你们在那儿，我张着臂抱等你们……是的，我们之中隔着一道墙。可是我会一块一块地把墙拆毁的；同时我自己也消磨完了。咱们能有一天碰在一起吗？在另外一道墙——死——没有筑起以前，我还来得及赶到你们前面吗？……管它！孤独就孤独罢，孤独一世罢，只要我为你们工作，为你们造福，只要你们以后能稍稍爱我，在我死了以后！……"

大病初愈的克利斯朵夫就这样喝着"爱与苦难"这两位保姆的乳汁。

在这个意志比较松懈的情形之下，他觉得需要和别人接近。虽然身体还十分软弱，出门还不大妥当，他往往清早或傍晚出去，那是群众像潮水般从人烟稠密的街上涌往工作场所，或是从那儿回来的时间。他要到人与人息息相通的气氛中去浸一下，提提神。他并不跟谁交谈，也没有这念头。他只要看人家走过，猜他们的心事，爱他们。他又亲切又同情地瞧着那些急急忙忙赶路的工人，不曾工作已经有了困倦的神气，——瞧着这些青年男女，脸色苍白，表情活泼，挂着一副古怪的笑容，——瞧着那些透明而活动的脸隐隐然可以看到欲望，忧患，游戏人生的心理，像潮水般流过，——瞧着这批大都会里多么聪明的，太聪明的，有些病态的市民。他们都走得很快，男人们一边走一边读报，女人们一边走一边啃着月牙饼。一个乱发蓬松的少女在克利斯朵夫身旁走过，脸睡得有点虚肿，像山羊一般迈着小步，显得烦躁，急促：克利斯朵夫恨不得牺牲自己一个月的寿命来使她多睡一两个钟点。噢，要是真有人跟她这么提议，她才不会拒绝呢！他真想把那些悠闲的有钱的妇女，养尊处优而烦闷的人，这时候还在重门深锁的寝室里高卧的，从床上拖起来，让这些灼热而困倦的身体，感觉新鲜、内心生活并不丰富、可是活泼而贪恋生命的人，去躺在他们床上，过一下那种安闲的生活。这般机灵而疲乏的小姑娘，又狡猾，又纯朴，那么无耻那么天真的贪快乐，而骨子里倒是诚实勤劳的女工：他现在看待她们非常宽容了。即使其中有几个当面讪笑他，或者对着他这个眼睛火辣辣的大孩子彼此示意，他也不生气了。

他也常在河滨大道上一边徘徊，一边沉思遐想。这是他最喜欢散步的地方。在这儿，他仿佛看到了心中渴念的，给他童年时代多少安慰的大河。当然，这不是莱茵河，既没有它浩浩荡荡的气势，也没有那辽阔的远景跟广大的平原，可以让他游目骋心。眼前这条河睁着灰色的眼睛，披着浅蓝的外衣，凭着它细腻而明确的线条，妩媚的姿态，柔软的动作，在浓艳的城市里懒懒地伸展着；桥梁是它的手钏，纪念建筑是它的项链；它像一个美女般对着自己的艳色微笑……这才显出了巴黎的光明！克利斯朵夫在这城里第一样喜欢的便是这条河；它一点一点地浸透了他的心，不知不觉把他的气质变换了。他认为这是最美的音乐，唯一的巴黎音乐。在暮色将临的时分，他几小时地在河滨流连，或是走进古法兰西的花园①，欣赏着和谐的光线照在紫色的雾霭缭绕的大树顶上，照在灰色的雕像和花盆上，照在纪念建筑的满生苔藓的石头上；而那些建筑物都是王朝的遗迹，吸收了几百年的日光的。——这种微妙的气氛，是柔和的太阳与乳汁般的水汽融化成的，——银色的尘雾中就有欢乐的民族精神在飘浮。

一天傍晚，他靠在圣·米希桥附近的石栏杆上，一边看着流水，一边随便翻着冷摊上的旧书。他无意之间打开米希莱著作中的一册单行本。他读过几页这史家的作品：那种法国

① 古法兰西的花园系指卢浮宫前面的蒂勒黎花园。

式的浮夸，自鸣得意的辞藻，过于跌宕的句法，他不大喜欢。可是那一天他才看了几行就被吸住了。那是圣女贞德受审的最后一段情形。他曾经从席勒的作品中知道这个奥尔良的处女，一向认为她不过是个传奇式的女英雄，她的故事是大诗人给幻想出来的。① 不料这一回他突然看到了现实，被它紧紧地抓住了。他往下念着，念着；慷慨激昂的描写，悲惨的情节，使他心都碎了。读到贞德知道当晚就得给处决而惊死过去的时候，他的手抖了，眼泪涌上来了，只得停下。因为病后衰弱，他简直感情冲动到可笑的程度，自己也看了气恼。——他想把书念完，但时间晚了，书贩已经在收拾书箱。他决意买那本书；可是掏了掏口袋，只有六个铜子。穷到这样是常有的事，他并不着急；他刚才买了晚上吃的东西，预算下一天可以向哀区脱领到一笔抄谱的报酬。但要等到明天是太难受了！为什么把仅有的一些钱去买了食物呢？啊！要是能把袋里的面包跟香肠抵付书价的话，岂不是好！

第二天清早，他上哀区脱铺子去支钱，但走过圣·米希桥的时候，没有勇气不停下来。他在书贩的箱子里又找到了那部宝贵的书，花了两小时把它全部念完了。他为之错失了哀区脱的约会，又费了整天的工夫才见到他。最后，他终于接洽好了新的工作，领到了钱，马上去把那本书买了来。他怕给人捷足先登地买去。其实即使这样也不准再找一本；但克利斯朵夫不知道这本书是不是孤本；并且他要的是这一部而不是另一部。凡是爱好书的人都有一些拜物狂。哪怕只是寥寥几

① 圣女贞德(1412—1431)为百年战争中挽救法国的民族女英雄，十六岁即率领军队反抗英军，解放被围的奥尔良，故史家亦称其为奥尔良的处女。贞德最后落于英人之手，被处火刑。

页，脏的也罢，有污迹的也罢，只要是激动过他们的幻想的，便是神圣的。

克利斯朵夫回去在静寂的夜里把圣女贞德的历史重读了一遍。没有旁人在场，他不用再压制自己的感情。他对这个可怜的女子充满着温情、怜悯，与无穷的痛苦，似乎看到她穿着乡下女子的红颜色的粗布衣服，高高的个子，怯生生的，声音很柔和，听着钟声出神，——（她也跟他一样爱钟声）——脸上堆着可爱的笑容，显得那么聪明那么慈悲，随时会流泪，——为了爱，为了怜悯，为了软心而流泪：因为她兼有男性的刚强和女性的温柔，是个纯洁而勇敢的少女。她把盗匪式的军队的野性给驯服了，又能够镇静地用她的头脑，用她女人的机灵，用她坚强的意志，在孤立无助而被大家出卖的情形之下，成年累月地应付那些像豺狼虎豹一般包围着她的，教会与司法界人士的奸计。

而克利斯朵夫最感动的尤其是她的慈悲心，——打了胜仗之后，她要为战死的敌人哭，为曾经侮辱她的人哭；他们伤了，她去安慰；他们临终，她去祈祷，便是对出卖她的人也不怀怨恨，到了火刑台上，火在下面烧起来的时候，她也不想到自己，只担心着慰勉她的修士，叫他快走。"她在最剧烈的厮杀中还是温柔的，对最坏的人也是善良的，便是在战争中也是和平的。战争是表示魔鬼得胜，可是在战争中间，她有上帝的精神。"

克利斯朵夫看到这儿，想到了自己："我厮杀的时候就没有这种上帝的精神。"

他把贞德的传记家笔下最美的句子反复念着：

"不论别人如何蛮横，命运如何残酷，你还得抱着善心……不论是如何激烈的争执,你也得保持温情与好意,不能让人生的磨难损害你这个内心的财宝……"

于是他对自己说着:"我真罪过。我不够慈悲。我缺少善意。我太严。——请大家原谅我罢。别以为我是你们的仇敌,你们这些被我攻击的人!我原意是为你们造福……可是我不能让你们做坏事……"

因为他不是个圣者,所以只要想到那些人,他的怨恨又觉醒了。他最不能原谅的是,一看到他们,从他们身上看到的法国,就教人想不到这块土地上曾经长出这样纯洁的花,这样悲壮的诗。然而那的确是事实。谁敢说不会再有第二次呢?今日的法国,不见得比淫风极盛而竟有圣处女出现的查理七世时代的法国更糟。如今庙堂是空着,遭了蹂躏,一半已经坍毁了。可是没有关系!上帝在里面说过话的。

克利斯朵夫为了爱法国的缘故,竭力想找一个法国人来表示他的爱。

那时正到了三月底。克利斯朵夫不跟任何人交谈,不接到任何人的信,已经有几个月之久,除了老母每隔许多时候来几个字。她不知道他害病,也没把自己害病的事告诉他。他和社会的接触只限于上音乐铺子去拿他的活儿或是把做好的活儿送回去。他故意候哀区脱不在店中的时候去,免得和他谈话。其实这种提防是多余的:因为他只碰到一次哀区脱,而哀区脱对于他的健康问题也只淡淡地提了一两句。

正当他这样的无声无息,幽居独处的时候,忽然有天早上收到罗孙太太的一封请柬,邀他去参加一个音乐夜会,说有个著名的四重奏乐队参加表演。信写得非常客气,罗孙还在信末附了几行恳切的话。他觉得那回和克利斯朵夫的争执对自己并不怎么体面。尤其因为从那时起,他和那位歌女闹翻了,他自己也把她很严厉地批判过了。他是个爽直的汉子,从来不怀恨他得罪过的人;倘若他们不像他那么宽宏大量,他会觉得可笑的。所以他只要高兴跟他们重新相见,就会毫不迟疑地向他们伸出手去。

克利斯朵夫先是耸耸肩,赌咒说不去。但音乐会的日子一天天地近了,他的决心一天天地跟着动摇了。听不见一句话,尤其是听不见一句音乐,使他喘不过气来。固然他自己再三说过永远不再上这些人家去,但到了那天,他还是去了,觉得自己没有骨气非常惭愧。

去的结果并不好。一旦重新走进这个政客与时髦朋友的环境,他马上感到自己比从前更厌恶他们了:因为孤独了几个月,他已经不习惯这些牛鬼蛇神的嘴脸。这儿简直没法听音乐:只是亵渎音乐。克利斯朵夫决意等第一曲完了就走。

他把所有那些可憎的面目与身体扫了一眼。在客厅的那一头,他遇到一对望着他而立刻闪开去的眼睛。跟全场那些迟钝的目光相比,这双眼睛有一种说不出的天真朴实的气息使他大为惊奇。那是畏怯的,可是清朗的、明确的、法国式的眼睛,望起人来那么率直:它们自己既毫无掩饰,你的一切也无从隐遁。克利斯朵夫是认识这双眼睛的,却不认识这双眼睛所照耀的脸。那是一个二十至二十五岁之间的青年,小小的个子,有点儿驼背,看上去弱不禁风,没有胡子的脸上带着痛苦的表情,头发是栗色的,五官并不端正而很细腻,那种不大对称的长相使他的神气不是骚动,而是惶惑,可也有它的一种魅力,似乎跟眼神的安静不大调和。他站在一个门洞里,没人注意他。克利斯朵夫重新望着他;那双眼睛总是怯生生的,又可爱又笨拙地转向别处;而每次克利斯朵夫都"认得"那双眼睛,好像在另外一张脸上见过似的。

因为素来藏不住心中的感觉,他便向着那青年走过去;他一边走一边想跟对方说什么好;他走一下停一下,左顾右盼,好似随便走去,没有什么目标。那青年也觉察了,知道克利斯朵夫向自己走过来;一想到要和克利斯朵夫谈话,他突然胆小到极点,竟想往隔壁的屋子溜;可是他那么笨拙,两只脚仿佛给钉住了。两人面对面地站住了,僵了一忽儿,不知道话从哪儿说起。越窘,各人越以为自己在对方眼里显得可笑。终于克利斯朵夫瞪着那个青年,没有一句寒暄的话,便直截了当地笑着问:

"你大概不是巴黎人罢?"

对于这个意想不到的问句,那青年虽然局促不堪,也不由得笑了笑,回答说他的确不是巴黎人。他那种很轻的,像蒙着一层什么的声音,好比一具脆弱的乐器。

"怪不得。"克利斯朵夫说。

他看见对方听着这句奇怪的话有些惶惑,便补充道:"我这话没有埋怨的意思。"

可是那青年更窘了。

他们又静默了一会儿。那年轻人竭力想开口:嘴唇颤动着,一望而知他有句话就在嘴边,只是没有决心说出来。克利斯朵夫好奇地打量着这张变化很多的脸,透明的皮肤底下显然有点颤抖的小动作。他似乎跟这个客厅里的人物是两个种族的:他们都是宽大的脸,笨重的身体,好像只是从脖子往下延长的一段肉;而他却是灵魂浮在表面上,每一小块的肉里都有灵气。

他始终没法开口。克利斯朵夫比较单纯,便接着说:“你在这儿,混在这些家伙中间干什么?”

他粗声大气地嚷着,那种不知顾忌的态度便是人家讨厌他的地方。那青年窘迫之下,不禁向四下里望了望,看有没有人听见。这举动使克利斯朵夫大为不快。随后那年轻人不回答他的问话,又笨拙又可爱地笑了笑,反问道:“那么你呢?”

克利斯朵夫大声地笑了,笑声照例有点儿粗野。

“对啊,我又来干吗?”他高高兴兴地回答。

那青年突然打定了主意,喉咙哽塞着说:“我多喜欢你的音乐!”

随后他又停住了,拼命想克服自己的羞怯,可是没用。他脸红了,自己也觉得,以至越来越红,直红到耳边。克利斯朵夫微笑着望着他,恨不得把他拥抱一下。青年抬起眼来说:“真的,在这儿我不能,不能谈这些问题……”

克利斯朵夫抿着阔大的嘴暗暗笑着,抓着他的手。他觉得这陌生人瘦削的手在自己的手掌中微微发抖,便不由自主地很热烈地握着。那青年也发觉自己的手被克利斯朵夫结实的手亲热地紧紧握着。他们听不见客厅里的声音了,只有他们两个人了,觉得心心相印,碰到了一个真正的朋友。

但这不过是一刹那,罗孙太太忽然过来用扇子轻轻触着克利斯朵夫的手臂,说:

“哦,你们已经认识了,用不着我再来介绍了。这个大孩子今晚是专诚为您来的。”

他们俩听了这话,都不好意思地退后一些。

“他是谁呢?”克利斯朵夫问罗孙太太。

“怎么！您不认识他吗？他是个笔下很好的青年诗人，非常地崇拜您。他也是个音乐家，琴弹得挺好。在他面前不能讨论您的作品：他爱上了您。有一天，他为了您差点儿跟吕西安·雷维-葛吵起来。”

“啊！好孩子！”克利斯朵夫说。

“是的，我知道，您对吕西安不大公平。可是他也很喜欢您呢。”

“啊！别跟我说这个话！他要是喜欢我，就表示我没出息了。”

“我敢向您保证……”

“不！不！我永远不要他喜欢我。”

“您那个情人跟您完全一样。你们俩都一样的疯癫。那天吕西安正在跟我们解释您的一件作品。那羞怯的孩子突然站起来，气得全身发抖，不许吕西安谈论您。您瞧他多霸道！……幸亏我在场，我马上哈哈大笑，吕西安也跟着笑了；结果他道了歉。”

“可怜的孩子！”克利斯朵夫听得大为感动。

接着罗孙太太和他谈着别的事，但他充耳不闻，只自言自语地说：

“他到哪儿去了？”

他开始找他。可是那陌生朋友已经不见了。克利斯朵夫又去找着罗孙太太，问：

“请您告诉我，他叫什么名字？”

“谁啊？”

“您刚才跟我提到的那个。”

“您说那个青年诗人吗？他叫做奥里维·耶南。”

这个姓氏的回声,在克利斯朵夫耳中像一阕熟悉的音乐一般。一个少女的倩影在他眼睛深处闪过。可是新的形象,新朋友的形象立刻把那个倩影抹掉了。

在归途中,克利斯朵夫在拥挤的巴黎街上走着,一无所见,一无所闻,对周围的一切都失去了知觉。他好似一口湖,四周的山把它跟其余的世界隔离了。没有一丝风,没有一点声音,没有一点骚动。只是一片和平宁静。他再三说着:

"我有了一个朋友了。"